Rachel Caine
Wenn die Hoffnung stirbt

EDITION M

Das Buch

Was hält dich am Leben, wenn die Hoffnung stirbt?

Gwen Proctors Leben ist die Hölle. Man hält sie für die Komplizin ihres Ex-Mannes, eines Serienkillers. Wo immer sie ist, schlägt ihr und ihren Kindern Hass entgegen. Schlangen im Briefkasten, Morddrohungen: Gwen weiß, wie es ist, gejagt zu werden.

Als sie eines Tages den Anruf einer verzweifelten Fremden aus Wolfhunter bekommt, will sie helfen. Kurz darauf ist die Frau tot und ihre Tochter verhaftet. Gwen trifft eine riskante Entscheidung: Sie will die Wahrheit in dem abgelegenen Dorf herausfinden ... Doch damit ist die Jagdsaison am Wolfhunter River erst eröffnet.

Die Autorin

Rachel Caine ist internationale Bestsellerautorin von mehr als fünfundvierzig Romanen, einschließlich der bekannten Reihen »Haus der Vampire«, »The Great Library« und des gefeierten Jugendromans »Prince of Shadows«.

Rachel Caine wurde auf der White Sands Missile Range geboren und Leute, die sie kennen, sagen, dass das viel erklärt. Sie hat bereits als Buchhalterin, professionelle Musikerin und Schadensermittlerin gearbeitet, und war bis vor Kurzem Geschäftsführerin in einem großen Unternehmen. Zusammen mit ihrem Mann, dem Künstler R. Cat Conrad, lebt sie in Texas.

RACHEL CAINE

WENN DIE HOFFNUNG STIRBT

THRILLER

Aus dem Amerikanischen von Claudia Hahn

EDITION M

Die amerikanische Ausgabe erschien 2019 unter dem Titel »Wolfhunter River« bei Thomas & Mercer, Seattle.

Deutsche Erstveröffentlichung bei
Edition M, Amazon Media EU S.à r.l.
38, avenue John F. Kennedy, L-1855 Luxembourg
Juli 2019

Die Übersetzung dieses Buches wurde durch Amazon Crossing ermöglicht.

Umschlaggestaltung: semper smile, München, www.sempersmile.de
Umschlagmotiv: © getgg / Shutterstock; ©Tim Gainey / Alamy Stock Photo
Lektorat und Korrektorat: Verlag Lutz Garnies, Haar bei München,
www.vlg.de
Gedruckt durch:
Amazon Distribution GmbH, Amazonstraße 1, 04347 Leipzig /
Canon Deutschland Business Services GmbH, Ferdinand-Jühlke-Straße 7,
99095 Erfurt /
CPI books GmbH, Birkstraße 10, 25917 Leck

ISBN 978-2-91980-874-8

www.edition-m-verlag.de

Prolog

Vor vier Tagen

Als Ellie White von ihrer Lehrerin Mrs Willingham gesagt bekam, dass ihr Fahrer sie heute etwas früher von der Schule abholen werde, wusste sie, dass das nicht die ganze Wahrheit war. Mr Sam kam niemals früher, es sei denn, sie war krank. »Warum?«, fragte sie. Sie fragte gern nach, wenn irgendetwas keinen Sinn ergab. Sie war zwar erst sechs, aber Daddy hatte ihr beigebracht, zu fragen, wenn sie etwas nicht verstand. Mami war es ein bisschen peinlich, wie sehr sie das verinnerlicht hatte.

»Dein Daddy hat ihn wohl darum gebeten«, antwortete Mrs Willingham. Sie war eine nette weiße Lady mit ein paar grauen Strähnen in ihren braunen Haaren, und sie war eine gute Lehrerin. Sie behandelte Ellie niemals anders als die anderen, obwohl Ellies Vater eine Menge Geld hatte. Und obwohl Ellies Haut dunkler war, dunkler als die der anderen Mädchen hier, die alle sehr bleich waren.

»Daddy macht so was nicht«, behauptete Ellie. »Irgendetwas stimmt nicht.«

Mrs Willingham sah sie zwar an, aber irgendwie doch nicht *richtig*. »Hör zu, deine Mami ist krank geworden«, erklärte sie. »Daher schickt er einen Wagen, der dich abholt und ins Krankenhaus bringt, wo er und deine Mami sind. Okay?« Sie half Ellie, ihren Pullover überzuziehen, den sie zwar nicht gern trug, aber auch nicht hierlassen wollte. Dann ihren Rucksack.

»Mrs Willingham?«, fragte Ellie. Sie sah zu der Lehrerin auf. »Weinen Sie etwa?«

»Nein, Schätzchen. Mir geht's gut. Na, komm jetzt. Gehen wir raus, er wartet schon.«

»Aber Daddy hat das Codewort genannt, oder?«

»Das hat er«, bestätigte Mrs Willingham. »Es lautet doch heute Amsel, oder?«

Ellie nickte. Donnerstag war es die Amsel. Jeder Tag stand für irgendeinen Vogel, denn sie mochte Vögel. Mami nannte sie ihren kleinen Kolibri, weil sie immer so schnell herumflitzte. Aber der Kolibri war das Wort für den Sonntag.

Mrs Willingham ging ihr voraus die Stufen vor dem Eingang der Schule hinunter, um mit Mr Sam zu sprechen, der im Auto wartete. Der Wagen stand am Fuß der Treppe auf der ringförmigen Auffahrt, die um einen großen Marmorbrunnen verlief. Die Regel lautete, dass Ellie niemals zum Wagen kommen durfte, bevor Mrs Willingham es ihr erlaubte. Sie und Mr Sam redeten sehr lange miteinander. Mrs Willingham weinte immer noch.

Es war heiß heute und feucht, aber der Springbrunnen sah immer so kühl und hübsch aus. Das Wasser sprühte aus ein paar Steinmuscheln in eine größere Muschel in der Mitte. Mami hatte ihr erzählt, dass da früher eine hübsche Lady in der Muschel gewesen war, aber die anderen Eltern die Schule gezwungen hatten, sie herauszunehmen, sodass sie jetzt in irgendeinem Lagerschrank verstaut war. Das fand Ellie traurig.

Mrs Willingham kam nun die Treppe hoch und ergriff ihre Hand. Ellie sah zu ihr auf. »Alles wird gut«, sagte ihre Lehrerin, aber ihre Stimme zitterte. Ihre Augen waren gerötet. »Es tut mir leid, mein Schatz. Aber ich muss das machen. Ich habe auch eine Familie.«

Ellie hatte Mitleid mit ihr. »Geht es Ihrer Familie gut, Mrs Willingham?« Sie wollte die Lady nicht zum Weinen bringen.

»Ja, Ellie, es wird ihnen bald wieder gut gehen. Willst du mir dabei helfen, dass es ihnen gut geht?«

Ellie wusste nicht genau, wie sie das machen sollte, aber sie nickte trotzdem. Sie half gern, auch wenn sie wirklich nicht sicher war, warum Mrs Willingham glaubte, dass sie das konnte.

Mrs Willingham öffnete die Tür und hob Ellie hinein, was normalerweise Mr Sams Job war. Dann umarmte sie sie. »Bleib stark, Ellie. Du schaffst das.«

»Aber was ist mit Ihrer Familie?«, fragte Ellie. »Kommen Sie nicht mit mir, damit wir ihnen helfen können?«

Mrs Willingham legte eine Hand auf ihren Mund, und Tränen rollten über ihre Wangen, aber sie schüttelte nur den Kopf. Sie schloss die Tür, und in dem Augenblick wusste Ellie, dass etwas ganz und gar nicht stimmte. Mrs Willingham hatte sie angelogen, aber sie wusste nicht, warum.

Und dann bemerkte sie, dass es schlimmer war als gedacht, denn um sie herum sah zwar alles so aus wie im richtigen Wagen, aber er roch nicht so wie sonst. Nämlich ein bisschen nach Kokosnuss, ihrem Lieblingsduft. »Mr Sam?«, rief sie dem Fahrer zu. Mit einem dumpfen Schlag rastete das Schloss ein. Sie konnte ihn vorn hinter dem Steuer sehen, einen großen Mann mit Kappe. Sie fühlte sich kleiner als sonst auf ihrem Rücksitz, und als der Wagen losfuhr, schnallte sie sich schnell an; Mr Sam fuhr *nie* los, bevor sie angeschnallt war. »Mr Sam? Was ist denn mit Mami? Mrs Willingham hat gesagt …«

Sie stoppte mitten im Satz, als ihr auffiel, dass der Mann, der da fuhr, gar nicht Mr Sam war. Die Augen, die sie im

Rückspiegel anstarrten, waren ihr fremd. »Schnall dich an«, befahl er. Das war auch nicht Mr Sams Stimme. Und Mr Sam hätte *bitte* gesagt.

»Hab ich schon«, gab sie zurück. Sie hatte Angst, wollte das aber nicht zeigen. »Kennen Sie das Codewort?«

»Amsel«, sagte er. »Das stimmt doch?«

»Wer sind Sie?«

»Ich bin jemand, der dich an einen sicheren Ort bringen wird«, sagte er. »Genau wie Mr Sam das machen würde. In Ordnung?«

»Ich rufe meinen Daddy an«, antwortete Ellie und öffnete den Reißverschluss ihres Rucksacks, um ihr Handy herauszuholen.

Allerdings war es nicht da, wo sie es hingesteckt hatte. Sie ließ ihr Handy niemals irgendwo liegen. Es war teuer und wichtig und sie steckte es *immer* in diese Tasche.

Sie fühlte Tränen aufsteigen, hielt sie aber zurück. *Die* wollten doch bloß, dass sie weinte. Die hatten ihr das Handy weggenommen und spielten dieses gemeine Spiel mit ihr. »Wer sind Sie?«

»Niemand«, gab der Fahrer zurück. »Und jetzt bleib sitzen und sei still.« Er bog mit dem SUV auf eine Hauptstraße ein. Sie versuchte zu sehen, wohin sie fuhren, verlor aber schnell die Orientierung; sie hatte noch nie darauf achten müssen. Die Schule verschwand hinter einem Hügel. Der Mann bog noch ein paarmal ab, und dann konnte sie nicht einmal mehr raten, wo sie waren.

Sie wusste nicht, was sie tun sollte. Daddy hatte sie immer gewarnt, dass es böse Menschen gab und dass sie nicht mit ihnen gehen sollte, wenn sie das Codewort nicht kannten. Aber der Mann kannte das Codewort, und sie konnte nicht den Notfallknopf drücken, wenn sie ihr Handy nicht hatte.

»Lassen Sie mich raus«, sagte sie. Sie versuchte, so zu klingen wie ihre Mami: kühl und selbstbewusst. »Sie können da oben anhalten.«

»Halt die Klappe«, entgegnete der Fahrer. »Sei einfach still. Wenn du hier einen Aufstand machst, kleb ich dir deinen verdammten Mund zu.«

Das machte ihr noch mehr Angst, als in einem fremden Wagen zu sitzen und ihr Handy nicht zu haben, aber das würde sie ihm nicht zeigen. Sie würde nicht weinen. Sie sah sich um und überlegte, was sie sonst noch tun konnte. Die Tür ließ sich nicht öffnen. Das Fenster auch nicht. Der SUV hatte dunkel getönte Scheiben, genau wie Mr Sams Wagen. Damit die Sonne nicht so blendete. Aber so konnten auch keine anderen Leute hereinschauen.

Ellie wurde etwas Schreckliches klar. Sie war ein Schatten in einem schwarzen Auto hinter getönten Scheiben, niemand konnte sie sehen, und sie wusste nicht, was sie machen konnte.

Als sie damit anfing, um Hilfe zu schreien, wenn andere Wagen vorbeifuhren, nahm der Fahrer eine Ausfahrt und hielt unter einer Brücke zwischen grünen Bäumen an. Er drückte ihr Klebeband über den Mund und fesselte damit auch ihre Arme und Beine. Dann trug er sie nach hinten zum Heck des SUV.

Die Ladefläche war leer bis auf einen Schlafsack mit Disney-Prinzessinnen darauf. Sie schrie unter dem Klebeband, zappelte, versuchte, sich zu befreien, aber er legte sie auf den Schlafsack und schüttelte den Kopf.

»Schlaf jetzt«, befahl er ihr und wischte sich den Schweiß von der Stirn. »Wir haben noch eine lange Fahrt vor uns. Wenn du dich benimmst, bekommst du nachher etwas zu essen. In ein paar Tagen bist du wieder zu Hause und kannst dann eine wirklich spannende Geschichte erzählen.«

Daddy hatte ihr immer gesagt: *Wenn dich böse Leute in die Finger bekommen, glaub nicht, was sie dir erzählen.*

Sie glaubte nicht, dass man sie wieder nach Hause bringen würde.

Als ihre Nase zu laufen anfing und sie mit dem Klebeband über ihrem Mund nur schlecht atmen konnte, bekam sie es richtig mit der Angst zu tun. Sie versuchte, sich zu beruhigen und langsam und gleichmäßig zu atmen. Die Angst blieb, aber sie war auch erschöpft. Schließlich schloss sie einfach die Augen und tat so, als wäre sie irgendwo anders. Zu Hause bei ihrer Mami.

Sie konnte sich das so gut vorstellen, dass sie auf dem Schoß ihrer Mami einschlief.

Als sie wieder aufwachte, wollte sie ihm sagen, dass sie wirklich ganz dringend mal musste, aber er redete am Handy und es war dunkel. Sie fuhren durch einen Wald.

Er sah, wie sie sich aufsetzte, und drehte sich zu ihr um. Durch die Frontscheibe konnte sie die Kurve vor ihnen erkennen und dass Scheinwerfer um die Kurve bogen. Scheinwerfer, die direkt auf sie zukamen.

Sie versuchte, zu schreien, ihn zu warnen, dass er auf das andere Auto achten soll, aber er sah sie nur stirnrunzelnd an und sagte: »Ich hab dir doch gesagt, du sollst …«

Dann prallte der andere Wagen gegen den SUV, und alles drehte sich und schepperte, und sie glaubte, den Mann schreien zu hören.

Helft mir, wollte Ellie rufen, aber sie hatte zu viel Angst und zu starke Schmerzen. Und dann hörte der Mann auf zu schreien und plötzlich war überhaupt nichts mehr zu hören.

Kapitel 1

Gwen

Das breite, dunkle Auge der Fernsehkamera erinnert mich an schlimme Dinge. Sehr schlimme Dinge. Mit aller Macht versuche ich, mich daran zu erinnern, warum ich hier sitze. Ich bin hier, um meine Geschichte zu erzählen, schonungslos und ehrlich.

Denn schon viel zu lange haben andere meine Geschichte erzählt und über mich und die Kinder Lügen verbreitet.

Bereits seit Monaten kursiert es in allen Zeitungen: *Geflohener Serienmörder entführt Ex-Frau! Schießerei im Mörderhaus!* Immer so sensationshascherisch geschrieben, dass es den maximalen Gruseleffekt erzeugt, und mit mindestens einer Erwähnung, dass ich damals als seine Komplizin verhaftet wurde.

Manchmal wird zumindest noch ergänzt, dass ich freigesprochen wurde. Meistens lassen sie dieses Detail einfach weg. Hunderte Reporter haben mich mit E-Mails bombardiert, bis ich mein Postfach schlussendlich einfach nicht mehr geöffnet und alles ignoriert habe. Mindestens die Hälfte von denen hat die lange Fahrt nach Stillhouse Lake auf sich genommen, um mich dazu zu bringen, die Tür zu öffnen und *meine Seite der Geschichte zu erzählen*.

Aber ich bin nicht so dumm, das zu tun, ohne mich vorher vergewissert zu haben, worauf ich mich einlasse. Bis zu diesem Fernsehauftritt ist beinahe ein Monat verstrichen, in dem wir verhandelten, was ich gefragt werden darf und was garantiert nicht. Ich habe mich für die *Howie Hamlin Show* entschieden, weil der Moderator einen guten Ruf hat. Er verhielt sich gegenüber anderen Opfern von Verbrechen einfühlsam und ist ein Verfechter der Gerechtigkeit.

Und doch fühle ich mich nicht bereit, als ich für das Interview auf dem Sessel Platz nehme. Weder diese immer stärker werdende Panik, noch dass mir der Schweiß im Nacken ausbrechen würde, hatte ich erwartet. Der Sessel ist zu niedrig und ich hocke auf dem Rand und fühle mich schrecklich verletzlich. Es ist die Kamera. Ich dachte, ich hätte es überwunden, aber das habe ich nicht. Vielleicht werde ich das auch nie.

Die Kamera starrt mich an.

Alle anderen sind so entspannt. Der Kameramann – nur einer – plaudert mit irgendeiner Person, fernab von dem Gerät und seinem niemals blinzelnden Auge. Auch der Moderator der Sendung spricht in dem nur schwach beleuchteten und von Kabeln durchzogenen Hintergrund mit jemandem. Ich hingegen fühle mich hier wie festgenagelt, und immer, wenn ich blinzle, sehe ich diese andere Kamera, die auf einem Dreibein in einem heruntergekommenen Plantagenhaus in Louisiana gestanden hat.

Ich sehe meinen Ex und sein grässliches Grinsen. Ich sehe Blut.

Ignorier es.

Das Studio ist kleiner, als ich gedacht hatte. Die Bühne besteht aus einem flachen Podest und drei Sesseln um einen kleinen Hochglanztisch als Mittelpunkt. Auf dem Tisch liegen ein paar Bücher, aber ich bin zu nervös, um sie mir genauer anzusehen. Ich frage mich, warum es drei Sessel sind. Stehen hier immer drei Sessel? Ich weiß es nicht. Ich kann mich nicht erinnern, obwohl ich die Sendung extra vorher angesehen habe, um zu wissen, auf was ich mich einlasse.

Du schaffst das, ermahne ich mich und atme tief ein und aus. *Du hast nicht nur einem, sondern zwei Serienmördern die Stirn geboten. Das hier ist nichts. Es ist nur ein Interview. Und du machst das für die Kinder, damit sie sicherer sind.* Denn wenn ich den Medien meine Geschichte einfach so überlasse, werden sie alles nur noch schlimmer machen.

Es hilft nichts. Ich will trotzdem sofort von hier verschwinden und niemals wiederkommen. Das Einzige, was mich an Ort und Stelle hält, ist der Anblick meiner Kinder Lanny und Connor, die vom Greenroom aus zuschauen. Bei diesem handelt es sich um einen schäbigen Aufenthaltsraum mit einem schalldichten Fenster ins Studio, sodass die dort Wartenden die Sendung mitverfolgen können. Lanny reckt aufgeregt den Daumen hoch. Irgendwie gelingt es mir zu lächeln. Mein Make-up beginnt langsam zu verlaufen, weil ich so stark schwitze, das merke ich. Für mich ist es mittlerweile so ungewohnt, welches zu tragen, dass es sich wie eine Schicht Latexfarbe anfühlt, die mich zu ersticken droht.

Ich zucke zusammen, weil etwas meine Schulter berührt, und als ich mich umdrehe, steht da ein bärtiger Kerl mit Baseballkappe, der etwas in der Hand hält. Beinahe hätte ich ihn geschlagen. Dann wird mir klar, dass dieses Etwas nur ein kleines Mikrofon mit einem langen Kabel daran ist.

»Ich gebe Ihnen das jetzt; befestigen Sie es an Ihrem Kragen und verstecken Sie das Kabel einfach unter Ihrer Bluse, okay?«, erklärt er. Ich schätze, ihm ist aufgefallen, wie schreckhaft ich bin, denn er tritt einen Schritt zurück. Ich schiebe das winzige Teil unter den Saum meiner Bluse und ziehe es nach oben, wo es hinsoll; er nickt, als ich es an der richtigen Position habe, und legt dann einen Akku hinter mir auf den Sessel. »Okay, Sie sind live«, sagt er. Ich bedanke mich, auch wenn ich nicht wirklich dankbar bin. Das Kabel fühlt sich auf meiner nackten Haut kalt an. Ich frage mich, ob das Mikrofon meine flache und schnelle Atmung auffängt. Ich zupfe noch einmal daran herum, nur um sicher zu sein, dass es richtig sitzt.

»Zwei Minuten«, höre ich jemanden aus der Dunkelheit heraus sagen, schrecke hoch und setze mich wieder aufrecht hin. Der Moderator steht noch immer hinter den Kulissen. Ich fühle mich schrecklich allein und ungeschützt. Die Scheinwerfer werden eingeschaltet und blenden mich; ich muss dem Drang widerstehen, meine Hand vor die Augen zu halten, um das gleißende Licht abzublocken. Ich verschränke die Finger ineinander, um mich davon abzuhalten, mit ihnen herumzuspielen.

Bei der Ansage »Eine Minute« betritt der Moderator das Podest, ein kräftig gebauter Weißer mittleren Alters, mit dunklen Haaren, die an den Schläfen zu ergrauen beginnen. Er trägt einen schönen dunkelblauen Anzug, und sofort frage ich mich, ob ich underdressed bin. Oder overdressed. Das passt gar nicht zu mir; solche Dinge interessieren mich nicht. Normalerweise jedenfalls.

Immerhin hatte ich auch noch nie einen Liveauftritt vor einem Fernsehpublikum. Zumindest nicht freiwillig.

»Hey, Gwen, wie geht's Ihnen?«, fragt er und wir begrüßen uns mit einem Händeschütteln. Seine Hand fühlt sich warm an meinen eiskalten Fingern an. »Sie müssen sich keine Sorgen machen. Ich weiß, wie nervenaufreibend das ist, aber wir bringen Sie da durch, okay? Vertrauen Sie mir einfach. Ich gebe Ihnen Rückendeckung.«

Ich nicke. Als hätte ich jetzt noch eine andere Wahl. Sein Lächeln ist warm, dieselbe Temperatur wie seine Hände. Für ihn ist das hier ganz normaler Alltag.

Ein weiteres Mal atme ich tief durch.

Dreißig Sekunden verstreichen elendig langsam, dann kommt der Countdown. Die letzten drei Sekunden werden nur noch durch Handsignale angezeigt und wie aufs Stichwort setzt der Moderator sein Lächeln auf. Er beugt sich leicht in Richtung Kamera. »Hallo und willkommen zu dieser außergewöhnlichen Episode von *Howie Hamlin*. Später im Programm geht es um die schockierende Entführung der kleinen Ellie White, aber vorher ist unser Thema der Fall, über den einfach jeder spricht: Melvin Royal. Eine wichtige Stimme hat in diesem Medienrummel bisher gefehlt, und wir sind sehr froh, dass sie heute hier bei uns ist: Gwen Proctor, oder wie sie früher hieß, Gina Royal. Gina Royal war die Frau des berüchtigten Serienmörders Melvin Royal, der kürzlich in Louisiana erschossen wurde, und zwar während eines wirklich unglaublich brutalen Angriffs auf seine …«

Ich ertrage das nicht. Ich muss ihn unterbrechen. »Ex«, sage ich und nötige Howard – *Howie* – Hamlin in seinem zurechtgelegten Intro zu einer Zwangspause. »Tut mir leid, Sie zu unterbrechen, aber ich bin und war seine *Ex*-Frau. Ich habe mich schon vor langer Zeit von ihm scheiden lassen.«

Er braucht nur einen kurzen Augenblick, um sich zu sammeln. »Ja, ja, natürlich, Sie haben recht, mein Fehler. Zu dem Zeitpunkt dieses schockierenden Vorfalls war er Ihr Ex-Mann. Also, Sie möchten jetzt Gwen Proctor genannt werden, nicht Gina Royal, ist das korrekt?«

»Das ist mein offizieller Name.« Ich hatte ihn gesetzlich ändern lassen, ebenso wie die Namen meiner Kinder. Gina Royal existiert nicht mehr. Und rückblickend hat sie wohl auch vorher so gut wie nicht existiert.

»Natürlich. Also, Gwen, nur um sicherzugehen, dass unser Publikum auf dem gleichen Stand ist, was diese unglaubliche Geschichte angeht … Als Melvin Royal ursprünglich vor mehreren Jahren mit der Leiche einer jungen Frau in dem Haus festgenommen wurde, in dem Sie mit ihm lebten, wurden Sie angeklagt, ihm bei seinen Entführungen geholfen zu haben. Ist das richtig?«

»Ja«, bestätige ich. »Und ich wurde freigesprochen.«

»Das wurden Sie.« Er klingt sanft und beruhigend. »Aber danach waren Sie auf der Flucht, haben Ihren Namen und Ihren Wohnort mehrfach gewechselt. Warum das, wenn Sie doch unschuldig waren?«

Ich nehme hier mittlerweile eine Schwingung wahr, die mir nicht gefällt. Irgendetwas stimmt nicht. Ich spüre, dass das hier nicht das entspannte Interview wird, das mir versprochen wurde. »Ich *bin* unschuldig, allerdings hatte ich es tagtäglich mit Morddrohungen für mich und meine Kinder zu tun. Mit andauernden Belästigungen im Internet, Androhungen von Gewalt und Vergewaltigung. Ich habe das getan, was nötig war, um meine Familie zu schützen.« Ich erwähne nicht, dass Melvin uns immer wieder gefunden hat. Briefe geschickt hat. Diese Büchse der Pandora will ich nun wirklich nicht auch noch öffnen.

»Sind Sie nicht zur Polizei gegangen?«

»Die Polizei handelt nur selten bei anonymen Drohungen, davon können die Leute, die gestalkt werden, ein Lied singen. Ich hatte beschlossen, selbst aktiv zu werden, um sicherzustellen, dass meinen Kindern keine Gefahr droht.«

»Ich verstehe. Aber warum sind Sie dann immer wieder umgezogen?«

»Weil die Internet-Trolle sehr gut darin sind, zusammenzuarbeiten, um ihre Opfer zu finden und sie weiterhin zu schikanieren. Für viele von denen ist das ein Spiel. Anfangs war mir das nicht klar, aber die Jagd auf mich war eine organisierte Angelegenheit. Und ich bin mir sicher, das ist sie immer noch.«

»Und warum sind Sie dann hier und gehen dieses Risiko ein?«

Ich halte inne, um die richtigen Worte zu finden. »Weil es tagtäglich passiert. Nicht nur Promis oder Leuten wie mir, die Aufmerksamkeit erregt haben; es passiert auch normalen Leuten. Sogar Kindern. Und unsere Gesetze und unser Polizeivollzugsdienst stellen sich diesem Problem noch nicht entsprechend. Aber ich bin nicht hier, um die Welt zu retten. Nur meine Kinder.«

»Wovor genau?«

»Vor falschen Berichterstattungen«, sage ich. »Vor Lügen, die verbreitet werden und noch mehr Empörung und mehr Belästigungen auslösen. Daher möchte ich meine Geschichte erzählen.« Das auszusprechen lässt mich innerlich erschaudern. Ich habe so viel Zeit mit Fliehen verbracht. Und doch ist das hier das Schwerste, was ich je tun musste. Mich so ... verletzlich zu machen.

»Die Bühne gehört Ihnen«, nickt Howie. »Dafür haben wir Ihnen diese Zeit eingeräumt.«

Also nutze ich die Zeit. Ich erzähle ihm davon, wie ich meinen Ex geheiratet habe, von unseren Anfängen, als ich keine Ahnung hatte, dass die Anforderungen, die er im Haus und im Schlafzimmer an mich stellte, alles andere als normal waren. Ich war zu jung und behütet, um es besser zu wissen. Mir war beigebracht worden, lieb zu sein, gefällig, das zu sein, was mein Ehemann von mir erwartete. Und nachdem die Kinder da waren, war es zu spät, auf meine Instinkte zu hören. Ich hatte zu viel Angst, die Wahrheit zu sehen.

Bis die Wahrheit in der Form eines betrunkenen Fahrers in Melvins Garage krachte – diejenige, die er mich nie hatte betreten lassen. Das war der Tag, an dem Melvins grauenhaftes und grausames Werk zum ersten Mal das Licht des Tages erblickte.

Als ich verstumme, mich an diesen Augenblick erinnere und die Erinnerung daran bekämpfe, beugt Hamlin sich vor. »Gwen, lassen Sie uns gleich zum Punkt kommen. Sie *müssen* es doch gewusst haben, oder? Wie konnte er diese jungen Frauen in Ihr Heim bringen, ohne dass Sie davon wussten?«

Ich versuche, seine abgeschlossene Werkstatt zu erklären, seine Arbeit zu nächtlicher Stunde. Hamlin tut so, als würde er mir zuhören, aber ich sehe, dass er nur darauf wartet, dass ich fertig bin. Dann hakt er weiter nach. »Sie verstehen sicher, warum so viele Leute an Ihrer Geschichte zweifeln, oder? Es kann sich einfach keiner vorstellen, dass Sie an der Seite eines Mörders geschlafen haben und niemals auch nur den Hauch einer Ahnung hatten.«

»Fragen Sie doch Ted Bundys Freundin«, gebe ich zurück. »Fragen Sie Gary Ridgways Frau. Fragen Sie Dennis Raders gesamte Familie. Es mag Anzeichen gegeben haben, aber ich konnte sie nicht als das erkennen, was sie waren. Ich hätte mir *niemals* vorstellen können, dass er so etwas tut, sonst hätte ich versucht, ihn aufzuhalten.«

»Versucht?«, wiederholt Hamlin.

»Er hätte mich umgebracht«, erkläre ich. »Und dann hätte er mit unseren Kindern machen können, wonach ihm der Sinn steht. Ich kann mir nicht vorstellen, was das gewesen wäre, und ich will es auch nicht. Ich habe überlebt, Mr Hamlin. Ich habe das für meine Kinder getan und werde es auch weiterhin tun, was auch immer kommen mag.«

Ich bin recht zufrieden damit, wie ich mich ausgedrückt habe, bin mittlerweile allerdings auch auf der Hut. Warum bedrängt er mich so? Das hatten wir nicht ausgemacht. Er soll mir hier helfen, kein Verhör führen.

»Kommen wir noch mal zurück zu Ihrem Ehemann, Melvin Royal. Er hat Sie auch weiterhin verfolgt, nachdem er hinter Gittern war, das haben Sie doch behauptet, richtig? Das war Teil der Belästigung? Das hatte doch aber sicher nichts mit den gesichtslosen Fremden im Internet zu tun.«

Behauptet. Am liebsten würde ich ihn anfauchen. Ich fühle mich auf diesem Sessel wie eine Gefangene, und dieses Gefühl ist einfach grässlich. Ich kann nicht zur Kamera schauen, aber ich weiß, dass sie mich anstarrt; aus dem Augenwinkel sehe ich die rote »ON AIR«-Lampe. Ich versuche, mich auf Hamlins Gesicht zu konzentrieren, aber es ist verschwommen. Ich sehe, wie sich Leute um mich herum bewegen, und ich hasse es, *ich hasse es.* Ich kann es nicht leiden, wenn sich Leute an mich heranschleichen.

»Gwen?«

Mir wird klar, dass ich ihn mit leerem Gesichtsausdruck anstarre, und ich versuche, mich an die Frage zu erinnern. *Melvin. Er redet von Melvin.* »Mein Mann hat mir Briefe geschickt«, erkläre ich. »Jemand im Gefängnis hat sie für ihn herausgeschmuggelt; wir glauben mittlerweile, dass er sie überall im Land verteilt hat, damit seine Partner sie schicken können, auch noch nach seinem Tod. Soweit ich weiß, laufen dazu immer noch Ermittlungen.«

»Und haben Sie diese Briefe behalten? Sie den Gefängnisbeamten gezeigt? Der Polizei?«

»Die ersten schon«, sage ich. Meine Kehle ist trocken. Meine Finger zucken. »Aber er saß bereits im Todestrakt. Sie konnten nicht viel tun, um ihn zu bestrafen.«

»Hmm.« Er dehnt das Geräusch aus und tut so, als würde er nachdenken. »Und Sie haben Unterlagen von all diesen Drohungen im Internet, von denen Sie behaupten, dass Sie sie erhalten haben?«

Warum zweifelt er an mir? Was zum Teufel geht hier vor? »Natürlich habe ich die, einschließlich Aufzeichnungen von Polizei und FBI zu den Belästigungen. Hören Sie, es bringt doch nichts, das hier fortzusetzen, wenn Sie …«

»Sie behaupten doch, dass es mit den Familien von Melvin Royals Opfern begonnen hat?«

Ich will schon aufstehen, um zu gehen, doch jetzt setze ich mich wieder hin. Das hier schlägt eine völlig falsche Richtung ein. Tatsächlich hatte ich dem Produzenten gesagt, ich würde keine Fragen über die Opfer oder ihre Familien beantworten. Ich muss das abwehren. »Ich möchte nicht über die Familien der Opfer sprechen.«

»Warum nicht? Das waren doch ursprünglich die Leute, die wütend auf Sie waren, nicht wahr?«

Ich will den Familien keine Schuld geben. Diesen Eindruck darf ich nicht hinterlassen. »Ich gebe den Leuten, die mit unglaublicher Trauer und Wut zu kämpfen hatten, keine Schuld. Ich gebe den völlig Fremden die Schuld, die sich daran geheftet haben, um ihre eigenen Bedürfnisse zu befriedigen.«

»Haben Sie irgendwelche Beispiele dieser Belästigungen mitgebracht, die wir unserem Publikum zeigen könnten? Natürlich nur, um Ihre Aussagen zu untermauern.«

Ich spüre, wie mir die Hitze die Wangen hochsteigt. Meine *Aussagen* untermauern? Stehe ich hier vor Gericht? »Nein«, sage ich und versuche, ruhig zu bleiben. »Habe ich nicht. Und ich würde auch nichts davon zeigen wollen. Sie sind widerlich.«

»Ich glaube, unser Produzent hat Sie gebeten, ein paar mitzubringen, nicht wahr?«

Ich habe es versucht. Ich habe die Schublade geöffnet, in der ich diese schrecklichen Dinge aufbewahre, und versucht, ein Beispiel zu finden, das nicht so persönlich und grausam ist, dass es in mir Übelkeit erregt, aber ich konnte es nicht. Bei allem Geringeren hätten sie abgewunken und mich als hysterisch dargestellt. Und die wirklich grausamen Beispiele hätten sie als unpassend für solch eine Sendung empfunden und damit verboten.

»Ich wollte meine Kinder schützen«, erkläre ich. »Viele dieser Nachrichten drehen sich um sie. Ich weigere mich, das öffentlich zu machen. Ich will ihre Qualen nicht zur öffentlichen

Unterhaltung machen. Ich bin hier, um die Wahrheit zu sagen, nicht, um die Lügen publik zu machen.«

Ich spüre einen kurzen, strahlenden Augenblick der Ruhe, während ich das sage; ich habe recht, das weiß ich, und ich glaube, das Publikum weiß es auch.

Doch dann wendet er sich gegen mich.

»Gwen …« Er rutscht in seinem Sessel weiter nach vorn und dreht sich zu mir, als wäre er bereit für die Beichte. »Wissen Sie von der Dokumentation?«

Ich spüre, wie sich der Sessel unter mir auflöst und ich tief in den Boden sinke. »Welche *Dokumentation*?« Mir ist bewusst, wie stark ich das Wort betont habe, doch ich kann es nicht verhindern. »Wovon reden Sie da?«

Es ist subtil, aber ich sehe den Hauch eines Flackerns in seinen Augen aufblitzen. »Dazu kommen wir gleich. Aber vorher noch: Es gab da ja für kurze Zeit ein Video, das zu bestätigen schien, dass Sie in den Fall Ihres Ex-Manns verwickelt waren …«

Welche verfickte Dokumentation? Ich atme tief durch, um mich zu beruhigen. »Das Video war eine meisterhafte Fälschung, was das FBI bestätigt hat; Sie können gern die Pressemitteilung dazu lesen. Die Tatsache, dass Sie mich überhaupt dazu befragen, zeigt doch nur erneut die ständige Belästigung, der ich und meine Kinder tagtäglich ausgesetzt sind.« Ich versuche noch immer, diese Katastrophe abzuwenden. Ich weiß einfach nicht, was ich sonst tun soll.

»Gut, reden wir doch darüber. Melvin Royal scheint online eine bedeutsame und wachsende Zahl von Anhängern zu haben, die glauben, dass er an all diesen Verbrechen entweder gar keine Schuld getragen hat oder Sie zumindest ebenso schuldig sind. Finden Sie nicht, dass diese Menschen das Recht haben, ihre Meinung zu sagen?«

Ich möchte ihm meine Faust ins Gesicht rammen. Ich möchte schreien. Ich möchte so dringend hier *weg*, dass meine Beine zittern. »Wenn diese Meinungen beinhalten, dass ich lebendig gehäutet und meine Kinder vor meinen Augen ermordet werden sollten, dann nein. Finde ich nicht.« Meine Stimme klingt wütend. Ich schlucke ein Brennen in meiner Kehle hinunter. Schmecke Galle. »Von welcher Dokumentation reden Sie?«

»Ja, das ist doch die perfekte Gelegenheit, unseren nächsten heutigen Gast zu begrüßen. Mrs Tidewell? Würden Sie sich zu uns gesellen?«

Mir wird klar, dass die Leute, deren Bewegung ich im Hintergrund wahrgenommen hatte, der bärtige Mikrofonbediener und der Bühnendirektor waren. Als ich mich leicht zur Seite drehe, sehe ich eine neue Person das Podest betreten. Ich kenne sie und habe auf einmal das Gefühl, vom Rand der Welt zu stürzen.

Miranda Tidewell. Reich, mit besten Verbindungen und schrecklich wütend. Sie hat auch guten Grund dazu; ihre Tochter Vivian war das zweite Opfer meines Mannes. Von Anfang an hat sie geglaubt, dass ich ebenso schuldig bin, dass ich es hätte wissen und ihn stoppen müssen oder dass ich die ganze Zeit mit ihm gemeinsame Sache gemacht habe. Seit dem Augenblick, in dem Melvin verhaftet wurde, war sie das Messer in meinem Rücken. Hauptsächlich ihrer Fürsprache habe ich es zu verdanken, dass ich ebenfalls verhaftet und vor Gericht gestellt wurde, obwohl die Beweislage im besten Fall dünn war und nur auf der schwachen Grundlage der Beschuldigung durch eine Nachbarin beruhte.

Miranda wollte mich im Todestrakt neben Melvin sehen. Und dem Blick zufolge, den sie mir zuwirft, als sie heraufkommt, um sich in den dritten Sessel zu setzen, den Sessel, über den ich mich gewundert habe … will sie das noch immer.

Der Kontrast zwischen uns ist überdeutlich. Wir sind beide weiße Frauen, doch meine Haare sind dunkel, meine Kleidung einfach und praktisch. Sie hat hochgestecktes Haar in der Farbe von blassem Gold und trägt teuren Schmuck und einen Designeranzug. Sie sieht bühnenreif aus, bis hin zu ihrem perfekten Make-up.

Obwohl ich sie anstarre, würdigt sie mich keines Blickes. Sie schüttelt Howie Hamlins ausgestreckte Hand und setzt sich mit einer eleganten und fließenden Bewegung. »Danke für die Einladung, Mr Hamlin«, sagt sie. »Und dafür, dass Sie sich auch unsere Seite anhören. Die Familien der Opfer von Melvin und Gina Royal sind Ihnen dankbar für diese Gelegenheit.«

Ich muss aufstehen und gehen.

Sie nimmt meine Anwesenheit nicht im Geringsten zur Kenntnis. Ich hingegen habe keine Ahnung, wie ich ihre ignorieren soll. Die gesamte Welt wirkt auf einmal unheimlich surreal und gedämpft, als würde ich mich tief im Meer befinden.

»Natürlich. Und die Gruppe, die Sie repräsentieren, nennt sich …«

»Die Lost Angels«, erklärt sie. »Nach den Kindern, Schwestern, Müttern und weiter entfernten Verwandten und Freundinnen, die uns genommen wurden.«

»Soweit ich weiß, haben die Lost Angels Geldmittel gesammelt, um eine Dokumentation drehen zu lassen, von der Sie sagen, dass sie diesen Fall vollständig aufklären wird. Welchen Vorteil sehen Sie jetzt noch darin, wo doch Melvin Royal tot ist und Ms Proctor vollständig entlastet wurde?«

Ich möchte schreien, etwas werfen, einfach nur von dieser Bühne verschwinden, aber ich kann nicht. Ich muss zuhören. Howie Hamlin, ob geplant oder nicht, tut mir einen großen Gefallen damit, mich darauf aufmerksam zu machen, dass die Lost Angels – eine Gruppe, von der ich lange nichts mehr gehört hatte – wieder aktiv sind. Ich hatte ehrlich geglaubt, sie hätten sich aufgelöst, ihre Trauer überwunden und ihr Leben fortgesetzt. Aber ganz offensichtlich ist dem nicht so.

»Nun, natürlich sind wir an keinem neuen Prozess interessiert; Mrs Royal wurde von einer Jury aus ihresgleichen freigesprochen«, stellt Miranda klar. »Wir glauben jedoch an das Urteil der Öffentlichkeit, das auch bei anderen Fehlurteilen so unglaublich effektiv war, wenn die Schuldigen ihrer Strafe nicht zugeführt wurden. Wir werden den Fall in Form dieser neuen und gründlichen Dokumentation der Weltöffentlichkeit präsentieren, die tief in das Leben von Gina Royal eintaucht.«

»Wurde die Dokumentation bereits abgedreht?«

»Die Arbeiten haben gerade erst begonnen«, erklärt Miranda. Jetzt richtet sie ihre Aufmerksamkeit auf mich. Der Hass in ihren Augen ist noch von derselben Intensität wie an dem Tag, an dem sie im Gerichtssaal saß, als ich freigesprochen und freigelassen wurde. Seit jenem Tag hatte ich sie nicht mehr gesehen, aber nun ist es fast so, als wäre überhaupt keine Zeit vergangen.

Das alles ist so unfassbar, dass ich für einen Augenblick überhaupt nicht glauben kann, was ich gehört habe. Ich kann mich nicht bewegen. Ich kann nicht denken. Ich starre diese Frau, die ansonsten so *normal* wirkt, einfach nur an. Ich kann nicht verstehen, wie jemand so … besessen sein kann. Über Jahre hinweg. »Das können Sie nicht machen«, protestiere ich. »Sie können nicht mein Leben und das meiner Kinder so zerreißen. Nicht schon wieder.«

»Das tue ich überhaupt nicht«, widerspricht Miranda. »Ich finanziere lediglich eine Dokumentation, die im Internet und auf Filmfestivals in aller Welt veröffentlicht werden wird, sobald wir fertig sind. Es ist … ein Liebesdienst, wenn Sie es so nennen wollen. Um die Opfer Ihres Mannes zu ehren. Unsere Kinder. Und ich freue mich darauf, *Ihre* Meinung zu hören, Mrs Royal.

Ich denke, Ihnen wird die Schauspielerin gefallen, die Sie in den nachgestellten Szenen darstellen wird.«

Sie möchte eine Szene provozieren. Darauf hat sie es abgesehen. Darauf, dass ich mich vergesse und sie gleich hier auf dieser Bühne erwürge, während Howie Hamlin und halb Tennessee Zeuge davon werden. Ich muss dieses Spiel mitspielen und ich muss es gut spielen.

Also lehne ich mich zurück. »Ich freue mich schon darauf«, sage ich ruhig. »Und ich werde gern die Gelegenheit nutzen, etwaige Ungenauigkeiten zu berichtigen. Und wie Sie vermutlich wissen, sind nicht alle Familienmitglieder auf Ihrer Seite.«

»Nein«, stimmt Miranda zu. »Ich fürchte, einige von ihnen kaufen Ihnen Ihr Schauspiel vom armen Opfer ab. Zu schade, wirklich.« Vermutlich redet sie von Sam, doch sie ist vorsichtig; sie möchte ihn hier nicht mit Dreck bewerfen. Dadurch würde sie an Seriosität einbüßen und rachsüchtig wirken.

»Zu schade, dass es Ihnen nicht möglich war, einen positiven Weg aus Ihrer Trauer herauszufinden, Mrs Tidewell«, sage ich und meine es auch so. »Was Ihrer Tochter passiert ist, tut mir leid, und ich wünschte, Sie könnten Frieden in dem Wissen finden, dass der Gerechtigkeit Genüge getan wurde. Ihr Mörder ist tot.«

»Einer von ihnen«, faucht sie. »Der andere ist noch übrig.« Sie erkennt, dass sie zu weit gegangen ist, und bemüht sich, Tränen heraufzubeschwören und sich eine Hand über den Mund zu halten. Das perfekte Schauspiel einer von Trauer überwältigten Mutter – zumindest, wenn man nicht zu genau hinschaut. »Entschuldigen Sie, Mr Hamlin. Das hier ist schwerer, als ich dachte.«

»Geht es Ihnen gut, Mrs Tidewell?«, fragt Howie, als würde es ihn kümmern; er hält schon die Taschentücher bereit, und sie betupft damit ihre Augen, vorsichtig darauf bedacht, das

Make-up nicht zu verschmieren. »Wenn das hier zu schwer für Sie ist, können wir auch eine Pause einlegen.«

»Und was ist, wenn es zu schwer für mich ist?«, frage ich ihn. Ich weiß, dass ich wütend bin, aber ich kann Miranda Tidewell nicht in ihrem eigenen Spiel schlagen; sie wurde dazu geboren, zu manipulieren, und diese Fähigkeit habe ich nie besessen. »Diese Frau stand an der Spitze einer Bewegung, die mein Leben und das Leben meiner Kinder in Gefahr gebracht hat. Sie hat Kräfte in Bewegung gesetzt, die sie nicht kontrollieren kann, und jetzt droht sie damit, genau das wieder zu tun!«

»Ich drohe überhaupt nicht«, sagt Miranda. Sogar ihre Stimme zittert. Welch eine tapfere Frau, werden die Menschen zu Hause denken. Während ich wie eine wütende, kaltblütig berechnende Schlampe wirke. »Ich sage lediglich, dass wir eine Dokumentation über unsere Liebsten drehen, die uns genommen wurden, und den Fall dabei noch einmal genau unter die Lupe nehmen.«

»Meine Damen, bitte denken Sie daran, dass ich hier keine Partei ergreife«, mischt sich Howie ein. Sein Tonfall erinnert mich an einen schmierigen Bottich voller Schmalz, den meine Großmutter früher immer auf dem Herd stehen hatte.

Ich kann mich nicht beherrschen. Es geht mit mir durch.

»Es gibt hier keine Partei! Ich sage die *Wahrheit*!«, schreie ich ihn schon beinahe an. Zusammenreißen ist jetzt nicht mehr möglich. »Sie haben mich in diese Sendung geholt, um über die Belästigung meiner Familie zu sprechen, und stattdessen haben Sie einer Frau Zeit und Raum eingeräumt, die alles tun wird, um mein Leben und das meiner Kinder zu zerstören. Tun Sie also bloß nicht so, als würden Sie *keine* Partei ergreifen! Wegen so etwas bin ich nicht hergekommen!«

»Ms Proctor …«

»Nein!« Ich stehe auf, ziehe das Mikrofon ab, reiße es mir von der Bluse und werfe es auf den Sessel. Am liebsten würde ich es ihm ins Gesicht werfen. »Ich bin hier fertig.«

Die Kamera folgt mir, als ich das Podest verlasse und die gleißenden Scheinwerfer hinter mir lasse. Am liebsten würde ich das vom Computer gesteuerte Gerät beiseiteschieben, aber ich wette, das würde zu Strafzahlungen oder sogar einer Anklage führen, also weiche ich einfach aus und begebe mich direkt zum Aufenthaltsraum. Ich reiße die Tür auf und sehe meine Kinder an – meine zwei wunderschönen, wundervollen Kinder, die mich jetzt mit offenem Mund anstarren. Mittlerweile befinden sich noch drei weitere Leute im Zimmer: ein afroamerikanischer Mann und eine ebenfalls dunkelhäutige Frau sowie eine weiße Frau, alle für einen Auftritt vor der Kamera gekleidet. Das schwarze Paar wirkt verstört und weiß nicht, was es von dem halten soll, was gerade passiert ist. Hinter mir entschuldigt sich Howie Hamlin bei den Zuschauern und verspricht, das Interview fortzuführen, sobald sich Mrs Tidewell dazu in der Lage fühlt. Er schaltet zur Werbung und lehnt sich zurück, um ein paar Notizen durchzugehen. »Sehr schön. Mrs Tidewell, Sie bleiben noch zwei Minuten, dann wechseln wir zu den Whites. Erin, bereiten Sie sie vor.«

Die Whites. Ich erinnere mich an seine Einführung zu Beginn der Sendung. Das müssen dann wohl die Eltern von Ellie White sein, der vermissten Sechsjährigen. Sie ist bereits vor Tagen verschwunden, abgeholt von einem falschen Chauffeur. Es handelte sich ganz offensichtlich um eine gut geplante und professionell ausgeführte Entführung.

»Tut mir leid«, entschuldige ich mich bei ihnen und frage mich dann, ob sie mein Mitleid überhaupt wollen. Nach dieser Horrorsendung vermutlich nicht. Sie antworten nicht. Ich weiß gar nicht, ob sie mich überhaupt gehört haben.

»Was zum Teufel ist denn da passiert?«, entfährt es Lanny schließlich. Ihre Augen sind riesig, ihr Gesicht selbst noch unter dem blassen Make-up, das sie bevorzugt, sehr bleich. »Mom? Ist diese Frau eine der Mütter von …?«

»Ist schon gut, Schatz«, unterbreche ich sie. »Wir gehen. Und zwar sofort.«

Connor hat keinen Pieps von sich gegeben, aber jetzt kommt er zu mir und legt einen Arm um mich. In den letzten Monaten hatte er einen Wachstumsschub, sodass er mir mittlerweile bis zur Schulter reicht. Lanny ist immer noch größer als er, aber nicht allzu sehr.

Ich will die beiden hier rausschaffen, solange Miranda noch auf Sendung ist, damit sie uns nicht verfolgen kann. Ich nicke den Whites zu; die Frau bei ihnen – mittleres Alter, mit zweckmäßiger Frisur und praktischem Hosenanzug – nickt zurück. Sie mustert mich, während ich meine Kinder aus dem Aufenthaltsraum bugsiere und auf dem Weg zur Tür nach meiner Tasche greife.

Ich tippe bereits auf die Tasten meines Handys, noch bevor wir die Außentür erreicht haben. Ein Mitarbeiter versucht, sich mir in den Weg zu stellen, vermutlich, um mich davon zu überzeugen, erneut in diese Löwengrube zu steigen, doch ich schiebe ihn mit dem Ellenbogen beiseite und höre mir kein einziges Wort von dem an, was er zu sagen hat.

Dann sind wir endlich draußen und Sam geht ans Telefon. »Schon fertig?« Er klingt überrascht.

»Hast du nicht zugeschaut?«

»Ich bin mir einen Kaffee holen gegangen. Was ist passiert?«

»Erzähl ich dir im Wagen. Wir treffen uns am Ende der Einfahrt«, wiegele ich ab und straffen Schrittes gehen wir den leicht geneigten Weg nach unten.

Auf dem riesigen Bildschirm vorn am Rundfunkgebäude wird die *Howie Hamlin Show* ohne Ton, jedoch mit Untertiteln abgespielt. Anscheinend zudem mit Verzögerung, denn in diesem Augenblick entschuldigt sich Hamlin dort gerade bei den Zuschauern für meinen Abgang. Ich bin mir sicher, die Mitarbeiter von Hamlin haben ihre Hausaufgaben gemacht und werden als Nächstes Miranda darüber sprechen lassen, wie verdächtig mein Verhalten ist. Und über die jungen Frauen, die letztes Jahr direkt vor meiner Haustür tot im Stillhouse Lake getrieben sind.

Wie ich mit Mord davongekommen bin … auch wenn ich es überhaupt nicht war. Es war ein Mann, der mich auf Befehl meines Ex-Manns in Verruf bringen sollte. Nicht, dass das jemals jemand glauben würde.

Ich sollte meine eigene Existenz nicht so verteidigen müssen. Meine schreckliche Vergangenheit. Die Narben auf meinem Körper und auf meiner Seele.

Ich kann einfach nicht glauben, dass ich mich in dieser Sendung so über den Tisch habe ziehen lassen. Ich habe meine Kinder im Stich gelassen. Zitternd kämpfe ich gegen die Tränen an. Ich dachte, ich würde endlich unsere Probleme beenden, stattdessen habe ich nur einen weiteren Nebenschauplatz kreiert.

Während wir um die Kurve laufen, klingelt mein Handy. Ich sehe Sams Truck am Ende der Einfahrt mit eingeschalteter Warnblinkanlage warten. Ohne den Blick von unserem Fluchtweg zu wenden, gehe ich ans Telefon.

»Ja?«

»Ms Proctor, hier spricht Dana Reyes, die Regieassistentin der *Howie Hamlin Show*. Es tut mir sehr leid, dass das so eine Überraschung für Sie war; es war nicht geplant, das Ganze in einer derartigen Konfrontation münden zu lassen.« *Lügnerin.* »Bitte kommen Sie zurück ans Set. Das nächste Segment haben wir allein für Sie reserviert, und ich verspreche, dass wir uns vollständig auf Ihre Geschichte« – ich höre beinahe, wie sie ihre

Notizen überprüft – »über das Stalking Ihrer Familie fokussieren. Natürlich entschuldigen wir uns, falls Sie sich angegriffen gefühlt …«

Ich lege einfach auf. Wir steigen in den Pick-up und Sam schaltet den Blinker aus und fädelt sich in den Verkehr ein. Es ist ein schöner Nachmittag in Knoxville, Tennessee. Die Luft ist warm, die Sonne scheint, der Himmel ist tiefblau. Sam schaut mich vorsichtig von der Seite an. Er will nicht nachfragen. Ich will nicht reden. Die Kinder sitzen auf den Rücksitzen und sind ebenfalls ungewöhnlich schweigsam. Vermutlich ebenso schockiert wie ich, dass solch ein schöner Tag eine so drastische Wendung nehmen konnte.

Was habe ich da gerade getan?, denke ich. Howies Erwähnung der aktuellen Stimmungslage im Internet zufolge macht Miranda schon eine Weile Probleme. Ich habe mich vom Ansturm der Reporter davon ablenken lassen, die Bedrohungen weiter im Blick zu behalten. Ein grober Fehler. Ich wusste nicht, dass so eine Gefahr für mich, für uns, gerade wild brodelt. Dabei wäre es meine Pflicht gewesen, das zu wissen.

Verschwörungstheorien schießen seit Jahren wie Pilze aus dem Boden, mit deutlich ansteigender Tendenz, eine lächerlicher und weiter hergeholt als die andere. Chemikalien in Kondensstreifen. Impfgegner. Klimawandelleugner. Und die sind alle noch harmlos im Vergleich zu denen, die das Grauen der Terroranschläge vom 11. September und all die Schulmassaker als Verschwörung abtun und damit den schlimmsten Albtraum aller Eltern als nichtig darstellen und das Leben der Überlebenden zerpflücken.

Miranda Tidewell hat ganz offensichtlich erkannt, dass das genau die richtige Umgebung ist, um uns mit minimalen Anstrengungen zu vernichten. Einfach eine pseudoobjektive Dokumentation produzieren, ein paar unverschämte Behauptungen in die Welt setzen, irgendetwas finden, das sich wahr *anfühlt,* und das Ganze dann gut verkaufen. Die Wahnhaften und emotional Gestörten werden etwas daran finden, das ihnen Trost spendet. Die Faulen werden es als unwahrscheinlich, aber *möglich* abtun. Und in einem Jahr oder auch zweien werden die Faulen sich selbst sagen, dass Vorsicht besser als Nachsicht ist, und das Ganze als Wahrheit weitertragen. Miranda Tidewell ist wirklich clever, es auf diese Art anzugehen. Eine Dokumentation – selbst wenn sie voller Halbwahrheiten und Lügen ist – beansprucht für sich allein schon eine gewisse Glaubwürdigkeit.

Die Leute werden es glauben – denn es ist viel einfacher, zu glauben, dass meine Unschuld, mein Grauen und meine Trauer lediglich gespielt sind. Dass ich es gewusst haben muss, dass ich ein Teil davon gewesen bin. Denn müssten sie zugeben, dass es real ist, was ich sage, hieße das auch, dass sie für solche furchtbaren, zufälligen Ereignisse, wie sie mir den Boden unter den Füßen weggezogen haben, ebenso anfällig sind … und das wäre einfach zu sehr Furcht einflößend.

Es ist besser, einen eingebildeten Dämon zu bekämpfen, als sich dem echten zu stellen.

Je mehr ich darüber nachdenke, desto wütender werde ich. Ich *will* wieder zurück ins Studio, und ich will diesen selbstgefälligen Moderator so laut anbrüllen, dass ihm die Ohren klingeln.

Was umso mehr dafür spricht, nicht zurückzugehen.

»Hey. Alles okay?« Sam spricht leise, und seine Stimme holt mich ein wenig aus dieser grenzenlosen Wut heraus.

»Nein«, entgegne ich. »Das Ganze war ein Hinterhalt. Ich vermute, du kennst Miranda Tidewell.«

Ich sehe, wie er erstarrt. Erschrocken blickt er mich aus großen Augen an.

»Verdammte Scheiße«, entschlüpft es Sam. »Sie war im Studio? *Mit dir?*«

»O ja. Sie sagt, die Lost Angels würden eine Dokumentation drehen«, erkläre ich. »Über mich. Und ich schätze, sie werden auch nicht verhindern können, dass du da mit reingezogen wirst.«

»O mein Gott.« Sam sieht absolut erschüttert aus. Ich frage mich, ob er Miranda je begegnet ist; vielleicht, nachdem er aus Afghanistan zurückgekommen war. Er hatte meine Verhandlung und meine Freilassung verpasst, ist also erst später in diese Horrorshow eingestiegen. Miranda hatte ihn sicherlich auf ihrer Seite haben wollen … und mit etwas Unwohlsein erinnere ich mich daran, dass Sam für eine Weile tatsächlich auf dieser Seite war. Zumindest auf der Seite derer, die glaubten, ich sei schuldig.

»Okay. Wir müssen hier weg und sofort nach Hause.« Falls ihm ein *Ich hab's dir ja gesagt* auf der Zunge liegt, hält er sich zurück, wofür ich sehr dankbar bin. Er hatte mich gewarnt, nicht auf das Wohlwollen von TV-Moderatoren zu vertrauen. Und er hat recht behalten.

Ich hatte den Kindern für nach der Sendung einen schönen Tag in Knoxville versprochen. Aber dieser Zug ist abgefahren; ich will sie jetzt auf keinen Fall in der Öffentlichkeit herumlaufen lassen, wenn zumindest ein gewisser Prozentsatz der Stadt nach diesem Desaster auf uns aufmerksam geworden ist. Irgendein Idiot wird dem Köder nicht widerstehen können, und ich lasse nicht zu, dass meine Kinder belästigt werden. »Ja«, stimme ich zu. »Tut mir leid, ihr zwei. Ich weiß, ich hatte euch versprochen, dass wir den Nachmittag noch hier verbringen, aber …«

»Du willst uns nur beschützen«, setzt Lanny meinen Satz fort. Connor sagt wie üblich überhaupt nichts. »Wir verstehen das. Aber, Mom … wir kommen schon klar.« Sie sagt das mit der absurden Zuversicht einer Fünfzehnjährigen, und es macht mir Angst, dass sie das auch so meint.

»Tja, ich hingegen komme gerade nicht klar«, meine ich und tue damit nicht so, als wüsste ich nicht, dass sie durch die Hölle gegangen sind. »Ich weiß, das war eine lange Reise für nichts. Tut mir leid. Damit hatte ich wirklich nicht gerechnet.« Genau das hätte ich aber tun sollen. Wäre ich auf der Hut gewesen und hätte das Internet überwacht, wie es ratsam war …

»Ist schon okay«, antwortet mein Sohn schließlich. »Wir verstehen das.«

Das ist großmütiger von den beiden, als ich es verdient habe. Plötzlich bin ich noch wütender darüber, dass uns diese Leute da draußen wie Zielscheiben behandeln. Meine Kinder sind real, und es ist unglaublich, wie sie das alles meistern. Und ich werde bis zum Ende für sie kämpfen.

»Wie wär's mit einem Eis für unterwegs?«, wirft Sam ein.

»Eis!«, ruft Connor begeistert aus. »Ein Oreo-Eis?«

»Was immer du willst, Kumpel«, sagt Sam. »Lanny?«

Ich blicke in den Rückspiegel. Sie rümpft die Nase, lässt sich aber zu einem »Na klar« herab. Ein Entgegenkommen. »Mom? Sind wir jetzt wieder auf Alarmstufe Rot oder wie?«

»Das weiß ich nicht«, gebe ich zu. »Ich weiß es einfach nicht, Schatz. Für den Augenblick müssen wir wohl einfach sehr, sehr vorsichtig sein.«

* * *

Unsere Fahrt zurück nach Stillhouse Lake und zu unserem Haus verläuft ohne Zwischenfälle. Allerdings bin ich hyperwachsam und achte auf jede Kleinigkeit. Das Eis ist lecker und Connor ziemlich entspannt, nachdem er erst seine Portion und dann noch die Hälfte der Portion seiner Schwester hinuntergeschlungen hat; ich würde mir vielleicht Sorgen über seine Essgewohnheiten machen, wenn ungesunder Süßkram bei uns nicht die Ausnahme wäre, außerdem sorgt der Metabolismus meines Sohns dafür, dass er spindeldürr bleibt. Er steckt mitten im Wachstum und nimmt an Muskelmasse zu. Noch geht das langsam, aber ich sehe förmlich, dass sich das bald beschleunigen wird. Gut. Es ist beklagenswert, aber doch eine Tatsache: Meine Kinder müssen schneller als andere Kinder erwachsen werden. Das gilt seit dem Tag, an dem unser Leben in Flammen aufgegangen ist. Ich hoffe, du schmorst in der Hölle, Melvin.

Die letzten Jahre waren nicht einfach für Lanny und Connor. Oder mich. Aber ich dachte, wir würden allmählich so etwas wie Frieden finden können. Wir haben Sam, der ebenso heftig um sie kämpft wie ich und mir in die Wildnis gefolgt ist, um sie zurückzubekommen. Wir haben ein Zuhause. Wir haben Freunde und werden zumindest mit Vorsicht von einigen Nachbarn akzeptiert.

Aber nach dieser Sache hier … Ich weiß es nicht. Ich weiß es ganz einfach nicht.

»Lass mich hier raus«, bitte ich Sam. »Ich hole noch die Post. Ihr kümmert euch schon mal ums Essen, okay?«

»Okay, aber du weißt schon, dass du damit deine Stimme aufgibst.«

»Ich trete meine Stimme an dich ab«, sage ich. »Irgendetwas Gesundes?«

»Buh!«, rufen meine Kinder im Chor. Ich verdrehe die Augen und winke ihnen noch nach, während sie den Hügel hochfahren.

Die Post zu holen, war nur eine Ausrede. Ich nehme mein Handy aus der Tasche und wähle eine Nummer. Als am anderen Ende der Leitung der Anrufbeantworter anspringt, spreche ich aufs Band, dass ich um sofortigen Rückruf von Dr. Marks bitte. Die Praxismitarbeiter sind entspannt und professionell; sie haben wirklich schon alles gehört. Ich hätte die Nachricht vielleicht dringlicher klingen lassen sollen, aber Dr. Marks kennt mich. Sie wird es auch so verstehen.

Nur wenige Minuten später werde ich angerufen. Katherine Marks. »Gwen«, sagt sie, und wie immer ist ihre Stimme forsch, entspannt und auf seltsame Weise beruhigend. »Wie ist der Fernsehauftritt gelaufen?«

»Haben Sie ihn sich angeschaut?«

»Nein, leider nicht. Ich hatte Patienten.«

»Tja …« Ich wechsle die Position, bin plötzlich zögerlich, es jetzt, wo ich sie in der Leitung habe, zuzugeben. »Nicht gut. Ich hatte das … das, worüber wir gesprochen haben.«

»Sie haben auf die Kamera reagiert?«

»Ja.« Paradoxerweise kommen in der Sekunde, in der ich es zugebe, sämtliche Erinnerungen zurück. Ich dachte, ich hätte es überwunden, auch wenn Dr. Marks mich gewarnt hatte, dass diese besondere Art von posttraumatischem Stress immer wieder zurückkehren könne. Das Ganze sitzt tief. An jenem Tag und in jener Nacht in Killman Creek hatte ich geglaubt, wahrhaftig geglaubt, ich würde als Melvin Royals Opfer sterben. Zu Tode gefoltert vor einem Publikum, das dafür bezahlte, um das zu sehen. *All das* vor der niemals blinzelnden Linse einer Videokamera. »Ich habe wieder alles vor mir gesehen. Ich konnte … Ich konnte es nicht kontrollieren.«

»Möchten Sie vorbeikommen?«

»Ich kann nicht«, behaupte ich. In Wahrheit will ich es aber nicht. Ich will mich hier verstecken, zu Hause, mit meiner Familie. »Ich hatte gehofft, Sie könnten …«

»Das einfach mit Ihnen durchsprechen?«, beendet sie meinen Satz leicht trocken. »Sie sind bisher bemerkenswert widerwillig gewesen, das ausführlicher zu vertiefen. Wollen Sie etwa sagen, dass Sie jetzt dazu bereit sind?«

»Ja«, sage ich. Obwohl ich eigentlich *Nein* oder *Ich weiß nicht, ob ich das kann* meine. Ich schließe die Augen. Eine sanfte feuchtwarme Brise weht über mich hinweg und ich atme langsam ein und dann schnell wieder aus.

Ich öffne die Tür zu der Erinnerung, und das Erste, was ich sehe, ist mein Ex-Mann, Melvin Royal, der neben mir liegt und lächelt, als ich aufwache. Ich bin *dort.* Ich fühle die erstickende, schwere Feuchte von Louisiana. Rieche das vermodernde Holz im Haus. Spüre das feuchte, steife Nachthemd einer toten Frau an meiner Haut kleben.

Ich spüre, wie sich die Handschellen in meine Handgelenke pressen.

Nein. NEIN.

»Gwen?«

Ich öffne den Mund. Nichts kommt heraus. Ich wende mich von der Erinnerung ab, schiebe sie weit nach hinten, schlage im Geiste eine Tür zu und verriegele sie mit einem übermäßig großen eingebildeten Schloss. Dennoch sehe ich weiterhin sein breites Grinsen und das glasige tote Auge der Kamera, das mich beobachtet.

Ich habe zugesehen, wie er eine Frau totgeschlagen hat. Sie so lange geschlagen hat, bis nichts mehr von ihr übrig war. Ich kann nicht dorthin zurück.

»Tut mir leid«, sage ich. Meine Stimme klingt schwach und belegt. »Ich kann nicht …«

»Ist schon gut«, beschwichtigt Dr. Marks. »Sie sind zu schnell vorgeprescht. Lassen Sie los. Treten Sie einen Schritt zurück. Lauschen Sie Ihrem Herzschlag. Atmen Sie. Sie müssen das nicht machen, wenn Sie noch nicht bereit sind. Sie werden es merken, wenn es so weit ist. Bis dahin müssen Sie sich vor dem schützen, was wehtut. Darin liegt keine Schande.«

Ich tue, was sie mir sagt. Ich gebe fast schon ein Keuchen von mir, aber während meine Atmung langsamer wird, kehre ich wieder hierher zurück, nach Stillhouse Lake. Die Luft riecht vertraut. Der frische Duft der Bäume verdrängt die Erinnerung an den ranzigen Verfall. Ich öffne die Augen und starre auf das friedliche Kräuseln auf der Oberfläche des Sees.

Ich bin nicht dort. Aber in gewisser Weise bin ich nie entkommen. Vielleicht bin ich noch nicht bereit, es hinter mir zu lassen.

»Es tut mir leid«, sage ich wieder. »Ich – dachte nur einfach, ich könnte es heute tun. Aber es hätte mich beinahe zerrissen.«

»Beinahe«, sagt sie. »Aber das hat es nicht. Sie müssen sich Ihre menschliche Schwäche vergeben. Niemand kann die ganze Zeit nur stark sein.«

Ich muss es aber sein. Ich habe Feinde, so wie eh und je. Stärke ist das Einzige, das zwischen diesen gesichtslosen Bedrohungen und meinen Kindern steht.

Ich vereinbare einen Termin bei ihr in zwei Wochen. Wir werden eine Stunde lang zusammensitzen, und ich werde versuchen, dieses Gift aus mir herauszubekommen. Aber nicht heute.

Als ich auflege, ist die Sonne noch nicht untergegangen. Es ist später Nachmittag und für eine Minute genieße ich die Stille. Dann gehe ich zum Briefkasten, der unten an der Einfahrt steht. Er ist in einem fröhlichen Gelb gestrichen und hat Blumen auf der Öffnungsklappe. Die Kinder wollten unsere Namen draufschreiben, was ich ihnen jedoch streng verboten habe. Als Kompromiss durften sie ihre Arbeit mit ihren Initialen versehen. Ich konzentriere mich auf das Gemalte, auf den Frieden, den es darstellt, und versichere mir selbst, dass ich das durchstehen werde.

Ich ziehe die Klappe nach unten und sehe erst etwas Verschwommenes, dann höre ich ein rasselndes Zischen. Instinktiv springe ich zurück – gerade noch rechtzeitig, bevor die Schlange zustößt. Schnell stolpere ich ein paar Schritte rückwärts; Schlangen haben eine Reichweite, die beinahe ihrer gesamten Körperlänge entspricht. Diese hier verfehlt mich um ein paar Zentimeter, zieht sich wieder zurück und windet sich dann im Inneren des Briefkastens wütend zu einem Knoten.

Eine Schlange. In meinem Briefkasten.

Ich versuche, meinen rasenden Puls und das Zittern unter Kontrolle zu bringen. Es ist eine bösartig aussehende Schlange, grau und braun gefleckt wie der Waldboden, mit dem charakteristischen Kopf einer Viper. Ich kenne mich mit Schlangen nicht aus, aber ich weiß, wenn sie rasseln, bedeutet das nichts Gutes. Ich erinnere mich nicht, ob ich geschrien habe. Vermutlich.

Ich rufe die Polizeibeamtin von Norton an, die ich am besten kenne – Kezia Claremont, einer der wenigen Menschen, denen ich meine Kinder anvertraue –, und erreiche sie wohl gerade im Auto, da ihre Stimme sehr nah und blechern klingt, unterbrochen von Straßenlärm. »Hey, Gwen. Was ist los?«

»In meinem Briefkasten lauert eine Schlange.« Meine Stimme klingt beeindruckend nüchtern. »Ich glaube, es ist irgendeine Art von Klapperschlange.«

»Wie bitte?«

»Klapperschlange. In meinem Briefkasten.« Ich sehe mich um und hebe einen Ast auf, der in der Nähe auf dem Boden liegt. Vorher halte ich nach etwaigen Freunden der Schlange Ausschau. Mit dem Stock schließe ich die Briefkastenklappe und sperre die Schlange damit ein … und frage mich dann, ob dieser Ast auch vorher schon genau dafür verwendet worden ist. Zu spät, um sich über Fingerabdrücke Gedanken zu machen, falls das bei so grobem Holz überhaupt möglich ist. »Meine Kinder hätten ihn öffnen können, Kez. *Herrgott noch mal.*«

»Ist sie giftig?«

»Sie hat *geklappert.*«

»Bist du gebissen worden?«

»Nein. Nein, ich glaube nicht.« Jetzt, da das Adrenalin langsam aus meinem Körper weicht, ist mir schlecht und schwindlig. Ich überprüfe meine Hände und Arme auf Bissspuren, aber da sind keine. »Mir geht's gut. Aber irgendjemand muss kommen und dieses Ding rausholen.«

»Okay, wir machen Folgendes: Du musst den Briefkasten unbedingt geschlossen halten. Kleb ihn zu, wenn es sein muss. Ich schicke einen Spezialisten, um die Schlange rauszuholen.« Es entsteht eine Pause. Der Straßenlärm verringert sich. »Glaubst du, jemand hat sie da reingesteckt? Mit Absicht?«

»Der Briefkasten war geschlossen, als ich hergekommen bin, Kez. Und es liegt Post drin. Diese Schlange ist nach der Post da reingeraten. Und falls Schlangen nicht mittlerweile wissen, wie man die Klappe hinter sich zumacht, bin ich mir sicher, dass sie sich nicht eigenständig eingeschlossen hat.«

Nach dieser Aussage ist Kezia ein paar Sekunden lang still. Ich höre ein Klicken; sie schreibt etwas auf ihrem Handy. Sie klingt abgelenkt, als sie mir antwortet. »Okay, hör zu: Ich habe den Schlangenexperten und die Spurensicherung losgeschickt. Sobald die Schlange entfernt wurde, werden die den Briefkasten überprüfen. Vielleicht haben wir ja Glück und jemand hat einen Fingerabdruck hinterlassen.«

Ich kann mir kaum vorstellen, dass jemand dumm genug dazu wäre, aber sie hat recht: Einen Versuch ist es wert. »Okay«, bestätige ich. »Ich warte hier, bis die Leute da sind.«

»Ich bin unterwegs.«

Lanny kommt den Hügel heruntergelaufen, während der strahlend blaue Himmel über mir langsam in ein blasses Orange übergeht. Die Bäume sind jetzt nicht mehr grün, sondern nur noch schwarze Punkte. Der Wind hat sich gelegt und der See liegt ruhig da. Die meisten Boote sind fort.

Ich stehe zwei Meter vom Briefkasten entfernt und lasse ihn nicht aus den Augen.

»Mom?«

»Geh wieder ins Haus«, weise ich sie an. Wie besessen starre ich den Briefkasten weiter an. »Ich komme bald. Ich warte noch auf jemanden.«

»Äh, okay?« Sie weiß nicht genau, was ich hier treibe oder was sie fragen soll. »Soll ich schon mit dem Hühnchen anfangen oder was?«

»Ja«, sage ich ihr. »Mach ruhig. Danke, Schatz.«

»Okay.« Sie geht aber nicht. »Mom, geht's dir gut?«

»Es ist alles okay.« Stirnrunzelnd sieht sie mich an. »Schatz, ich … ich brauche einfach ein bisschen Zeit, okay? Ich muss noch über etwas nachdenken. Geh schon. Und sag Sam, dass es mir gut geht.« Denn mir ist klar, dass Sam der Nächste sein wird, der hier antrabt.

Sie weiß verdammt gut, dass ich ihr nicht die ganze Wahrheit sage – und das tue ich auch nicht, denn ich muss sie beschützen –, doch endlich geht sie wieder. Ich bin froh über ihren Instinkt, alles infrage zu stellen. Sogar bei mir. Das wird ihr in Zukunft zum Vorteil gereichen. Und ich bin froh, dass sie nicht geblieben ist. Mir ist nur zu bewusst – schrecklich bewusst, jetzt, wo es dunkel wird –, dass ich hier draußen völlig allein und schutzlos stehe. Eine Schlange in meinem Briefkasten ist wohl kaum die einzige Bedrohung. Was, wenn die Person, die sie da reingesteckt hat, zurückkommt? Was, wenn sie *gerade jetzt* direkt hinter mir steht?

Ich gebe meiner Angst nach und blicke mich schnell um, während meine Tochter den Hügel hinaufgeht.

Niemand ist in der Nähe. Ich sehe keine Bedrohung.

Aber das bedeutet nicht, dass sie nicht hier ist. Und lauert.

Kapitel 2

Gwen

Ungefähr zehn Minuten später kommt als Erster der Mann. Er ist ein rauer Geselle, der aussieht, als hätte er gerade mehrere Wochen in den Wäldern verbracht, und das gefällt mir nicht. Und er selbst gefällt mir auch nicht. Eigentlich die ganze Situation nicht. Er sagt: »Hey. Ich bin wegen der Schlange hier.«

»Ausweis«, entgegne ich.

Er blinzelt. »Wie bitte?«

»Zeigen Sie mir irgendetwas, womit Sie sich ausweisen können. Ich kenne Sie nicht und ich bin bewaffnet.« Ich habe meine Füße in stabiler Kampfhaltung aufgestellt, mein Gewicht zentriert und halte die Knie locker. Ich weiß nicht, ob das für ihn erkennbar ist, aber er mustert mich argwöhnisch. Ich frage mich, ob er mich für paranoid hält.

Tja, damit hätte er wohl recht.

»Okay.« Er nimmt beide Hände hoch. »Klar. Ich hole jetzt meinen Ausweis raus, okay?«

»Schön langsam.«

Das tut er, wobei er mich nicht aus den Augen lässt. Er greift hinter sich. Was die Waffe angeht, bluffe ich, denn ich habe sie im verschlossenen Handschuhfach des gottverdammten Trucks gelassen. Dafür könnte ich mich gerade selbst treten, doch als seine Hand wieder auftaucht – langsam –, hält er darin eine Brieftasche. Er öffnet sie und nimmt eine dicke weiße Visitenkarte heraus.

»Auf den Boden«, weise ich ihn an. Er hockt sich hin und legt sie zwischen uns, so weit nach vorn, wie er hinreicht.

Ich mache einen Schritt vor, hebe die Karte in einer geschmeidigen und schnellen Bewegung auf und halte sie dann hoch, sodass ich sie lesen und ihn gleichzeitig weiter im Auge behalten kann.

Es ist eine hübsche Karte, blütenweiß mit offiziell wirkender schwarzer Schrift und imprägnierter Tinte. Professor Greg Maynard. Er arbeitet für die Universität von Tennessee. Was mal wieder beweist, dass man einen Waldschrat nicht nach seinem Aussehen beurteilen darf. Er ist tatsächlich ein Professor der Biologie. Wie seltsam.

»Die Schlange?«, fragt er noch mal.

Ich zeige zum Briefkasten. »Tut mir leid«, erkläre ich. »Ich … weiß nur einfach nicht, wer das getan hat. Ich hoffe, Sie verstehen das?«

»Vielleicht sollte das nur ein Scherz sein?«

»Öffnen Sie den Briefkasten.«

Er nimmt einen Baumwollsack und einen Stock mit einem Haken am Ende und klappt den Briefkasten auf. Die Schlange greift an. Der Professor zuckt nicht einmal zusammen, aber schließlich steht er auch in sicherer Entfernung. »Eine Waldklapperschlange«, erkennt er. »Wow. Cool. Sie hatten Glück, das war definitiv kein Scherz. Jedenfalls kein guter.« Fasziniert sehe ich zu, wie er die Schlange aus dem Briefkasten lockt. Sie windet sich die Metallstange des Briefkastens entlang zur Erde. Dort hält er sie direkt hinter dem Kopf mit dem Stock nieder und hebt sie dann mit bloßer Hand und einer Ruhe auf, die ich beeindruckend finde. Die Schlange klappert und zuckt ein wenig, aber sie landet im Sack, den er zuzieht und sicher verschnürt.

Beinahe lasse ich in meiner Wachsamkeit nach, bis mir durch den Kopf geht, dass es jemandes mit genau diesen Kenntnissen bedurfte, um eine Waldklapperschlange *in* meinen Briefkasten zu stecken.

»Ist diese Schlangenart hier heimisch?«, frage ich.

Er nickt. »Klar, tiefer im Wald. Manchmal sehe ich eine so weit unten, aber das ist ungewöhnlich. Rund um das Wasser gibt es normalerweise mehr Wassermokassinottern und Mokassinschlangen.« Maynard ist gründlich. Er untersucht das Innere des Briefkastens mithilfe der Taschenlampe seines Handys. »Okay, alles klar. Ich bringe diese Schönheit jetzt in mein Labor.«

»Labor«, wiederhole ich.

»Ich bin Herpetologe. Ich melke Schlangen. So stellen wir das Gegengift her«, erklärt er. »Hier draußen auf dem Land gibt es dafür immer Bedarf. Falls Sie noch mehr von denen sehen, oder auch irgendeine andere Viper, rufen Sie mich an. Sobald wir mit ihr fertig sind, finde ich ein gutes Plätzchen im Wald für sie, wo sie niemanden belästigen kann.«

Ich nicke, lasse ihn aber auch weiterhin nicht aus den Augen. Professor hin oder her, er ist im Augenblick mein Hauptverdächtiger. Allerdings habe ich keine Idee, was zum Teufel er davon hätte, mich zu Tode zu erschrecken oder mich beißen zu lassen. Er scheint keine persönliche Abneigung gegen mich zu haben. Mein Gespür sagt mir, dass nichts Derartiges von ihm ausgeht.

Gerade als er den Sack mit der Schlange in seinen Truck lädt, kommt die Spurensicherung – soll heißen, ein Mann mittleren Alters in einer bauschigen Windjacke – in einem alten Jeep angerollt. Der Mann zeigt mir seinen Ausweis, ohne dass ich danach fragen muss, in einer so natürlichen Geste, dass er sie wahrscheinlich im Schlaf beherrscht. Passend dazu wirkt er auch schrecklich müde, aber er stellt mir intelligente Fragen und schreibt sich etwas auf. Ein paar Minuten später, während er den Briefkasten auf Fingerabdrücke untersucht, kommt Kezia Claremont an. Sie ist mit ihrem Privatwagen ohne Polizeilicht und Sirene unterwegs, wofür ich dankbar bin; unsere Nachbarn halten wahrscheinlich auch so schon Maulaffen feil bei dem, was hier los ist. Ich würde ihnen nur ungern zu weiteren Tratschthemen verhelfen.

»Hey, Beto«, begrüßt Kez den Forensiker, der ihr zuwinkt, ohne aufzusehen. Sie trägt noch das, was ich als ihre Arbeitskleidung bezeichne: einen einfachen blauen Hosenanzug und eine weiße Bluse. Ihre Marke klemmt am Hosenbund. Die Waffe trägt sie verborgen unter der Jacke. Wäre sie bereits zu Hause gewesen, hätte sie diese Kleidung gegen Jeans und ein bequemes T-Shirt eingetauscht. »Die Schlange ist weg, vermute ich mal.«

»Unterwegs in ein schönes neues Zuhause, zumindest laut …« Ich schaue noch mal auf die Visitenkarte. »Professor Maynard. Was weißt du über ihn?«

»Warum?«, fragt sie, beantwortet ihre Gegenfrage aber sofort selbst. »Passende Kompetenz. Klar.« Sie schüttelt den Kopf. »Den kannst du von deiner Liste streichen. Es gibt hier in der Gegend mindestens zwei Dutzend Hinterwäldler, die gut mit Schlangen umgehen können. Da ist es viel wahrscheinlicher, dass die wütend auf dich sind.«

Es hat zwar keinen Zweck, nach dem Warum zu fragen, aber ich tue es trotzdem. »Aus irgendeinem bestimmten Grund?«

Sie zuckt mit den Achseln. »Na ja, fangen wir damit an, dass du nicht von hier bist, und arbeiten uns dann weiter vor.«

»Ich wohne am See schon seit …«

»Ich bin selbst noch eine Außenseiterin und dabei sind mein Dad und ich vor zwanzig Jahren hierhergezogen«, erklärt sie. »Wer nicht hier geboren wurde, ist nicht von hier. Manchen genügt das schon. Dann noch die Gerüchte und das Zeugs aus dem Internet dazu … Ganz ehrlich, es könnte jeder sein.«

»Na super.« Ich hatte gehofft, diesen Tag mit etwas weniger Paranoia beenden zu können statt mit mehr.

Kez tritt vor, um den Briefkasten zu mustern. »Der lässt sich sicher schließen, oder?«

»Ja.«

»Es ist also nicht möglich, dass dieses Ding versehentlich da reingeraten ist.«

»Nein. Und sie hätte Sam oder die Kinder beißen können. Es war pures Glück, dass ich den Briefkasten geöffnet habe. Wäre es Connor oder Lanny gewesen …«

»Waren sie aber nicht«, beschwichtigt sie mich. »Konzentrieren wir uns darauf, was passiert ist, nicht, was nicht passiert ist. Schlimmstenfalls hat jemand versucht, dich umzubringen, auch wenn davon auszugehen ist, dass der Staatsanwalt dieses Countys das als Sachbeschädigung einstufen würde. Er ist nicht unbedingt dein größter Fan.«

»Wem sagst du das«, bestätige ich. »Ich wäre überrascht, wenn er mich nicht dafür anklagen würde, hier zu lange herumgestanden zu haben.«

»Na ja, du weißt ja, was man über einen guten Staatsanwalt sagt; er kann eine Grand Jury dazu bringen, ein Schinkensandwich anzuklagen. Wir können von Glück reden, dass unserer nicht so gut ist.«

Ich muss lachen, da Kezia normalerweise nicht schlecht über die Exekutivorgane spricht, doch für Bezirksstaatsanwalt Elory Compton hat sie nichts als Verachtung übrig. Ich ebenso. Er ist ein grauhaariger Weißer, dessen Erfolgsquote sich beinahe komplett aus der Verurteilung schwarzer Angeklagter ergibt. Und das in einem County, das hauptsächlich Probleme mit von Weißen betriebenem Meth- und Medikamentenhandel hat. Die weißen Angeklagten lässt er natürlich laufen. Sie sind immer »im Herzen gute Menschen« und solcher Mist, egal wie gewalttätig oder widerwärtig ihre Verbrechen auch sein mögen. Ihre Gemeindemitglieder bürgen für sie. Ihre Eltern sind gute Christen. Das Übliche.

Es erinnert mich schmerzlich an die Jahre, in denen ich blind auf meinen monströsen Ex-Mann vertraut habe, nicht in der Lage – oder nicht willens –, die Wahrheit direkt vor meinen Augen zu sehen. Manchmal glaube ich, die halbe Welt befindet sich in der gleichen Verweigerungshaltung. Und das macht mich wütend.

»Irgendeine Ahnung, wer darauf aus wäre, dir solche Angst einzujagen?«, fragt Kezia.

»Fragst du das ernsthaft? Fürs Erste glaubt der Großteil von Norton noch immer, dass ich mit den Morden hier in der Region davongekommen bin. Und dazu zähle ich noch nicht mal die ganzen Trolle, die Stalker, die Familien von Melvins Opfern …«

»Die kriminellen Hacker aus dem Absalom-Kollektiv, die dem Netz entschlüpft sind«, beendet sie meinen Satz. »Ja, ich weiß schon. Ich hatte auf einen konkreteren Feind gehofft, denn *so ziemlich jeder* schränkt das Ganze nicht wirklich ein.«

»Ich weiß. Aber mehr habe ich im Augenblick nicht.«

Sie tippt mit dem Stift gegen den Notizblock, den sie für ihre Niederschriften benutzt. »Ja, und was da heute im Fernsehen lief, hilft vielleicht auch nicht unbedingt. Was ist mit dieser Frau? Die aus dem Interview?«

Ich will das nicht glauben, aber es ist eine Tatsache, dass die fanatischsten Störenfriede tatsächlich eine Weile lang die Familienmitglieder von Melvins Opfern waren. Einschließlich Miranda.

»Miranda Tidewell? Die würde mir vielleicht Arsen in meinen Cocktail schütten, aber eine Schlange? Das glaube ich wirklich nicht«, überlege ich. »Aber … sie könnte jemanden angeheuert haben, um das zu tun. Nur um uns Angst einzujagen.«

»Sie wirkte so, als begreife sie es als Mission, zu beweisen, dass du …«

»… dass ich ein Monster bin? Ja. Diese Mission praktiziert sie bereits seit meiner Gerichtsverhandlung. Ich dachte nur – na gut, ich habe es gehofft –, sie hätte es inzwischen überwunden.«

»Heutzutage gibt es für alles fanatische Freaks«, meint sie. »Besonders, wenn es kompliziert und dämlich ist. Tut mir leid. Ich sag's nur ungern, Gwen, aber …«

»Ja, ich muss auf mich aufpassen. Ich weiß. Ich bin dran.«

Sie mustert mich. »Du hast deine Waffe vergessen, oder?«

»Ich hab sie nicht vergessen. Ich habe sie im Truck gelassen, während ich die Post holen gegangen bin.«

»Der Truck steht da oben«, sagt Kez. »Und du bist hier draußen leichte Beute, ist dir das klar?«

»Ja, das wurde mir nur zu klar, als ich hier gestanden und die Schlange im Auge behalten habe.«

Sie nickt. »Gut. Mach das nicht noch mal. Bei den meisten Idioten hier in der Gegend würde ich mir wünschen, dass sie ihre verdammten Waffen im Safe lassen. Aber nicht bei dir. Du brauchst sie tatsächlich. Also trag sie auch bei dir.«

Ich schenke ihr ein schmales Lächeln, weil ich weiß, dass sie recht hat, und das schmerzt ein wenig. »Nachricht angekommen«, erkläre ich. Mittlerweile ist es ziemlich dunkel. Normalerweise bringt sie um diese Zeit ihren Vater hoch zu seinem Haus auf dem Hügel. »Hast du Easy schon nach Hause gebracht?«

»Ja, deshalb war ich nicht sofort hier«, erklärt sie. »Tut mir leid, aber ich musste dafür sorgen, dass er in Sicherheit ist.«

»Gut. Und jetzt bist du auf dem Weg nach Hause?«

»Zu Javier«, sagt sie. Javier ist ihr Geliebter, vielleicht sogar (auch wenn ich das nicht gefragt habe) ihr fester Freund, aber sie leben noch getrennt. »Hey, Beto? Bist du fertig?«

»Fertig«, bestätigt er. Er schließt sein Set. »Hab nicht viel; ein paar gute Fingerabdrücke, aber die stammen vermutlich entweder von der Familie oder den Postboten. Vielleicht haben wir ja Glück.«

»Vielleicht«, bestätigt Kezia. »Danke, Mann. Komm gut nach Hause.«

»Du auch.«

Während er zu seinem Truck geht, wandert ihr Blick in eine andere Richtung. Sie schaut den Hügel hinauf, und als ich ihrem Blick folge, sehe ich Sam auf uns zukommen.

»Da hast du wohl ein paar Erklärungen vor dir«, meint sie trocken. »Viel Glück, ich muss los. Javier wartet mit dem Abendessen.« Sie ist weg, bevor er bei mir angekommen ist. Er beobachtet, wie sie davonfährt, und bleibt nur wenige Meter von mir entfernt stehen.

»Also«, sagt er. »Lanny hat gesagt, du hättest gelogen, als du sagtest, dass es dir gut gehe, und jetzt sehe ich, dass Kez und noch zwei weitere Wagen hier sind … Was zum Teufel ist los?«

Ich seufze. Ich hatte gehofft, das zu vermeiden. »Gehen wir rein«, schlage ich vor. »Ich bringe lieber gleich alle auf denselben Stand.«

Oben angelangt, mache ich noch einen Abstecher zum Truck und hole meine Waffe heraus. Sofort, als ich sie in der Hand halte, fühle ich mich besser. Ich weiß, dass das falsch ist; die Waffe verleiht mir nicht mehr Sicherheit, sie versetzt mich nur in die Lage zurückzuschlagen. Da kommt wohl die posttraumatische Belastungsstörung wieder durch. Ich werde mir unbedingt abtrainieren müssen, eine Waffe als Kuscheltuch zu benutzen. Sie bei mir zu haben, ist für mich ein notwendiges Übel, aber das sollte nicht bedeuten, dass ich das brauche.

»Gwen?« Sam macht sich Sorgen. Ich schenke ihm ein Lächeln, das ich nicht wirklich fühle.

»Bereit«, sage ich. Dabei bin ich es nicht.

Sobald wir im Haus sind, verriegele ich die Tür und stelle den Alarm auf »Sichern«. Lanny steht mit verschränkten Armen da. Connor sieht sogar vom Buch auf, das er liest. Auch sie warten auf eine Erklärung.

»Wie läuft's?«, frage ich und versuche, normal zu klingen. Es funktioniert nicht. Stirnrunzelnd mustert Lanny mich weiter, Connor schüttelt den Kopf und Sams Blick zeigt mir, wie miserabel ich darin bin, so zu tun, als wäre alles in Ordnung. »Okay«, fange ich an. »Da war eine Schlange im Briefkasten.«

»Eine was?«, sprudelt es aus Lanny heraus. Ich habe sie so überrascht, dass sie ihr Stirnrunzeln vergessen hat. Sam erstarrt.

»Was für eine Schlange?«, fragt Connor. »War es eine Mokassinschlange? Die habe ich schon mal gesehen.«

»Nein, keine Mokassinschlange. Ich will nicht, dass ihr euch Sorgen macht …« Ich verstumme, da mir klar wird, dass ich sie informieren muss. »Das ist gelogen – ihr müsst euch Sorgen machen. Ihr müsst verstehen, dass nach dem heutigen Tag nichts mehr so sein wird, wie es war. Ihr müsst jetzt besonders vorsichtig sein. Und ab jetzt holen nur Sam und ich die Post. Okay?«

»Mom, wir sind doch immer besonders vorsichtig«, wiegelt Lanny ab. »Komm schon. Das weißt du doch.«

Aber das sind sie nicht. *Das sind sie nicht.* Und erneut wird mir übel bei dem Gedanken, dass Connor den Briefkasten hätte öffnen können, oder Lanny, oder sogar Sam, obwohl er noch reaktionsschneller ist als ich. Meine Kinder glauben nur, sie seien paranoid genug.

Aber das können sie niemals genug sein. Nicht genug, um alles zu verhindern, das auf sie zukommen könnte. Ihre Zuversicht könnte sich als tödlich erweisen.

Sam beobachtet mich sehr genau. »Hey, Kinder, gebt uns mal eine Minute, ja? Connor, geh die Bohnen umrühren. Und außerdem bist du mir noch einen Salat schuldig.«

»Okay.« Bei mir hätte Connor geseufzt, als würde das Gewicht der Welt auf ihm lasten, Sams Anweisungen hingegen leistet er sofort Folge. Ich bin neidisch.

Lanny sieht auf ihr Handy. »Das Hühnchen ist fast fertig«, sagt sie. »Noch drei Minuten.«

»Dann hol es raus, wenn es fertig ist«, weist Sam sie an, entschärft dann den Alarm und öffnet die Vordertür. »Gwen?«

Ich folge ihm nach draußen. Ich möchte jetzt nicht unbedingt auf der Veranda stehen, und schalte zumindest das Licht aus. Wir stehen in völliger Dunkelheit da, bis sich meine Augen daran gewöhnt haben.

»Was ist denn los?«, fragt er mich.

»Ich weiß es nicht«, erkläre ich. »Die Schlange im Briefkasten macht mich natürlich nervös. Ebenso das, was heute passiert ist. Ich fühle mich einfach so …«

»Ungeschützt?«, fragt er. Er legt seine Arme um mich. »Tut mir leid. Wirklich. Ich weiß, dass du diese verdammte Sendung nicht wirklich machen wolltest, und es tut mir leid, dass ich dir nicht stärker davon abgeraten habe. Ich hatte ein schlechtes Gefühl dabei, und es tut mir leid, dass ich recht hatte. Ich hätte allerdings wirklich nicht gedacht, dass sie zu so etwas fähig sind, nicht nach all den vorherigen Vereinbarungen.«

»Ich auch nicht, sonst hätte ich mich niemals darauf eingelassen.« Ich entspanne mich in seiner Wärme. Seiner Stärke. Für diesen Augenblick hier mit ihm kann ich meinen Schutzwall herunterfahren, und das, obwohl wir draußen stehen. »Vielleicht haben wir ja Glück. Vielleicht hat jemand einen Fingerabdruck auf dem Briefkasten hinterlassen.«

»Du hast den Kindern gar nicht mehr geantwortet«, fällt ihm ein und er neigt mein Kinn nach oben. Es ist dunkel, aber nicht so dunkel, dass mir der Blick in seinen Augen nicht auffallen würde. »Was für eine Schlange war es?«

»Eine Waldklapperschlange.«

»Gwen, mein Gott!«

»Ich weiß.« Ich lehne meinen Kopf an seine Schulter. »Es geht mir gut. Sogar der Schlange geht's gut. Nichts passiert.«

Ich spüre, dass ihm dazu eine Menge einfallen würde, aber er hält sich zurück. Er hat mich vermutlich hier nach draußen gebeten, um über irgendetwas zu reden, aber ich bezweifle, dass es dabei um die Schlange im Briefkasten geht. Seltsam. Normalerweise fällt es ihm nicht schwer, unangenehme Dinge anzusprechen.

Ich denke darüber nach, wie seltsam das ist. Ab und zu muss ich daran denken: Sam ist der Bruder eines von Melvins Opfern. Nach jeglicher Logik dürfte er nicht hier sein und wir dürften ... das hier nicht haben. Es hat auch nicht so begonnen; ich habe ihm nicht vertraut und er hat tief in seinem Inneren geglaubt, ich sei schuldig. Es bedurfte Zeit und Arbeit und Schmerzen, diesen Augenblick des Vertrauens und des Friedens zu finden. Und noch immer ist alles sehr zerbrechlich, auch wenn wir diese Brücke zwischen uns errichtet haben. Sie besteht nicht aus Stahl. Sie ist aus Glas. Und manchmal droht es zu springen.

Nach einem langen Augenblick des Schweigens gibt er sich einen Ruck. »Hör mal, was Miranda Tidewell angeht. Hat sie ... hat sie gesagt, was sie vorhat?«

»Nur irgendeine Art von Dokumentation. Die überall veröffentlicht werden soll, schätze ich, oder zumindest, so weit es ihr möglich ist. Ich rate mal, dass sie nicht positiv für mich ausfällt.« Ich versuche, es auf die leichte Schulter zu nehmen, aber das ist ernst. Miranda Tidewell ist stinkreich und schrecklich wütend, und wenn sie mir auf direktem Wege nichts anhaben kann, wird sie mir das Messer metaphorisch in den Rücken stoßen. Sie kennt die Macht, die von den Medien ausgeht.

»Gwen.« Er nimmt seine Hände von meiner Hüfte und umfasst mein Gesicht, eine wundervoll sanfte Geste, bei der mir der Atem stockt. »Was sollen wir tun? Sag's mir. Sag mir, wie wir die Kinder davor beschützen können.«

»Ich weiß es nicht«, gebe ich zu. Ich spüre Tränen in die Augenwinkel drängen und blinzle heftig, um sie loszuwerden. »Vielleicht können wir es nicht. Vielleicht müssen wir ihnen stattdessen dabei helfen, damit zu leben.«

»Mein Gott«, sagt er. »Ich hoffe, du liegst falsch. Das hoffe ich wirklich.«

Er küsst mich zärtlich und süß. Auch ein Funken Feuer liegt darin. Ein wenig Verzweiflung ebenso. Das spüre ich. Wir stehen beständig am Rand einer Klippe, die in einen tiefen Abgrund führt. Und im Augenblick fühlt sich dieser Standort besonders gefährlich an.

»Das Essen ist fertig«, meint er. »Wie viel Angst müssen wir haben?«

»Große Angst«, gebe ich zu. »Du und die Kinder, ihr müsst unbedingt auf der Hut sein.« Ich hasse das. Ich hasse es, den Kindern das kleine bisschen Normalität zu nehmen, das wir geschaffen haben. Aber sie müssen verstehen, was noch immer auf uns zukommen könnte.

Wir besprechen das Ganze beim Abendessen. Es gibt Rosmarinhuhn, mein Lieblingsessen. Das war lieb von ihnen. Die Bohnen dazu sind genau richtig, das Hühnchen ist köstlich und der Salat eine kleine Katastrophe, aber meine Kinder geben sich Mühe.

Letztendlich jedoch schmeckt keiner von uns wirklich etwas vom Essen, während wir über die Möglichkeit reden, dass Stillhouse Lake für uns erneut ein feindseliger Ort werden könnte. Wir reden über Aufmerksamkeit und darüber, in der

Nähe von Freunden und freundlich gesinnten Erwachsenen zu bleiben, denen wir trauen können. Wir reden darüber, was wir tun können, wenn etwas schiefläuft. Das Gespräch macht keinen Spaß, aber es ist nötig.

Die Kinder äußern keinen Protest. Ich sehe Lannys innere Rebellion; sie ist in einem Alter, in dem ihr Leben größer werden sollte, nicht kleiner. Connor stört das weniger. Er war schon immer introvertiert, und ich glaube nicht, dass sich das bald ändern wird.

Meine Tochter jedoch werde ich gut im Auge behalten müssen.

Die Kinder möchten vom Tisch aufstehen. Ich lasse sie, obwohl ihre Teller noch nicht mal halb leer sind, und Sam und ich räumen die Küche auf. Ich schaue immer wieder in Richtung Tür, um mich zu vergewissern, dass ich den Alarm aktiviert habe. Es fällt ihm auf, aber er kommentiert es nicht. Ich wasche die Teller ab und reiche sie ihm, er trocknet sie ab und räumt sie weg. Das Ganze geschieht in angenehmer Stille, doch meine Gedanken wandern immer wieder zurück ins Studio, zu meinem Erstarren, meiner verlorenen Selbstbeherrschung live im Fernsehen. Es ist, als würde man immer wieder einen heißen Ofen anfassen, aber ich kann einfach nicht aufhören.

Als das Telefon klingelt, bin ich fast schon dankbar für die Ablenkung. Aus Sicherheitsgründen besitze ich einen Festnetzanschluss; in neun von zehn Fällen ist es eine aufgezeichnete Stimme, die irgendeinen Telefonschwindel durchziehen will, aber in einer Krisensituation ist das Festnetz verlässlicher als eine Handyleitung, und außerdem ist man dabei nicht von Akkus abhängig.

Ich fühle mich besser mit dieser Telefonleitung als Sicherungssystem.

Ich greife schon in Richtung Telefon, ziehe meine Hand aber wieder zurück. Ich kenne die Nummer nicht, daher warte ich, bis der Anrufbeantworter den Anruf aufzeichnet. Das ist altmodisch, aber auf die Weise kann ich die Anrufe überwachen und den Hörer abnehmen, falls es dringend ist. Ich habe die Lautstärke heruntergeregelt und will mich schon abwenden. Doch nach der Begrüßungsansage spricht eine echte menschliche Stimme am anderen Ende: »Äh, hi, ich suche nach … nach jemandem namens Gwen Proctor?«

Mir wird übel. Ich hatte natürlich schon eine Menge beleidigender Anrufe. Namenlose Fremde, die mir das Leben zur Hölle machen wollten und mir Beleidigungen entgegenschleuderten. Namenlose Männer, die mir detailliert von ihren Fantasien erzählten, wie sie mich vergewaltigen und ermorden, oder meine Kinder, oder uns alle drei. Ein paar unheimliche Typen, die mir erzählten, sie hätten sich auf den ersten Blick in mich verliebt und wüssten, dass wir zusammengehören, wenn ich es doch nur *verstehen* würde.

Dann fährt die zögerliche Frauenstimme fort. »Bitte, ich flehe Sie an. Bitte gehen Sie ran. Ich weiß nicht, an wen ich mich sonst wenden soll.«

Und da weiß ich, dass es einer von *diesen* Anrufen ist.

Es fing mit einem zufälligen Anruf an, die entfernte Bekannte eines Cops, der meine Nummer hatte. Eine weinende Frau, die mich anflehte, ihr zu sagen, was sie tun sollte, da sie nicht wusste, wie sie noch weiterleben konnte. Sie war die Mutter eines vierzehnjährigen Jungen, der die fünfjährige Tochter eines Nachbarn entführt, vergewaltigt und ermordet hatte. Er hatte die Leiche drei Tage lang unter seinem Bett versteckt. Sie hatte sie gefunden. Es gemeldet. Ihren eigenen Sohn der Polizei übergeben.

Sie war jedoch nicht auf die schreckliche Wahrheit gefasst gewesen: Die Leute gaben auch ihr die Schuld. Gaben ihr die Schuld dafür, einen Mörder großgezogen zu haben. Gaben ihr die Schuld dafür, es nicht gewusst zu haben, ihn nicht aufgehalten zu haben.

Ich verbrachte eine Stunde mit dem Versuch, ihr dabei zu helfen, mit dem umzugehen, was ihr widerfuhr. Am Ende fand ich ein Frauenhaus für Opfer von häuslicher Gewalt, wo sie sich zumindest eine Weile verstecken konnte. Ich weiß nicht, was mit ihr passiert ist. Aber sie hatte jemand anderem, der mit *ihr* in Kontakt getreten war, von mir erzählt und wie ich geholfen hatte. Und so weiter.

Seit drei Monaten höre ich schon diese tragischen, körperlosen Stimmen, die mich um Hilfe anflehen und um Antworten, die ich nicht habe. Das Beste, was ich den meisten bieten konnte, waren Verständnis und das Wissen, dass sie in diesem Albtraum nicht allein waren.

Sam beobachtet mich und sein Gesichtsausdruck sagt mir, ich solle nicht rangehen. Und natürlich hat er recht. Wir brauchen nicht noch mehr Probleme. Beinahe lasse ich den Augenblick verstreichen. Ich höre sie atmen. Höre, wie sie ein Schluchzen zurückhält.

»Na gut«, sagt sie und ich höre die dumpfe Niederlage in ihrer Stimme. »Tut mir leid, Sie belästigt zu haben. Ich lege jetzt auf …«

Ich greife nach dem Hörer. »Hier spricht Gwen«, sage ich. »Was für ein Problem haben Sie?«

Am anderen Ende der Leitung vernehme ich ein heftiges Einatmen. »Tut mir leid«, entschuldigt sich die Frau. »Ich dachte, ich könnte das durchstehen, ohne solch … ein Häufchen Elend zu werden. Ich bin wohl nicht wie Sie. Nach dem, was man mir erzählt hat, scheinen Sie beinahe aus Stahl zu sein.«

Ich habe noch immer keine Ahnung, wer das ist oder worum es geht, aber mein Instinkt sagt mir, dass ich zuhören sollte. »Oh, glauben Sie mir, das bin ich nicht«, verneine ich. »Ist schon gut. Lassen Sie sich Zeit. Wie heißen Sie?«

»Marlene«, sagt sie. »Marlene Crockett. Aus Wolfhunter.« Ihr Dialekt deutet eindeutig auf ländliches Tennessee hin. »Das ist ungefähr – na ja, mitten im Nirgendwo, schätze ich.« Sie lacht nervös. Es klingt, als würde Glas zersplittern. »Sie haben bestimmt noch nie davon gehört, oder?«

Es ist eine Frage, also bin ich ehrlich. »Habe ich nicht. Weswegen rufen Sie mich an, Marlene?«

Sie kommt nicht sofort zum Punkt. Ich erkenne die Tendenz; sie tänzelt herum, muss erst noch Mut fassen. Sie erzählt mir von ihrer Stadt, von ihrem Frust über ihren Job, über den Fettfleck, den sie einfach nicht vom Holzboden geschrubbt bekommt. Ich warte geduldig. Sam erledigt den Rest des Geschirrs. Er schreibt mir eine Notiz und legt sie mir hin. *Ich muss noch etwas arbeiten.* Er geht zu unserem gemeinsamen Büro. Wir haben dort jetzt zwei Schreibtische stehen mit etwas Platz dazwischen. Sam arbeitet freiberuflich als Hilfsarbeiter bei ein paar Baustellen und macht ein paar Werbejobs für eine Firma außerhalb von Knoxville; ich betreibe einen Online-Buchhaltungsdienst, der ein paar Stunden Arbeit pro Tag umfasst, und nebenbei etwas Grafikdesign. Eine feste Anstellung würde mir mehr finanzielle Sicherheit verschaffen, andererseits bin ich auch gern zu Hause bei den Kindern, besonders in diesen episch langen, heißen Sommern. Und mir gefällt der Gedanke, dass ich jederzeit – selbst jetzt – alles fallen lassen und sofort verschwinden könnte. Es wird noch eine Weile dauern, bis ich diesen Drang nicht mehr verspüre. Falls überhaupt jemals.

Als ich schließlich einschätzen kann, dass sie sich etwas beruhigt hat, unterbreche ich sie. »Marlene? Woher genau haben Sie diese Nummer?«

»Eine Lady im Internet hat gesagt, dass Sie kein Monster sind, wie manche behaupten, und dass Sie ihr geholfen haben. Ich habe sie gefragt, ob Sie mir wohl auch helfen würden. Sie hat gesagt, dass das möglich wäre, und mir Ihre Nummer gegeben.«

»Öffentlich? Über ihre *Profilseite*?«

»Per E-Mail«, erklärt Marlene. Sie klingt jetzt noch nervöser. »War das falsch?«

Zumindest wurde sie nicht im Internet gepostet, aber trotzdem: Ich werde die Nummer ändern müssen. Oder das Festnetz ganz abschaffen. »Wer war das?«

»Ich kenne ihren echten Namen nicht, aber sie nennt sich Melissa Thorn.«

Melissa und ich werden uns mal unterhalten müssen. »Okay«, sage ich. »Können Sie mir sagen, was für Probleme Sie haben?«

Ich erwarte, dass sie etwas über ihren Partner, ihren Mann, irgendjemanden in ihrer Familie erzählt. Vielleicht auch einen Freund. Stattdessen sagt sie: »Es geht nicht direkt um *mich*. Eher … eher um diese ganze verdammte Stadt. Na, oder zumindest ein paar Leute hier. Auch wenn der Ort hier niemals wirklich gutes Land war. Er war von Anfang an blutgetränkt.«

Das führt gerade nirgendwo hin. Langsam denke ich, dass man mich hereinlegen will. Vielleicht ist sie ja auch nur eine einsame Frau. »Ich gebe Ihnen noch eine Minute, mir zu sagen, was ich für Sie tun kann. Dann lege ich auf und werde Ihren Anruf auch nicht mehr entgegennehmen. Verstanden?«

Sie hält inne. »Verstanden.« Aber sie redet nicht weiter. Die Stille hält an. Schließlich spricht sie schnell und ohne Pause. »Also, was kann ich machen, wenn hier bei uns etwas Schlimmes passiert? Ich kann nicht zur Polizei gehen, auf keinen Fall. Was macht man, wenn man den Leuten in der eigenen Stadt nicht vertraut?«

»Ich kann Ihnen ein paar Landesämter nennen, die Sie anrufen könnten, wenn Sie das meinen, aber denen sollten Sie dann auch wirklich sagen, was Ihr Problem ist«, erkläre ich Marlene. »Erste Frage: Befinden Sie sich selbst gerade in unmittelbarer physischer Gefahr?«

»Ich … ich glaube nicht. Aber es ist … einfach schwer. Ich weiß nicht, was ich deswegen tun oder an wen ich mich wenden soll. Ich will einfach nicht noch mehr Probleme, als ich schon habe.« Sie seufzt schwer. »Ich bin alleinerziehende Mutter und meine Tochter ist eine ziemliche Handvoll, wissen Sie? Ich hab hier niemanden. Niemanden, der mir zur Hand geht. Ich muss vorsichtig sein. Es ist wirklich kompliziert.«

Wenn man mittendrin steckt, ist es immer kompliziert. Die anderen, die die Situation nur von außen sehen, glauben immer, es sei so einfach, alle Verbindungen abzubrechen und zu gehen … dabei gibt es immer so viel, das einen hält. Kinder. Andere Verwandte. Freunde. Arbeit. Geld. Verpflichtungen. Schuld. Und Angst, so große *Angst*. Die gefährlichste Zeit im Leben einer Frau ist die, wenn sie sich von einem Partner trennt, besonders in einer Beziehung, in der es zu Misshandlungen gekommen ist. Frauen wissen das instinktiv, selbst wenn sie die blutgetränkten Statistiken nicht kennen. Manchmal scheint es sicherer, den Teufel zu ertragen, den man kennt.

»Ich weiß, dass es sich manchmal so anfühlt, als säße man in einer Falle, aus der man nicht entkommt«, erkläre ich ihr. »Aber das stimmt nicht. Sie besitzen den Schlüssel zu Ihrem Käfig, verstehen Sie? Sie müssen nur den Mut aufbringen, ihn auch zu benutzen. Ist Ihr Mann das Problem?«

Sie schnieft, als stünde sie kurz davor, in Tränen auszubrechen. »Nein. Er ist tot.«

»Ein Freund? Jemand, mit dem Sie sich eingelassen haben?«

»Nein.«

»Okay.« Das ist ungewöhnlich. Die meisten Anrufe, die ich erhalte, drehen sich um Ehemänner oder Lebenspartner. Gelegentlich um unbekannte Stalker. »Wer genau bedroht Sie denn dann gerade?«

»Es … es ist keine Bedrohung. Nicht wirklich. Und ich kann keine Namen nennen«, stottert sie. »Es ist nur … wenn ich jemandem davon erzähle und das auf mich und meine Tochter zurückfällt, wird das böse enden, verstehen Sie? Aber wenn ich niemandem davon erzähle ... weiß ich nicht, wie ich damit leben soll.«

»Das tut mir leid«, sage ich so sanft, wie ich kann. »Aber ich bin keine Therapeutin oder Anwältin. Und was immer Sie mir erzählen, könnte irgendwann rechtliche Probleme für Sie bringen, falls Sie an etwas Illegalem beteiligt waren. Verstehen Sie das? Wenn Sie mit jemandem über etwas sprechen möchten, das Ihnen Angst macht, es sich aber um kein Verbrechen handelt, kann ich Ihnen den Kontakt zu einem Psychologen oder Psychiater vermitteln ...«

»Ich geh doch zu keinem *Seelenklempner*!« Sie klingt beleidigt. In den ländlichen Gegenden ist das Konzept der Gesprächstherapie noch nicht wirklich angekommen.

»Okay, Marlene, falls Sie der Meinung sind, dass es sich um ein Verbrechen handelt, warum können Sie nicht zur Polizei gehen?« Darauf antwortet sie nicht. In der Leitung ist es still. »Haben Sie Angst vor denen?«

»Ich habe vor allem Angst«, gibt sie zurück.

»Was ist mit der State Police?«

Sie holt Luft und atmet wieder aus. »Vielleicht. Das könnte gehen, denke ich. Ich bin mir zwar nicht sicher, dass sie mir glauben würden, aber ich könnte es versuchen.«

»Dann würde ich Sie dringend bitten, dort anzurufen. Manchmal sterben Menschen, wenn man zu lange wartet, und dann trägt man diese Verantwortung ein Leben lang mit sich herum.« Meine Gedanken rasen, um die Lücken zu füllen: Redet sie von einer Nachbarin, die in Gefahr ist? Einer Freundin? Ist es etwas anderes? Ich habe keine Ahnung.

»Ja«, stimmt sie zu. Ich höre, wie sie rastlos auf und ab geht. »Ja, das weiß ich. Aber das hier ist ein kleiner Ort. Verflucht, die Hälfte der Stadt ist miteinander verwandt. Ich schätze, ich muss das mit mir selbst ausmachen und …« Plötzlich hält sie inne, ich höre sie nicht einmal mehr atmen. Als sie wieder redet, ist es nur ein gehetztes Flüstern. »Ich muss weg. Tut mir leid.«

»Marlene, wenn Sie mir nicht sagen können, was los ist, weiß ich nicht, wie ich Ihnen helfen soll.«

»Kommen Sie her«, bittet sie mich. »Kommen Sie her, dann zeige ich Ihnen alles. Der Ort, wo sie das Wrack vergraben haben, ist nicht weit weg. Sie können entscheiden, was damit passieren soll.« *Das Wrack?* Vergraben? Das ergibt überhaupt keinen Sinn.

»Sie meinen, ich soll nach Wolfhunter kommen? Nein. Das kann ich nicht.« Ich werde auf keinen Fall in irgendeine einsame ländliche Gegend fahren. Bewaffnet oder nicht, kampfbereit oder nicht … nein, das Risiko ist es nicht wert. Nicht mehr. »Rufen Sie die State Police an. Werden Sie das tun?«

Sie antwortet nicht. Mit einem leisen Klicken ist sie fort. Aufgelegt. Ich schüttle den Kopf und lege den Hörer ab. Die Sache ist beunruhigend, aber ich weiß nicht, was ich anderes hätte sagen oder tun sollen. Was auch immer bei ihr vor sich geht, es ist seltsam, und ich muss einfach misstrauisch sein. Ich habe gerade erst eine Schlange in meinem Briefkasten gefunden. Und jetzt bittet mich eine geheimnisvolle Anruferin, in eine einsame Gegend zu fahren.

Ich lasse mich keinesfalls in eine Falle locken. Ich habe Feinde.

Und der heutige Tag hat das nur zu deutlich gezeigt.

Ich bleibe in der Nähe des Telefons und warte darauf, dass sie noch einmal anruft, aber das passiert nicht. Schließlich gehe ich zum Büro. Unterwegs schaue ich kurz in Connors Zimmer; er liest, was ich auch genauso erwartet habe, daher störe ich ihn nicht weiter. Ebenfalls kaum überraschend ist es, Lanny beim Texten zu sehen. Sie sieht kaum auf, als ich an ihre offene Tür klopfe. »Hey«, nimmt sie meine Anwesenheit zur Kenntnis. »Wer hat angerufen?«

»Jemand, der einen Rat wollte«, antworte ich.

Sie unterbricht ihr Tippen und schenkt mir ihre volle Aufmerksamkeit. Meine Tochter ist hübsch, aber sie ist noch mehr: Ihr Gesicht zeigt Charakter und Stärke. Außerdem einen gar nicht so kleinen Anteil an Sturheit. Woher sie das wohl hat … »Was hat sie gewollt?«

»Ganz ehrlich? Da bin ich mir selbst nicht sicher. Sie scheint allerdings nicht wirklich in Schwierigkeiten zu stecken. Sie hat keine Angst um ihr Leben, zumindest nicht so sehr, dass sie Hilfe annehmen würde.«

»K.« Sie blickt wieder auf ihren leuchtenden Bildschirm und die Finger tippen wild umher. Ich liebe es, mit welcher Intensität sie Dinge in Angriff nimmt, als würde es immer um Leben und Tod gehen. Meine wunderschöne Atlanta, die immer Vollgas gibt. »Ich finde das grässlich, ist dir das klar?« Sie spricht über die Gefahren, über die Einschränkungen, die Art, wie ihr Wirkungsbereich immer eingeschränkter wird.

»Das weiß ich«, erkläre ich. »Wir werden versuchen, es besser zu machen.«

Als ich ins Büro komme, stehen eine offene Flasche Wein und ein gefülltes Glas auf meinem Schreibtisch. Sam hat sein eigenes. Er hat sich das Handy zwischen Hals und Schulter geklemmt, während er in einer Schublade nach Unterlagen sucht. Ich nehme das Glas, raune ihm ein »Danke« zu und setze mich auf meinen Sessel. Ich schaue in mein E-Mail-Postfach.

Es ist eine verdammte Katastrophe. Das hätte ich als Folge des Howie-Hamlin-Debakels ahnen müssen, habe ich aber nicht. Der Anblick der massiv erhöhten Menge an beleidigenden anonymen E-Mails lässt es mich bereuen, dass ich schon zu Abend gegessen habe. Ich ignoriere sie fürs Erste; die meisten wiederholen sich sowieso zum größten Teil, als hätte irgendjemand ein Skript herumgereicht. *Bring dich selbst um, du hässliche Schlampe. Tu uns allen einen Gefallen und gesell dich zu deinem Mann in der Hölle. Heiz den Grillofen an und klettere hinein.* Texte dieser Art.

Nachdem ich diese Mails in den Ordner »Zur Überprüfung« verschoben habe, lösche ich die Anfragen der Reporter, die wollen, dass ich die anstehende Dokumentation kommentiere. Jemand war so hilfsbereit und hat mich beim Newsletter der Lost Angels angemeldet. Wie nett.

Abgesehen davon gibt es noch vier weitere Nachrichten, die jeweils eine automatisierte Websuche beinhalten, welche ich so programmiert habe, dass die Ergebnisse monatlich an mein Postfach geschickt werden. Ich habe mich zu lange von den Perversen ferngehalten. Ganz offensichtlich. Zuerst musste ich mich erholen und dann … dann habe ich mir eingeredet, dass nun, wo es Melvin und Absalom nicht mehr gibt, alles irgendwie … besser werden würde. Ich glaubte tatsächlich, dass ich mir nicht mehr so große Sorgen machen müsste.

Ich war eine Idiotin. Und jetzt bezahle ich für diesen kurzen, dämlichen Ausbruch von Zuversicht.

Ich beginne zeitlich so weit zurückliegend, wie es möglich ist, und öffne den Bericht. Es handelt sich dabei lediglich um eine archivierte Liste von Links, die entweder Gwen Proctor, Gina Royal oder irgendeinen der anderen kurz von mir benutzten falschen Namen enthalten, unter denen ich mich versteckt hatte. Datiert kurz nach den Ereignissen am Killman Creek.

Wirkt alles recht normal. Wenn man Verstümmelungs-, Vergewaltigungs- und Todesdrohungen als normal bezeichnet. Und natürlich gibt es davon eine Menge. Hunderte.

Unheilvoller ist, dass ich beim Öffnen der jeweiligen Berichte das rasante Wachstum erkenne, wie bei einem sich ausbreitenden Krebsgeschwür, in Form von immer mehr Links zu Videos, Diskussionsforen, neuen Facebook-Gruppen, die es darauf abgesehen haben, mich zu stalken, Twitter-Hashtags. Und das nur auf den öffentlichen Seiten. Auf das Dark Web habe ich kaum noch Zugriff. Ich verfüge zwar über einen Tor-Browser, der mir Anonymität gewährt, doch das Dark Web ist ein Netzwerk, für das man Kontakte braucht. Früher habe ich mich hier auf das Hackerkollektiv namens Absalom verlassen, doch damals wusste ich noch nicht, wer – beziehungsweise *was* – Absalom wirklich war und wollte. Ohne diesen Zugriff sind die Suchen, die ich in den tieferen Ebenen des Internets durchführe, stark eingeschränkt.

Aber ich sehe die Oberfläche und das größer werdende Monster: Tag um Tag stacheln sich die Kommentatoren mithilfe der Ängste, der Paranoia, des Hasses und der Verurteilung der anderen gegenseitig auf. Schließlich ist da noch ein Link zur Website der Lost Angels. Ich klicke ihn an, gelange aber nur zur öffentlichen Homepage, auf der die Fotomontagen zu jedem von Melvins Opfern zu finden sind. Es ist schwer für mich, diese Seite aufzusuchen und mir die entspannten, lächelnden und hoffnungsfrohen Gesichter von jungen Frauen anzuschauen, deren Leben sich gerade erst entfaltete. Die unschuldigen Babys und Kinder, die sie waren, bevor mein Ex sie in die Finger bekam. Ich scrolle weiter. Üblicherweise gibt es einen News-Bereich unter all diesen herzzerreißenden Bildern, in dem die Mitglieder der Lost-Angels-Community – hauptsächlich Familien, aber auch ein paar enge Freunde – Neuigkeiten posten, wenn sie der Meinung sind, dass diese relevant sind.

Diesmal ist es nicht nur ein Beitrag, der an einen Geburtstag oder einen Abschluss erinnert; es handelt sich um eine komplette Presseerklärung, die erst vor ein paar Wochen veröffentlicht wurde.

Darin wird verkündet, dass mit dem Filmen der Lost-Angels-Dokumentation begonnen worden ist. Dass es nicht nur um die Opfer geht, sondern auch um die Morde. Um Melvin Royal.

Und ganz besonders um die Frau, die möglicherweise mit Mord davongekommen ist: Gina Royal.

Mir ist schlecht. Ich verstehe ihren Schmerz, ihre Wut, ihr Bedürfnis nach irgendeinem Gefühl der Erleichterung. Ich habe sie nie dafür gehasst, dass sie mich verachten. Zumindest muss ich dankbar sein, dass Sams Name in Verbindung mit dem Film bisher noch nicht gefallen ist.

Eine bedeutende Menge an Leuten ist an diesem Projekt beteiligt. Beinahe zehntausend, die insgesamt Hunderttausende Dollar bereitgestellt haben. Die gleiche Summe stellt außerdem die Wohltätigkeitsorganisation zur Verfügung, die Miranda Tidewell für ihr ermordetes Kind ins Leben gerufen hat. Mir wird noch schlechter als vorher, als ich mir die Ankündigungen durchlese. Und das Versprechen, dass *bald noch mehr kommt.*

Sie ziehen das wirklich durch.

Sie haben es wirklich auf mich abgesehen.

Sam beendet sein Gespräch und ich höre ihn meinen Namen sagen, reagiere aber nicht sofort. Ich kann nicht. Im Bemühen, mich von den Lost Angels abzulenken, habe ich auf einen anderen Link geklickt. Jetzt starre ich ein Bild auf meinem Desktop an, das mit »Jagdsaison auf Mörder eröffnet« überschrieben ist. Dabei handelt es sich um eine Aufnahme von mir, Lanny und Connor, wie wir ohne Angst und lachend vor unserem Haus stehen. Um uns herum hat man eine Zielscheibe gezeichnet und per Photoshop akribisch Einschusslöcher in unsere Körper montiert.

Sam kommt um den Schreibtisch herum. Schnell minimiere ich das Bild – aber nicht schnell genug. Er beugt sich vor und übernimmt die Maus. Klickt das Bild an. Studiert es. Ich kenne dieses Schweigen. Sams Wasser sind tief, schnell und manchmal gefährlich.

»Was denkst du?«, frage ich.

»Ich denke, das sollte ausgedruckt und geradewegs zur Polizei gehen«, sagt er. »Und zum FBI.« Glücklicherweise haben wir bei beiden Dienststellen Freunde. »Und ich denke, wer immer dieses Foto gemacht hat, war hier und hat euch beobachtet. Und ich will zum Teufel noch mal wissen, wer das ist.«

»Das Originalfoto könnte auch von einem Journalisten aufgenommen worden sein«, gebe ich zu bedenken. »Die sind doch schon seit Melvins Tod hinter uns her.« Da ich so gut wie keine Interviews gegeben habe, machten die Reporter jede Menge Fotos, die meisten aus der Ferne und daher so körnig wie dieses hier. »Das bedeutet nicht zwangsläufig, dass dieser Photoshop-Held, der das so verändert hat, irgendwo hier in der Nähe war oder ist.«

»Es bedeutet aber auch nicht, dass er es nicht war oder ist«, entgegnet Sam. »Tut mir leid. Ich nehme das ernst.«

»Glaubst du etwa, ich tue das nicht? Und das ist noch nicht mal das Schlimmste.«

Er sieht mich nicht an. »Das habe ich schon befürchtet.«

Ich muss ihm alles erzählen. Bisher war ich zögerlich, denn es gibt da ein paar besonders schlimme Dinge in meiner Datei der Perverslinge. Dinge, die sich selbst jetzt noch zu intim anfühlen, um sie mit ihm zu teilen. Aber er muss es wissen. »Okay«, lenke ich ein. »Möchtest du dich vielleicht hinsetzen und dir den Rest von dem anschauen, was ich habe?«

Ich sehe den Schock in ihm aufflackern. Er zieht seinen Sessel heran und beugt sich vor, die Hände auf die Knie gestützt. »Klar«, sagt er. »Los geht's.«

Er glaubt, er sei bereit.

Aber ich sehe die Abscheu und das Grauen in seinen Augen, als ich scrolle.

Niemand ist wirklich bereit. Nicht dafür.

Kapitel 3

Sam

Zu wissen, dass Miranda Tidewell Gwen in der Sendung heute Morgen aufgelauert hat, ist schlimm genug, aber von der Dokumentation zu erfahren, die sie geplant hat, löst ein Rauschen in meinem Verstand aus. Miranda Tidewell und Gwen Proctor am selben Ort – das kann ich einfach nicht verarbeiten, selbst wenn es nur kurz war. In meinem Kopf habe ich sie in völlig verschiedene Boxen einsortiert. Sie hätten sich niemals begegnen dürfen.

Aber so läuft es im Leben nun einmal nicht, und jetzt, da Gwen mir von der Dokumentation der Lost Angels erzählt hat, habe ich das Gefühl, langsam in einen tiefen, dunklen Brunnen zu fallen. Der Aufprall liegt noch vor mir. Und er wird tödlich sein.

Für den Augenblick kann ich nur so tun, als würde es nicht passieren. Ich werde mein normales Leben weiterleben, mein echtes Leben, solange es mir möglich ist. Denn was Miranda repräsentiert … es ist tot, so tot für mich, wie Gwens Ehe es für sie ist. Das sage ich mir selbst immer wieder, auch wenn mir klar ist, dass Melvins Geist niemals aufgehört hat, uns beide heimzusuchen. Tot bedeutet nicht fort.

Ich sehe mir die kranke Parade der Perverslinge an und ihre düsteren, einfallsreichen Varianten, Gwen wehzutun … und ich würde gern behaupten, dass es mich überrascht. Aber das tut es nicht wirklich. Es fühlt sich allzu schrecklich vertraut an.

Als wir zur Hälfte durch sind, bin ich fast allem gegenüber bereits abgestumpft. Ich bin mir sicher, dass das auch bei ihr der Fall ist. Wir einigen uns darauf, die schlimmsten Belästigungen herauszusuchen und sie morgen zur Polizeiwache von Norton zu bringen; zumindest Kezia Claremont wird auf unserer Seite sein, und Detective Prester mag nicht der herzlichste Mensch sein, dem ich je begegnet bin, aber er ist fair. Er verspürt etwas Mitgefühl für Gwen in ihrer Lage, und nur das zählt. Im Augenblick sollten wir alles dafür tun, dass die Polizei über uns wacht.

Unsere kleine Gemeinde am Stillhouse Lake verfügt über keine eigene Polizeieinheit. Immerhin informell haben wir eine Polizistin hier, da Kezia Claremont in das Viertel oben am Hügel auf der anderen Seeseite gezogen ist, nicht weit weg vom Haus ihres Vaters. Ezekiel – von seinen Freunden Easy genannt – Claremont ist ein charmanter, temperamentvoller alter Mann, der auf Hilfe angewiesen ist, auch wenn er immer darauf besteht, sie nicht zu brauchen. Ich schaue alle paar Tage bei ihm vorbei, trinke ein Bier mit ihm auf seiner notdürftig zusammengezimmerten und vermutlich illegal errichteten Veranda, und bringe ihm Sachen vorbei, die er benötigt. Er lebt schon sehr lange auf dem Hügel, vermutlich von all seinen reichen weißen Nachbarn verachtet, bis die lokale Wirtschaft einen Einbruch erlebte und die meisten von ihnen weggezogen sind. Wir sind erst danach gekommen … Gwen, um ein baufälliges Haus für sich zu renovieren. Ich, um sie zu beobachten und zu beweisen, dass sie nicht die war, die sie vorgab zu sein.

Allerdings lag ich damit falsch. Gwen ist genau so, wie sie auch auftritt. Sie ist eine der stärksten und ehrlichsten Frauen, denen ich je begegnet bin. Es war nicht einfach, das zu erkennen und meine Meinung zu ändern, aber nachdem mir das gelungen war, fühlte ich mich … wie befreit. Als hätte sich die Wut, die so lange auf mir gelastet hatte, endlich verzogen.

Der Gedanke, dass sie vielleicht nicht wirklich weg ist … sondern noch über mir kreist, macht mir Angst. Vielleicht ist all die Wut, die ich auf die Welt losgelassen habe, noch immer irgendwo da draußen und hat es jetzt wieder auf uns abgesehen.

Am nächsten Morgen begeben wir uns zur Polizeiwache.

Norton ist eine typische Kleinstadt im Süden der USA, nur wenige Kilometer von Stillhouse Lake entfernt, die sich hoffend und betend an den letzten Rest wirtschaftlichen Erfolgs klammert. Die mit Brettern vernagelten Geschäfte erzählen eine Geschichte. Ebenso die Löcher im Asphalt. Niemand macht sich Illusionen darüber, der Stadt würde eine strahlende Zukunft bevorstehen, aber alle sind fest entschlossen zu überleben. Ich mag Norton; mir gefällt, dass die Gebäude erhalten bleiben, selbst wenn sie leer stehen. Der Ort hat einen gewissen Stil, auch wenn Gwen ihn oft als verlorenen Fall einstuft. Sie neigt dazu, die düstere Seite zu sehen. Ich dagegen suche nach dem Licht – oder zumindest bemühe ich mich noch darum.

Das Gebäude der Polizeiwache wurde seit den Achtzigern nicht mehr vernünftig renoviert, hat es allerdings dringend nötig. Zumindest gibt es eine große Parkfläche. Als wir eintreten, wirft uns die Frau hinter dem Empfangstresen diesen typischen Blick zu. Beziehungsweise nicht uns, sondern Gwen. Er ist leer und misstrauisch. Nicht etwa, weil Gwen ihr fremd wäre. Sondern im Gegenteil: weil es Gwen ist und die Frau auf der anderen Seite dieses Tresens alles über ihre Vergangenheit weiß.

Ich beuge mich vor und unterbreche das stumme Blickduell. »Hallo. Wir sind hier, um mit Detective Prester oder Detective Claremont zu sprechen.«

Die Frau wendet mir ihre Aufmerksamkeit zu. Ihr Gesichtsausdruck wird etwas sanfter. »Und darf ich auch den Grund nennen?«

»Das ist vertraulich«, gebe ich zurück und lächle sie an.

Es scheint zu funktionieren. Sie nimmt das Telefon in die Hand und wählt. Gwen sieht mich an und verdreht die Augen. Ich zucke mit den Schultern. Nicht alles muss in einer dramatischen Konfrontation enden, besonders nicht bei Leuten, die wir als unsere Verbündeten brauchen.

Eine Minute später öffnet Kezia die Tür zwischen dem Tresen und dem Rest der Polizeiwache und winkt uns durch. Sie ist eine elegante junge Afroamerikanerin, die ihre Haare neuerdings als natürlichen Afro trägt. Ein spektakulärer Anblick, besonders hier in der Provinz. Die Individualität ihrer Frisur steht in starkem Kontrast zu dem konventionellen braunen Hosenanzug, den sie anhat und der das Schulterholster fast vollständig verbirgt. Ihr Abzeichen blitzt an ihrer Hüfte auf, als sie kehrtmacht, und ich halte Gwen die Tür auf, während sie Kez in den Arbeitsbereich der Detectives folgt.

Der Arbeitsplatz ist nicht sonderlich beeindruckend – was bei der Größe von Norton nicht überrascht. Doch wie alle kleinen ländlichen Gemeinden hat auch diese Stadt mit Drogenproduktion, Sucht und den dazugehörigen Verbrechen zu kämpfen. Die Erfahrung damit ist allerdings nicht für das Gespräch dienlich, das wir mit ihr führen werden.

»Ich schätze mal, dass das hier kein Freundschaftsbesuch ist.« Kezia deutet auf die abgenutzten Stühle auf der anderen Seite ihres Schreibtisches. »Geht's um die Schlange?«

Gwen seufzt. »Nicht direkt. Du hast doch die *Howie Hamlin Show* gesehen.«

»Ja«, bestätigt Kezia. »Die haben dir live in der Sendung das Messer auf die Brust gesetzt. Tut mir leid.«

»Mir auch.«

»Diese Dokumentation, über die gesprochen wurde …« Kezia lehnt sich einen Augenblick zurück und denkt nach. »Die werden herkommen. Das ist euch doch klar, oder? Die werden Aufnahmen von der Stadt machen, von lokalen Sehenswürdigkeiten, vermutlich auch mit ein paar Einheimischen sprechen, die nicht deine größten Fans sind. Und wir können nichts dagegen tun. Du könntest in die Stadt fahren und versuchen, eine einstweilige Verfügung zu bekommen, aber ich bezweifle, dass das funktioniert.«

»Ja, aber deswegen sind wir nicht hier«, antworte ich, als Gwen nicht reagiert.

»Ich habe allerdings Neuigkeiten zur Schlange. Wir haben einen Fingerabdruck gefunden, der zu Jesse Belldene passt. Jesse ist einer von den Hinterwäldlern, von denen ich dir erzählt habe, der geschickt im Fangen von allen möglichen Viechern ist. Das Problem ist, Jesse behauptet, er habe es nicht getan, und ein einzelner Fingerabdruck gibt uns nicht einmal genug Futter, um ihn nur wegen Sachbeschädigung anzuklagen.« Kezia schüttelt den Kopf. »Die Belldenes sind ein fieser Haufen, und wie es aussieht, können sie dich nicht leiden. Hast du eine Ahnung, warum …?«

Gwen sagt, sie wisse es nicht. Ich antworte nicht sofort, denn … ich glaube, ich kenne den Grund. Und ich glaube, es ist meine Schuld.

Ich räuspere mich. Beide sehen mich an. Es fühlt sich so an, als wären plötzlich zwei Scheinwerfer auf mich gerichtet. »Belldene«, sage ich. »Dieser Jesse. Kommt der zufällig häufiger zum Schießstand?«

»Ist er früher«, bestätigt Kezia. »Dann wurde es ihm verboten. Er ist vor ein paar Wochen betrunken dort aufgetaucht, und jemand auf dem Schießstand hat ihm seine Waffe weggenommen und ihn zu Boden geworfen, als er versucht hat, sie sich zurückzuholen. Er hat den Mann nicht angezeigt, aber ich habe gehört, dass man ihm ein paar Zähne richten musste. Wieso?«

Langsam hebe ich die Hand. »Ich bin derjenige, der ihn mit dem Gesicht gegen den Tresen geschlagen hat«, gestehe ich. »Er war halb durchgedreht und stellte eine Gefahr dar. Javier war vorn, er hätte die Situation sonst sicherlich besser gemeistert. Ich schätze, Jesse hegt einen Groll gegen mich.«

»Augenblick mal«, wirft Gwen ein. »Du meinst … hier ging es gar nicht um mich?«

Ich hebe die Augenbrauen. Ich erspare mir, zu sagen, dass das nicht immer der Fall sein muss. Sie versteht, was ich damit sagen will, und hält sich eine Hand vor den Mund, um ein Lachen zu unterdrücken. Ich hatte ihr von dem Vorfall erzählt, aber der Hinterwäldler – dieser Belldene – war vom Schießplatz verschwunden, ohne dass ich seinen Namen erfahren hatte. Und ich wusste auch nicht, dass ich ihm ein paar Zähne abgebrochen hatte.

Kezia hat wohl Gwens Erleichterung mitbekommen, denn sie sagt: »Tja, Sam, ich würd's mir nicht zu gemütlich machen. Die Belldenes haben kein Problem damit, sich mit anderen anzulegen. Ich glaube nicht, dass du das letzte Mal von denen gehört hast.«

»Gibt es irgendetwas, das du deswegen tun kannst?«

Sie schüttelt den Kopf. »Sie auf frischer Tat ertappen. Ihr habt doch Überwachungskameras, oder?«

»Für das Haus, nicht den Briefkasten.«

»Ich würde euch raten, eine der Kameras dorthin auszurichten. Sollten die wieder am Briefkasten herumspielen, haben wir zumindest Beweise.«

Das gefällt mir schon besser. Es löst aber nicht unser akutes Problem. »Danke dafür, aber … deshalb sind wir nicht hergekommen. Wir sind wegen massiver Drohungen hier. Glaubst du, die Belldenes könnten da ebenfalls dahinterstecken?«

Kezia setzt sich wieder gerade hin. »Zeigt sie mir.«

Gwen holt den Ordner heraus und schiebt ihn zu ihr hinüber. Als Kezia ihn öffnet, landet ihr Blick sofort auf dem mit Photoshop bearbeiteten Bild. Sie betrachtet es einen Augenblick und blättert dann auf die nächste Seite. Eine Morddrohung gegen Gwen, weil sie Melvins Partnerin war. Das Schreiben ist lang, und der Verfasser konzentriert sich erschreckend detailliert darauf, wie genau er Rache üben will.

Der nächste Text beschuldigt sowohl Gwen als auch mich, Hochstapler zu sein, die an einer Verschwörung der Regierung beteiligt sind, um die Öffentlichkeit davon zu überzeugen, dass es Serienmörder tatsächlich gibt. Es wird gedroht, die Kinder umzubringen (die natürlich auch nur Schauspieler sind), wenn wir uns nicht stellen und die geheime Agenda der Regierung verraten. Letztere wird dann bis ins Kleinste dargelegt, es folgen Tiraden über die geheimen Intrigen der Superreichen und die Chips in unseren Kreditkarten. Der ganze Text ist völlig abgedreht und eindeutig das Werk von jemandem mit ernsten mentalen Problemen.

Gwen hat eine ganze Menge Drohungen gesammelt. Kezia studiert sie alle schweigend und klappt schließlich den Ordner zu. »Wow«, sagt sie nur. Eine absolute Untertreibung. »Von welchem Zeitraum sprechen wir hier?«

»Ich hab nur das aus den letzten Wochen mitgenommen«, erklärt Gwen. »Ich schätze, das wird noch zunehmen, jetzt, da die Hamlin-Sendung auch im Internet verfügbar ist und die Leute sie teilen können. Bei so was wandert die Zahl der Durchgedrehten auf der Skala immer gleich um einige Abschnitte höher.«

»Hm-hm«, stimmt Kez zu und lehnt sich zurück. »Also. Ich kann Haftbefehle beantragen und diese IPs nachverfolgen lassen, aber ihr wisst ja, wie das läuft: Die Chance ist nicht sonderlich groß, dass sie es über einen öffentlichen Account machen, der leicht zu finden ist. Und selbst wenn wir sie erwischen, gibt es nicht viel, weswegen wir sie anklagen können. Und falls wir sie anklagen, kommt es vermutlich zu keiner Verhandlung. Letztendlich also …«

»Kosten die Ermittlungen nur eine Menge Zeit und Geld und bringen uns vermutlich nicht weiter«, beende ich ihren Satz. »Dein Rat lautet also … warten, bis einer von denen einen von uns erschossen hat und es somit ein echtes Verbrechen gibt.«

»Das habe ich nicht gesagt«, widerspricht Kezia, und mir fällt auf, dass sie jetzt nicht mehr ihre beruhigende Berufsstimme benutzt. Ich muss wohl so geklungen haben, als würde ich das persönlich nehmen. »Hört mal, ich mach das schon. Ich kümmere mich darum. Ich werde für eine Weile mehr Patrouillen für den Bereich rund um den See anfordern. Aber Tatsache ist, das sieht nicht nach dem Werk von Einheimischen aus, besonders nicht den Belldenes.«

»Also wird nichts passieren, um das zu stoppen«, erkenne ich. »Wir werden den Rest unseres Lebens damit verbringen, ständig auf der Hut zu sein. Die Kinder werden in Angst aufwachsen.«

»Sam …«, fängt sie an, aber jetzt bin ich in Fahrt.

»Nein, Kez, schütte jetzt nicht Zucker über einen Haufen von Scheiße und nenn es Frühstück. Du lässt Gwen und die Kinder ungeschützt, obwohl völlig klar ist, dass viele Leute ihren Tod wollen.«

»Dann mal ganz unverblümt gefragt: Was soll ich denn deiner Meinung nach machen? Rund-um-die-Uhr-Überwachung? Das FBI herholen? Dort gibt es eine Abteilung, die auf Internetdrohungen spezialisiert ist, aber die sind bei einem Mitarbeiterstab von vielleicht tausend Leuten für das gesamte Land chronisch überlastet. Eure Kinder werden längst erwachsen sein, bis ihr deren Aufmerksamkeit erlangt habt. Ich versuche hier zu helfen. Aber ich bin auch ehrlich. Gott weiß, dass das

Gesetz nicht mit den Drohungen mithalten kann. Aber ich bin Gesetzeshüterin. Ich kann nur das tun, was das Gesetz erlaubt.«

Ich bin wütend. Dass ich so emotional reagiere, überrascht mich, aber ich hatte mir mehr erhofft. Gwen hingegen scheint diesmal diejenige zu sein, die die Fassung bewahrt. »Sam. Sie ist doch nur realistisch. Ich habe nichts anderes erwartet. Und du weißt doch, wie mutig das Internet die Leute macht, wenn sie sich hinter einem Bildschirm verstecken können.« Sie schaut mich an, doch ich sehe weg. Ich war auch mal einer dieser anonymen wütenden Menschen und habe ihr meine Wut durch den Schleier des Internets entgegengeschleudert. Wir haben nichts davon jemals genauer besprochen, niemals bestimmte Namen oder Drohungen oder irgendetwas sonst aufgegriffen, das ich in jener dunklen Zeit meines Lebens getan habe. Es ist einfacher, darüber hinwegzukommen, wenn die Narben nicht wieder geöffnet werden. »Wie auch immer. Danke für deine Zeit, Kez. Wirklich, ich wollte nur sicherstellen, dass du über die Situation Bescheid weißt, damit du vorbereitet bist, sobald irgendetwas passiert.« Sobald, nicht falls. Ich bemerke den Unterschied in Gwens Wortwahl.

Kezia blättert zurück zum ersten Foto, auf dem Gwen und die Kinder von digital dargestellten Schusswunden durchlöchert sind. »Das hier bereitet mir Sorgen«, meint sie. »Mehr als die anderen.«

»Warum das?«, frage ich. In dem Ordner sind auch noch andere Photoshop-Bilder zu finden. Viele noch schlimmer.

»Es ist anders. Verschwendet keine Zeit mit Ideologien oder irgendwelchen Fantasien.« Sie neigt den Kopf und studiert es noch genauer. Hebt es hoch und runzelt die Stirn. »Wisst ihr, die meisten Arschlöcher würden eine ganze Menge Wunden zeichnen. Je blutiger, desto besser. Es soll ja schockieren und Angst machen. Aber das hier?« Sie hält uns das Foto hin. »Was seht ihr da?«

Wir sind beide ein paar Sekunden lang still. Schließlich antworte ich. »Schusswunden, die tödlich sind.«

»Genau«, bestätigt sie. »Kopf und Brust. Kopf und Brust. Kopf und Brust. Und wenn ihr euch mal anseht, wo sich die Einschusslöcher befinden: Die führen ziemlich sicher sofort zum Tod. Da kennt sich jemand aus. Und das bereitet mir Sorgen.«

»Mir auch«, erwidere ich.

Denn es gibt nur wenig, das gefährlicher ist als ein Scharfschütze, der sein Handwerk versteht.

* * *

»Sie hat vermutlich recht«, beginne ich während der Rückfahrt. »Es sind nur Schreibtischhelden. Aber ich würde gern Mike kontaktieren und ihm das Bild schicken, bloß für den Fall, dass er schon mal etwas in der Art gesehen hat oder etwas rausfinden kann. Ich wüsste zu gern, ob dieser Kerl echt ist oder auch nur ein Idiot, der vor seiner Tastatur hockt.«

Gwen ist keinesfalls eine Schreibtischheldin; sie hat mehr überlebt, als sich die meisten Menschen überhaupt vorstellen können. Und ich fürchte mich ebenfalls nicht vor einem Kampf. Aber Stärke und Mut lassen die Kugel eines Scharfschützen nicht abprallen.

»Red doch mal mit Javier auf dem Schießplatz«, schlägt Gwen vor, und ich gebe mir innerlich einen Tritt dafür, nicht selbst daran gedacht zu haben. »Scharfschützen müssen doch trainieren, oder? Vielleicht kennt er jemanden aus der Gegend, der so ein Training absolviert?«

»Ich fahre gleich hin«, stimme ich zu. »Lass mich beim Truck raus. Außerdem sollte ich bei der Gelegenheit vermutlich gleich noch bei ein paar Baustellen vorbeischauen.«

»Bist du zum Abendessen zurück?«

»Kommt drauf an. Gibt es Hackbraten?« Das ist mittlerweile unser Running Gag; aus irgendeinem Grund ist Connor der Meinung, dass er gar nicht genug Hackbraten haben kann, und fragt gefühlt jeden zweiten Tag danach. Gwen versucht, ihn nicht zu sehr zu verhätscheln, allerdings haben die Kinder so viel durchgemacht, dass eine etwas übermäßige Menge an Hackbraten ein geringer Preis für ein wenig Freude ist.

»Heute Abend nicht«, verneint Gwen.

»Dann komme ich.«

Ich beuge mich zu ihr hinüber, um ihr einen Kuss zu geben, bevor ich aussteige; es wird ein langer, verheißungsvoller Kuss, und ich fange schon an, darüber nachzudenken, doch nicht den Schießstand aufzusuchen. Doch dann fällt mir wieder ein, dass sie mit jeder Sekunde, in der ich mich nicht um die Angelegenheit kümmere, in größerer Gefahr schweben könnte.

Also gehe ich.

Mein Truck musste schon viel Geholper über löchrige Landstraßen durchstehen, aber er ist überaus robust und ich liebe ihn … außer dann, wenn ich Anrufe entgegennehmen muss. Bei all dem Motorenlärm und dem Geklapper ist das immer eine echte Herausforderung.

Ich erkenne die Nummer nicht, die auf meinem Handy angezeigt wird, während ich bergauf in Richtung Parkplatz des Schießstands unterwegs bin, aber ich kann die Vorwahl zuordnen. Washington, DC. Ich gehe ran und spreche laut, um über dem Motorenlärm gehört zu werden. »Ja?«

»Hab eine neue Nummer«, antwortet Mike Lustig. »Danke, dass du rangehst, Junge. Meine Güte, was fährst du denn gerade, einen Traktor?«

»Einen abgewrackten Chevy«, erkläre ich ihm. »Klingt ungefähr gleich, oder?«

»Was? Ich – kann – dich – nicht – hören.« Er betont jedes Wort, will mich damit allerdings nur aufziehen.

»Dann hörst du ja auch nicht, dass ich dich einen Arsch nenne, weil du dich überhaupt nicht gemeldet hast«, kontere ich. »Wie lang ist es jetzt her?«

»Meinem Anrufprotokoll zufolge ungefähr vier Monate.«

»Sag ich doch. Du bist mir ein Freund.«

»Krieg dich wieder ein. Ich hatte eine verdeckte Ermittlung. Hätte dir gefallen, ich hab gelernt, wie man Geld druckt.«

»Neuer Altersvorsorgeplan?«

»So wie es hier aktuell läuft, ist das tatsächlich eine Option«, meint er. »Für die Regierung zu arbeiten, ist ja niemals wirklich spaßig, aber im Augenblick ist es richtig mistig.«

»Auch das geht wieder vorbei.«

»Dein Wort in Gottes Ohr.«

»Also … du hast angerufen. Ist dir einfach nur langweilig?«

»Nein«, gibt Mike zu. Jetzt klingt er schon nicht mehr so locker. »Gwen konnte sich nicht aus der Öffentlichkeit raushalten, oder? Dir ist hoffentlich klar, was das alles bedeutet. Jetzt kommt das ganze Ungeziefer wieder aus seinen Löchern gekrabbelt und hat es auf sie, dich und die Kinder abgesehen. Verdammt, sie hätte einfach nur den Kopf einziehen müssen.«

»Hast du auch nur die geringste Ahnung, wie sich die Presse auf sie gestürzt hat? Sie musste sich der Sache stellen und versuchen, dem ein Ende zu machen.«

»Und was ist dabei herausgekommen?« Er ist ein paar Sekunden lang still. »Die verdammte Miranda Tidewell war auch da. Hast du sie gesehen?«

»Nein.« Und darüber bin ich froh. Ich habe mir auch das YouTube-Video nicht angeschaut. Ich kann nicht.

»Ich muss dir ja wohl nicht sagen, dass du dich schön aus der Sache raushältst, oder?«

»Musst du nicht. Aber danke, dass du mich für einen Volltrottel hältst.«

»Nur einen halben Trottel«, entgegnet Mike. »Für mehr als halbe Sachen reicht's bei dir nicht.«

»Halt ja die Klappe, ich bin Steuerzahler und finanziere dein komfortables Regierungsgehalt. Das hörst du bestimmt nicht oft genug.«

Er hat eine tiefe Stimme, und sein Lachen ist noch tiefer; es vibriert im Handy. »Mann, manchmal kannst du echt den Weißen raushängen lassen. Hör mal, werden wir kurz noch mal ernst: Das, was du da mit Gwen am Laufen hast …«

»Nein. Fang gar nicht erst damit an.«

»Sam, das wird nicht gut gehen. Das muss dir klar sein. Früher oder später wird jemand verletzt. Vermutlich sie. Und den Grund dafür kennen wir beide, nicht wahr?«

Mittlerweile bin ich beim Schießplatz angekommen. Ich steige aus dem Truck. Eine Zeit lang sage ich nichts, lehne mich gegen die rauen Betonblöcke des Gebäudes. Der Parkplatz ist voll, aber draußen ist niemand. Hier sind nur ich und die Frösche, die irgendwo zwischen den Bäumen quaken. »Ja, ich weiß«, sage ich. »Ist schon klar. Aber im Augenblick steckt sie in Schwierigkeiten. Ich kann nicht einfach so … gehen.«

»Gwen Proctor ist eine Überlebenskünstlerin.«

»Und du glaubst, ich bin das nicht?«

»Ich glaube, du warst es mal, bis du deinen Schutzschild heruntergelassen hast.« Mike zögert ein paar Sekunden und seufzt dann. »Hör zu, ich hab jemandem deine Nummer gegeben. Nimm den Anruf an, okay? Er ist wichtig.«

»In was zum Teufel ziehst du mich da rein?«

»In nichts, womit du nicht klarkommst«, meint er. »Pass auf dich auf, Sam. Du bist mir wichtig. Wenn ich auch überhaupt nicht weiß, wieso.«

»Reizend von dir, aber ich werd dich trotzdem wegen Banknotenfälschung anzeigen. Was bekommst du da, zwanzig Jahre im Bundesgefängnis?«

»Pah, jetzt bist du nur noch fies.« Er legt auf. Ich ersetze seine alte Nummer durch die neue und bleibe noch einen Augenblick draußen stehen. Er hat recht. Auf die Beziehung zwischen Gwen und mir kommen schlimme Zeiten zu; Mirandas Wiederauftauchen wird dafür sorgen. Und ich muss ernsthaft darüber nachdenken, was das bedeuten könnte. Aber nicht sofort. Je länger ich dieses Problem ignorieren kann, desto besser.

Ich gehe rein und frage Javier, ob er irgendjemand Verdächtigen gesehen hat. Es verschafft mir kein besseres Gefühl, dass er das nicht hat. Unsere Rücken sind Zielscheibe für viel zu viele Leute und ich kann gegen keinen von ihnen irgendetwas unternehmen. Auf dem Schießstand ist viel los, alle Bahnen sind belegt, also leiste ich einfach Javier Gesellschaft. Ich mag ihn. Er ist ein Marine im Ruhestand, noch jung, und er hat diese Aura, die dafür sorgt, dass die Leute ihm Aufmerksamkeit schenken, wenn er spricht, selbst wenn es nur leise ist. Er kann Anspannungen auf dem Schießstand schon allein durch seine Präsenz lösen; welche Streitigkeiten die Leute auch haben mögen, normalerweise finden sie ein Ende, sobald er auftaucht.

Hätte ich ihn geholt, als Belldene hier Ärger gemacht hat, anstatt mich selbst darum zu kümmern, hätte er die Angelegenheit vermutlich mit einem intensiven Blick beendet und nicht wie ich mit einem K.-o.-Schlag.

»Ich werde nach Fremden Ausschau halten«, versichert Javier, als ich mich anschicke zu gehen. Wir hören das stetige gedämpfte Hämmern der Schüsse auf der anderen Seite der Betonmauer, aber keiner von uns schenkt dem große Aufmerksamkeit. Auf einem Schießstand muss man sich meist eher Sorgen machen, wenn nichts mehr zu hören ist, denn das bedeutet, dass entweder alle auf etwas aufmerksam geworden sind oder jemand verletzt wurde. »Ich kümmere mich darum. Wie geht's den Kindern?«

»Gut«, sage ich. Ich weiß, dass er sich noch immer schuldig fühlt, weil es Connor *und* Lanny gelungen war, aus seinem Haus zu entwischen, und sie in Schwierigkeiten gerieten, nachdem Gwen sie ihm anvertraut hatte. »Es ist alles okay. Und sie würden sich freuen, wenn du mal wieder vorbeikommst.«

Er nickt, aber aus seinem Gesichtsausdruck lese ich so etwas wie Zögern heraus.

»Sie gibt dir keine Schuld«, erkläre ich ihm. »Kein bisschen. Du hast dein Bestes getan, um sie zu beschützen.«

»Ja, allerdings war mein Bestes nicht gut genug, oder?«, kontert er. »Ich weiß, dass sie mir keine Schuld gibt. Das macht es irgendwie noch schlimmer, Mann.« Er sieht mich kurz an und dann wieder weg.

»Hör mal, ich hab sie im Stich gelassen«, beschwichtige ich ihn. »Was glaubst du, wie ich mich deswegen fühle? Du warst für sie da. Ich nicht.«

»Sie lieben dich«, widerspricht er. »Dank dir glauben sie wieder daran, einen Dad haben zu können. Tu das nicht so ab, das ist wichtig.«

Das ist es. Und außerdem ist es verdammt Angst einflößend. Ich will ihnen nicht wehtun, niemals, aber im Augenblick … im Augenblick sehe ich keinen Weg, das zu verhindern.

Ich habe nicht erwartet, dass der Anruf, den Mike erwähnt hat, so schnell kommt, doch das tut er, und zwar in diesem Augenblick. Ich verlasse den Schießstand, um ranzugehen. Wieder eine unbekannte Nummer, diesmal jedoch aus Florida. Miami, wie es aussieht. Ich melde mich mit »Sam Cade«.

»Mr Cade«, spricht eine ruhige Frauenstimme am anderen Ende. »Einen Augenblick, ich verbinde Sie mit Mr Winston Frost.«

Der Name sagt mir nichts, aber es klingt, als würde sich der dazugehörige Mann für wichtig halten. Nach ungefähr dreißig Sekunden Stille klickt es in der Leitung und eine Stimme mit Londoner Akzent meldet sich zu Wort. »Mr Sam Cade, hallo, schön, mit Ihnen zu sprechen. Danke, dass Sie meinen Anruf entgegennehmen.«

»Sicher«, sage ich. »Worum geht es?«

»Hat Mr Lustig Ihnen Bescheid gegeben, dass ich anrufen würde?«

»Er sagte zumindest, dass irgendjemand anrufen würde.«

»Nun, die Sache ist, ich hatte kürzlich das Vergnügen, Mr Lustig kennenzulernen, und er hat gehört, dass ich einen Piloten für unseren Firmenjet suche. Er dachte, Sie wären vielleicht daran interessiert. Soweit ich allerdings weiß, haben Sie sich eine Auszeit aus dem Job genommen, von daher …«

Fliegen. Mein Herz macht einen kleinen Sprung. Das ist keine Absicht. Ich will gar nicht auf diese Art reagieren. Doch offenbar habe ich das Fliegen mehr vermisst, als mir bis eben klar war. »Es gibt bestimmt eine ganze Menge anderer Piloten, die sich solch eine Gelegenheit nicht entgehen lassen würden«, gebe ich zurück. »Warum rufen Sie einen Mann in Tennessee an, dem Sie noch nie begegnet sind? Dessen Unterlagen Sie noch nicht einmal kennen?«

»Woher wissen Sie, dass ich die nicht kenne?«

»Glauben Sie mir, diese Dokumente würden aufzeigen, dass meine letzten Flugstunden eine ganze Weile her sind.«

»Sie sprechen wie jemand, der nicht daran interessiert ist, auf den Pilotensitz zurückzukehren.«

Das wäre eine Lüge, denn ich bin es. Ich will sogar ganz dringend wieder fliegen. *Aber will ich es auch so dringend, wie ich ein Zuhause möchte? Eine Familie? Ein Leben mit Gwen?*

Es zerreißt mich innerlich, mir diese Frage überhaupt zu stellen.

»Geben Sie mir etwas Bedenkzeit«, wiegele ich ab. Mir ist klar, dass das höchstwahrscheinlich *Nein* bedeutet. Ich erwarte, dass er mich zum Teufel schickt.

Stattdessen lenkt er ein. »Natürlich, Sie brauchen Zeit, das durchzudenken. Sie müssten ja in die Gegend von Miami ziehen, um auf Abruf bereitzustehen, wenn wir Sie brauchen. Das Gehalt liegt so um die hundertfünfzigtausend pro Jahr. Die üblichen Vorsorgeleistungen sind im Paket enthalten. Wir haben es nicht eilig, und mir ist klar, dass Sie eine neue Bescheinigung und dafür ein paar Schulungsstunden bräuchten. Das ist für uns kein Problem. Wir würden Sie in dieser Zeit unter Vorbehalt einstellen, während Sie das Programm durchlaufen.«

Das Gehalt ist verdächtig hoch, besonders in Anbetracht der Tatsache, dass ich überhaupt keine Erfahrung mit Privatjets habe, auch wenn ich sie mir problemlos durch eine Schulung aneignen könnte. »Wäre ich Ihr einziger Pilot?«

»Nein. Wir beschäftigen stets drei Piloten auf Abruf. Ihre Stelle wäre durch ein Gehalt vergolten, plus Überstunden, falls die Flugzeit einen Acht-Stunden-Tag überschreitet. Wie auch immer also Ihre Flugzeiten ausfallen, Sie werden bezahlt.«

Ich halte inne und starre auf den Horizont. »Welche Art von Unternehmen?«

»Wie bitte?«

»Welche Art von Unternehmen hat drei Piloten auf Abruf und bezahlt so viel Geld als Startgehalt?«

»Ein profitables«, entgegnet er. »Sie dürfen gern Nachforschungen über mich und die Firma anstellen. Meine Assistentin meldet sich in den nächsten Wochen noch einmal bei Ihnen, um zu erfahren, wie Sie sich entschieden haben. Vielen Dank für Ihre Zeit, Mr Cade.«

»Danke für den Anruf«, antworte ich. Zu dem Zeitpunkt hat er bereits aufgelegt, und ich starre auf den Bildschirm, bis dieser dunkel wird.

Wem zum Teufel hat Mike mich da empfohlen? Und was werde ich mit dieser Information anstellen? Zu einem Bewerbungsgespräch fahren? Gwen anlügen? *Stillhouse Lake verlassen?*

Ganz ehrlich, in diesem Augenblick weiß ich es nicht. Aber eins ist sicher: Ich werde diesen Kerl überprüfen.

* * *

Meine Nachforschungen zu Winston Frost benötigen nur fünf Minuten Zeit mit meinem Handy in der Fahrerkabine meines Trucks. Er ist der CEO von Frost Industries, einer großen Manufaktur mit weltweiten Produktionsstätten. Das Unternehmen hat seinen Hauptsitz in London, allerdings noch weitere große Zweigstellen in Miami und Schanghai. Es gibt genügend Fotos von ihm, hauptsächlich auf Wohltätigkeitsveranstaltungen; es gibt die üblichen Kritiker, aber er scheint sauber zu sein.

Ich schicke Mike eine Nachricht dazu, erhalte aber keine Antwort, jedenfalls nicht sofort. Ich will genau wissen, woher Mike diesen Kerl kennt und was er über ihn weiß. Winston Frosts Nummer lässt sich zur Zweigstelle in Miami zurückverfolgen, die ist also echt. Ich wähle die Nummer sogar noch einmal und dieselbe Assistentin mit der ruhigen Stimme nimmt ab. Ich bedanke mich und lege auf.

Frost wäre nicht der erste reiche und böse Geschäftsmann, auf den ich treffe, seit ich Gwen kenne.

Aber verdammt. Ein fester Job, mit einem festen Gehalt, und ich könnte *fliegen*.

Ich will das nicht wollen, aber Tatsache ist: Ich tue es.

Kapitel 4

Lanny

Ich sitze im Schneidersitz auf dem Bett, den Laptop aufgeklappt vor mir, und warte darauf, dass Dahlia meinen Skype-Anruf annimmt. Es klingelt und klingelt. Und ich bin kurz vor dem Durchdrehen, wie üblich. *Was, wenn sie heute Morgen aufgewacht ist und mich nicht mehr liebt? Redet sie deshalb nicht mit mir?*

Ich weiß, dass das dumm ist. Ich habe genug Therapiestunden hinter mir, um zu wissen, dass ich so einige Probleme mit mir herumschleppe. Ich habe ständig Angst, dass mir wehgetan wird, selbst wenn mir niemand wehtun will. Weshalb ich andere Menschen anfangs immer heftig ablehne. Ich versuche, das nicht mehr zu machen. Ich habe mich in Dahlia verliebt; sie bringt mein Herz zum Rasen und gibt mir das Gefühl, innerlich weinen zu wollen, wenn wir voneinander getrennt sind. Das macht Liebe doch aus, oder? Ich will die ganze Zeit mit ihr zusammen sein. Ich bin jedoch praktisch genug veranlagt, um zu wissen, dass das nicht passieren wird.

Ich beende den Skype-Anruf und schaue ihre Social-Media-Aktivitäten an. Ihr Instagram-Account zeigt mir, dass sie auf der Geburtstagsparty von irgendjemandem ist. Den gestellten Posen entnehme ich, dass sie gelangweilt ist. Zumindest weiß ich jetzt, dass sie mir nicht absichtlich aus dem Weg geht. Zumindest für heute nicht. *Klammere doch nicht so*, ermahne ich mich selbst. *Bleib cool.*

Ich weiß nicht, wie ich das bewerkstelligen soll. Ich habe so lange so getan, als wäre mir alles egal, dass es mir jetzt unmöglich erscheint, etwas langsam anzugehen. Zumindest bin ich nicht eifersüchtig. Bin ich doch nicht, oder?

Ich höre, wie sich die Vordertür öffnet, das Warnsignal der Alarmanlage erklingt und schnell auf den Tastenblock gehämmert wird. Die Tür wird wieder geschlossen und verriegelt.

Mom ist zu Hause. Aber ich höre nicht, dass Sam bei ihr ist. Normalerweise reden sie miteinander, wenn sie reinkommen.

»Es gibt Teriyaki-Hühnchen! Hilft mir jemand bei der Zubereitung?«, ruft sie.

Ich bleibe einfach sitzen und starre den Bildschirm an. Sieht Dahlia glücklich aus, wie sie da mit dieser Mädelsgruppe posiert? Auf dem nächsten Foto hat sie ihren Arm um einen Jungen gelegt. Dahlias Mom hat gesagt – was nicht für unsere Ohren bestimmt war –, dass wir beide *nur eine Phase durchmachen*. Vielleicht hat sie recht, was Dahlia angeht. Aber bei mir eher nicht. Jemanden zu lieben, ist keine Phase.

»Hey«, sagt Mom. Sie steht im Türrahmen. »Was ist los?«

»Nichts«, antworte ich und klappe den Laptop zu. »Ich wollte eine Runde joggen gehen.«

»Aber nicht allein«, wehrt sie ab.

»Mom. Es ist noch längst nicht dunkel. Ich mache nur die Seerunde.«

»Nein, allein machst du die nicht. Ich komme mit. Ich könnte etwas Bewegung gebrauchen.«

»Du hältst mich doch nur auf«, maule ich. Sie verdreht die Augen. »Doch, tust du.«

»Tja, ich bin eben alt«, gibt sie zurück. »Und ich komme trotzdem mit.«

»Und was ist mit dem Abendessen?«

»Darum kümmere ich mich«, erwidert mein Bruder. Er kommt aus seinem Zimmer am anderen Ende des Flurs, die Kopfhörer um den Hals gelegt. Mom legt einen Arm um ihn und er versteift sich noch nicht einmal. Für eine Weile hat er das getan, aber mittlerweile geht es ihm besser. Das glaube ich zumindest. Wir reden nicht mehr so viel miteinander, seit ich erfahren habe, dass er sich rausgeschlichen hat, um unseren Dad anzurufen. Ich weiß nicht, was ich damit anfangen oder wie ich mit ihm darüber reden soll. Es macht mich echt sauer, dass er das überhaupt getan hat. Ich verstehe nicht mal im Ansatz, warum. Und ich will lieber nicht nachfragen.

»Knoblauch, Ingwer und Frühlingszwiebeln«, sagt Mom ihm und streicht ihm die Haare auf dem Hinterkopf glatt, die etwas abstehen. »Den Knoblauch und den Ingwer klein würfeln, okay? Und denk dran, alles zu waschen, *bevor* du es schneidest.«

»Mach ich«, versichert er. Vermutlich ist es dumm, mir Sorgen darüber zu machen, dass er gern das Küchenmesser benutzt. Ich meine, er denkt doch darüber nach, Koch zu werden, oder? Und Köche benutzen Messer.

Unser Dad hat die allerdings auch benutzt.

Mom geht in ihr Zimmer, um sich umzuziehen, und ich öffne noch einmal den Laptop und schaue mich selbst an. Ich denke darüber nach, ein Stimmungsselfie zu posten. Meine Haare gefallen mir heute; sie sitzen gerade cool, und die blauen und grünen Strähnen, die ich in das Schwarz eingefärbt habe, leuchten noch schön. Ich verwuschele sie ein wenig und versuche mich an einer Pose für Operation »Dahlia daran erinnern, dass ich noch lebe«, aber ich bin nicht mit dem Herzen dabei. Ich klappe den Laptop wieder zu, ziehe einen Sport-BH an und ein uraltes Shirt in Übergröße zu Leggings mit aufgedruckten Blutstropfen, die an den Schenkeln hinunterlaufen. Ich binde gerade meine Laufschuhe zu, als Mom zurückkommt. Sie wirft einen Blick auf meine Leggings, und ich ahne, dass sie mir gleich sagen wird, ich soll mich umziehen, aber sie reißt sich zusammen.

Eins muss ich meiner Mom zugutehalten: Sie bemüht sich. Sie weiß, dass ich auf meine eigene Weise mit der Scheißvergangenheit umgehen muss. Ich kann es nicht so wie sie, jedenfalls nicht die ganze Zeit. Und ich liebe diese Leggings.

Fragend hebe ich die Augenbrauen. Sie seufzt nur und schüttelt den Kopf. »Okay«, sagt sie dann. »Machen wir los.«

Connor steht in der Küche, als wir gehen, mit einem Messer, einem Schneidbrett und sämtlichen Zutaten, die er vorbereiten muss. Mom ermahnt ihn noch einmal, niemandem die Tür aufzumachen. Er winkt ab. Wir wissen, wie es läuft.

»Bis später, Zwerg«, sage ich.

»Hey, Freak? Ich hab hier ein Messer.«

Ich zeige ihm den Stinkefinger auf dem Weg nach draußen. Das ist ein typischer Witz zwischen uns. Irgendein winziger Teil in mir findet ihn allerdings trotzdem nicht witzig.

Ich bin diejenige, die bei der Runde um den See die Geschwindigkeit vorgibt, aber ich versuche, einen Gang zurückzuschalten. Ich habe in letzter Zeit hart an mir gearbeitet. Früher war Mom immer die Schnellere und ich nicht richtig in Form; jetzt bin ich es jedoch. Meine Beine sind länger, und wenn ich auf Tempo gehe, muss sie ziemlich kämpfen, um mitzuhalten. Ich bin gnädig. Ich beschäme sie nicht völlig.

Es dürfte uns eine halbe Stunde kosten, die volle Runde zu laufen, was perfekt ist. Außerdem haben wir die richtige Tageszeit gewählt. Die Sonne steht tief hinter den Bäumen, sodass die hindurchfallenden Strahlen auf der Wasseroberfläche tanzen. Als wir an Sams altem Haus vorbeikommen, wird Mom langsamer. Ich passe mich ihr an. »Stimmt irgendetwas nicht?« Sam wohnt hier nicht mehr. Das Haus wurde renoviert und mittlerweile übernachten dort ständig irgendwelche Ausflügler.

Ich bin von Grund auf misstrauisch gegenüber Leuten, die nicht in ihrer Heimat bleiben, obwohl sie es doch könnten. Ich denke an all die Nächte, in denen ich mich in den Schlaf geweint habe, bevor wir wieder umgezogen sind, um zumindest vorübergehend in Sicherheit zu sein.

Heutzutage weine ich nicht mehr. Zumindest nicht deswegen.

»Denkst du an irgendetwas?«, frage ich, doch Mom schüttelt nur den Kopf und läuft jetzt wieder schneller und mit längeren Schritten. Ich hole sie ohne Probleme ein. Wir kommen um die nächste Kurve, während Schatten über uns dahintreiben, und müssen einen Ausflügler umsprinten, der ein abgewracktes Boot ins Wasser lässt, beladen mit einer Kühlbox, von der ich bezweifle, dass sie für Fische ist.

Mom will ganz offensichtlich nicht reden. Wir laufen einfach stumm nebeneinander her. Ich spüre bereits den Rausch des Laufens, spüre, dass mein Körper so funktioniert, wie er soll, und dass Endorphine ausgeschüttet werden. Um den See in einer halben Stunde zu umrunden, ist ein schneller Laufschritt nötig, doch wir halten durch … bis ich Ezekiel Claremont auf seiner provisorischen kleinen Veranda sitzen sehe, die aus irgendwelchen von ihm zusammengezimmerten Paletten besteht. Er ist ein alter Mann, sehr zerbrechlich, mit schrumpliger Haut, die noch einen Ton dunkler als die seiner Tochter Kezia ist, und kurzen grauen Haaren. Er hat einen Klappstuhl und einen Hocker und setzt sich jeden Tag hierher, wenn das Wetter und seine Hüfte es ihm erlauben. Technisch gesehen ist es vermutlich nicht legal, diese Veranda am See zu haben, aber soweit ich weiß, hat ihn bisher niemand deswegen angeschwärzt. Vielleicht, weil er vor ein paar Monaten einem Mädchen das Leben gerettet hat, indem er den Notruf gewählt hat, als sich ihr Kanu bei unruhigem Wasser überschlug und sie so dämlich war, ihre Schwimmweste abzunehmen und in

Richtung Ufer zu schwimmen. Hätte es die Seewacht nicht bis zu ihr geschafft, wäre sie untergegangen.

»Hey, Mr C«, begrüße ich ihn und wir verlangsamen unseren Schritt. »Alles klar?« Ich mag Easy. Ich mag auch seine Tochter Kez. Er ist nicht wirklich witzig, aber er ist scharfsinnig, und ich kann gut mit ihm reden, wenn mir der Sinn danach steht. Ich komme manchmal her und rede mit ihm über meinen Dad. Meistens hört er nur zu und nickt.

»Hab gehört, deine Mutter hat sich im Fernsehen in Schwierigkeiten gebracht«, sagt er. »Geht's dir gut, Gwen?«

»Klar«, gibt sie zurück. »Einfach nur ein weiterer Tag im Paradies, Easy.«

»Meinst du?« Er mustert sie und schüttelt dann den Kopf. »Diese andere Frau, sie hat eine ganze Menge Dinge von sich gegeben. Die Leute hören vielleicht auf sie.«

»Vielleicht«, stimmt Mom zu. »Das habe ich schon mal durch.«

»Nicht auf die Art«, widerspricht er. »Die Typen von dieser Dokumentation sind schon in der Stadt. Haben im Vagabond vor Norton Stellung bezogen.«

Mir stockt kurz der Atem. Dokumentationen bedeuten Kameras. Leute, die Fragen stellen. Leute, die in unsere Privatsphäre eindringen. Ich habe wirklich gehofft, das alles würde nach der *Howie Hamlin Show* ein Ende finden; ich dachte, die blonde Lady, die so gemein zu Mom gewesen ist, würde ihre Drohung vielleicht nicht wahr machen. Ich habe schon mal ein Foto von ihr gesehen. Sie ist die Mutter eines von Dads Opfern. Und sie hat eine Menge Geld, das sie dafür ausgeben kann, um uns zu schaden.

»Sie sind hier?« Moms Stimme klingt angespannt, und ich muss blinzeln. Meine Mutter wirkt alarmiert. Sie ändert ihr Verhalten sofort wieder, doch zu spät, es ist mir aufgefallen. »Ich meine, ich hätte nicht erwartet, dass sie so schnell kommen. Oder überhaupt.«

»Die sind schon seit zwei Tagen hier«, sagt Ezekiel. »Das sagt meine Tochter und die dürfte das wissen. Sie behält Fremde im Auge.«

»Schon seltsam«, meint Mom. »Mir gegenüber hat sie das nicht erwähnt, als ich heute Morgen mit ihr gesprochen habe.«

»Du warst bei Kez?« Ich bin etwas überrascht. Mom hat mir nichts davon erzählt. »Warum?«

Sie ignoriert die Frage und konzentriert sich auf Easy. »Hast du die Leute filmen gesehen?«

»Sie waren heute hier draußen«, sagt er und deutet mit einem zittrigen Finger auf einen nahe gelegenen Parkplatz, den Besucher nutzen. »Haben eine Kamera aufgestellt und eine Weile den See gefilmt.«

»In die Richtung?«, zeigt Mom. Er nickt. »Den See … und unser Haus.« Sie klingt wütend. Kann ich ihr kaum zum Vorwurf machen. »Die haben *unser Haus* gefilmt.«

Ich bin genauso schockiert wie sie und fühle mich beschmutzt. Mein Schlafzimmer geht zum See hinaus. Haben sie mich gesehen? Hatte ich mein Fenster geöffnet? *O Gott*, habe ich die Vorhänge geschlossen, bevor ich meine Laufkleidung angezogen habe? Ich kann mich nicht mehr daran erinnern. Das mache ich doch immer, oder?

Und wieder werden wir von anderen Leuten beobachtet. Das mag nicht neu sein, aber früher war ich noch ein Kind. Jetzt fühle ich mich … verletzlich. Und das gefällt mir überhaupt nicht.

»Tja, vielleicht«, gibt Easy zu. »Aber ich glaube, ihr wart zu dem Zeitpunkt nicht zu Hause. Du und Sam seid gegangen, bevor die alles aufgestellt hatten, und die waren wieder weg, als ihr zurückgekommen seid.« Er kichert, es klingt allerdings nicht so, als würde er es sonderlich witzig finden. »Die Dummköpfe haben versucht, *mich* über euch auszufragen.«

»Was hast du gesagt?«, frage ich, da Mom es nicht tun wird.

Er richtet seine hellbraunen Augen auf mich und blinzelt ein paarmal. »Ich hab denen gesagt, dass ich meine Nase nicht in anderer Leute Angelegenheiten stecke, was glaubst du denn, Lanny? Wenn die mehr wollen, müssen sie sich schon mehr anstrengen.«

Mom sieht frustriert aus. »Easy. Warum hast du mich nicht angerufen? Ich weiß doch, dass du ein Handy in der Tasche hast.«

»Na, liefere doch einem alten Mann wie mir nicht so eine Steilvorlage für einen uralten Witz, den keiner hören will«, sagt er und grinst sanft. »Ich habe nicht angerufen, weil ich nicht wollte, dass du und Sam hergestürmt kommt und euch in Schwierigkeiten bringt. Die Filmleute waren hier. Die Filmleute sind wieder gegangen. So befriedigend es vielleicht auch sein würde, die Scheiße aus denen rauszuprügeln, ihr wärt verhaftet worden und sie hätten sogar noch mehr Futter für ihren Film bekommen. Lasst die einfach in Ruhe. Das wäre mein Rat an euch.«

Er erwähnt nicht, dass ich hätte kommen und eine Kamera umtreten können, aber das hätte ich mit Sicherheit getan. Und das werde ich auch tun, wenn die das nächste Mal auftauchen. Und auch ich werde Mom vorher nichts sagen, denn Easy hat recht: Es würde darauf hinauslaufen, dass man sie und Sam verhaftet. Wenn ich mich einmische, ist das keine große Sache. Ist ja nicht so, als könnte ich dafür ins Gefängnis kommen. Ich bin schließlich nur ein dummes Kind.

»Was ist in der Kühlbox?«, frage ich Easy. Sie steht neben seinem Stuhl, klein genug, dass er sie selbst über den Hügel tragen kann.

»Warum, willst du ein Bier, Mädel?«

»Ich würde mal sagen, du bietest ihr keins an und sie nimmt auch keins entgegen«, mischt sich Mom ein.

Easy holt eine kleine Flasche Wasser heraus und wirft sie mir zu, dann reicht er meiner Mutter eine zweite. »Hab doch ein bisschen Vertrauen«, meint er. »Und bewahr die Fassung, Gwen. Das wird hier draußen noch ein langer, heißer Sommer.«

Wir trinken unser Wasser schnell aus und plaudern noch ein wenig; mit Mr Claremont zu reden, ist es wert, einen Lauf zu unterbrechen. Er ist ein interessanter Mensch und ich mag ihn sehr. Schließlich wirft Mom einen Blick auf den Horizont und sieht auf ihre Uhr. »Tut mir leid. Ich muss nach Hause und das Abendessen zubereiten. Kommst du zurecht? In einer Stunde wird es dunkel.«

»Ich weiß. Kez kommt bald nach Hause. Sie hilft mir dann den Hügel hoch.«

»In Ordnung. Ruf an, wenn du uns brauchst.«

»Vielen Dank«, sagt er. »Passt auf, wo ihr hinlauft, Ladys.«

»Danke, Mr C«, verabschiede ich mich. Als wir wieder loslaufen, höre ich, wie er den Deckel einer Flasche öffnet, in der kein Wasser ist. Als ich zurückblicke, nippt er an einem Bier und betrachtet den See. Während wir wieder an Tempo zulegen, spreche ich Mom an. »Mom? Hast du gewusst, dass er mal berühmt war?«

»Wie bitte?«

»Mr Claremont. Er war mal berühmt.«

»Berühmt wofür?«

»Er hat im Vietnamkrieg ein paar Medaillen erhalten«, erkläre ich. »Er hat vorm Kongress über üble Dinge ausgesagt, die da vorgegangen sind. Dafür haben ihn eine ganze Menge Leute gehasst. Eine Menge haben ihn auch geliebt, aber ich glaube, er versteht, wie es ist, gejagt zu werden. Wie wir.«

Ich sehe, dass sie das nicht gewusst hat, und bin zugegebenermaßen überrascht. Wären Hintergrundchecks eine olympische Disziplin, hätte sie mehr Goldmedaillen als Michael Phelps. Mein Bruder, der Nerd, würde definitiv die Silbermedaille bekommen. Irgendwie fühlt es sich gut an, dass ich sie überraschen konnte. Und zur Abwechslung ist das mal keine *schlechte* Überraschung.

Von Easys Miniresort aus legen wir noch mal einen Zahn zu und laufen das letzte Viertel des Weges um die Kurve im Wettstreit; ich spüre das Brennen in meinen Waden und Oberschenkeln, als sich die Straße zu schlängeln beginnt und wir uns unserem Haus nähern. Mom ist erschöpft, das kann ich sehen; ich frage mich, ob sie genug Schlaf bekommen hat. Tatsächlich ist sie so erschöpft, dass sie die Post vergisst. Oder vielleicht denkt sie auch, dass Sam sie heute mitnimmt, ich weiß es nicht.

Als sie bemerkt, dass ich nicht mitkomme, bleibt sie stehen und blickt zurück.

»Geh ruhig«, sage ich. »Ich möchte mit Dahlia reden.«

»Fünf Minuten«, mahnt sie.

Ich nicke. Während Mom weiter den Hügel nach oben steigt, setze ich mich auf einen Fels auf der anderen Straßenseite am See und starte FaceTime.

Es klingelt. Und klingelt.

Dahlia nimmt nicht ab. Wieder einmal. Das ist das dritte Mal in Folge und es macht mich wahnsinnig. *Warum redet sie nicht mit mir? Was macht sie gerade? Was habe ich falsch gemacht? O Gott, ist sie mit jemand anderem zusammen?*

Ich bin so in meine Gedanken vertieft, dass ich völlig vergesse, dass ich den Briefkasten nicht öffnen soll. Ich ziehe gerade die Klappe nach unten, als es mir wieder einfällt. Da ist es aber schon zu spät, und ich mache einen Satz zurück, für den Fall, dass eine Schlange drin ist.

Es ist aber keine drin. Ich überprüfe alles mit meiner Handylampe. Mom wird mich trotzdem umbringen. Sie hat extra gesagt, dass wir das nicht tun sollen.

Nun ist es sowieso zu spät. Ruhelos blättere ich die Post durch. Werbemüll, noch mehr Werbemüll, politischer Werbemüll. Ein paar Rechnungen. Und zwei andere Dinge: ein großer, flacher Briefumschlag, der an »Samuel Cade« adressiert ist. Die Rücksendeadresse befindet sich in Richmond, Virginia. Ein paar Briefmarken kleben darauf. Und dann ist da noch ein einfacher weißer Brief, ebenfalls mit Briefmarken, ohne Absender, auf dem Moms Name steht.

Ich erstarre, weil ich die Handschrift erkenne. Es ist die meines Vaters.

Dad ist tot.

Wie könnte er denn Mom schreiben? Eine Sekunde lang ist mir übel und schwindlig, beinahe hätte ich sämtliche Post fallen gelassen … doch dann atme ich ein paarmal tief durch und stopfe den Brief in meine Leggings.

Ich weiß, ich sollte ihn Mom geben, aber … jahrelang hat sie uns diese Briefe vorenthalten. Mir vorenthalten. Sie hat das alles mit sich selbst ausgemacht. Einen davon habe ich gesehen, beziehungsweise nur einen kurzen Blick darauf werfen können. Mom versucht, Dad zu vergessen, und das hier wird ihr wehtun, das weiß ich. Was auch immer in diesem Brief steht, es *soll* wehtun.

Ich werde nicht zulassen, dass er sie weiter misshandeln kann. Sie hat so viel durchgemacht und uns niemals gezeigt, was es sie gekostet hat; doch jetzt weiß ich es.

Ich bin alt genug. Ich kann das für sie tun, besonders, nachdem ich gesehen habe, was diese dämliche Fernsehsendung ihr angetan hat. Ich ertrage es nicht, dass die Leute ihr immer wieder wehtun. Es würde ihr nicht gefallen, aber … ich bin stark genug.

Ich werde ihn einfach zerreißen und wegwerfen. Sie wird niemals davon erfahren.

* * *

Ich lege den Rest der Post auf den Küchentresen und gebe Mom, die gerade mit Connor spricht, Bescheid, dass ich unter die Dusche hüpfe. Sie ermahnt mich, nicht das komplette heiße Wasser aufzubrauchen, schließlich ist sie auch verschwitzt, und Connor sagt irgendetwas, dem ich keine Aufmerksamkeit schenke. Der Brief, den ich in meinen Leggings versteckt habe, fühlt sich an, als würde er meine Haut verbrennen. Ich höre den Pick-up draußen, als ich meine Zimmertür hinter mir verriegele. Sam ist wieder da. Ich hole den Brief hervor und lege ihn auf mein Bett. Dann trete ich einen Schritt zurück, um ihn anzustarren.

Ich habe es mir nicht nur eingebildet. Es ist tatsächlich ein Briefumschlag mit Dads Handschrift darauf. Entweder bin ich also vollkommen durchgedreht oder mein toter Serienmörder-Dad kommt in der Hölle an Schreibzeug.

Und Briefmarken.

Unruhig gehe ich auf und ab. Ich überprüfe meine Vorhänge – sie sind geschlossen –, ziehe meine verschwitzten Laufklamotten aus und werfe sie in den Wäschekorb. Ich schlüpfte in eine weiche Baumwollhose und ein Sweatshirt, auf dem zufällig Totenschädel abgebildet sind. Passt ja irgendwie.

Ich habe vor, ihn zu zerreißen, und ich versuche es auch, wirklich; ich nehme ihn mit beiden Händen und fange an, ihn zu verdrehen, doch in der Sekunde, in der ich spüre, wie das Papier nachgibt, höre ich auf.

Vielleicht steht ja irgendetwas Wichtiges darin?

Ich höre die Stimme meiner Mutter in meinem Kopf. *Nichts, das dein Vater zu sagen hat, ist wichtig. Es ist nur grausam.*

Aber … falls darin irgendein Hinweis auf das steht, was er geplant hat, und wenn ich ihn zerreiße, weiß ich nichts davon? Nein. Ich muss nachschauen. Nur ganz kurz. Nur, um sicher zu sein.

Ich setze mich auf das Bett und reiße den Briefumschlag auf, bevor ich mir die Sache selbst ausreden kann.

Darin befindet sich ein Brief. Er besteht aus mehreren Seiten, die in der Mitte gefaltet wurden. Ich erinnere mich, dass meine Mom immer Gummihandschuhe angezogen hat, bevor sie die Briefe anfasste, aber ich habe keine. Ich nehme den Brief heraus.

Liebe Gina, steht da, und ich spüre, wie mein Mund trocken wird. Mein Dad hat versucht, meine Mom umzubringen. Beinahe wäre es ihm gelungen. Sie hat *ihn* umgebracht. Und hier nennt er sie wieder bei ihrem alten Namen, dem Namen, den sie hasst.

Es ist, als wäre nichts passiert. Dabei ist alles passiert.

Meine Hände zittern. Mir ist kalt. Beinahe kann ich schon seine Stimme hören, wenn ich seine Handschrift anblicke. Ich kann mir vorstellen, wie er in einer Zelle sitzt und das schreibt, aber sein Gesicht sehe ich nicht mehr. Es ist nur verschwommen, nur ein Eindruck. Hauptsächlich sind es Augen. Er hatte immer diese Augen, deren Ausdruck sich innerhalb eines Wimpernschlags von lieb in grausam ändern konnte.

Ich lege den Brief weg und wische mir die Hände an meiner Hose ab. Sie sind feucht. Und ich kann nicht aufhören zu zittern. *Was, wenn der Brief vergiftet ist?*, denke ich, doch das ist dämlich, so etwas sieht man nur im Fernsehen, vergiftetes Papier, das einen tötet, wenn man es berührt. Aber auf gewisse Weise hat Dad auch alles vergiftet, was er berührt hat.

Ich habe in letzter Zeit, da sich meine Situation hier ändert, viel an dich gedacht, schreibt er. Meint er die Situation, als er aus dem Gefängnis geflohen ist? Auf der Flucht? Ich weiß es nicht.

Ich will schon jetzt aufhören zu lesen, dabei habe ich erst einen Satz hinter mich gebracht. Ich habe Angst. Richtige Angst. *Ich habe darüber nachgedacht, wie ich einst dachte, dass du mich vor mir selbst retten könntest. Es ist nicht deine Schuld, dass du es nicht getan hast. Das konnte niemand.*

Das ist nicht so übel. Es klingt beinahe, als würde er sich entschuldigen. Beinahe.

Nein, daran gebe ich dir keine Schuld, Gina. Ich gebe dir nicht einmal die Schuld daran, weggelaufen zu sein, die Kinder mitgenommen und deinen Namen geändert zu haben. So zu tun, als hättest du mich niemals gekannt. Ich verstehe, warum du das getan hast.

Aber weißt du, was ich nicht verstehe, du treulose Schlampe?

Ich verstehe nicht, warum du glaubst, du wärst etwas Besonderes. Das bist du nicht. Du warst schon vor dem Unfall nichts Besonderes mehr für mich; du warst lediglich eine nützliche Kulisse für das Schauspiel. Genau wie die Kinder.

Es fühlt sich so an, als würde mein Bett durch den Boden sinken. Direkt nach unten fallen. Mir ist schwindlig. Übel. Und ich kann nicht aufhören zu lesen.

Ich habe darüber nachgedacht, dich zu töten. Jedes Mal, wenn ich eine Neue in unser Zuhause gebracht habe. Unser Heiligtum. Ich habe mir vorgestellt, dass ich dich dort reinholen würde, wenn ich eine am Haken hatte, sie dir zeigen würde, zusehen würde, wie dich das Grauen erfasst, und dich dann ihren Platz einnehmen lassen würde.

Das hat mich in der Zeit zwischen den Gästen immer gut unterhalten.

Ich höre auf. Höre … einfach auf. Das Papier fällt mir aus der Hand und sinkt auf das Bett. *Das ist dein Dad. Das war er. Das ist das, woran er gedacht hat.*

Ich möchte weinen, kann es aber nicht.

Ich blicke mich in meinem Zimmer um, versuche, mich auf Dinge zu konzentrieren, die mich glücklich machen. Mein rosa Plüscheinhorn, das Connor letztes Jahr beim Schulfasching für mich gewonnen hat. Meine Poster. Die Farbe, die ich für die Wände meines dauerhaften eigenen Zimmers ausgesucht habe.

Doch jetzt fühlt sich das alles wie ein Albtraum an. Als wäre nichts real bis auf das Stück Papier, das vor mir auf dem Bett liegt.

Ich nehme es wieder in die Hand. Ich will es nicht, aber ich habe das Gefühl, als müsste ich das bis zum Ende durchstehen.

Ich verstehe nicht, wie du dich zu der Hure des Bruders der Letzten machen konntest, die ich mitgenommen habe. Ich verstehe nicht, dass er dich nicht im Schlaf erwürgt und sich dann selbst eine Kugel verpasst. Vielleicht eines Tages. Vielleicht dann, wenn er mehr darüber weiß, wie seine Schwester gestorben ist, wie sehr sie gelitten hat, wie lange sie mich angefleht hat, es zu beenden. Ich sollte darüber nachdenken. Vielleicht schicke ich ihm etwas ganz Besonderes.

Sam. O Gott, er meint Sam. Ich halte mir eine Hand vor den Mund. Ich lese weiter, da ich das Ende sehen kann, und, mein Gott, ich will, dass es endlich zu Ende ist.

Du weißt nicht, wer er ist, Gina. Du weißt nicht, wozu er imstande ist. Bei dem Gedanken daran, dass du nur Monster in dein Bett lässt, muss ich lachen. Das hast du verdient.

Er sagt, Sam sei ein Monster. Das ist nicht wahr. Das kann nicht sein.

Eines Tages bekommst du, was du verdienst. Vielleicht nicht von mir. Aber von einem von denen, denen du vertraust … ist das nicht goldig?

Liebe Grüße an die Kinder.

Auf ewig dein, Melvin.

Ich merke, dass ich keuche, und muss mir die brennenden Augen wischen. Es tut weh, es tut so weh, denn ich kann ihn in meinem Kopf hören, und jetzt weiß ich, dass ich ihn nie wieder *nicht* hören kann. Dad. Meinen Vater. Das Monster.

Genau das war er. Ist er. Für immer.

Ich dachte nicht, dass ich noch irgendwelche Illusionen hatte, die man mir nehmen könnte, aber hier so zitternd zu sitzen, mit diesen Briefseiten ausgebreitet vor mir, zeigt mir, dass ich noch viele hatte.

Dann kommt mir ein Gedanke: *Was, wenn Mom gelogen hat? Was, wenn er noch am Leben ist?*

Und dieser Gedanke jagt mir eine solche unbändige Angst ein, dass ich mir mein Kissen schnappe, es fest an mich presse und hineinschreie, um dieses Gefühl herauszulassen.

Als es plötzlich an der Tür klopft, keuche ich erschrocken auf. In diesem Augenblick bin ich fest davon überzeugt, dass Dad da draußen steht, tot und verrottet und grinsend. Hier, um mich als seinen *Gast* zu holen.

Ich höre Moms Stimme. »Hey, ich dachte, du wolltest duschen. Bist du fertig?«

Ich bin mir nicht sicher, ob ich ihr überhaupt antworten kann. Ich höre, wie sie auf meine Türklinke drückt. Es gelingt mir, ein »Ich zieh mich grad um!« zu krächzen. Ich hoffe, meine Stimme zittert nicht. Ich hoffe, sie hat nicht gehört, wie ich in mein Kissen geschrien habe.

»Okay«, sagt sie. Ich weiß, dass ihr Momradar angesprungen ist. »Lanny? Alles okay?«

»Geh weg!«, rufe ich und bringe mich selbst dazu, wütend zu werden, denn nur auf diese Weise kann ich im Augenblick damit umgehen.

Sie geht nicht weg. Ich sehe es genau vor mir, wie sie besorgt dasteht, eine Hand an meiner Tür. Nicht wissend, was meinen Stimmungswechsel ausgelöst hat.

Dann fragt sie: »Ist es wegen Dahlia?«

Oh, Gott sei Dank. Ich schlucke ein Schluchzen hinunter, sammle die Briefseiten zusammen und schiebe sie wieder in den Umschlag. »Ja«, lüge ich. *Ist Dad wirklich noch am Leben?*, will ich fragen, doch wenn ich das tue, woher weiß ich, ob sie mir die Wahrheit sagt?

»Können wir darüber reden?«

»Nein!« Ich lege den Brief in meine oberste Schublade, unter das linierte Papier, und schlage sie mit aller Kraft zu. »Lass mich in Ruhe!«

Endlich tut sie das auch. Ich höre, wie sich ihre Schritte entfernen.

Ich rolle mich zusammen, so fest ich kann, ziehe mir die Decke über und schreie wieder und immer wieder in mein Kissen, bis mein Kopf wehtut und mein gesamter Körper schmerzt, als würde ich Fieber haben. Er hat mich krank gemacht.

Ich versuche, mich selbst davon zu überzeugen, dass Sam uns nicht anlügen würde, dass Dad tot ist, falls Mom es getan hätte. Nein, Dad ist tot. Das ist sicher.

Trotzdem stelle ich mir vor, wie er an meinem Bett steht, als ich die Augen schließe.

Und er grinst.

Ich muss Mom den Brief geben, das ist mir klar. Ich muss ihr gestehen, dass ich ihn gelesen habe. Aber das kann ich nicht, nicht sofort. Es fordert mir sämtliche Kraft ab, die ich habe, einfach nur … zu *atmen.*

Als Mom kommt, um mir Bescheid zu geben, dass das Abendessen fertig ist, muss ich noch mehr Kraft aufwenden, um ihr vorzuspielen, die Welt wäre noch normal.

Als wäre ich normal.

Doch ich bin gut darin, etwas vorzuspielen. Wie mein Dad …

Kapitel 5

Gwen

Ich habe bereits einen Bruch in der Beziehung zwischen Dahlia und Lanny erwartet; die beiden waren zu heißblütig und diese Phase hält nicht ewig an. Aber welche Verliebtheit tut das in ihrem Alter schon? Ich befürchte, dass eine Trennung zusätzlich zu dem Stress, unter dem wir bald stehen werden, ein paar echte Probleme bei meiner Tochter auslösen wird. Sie ist zäh, aber genau wie ich ist sie nicht unverwundbar.

Falls dieser Dokumentationsmist echt ist, falls die wirklich hier sind, muss ich ernsthaft über unsere Zukunft in Stillhouse Lake nachdenken. Es wäre schön, wenn unsere Nachbarn eine geschlossene Front gegen sie bilden würden, aber das sehe ich nicht kommen; zu viele von denen haben mich von Anfang an nicht gemocht, und noch mehr Leuten hat es nicht gefallen, wie die Sache mit dem Cop Lancel Graham endete – auch wenn er das definitiv verdient hatte. Ein Mikrofon vor ihrer Nase könnte ihnen genau die passende Gelegenheit verschaffen, ihren Frust abzulassen.

Ich darf meine Kinder nicht wieder ins Kreuzfeuer geraten lassen.

Das Teriyaki-Hühnchen brutzelt vor sich hin, und Connor, Sam und ich genießen unsere gemeinsame Zeit in der Küche, auch wenn es sehr eng darin ist. Sam gelingt es, mir einen Kuss abzuluchsen, als ich mich an ihm vorbeischlängele, um den Reis aufzusetzen, und ich erwidere die Geste auf dem Weg zurück.

Mein Sohn verdreht die Augen, während er den Kohl für den Süßsauersalat fertig schnippelt.

»Das sollte doch eigentlich Lanny machen«, beschwert er sich.

»Es geht ihr gerade nicht gut«, erkläre ich. »Dir macht das doch nichts aus, oder?«

Er sagt, dass es das nicht tut, aber das tut es doch.

Sam sagt: »Ich war bei Javier. Abgesehen von den Ausflüglern waren in den letzten Monaten keine neuen Leute auf dem Schießstand. Niemand außer den Jägern, die er bereits kennt, wollte Fernschusstraining.« Damit meint er, dass es keine Hinweise darauf gibt, dass ein Scharfschütze in den Ort gekommen ist und dafür trainiert, uns auszuschalten. Natürlich gibt es auch nicht wirklich einen Grund, warum ein Scharfschütze zu Javiers Schießstand gehen müsste, wenn er angeheuert wurde; er könnte sonst wo trainieren, weit fort von hier, dann herkommen, den Job erledigen und wieder fahren. Dieses negative Ergebnis bringt uns keinen großen Trost, das wissen wir beide.

Während das Hühnchen köchelt, verlässt Sam die Küche, sieht die Post, die Lanny auf dem Tresen abgelegt hat, und schaut sie durch. Er nimmt einen großen braunen Umschlag und öffnet ihn, blickt hinein und zieht ein schmales, in Schwarz gebundenes Magazin heraus. Er schlägt die erste Seite auf.

Und dann … erstarrt er. Diese völlige Reglosigkeit verstärkt meine Aufmerksamkeit, und als er sich schließlich doch wieder bewegt, sehe ich etwas in seinen Augen. Etwas, von dem ich nicht will, dass Connor es sieht. Also zwinge ich mich zu einem Lächeln und sage: »Hey, Connor? Der Reis braucht noch fünf Minuten. Sam?« Ich winke ihm, und er löst sich weit genug aus seiner Erstarrung, um mir zu folgen. Noch immer hält er den Umschlag und das Magazin in der Hand.

Sobald er im Büro ist, schließe ich die Tür hinter uns und lehne mich dagegen.

»Was ist das?«

»Ein Tagebuch«, erklärt er. »Ich erkenne die Handschrift. Es ist Callies.«

Das seiner Schwester. Mir stockt der Atem. »Wurde es von der Staatsanwaltschaft freigegeben?« Ich nehme ihm den Umschlag ab und lese den Absender. Es ist ein Postfach. Kein Name. Ich bekomme eine Gänsehaut. *Hier stimmt irgendetwas nicht.*

»Ich habe nie davon gehört, dass sie überhaupt eins gefunden hätten«, meint er. »Vermutlich hat irgendjemand es gefunden und mir geschickt, weil ich der nächste Angehörige bin.« Er öffnet es und blättert durch die Seiten. Hält inne. »Hier schreibt sie davon, wie sie mich gefunden und erfahren hat, dass ich im Einsatz bin. Irgendwo habe ich noch ihren ersten Brief. Ich habe alle aufgehoben.« Ich höre, wie sehr ihm das zusetzt. Ich kann mir gar nicht vorstellen, wie es ist, diese Einblicke in ein Leben zu erhalten, das so verheißungsvoll schien und dann so plötzlich und brutal endete.

»Sam …« Ich weiß nicht, ob ich ihm sagen soll, dass es mir leidtut oder nicht. Ich weiß nicht, ob es *ihm* leidtut. Vielleicht ist das etwas Gutes. Vielleicht ist es etwas, das ihm dabei hilft, seine alten Wunden zu heilen. »Sam, vielleicht solltest du damit aufhören. Wir wissen nicht, wer das geschickt hat.«

Er hört mir gar nicht zu. Er liest und lacht kurz auf. »Meine Güte, sie ist wirklich schlecht darin. Sie überspringt gleich Wochen und schreibt dann plötzlich einen langen Absatz über ihr Abendessen. Noch zwei Wochen und dann redet sie von einem Bewerbungsgespräch.« Er blättert weitere Seiten um, liest, sieht zu mir auf. In seinen Augen stehen Tränen. »Sie schreibt über unseren ersten Videoanruf. Ich war ja so ein Idiot. Hab so getan, als wäre es keine große Sache, sie zu finden. Ich hätte …«

»Bitte, Sam, nicht.«

»Aber ich habe ihr damit *wehgetan*«, beharrt er. Er setzt sich in den nächstgelegenen Bürosessel: meinen. »Mein Gott. Mir war nicht klar, wie sehr es ihr wehgetan hat, zu glauben, dass mir das nicht wichtig war. Ich habe sie zum Weinen gebracht, Gwen. Wegen nichts. Weil ich einen auf cool machen wollte.«

Ich gehe zu ihm. Lege ihm meine Hände auf die Schulter. Küsse ihn auf den Kopf. »Aber ihr hattet das hinter euch gelassen. Oder?« Mir ist so unwohl dabei, mir das anzuhören. Er denkt im Augenblick nur an seine Schwester und ihr Leben. Ich denke bereits an ihren Tod, und dass sie in meinem Haus gestorben ist. Dass mein Mann die Schuld daran trägt. Diese beiden Toten werden immer zwischen uns stehen.

Er atmet tief ein und wieder aus, dann blättert er weiter. Er liest schweigend, und ich bleibe bei ihm, denn ich erkenne, dass das etwas ist, das er nicht allein tun möchte. »Ja«, sagt er schließlich. »Das hatten wir hinter uns gelassen. Wir waren Freunde.« Auf einer Seite hält er inne. Sie ist in einer schwungvollen femininen Schrift mit lila Tinte verfasst. Kühn, zuversichtlich, fröhlich. »Verflucht. Das hier … das war das letzte Mal, dass wir miteinander gesprochen haben. Sie wollte mir einen Brief schreiben. Den habe ich nie erhalten. Gwen … er hat sie nur vier Tage, nachdem sie das geschrieben hat, entführt.«

Plötzlich habe ich eine Vorahnung und möchte ihm das Buch aus den Händen reißen. Ich will ihn hier und jetzt stoppen, so traurig es auch sein mag.

Doch das tue ich nicht und er blättert um zur nächsten Seite.

Dieselbe lila Tinte.

Eine völlig andere Handschrift.

Durch Sams Körper geht ein Zucken, ein Schock, als hätte ihm jemand einen Stromstoß verpasst. Ich erkenne die Handschrift im selben Augenblick wie er.

Eine Sekunde zu spät.

»Er ist es«, sagt er.

Ich weiß es. Soeben habe ich verstanden, was hier vorgeht, wessen Schrift das ist. Sams Stimme klingt jetzt anders. Leise. Hart. Völlig ohne Emotionen, aber die kommen noch – sie kommen als schreckliche, gewaltige Welle, denn ich spüre bereits, wie ihn der Schock durchflutet. Und mich auch. »O mein Gott. *Er hat das geschrieben*. In ihr Tagebuch.«

»Nicht«, mahne ich und greife nach dem Buch, was ich schon längst hätte tun sollen. Er dreht sich von mir weg und starrt das Geschriebene an. »Sam! Das darfst du nicht! *Genau das hat er gewollt!*«

Melvin hat seine Psychospielchen geliebt. Ich weiß nicht, wie er das gemacht hat, aber ich habe so meine Vermutung: Er hat Komplizen Dinge für ihn einbehalten lassen und ihnen Anweisungen gegeben, was wann an wen geschickt werden sollte.

Genau so war er; er hat Pläne geschmiedet, um uns selbst aus dem Grab heraus zu kontrollieren und zu verletzen.

Die einzige Möglichkeit, dieses Spiel zu gewinnen, ist es, sich davon abzuwenden. Aber ich weiß, dass Sam nicht anders kann. Er braucht das. Er hat das noch nicht durchgemacht. Er glaubt, er müsse es kennen.

Eine selbst auferlegte Folter.

»Geh«, weist er mich an.

»Nein. Ich will bei dir bleiben.«

»Ich weiß. Aber … ich kann das nicht, wenn du hier bist. Bitte. Geh.«

»Bitte lies das nicht«, flehe ich ihn an. »Sam … du lässt nur zu, dass er dir wehtut. Das verstehst du doch.«

»Ja, das ist mir klar«, sagt er und sieht mich an. Ich möchte ihm diesen Schmerz nehmen. Aber das kann ich nicht. »Bitte geh.«

Also tue ich ihm den Gefallen. Ich verlasse das Büro. Schließe die Tür hinter mir. Ich lasse ihn durch die Hölle gehen, die Melvin in diesem Tagebuch erschaffen hat, da ich ihm dorthin nicht folgen kann.

Aber ich *werde* dieses Arschloch finden, das ihm das geschickt hat. Richmond, Virginia, mag nach einem riesigen Versteck klingen, aber nicht mehr, wenn ich mit ihm fertig bin. Ich werde herausfinden, wem Melvin das Zusenden dieser bitteren Geschenke aufgetragen hat.

Und ich werde dem ein Ende bereiten.

Ich setze ein übertriebenes Lächeln für Connor auf, und gemeinsam machen wir den Reis fertig, richten den Salat mit der selbst gemachten asiatischen Vinaigrette an, stellen Teller auf den Tisch und holen die Getränke. Ich schenke mir und Sam Wein ein und Connor holt sich wie üblich Wasser. Lanny ist noch nicht aus ihrem Zimmer gekommen. Ich gehe und klopfe; innerhalb weniger Minuten kommt sie heraus, eine beinahe perfekte Nachahmung ihres Ichs.

Beinahe.

Sie nimmt sich ebenfalls Wasser zu trinken, und als wir uns hinsetzen, fragt sie: »Wo ist Sam?«

»Er kommt gleich«, beruhige ich sie. Ich hoffe, das stimmt. Ich verteile den Reis und das Hühnchen mit der dicken Soße; es riecht köstlich, aber ich habe keinen Appetit. Mir ist flau im Magen. Während ich Sams Teller fülle, starre ich die ganze Zeit in den Flur. Wir warten noch ein paar Minuten. Die Kinder zappeln bereits und starren sehnsüchtig auf ihr Essen. »Fangt ihr schon mal an. Ich hole ihn.«

Sie schaufeln sich bereits die Gabeln voll, bevor ich überhaupt vom Tisch aufgestanden bin. Ich gehe den Flur hinunter zur geschlossenen Bürotür.

Ein paar Sekunden lang lasse ich die Finger auf dem Türknauf, bevor ich ihn drehe und eintrete.

Sam sitzt mit dem Rücken zu mir. Das Tagebuch liegt jetzt zugeklappt auf meinem Schreibtisch. »Ich bin in einer Minute da, Gwen«, sagt er mit unnatürlich flacher Stimme.

Es hat keinen Sinn, ihn zu fragen, ob es ihm gut geht. Ich schließe einfach die Tür und gehe zurück zum Tisch. Als Connor mich fragt, wo Sam ist, lächle ich kurz und sage, dass er telefoniert. Die Kinder reden darüber, was sie am Wochenende machen wollen. Connor möchte mal wieder in die Stadtbibliothek, die er wirklich liebt; Lanny möchte einen Film sehen, und auf der anderen Seeseite findet irgendeine Hausparty statt, auf die sie definitiv nicht gehen dürfen. Ich will ihnen keine Angst einjagen, will nicht diese zerbrechliche Normalität zerstören, die sie mittlerweile erreicht haben. Aber ich weiß nicht, was ich sonst tun soll, um für ihre Sicherheit zu sorgen. Es fühlt sich so an, als würden wir in einem kleinen, warmen Lichtkreis stehen, doch die Dunkelheit kommt von allen Seiten näher und droht uns zu verschlingen.

Wir sollten weg von hier. Und zwar jetzt. Schnell. Dieser Instinkt hat mir jahrelang gut gedient, doch jetzt … jetzt fühlt er sich nicht mehr passend an. Wir könnten natürlich weglaufen. Umziehen. Wieder unsere Namen ändern. Aber würde das auf Dauer irgendetwas ändern? Die Leute werden uns finden. Das haben sie bisher immer. Das werden sie auch immer. Und die Kinder von ihren Freunden und der Normalität wegzureißen, könnte wieder die falsche Entscheidung sein.

Sam kommt aus dem Büro und setzt sich an den Küchentisch. Ich blicke in seine Augen und sehe Dunkelheit darin. Ich weiß nicht, was Melvin geschrieben hat, nur dass es mit Sicherheit spezifisch an Sam gerichtet war. Ich weiß nicht, ob ich es wirklich genauer wissen will oder ob er es mir erzählen wird. Doch der Schatten vergeht und er lächelt die Kinder an, macht Scherze über die Wochenendpläne und isst sein Essen.

Ich ebenso, auch wenn jeder Bissen nach Tränen und Asche schmeckt.

Wir bemühen uns alle so sehr.

Und als würde ich außerhalb des Scheinwerferlichts stehen und hineinblicken, wird mir klar … dass das hier nicht von Dauer sein kann.

Kapitel 6

Sam

Sie werden sich immer zwischen uns beide drängen. Die Geister. Ich möchte das nicht zulassen, doch im Augenblick fühle ich mich innerlich so aufgewühlt, und ich bin wütend. Melvin ist aus dem Grab gestiegen, um mich erneut zu foltern. Und Miranda. Miranda kreist da draußen wie ein Geier. Ich weiß, dass sie es auf uns abgesehen hat.

Auf Gwen.

Ich zucke zusammen, als ich an Melvin denke und das, was ich in Callies Tagebuch gelesen habe. Miranda ist kein willkommener Gedanke, aber zumindest etwas berechenbarer. Ich war niemals Mirandas Liebhaber. Irgendwie macht es das noch schlimmer. Sie ist ein toxischer, bodenloser Quell des Hasses, doch Hass kann auch emotional verführerisch sein. Als wir zusammen waren, hat er das Schlimmste in uns beiden hervorgebracht.

Ich will, dass Gwen niemals genau erfährt, was ich besonders ihr während dieser Zeit in meinem Leben angetan habe. Sie weiß genug, ohne sich diesen harten Fakten stellen zu müssen.

Wir beenden das Abendessen, waschen ab, tun für die Kinder so, als wäre alles in Ordnung, bis die beiden auf der

Couch sitzen und einen Film schauen und wir beide auf die Veranda gehen können.

Sie dreht sich zu mir und legt ihre Arme um mich.

»Ich fange gleich morgen früh damit an, die Adresse zurückzuverfolgen«, erklärt sie mir. »In ein paar Stunden müsste ich eine Antwort haben. Vielleicht sogar einen Namen.«

Ich sage nichts. Meine Wut an irgendeinem zufällig ausgewählten Kerl auszulassen, den Melvin angeheuert hat, um Dinge zu schicken, scheint mir … sinnlos. Aber ich weiß, dass wir dem nachgehen und verhindern müssen, dass uns noch mehr solche Sachen erreichen. Sobald wir einen Namen, eine Adresse haben, können wir das FBI einschalten. Vielleicht. Doch es fühlt sich nach einem hohlen Kreuzzug an. Er hat bereits gewonnen.

Ich spüre die Angst und Besorgnis in Gwen, vergrabe meine Nase in ihren Haaren und atme ihren Duft ein. Es verschafft mir kühlende Linderung und wärmt mich gleichzeitig. Gibt mir Halt. Diese Reaktion macht mir ein klein wenig Angst. Ich habe viele starke, fähige Frauen gekannt, doch Gwen ist eine einzigartige Mischung aus Bedürfnis und Unabhängigkeit. Sie kann und wird wie ein Tiger für die kämpfen, die sie liebt. Diesen felsenfesten Glauben haben wir gemein.

Eng umschlungen stehen wir auf der Veranda, zufrieden, einfach nur zu schweigen. Schließlich ergreife ich das Wort. »Ich weiß, du willst mich fragen, aber … ich möchte nicht darüber sprechen. Nicht über das Tagebuch.«

»Okay«, sagt sie. Ich weiß, dass sie mich versteht. »Aber geht es dir gut?«

Ich löse mich von ihr und sehe sie an. Umschließe ihr Gesicht mit meinen Händen und küsse sie sanft. »Nicht im Entferntesten. Deshalb brauche ich die Zeit.«

Sie nickt und legt ihre Stirn an meine. »Ich wünschte, ich könnte ihn noch einmal umbringen«, sagt sie. »Und dann wünsche ich mir manchmal … ich wünsche mir, ich hätte ihn überhaupt nicht getötet. Ergibt das Sinn?«

»Absolut.« Jemanden zu töten, ist nicht wie in den Filmen, es ist nicht etwas, das man mit einem lässigen Spruch und einem Drink abtut. Es nagt an dir, selbst wenn die Person, die du getötet hast, unwiderruflich sterben musste. Und in jedem Fall sind Gwens Gefühle, was Melvin betrifft, im tiefsten Inneren noch immer kompliziert.

Wie meine gegenüber Miranda.

Mein Gott, ich spüre, wie die Geister immer näher kommen, bereit, uns zwei auseinanderzureißen.

Gwen löst sich von mir und nimmt meine Hand. Sie führt mich zu den beiden Stühlen auf der Veranda und wir setzen uns hin. Dort stehen eine halbe Flasche Wein und zwei Gläser; ich schenke uns ein. Sie seufzt, nimmt einen Schluck und richtet ihren Blick auf den dunklen See, der sich im Mondlicht wie schwarze Seide kräuselt.

Die Verandabeleuchtung ist ausgeschaltet. In stillschweigendem Einverständnis belassen wir es dabei.

»Ich habe über diese Frau nachgedacht, die angerufen hat. Marlene. Aus Wolfhunter.« Sie trinkt noch einen Schluck Wein. »Ich frage mich, ob ich dort hinfahren und mit ihr reden sollte.«

»Nein.«

»Sam …«

»*Nein.* Nicht jetzt. Das ist alles zu gefährlich. Sie hat dir nicht mal gesagt, was eigentlich los ist, oder? Ich fühle mich nicht wohl bei dem Gedanken, dass du die Stadt verlässt, fern bist von allem, was du kennst. Du musst …« Beinahe hätte ich gesagt, *du musst deine Kinder beschützen*, aber ich halte gerade noch rechtzeitig inne, da mir klar wird, dass ich beinahe unbewusst einen Schritt zurücktrete, wenn ich das sage. Als wären sie jetzt nicht auch meine Kinder, die ich lieben und beschützen muss. *Du Arschloch*, weise ich mich selbst zurecht. Ich darf nicht zulassen, dass Melvin diesen Keil zwischen uns treibt. Oder Miranda. Oder meine tief in mir vergrabene eigene Wut. Also versuche ich, den Satz zu retten. »Du musst aufpassen. Hätte sie genauer ausdrücken können, was sie braucht, hättest du versuchen können, ihr Hilfe zu schicken. Aber wenn sie nicht mal willens war, das zu tun … solltest du zuallererst an dich selbst denken.«

Sie nimmt einen großen Schluck und sieht mich schließlich wieder an. Mir gefällt nicht, was ich in ihrem Blick sehe. Er ist so dunkel und still wie der See. »Ganz was Neues. Du bist heute Abend ja noch paranoider als ich.«

»Ja.« Ich trinke mein Weinglas mit zwei kräftigen Schlucken aus, ohne den Wein wirklich zu schmecken, und gieße mir ein weiteres ein. »Das bewirken Arschlöcher, die aus dem Grab wiederauferstehen.« Und Miranda. Gott, ich muss ihr von Miranda erzählen. Ich muss. »Und du bist auch immer noch nicht kugelsicher.«

»Aber beinahe.«

»Falls du wirklich vorhast, etwas so Dummes zu machen, kann ich dich nicht allein gehen lassen.«

»Denn wenn du es tätest, würdest du dich nicht männlich genug fühlen?«

Ich versuche, die Stimmung etwas zu heben. »Weib, ich verbringe meine Tage damit, Nägel einzuhämmern und feste Mauern zu bauen. Ich bin ja wohl männlich genug.« Sie lacht, was meine Intention war. Es durchbricht ihren Fokus. Ich werde wieder ernst. »Vielleicht sollten wir darüber nachdenken, hier für eine Weile zu verschwinden. Einfach … irgendwohin. Wenn wir fort sind, werden Miranda und ihr Zirkus weiterziehen.«

»Was ist mit …«

»… der Arbeit?« Ich zucke mit den Schultern. »Das Baugewerbe ist ein schnelllebiges Geschäft. Da kann ich jederzeit wieder anklopfen.«

»Das bedeutet allerdings nicht, dass sie dich dann wieder einstellen.«

»Herzchen. Ich bin einer der Besten, die sie haben. Die werden mich wieder einstellen.« Ich lehne mich zurück und trinke meinen Wein, bevor ich weiterrede. »Ich denke allerdings über eine Veränderung nach.«

»Welcher Art?«

»Das weiß ich nicht.« Das ist beinahe eine Lüge. Beinahe. Ich muss ihr die Wahrheit sagen. Ihr von dem Jobangebot erzählen, dem rastlosen Bedürfnis, das ich verspüre, wenn ich daran denke, wieder zu fliegen. Stillhouse Lake ist toll, weil *sie* hier ist, weil ich sie und diese Kinder liebe.

Aber gleichzeitig fühlt es sich an, als wäre mein Leben im Pausenmodus.

Ich fühle mich zerrissen und ruhelos. Zwischen Mirandas Dokumentation und Melvins Hammerschlag gegen meinen Verstand wurden hässliche Schatten aufgescheucht, die mir zusetzen. Und Gwen wird defensiv, zieht sich von mir zurück; das habe ich gespürt. Sie hat bereits die Schilde zwischen uns verstärkt. Die einfache Antwort wäre also: *Vielleicht sollten wir eine Pause einlegen*, und dann ziehe ich los und finde meinen eigenen Weg.

Aber das ist nicht das, was ich will. Ich liebe diese Frau. Ich will hier sein. Ich will Teil dieser Familie sein, kein einzelnes, ersetzbares Teilstück, das nach Belieben kommt und geht.

»Ich denke, ich werde dich bitten, mich zu heiraten«, sage ich. Das kommt aus dem Nichts, und ich weiß noch nicht einmal, warum ich es gesagt habe; sofort verspüre ich den panischen Impuls, es zurückzunehmen, es als Scherz wegzulachen, doch dann erstarre ich, weil ich es genau so meine. Ich *will* es.

Gwen dreht sich zu mir und starrt mich an. »Was meinst du mit *ich denke*?«, fragt sie.

»Ich tue es«, verbessere ich. »Ich frage dich.«

»Einfach so.«

»Wir sind nicht unbedingt die Art von Menschen, die das ganze Paket mit den Klippen vorm Sonnenuntergang und dem Hinknien mit Ring brauchen. Oder?«

Ich riskiere einen Blick in ihre Richtung. Ihr Mund ist zur Hälfte von ihrem Weinglas verdeckt. Aber sie lächelt. Sie sieht mich an und unsere Blicke treffen sich und wir halten Augenkontakt. Sie atmet tief ein und langsam wieder aus. Ich spüre Hitze aufflammen und bin so verdammt froh darüber, denn die Hitze brennt all meine Zweifel fort, all die widerwärtigen Überreste von Melvin Royals Geschriebenem, all die Trauer und den Kummer und die Angst, die Miranda wieder in mein Leben gebracht hat.

»Warum?«, fragt sie. »Warum fragst du mich jetzt?«

Mein Gott, sie ist clever. Und schlägt gnadenlos zu. »Weil ich dich nicht verlieren will«, gebe ich zu, und das ist das Ehrlichste, was ich je in meinem Leben gesagt habe. »Nicht an eine Kugel, nicht an irgendeinen Fanatiker, der einen Groll hegt, nicht daran, dass wir beide einfach nur … getrennte Wege gehen. Ich will Teil deines Lebens sein, und ich will, dass du Teil von meinem wirst. Ich will, dass wir zusammen sind, solange Gott es für uns vorgesehen hat.« Ich halte inne. »Wie klingt das?«

Ihr Gesicht ist gerötet. Ihre Augen leuchten. »Das klingt verdammt gut«, sagt sie und trinkt ihr Glas in zwei langen Schlucken aus. Mit dem leeren Glas in der Hand steht sie auf und wendet sich mir zu. »Gehen wir ins Bett.«

Ich zögere eine Sekunde, trinke dann ebenfalls den Rest meines Weins und stehe auf.

Ich ergreife ihre Hand.

Zusammen gehen wir in die Küche, stellen die Gläser in die Spüle, und Gwen sagt zu den Kindern: »Wir gehen ins Bett, okay?«

Die beiden sehen uns nicht einmal an. Sie nicken nur, völlig vertieft in die Geschichte, die sich auf dem Bildschirm vor ihnen entfaltet. Ich folge ihr den Flur entlang ins Schlafzimmer; noch bevor wir die Tür hinter uns schließen, küsse ich sie und drücke sie gegen die Wand. Wir sind völlig im Augenblick gefangen, ineinander vertieft; und dankenswerterweise hören meine Gedanken auf zu rasen und das Grauen pausiert.

Mit einem Keuchen löst sie sich von mir. »Verriegele die Tür«, sagt sie mit zittriger Stimme.

Ich schließe die Tür und verriegele sie. Als ich mich umdrehe, zieht sie gerade ihr Shirt aus. Meins segelt nur eine Sekunde später zu Boden. Mir fällt auf, dass ich nach dem langen Tag nach Schweiß rieche, dass ich nicht geduscht habe, und einen Augenblick zögere ich. »Ich sollte duschen«, sage ich.

Ihr Lächeln ist wie ein Sonnenstrahl. »Mir gefällt dein Geruch«, erklärt sie. »Und wir sind ja schließlich keine Leute, die das mit den Klippen, dem Sonnenuntergang und einem Kniefall brauchen – du erinnerst dich?«

Verdammt, das berührt etwas tief in mir und entfacht etwas Wildes.

Der Sex ist ungezügelt und atemlos und still – die Gewohnheit einer Mutter, oder vielleicht reißt sie sich selbst dann noch am Riemen, wenn sie sich fallen lässt. Und es dauert lang, die Intensität zwischen uns brennt, bis wir endlich zitternd und schwitzend zusammenbrechen. Dieses Feuer, das wir beim jeweils anderen entfachen, ist unglaublich. Kostbar und geheim und völlig richtig.

Wir sind noch immer fest ineinander verschlungen, als sie mir etwas ins Ohr flüstert.

Ich bin nicht bereit für diese Antwort, die in der Hitze dieses Augenblicks kommt. Nicht im Geringsten.

Denn Gwen sagt *Nein*, sie kann mich nicht heiraten. Noch nicht.

Wir schlafen nebeneinander, aber zwischen uns ist eine Lücke und noch eine Menge mehr als nur das. Ich stehe früh auf und gehe unter die Dusche. Ich spule die gesamte Nacht noch einmal in meinem Kopf ab, vom Lesen der Worte ihres Ex-Manns bis zu dem genauen Augenblick, in dem Gwen zuerst dahingeschmolzen ist und mir dann das Herz gebrochen hat. Ich weiß nicht, wie ich das alles verarbeiten soll. Das weiß ich wirklich nicht. Das alles folgt keinen Regeln.

Hier sind gottverdammte Monster begraben.

Kapitel 7

Gwen

Ein neuer Tag bricht an, auch wenn es mir unmöglich erscheint. Als ich aufwache, hat er das Bett bereits verlassen.

Sofort erinnere ich mich an den Augenblick – nein, die Sekunde –, in der ich Sam das Herz gebrochen habe, und hasse mich dafür. Ich fühle mich wie ein grausamer Mensch, obwohl ich genau weiß, was ich getan habe und warum.

Sam macht nichts ohne Grund … aber manchmal ist ihm das selbst nicht klar. Mir schon. Der Antrag war eine impulsive, spontane Entscheidung. Zum Teil natürlich, weil er es so meinte … und zum Teil, weil es eine Ablenkung von etwas war, dem er sich nicht stellen wollte. Von *Melvin.* Ich habe es gespürt. Ich spüre es immer noch. Ich kann nicht zulassen, dass er sich zu etwas so Großem, so Wichtigem wie einer Heirat verpflichtet, ohne dass wir beide ehrlich zugeben, warum wir das tun.

Und ja, wenn *ich* ehrlich zu mir selbst bin … bin ich möglicherweise noch nicht bereit. Es hat mich Monate gekostet, meine Schutzschilde so weit herunterzufahren, um zugeben zu können, dass ich Sam liebe. Und dann weitere Monate, bevor ich es gewagt habe, mich irgendwelchen physischen Aktivitäten zwischen uns beiden zu öffnen. Es hat mir schreckliche Angst gemacht. Tut es auf einer gewissen Ebene noch immer, doch das ist der fundamentale Schaden, den Melvin bei mir angerichtet hat, und ich arbeite daran, ihn zu beheben. Doch Sam muss weder meine Therapie noch mein Lebensretter sein.

Wenn eine Ehe zwischen uns jemals funktionieren soll, muss ich das allein bewältigen.

Sam macht Kaffee, als ich die Küche betrete. Nervös halte ich Ausschau nach einem Anzeichen dafür, dass er wütend, aufgebracht, enttäuscht ist … aber ich sehe nichts. Er ist zu sehr auf der Hut und zu gut darin, das zu verbergen, was er wirklich fühlt. *Gott, ich habe das wirklich getan. Ich habe Nein zu ihm gesagt.*

»Guten Morgen«, sagt er. Kein Anzeichen dafür, dass ich ihm wehgetan habe. Er gießt mir eine Tasse ein. Er hat bereits geduscht und trägt Jeans, Arbeitsstiefel und ein feuchtigkeitsableitendes Shirt. »Ich muss mich heute um ein Dach kümmern. Zum Abendessen dürfte ich zurück sein. Und du?«

Diese Unterhaltung ist beinahe schmerzlich oberflächlich. Ich nehme die Tasse und nippe daran. »Nicht viel«, antworte ich. »Vielleicht gehe ich nachher zum Schießstand und übe Zielschießen. Etwas Training schadet ja nicht, oder? Unter diesen Umständen?«

»Ganz recht«, stimmt er mir zu. »Und du wirst diese Adresse in Virginia überprüfen, oder?«

»Ja.«

Er beugt sich vor, um mir einen leichten Kuss zu geben, und bevor er sich mir entziehen kann, lege ich meine Lippen an sein Ohr. Es ist zwar nicht so, dass irgendjemand zuhören würde, doch ich muss das flüstern.

»Tut mir leid«, sage ich. »Bitte komm wieder nach Hause.« Denn ich habe tatsächlich Angst davor, dass er, wenn er durch diese Tür geht, einfach immer weitergehen wird.

Er entzieht sich mir langsam und unsere Blicke treffen sich. In diesem Augenblick passiert viel zwischen uns. Und dann sagt er: »Wir sehen uns heute Abend.«

Mehr kann ich mir wohl unter den Umständen nicht erhoffen. Als wir uns diesmal küssen, ist es nicht so flüchtig. Und ich habe nicht mehr solch große Angst, ihn loszulassen.

Die nächsten zwei Stunden konzentriere ich mich darauf, herauszufinden, wie Melvin es geschafft hat, uns wieder eins reinzuwürgen. Der erste Schritt ist einfach; die Adresse auf dem Umschlag, in dem das Tagebuch von Sams Schwester steckte, führt zu einem Versandshop im Norden Richmonds. Ich rufe an. Niemand geht ran. Ich suche die Adresse des Geschäfts heraus und finde noch eine andere Telefonnummer als die auf deren Website. Diesmal nimmt jemand ab. »Pack 'N Ship. Wie kann ich Ihnen helfen?« Die Person am anderen Ende der Leitung klingt, als würde sie nur darauf warten, eine dumme Frage gestellt zu bekommen. Überdrüssig.

»Hallo, ich würde gern Postfach 791 verlängern«, sage ich. Würde ich fragen, wem das Postfach gehört, würde ich niemals eine Antwort bekommen. »Es könnte auch sein, dass ich die Kreditkartendaten aktualisieren muss.«

»Oh, okay«, sagt der Mann. »Einen Augenblick.« Tasten klappern. »Das muss erst Ende des Jahres wieder verlängert werden.«

»Falls es Ihnen nichts ausmacht, würde ich das lieber jetzt sofort tun. Sonst vergesse ich das vielleicht. Und außerdem bin ich umgezogen, von daher …«

»Klar doch. Dieselbe Kartennummer?«

»Oh, und ich habe geheiratet, ich bin mir nicht sicher, ob ich die Karte bereits dafür umgeändert habe«, erkläre ich. »Welcher Name steht auf der Karte, die Sie haben?«

Manche Leute werden an diesem Punkt misstrauisch, aber aufgrund seiner gelangweilten Stimme und der allgemeinen

Genervtheit von seinem Job wette ich, dass er nicht allzu pflichtbewusst ist. Und ich habe damit recht, denn er sagt: »Äh, da steht Dan O'Reilly.« Der Name sagt mir nichts.

»Oh, das ist die Karte meines Mannes, damit sollte es in Ordnung sein«, sage ich und bemühe mich, atemlos und ein bisschen durch den Wind zu klingen. »Es ist gar nicht so einfach, mit all diesen Veränderungen Schritt zu halten, wissen Sie? Äh … und haben Sie unsere aktuelle Adresse? Wir sind aus der Wohnung ausgezogen.«

»2200 Alfalfa Lane«, gibt er bereitwillig preis.

»Ja, das stimmt. Vielen Dank. Na gut, wenn die Karte so in Ordnung ist, können Sie das Geld einfach abbuchen, wenn es so weit ist.«

»Hm-hm. Ich müsste Sie noch zu den Daten hinzufügen, Mrs O'Reilly. Vorname?«

»Frances«, sage ich. »Meist werde ich Fran genannt.«

»Telefonnummer?«

»Dieselbe wie seine«, sage ich. Es macht mir Spaß, das Leben von Mr O'Reilly ein wenig zu verkomplizieren. »Vielen Dank. Sie waren mir eine große Hilfe.«

»Kein Problem«, gibt er zurück und legt auf.

Ich gehe wieder ins Internet und suche mithilfe der soeben erlangten Adresse nach mehr Informationen über Dan O'Reilly.

Er ist ein registrierter Sexualstraftäter. Seine erfundene Frau Frances tut mir leid. Als ich die Gebühr bezahle, um seine Unterlagen einsehen zu können, finde ich heraus, dass Dan auf Vergewaltigungen steht. Seine bevorzugten Opfer sind junge Mädchen, die sich nicht wehren können. Einfach abstoßend. Ich finde auch die Verknüpfung; sein Bruder Farrell sitzt im selben Gefängnis ein, in dem auch Melvin war. Und zwar in der Todeszelle wegen Entführung und Mord.

Manchmal liegen die abscheulichen Neigungen in der Familie.

Ich vermute, dass einer von Dans Partnern – wenn nicht sogar Dan selbst – in den Besucherlisten für Farrell zu finden sein wird; Melvin hatte genug Gelegenheit, die passenden widerwärtigen Freunde zu finden, während er auf seine Spritze wartete. Vermutlich hat er Farrell bezahlt, der wiederum Dinge aus dem Gefängnis zu seinem Bruder geschmuggelt hat.

Doch bei diesem Gedankengang stoppe ich. Denn das ist alles viel zu einfach. Ich habe gerade einmal zwei Stunden gebraucht, um das bis zu Dans Postfach zurückzuverfolgen. Und warum hätte Dan überhaupt seine eigene Adresse auf den Umschlag schreiben sollen?

Da gibt es zwei Möglichkeiten. Die erste: Er hat es gar nicht getan. Sondern jemand anderes, um mich von seiner Spur abzubringen.

Oder die zweite: Er war es doch selbst im Glauben, dass ihn das Postfach genug tarnen würde. Kriminelle sind häufig keine Superhirne. Dan ist verachtenswert, und dass sein jüngerer Bruder im selben Zellenblock wie mein Ex einsitzt … das ist verführerisch. Soll es aber vielleicht auch sein.

Vielleicht möchte jemand Dan O'Reilly die Schuld in die Schuhe schieben. Ich muss tiefer in die Materie eindringen, bin allerdings in meinen Möglichkeiten beschränkt.

Ich rufe Kez an. Ich gebe ihr sämtliche Informationen und meine Einschätzung dazu. Meiner Meinung nach hätte Melvin seine Spuren besser verwischt.

Natürlich fragt sie, was im Umschlag war. Ich zögere, da ich das Tagebuch nicht übergeben kann. In dem Augenblick sehe ich auf. Meine Tochter steht im Eingang zum Büro und schaut … seltsam. Sie beobachtet mich und wechselt von einem Fuß auf den anderen. Ich lächle sie an, doch sie lächelt nicht zurück.

»Komm rein, Schatz«, ermutige ich sie. Das tut sie, allerdings nur einen zögerlichen Schritt. Seltsam. Ich frage mich, ob sie noch eine ungute Situation mit Dahlia hatte. »Ich rede gerade mit Kezia. Einen Augenblick, okay?«

Sie nickt.

»Gwen?«, hakt Kez nach. »Der Inhalt des Umschlags?«

Ich lüge. Das muss ich. Ich kann Sam nicht bitten, den letzten Überrest des Lebens seiner Schwester aufzugeben, damit er in einer Beweistüte verschwindet und vielleicht niemals wieder zum Vorschein kommt. Melvin ist tot; er wird niemals für den Schmerz bezahlen, den er verursacht hat. »Es war ein Brief«, sage ich. Ich weiß, dass das dumm ist, da ich bereits sämtliche Briefe übergeben habe, die ich von ihm habe. Mit Ausnahme des einen, den ich direkt nach meiner Rückkehr von Killman Creek erhalten hatte, und der liegt am Boden des Sees.

»Mom«, mischt sich Lanny ein. Ich sehe sie an. Ihre Augen sind weit aufgerissen.

»Ich brauche diesen Brief«, sagt Kezia.

Lanny atmet scharf ein, tritt einen Schritt zurück und holt etwas aus der Tasche ihres Hoodies.

Es ist ein Umschlag. Ein geöffneter Umschlag. Und als ich danach greife und ihn umdrehe, lasse ich ihn beinahe fallen. Er ist von Melvin. Adressiert an mich.

»Woher hast du das gewusst? Es tut mir leid«, flüstert sie. »Ich … ich dachte …«

Instinktiv stelle ich den Anruf mit Kezia auf stumm. Ich möchte Lanny sagen, dass alles in Ordnung ist. Aber das ist es nicht. Mich durchfährt absolute Verzweiflung, absolutes Grauen. »Wo … wo hast du den her?« Meine Stimme ist beinahe ebenso brüchig wie ihre.

»Er war in der Post. Bitte sei nicht böse.«

»Ich bin nicht böse«, beruhige ich sie. »Ich bin nur … Wann ist der gekommen?«

»Gestern«, sagt sie. »Ich weiß, du hättest mich nicht …« Ihre Stimme schwindet. Ebenso das Licht in ihren Augen, und ich weiß genau, warum. Ich habe das gefühlt, was sie fühlt. Und ich hätte alles dafür gegeben, einfach *alles*, um ihr das zu ersparen. »Ich dachte einfach …« Sie wischt sich die Augen. »O Gott, Mom. Die Dinge, die er geschrieben hat …«

Ich drücke sie an mich, als könnte ich sie vor allem beschützen, sie umschlingen und den Schmerz jedes bösen Worts von ihr nehmen. Doch das kann ich nicht und das weiß ich auch. Ich küsse sie auf die Stirn. »Es tut mir so leid, Baby.«

Ich hebe die Stummschaltung des Telefons wieder auf. »Tut mir leid, Kez. Ich habe den Brief.« Ich sehe zu Lanny auf, während ich das sage. »Du kannst ihn dir abholen.«

Dann lege ich auf.

Ich lege den Brief und den braunen Umschlag von Sams Paket auf meinen Schreibtisch. Lanny setzt sich neben meinen Sessel, lehnt sich an mich und weint leise. Ich streiche ihr über das Haar. Wir reden nicht.

Nach einer halben Stunde sage ich: »Steh auf.« Ich ziehe sie auf die Füße. »Wir gehen laufen.«

Sie schnieft und sieht mich aus geröteten Augen an. Ungläubig.

»Wir müssen laufen«, erkläre ich. »*Du* musst laufen. Mach dich fertig.«

Endlich nickt sie, wirft sich noch einmal in meine Arme und küsst mich auf die Wange. »Ich hab dich lieb«, sagt sie, dann ist sie weg.

Ich sinke wieder auf meinen Sessel und starre ihr hinterher.

Ich sehe den Brief auf meinem Schreibtisch an, den Brief, der meinem Kind solche Schmerzen bereitet hat, und es bedarf jedes letzten Restes an Kraft, den ich noch habe, nicht zu schreien, ihn nicht in Fetzen zu reißen und in den See zu schleudern, um ihn zu ertränken, um seine Stimme für immer zum Schweigen zu bringen.

Doch das tue ich nicht. Ich stehe auf. Ich verlasse das Zimmer. Ich ziehe mich um.

Und dann laufen wir.

* * *

Kezia kommt eine Stunde später vorbei, um den Brief abzuholen. Javier ist bei ihr, er hat frei. Die Kinder begrüßen ihn mit Faustcheck. Javier fragt nach Sam, und ich berichte ihm, dass er auf einer Baustelle ist. Javier nickt. »Okay«, meint er. »Kann ich kurz mit dir reden?« Er sieht zu den Kindern. »Allein?«

Wir gehen zum See hinunter. Kez bleibt bei den Kindern. Javier tritt erst gegen ein paar Steine, bevor er anfängt zu reden. »Bin mir nicht sicher, ob ich dir das überhaupt erzählen sollte, aber heute Morgen ist ein Typ vorbeigekommen, um Sieben-Millimeter-Remington-Magnums zu kaufen.«

»Und das heißt?« Diese Munition sagt mir nichts.

»Patronen für Scharfschützen«, erklärt er. »Er wollte Patronen für Scharfschützen. Die habe ich nicht. Ich hab ihm gesagt, die müsste er bestellen.«

»Kennst du ihn?«

»Spud Belldene. Jesses Onkel. Er hat im ersten Irakkrieg gedient.«

»Als?«

»Was glaubst du wohl?«

Das sind keine guten Nachrichten. »Die würden uns wegen eines Handgemenges *umbringen*?«

»Es sind Belldenes«, meint er, als würde das die Frage beantworten. »Es besteht natürlich die Chance, dass er die Munition nur zum Trainieren braucht. Das macht er ab und zu.«

Es ist heiß hier draußen und der Schweiß läuft mir in Strömen hinunter. »Trotzdem ein seltsames Timing. In

Anbetracht der Tatsache, dass wir nach einem Scharfschützen suchen.«

»Ja«, bestätigt er. »Weshalb ich es auch erwähnt habe.« Mit verschränkten Armen wiegt er sich vor und zurück, von den Fersen auf die Zehen. »Das FBI hat vor drei Monaten auf ihrem Gelände da oben eine Razzia durchgeführt, aber nichts gefunden; sie dachten, die Belldenes würden Meth kochen. Haben sie aber nicht. Jedenfalls nicht dort. Aber … die Sache ist, falls Spud beabsichtigen sollte, euch etwas anzutun, dann glaube ich kaum, dass er seine Munition bei mir kaufen würde. Er weiß, dass wir Freunde sind. Er weiß, dass ich euch deswegen warnen würde.« Er reibt sich mit einer Hand über den Kopf; seine Haare sind kurz geschoren, im Militärstil, durch den er so aussieht, als wäre er jederzeit kampfbereit. »Aber verflucht noch eins, vielleicht war genau das seine Intention. Euch nur aufzuscheuchen. Ich weiß es nicht.«

»Es kann nicht nur darum gehen, dass Sam dem Kerl ein paar Zähne ruiniert hat.«

»Tja«, meint Javier. »Kriege sind schon wegen viel weniger ausgebrochen. Man weiß nie, was andere Leute persönlich nehmen. Besonders Leute wie die Belldenes; Stolz ist alles für die. Dafür würden sie sogar den Tod in Kauf nehmen. Für die ist Sam ein Fremder aus der Stadt. Genau wie du.«

»Und es geht dabei nicht um meinen Ex?«

»Das bezweifle ich. Du, die Kinder … in deren Augen seid ihr Kollateralschäden. Ein Druckmittel. Im Normalfall sind sie hinter anderen Männern her.«

Das ist tatsächlich die blanke Ironie. So lange wurde ich durch das bedroht, was Melvin getan hat. Und jetzt stehe ich wieder hier und muss mich vor Fremden wegen etwas schützen, womit ich nichts zu tun hatte. Auf gewisse perverse Weise ist das witzig.

»Wie kann ich das aufhalten?«, frage ich Javier. Ich erwarte nicht wirklich eine Antwort.

Er schüttelt den Kopf. »Ich glaube kaum, dass du das kannst«, meint er. »Vielleicht solltet ihr in Betracht ziehen, eine Weile aus der Stadt zu verschwinden. Es sind ja nicht nur die Belldenes, sondern da ist auch noch diese Dokumentation, über die alle sprechen …«

»Sprechen alle darüber?«

»In Norton wird das heiß diskutiert. Und es kochen wieder viele alte Dinge hoch, zum Beispiel, dass du wegen Mordes schuldig bist. Einige von denen springen auf alles an, was dich in einem schlechten Licht darstellt.«

Super. Das war wohl zu erwarten. »Und wie kämpfe ich dagegen an?«

»Gegen das Meer kämpft man nicht. Man geht, bis die Flut vorüber ist.« Er ist unruhig. Und das macht mich unruhig. »Pass auf dich auf. Ich tue, was ich kann, damit sich das nicht weiter hochschaukelt.«

Wir machen keinen Faustcheck. Wir umarmen uns. Ich habe Javi sehr gern. Ich vertraue ihm, genau wie Kez. Er hat mich von Anfang an unterstützt, seit dem Tag, an dem ich auf seinen Schießstand gekommen bin, und ich weiß, er wird tun, was er kann.

Doch nachdem die beiden fort sind, fühle ich mich ungeschützt. Und hilflos. Das macht mich wütend.

Wir bleiben den Tag über im Haus. Ich halte an den Fenstern Ausschau nach dem weißen Lieferwagen, der Filmcrew, aber sie sind nicht hier. Jedenfalls nirgendwo, wo ich sie sehen könnte. Es macht mich unruhig, darüber nachzudenken, dass sie sich in diesem Augenblick zwischen den Bäumen verstecken und mich und unser Haus filmen könnten. Nach einer Weile versuche ich, mich auf das Buch zu konzentrieren, das ich lese, aber immer wieder sehe ich auf und überprüfe die Umgebung, als würde ich mich auf einem Militärposten befinden anstatt auf meiner eigenen Veranda. Ich suche nach dem Aufblitzen einer Kameralinse zwischen den Bäumen.

Oder des Zielfernrohrs eines Scharfschützengewehrs.

Eigentlich fühlt es sich an wie ein normaler Tag, aber unter der Oberfläche lauert etwas, das ich gar nicht genauer überprüfen will.

Ich rufe die Kinder zu mir und schlage einen Trip in die Stadt zu Kuchen und Eis vor; sie scheinen damit zufrieden zu sein, auch wenn Lanny in letzter Zeit angefangen hat, auf ihre Kalorienzufuhr zu achten. Eben hat sie immerhin ungefähr tausend davon weggejoggt. Ich denke, sie kommt klar.

Als wir nach Norton fahren, scheint noch alles ganz normal zu sein. Ein alter Mann fährt mit seinem Traktor mitten auf der Hauptstraße und wirbelt Dreckklumpen in alle Richtungen, doch das passiert mindestens einmal pro Woche. Ich schleiche hinter ihm her, bis wir bei unserem ersten Halt einbiegen. Üblicherweise fangen wir im Eiscafé an und hören bei der Konditorei auf, doch als ich einparke, fällt mir ein sauberer weißer Lieferwagen auf, der hinter mir einbiegt. Er hat kein Firmenlogo, und der Sticker auf der Stoßstange zeigt, dass es sich um einen Leihwagen handelt. In dem Wagen sitzen zwei Leute. Während ich den Motor ausschalte, behalte ich sie im Blick und sehe zu, wie sie das Fahrzeug verlassen und zur Rückseite gehen.

Ich weiß nicht, was ich erwartet habe, doch als ich sehe, dass der größere afroamerikanische Mann eine Handheld-Videokamera trägt und die Frau ein Mikrofon einsteckt, wird mir sofort *alles* klar.

Das sind die Kameraleute.

Sie haben uns gefunden.

»Mom?«, ruft Lanny, die ihre Tür erst halb geöffnet hat. »Stimmt etwas nicht?«

»Mach die Tür wieder zu«, weise ich sie an. Mein Tonfall bringt Connor dazu, ebenfalls von der Tür abzurücken. »Lasst uns eine Minute warten.«

»Was ist denn los?« Connor sieht sich um und der Kameramann steckt sich den Bildsucher ins Auge.

Er bekommt eine gute Aufnahme von der Rückseite meines SUV, einschließlich des Kennzeichens.

»Es wird ziemlich heiß hier drin«, jammert Lanny. »Können wir nicht einfach reingehen und uns ein Eis kaufen?«

»Nein«, sage ich. »Tut mir leid, aber ich glaube, es ist das Beste, wenn wir zurück nach Hause fahren.«

»Warum?«

Von ihren Sitzplätzen aus können sie den Lieferwagen nicht sehen. Ich würde es Lanny sagen, wenn wir unter uns wären; meine Tochter versteht unseren manchmal prekären sozialen Status in der Stadt besser als mein Sohn. Ich bin noch nicht bereit, Connor mehr Stress zu bereiten als nötig. Er ist ziemlich angespannt; das schreckliche Erlebnis mit seinem Dad ist noch nicht sehr lange her, und es hat ihn sogar noch introvertierter werden lassen. Ich vermisse die Zeit, als er sich mit Geeks in seinem Alter getroffen hat, begeistert von Spielen und Filmen und »Dungeons & Dragons«-Turnieren. Ich glaube, diese Dinge sind immer noch in ihm, doch er fühlt sich nicht mehr sicher genug, sie auszuleben.

Noch ein Grund, meinen Ex zu hassen. Schmor in der Hölle, Melvin. Bevorzugt auf einem sich sehr langsam drehenden Spieß.

»Ich erklär's euch, wenn wir zu Hause sind«, meine ich nur. Ich starte den Motor und fahre rückwärts. Leider muss ich auf dem Weg zur Ausfahrt an dem Lieferwagen vorbeifahren, was bedeutet, dass der Kameramann in der perfekten Position ist, uns zu sehen. Ich habe noch die schwache Hoffnung, dass die Kinder das nicht sehen, aber natürlich bemerkt Lanny es sofort.

Sie zeigt direkt auf sie. »Was zum Teufel machen die da?«

»Uns filmen«, sage ich trocken. »Nimm bitte deine Hand runter.«

Meine Tochter nimmt ihre Hand nicht runter. Stattdessen dreht sie sie und zeigt denen den Mittelfinger. »Ich hoffe, das haben sie drauf«, meint sie nur. »Arschlöcher. Warum machen die das?«

Ich will ihnen nicht davon erzählen, aber es ist wohl das Beste, wenn sie vorbereitet sind. »Ihr erinnert euch doch noch an die Frau in der *Howie Hamlin Show*?«

»Miranda Tidewell«, antwortet Connor. »Sie ist reich.« Als wir ihn beide ansehen, zuckt er nur mit den Schultern. »Ich habe sie gegoogelt. Da sie ja eine Dokumentation über unseren Vater macht. Warum macht sie das?«

»Unglücklicherweise wollen die Leute mehr über ihn wissen. Und uns. Deshalb müssen wir vorsichtig sein.«

»Ja«, sagt Lanny. »Was dir auch klar wäre, wenn du deine Nase nicht immer nur in Bücher stecken würdest.«

Sie streiten wieder. Ich wünschte, das würden sie nicht tun, aber ich weiß, dass das für eine Geschwisterbeziehung typisch ist, besonders in diesem Alter. Nachdem ich aus Killman Creek zurückkam und ihnen die Nachricht vom Tod ihres Vaters überbrachte – und dass ich diejenige gewesen war, die ihn getötet hatte, was wirklich schwer war –, hatte Lanny ihren Bruder ungefähr zwei Monate lang nur mit Samthandschuhen angefasst, aber so ein Frieden ist nie von großer Dauer. Tatsächlich ist sie jetzt sogar noch etwas bissiger. Wir haben darüber gesprochen, aber ich glaube, Lanny kommt nicht darüber hinweg, dass Connor in dieser Zeit mit ihrem Dad gesprochen hat. Melvin, verdammt sei er, hatte unseren Sohn davon überzeugt, ihm zu vertrauen, und dass Connor sich darauf einließ, kann Lanny nicht verstehen. Das ist eine Wunde zwischen den Geschwistern, von der ich hoffe, dass sie irgendwann heilen wird. Aber bisher hat sich noch nicht einmal Schorf darauf gebildet.

Wir stehen jetzt an der Parkplatzausfahrt. Dummerweise strömt in beide Richtungen Verkehr, sodass ich warten muss. Der Kameramann ist zur Seite getreten und filmt weiter. Ich wette, er konzentriert sich dabei auf unsere Gesichter. Ich hasse das. Es fühlt sich an wie eine Verletzung unserer Privatsphäre, obwohl es technisch gesehen nicht gegen das Gesetz verstößt. Oder vielleicht *doch*? Ich weiß nicht, wie die Regeln in diesem Staat hinsichtlich des Filmens Minderjähriger ohne Zustimmung sind. Das sollte ich mal genauer überprüfen.

Ich behalte den Verkehr im Blick und wünschte, das würde alles schneller gehen, doch wieder einmal rumpelt ein Traktor gähnend langsam und doch wieder zu schnell auf uns zu. Das dunkle Auge der Kamera in meinem Augenwinkel scheint sich zu vertiefen, als wäre es das gähnende Loch eines Brunnens, in den ich stürze. Ich blinzle und sehe wieder die Kamera im Howie-Hamlin-Studio, habe wieder das Gefühl, erstarrt und hilflos zu sein.

Ich blinzle erneut und sehe eine dreckige, heruntergekommene Villa in Louisiana. Einen mit Blut vollgespritzten Raum. Ketten.

Und eine Kamera, die filmt, immer weiter *filmt*. Genau wie die Kamera, die Melvin aufgestellt hatte, um meine Ermordung einem wartenden und dafür zahlenden Publikum zu präsentieren.

Ich höre etwas, das wie ein immer näher kommendes Kreischen klingt.

»Mom!« Lannys alarmierte Stimme lässt mich scharf auf die Bremse treten. Beinahe wäre ich in den fließenden Verkehr gefahren. Das Kreischen war die reale Hupe eines vorbeifahrenden Trucks. Sie streicht sich ihre schwarzen Haare aus dem Gesicht und sieht mich besorgt an. »Geht's dir gut?«

»Alles okay«, sage ich ganz automatisch, weil ich ihr das immer sage. Und mir selbst. Aber es bedarf keines qualifizierten Psychologen, um zu erkennen, dass *nicht* alles okay ist. Ich habe Flashbacks. Schweißausbrüche. Albträume. Und dieses Filmen der Kameraleute bringt alles wieder hoch. Ich muss mit Dr. Marks sprechen.

Ich atme ein paarmal tief durch und schlage das Lenkrad nach links ein, als ich endlich eine Lücke im Verkehr erblicke. Aus dem Augenwinkel sehe ich, wie der Mann die Kamera dreht, um unseren Weg zu verfolgen.

Ich fühle mich erst wieder sicher, nachdem wir über den Hügel gefahren, auf die Hauptstraße eingebogen und dabei sind, Norton zu verlassen.

Lanny zappelt eine Weile schweigend herum, sie wartet auf eine genauere Erklärung, die zu geben ich nicht bereit bin; schließlich stöpselt sie ihre Kopfhörer ein und starrt aus dem Fenster. Connor vertieft sich in sein Buch und blendet die Außenwelt aus.

Ich bin dankbar für die Stille. Doch dann nimmt Lanny ihre Kopfhörer wieder ab und fragt: »Du wirst nicht noch mal heiraten, oder?« Das kommt ja aus dem Nichts.

»Ganz ehrlich?«, meine ich. »Ich bezweifle es.«

»Nicht mal Sam?«

»Nicht mal Sam.«

»Warum nicht? Macht ihr Schluss?« Ich will dieses Gespräch nicht führen. Ich sehe mich um. Connor scheint nicht zuzuhören.

»Wir machen nicht Schluss«, beschwichtige ich sie. »Es hat sich nichts geändert. Es ist nur … Ich bin zufrieden mit dem, was wir haben, das ist alles. Ich finde nicht, dass es einen Grund gibt, für mehr Druck zu sorgen, was meinst du?«

»Solange ihr nicht Schluss macht.« Sie zuckt mit den Schultern, als würde sie das nicht kümmern. Doch ich weiß es besser. Sie mag Sam sehr, und vor allem gefällt ihr das Verhältnis zwischen Connor und Sam. Mein Sohn braucht sehr lange, um anderen Menschen zu vertrauen, doch in Gegenwart von Sam fühlt er sich … normal; wahrgenommen; geliebt von jemandem, bei dem er sich sicher fühlt. Das ist etwas Besonderes und etwas, das er unbedingt braucht.

Daher sage ich: »Sam trifft letztendlich seine eigenen Entscheidungen, Lanny. Aber ich glaube nicht, dass er vorhat, uns zu verlassen. Falls doch, würde ich es dir sagen.«

Wieder zuckt Lanny mit den Schultern, als wäre es ihr egal. Die Kopfhörer werden wieder aufgesetzt.

Wir sind beinahe zu Hause, als ich einen Anruf von Sam bekomme. Er hat es nach Hause geschafft. »Alles okay?«, frage ich.

»Ja«, sagt er, aber es klingt so abgehackt, dass ich mich frage, ob das stimmt. »Seid ihr unterwegs nach Hause?«

»Ja. Dauert nicht mehr lange. Wieso?«

»Weil an unserer Tür ein Zettel geklebt hat. Eine Filmcrew war hier und wollte dich sprechen«, sagt er. »Und wir haben keinen Oregano mehr.«

»Zettel? Filmcrew?«, wiederhole ich. Wenigstens lasse ich das mit dem Oregano weg. »Mein Gott, die werden immer dreister. Ich hab sie auch gerade in der Stadt gesehen.«

Er schweigt ein paar Sekunden. »Wir müssen darüber reden.«

»Das müssen wir wohl.« Ich freue mich nicht auf dieses Gespräch und auch nicht auf das andere, das uns noch bevorsteht.

* * *

Den ganzen Abend über spüre ich die Mauer zwischen uns, und ich will die Hand nach ihm ausstrecken, spüren, wie er nach meiner greift … doch ich weiß nicht, ob ich es tun sollte. Oder ob das im Augenblick überhaupt möglich ist.

Zeit, ermahne ich mich, während wir schweigend den Abwasch erledigen, ich das Spülen, Sam das Abtrocknen. *Gib ihm Zeit.* Doch die Zeit könnte ihn auch vertreiben, und ich weiß nicht, wie ich das hier anstellen soll; niemand hat mich darauf vorbereitet, wie Angst einflößend es sein kann, wirklich und wahrhaftig zu lieben.

Mein Festnetztelefon klingelt und reißt mich aus meinen Gedanken. Ich weiß nicht, ob ich verärgert oder erleichtert bin. Ich trockne mir die Hände ab und greife hastig nach dem Telefon, als ich die Nummer erkenne. Es ist die von Marlene aus Wolfhunter.

Nach meinem etwas brüsken Hallo erhalte ich erst einmal nur Schweigen als Antwort. Rauschen in der Leitung. Atmen. Ich will gerade wieder auflegen, als ich die Stimme einer jungen Frau höre. »Helfen Sie mir.«

Unsicher halte ich inne. »Hallo? Wer spricht da?«

»Vee«, antwortet sie. »Vera Crockett. Mama hat gesagt, Sie helfen anderen. Und Ihre Nummer war in ihrem Telefon.«

Der Akzent ist mir vertraut, ebenso der Nachname. Marlene Crockett ist die Frau, die mich nach dem Desaster in der *Howie Hamlin Show* angerufen hat. Die eindeutig Sorgen hatte, sich aber nicht dazu überwinden konnte, mir genauer davon zu erzählen. Die von mir wollte, dass ich in eine Stadt mitten im Nirgendwo fahre, um das persönlich mit ihr zu besprechen.

Sofort bin ich auf der Hut. Ein Kind für seine Zwecke einzuspannen, ist wirklich mies. Ich muss dem Drang widerstehen, sofort aufzulegen. »Hol doch bitte deine Mutter ans Telefon.«

»Das kann ich nicht«, gibt Vee zurück. Ihre Stimme klingt seltsam leer. »Sie ist tot.«

»Wie bitte?« Instinktiv drehe ich mich zu Sam um, die Lippen bereits geöffnet. Ich schüttle den Kopf, um ihm deutlich zu machen, dass ich nicht weiß, was los ist, aber mein Tonfall hat ihm bereits klargemacht, dass etwas nicht stimmt. »Wann? Was ist passiert?«

»Sie müssen herkommen«, sagt Vee. »Die werden mich auch bald holen. Sie liegt tot auf dem Boden, und als Nächstes holen die mich.«

»Vera? Vee? Willst du damit sagen, dass deine Mutter in diesem Augenblick auf dem Boden liegt?«

»Ja.«

Ich spüre, wie die Welt um mich herum zusammenschrumpft und meine Realität nur noch aus der Stimme am Telefon besteht. »Okay, ich möchte, dass du den Notruf wählst, Vee.«

»Wenn ich das mache, bringen die mich um.« Sie klingt ruhig, doch erschreckend abwesend. Ich weiß nicht, womit ich es hier zu tun habe. »Die würden mich wie einen Hund hier abknallen.«

Ich winke Sam zu, decke die Sprechmuschel ab und sage: »Ruf Kezia an. Sag ihr, sie soll die Polizei von Wolfhunter zu Marlene Crocketts Haus schicken. Ich weiß nicht, was da los ist, aber die Tochter sagt, ihre Mutter wäre tot.«

Er zögert nicht, stellt auch keine Fragen, nimmt einfach nur sein Handy und geht in die Ecke, um den Anruf zu machen.

»Vee«, sage ich. »Deine Mutter. Siehst du, ob sie noch atmet?«

»Sie ist tot.« Keinerlei Regung in ihrer Stimme. Überhaupt keine. Ist es der Schock? Irgendetwas anderes? Ich weiß es nicht.

»Kannst du mir zuliebe mal nach ihrem Puls fühlen?«

»Sie ist *tot*.« Zum ersten Mal höre ich eine Emotion in ihrer Stimme. Es ist Verbitterung, was mich erschreckt. »Sie liegt auf dem Boden und …«

Ich höre, wie Vee Crockett zögert. Verstummt.

Als sie wieder spricht, ist es nur noch ein Flüstern. »Sie kommen zurück.«

»Vee? Vee!«

Sie hat das Telefon weggelegt oder fallen gelassen. Ich höre so etwas wie Schritte oder Klopfen und dann einen ohrenbetäubenden Knall, bei dem ich zusammenzucke und den Hörer anstarre, als würde ich erwarten, dass außer Geräuschen noch etwas daraus kommen könnte.

Kurz darauf habe ich mich wieder unter Kontrolle und halte mir den Hörer ans Ohr. »Vee? Vera! Sprich mit mir! Was ist passiert?«

Sam ist noch immer am Handy und beobachtet mich. Hilflos hebe ich eine Hand. Vee Crockett spricht nicht. Aber ich höre irgendetwas. Bewegung? Entferntes Rufen? Irgendetwas in der Art.

Und dann ist ihre flache, ruhige Stimme wieder zu hören. »Das hat ihm Feuer unterm Hintern gemacht.«

»Vera, was ist denn passiert?«

»Ich hab die Schrotflinte abgefeuert«, sagt sie. »Direkt durch die Tür. Schätze, dem hab ich Beine gemacht.«

»Geht's dir gut?«

»Ja.«

»Vee …« Ich weiß nicht, was ich anderes tun kann, als sie im Gespräch zu halten. »Vee, deine Mom hat gesagt, sie würde sich wegen etwas Sorgen machen. War es deinetwegen?«

»Nein«, meint sie. »*Meinetwegen* hat sich Mama nie Sorgen gemacht. Oder falls doch jemals, hat sie es zumindest vor langer Zeit aufgegeben. Kann ich ihr nicht wirklich vorwerfen.«

Nichts davon ergibt irgendeinen Sinn. Ich weiß nicht, wie ich diese junge Frau einschätzen soll. »Vee, wie alt bist du?«

»Fünfzehn«, antwortet sie. Das tut weh. Ich schließe kurz die Augen.

»Ich habe eine Tochter, die genauso alt ist«, erzähle ich ihr. »Ich weiß, ich würde alles für sie tun. Ich wette, deine Mutter hat ebenso gefühlt.« Ich schlucke schwer. Ich muss sie am Reden halten. *Mein Gott, sie ist noch ein Kind.* »Erzähl mir von deiner Mom, Vee. Was war, als du zuletzt mit ihr gesprochen hast?«

»Daran erinnere ich mich nicht«, sagt Vee. »Spielt jetzt auch keine Rolle mehr. Sie ist tot. Sie ist tot und ich …«

Sie bringt den Satz nicht zu Ende, aber ich verspüre Übelkeit in mir hochkriechen. Wollte sie den Satz mit *und ich habe sie umgebracht* beenden? Marlene war so vage in ihren Aussagen dazu, was vor sich ging. Sie hat nichts Bestimmtes erwähnt, aber vielleicht wollte sie nur nicht zugeben, dass sie Angst vor ihrer eigenen Tochter hatte. Das wäre wirklich zu schrecklich.

Ich höre etwas in der Ferne. Sirenen.

»Vee? Hast du immer noch die Schrotflinte in der Hand?«, frage ich sie.

»Ja.«

»Du musst etwas für mich tun«, sage ich. Ich sorge dafür, dass meine Stimme so ruhig, unerschrocken und fürsorglich klingt, wie ich es nur aufbringen kann. Sam beendet seinen Anruf und stellt sich mir gegenüber, registriert meinen Gesichtsausdruck und meine Körpersprache. Helfen kann er mir allerdings nicht. Es liegt völlig in meiner Hand. »Ich möchte, dass du die Schrotflinte auf den Boden legst. Tu es bitte jetzt.«

Ich höre Bewegung. Ein Rascheln. Ein schweres, dumpfes Geräusch. »Okay«, sagt Vee. »Hab ich gemacht. Aber die werden mich sowieso erschießen. Die haben schon lange auf eine Entschuldigung dafür gewartet.«

»Werden sie nicht«, versichere ich ihr. »Ich möchte, dass du jetzt deine Vordertür öffnest, beide Hände hoch in die Luft hältst und auf eurer Veranda stehen bleibst. Ihr habt doch eine Veranda, oder?« Hier auf dem Lande hat fast jedes Haus eine.

»Ja«, bestätigt sie. »Aber wenn ich da rausgehe, erschießen die mich.«

»Ich verspreche dir, dass sie das nicht tun, wenn du deine Hände hochnimmst.«

»Wenn ich das mache, kann ich Sie ja gar nicht mehr am Telefon hören«, erklärt sie. Völlig vernünftig, doch immer noch mit dieser seltsamen emotionslosen Stimme.

»Kannst du mich auf Lautsprecher stellen?«

»Oh. Klar.« Das macht sie, ich höre, wie sich der Klang verändert, ich um sie herum plötzlich verschwommene Geräusche wahrnehme. »Okay. Ich gehe zur Vordertür.« Schockierenderweise kichert sie. »Meine Güte, ich habe voll ein Loch da durchgeschossen! Ich kann komplett durchgucken.«

Bei dem Gedanken, dass vielleicht ein Toter auf der Veranda liegen könnte, wird mir übel, aber das erwähne ich nicht. Ich sage nur: »Okay, bitte öffne langsam die Tür und heb beide Hände. Machst du das, Vee?«

Ich höre das Knirschen von Scharnieren. Vees Stimme ist jetzt weiter entfernt. »Ja.«

»Geh ganz langsam raus und behalt deine Hände oben.«

Es ist so weit. Ich höre die Sirenen draußen stoppen. Ich höre das Öffnen von Wagentüren. Wenn ich die Augen schließe, sehe ich alles genau vor mir: Vee auf der Veranda. Das in die Tür geschossene Loch hinter ihr. Vielleicht jemand verletzt oder tot auf dem Boden. Zwei – nein, jetzt drei – Polizeiwagen, was die gesamte Besetzung der Polizei von Wolfhunter sein dürfte, rund um das Haus versammelt. Beamte mit gezogenen Waffen, nervös und schussbereit.

»Fallen lassen!«, brüllt einer von ihnen, und mir wird klar, dass er das Telefon, das sie über dem Kopf hält, für eine Waffe hält.

»Lass das Telefon fallen, Vee«, weise ich sie an.

»Okay«, sagt sie seelenruhig.

Ich höre, wie das Telefon zu Boden fällt.

Aufschlägt.

Dann piept es dreimal und die Leitung ist tot.

* * *

Es gibt keine großen Diskussionen über die nächsten Schritte. Ich versuche, die Nummer zurückzurufen. Es klingelt nur, dann werde ich zu einer automatisierten Aufnahme weitergeleitet. Ich vermute, dass das Telefon auf der Veranda aufgeprallt und kaputtgegangen ist … und selbst wenn nicht, würde es danach nur in einer Beweistüte landen und niemand würde rangehen. Vee Crockett wurde entweder erschossen oder sie trägt jetzt Handschellen.

Fünfzehn Jahre alt.

Während ich mit Sam spreche, stopfe ich ein paar Wechselklamotten in einen Seesack. »Ich muss gehen«, versuche ich ihm klarzumachen. »Ihre Mutter hatte mich angerufen, weil sie meine Hilfe brauchte. Und jetzt bin ich eine Zeugin in der Angelegenheit, ob ich nun gehe oder nicht. Vee hat *mich* angerufen, bevor die Polizei gekommen ist; die werden meine Aussage benötigen. Ich will nicht, dass die herkommen und für eine Szene sorgen, die Mirandas Filmcrew genüsslich aufzeichnen kann.«

Ich sehe, wie Sam zusammenzuckt. Vielleicht auch nur wegen der Erwähnung von Miranda. »Du weißt nicht, ob das passiert.«

»O doch«, sage ich. »Diese Dokumentationsleute kreisen hier wie die Geier. Und die werden sich darauf stürzen, wenn die Polizei an unsere Tür klopft. Es ist besser, wenn ich das fern von zu Hause kläre.«

Ich möchte mit ihm über Melvins Text im Tagebuch seiner Schwester sprechen, über diesen grässlichen Schock und den emotionalen Tiefschlag letzte Nacht, aber ich weiß, dass das hier jetzt Priorität hat.

Er schließt die Schlafzimmertür hinter sich. »Gwen. Hör auf.«

Endlich halte ich inne. Ich sehe zu ihm auf, während ich rastlos ein Shirt entfalte und wieder zusammenlege.

»Du bist eine Zielscheibe«, sagt er, während er zu mir herkommt. »Du kannst dich doch nicht einfach in irgendetwas stürzen, wenn du überhaupt keine Ahnung hast, was dich dort erwartet.«

»Ich kann auch kein fünfzehnjähriges Mädchen im Stich lassen. Sie hat mich angerufen«, erkläre ich ihm. »Ihre Mutter ist tot. Wenn das Lanny wäre …«

»Aber sie ist nicht Lanny. *Ist sie nicht*«, beharrt er. Er legt mir die Hände auf die Schultern, und ich sehne mich danach, von ihm umarmt zu werden, aber das tut er nicht. Er hält mich weiter auf Armlänge. »Du kannst dir nicht noch Ärger in einer fremden Stadt aufhalsen. Du kennst weder die Beteiligten noch irgendwelche Leute. Und das alles geht dich gar nichts an.«

»Doch, das tut es.« Ich erwidere seinen Blick, und er blinzelt als Erster. »Sam, ich weiß, dass du dir nur Sorgen um mich machst. Ich kenne die Risiken. Ich weiß das alles. Hier bin ich auch nicht viel sicherer. Wenn ich fahre und damit den Kameras aus dem Weg gehen kann …« Eine Sekunde lang überfährt mich eine so heftige Panik, dass mir fast die Luft wegbleibt. Ich bin wieder in Louisiana, in einem Raum mit einer Kamera und Blut und einer toten Frau und meinem brutalen Ex. Ich bin auf der Bühne der *Howie Hamlin Show*, gefangen in einem Albtraum.

Wenn ich mich jetzt noch einer Videokamera stellen muss, werde ich völlig durchdrehen.

»Verdammt noch mal«, entfährt es ihm, aber er ist nicht wütend. Nur resigniert. Er lehnt seinen Kopf an meinen, sodass wir Stirn an Stirn sind. Dann küsst er mich sanft und süß, als hätte ich ihm nicht erst letzte Nacht das Herz gebrochen. »Okay. Aber du gehst nicht allein.«

»Aber die Kinder …«

»Die Kinder kommen mit«, bestimmt er. »Entweder gehen wir alle oder du gehst gar nicht.«

Er sagt nicht, *wir gehen als Familie*, aber ich fühle das. Ich brauche das. Ich küsse ihn noch einmal, diesmal heftiger, und spüre seine Hände auf meinem Gesicht. Er streicht mir die Haare aus der Stirn und sieht mich an, als wäre ich etwas, das er sich einprägen müsste.

Dann tritt er einen Schritt zurück. »Ich sage den Kindern, dass sie packen sollen.«

Der Kuss wirkt noch auf meinen Lippen nach, lässt mich innerlich erzittern, und ich will … mehr. Es macht mir Angst. Ich hatte niemals erwartet, das zu finden, nicht hier, nicht mit ihm, aber Sam Cade ist nie das, was ich erwarte. Jeder Augenblick ist anders. Ich möchte die Kluft zwischen uns überwinden. Ich muss.

Dennoch habe ich ein seltsames Gefühl. Ich spüre, dass er erleichtert ist.

Als würde er im Augenblick ebenso dringend aus Stillhouse Lake wegwollen wie ich.

* * *

»Aber wohin fahren wir?«, fragt Connor, während ich ihm dabei zusehe, wie er viel zu viele Bücher in seine Tasche stopft. »An irgendeinen coolen Ort?«

»Vermutlich nicht«, dämpfe ich seine Hoffnungen. »Der Ort nennt sich Wolfhunter.«

Er hält inne. Ich sehe, dass er noch nie davon gehört hat. »Klingt cool.«

»Keine Ahnung. Ich war noch nicht dort. Aber er liegt am Rand vom Daniel Boone.« Der Daniel Boone National Forest ist ein riesiges Waldgebiet, und allein die Erwähnung seines Namens beschwört gewisse Bilder herauf. Connors Augen werden groß. Dort waren wir natürlich schon mal; das war eins der ersten Dinge, die ich mit den Kindern getan habe, als wir hierhergezogen sind.

»Gehen wir campen?«, fragt er.

»Ich hoffe mal nicht. Es müsste dort ein Motel geben, in dem wir übernachten können. Ich hoffe, das Ganze dauert nur einen oder zwei Tage.«

Er zögert und packt dann noch ein weiteres Buch ein. Ich muss mir ein Grinsen verkneifen. Er ist mit seinen Büchern ebenso exzessiv wie ich mit meiner Ausrüstung zur Selbstverteidigung. Der einfahrbare Schlagstock ganz unten in meiner Tasche wiegt mindestens so viel wie drei von seinen Büchern und ist bei Weitem nicht das einzige Teil in dieser Richtung, das ich da drin mit mir führe.

»Warum fahren wir dorthin?«, fragt er.

»Erinnerst du dich an die Dame, die mich vor kurzer Zeit angerufen und um Hilfe gebeten hat?« Er nickt. »Ihre Tochter steckt in Schwierigkeiten.«

»Wie alt ist sie?«

»In Lannys Alter.«

»Oh. Ich dachte, es würde sich vielleicht um das andere Mädchen handeln.«

»Welches andere Mädchen?«, frage ich.

»Das aus der Fernsehsendung.« Er ruft etwas auf seinem Handy auf und reicht es mir. Auf dem Bildschirm ist das Foto eines hübschen afroamerikanischen Mädchens, das ungefähr sechs oder sieben sein muss und in die Kamera lächelt. »Erinnerst du dich nicht mehr? Ihre Eltern waren da. Sie saßen mit uns im Warteraum. Die Kleine wurde aus ihrer Schule entführt.«

Jetzt erinnere ich mich wieder: das traumatisierte Paar in Howies Green Room. Zu der Zeit hatte ich sie kaum wahrgenommen. Ich war so sehr darauf fokussiert gewesen, von dort zu verschwinden, dass mir die Gründe für die Anwesenheit anderer Personen völlig egal waren. Ich wollte einfach nur raus. »Oh.« Ich setze mich auf Connors Bettkante. »Wie lange wird sie schon vermisst?«

»Jetzt fast eine Woche«, erklärt er mir. »Sie kommt vermutlich nicht mehr zurück, oder?«

Ich will nicht, dass er solche Dinge weiß. Nicht in seinem Alter. Doch statistisch gesehen hat er völlig recht; die meisten kleinen Kinder, die entführt werden, leben nicht länger als ein paar Stunden. »Hatte ich nicht irgendetwas von einem Lösegeld gehört?« Langsam erinnere ich mich wieder an die Details. Eine geschickt geplante Entführung aus ihrer Schule. Kein impulsiver Akt, sondern strategisch durchdacht. Das bedeutet nicht, dass das Mädchen noch am Leben ist. Aber immerhin ist ihre Überlebenschance besser als der Durchschnitt.

Connor kann mich auf den neuesten Stand bringen. Anscheinend hat er den Fall mitverfolgt. »Laut den Diskussionsforen hat ihr Dad das Lösegeld bezahlt, aber das weiß niemand mit Sicherheit«, sagt er. »Vielleicht gab es ja eine geheime Zahlung, um sie zurückzubekommen.«

»Moment mal, Connor: *Diskussionsforen*?«

Ein Teil seiner Fröhlichkeit verblasst. »Tut mir leid. Aber ich bin nicht auf denjenigen unterwegs, auf denen über meinen Vater geschrieben wird. Versprochen.«

»Du solltest dich von *allen* fernhalten«, ermahne ich ihn. »Und du weißt doch wohl, dass du nichts glauben darfst, was du auf Reddit liest. Lass das in Zukunft sein, okay?«

»Ich schreibe doch nichts, ich lese nur mit.«

»Zwing mich nicht dazu, die auf die Sperrliste zu setzen, Connor.«

Stirnrunzelnd sieht er mich an. »Ich bin kein kleines Kind. Aber du willst nie, dass ich irgendetwas weiß.«

Das tue ich tatsächlich nicht. Nicht über Kindesentführungen und ganz bestimmt nicht darüber, zu welchen grausamen Taten die menschliche Natur fähig ist. Nicht über seinen Dad, obwohl mir klar ist, dass er bereits viel mehr weiß, als ich dachte. »Ich will, dass du Bescheid weißt. Ich will aber auch sicherstellen, dass du bereit dafür bist«, erkläre ich ihm und meine es auch so. »Ich möchte nicht, dass du einen verzerrten Eindruck von der Welt bekommst.« *Nicht so wie ich.* »Menschen sind die meiste Zeit gut. Nur manchmal böse. Wenn du dein Weltbild jedoch vom Internet prägen lässt, siehst du viel zu oft die böse Seite der Menschen.«

»Das stimmt aber nicht, Mom«, widerspricht er. »Die Menschen haben im Internet schon große Bewegungen zustande gebracht. Sie helfen einander. Fremde helfen Fremden. Nicht alles ist schlecht.«

Er hat natürlich recht. Mein Sohn hat eine gesündere Sicht auf die Welt als ich. »Okay. Aber ich meine es ernst. Fall nicht auf etwas herein, das sich richtig anfühlt, obwohl es falsch klingt. Verstanden?«

»Wie die Lügen, die mir mein Vater erzählt hat«, gibt er zur Antwort. »Ja. Ich weiß.«

»Tut mir leid, Schätzchen«, sage ich, und er sieht auf das Buch, das er in den Händen hält. »Das hätte er dir nicht antun dürfen.«

Er zuckt lässig mit den Schultern. »Ja, na ja, es war wohl nicht so schlimm wie das, was er dir angetan hätte.«

Ich blinzele. Wieder sehe ich eine kalte schwarze Kameralinse, die sich auf mich fokussiert. Meine Kehle schnürt sich zu. Ich weiß, dass ich mich besser früher als später mit diesem Trauma befassen muss, und zwar auf sinnvollere Weise, als es immer nur wieder von mir zu schieben. Aber im Augenblick gibt es da in Wolfhunter ein Mädchen, das völlig allein ist. Eine tote Frau, die mich um Hilfe gebeten hat.

»Tut mir leid wegen der Kleinen«, sage ich. »Ich wünschte, wir könnten ihr auch helfen. Aber zuerst sehen wir mal, was wir für dieses Mädchen tun können, okay?«

Er nickt und stopft noch mehr Bücher in seine bereits übervolle Tasche. Connor baut sich seine Mauern aus Geschichten. Doch was Bewältigungsmechanismen angeht, hätte er auch eine schlimmere Variante wählen können. So wie ich.

Ich schaue nach Lanny. Sie hat bereits einen Rucksack gepackt. Weniger als das, was ich mitnehme. Mit verschränkten Armen schreitet sie im Wohnzimmer auf und ab. Als ich sie anspreche, zuckt sie zusammen und wirft mir ein falsches Lächeln zu. »Hey! Schleich dich gefälligst nicht so an mich ran.« Sie scheint wirklich nervös zu sein.

»Geht's dir gut?«, frage ich sie. Das lässt sie zurückweichen, und ich sehe, wie sie ihren Sarkasmusschild auf höchste Stufe stellt.

»Oh, na klar, mir geht's supergut bei einem plötzlichen Trip mitten ins Nirgendwo, wo ich nichts machen kann, obwohl ich doch morgen Dahlia treffen wollte! Du weißt schon, wie dringend ich das wollte, oder?«

Ich würde sie niemals allein lassen, aber kurz denke ich darüber nach, sie in der Obhut von Dahlia Browns Mom Mandy zu lassen … falls Lanny und Dahlia allerdings Probleme haben, könnte die Tatsache, dass sie ein oder zwei Tage im selben Haus eingesperrt sind, zu einem endgültigen Bruch in der Beziehung führen. Dafür möchte ich nicht verantwortlich sein. Daher sage ich nur lahm: »Willst du was gelten, mach dich selten.«

»Totaler Schwachsinn.«

»Lanny.«

»Ja, ist ja schon gut. Fahren wir endlich los!« Das Nervenkostüm meiner Tochter ist sichtlich angeknackst, und ich frage mich nach dem Grund. Ich will sie darauf ansprechen, doch ich kenne sie. Das ist jetzt nicht der passende Zeitpunkt. Sie will keine tief greifenden Gespräche. Sie will in Bewegung sein. Ich überlasse sie ihrem ruhelosen Umherwandern, hole Sam und Connor und gehe dann zurück ins Wohnzimmer, in Richtung Vordertür.

Wir erstarren alle, als es an der Tür klingelt. Sam ist dem Überwachungsmonitor am nächsten; er tritt dorthin, um auf den Bildschirm zu schauen. »Es ist Kezia«, erklärt er, und ich öffne die Tür.

Kez sieht müde aus. Sie nickt mir zu, und ich gehe einen Schritt zurück, um sie eintreten zu lassen. Sie umarmt Lanny, macht den Faustcheck mit Connor. Die Kinder freuen sich sichtlich, sie zu sehen. Ich selbst bin mir da nicht so sicher. Ich verriegele die Tür und werfe Sam einen Blick zu.

»Also, ich dachte, ich komme mal lieber vorbei«, beginnt sie. »Ihr wollt alle weg?«

Keine kombinatorische Meisterleistung. Alle vier tragen wir Taschen.

»Wollen wir«, antworte ich. Ich erwarte beinahe, dass sie protestiert, aber sie wirkt erleichtert.

»Gut, denn meine kleine Unterhaltung mit der Polizei von Wolfhunter ist nicht so gut gelaufen. Die Jungs da oben scheinen den Fall schon abgeschlossen zu haben, aber sie wollen trotzdem, dass du hinkommst und eine Aussage machst. Nicht nur über das, was heute Abend passiert ist, sondern auch, warum du überhaupt Kontakt zu der toten Frau hattest.« Sie will mich das ebenfalls fragen, ist aber auch besser informiert. Kezia weiß von den Leuten, die mich anrufen, um Hilfe zu bekommen, und sie weiß, wie es meistens um sie steht: schlecht. Sie würde das nicht vor den Kindern besprechen wollen. »Ruf mich an, wenn ihr dort seid«, sagt sie stattdessen nur. »Ich bin mir nicht sicher, wie sehr ich diesen … Beamten traue.« Wären wir allein, hätte sie völlig andere Worte in den Mund genommen. »Anscheinend gibt es nur wenige Anwälte in der Umgebung von Wolfhunter, ich habe dir deren Nummern geschickt. Falls du sie dir nicht einprägen willst, schreib sie dir mit Permanentmarker auf die Arme.«

Das ist eine übliche Vorsichtsmaßnahme von Aktivisten auf Protestmärschen. Es lässt mich grübeln, welchen schlechten Eindruck sie wohl von den Wolfhunter-Cops bekommen hat und in was zum Teufel ich meine Kinder da reinziehe. Ich sehe Sam an und erkenne die gleichen Bedenken, aber er wird mich nicht allein gehen lassen. Und ich lasse sie nicht hier, um sich diesen Dokumentationsterroristen zu stellen, die Miranda Tidewell geschickt hat, um das Letzte zu zerstören, was von meinem guten Ruf noch übrig ist. Was in Wolfhunter auch über uns hereinbrechen mag, wir überstehen das so, wie wir alles überstanden haben: gemeinsam.

Ich schicke Sam und die Kinder schon mal zum SUV; Sam reiche ich meine Tasche, als er an mir vorbeikommt, und er nickt. Er weiß, dass ich noch eine private Unterhaltung führen möchte. Ich schließe die Tür und wende mich Kez zu. »Du hast mir nicht erzählt, dass diese sogenannten Dokumentarfilmer in der Stadt sind, als wir bei dir waren«, werfe ich ihr vor. »Warum?«

»Bei der Arbeit bin ich Staatsdienerin«, erwidert sie. »Diese Leute haben keine Gesetze gebrochen, und ehrlich gesagt fand ich nicht, dass es zu irgendetwas Gutem führen würde, dich aufzuwühlen. Wenn du auf sie losgehst, bestätigst du sie nur, die gewinnen ein paar Preise und dein Leben wird große Scheiße. Halt dich einfach fern von ihnen. Das ist das Beste, was du tun kannst: Gib ihnen nichts, womit sie arbeiten können.«

Natürlich hat sie recht. »Das ist ein weiterer Grund, warum es gut ist, aus der Stadt zu verschwinden«, erkläre ich. »Denn wenn die mir die Kamera ins Gesicht schieben, kann ich nicht garantieren, dass ich sie ihnen nicht in ihren Hintern stopfe.«

»Ja. Und genau davor hatte ich Angst.« Sie mustert mich. Ihr Blick ist scharf, genau wie der ihres Vaters. »Gehst du immer noch zu dieser Therapeutin?«

»Warum? Sieht man das?«

»Die meisten würden es wohl nicht sehen. Gwen, du bist durch die Hölle gegangen. Gönn dir eine Verschnaufpause. Du solltest erst einmal genesen, bevor du dich in den nächsten Kampf stürzt.«

»Ich weiß deine Sorge zu schätzen, aber du weißt, dass ich gar keine Wahl habe.«

Sie schüttelt den Kopf. »Versuch einfach, dich von Ärger fernzuhalten. Bitte. Du kannst darauf bauen, dass ich dir den Rücken frei halte, so gut ich kann, Javi ebenso. Aber es gibt da eine Linie, die ich nicht überschreiten darf, und du wirst dich weit außerhalb meines Zuständigkeitsbereichs bewegen.«

»Ich weiß«, versichere ich ihr. Wir umarmen uns. Zwei Frauen, die Schulterholster unter ihren Jacken tragen, was eine Menge darüber aussagt, wie wir die Welt sehen. »Pass auf dich auf.«

»Du auch.«

Ich aktiviere die Alarmanlage, verriegele die Tür und gehe dann zum SUV, während Kezia zu ihrer kastenförmigen Limousine läuft. Sie folgt uns noch die Straße hinunter bis zu der Gabelung, die rechts zur Auffahrt des Highways führt und links auf die andere Seite des Sees. Ihre Scheinwerfer verschwinden in die andere Richtung und wir halten vor dem Highway. Sam studiert die Navigationsangaben auf dem Handy, das am Armaturenbrett befestigt ist.

»Ungefähr eineinhalb Stunden«, sagt er und sieht mich im Licht des Armaturenbretts an. »Du bist dir sicher?«

»Bin ich«, erkläre ich fest. »Fahren wir.«

Als wir Stillhouse Lake hinter uns lassen, fühle ich ein winziges bisschen Erleichterung, vermischt mit Schuldgefühlen. Als würde ich vor meinen Problemen davonlaufen, sie einfach wegwerfen und stattdessen ins Unbekannte flüchten, so wie ich es früher getan habe.

Aber dieses Gefühl ist trügerisch. Meine Flucht war immer nur vorübergehend. Die Probleme haben mich jedes Mal wieder eingeholt.

Doch, erinnere ich mich selbst, ich mache das hier nicht für mich.

Diesmal nicht.

* * *

Die Straßen nach Wolfhunter sind eng und kurvenreich und trotz des Mondlichts sehr dunkel. Die Scheinwerfer scheinen auf diesen Straßen nur trübe zu leuchten. Ich bin froh, dass Sam fährt und nicht ich. Die Bäume auf beiden Seiten der Straße rücken vor uns immer näher zusammen, bis sie zu einer dunklen Masse verschmelzen. Ich fühle Beklemmung in mir aufsteigen.

Unterwegs treffen wir kaum auf andere Autos oder Trucks; ein paar ignorieren das Tempolimit komplett und überholen uns, ein paar mehr kommen uns entgegen. Ein Sattelschlepper schießt um eine Kurve und nimmt dabei die Hälfte der Gegenfahrbahn ein. Sam bremst ab, um ihn vorbeizulassen. Für große Fahrzeuge ist diese Straße eindeutig nicht geeignet. Sie ist schon mit einem SUV nicht einfach zu bewältigen.

Unterwegs gibt es keine funktionierenden Tankstellen, nur ein paar aus dem Wald herausgehauene Freiflächen mit leer stehenden verwitterten Gebäuden und verblassten Schildern.

Sonst sehen wir nicht viel. Lanny, die hinter Sam sitzt, entscheidet sich zu schlafen und lehnt ihren Kopf ans Seitenfenster; als ich in den Rückspiegel schaue, sehe ich, dass Connor im Licht seines Handys ein Buch liest. »Du machst dir damit noch die Augen kaputt«, ermahne ich ihn.

Er sieht nicht mal auf. »Das stimmt überhaupt nicht«, entgegnet er.

»Sagt wer?«

»Die Wissenschaft.«

»Hey, kannst du mir einen Gefallen tun?«

Connor sieht mich leicht stirnrunzelnd an. »Welchen denn?«

»Google doch mal Wolfhunter und versuch, etwas über die Stadt herauszufinden.«

Er legt sein Buch beiseite. »Wirklich?«

»Ja, wirklich. Ich möchte gern wissen, womit wir es zu tun bekommen. Du bist einer der besten Rechercheure, die ich kenne.«

»Moment mal, nur einer der besten?«

»Na gut, okay. Vielleicht auch der beste.«

Das freut ihn, auch wenn er nicht will, dass ich das bemerke. Er legt das Buch weg und fängt an, blitzschnell auf seinem Handy zu tippen. Das könnte ich mit meinen älteren und breiteren Fingern niemals so bewerkstelligen. Sam grinst mir zu. Ich grinse zurück. Connor braucht das Gefühl, wichtig zu sein; er hat zu viel Zeit damit verbracht, sich selbst zu hinterfragen. Es tut ihm gut, wenn er sich auf etwas anderes konzentrieren kann.

Sams Lächeln schwindet, und schnell richtet er seine Aufmerksamkeit wieder auf die Straße. Ich weiß, er leidet innerlich, nicht nur wegen dem, was zwischen uns vorgefallen ist, sondern auch wegen dieses verdammten Tagebuchs. Melvin hätte nicht dafür gesorgt, dass es geschickt wird, wenn das nicht eine Bombe gewesen wäre, geeignet, nicht nur zu verletzen, sondern zu zerstören. Und ich weiß immer noch nicht, was darin gestanden hat.

Plötzlich frage ich mich, ob Sam es mitgenommen hat. Der Gedanke daran jagt mir Angst ein – dass irgendetwas, das Melvin beschmutzt hat, jetzt mit uns unterwegs sein könnte, wie ein Parasit, der darauf wartet, sich in uns einzunisten.

Ich kann ihn das nicht fragen. Ich kann dieses Gespräch nicht führen, nicht mit meinen Kindern direkt hinter uns auf der Rückbank.

Motel 6 ragt links wie eine neonfarbene Oase aus der Dunkelheit; wir sind noch nicht in Wolfhunter, aber kurz davor, nur ein paar Kilometer von dem entfernt, was wohl das Stadtzentrum darstellt. Wir biegen zum Motel ab und Sam parkt dort vor dem Büro. »Zwei Zimmer?«, fragt er.

Ich nicke. »Bevorzugt mit einer Verbindungstür«, ergänze ich. »Aber zumindest nebeneinander.«

»Ich glaube kaum, dass das ein Problem sein wird«, meint er. Auf dem Parkplatz stehen nur vier Autos und eins davon gehört sicher dem, der an der Rezeption arbeitet. Das Motel ist nicht sonderlich groß, es gibt nur eine Etage und nicht mehr als fünfzehn oder sechzehn Zimmer, die in L-Form um den Parkplatz herum gebaut sind. Kein Swimmingpool, wobei ich vermute, dass die meisten Motels aus Haftungsgründen keinen mehr haben. Außerdem will ich auch nicht, dass meine Kinder einen Grund haben, sich draußen aufzuhalten. »Bin gleich wieder da.«

Sam steigt aus und betritt das Büro. Ich warte, beobachte ihn durch das trübe Glas und zucke zusammen, als sich Connor plötzlich vorbeugt und laut »Mom!« ruft.

»Hey, reiß dich mal zusammen!«, mault Lanny und zieht sich ihren Hoodie ins Gesicht. »Verdammt noch mal.«

Ich drehe mich zu meinem Sohn um. Er ignoriert seine Schwester komplett, ist ganz auf mich konzentriert. Er hält mir sein Handy hin und ich nehme es entgegen.

Auf dem Bildschirm ist ein Blog geöffnet. Wahre Verbrechen irgendwas. Ich achte nicht wirklich auf den Titel der Seite, nachdem ich gesehen habe, dass es sich um die Meinungen eines Amateurs handelt … bis ich die Schlagzeile des Beitrags gelesen habe.

> ZWEITE FRAU IN WOLFHUNTER, TENNESSEE, VERMISST. VERTUSCHUNGSVERSUCH?

Okay. Jetzt hat er meine Aufmerksamkeit. Ich lese den Artikel.

> *Wie ihr vielleicht noch wisst, habe ich Ende letzten Jahres über Tarla Dawes berichtet, eine Achtzehnjährige, die ihren Wohnwagen in der Wildnis außerhalb von Wolfhunter, Tennessee, verlassen hatte, um einzukaufen … und dann einfach verschwand. Dawes hatte in der Vergangenheit Drogenprobleme, und auch ihre familiäre Situation war nicht die einfachste; die Polizei tat das Ganze schnell als freiwillige Handlung ihrerseits ab. Wieso sie allerdings nur mit einer Secondhand-Handtasche und keinen zusätzlichen Klamotten abgehauen sein sollte, ist eine Frage, die die Polizei von Wolfhunter anscheinend unter den Tisch kehrt. Tarlas Mutter glaubt nicht, dass ihre Tochter einfach so gegangen wäre, selbst wenn es genug Gründe gibt, anzunehmen, dass Tarla und ihr*

arbeitsloser neunzehnjähriger Ehemann kurz vor der Scheidung standen. Zumindest ein Anruf wegen häuslicher Gewalt wurde protokolliert.

Aber welche Achtzehnjährige verschwindet, ohne einer Freundin zu schreiben? Oder zumindest ihre Mutter anzurufen?

Und jetzt ist eine zweite junge Frau verschwunden. Bethany Wardrip, einundzwanzig. Ebenfalls mit problematischem Hintergrund, ein paar Verhaftungen, nichts Ungewöhnliches für die Gegend von Wolfhunter: Drogenbesitz, Trinken in der Öffentlichkeit, Ruhestörung. Einer Kollegin gegenüber hatte sie an jenem Abend gesagt, dass sie die Stadt verlassen und niemals wiederkommen wollte. Hat sie das getan? Bethany besaß kein eigenes Auto; sie ist oft gelaufen oder bei Freunden oder Nachbarn mitgefahren. Aber an jenem Abend hat niemand sie gesehen oder mitgenommen. Genau wie Tarla hatte auch Bethany nur ihre Handtasche dabei. Ihre Kleidungsstücke hängen alle noch im Schrank. Ihre drei Paar Schuhe – alte Converse-Turnschuhe, Wanderstiefel und abgenutzte schwarze High Heels – hat sie ebenfalls allesamt zurückgelassen. Und was noch wichtiger ist, ebenso eine Kaffeedose in ihrem kleinen Küchenregal, in der sich ein Bündel Scheine befand: 462 $.

Das ist keine kleine Summe für eine Frau, die nur den Mindestlohn verdient. Es sind die sorgfältigen Ersparnisse einer Frau, die sich nur wenig gegönnt hat und laut denen, die sie kennen, nur selten mit ihren alten Freunden ausgegangen ist.

Vielleicht liegt es an mir, aber ich habe das Gefühl, in Wolfhunter stimmt irgendetwas ganz und gar nicht.

Ich lese den Bericht zweimal und spüre mein Herz schneller schlagen. Dieser Blogger könnte etwas auf der Spur sein. Vielleicht geht es um dasselbe, weswegen Marlene das Gefühl hatte, Hilfe zu brauchen. Ich weiß nicht, wie oder warum das zu dieser schrecklichen Szene mit ihrer Tochter geführt haben könnte, aber irgendetwas ist da im Busch. »Danke, Schatz«, sage ich. »Das sind nützliche Informationen.«

»Weiß ich«, gibt er selbstgefällig zurück. »Ich hab dir doch gesagt, ich kann gut recherchieren.«

»Ja, kannst du«, stimme ich ihm zu. »Das ist ab jetzt deine Aufgabe, okay? Leiter der Rechercheabteilung. Ich möchte, dass du morgen überprüfst, ob noch mehr über diese zwei Frauen berichtet wurde, okay? Aber erst morgen, nicht mehr heute Abend. Bleib nicht noch auf. Versprochen?«

»Versprochen«, sagt er. »Kann ich mir dann Lannys Laptop ausleihen?«

»Frag doch Lanny«, antwortet meine Tochter, ohne sich den Hoodie vom Gesicht zu ziehen. »Ich bin direkt neben dir, du Doofkopf.«

»Okay«, meint er sofort und wendet sich ihr zu. »Darf ich morgen deinen Laptop ausleihen?«

»Nein.«

»Mom?«

»Der Laptop gehört deiner Schwester«, gebe ich zu bedenken. »Wenn sie nicht dabei helfen will, vermisste junge Frauen zu finden, die in Schwierigkeiten stecken könnten, ist das ihre Sache.«

Das lässt Lanny hochschnellen. Sie zerrt den Hoodie zurück und funkelt mich böse an. »*Mom.* Das ist unfair!«

»Wenn ihr beide zusammenarbeitet, schafft ihr viel mehr. Das ist doch immer so«, erkläre ich. »Ich muss morgen zur Polizeiwache. Sam wird bei euch bleiben. Ich weiß, dass er es sehr zu schätzen wüsste, wenn ihr zwei euch mal einen Tag vertragt.«

»Wir vertragen uns doch«, protestiert Lanny. »Meistens.«

»Arbeitet zusammen.«

Dem äußeren Anschein nach gefällt das keinem von beiden, insgeheim jedoch schon. Lanny verdreht die Augen. Connor seufzt.

Ich weiß, dass sie die Chance ergreifen werden, etwas zu tun, das mir hilft.

Sam kommt aus dem Büro, steigt wieder in den SUV und fährt auf den Parkplatz. Die Scheinwerfer leuchten auf zwei Eingangstüren: Nummer fünf und sechs.

»Okay«, meint Sam und überreicht Lanny einen Schlüssel. Wolfhunter ist wohl noch nicht zu modernen elektronischen Schlüsselkarten übergegangen; es handelt sich um eine längliche Plastikkarte mit der Zimmernummer darauf. »Lanny ist die Schlüsselwahrerin. Wenn ihr ihn verliert, bezahlt ihr beide die Strafgebühr. Alles klar?«

»Wir verlieren ihn schon nicht«, meint Connor. »Und warum bekommt sie den Schlüssel?«

»Ich bin älter«, merkt sie an, während sie ihn entgegennimmt. »Wir sind in Zimmer sechs. Ihr seid also …«

»Wir sind in der Fünf«, antwortet er. »Frühstück um acht, okay?«

»Müssen wir das selbst im Wald jagen gehen?«, seufzt Lanny. »Ein Eichhörnchen erlegen oder so was?«

»Ungefähr einen Kilometer von hier gibt's ein McDonald's. Aber wenn du lieber Eichhörnchen-Bacon willst …«

»Iiih. Nein. Das ist eklig, Sam.«

Wir stellen sicher, dass die Kinder in ihrem Zimmer sind und die Tür von innen verschlossen haben, bevor wir das Zimmer nebenan beziehen. Es gibt tatsächlich eine Verbindungstür, und erst, nachdem ich überprüft habe, dass sie funktioniert, kann ich entspannen. Zumindest höre ich kein Gezänk von der anderen Seite.

»Zwei Betten«, meint Sam. »Und da sage noch einer, Romantik wäre tot.« Das Zimmer hat nichts Vertrautes, und dennoch erinnert es mich stark an jenes, das wir vor vielen Monaten geteilt haben, nach Melvins Flucht aus dem Gefängnis, bevor alles in der grünen Hölle einer heruntergekommenen Villa sein Ende fand. Dieses Zimmer ist sauber und ordentlich und völlig unscheinbar. Ich stelle meinen Seesack und meine Handtasche ab. Sam hat seine Tasche auf einem der Betten abgelegt und zieht gerade den Reißverschluss auf, um seinen Waschbeutel herauszuholen.

Ich setze mich in den steif wirkenden einzigen Sessel in der Ecke neben der Klimaanlage. Sie bläst nur wenig kalte Luft heraus. »Willst du, dass ich frage?« Meine Stimme ist ruhig und sanft. »Ich mache es nicht, wenn du es nicht willst.«

Er erstarrt und ist plötzlich ganz auf das fokussiert, was er in der Hand hält. »Was denn fragen?«

»Mein Gott, Sam, ernsthaft?« Ich rede auch weiterhin leise. Meine Kinder sind nebenan, und ich will auf keinen Fall, dass sie irgendetwas davon mitbekommen. »Du weißt genau, was ich meine.«

»Ja«, gibt er zu. Es klingt grimmig.

»Und das heißt?«

»Das heißt, ich will, dass du fragst. Und gleichzeitig auch nicht.«

Ich stehe auf, nehme den ledernen Waschbeutel aus seiner Hand und stelle ihn aufs Bett. Dann lege ich meine Hände auf seine Wangen. Die Bartstoppeln stechen in meine Handflächen. Jetzt gibt es keinen Abstand zwischen uns. »Was hat er in ihr Tagebuch geschrieben?« Ich habe mir zwar geschworen, nie wieder irgendetwas über Melvin Royal wissen zu wollen, besonders, seit er tot ist und in einem unmarkierten Armengrab liegt, doch Sam muss das loswerden. Es ist wie eine infizierte Wunde. Ich habe den Namen der Person, die das möglicherweise geschickt hat, und wir werden Melvins Folterspielchen aus dem Grab heraus einen Riegel vorschieben.

Er zieht mich an sich, als wollte er mich vor dem schützen, was er gleich sagen wird. »Er hat mir die gesamten Hintergründe berichtet«, sagt er. »Wie er sie entführt hat. Wie sie sich gewehrt hat. Wie er – wie lange sie …«

Mein Mund wird trocken. Es ist fast so, als würde Melvin selbst tot noch genießen, was uns am meisten schmerzt. Was uns zerstört. »Hör auf«, mahne ich und drehe meinen Kopf, sodass meine Lippen auf der weichen Haut direkt unter seinem Ohr ruhen. »Sam, das ist genau das, was er gewollt hat. Habe ich dir schon erzählt, dass einer der Detectives, die ihn befragt haben, sechs Monate später Selbstmord begangen hat? So toxisch war Melvin. Als würde man Nervengas einatmen. Du darfst ihn nicht reinlassen, Sam, das darfst du nicht. Alles, was er geschrieben hat, könnte auch nur seiner kranken, lebhaften Fantasie entsprungen sein. Wir wissen es nicht. Wir sollten es auch nicht wissen. Und ich wünschte bei Gott, du hättest es nicht gelesen.«

Ich spüre, wie er einatmet. Als würde er nach einem Rettungsring greifen. »Ich musste es tun«, meint er. »Alles, was er gesagt hat, fühlt sich wahr an, Gwen. Und wenn sie diesen Schmerz durchmachen musste … ich weiß nicht, was ich tun soll. Er ist tot. Ich weiß nicht wohin mit dieser … Abartigkeit.«

Während der Aussagen des Gerichtsmediziners zu jedem von Melvins Opfern bei meiner eigenen Gerichtsverhandlung habe ich geweint. Ich habe mich gezwungen, zuzuhören, zu *wissen*, was sie durch die Hand des Mannes erdulden mussten, der an meinem Küchentisch gesessen und in meinem Bett geschlafen hatte und der Vater meiner geliebten Kinder war. Ich habe mich gezwungen, es so zu ertragen, wie es auch die Familien wohl hatten ertragen müssen. Ich weiß bereits, was Callie widerfahren ist, und als klinischer Bericht war es schlimm genug; ich habe es niemals in Melvins eigenen grausamen Worten vernommen. Er hätte sich in den Details verloren. Jede Wortwahl genau bedacht.

»Lass mich für dich da sein«, bitte ich Sam. »Erzähl es mir.«

Wir sitzen nebeneinander in diesem leeren, kahlen Motelzimmer, und er versucht es. Draußen ist der Himmel über den Bäumen schwarz, die Sterne funkeln, und ich starre darauf, während mir die Tränen kommen und kalt über meine Wangen rinnen. Es ist schrecklich, die stille Wut zu hören, die Sam fühlt, und das, was Melvin getan hat. Ich wünschte, es ginge über mein Verständnis hinaus, aber es ist alles so vertraut. Ich kann mir jeden einzelnen Schritt vorstellen, jeden Schnitt, jeden Schrei, jedes noch so grausame Detail. Nachdem er fertig ist, geht sein Atem schnell und er zittert. Ich wünschte, wir hätten Alkohol hier. Ich fühle mich beschmutzt und schwer und unsagbar traurig, aber ich weiß, wie wichtig es für ihn war, das zu teilen und nicht in sich einzuschließen.

Wir hatten nur die besten Absichten, und trotzdem schafft Melvin es noch aus dem Grab heraus, uns wehzutun. Und ich weiß nicht, wann das aufhören wird. Vermutlich ist das sein Plan, dass wir so lange wie möglich nach seiner Pfeife tanzen. Vielleicht ist ja der Mann in Richmond das Ende der Fahnenstange?

Vielleicht gibt es aber noch mehr von denen. Melvin hatte immer genug Fans.

»Das Letzte, was er geschrieben hat«, fährt Sam fort, »war, dass sie ihn angefleht hat, sie zu töten. Stundenlang. Er hat es aufgenommen. Er schreibt, er würde mir die Aufnahme schicken.« Er schluckt schwer. »Ich rede so, als wäre er noch am Leben. Aber er muss das alles geplant haben, und es gibt jemanden, der diese Dinge für ihn losschickt. Also *ist* es beinahe so, als wäre er noch am Leben.«

Ich zucke zusammen, wieder einmal ist es meinem durchtriebenen Ex-Mann gelungen, eine unaussprechliche Grausamkeit in ihrer vollen Wirkungskraft zu entfalten. Ich warte, bis ich meine Stimme unter Kontrolle habe. »Ich habe den Namen und eine Adresse in Richmond gefunden. Kez ist dran, wir werden dafür sorgen, dass er nicht noch mehr Schaden anrichten kann. Melvin hat gehofft, dass du sein letztes Opfer wirst. Lass ihn damit nicht erfolgreich sein.«

Langsam nickt er.

Ich bin mir nicht sicher, ob er widerstehen kann.

Nach einem Augenblick des Schweigens steht er auf, nimmt seinen Waschbeutel und geht ins Bad. Ich höre die Dusche. Ich lege mich aufs Bett und starre die Decke an. Sie ist sauber, keine Wasserflecken, was fast schon ein Wunder ist. Ich hasse das hier. Ich hasse es, dass Melvin unsichtbar zwischen uns steht und wie ein Totenschädel grinst.

Ich ziehe mich bis auf Unterhemd und Slip aus und klettere wieder ins Bett; es ist so heiß und feucht, dass ich die Bettdecke weglasse und mich nur mit dem Laken zudecke. Die Dusche läuft lange, sehr lange. Es ist leichter, dort drin zu bleiben; ich erinnere mich an die vielen Male, die ich versucht habe, den Schmerz, die Schuld, die unausgesprochene Wut wegzuspülen. Er muss sich wieder rein fühlen, doch ich bezweifle, dass ihm das im Bad gelingt.

Als er endlich herauskommt, höre ich, wie er einen Augenblick innehält. Ich denke, um zu sehen, ob ich schon schlafe. Daher sage ich: »Ist schon okay, wenn du das andere Bett nehmen willst. Ich verstehe das.«

Er schaltet die Lampe aus, die zwischen den beiden Betten steht. Ich spüre sein Gewicht neben mir, dann die sanfte Hitze seines Körpers, als er nahe an mich heranrückt. Ich liege auf der Seite mit dem Blick Richtung Wand und drehe mich dann zu ihm um. Der Kuss, den er mir gibt, ist sanft, beinahe bedauernd. Ich kuschle mich an ihn. Die Hitze im Zimmer ist mir völlig egal. Seine Haut duftet nach der zitronigen Motelzimmerseife, die mich ab heute immer an Trauer und Verlust erinnern wird.

Wir halten einander im Dunkeln fest, ohne zu reden. Ich fürchte mich beinahe davor, zu atmen. Zwischen uns ist etwas so Zerbrechliches, dass die leichteste Berührung es zerstören könnte.

Vermutlich hatten wir noch nie zuvor diese Art von Intimität.

* * *

Nach dem versprochenen Frühstück und einem Streit mit meiner Tochter darüber, ob eine Pyjamahose angemessene Kleidung für McDonald's darstellt, fährt Sam mit uns nach Wolfhunter.

Der Ort hat nicht viel zu bieten. Die Innenstadt – also eigentlich die gesamte Stadt – besteht lediglich aus zehn rasterartig angelegten Blocks. Die Fassaden der Geschäfte entlang der Hauptstraße sind schmutzig, und abgewrackte Schindelhäuser stehen windschief neben verrosteten Zäunen.

Die Stadt sieht aus, als hätte sie bereits vor langer Zeit aufgegeben. Ich bezweifle, dass sie mehr als tausend Einwohner hat. Das Einzige, was für sie spricht, ist die Nähe zu dem großen grünen Nationalpark. Ich vermute, dass die durchreisenden Besucher die Stadt gerade so am Leben erhalten.

An der Hauptstraße trifft man auf das Gleiche, das man in jeder Kleinstadt im Süden zu sehen bekommt: eine Ansammlung von Schrott, die sich als Antiquitätengeschäft tarnt; ein kitschiges Touristengeschäft mit einer Menge Konföderiertenflaggen und Autoaufklebern, die provozieren sollen; ein Café, das von sich behauptet, die »Besten Pies in ganz Tennessee« zu haben, und damit vermutlich lügt. Sowie die seit mindestens einem Jahr nicht mehr gewaschenen üblichen Pick-up-Trucks und alten SUVs mit festgebundenen Stoßstangen. Angesichts des verwitterten Aussehens von fast allem, das ich rundum sehe, scheint Farbe hier Mangelware zu sein. Mühe gibt sich hier längst niemand mehr.

Die Polizeiwache ist nur eine Straße vom geografischen Stadtzentrum entfernt. Ihre Fassade erinnert an alte Westernfilme, auf dem großen Glasfenster ist sogar ein handgemalter Stern angebracht. Weit entfernt von den terroristenresistenten Betonbunkern moderner Städte.

Nach meiner Dusche heute Morgen habe ich Kez' Rat befolgt und mir mit schwarzem Permanentmarker Telefonnummern auf die Innenseite meiner Unterarme geschrieben. Das klingt vielleicht paranoid, aber Vorsicht ist besser als Nachsicht. Wenn ich dort hineingehe, betrete ich gewissermaßen ein dunkles Zimmer ohne Taschenlampe. Ich weiß nicht, wem ich trauen kann. Ich weiß, metaphorisch gesprochen, noch nicht einmal, ob ich dort einen Boden unter meinen Füßen haben werde. Ich sollte auf einen Sturz gefasst sein.

Sam parkt direkt vor der Wache. »Ich bin doch wohl derjenige, den du anrufst, falls es so weit kommt. Oder?«

»Und mein Bürge«, nicke ich und versuche zu lächeln. Plötzlich fühlt sich das Ganze überhaupt nicht mehr wie eine gute Idee an. »Okay. Ihr widmet euch wieder Operation Wolfhunter. Ich rufe an, wenn ich fertig bin. Alles klar?«

»Alles klar«, erwidert Sam und küsst mich. Er streicht mir die Haare aus dem Gesicht. »Pass auf dich auf, Gwen.«

»Pass du auch auf dich auf«, gebe ich zurück und lehne mich dann über den Sitz, um meine Kinder zu küssen. Dann trete ich in die dicke, feuchte Morgenluft. Der Geruch, den die Bäume verströmen, ist übermächtig und überdeckt sämtliche Autoabgase. Auf der Straße herrscht nur wenig Verkehr. Zuerst wirkt es wie ein angenehmer Duft, doch als ich mich daran gewöhnt habe, rieche ich noch mehr. Tote Dinge, die unter alten Blättern verrotten. Ein stehendes Gewässer, in dem es von Moskitos nur so wimmelt. Ich bilde mir das nicht nur ein.

Diese Stadt riecht nach Tod.

Ich bemühe mich, nicht zu tief einzuatmen, und es gelingt mir zu lächeln und Sam und den Kindern zuzuwinken, während er den SUV wieder auf die Straße lenkt. Ich sehe ihnen nach, bis sie einen Hügel passiert haben auf dem Weg zurück ins Motel. Nur wenige Leute sind auf der Straße unterwegs, und ich bemerke, dass man mich anstarrt. Oder böse anfunkelt. Es ist schwer zu sagen, was genau, Tatsache ist, dass ich auffalle.

Ich schiebe die Tür zur Polizeiwache auf und trete ein. Sie ist klein, den öffentlichen Bereich schätze ich auf höchstens so groß wie mein Wohnzimmer. An der Wand stehen ein paar alte Holzstühle und eine Bank, die wohl früher als Kirchenbank gedient hat. Außerdem gibt es einen Holztresen, hinter dem eine Frau sitzt und auf einem Computer herumtippt, der aus der Zeit gefallen zu sein scheint. Sie ist in den Fünfzigern, weiß, mit ergrauenden Haaren, perfektem Make-up und Cateye-Brille. »Kann ich Ihnen helfen?«, fragt sie, ohne ihr Tippen zu unterbrechen.

»Ich bin als Zeugin hier«, erkläre ich ihr. »Für den Marlene-Crockett-Fall.«

Das Klicken der Tasten stoppt. Sie dreht sich auf ihrem Stuhl, um mich anzuschauen, mustert mich sorgfältig und rollt dann nach vorn zu einem Telefon. »Wie heißen Sie, Herzchen?«

Ich widerstehe dem Drang, ihr zu sagen, dass sie mich nicht mit einem Kosenamen ansprechen soll, wenn wir uns doch überhaupt nicht kennen. »Gwen Proctor.«

Sie erkennt den Namen. Ich sehe das langsame Blinzeln, die plötzliche Veränderung in ihrem Gesichtsausdruck. Als würden sich die Burgtore schließen. »Setzen Sie sich«, sagt sie. »Ich gebe dem Detective Bescheid.«

Ich entscheide mich für einen der Holzstühle, der geringfügig bequemer als die Bank wirkt. Sie murmelt etwas ins Telefon, das ich nicht verstehen kann, legt auf und schenkt mir ein völlig gespieltes Lächeln. »Nur eine Minute«, sagt sie und widmet sich wieder ihrem Computer. Falls sie auf dem Ding E-Mails verschicken kann, wird sie jetzt ohne Zweifel überall von meiner Ankunft berichten.

Ich bin froh, dass ich die Nummern der Anwälte auf meinen Armen notiert habe. Ich habe keine Ahnung, was mir hier drin passieren könnte; vermutlich werden sie mir kein Verbrechen zur Last legen. Aber ich habe bereits auf die harte Tour gelernt, dass Unschuld nicht vor Handschellen schützt.

Nach weniger als einer Minute öffnet sich eine stabile alte Holztür in der hinteren Wand, und ein Mann tritt heraus, der sich tatsächlich unter dem Holzrahmen ducken muss. Ich starre ihn an, was vermutlich häufig passiert, denn er ist bestimmt annähernd so groß wie ein Basketballspieler … zwei Meter, vielleicht mehr. Außerdem ist er dünn und hat lange Beine; er lässt sich seine Anzüge garantiert maßschneidern, denn der, den er trägt, passt ihm sehr gut. Er ist hellgrau, ein Zugeständnis an die drückende Hitze.

»Ms Proctor? Ich bin Detective Fairweather, Tennessee Bureau of Investigation.« Er hält mir die Hand entgegen, als ich aufstehe, und ich fühle mich wie ein Zwerg, während ich sie schüttle. Er ist zurückhaltend und professionell. Seine Haut hat den rosa Farbton, der erkennen lässt, dass er in dieser Hinsicht mit den Sommern in dieser Gegend nicht gut zurechtkommt, und sein Haar ist hellblond und militärisch kurz geschnitten. »Wie geht's Ihnen, Ma'am? Ich hoffe, Ihre Fahrt war nicht zu anstrengend.«

Ich gebe ihm Bonuspunkte dafür, mich korrekt angesprochen zu haben; normalerweise muss ich die Leute mindestens einmal korrigieren. Sein Dialekt ist eindeutig südlich, aber nicht unbedingt aus Tennessee. Virginia vielleicht? Schwer zu sagen.

Er hält mir die Tür auf und deutet hinein. Ich komme der Aufforderung nicht sofort nach. »Also gehören Sie nicht wirklich zur Polizei von Wolfhunter?«, frage ich ihn.

»Wir arbeiten zusammen an dem Fall«, erklärt er. »Ich bin der Hauptermittler. Nach Ihnen, Ma'am.«

Er ist beinahe schmerzhaft höflich. Ich schätze, das sollte mich beruhigen, doch stattdessen macht es mich misstrauischer. Allerdings habe ich nicht wirklich eine Wahl; er wird mich nicht wieder gehen lassen, ohne ein Gespräch geführt zu haben. Ich trete an ihm vorbei in einen engen und trüben Gang, der so abgenutzt aussieht, wie ich erwartet habe. Er führt mich in einen Raum auf einer Seite und schließt die Tür hinter mir.

Ein typischer Verhörraum. Ich setze mich auf die Seite des kleinen Tisches, von der ich weiß, dass ich sie nehmen soll, die Seite, auf der mich die Videokamera am besten erfasst. Solange es mir nicht schadet, sollte ich mich kooperativ zeigen.

Detective Fairweather nimmt den Stuhl mir gegenüber und lässt sich so vorsichtig darauf nieder, als hätte er Angst, er könnte unter ihm zusammenbrechen. »Ma'am, es macht Ihnen doch nichts aus, wenn ich unser Gespräch aufzeichne, oder? Nur für meine Unterlagen.« Er legt sein Handy auf den Tisch. Das ist völlig unnötig, es sei denn, die Kamera in diesem Raum funktioniert nicht richtig … oder er ist nicht völlig von der Zuverlässigkeit der Polizei von Wolfhunter überzeugt. Als ich nicke, drückt er die rote Taste auf dem Bildschirm. »Okay, nur fürs Protokoll, Ma'am, nennen Sie bitte Ihren Namen.«

»Ich heiße Gwen Proctor.«

»Ursprünglich Gina Royal? Die Frau von Melvin Royal?« Eine billige Nummer, Detective.

»Das war mein Name, als ich verheiratet war, ja.«

»Und nur für den Kontext, Ma'am, wo wohnen Sie?«

»Am Stillhouse Lake, in der Nähe von Norton.«

»In Tennessee.«

»Ja.«

»Und wohnen Sie dort allein?«

»Nein«, erwidere ich. »Ich habe zwei Kinder, Lanny und Connor. Und Sam Cade wohnt ebenfalls dort.«

»Sam Cade.« Jetzt beugt er sich vor, legt seine langen Unterarme auf dem Tisch ab und verschränkt die Finger. »Und wie genau wohnt er dort?«

»Ich bin mir nicht sicher, ob ich die Frage verstehe.« Natürlich verstehe ich die Frage. Aber ich will, dass er mich direkt fragt.

»Mietet er dort ein Zimmer von Ihnen oder …«

»Wir teilen uns das Schlafzimmer«, erkläre ich. Ich schätze, es wäre normaler, zu sagen, dass wir uns lieben oder Partner sind, aber selbst jetzt noch fällt es mir schwer, das auszusprechen. Ist vermutlich dumm.

Es spielt keine Rolle, wie vorsichtig ich meine Worte wähle, denn dem Detective ist völlig klar, was ich meine. »Nun, das ist doch etwas ungewöhnlich, nicht wahr? Wenn man bedenkt, dass Ihr Ex-Mann seine Schwester brutal ermordet hat?«

Ich lasse das einige Sekunden lang so im Raum stehen. Mein Schweigen hat Stacheln. Als ich antworte, ist mein Tonfall schärfer und gegen meinen Willen auch abwehrend. »Wie steht das bitte mit dem in Zusammenhang, was ich am Telefon gehört habe?«

Fairweather hebt die Hände, entweder als Geste des Aufgebens oder der Entschuldigung. »Tut mir leid. Das sind lediglich Hintergrundfragen.« Nein. Das ist eine geplante Taktik, um mich aus dem Gleichgewicht zu bringen, und das wissen wir beide. »Okay, fahren wir fort. Ich muss Ihnen ein paar Fragen über Marlene und Vee Crockett stellen.«

»Ich kenne sie nicht«, gebe ich zurück. Die absolute Wahrheit. Ich zwinge mich dazu, mich zu entspannen. Körpersprache hat eine ebenso große Bedeutung wie Worte, besonders, wenn sie per Kamera aufgezeichnet wird.

Kameras.

Unwillkürlich blicke ich nach oben zu einer Installation in der Ecke. Sie ist getarnt, aber nicht sonderlich gut, nur übermalt, um zu den faden Wänden zu passen. Ich sehe keinen leuchtenden Punkt, der mir anzeigen würde, ob sie gerade aufnimmt, dennoch fühle ich ihr leeres, unpersönliches Starren.

Ich blinzle die albtraumhaften Bilder fort und versuche, mich wieder auf Fairweather zu konzentrieren. Er hat mir eine Frage gestellt, die ich verpasst habe. »Entschuldigung?«

»Wir wissen, dass Sie mit Mrs Crockett gesprochen haben. Ihr Telefonat hat einige Zeit gedauert. Sie hat sich nicht nur verwählt.«

»Ich habe auch nicht behauptet, dass sie mich nicht angerufen hat. Ich habe nur gesagt, dass ich sie nicht kenne.«

Seine strohfarbenen Augenbrauen heben sich. »Führen Sie häufiger Gespräche mit Fremden, die Sie nicht kennen?«

Trotz der harmlos wirkenden Frage erkenne ich den Hai, der unter der Oberfläche dieser Frage dahingleitet. »Manchmal«, sage ich nur. Ich bleibe gelassen. »Wenn sie in Schwierigkeiten stecken.«

»Und welche Art von Hilfe können Sie ihnen anbieten?«

»Ratschläge.« Ich bin versucht, es dabei zu belassen und es ihm schwerer zu machen, tue es dann aber doch nicht. »Hören Sie, Sie wissen, wer ich bin und wer mein Ex war. Manche Leute – hauptsächlich Frauen – kontaktieren mich manchmal, wenn sie in schwierigen Situationen stecken.«

»Zum Beispiel?«

»Eine Frau hatte einen Ehemann, der gerade als Kinderschänder verhaftet wurde. Sie wusste nicht, wie sie damit oder mit den Konsequenzen umgehen sollte. Eine andere Frau wollte das tun, was ich auch getan habe: ihren Namen ändern, um ihre Kinder vor Belästigungen zu schützen. Manchmal kann ich ihnen helfen. Meistens nicht. Gelegentlich sind es Anruferinnen, die nur reden möchten.«

»Und Mrs Crockett?«

»Sie hat mir nicht konkret erzählt, was ihr Problem war. Sie hatte eindeutig das Gefühl, dass es Schwierigkeiten gebe, auch wenn ich nicht den Eindruck hatte, dass sie dabei an eine Gefahr für sich selbst gedacht hat. Sie wollte, dass ich nach Wolfhunter komme. Sie hat mir gesagt, dann würde sie das genauer mit mir besprechen.« Ich atme tief ein und wieder aus. »Um ehrlich zu sein, habe ich geglaubt, sie würde möglicherweise vermuten, dass jemand in ihrem näheren Umfeld ein Verbrechen begangen hat. So läuft das üblicherweise.«

»Und haben Sie es getan? Sich mit ihr getroffen?«

Ich sehe den Funken in ihm aufflackern, als würde eine Zündflamme aufleuchten. Was für ein Karriereschub das wohl für ihn wäre, wenn er der Ex von Melvin Royal den Mord an einer Frau anlasten könnte?

»Nein, habe ich nicht«, sage ich, noch immer ruhig. »Sie dürfen sich gern meine Handyaufzeichnungen anschauen, die Ihnen genau verraten dürften, wo ich seitdem gewesen bin, und ich gebe Ihnen auch schriftlich einen detaillierten zeitlichen

Ablauf. Vor unserer Ankunft gestern Abend bin ich noch nie in Wolfhunter gewesen.«

Falls er deshalb enttäuscht ist, zeigt er es zumindest nicht. Sein hilfsbereiter Gesichtsausdruck verändert sich kein Stück. »Falls Sie das alles für mich aufschreiben könnten, wäre das wirklich hilfreich«, erwidert er. Er öffnet eine Schublade auf seiner Tischseite und holt einen gelben linierten Notizblock und einen Filzstift hervor. »Das Gleiche werde ich auch von Mr Cade brauchen, ab dem Zeitpunkt, an dem Marlene zum ersten Mal angerufen hat, bis zu diesem zweiten Anruf.«

»Natürlich. Er wird Ihnen sehr gern Auskunft geben und auch Zugriff auf seine Handyaufzeichnungen.« Normalerweise würde ich in Sams Namen keine solchen Versprechen machen, aber dieser Detective ist ganz offensichtlich nicht dumm; er würde sich einen Gerichtsbeschluss besorgen und sich die Auskünfte holen, ob es uns gefällt oder nicht. Eine freiwillige Mitwirkung verschafft uns zumindest einen Hauch von Glaubwürdigkeit.

»Was genau hat Mrs Crockett denn gesagt, als sie Sie angerufen hat?«, fragt er mich und beugt sich dabei leicht vor. Eine Einladung, Vertraulichkeiten auszutauschen, nur zwischen uns beiden. Ich muss ihm eine gute Beherrschung seiner Körpersprache zugestehen.

»Nicht viel. Sie hat angerufen, nachdem wir aus Knoxville zurückgekommen waren, nach dem Abendessen.«

»Knoxville«, wiederholt er. »Und warum waren Sie doch gleich in Knoxville?«

»Ich hatte einen Auftritt in der *Howie Hamlin Show*. Die wird dort gedreht.« Wieder wird mein Tonfall schärfer.

Er nickt nur kurz. »Ja, Ma'am, jetzt erinnere ich mich wieder daran.« Er hat mich mit Sicherheit bereits gegoogelt, das ist Standardprogramm vor einer Befragung. »Und was genau hat sie gesagt, als sie angerufen hat?«

Ich denke zurück an den Abend. Mein Erinnerungsvermögen ist nicht perfekt, aber nicht übel, und ich glaube, ich kann es gut genug für ihn wiedergeben. Er hört zu, ohne das Ganze zu kommentieren.

Als ich eine Pause einlege, spricht er. »Und warum sind Sie nicht nach Wolfhunter gekommen, als sie Sie darum gebeten hat?«

»Weil ich nicht dämlich bin«, erwidere ich. »Ich renne doch nicht los, um mich heimlich mit irgendwelchen Menschen zu treffen, die ich nicht kenne. Nicht, wenn es nicht unter meinen eigenen Bedingungen stattfindet. Es hätte auch eine Falle sein können.«

»Eine Falle?« Er lehnt sich wieder zurück. »Und von wem genau gestellt?«

Ich gehe die Liste für ihn durch. »Fans meines Ex-Manns. Absalom-Mitglieder, die durch das Raster geschlüpft sind. Irgendwelche Internetstalker, von denen ich Dutzende habe. Ganz zu schweigen von den Familien der Opfer meines Ex-Manns, von denen einige noch immer glauben, dass ich ebenso schuldig bin. Oh, und all die Verrückten, die durch den Schlamassel in der *Howie Hamlin Show* angestachelt worden sind, denn jetzt habe ich auch noch Miranda Tidewells Dokumentarfilmer, die mir auf den Fersen sind. Von daher … eine Menge Verdächtige.«

»Klingt, als hätten Sie ein schwieriges Leben, Ma'am.«

»Nicht annähernd so schwierig wie die Menschen, die ihre Liebsten auf so grausame Weise verloren haben«, entgegne ich. »Und längst nicht so schwierig wie das Leben meiner Kinder, die bereits mehr ertragen mussten, als ich mir vorstellen kann. Ich versinke weder in Selbstmitleid noch in Paranoia. Ich bin nur realistisch, was die Anzahl der Leute angeht, die mich am Boden sehen wollen. Vielleicht sogar tot. Aber ich bin ja hier nicht die Tote, oder? Können wir jetzt wieder zu Marlene zurückkommen?«

Er lässt das zu. »Okay. Also, nach dem ersten Anruf hatten Sie keinen weiteren Kontakt zu ihr, ist das richtig?«

»Das ist richtig.«

»Bis der Anruf von demselben Telefon kam.«

»Ja.« Ich erinnere mich an das grässliche Gefühl, als mir klar wurde, wie schlimm die Situation am anderen Ende der Leitung war.

»Ich möchte, dass Sie auch diesen Anruf detailliert beschreiben, Ma'am. Seien Sie so genau wie möglich.«

Das bin ich. Ich erzähle ihm, was Vee Crockett gesagt hat, soweit ich mich daran erinnere; ich beschreibe die beunruhigende Art und Weise, wie sie es gesagt hat. Die durch den Schuss aus der Schrotflinte ausgelöste Panik, meine Angst, dass sie auch getötet wurde.

»Ah«, sagt er. »Tja, das auf der Veranda war der Postbote, der ein Paket geliefert hat. Glücklicherweise hatte er sich gerade vorgebeugt, als sie diesen Schuss abfeuerte.«

»Er wurde also nicht verletzt?«

»Ist um sein Leben gerannt«, erklärt Fairweather. »Sie hat ein Loch von der Größe seines Kopfs in die Tür direkt über ihm gerissen. Er hatte verdammtes Glück.«

Da stimme ich zu. Vee hatte denjenigen töten wollen, der auf der anderen Seite der Tür stand. »Das bedeutet allerdings nicht zwangsläufig, dass sie ihre Mutter umgebracht hat.«

»Das habe ich auch nicht behauptet«, widerspricht Fairweather. »Und ich bin auch nicht hier, um Ihnen zu erzählen, was ich denke. Weiter. Was ist danach passiert?«

»Ich habe sie aufgefordert, die Schrotflinte hinzulegen, das Telefon auf Lautsprecher zu schalten und beide Hände oben zu halten, nachdem sie die Vordertür geöffnet hatte.«

»Warum haben Sie ihr nicht gesagt, dass sie auflegen soll? Oder haben nicht selbst aufgelegt?«

»Weil ich fand, dass sie nicht allein sein sollte«, erkläre ich. »Sie ist fünfzehn. Sie stand unter Schock.«

»Sie haben doch gerade beschrieben, wie wenig sie das bekümmert hat.«

»Sie wissen doch, dass Menschen in solchen Schocksituationen unterschiedlich reagieren. Sie hat mich angerufen. Ich wollte das so lange mit ihr durchstehen, wie ich konnte. Ich hatte Angst …« Ich halte inne und überlege, ob ich es sagen soll oder nicht. »Ich hatte Angst, sie würde einen Fehler machen und jemand würde überreagieren.«

»Oder dass sie jemanden dazu provozieren würde? Suizid durch Polizisten?«

»Das weiß ich nicht. Ich hatte einfach das Gefühl, sie würde nicht klar denken. Sie brauchte Hilfe.«

Er wechselt die Richtung. »Die Bewohner von Wolfhunter berichten, dass Marlene und das Mädchen kein gutes Verhältnis zueinander hatten«, sagt er. »Vera hat getrunken und irgendwelche Pillen genommen. Hatte Probleme in der Schule. Hat sie Ihnen irgendetwas darüber erzählt?«

»Nein«, erkläre ich. »Nichts Spezifisches, wie ich Ihnen schon gesagt habe. Dabei kann ich Ihnen nicht helfen. Aber mal ehrlich: Das trifft doch auf eine Menge Kinder zu, oder?«

»Ihre auch?«

Wenn das mal kein fieser Seitenhieb ist. »Nein.« Zumindest nicht der Teil mit dem Trinken und den Pillen. »Bleiben wir doch bitte beim Thema.«

Er wendet sich wieder dem zeitlichen Ablauf zu, und ich führe ihn von einem Punkt zum nächsten bis zu dem Augenblick, in dem das Telefon aus Veras Hand fiel. Dann ergänze ich noch, was ich seitdem getan habe. Einiges davon wird zwangsläufig nicht nachprüfbar sein, doch ich glaube, in Zusammenhang mit den Handyaufzeichnungen dürfte alles okay sein.

Dann bittet er mich, alles aufzuschreiben. Das tue ich. Ich bin mit der Vorgehensweise vertraut: Erst die Fragen laut stellen, dann mit dem aufgeschriebenen zeitlichen Ablauf abgleichen und Diskrepanzen finden. Danach noch mal alles doppelt prüfen.

»Detective, wie geht es ihr?«, frage ich.

»Marlene? Sie ist tot.«

»Vera.«

»Das Krankenhaus hat sie entlassen. Es geht ihr gut. Sie ist nur nicht sonderlich kooperativ.«

»Haben Sie sie angeklagt?«

»Ich wäre ein Idiot, würde ich es nicht tun«, erwidert er. »Nichts, das sie Ihnen am Telefon erzählt hat, deutet darauf hin, dass sie es nicht getan hat; außerdem sind ihre Fingerabdrücke auf der Waffe, sie hatte Blut an sich und auch Schmauchspuren.«

»Die Schmauchspuren stammen von dem Schuss, den ich gehört habe.«

»Vielleicht. Vielleicht war das ihr zweites Ziel. Es gibt zwei Patronen, und die Waffe war leer, als wir sie geborgen haben.«

Auch wenn ich nicht von der Unschuld des Mädchens überzeugt bin, macht mir das zu schaffen. »Hat sie überhaupt einen Anwalt?«

»Ma'am, ich möchte Sie davor warnen, sich zu sehr in die Sache involvieren zu lassen. Vielleicht werden wir nie erfahren, warum ihre Mutter Sie angerufen hat; vielleicht war genau das der Grund, was passiert ist, und die Person, vor der sie Angst hatte, war ihre eigene Tochter.«

»Das war aber nicht meine Frage.«

»Das Gericht hat jemanden ernannt«, sagt er. »Hector Sparks. Er ist hier aus der Gegend.«

Er ist vermutlich eine der beiden Telefonnummern auf meinen Armen. »Darf ich sie sehen?«

Er lehnt sich zurück, als wollte er so weit wie möglich vor dieser Frage zurückweichen. »Warum sollten Sie das wollen, Ms Proctor? Sie kennen das Mädchen nicht. Sie kannten nicht einmal ihre Mutter.«

»Sie ist im selben Alter wie meine Tochter«, erkläre ich. »Und … und vielleicht würde sie mit mir reden. Am Telefon hat sie es schließlich getan.«

Er denkt darüber nach, und ich glaube, er ist versucht, doch dann schüttelt er den Kopf. »Ich kann nicht erlauben, dass jemand ohne rechtlichen Status sie aufsucht, bis sie vor Gericht kommt.«

»Und wenn ihr Anwalt dabei anwesend wäre?«

»Nun ja«, überlegt er, »wenn ihr Anwalt anwesend ist und Sie seine Erlaubnis haben, handelt es sich um vertrauliche Kommunikation, solange Sie in irgendeiner Funktion mit ihm zusammenarbeiten. Ansonsten würde das kein vernünftiger Anwalt überhaupt zulassen.«

Er betont das auf eine seltsame Art, die ich nicht ganz deuten kann. Ich lasse den Gedanken los. »Okay«, sage ich. »Was ist, wenn sie nach mir fragt?«

»Setzen Sie dem Mädchen keine Flausen in den Kopf«, warnt er mich. »Sie ist nicht das zerbrechliche kleine Ding, das Sie in ihr zu sehen scheinen. Und ich garantiere Ihnen, dass sie Ihren Schutz nicht braucht.«

»Schon witzig«, gebe ich zurück. »Ich erinnere mich, wie man das Gleiche über mich gesagt hat, als ich im Gefängnis saß und auf meinen Prozess gewartet habe.«

Darauf reagiert Fairweather nicht. Er stoppt seine Aufnahme, steckt das Handy ein und steht auf, um die Tür zu öffnen. »In Ordnung, Ma'am«, sagt er. »Ich danke Ihnen sehr für Ihre Unterstützung. Macht es Ihnen etwas aus, wenn ich Sie erneut kontaktiere, falls ich noch Fragen haben sollte?«

»Nein, Sir, ganz und gar nicht.« Sind wir nicht beide Musterbeispiele südlicher Höflichkeit?

Er überreicht mir seine Visitenkarte. »Vergessen Sie nicht, mir per E-Mail die Erlaubnis für den Zugriff auf Ihre Handydaten zu schicken. Und Mr Cade soll mir ebenfalls seinen zeitlichen Ablauf und eine solche Erlaubnis schicken. Das beschleunigt die ganze Sache beträchtlich.«

»Ich bin mir nicht sicher, ob es im besten Interesse des Mädchens ist, die Sache zu beschleunigen«, gebe ich zu. »Sie scheinen bereits ziemlich rasant vorzugehen.«

»Nur weil das wie ein eindeutiger Fall aussieht, bedeutet das nicht, dass ich nicht sorgfältig vorgehe. Aber ich erwarte hier eigentlich keine Überraschungen, Ms Proctor. Zwischen den beiden lief es nicht gut, Marlene hat sich sogar bei Ihnen gemeldet, um Hilfe für ihre Situation zu bekommen, und das Ganze ist explodiert, bevor sie Hilfe hatte.« Sein Gesichtsausdruck verliert etwas von seinem Landjungencharme. »Und je länger ich mit diesem Fall befasst bin, desto weniger Zeit bleibt mir für die Suche nach diesem kleinen Mädchen.«

»Ellie White«, vermute ich. »Die Entführung. Sie haben an ihrem Fall gearbeitet?«

»Bis zu diesem Chaos hier«, bestätigt er.

»Ich hoffe, dass Sie sie finden.«

»Bei allem Respekt, Ma'am, ich hoffe beinahe, dass ich nicht derjenige bin, der das tut«, sagt er. »Denn dieses Mädchen ist mit ziemlich großer Sicherheit bereits tot.«

Kapitel 8

Sam

Nachdem wir Gwen abgesetzt haben – und ich finde es furchtbar, sie dort allein zu lassen –, fahre ich die Kinder zurück ins Motel. Connor zappelt bereits vor Ungeduld, sich seiner ihm zugewiesenen Aufgabe zu widmen, nämlich mehr über die vermissten jungen Frauen von Wolfhunter herauszufinden. Lanny dagegen versucht, so zu tun, als sei sie völlig desinteressiert; ich weiß aber, dass das nicht stimmt.

Außerdem stellt sie eine Menge Fragen über Vee Crockett, was mir ein wenig Sorgen bereitet. Normalerweise ist Lanny eher skeptisch und ziemlich gut darin, andere einzuschätzen, aber irgendetwas an Vees Situation scheint ihre natürliche Abwehr überwunden zu haben. Vielleicht liegt es daran, dass sie Angst davor hat, Dahlia Brown könnte ihre Beziehung beenden wollen; die Emotionen von Teenies schwanken von einem Extrem ins andere, das ist normal. Aber Vee ist nicht die Richtige, für die sie eine Faszination entwickeln sollte. Nicht, dass ich in der Angelegenheit irgendetwas zu sagen hätte, ermahne ich mich selbst. Ich mag zwar im selben Haushalt leben, aber ich gehöre nicht zur Familie.

So gern ich das auch tun würde.

Wie schon vorherzusehen war, sagt Lanny zu Connor, dass er noch eine Stunde warten muss, schnappt sich ihren Laptop und fragt mich, ob sie mein Zimmer benutzen kann, um Dahlia anzurufen. Ich stimme zu und überlasse sie ihrem Drama. Connor vertieft sich missmutig in ein Buch und ich setze mich in den Sessel in ihrer Zimmerecke und schaue die Nachrichten auf meinem Handy durch.

* * *

Nicht einmal eine Stunde später kommt Lanny durch die Verbindungstür und übergibt Connor ihren Laptop. »Hier«, sagt sie. »Kannst ihn behalten.« Sie lässt sich auf ihr Bett fallen und rollt sich auf die Seite.

Sie klingt wütend und verletzt. Ich richte meine Aufmerksamkeit auf sie, während Connor nur mit den Schultern zuckt und anfängt, im Internet zu stöbern. Zweifellos hat sie geweint. Ihr Eyeliner ist verschmiert, ihre Wangen sind gerötet, und das Rot ihrer Augen zeigt mir, dass sie eine ganze Weile geweint haben muss.

Ich setze mich neben sie, jedoch weit genug entfernt, damit sie nicht das Gefühl bekommt, ich würde sie bedrängen. »Und?«, frage ich. »Was ist los?«

»Nichts.« Sie schnieft und starrt mich von der Seite an. »Bist du schon mal abserviert worden?«

Ooh, perfekt, dieses Gespräch also. Kurz wünschte ich mir, ihre Mom wäre hier, aber das ist sie nicht. Ich schon. Daher antworte ich. »Aber ja doch.«

»Und?«

»Es gab da dieses Mädchen. Sie hieß Gillian.«

»Wann war das?«

»In der Highschool.«

»War sie hübsch? Hast du sie geliebt?«

»Sie war bildhübsch, und ja, eine Weile. Und eines Tages war sie plötzlich einfach nicht mehr interessiert. Und kaum, dass ich mich versah, hatte sie etwas mit einem anderen im selben Baseballteam.«

»Na, das ist ja unangenehm«, meint Lanny.

»Besonders, nachdem sie allen erzählt hatte, ich hätte sie betrogen und mit anderen geschlafen.«

Diesmal werde ich wirklich intensiv angestarrt. »Hast du?«

»Nein. Aber das hat sie behauptet.« Ich zucke mit den Schultern. »Das passiert einfach. Meine Pflegemutter hat mir erzählt, ihr Freund hätte sie mal während eines Dates aus dem Auto geworfen, und sie musste zwei Kilometer zurück in die Stadt laufen, mit High Heels und im Dunkeln. So ist ihre Trennung abgelaufen.«

»Ernsthaft?« Lanny blinzelt. »Er hat sie einfach *zurückgelassen*?«

»Tja, sie wurde so richtig abserviert. Einfach auf der Straße abgeladen«, erkläre ich. »Sie hat mir erzählt, seit diesem Erlebnis hätte sie nie wieder High Heels bei einem Date getragen. Danach habe ich mich nicht mehr so schlecht gefühlt.«

»Mag sein.« Die Art, wie sie das sagt, bedeutet, dass sie nicht glaubt, sich jemals wieder gut zu fühlen. Ich erinnere mich an diese Jahre, wo alles in überwältigenden Wellen über einen kam und dazu bestimmt war, ewig zu dauern. Vieles daran ist toll. Noch mehr jedoch auch gefährlich.

»Irgendetwas ist mit Dahlia vorgefallen«, taste ich mich vor. Für diese Erkenntnis muss man kein Genie sein.

Sie atmet tief durch und senkt ihre Stimme zu einem angespannten Flüstern. Es ist ihr unangenehm, das mit Connor im selben Zimmer zu bereden. »Dahlia sagt, sie darf mich nicht mehr sehen. Ihre Mom ist genervt wegen der ganzen Gerüchte, der Dokumentation, dem ganzen Scheiß, und glaubt, ich wäre ein schlechter Einfluss oder so was. Dabei ist das doch nicht mal meine Schuld!«

»Das ist vielleicht nicht von Dauer. Warte erst mal ab, bis sich die Dinge wieder beruhigen.« Aber das ist der typische Rat eines Erwachsenen, und ich weiß, dass er sich für sie nutzlos anfühlt. »Hat sie gesagt, dass sie noch mit dir reden würde?«

»Ja.« Lanny blinzelt weitere Tränen zurück. »Wenn ihre Mom nicht zu Hause ist.«

»Dann klappt es ja vielleicht.«

»Vielleicht.« Lanny klingt nicht allzu optimistisch. Sie rutscht näher und legt mir eine Hand auf die Schulter. Ich lege einen Arm um sie. »Danke.«

»Jederzeit, Kleines. Diese Gerüchte, die sie erwähnt hat: Was sind das für Gerüchte?«

»Dass Mom Melvin geholfen hat, Menschen umzubringen. Dass sie eine Art von Irre ist.« Sie schluckt, als ihr die Stimme bei diesem zweiten Satz versagt.

»Deine Mom hatte eine faire Gerichtsverhandlung. Sie wurde freigesprochen. Nicht schuldig.«

»Und? Erzähl das mal den Perversen, die uns im Internet verfolgen«, meint Lanny. »Die glauben immer noch, sie sei schuldig. Das ruiniert einfach alles.«

Ich denke an Miranda. An die Lost Angels. Sie hat völlig recht. Einige Dinge hinterlassen einen Fleck, egal, wie sehr man auch geschrubbt haben mag. Daran zu denken, gibt mir das Gefühl, als würde mir langsam ein Messer in die Eingeweide gedrückt, denn ich weiß auch, wie viel Schuld ich selbst daran trage.

»Sam?« Connors Stimme. Ich sehe zu ihm. »Äh, du solltest dir das hier vielleicht mal anschauen.«

Ich küsse Lanny auf den Kopf und trete zu ihm. Er dreht den Laptop in meine Richtung.

»Das ist doch was, oder?«

Eine dritte junge Frau, die zwar nicht in Wolfhunter vermisst wird, aber im daran angrenzenden Daniel Boone National Forest. Ich nehme den Laptop.

Es handelt sich um einen weiteren Eintrag, ähnlich dem, den er zuvor gefunden hatte. Derselbe Blog.

WEITERE FRAU IN DER NÄHE VON WOLFHUNTER VERMISST

Zuvor habe ich ja bereits das verdächtige Verschwinden von Tarla Dawes, achtzehn Jahre alt, kommentiert. Danach Bethany Wardrip, einundzwanzig Jahre alt.

Jetzt gibt es noch eine Verschwundene. Sandra Clegman, die in Sioux City, Iowa, lebt, aber im nahe gelegenen Daniel Boone National Forest Urlaub gemacht hat. Ihre Freunde haben sie in der Nacht noch in ihrem Zelt gesehen, am nächsten Morgen war sie jedoch fort, wobei alles andere, was sie mitgebracht hatte, noch da war, einschließlich Geldbörse und Bargeld.

Menschen verlaufen sich ab und zu im Wald. Aber Sandra Clegman war ein Mädchen vom Land, hatte Erfahrung im Zelten in den Wäldern. Der Gedanke, dass sie einfach so davongewandert ist, um sich von Bären fressen zu lassen, und keine Spur hinterlassen hat, klingt ziemlich verdächtig, wenn ihr mich fragt. Die Ranger haben eine umfassende Suche durchgeführt, auch die State Police und ein paar Leute vom FBI waren beteiligt. Es wurden keinerlei Spuren gefunden: nicht einmal ein Blutstropfen oder ein Stück Stoff an einem Zweig.

Sandra Clegman ist ebenso wie Tarla und Bethany einfach verschwunden.

Wenn man um Wolfhunter als Zentrum einen Kreis mit sechzehn Kilometern Durchmesser zieht, fallen alle drei Vermisstenfälle in dieses Areal. Ich habe bei der Polizei von Wolfhunter angerufen und sie um eine Aussage dazu gebeten.

Dort meinte man, es handle sich hier lediglich um zwei Ausreißerinnen und eine Wanderin, die vermutlich gestürzt und in der Wildnis zu Tode gekommen ist. Hier gibt's nichts zu sehen, bitte weitergehen.

Tja, aber ich gehe nicht weiter. Denn irgendetwas stimmt hier nicht.

»Das ist doch komisch, oder?«, fragt mich Connor. »Jetzt sind es schon drei Frauen. Das ist kein reiner Zufall, oder doch?«

»Es ist zwar seltsam, aber möglich ist es schon«, erkläre ich. »Manchmal passieren so komische Dinge. Vielleicht glaubt die Polizei aber auch, dass mehr hinter der Sache steckt, und will es einfach nicht an die Öffentlichkeit weitergeben. Vielleicht findet gerade eine Ermittlung statt, von der dieser Blogger nichts weiß.«

Der Gedanke scheint ihn nicht zu begeistern. »Ich finde es trotzdem komisch.«

»Ich behaupte ja nicht, dass es das nicht ist«, gebe ich zu. »Such weiter. Vielleicht bist du tatsächlich etwas auf der Spur.«

Connor nickt, jetzt wieder etwas fröhlicher, und ich gebe ihm den Laptop zurück. Ich schaue auf die Uhr. Gwen ist bereits seit zwei Stunden auf der Wache und ich habe noch keinen Anruf von ihr bekommen. Ich frage mich, ob sie beschlossen hat, den traditionell erlaubten Anruf (vorausgesetzt, er wurde ihr angeboten; das ist keine Verpflichtung) für einen Anwalt zu verwenden, und darauf vertraut, dass ich von mir aus anrufe und nach ihr frage.

»Ich werde mal bei eurer Mom nachhorchen«, erkläre ich den Kindern und gehe ins andere Zimmer. Ich schließe die Verbindungstür und wähle ihre Handynummer.

Ich lande nur auf dem Anrufbeantworter. Ich hinterlasse ihr eine Nachricht, dass sie sich melden soll, dann suche ich die Telefonnummer der Polizeiwache von Wolfhunter in dem winzigen Telefonbuch heraus, das auf dem Nachttisch liegt. Eine kühle Stimme mit Süddialekt fragt mich, an wen sie mich weiterleiten soll, und ich frage, ob ich mit Gwen Proctor sprechen kann.

Sie zögert und leitet mich dann ohne ein weiteres Wort weiter. Diesmal antwortet eine männliche Stimme. »Detective Ben Fairweather, wer spricht?«

»Sam Cade«, sage ich. »Ich suche nach Gwen Proctor.«

»Hallo, Mr Cade, schön, Sie zu sprechen. Ich hatte ein angenehmes Gespräch mit Ms Proctor, aber sie ist hier vor ungefähr zehn Minuten gegangen.«

Das gefällt mir gar nicht. »Und wohin?«

»Vermutlich, um sich mit Vera Crocketts Pflichtverteidiger zu treffen«, erklärt er. »Hätten Sie Zeit, für eine Aussage vorbeizukommen? Soweit ich verstanden habe, waren Sie im selben Zimmer, als Ms Proctor den Anruf von Vera entgegengenommen hat. Ich würde gern Ihre Version hören und eine Aufstellung bekommen, wie Sie die letzten rund achtundvierzig Stunden verbracht haben.«

Er klingt freundlich und vernünftig. Dennoch missfällt es mir und ich traue dem Ganzen nicht. »Natürlich«, sage ich. »Später, wenn Gwen wieder hier ist. Ich kann die Kinder nicht allein lassen.«

»Sicher.« Er hält inne. »Sie sind also alle hergekommen.«

»Ein Familienausflug«, erkläre ich. »Vielleicht besuchen wir noch den Nationalpark.« Garantiert nicht, aber das ist zumindest eine vernünftige Erklärung. Falls Gwen es nicht erwähnt hat, möchte ich nicht, dass er nach Gründen sucht, warum wir Stillhouse Lake verlassen haben. Mirandas Crew hält sich noch in Norton auf, hoffe ich zumindest. Die hätten eine Menge zu sagen. Einiges davon könnte sogar der Wahrheit entsprechen.

»Okay«, sagt er. »Wie wär's mit vierzehn Uhr? Ist das okay für Sie?«

»Ich rufe Sie an«, erwidere ich. »Erst einmal muss ich Gwen finden.«

Wir beenden das Gespräch höflich, und ich finde einen Zettel von Gwen auf dem Nachttisch, auf dem die Telefonnummern von zwei Anwälten stehen, die Kez ihr geschickt hatte. Ich rufe den ersten an und erhalte nur eine Bandansage, die nach einem uralten Mann klingt und verkündet, dass er aktuell nicht im Büro ist.

Beim zweiten wird abgenommen. Eine forsche Stimme begrüßt mich. »Hector Sparks' Büro, hier spricht Mrs Pall, wie kann ich Ihnen helfen?«

Irgendetwas an diesem Spruch bringt mich kurz aus dem Konzept, und ich brauche einen Augenblick, bevor mir klar wird, woran das liegt. *Mrs Pall.* Nicht viele Frauen benutzen noch diese Art der Namensnennung im Büro. Normalerweise nennen sie ihren Vornamen. »Hallo, ich wollte nur fragen, ob Mr Sparks im Augenblick eine Unterredung mit einer Frau namens Gwen Proctor hat? Sie war unterwegs, um mit ihm zu sprechen. Ist sie dort?«

»Dürfte ich erfahren, mit wem ich spreche?« Sie klingt extrem konservativ.

»Sam Cade«, antworte ich.

»Es tut mir sehr leid, Mr Cade, aber Mr Sparks' Besprechungen sind vollkommen privat, das heißt, ich kann Ihnen so etwas nicht bestätigen.«

»Dürfte ich dann mit ihm sprechen?«

»Ich fürchte nicht«, gibt sie zurück. »Er hat darum gebeten, nicht gestört zu werden. Aber ich werde ihn darüber informieren, dass Sie angerufen haben.«

»Und falls Gwen dort ist, bitten Sie sie, mich anzurufen«, sage ich. Sie geht überhaupt nicht darauf ein. »Danke.«

»Gern geschehen«, antwortet sie, aber nicht so, dass man es ernst nehmen könnte, und legt auf.

Ich öffne die Verbindungstür wieder. Lanny liegt mit Kopfhörern auf dem Bett und blickt elendig drein. Als sie mich sieht, dreht sie mir den Rücken zu. Ich lasse sie in Ruhe. »Connor«, sage ich. »Kannst du jemanden überprüfen? Einen kleinen Hintergrundcheck durchführen?«

»Klar!«

»Hector Sparks«, erkläre ich. »Er ist Anwalt hier in der Stadt. Ich will nur etwas mehr über ihn wissen, bevor ich …« Bevor ich was? Es gibt keinen echten Grund, aber irgendetwas an der Unterhaltung hat mich beunruhigt. Ebenso wie die mit Ben Fairweather. Vielleicht liegt es an dieser Stadt. Vermisste Frauen. Eine tote Mutter und eine verhaftete Tochter. Wolfhunter scheint einfach nicht sicher für Gwen zu sein. Und ich habe das Gefühl, dass es gefährlich für sie ist, wenn sie dort draußen allein unterwegs ist.

»Okay«, bestätigt er. »Bin schon dran.«

Er braucht ungefähr fünfzehn Minuten, dann kann er mir berichten, dass Hector Sparks ein Anwalt ist, der in der Stadt wohnt – er gibt mir die Adresse –, und sein Vater ebenfalls Anwalt war. Connor hat ein paar Zeitungsartikel gefunden, die er mir zeigt – sie sind alt, die Zeitung vor Ort gibt es schon seit Jahren nicht mehr –, und alles wirkt völlig normal. In einem der

Artikel sieht man das Bild eines überraschend ansehnlichen und großen Hauses, das viel besser in Schuss zu sein scheint als die üblichen Immobilien in Wolfhunter. Außerdem ziemlich alt, vielleicht Anfang des 20. Jahrhunderts errichtet. Davor posiert eine Familie: ein alter Mann im Rollstuhl, neben ihm ein groß gewachsener Sohn. Eine Mutter und eine Tochter sind ebenfalls auf dem Foto, allerdings nur am Rand, eindeutig nur unbeteiligte Dritte bei diesem besonderen Augenblick der Männer. Der Gesichtsausdruck der Mutter ist leer. Die Tochter sieht weg. Es ist seltsam, solch ein Foto in einer Zeitung zu veröffentlichen, selbst in einer so offensichtlich amateurhaft gemachten wie dieser. Der Artikel ist ungeschickt formuliert, aber anscheinend wurden der Eintritt des Vaters – Donald – in den Ruhestand und die damit verbundene Übernahme der Kanzlei durch den Sohn Hector gefeiert.

Die Frauen sind in der Bildunterschrift nicht namentlich genannt, da steht nur »begleitet von Frau und Tochter«. Obwohl als Datum das Jahr 1992 angegeben ist, wirkt die Stimmung auf dem Foto wie aus den Fünfzigern.

Die Hauptsache ist, Hector Sparks scheint sauber zu sein, sodass ich mir um Gwen keine Sorgen machen muss.

Trotzdem tue ich es.

Ich schreibe ihr. Selbst wenn sie ihr Handy auf stumm geschaltet hat, antwortet sie üblicherweise innerhalb weniger Minuten.

Dann setze ich mich aufrecht hin und starre auf den Bildschirm, denn während meines Telefonats habe ich eine Nachricht auf den Anrufbeantworter bekommen.

Die Nummer kenne ich. Sie gehört Miranda Nelson Tidewell, und im selben Augenblick, als ich sie auf meinem Bildschirm lese, stürze ich von einer Klippe in den Abgrund.

»Hey«, sage ich zu Connor. »Ich muss kurz einen Anruf machen, okay? Ich bin nebenan.«

Er nickt, ohne den Blick von der Seite zu wenden, doch ich glaube, er sieht mir hinterher, als ich den Raum verlasse. Vermutlich ist ihm meine Anspannung aufgefallen.

Nachdem ich in das Zimmer geflüchtet bin, das ich mir mit Gwen teile, atme ich erst ein paarmal tief durch. Die Verbindungstür ist geschlossen. Mir fällt auf, dass es hier drin sehr warm ist, und ich schalte die Klimaanlage an.

Dann widme ich mich dem Anruf, der mich direkt in die Hölle befördern wird.

Miranda sagt nicht einmal Hallo. Tut sie nie. »Sam. Hast du dir meine Nachricht überhaupt angehört?«

»Nein«, gebe ich zu. Wenn ich mit dieser Frau spreche, klingt meine Stimme anders. Ich weiß nicht mehr, ob das immer so war. »Was zum Teufel treibst du eigentlich?«

»Ich glaube, die wahre Frage ist, was *du* da treibst, Sam? Du lebst in ihrem Haus. In ihrem *Bett*. Das ist wirklich fraglos das abgrundtief Perverseste, was ich seit Jahren gehört habe, und, mein Gott, das heißt schon was.«

Ihre Stimme. Sie ist gleichzeitig Honig und Eis. Noch immer mit einem Hauch Heiserkeit; nach dem Mord an ihrer Tochter hatte sie einen Zusammenbruch erlitten und so viel geschrien, dass sich ihre Stimme dauerhaft verändert hat. Ihre Störung hat dort ihren Anfang genommen, aber das ist nur eine leise Andeutung des Abgrunds, der darunter liegt.

Miranda ist reich. Sie ist Multimillionärin, Ex-Frau eines Hedgefonds-Managers. Ehemaliges Mitglied der Junior League. Das süße Leben war ihr auf einem Silbertablett serviert worden … bis zu dem Tag, an dem ihre Tochter Vivian im Einkaufszentrum verschwand. Das zweite von Melvin Royals bekannten Opfern.

Sie hatte mich am Flughafen abgefangen, nachdem ich von meinem Einsatz nach Hause kam. Ich trug noch meinen Kampfanzug. Sie hatte ausgesehen wie eine perfekt zum Mannequin gestylte Schaufensterpuppe, gehüllt in Designerkleidung und mit einem Schild in der Hand, auf dem mein Name stand.

Wir haben etwas gemeinsam, Mr Cade, hatte sie gesagt. *Meine Tochter und Ihre Schwester. Ich fahre Sie. Lassen Sie uns reden.*

In jener Zeit meines Lebens war ich schockiert gewesen, wie betäubt, wütend, verzweifelt und verletzlich. Und Miranda war noch viel schlimmer dran. Die toxische Beziehung, die sich zwischen uns entwickelte … ich habe ihre ungepflegten, chaotischen Klamotten gesehen, die nach tagelangem Trinkgelage stanken; ich habe sie zurück in ihre dreistöckige, fünfhundert Quadratmeter große Villa getragen und ihr zur Toilette geholfen, wenn sie sich übergeben musste; ich habe ihren Wutausbrüchen zugehört; ich habe ihr beigebracht zu schießen.

Gemeinsam haben wir schreckliche Dinge getan.

»Woher hast du diese Nummer?«, frage ich sie. Das ist nicht die vordringlichste Frage, aber es ist die einzige, die ich im Augenblick aussprechen kann.

»Geld und Kontakte«, kommentiert sie lediglich, und ich höre die Belustigung in ihrer Stimme. Das ist ihre Antwort auf fast alles. »Ihr seid nicht zu Hause. Das weiß ich. Ich war gestern dort, zusammen mit meiner Filmcrew. Ich habe einen Zettel zurückgelassen. Ich habe sogar mit meinem Namen unterschrieben, erinnerst du dich? Hast du ihr davon erzählt?«

Habe ich nicht. Ich habe den gottverdammten Zettel genommen und durch den Schredder gejagt.

Als ich nicht antworte, spricht sie weiter. »Wo genau versteckst du dich, Sam?«

»Ich verstecke mich nicht«, widerspreche ich. Das ist zumindest die halbe Wahrheit. »Und es gibt nichts, worüber wir reden müssten, außer darüber, dass du dich verpissen und uns in Ruhe lassen sollst.«

»*Uns.*« Die Verachtung und Abscheu in diesem Wort fühlen sich wie ein Peitschenhieb auf meinem Rücken an. »Mein Gott, Sam? Wirklich? Das ist Wahnsinn.«

»Das geht dich nichts an«, erkläre ich. »Verschwinde wieder nach Kansas City, Miranda. Lass es auf sich beruhen.«

»Ich habe das Haus in Kansas City verkauft. Ich betreibe … wie sagt man doch heutzutage dazu? *Immobiliensurfing.* Allerdings muss ich zugeben, dass ich eine sehr unangenehme Nacht in diesem Bed & Breakfast in Norton verbracht habe. Da bleibe ich bestimmt nicht noch eine Nacht. Ich habe gehört, dass es ein paar angemessene Häuser zur Miete in Stillhouse Lake gibt. Vielleicht kannst du mir ja das empfehlen, in dem du gewohnt hast.«

Ich antworte nicht. Ich kann einfach nicht. Der Gedanke, dass Miranda, die Millionen zur freien Verfügung und dazu noch die Zeit hat, sich ganz ihrem Hass zu widmen, sich wie eine Giftspinne in Schlagdistanz einrichtet … das ist wirklich furchterregend. Ich kenne Miranda. Ich weiß, dass sie außer Kontrolle war, als ich sie verlassen habe. Wenn sie ihr altes Leben in Kansas City aufgegeben hat, all ihr leibliches Wohl und ihre Helfer und Freunde … dann weiß Gott allein, was sie vorhat.

»Du hast mir gar nicht geantwortet«, merkt sie an. »Ist das irgendein Spielchen von dir, indem du so tust, als hättest du eine Beziehung mit ihr? Ich hoffe das wirklich sehr, denn sonst kommt mir das Kotzen.«

»Hör einfach auf damit«, bitte ich sie. »Lass es.«

»Es stimmt also? Du schläfst wirklich mit ihr. Sie war *Melvin Royals Frau*, um Himmels willen. Tu ihr weh, ja, gern doch. Aber erniedrige dich doch nicht selbst.«

Ich möchte nicht mit Miranda über Gwen sprechen. Meine Vergangenheit ist ein einziger Trümmerhaufen. Ich wusste immer, dass sie da und mir auf den Fersen ist. Ich hätte mir nur nie vorstellen können, wie sehr es schmerzen würde, wenn sie mich schließlich einholt. »Ich werde das jetzt nur einmal sagen«, erkläre ich ihr. »Und glaub mir, dass ich jedes Wort davon auch so meine. Wenn du es auf sie abgesehen hast, bekommst du es mit mir zu tun. Wenn du auch nur eine Aktion wagst, um diesen Kindern zu schaden, vernichte ich dich. Sie verdienen das alles hier nicht. Gwen, die Kinder – sie sind unschuldig. Lass es endlich ruhen. *Hör einfach auf.*«

Sie schweigt so lange, dass ich glaube, ich sei tatsächlich zu ihr durchgedrungen. Dann sagt sie: »Sie hat dir wirklich eine Gehirnwäsche verpasst. Mein Gott, sie ist gut darin, ansonsten vernünftige Männer dazu zu bringen, ihr zu glauben, einschließlich denen in der Jury. Wir haben geschworen, sie dafür bezahlen zu lassen. Ich dachte, du würdest daran glauben.« Sie klingt beinahe so, als hätte sie … Mitleid mit mir.

Sie hat recht. Zu jener Zeit, als ich ihr begegnet war, habe ich jedes Wort davon geglaubt. Ich habe es überwunden, doch in Mirandas Leben hat sich nichts geändert. Sie ist im Bernstein ihrer Trauer und ihrer Wut eingesperrt, besessen davon, die letzten Augenblicke ihres toten Kindes immer wieder zu erleben.

Doch mein Leben ist nicht mehr von Rachegelüsten erfüllt. Das will ich einfach nicht mehr. Selbst nachdem ich Callies Tagebuch gelesen habe … besonders seitdem, denn ich habe nun eine Vorstellung davon, wie es sein würde, wie Miranda zu enden, wenn ich über diesen Klippenrand trete: gebrochen, ausgehöhlt, nur noch erfüllt von Wut.

Ich will ihr nicht wehtun, als ich sage: »Du tust mir leid, Miranda. Wirklich.« Doch ihr scharfes Einatmen am anderen Ende der Leitung verrät mir, dass es schmerzt. Tief. »Bitte hör auf. Ich bitte dich. Falls es jemals irgendwelche Gefühle zwischen uns gegeben hat, dann appelliere ich daran. *Bitte tu das nicht.*«

»Ich rede im Augenblick nur mit dir, weil wir die hatten«, sagt sie. »Ich gebe dir eine Chance. Du bist doch besser als das. Verlass diese Frau einfach, selbst wenn du mir nicht helfen willst. Ansonsten schwöre ich dir, der Preis, den du dafür bezahlen wirst, wird sehr, sehr hoch sein.«

Ich denke an Gwen, die in meinen Armen geschluchzt hat. Aus dem Schlaf gerissen von Albträumen, über die sie nicht sprechen kann. Wie sie ihre Kinder beschützt, obwohl sie selbst in Gefahr ist. Und wie sie mich gerettet hat. Gwen ist keinesfalls perfekt. Aber sie ist viel realer und lebendiger und menschlicher als Miranda, deren Bösartigkeit das Einzige ist, das ihr gebrochenes Herz noch schlagen lässt.

»Okay, du kannst dir ja einreden, dass du mir eine Chance gegeben hast, wenn du dadurch nachts besser schlafen kannst«, entgegne ich. »Tu, was du verflucht noch mal nicht lassen kannst.«

Ich lege auf. Das wird sie vermutlich fuchsteufelswild machen; Miranda ist Fluchen gewohnt, aber nur, wenn sie diejenige ist, die es tut; und außerdem ist sie eine Narzisstin. Sie hasst es, ignoriert zu werden. Sie hat ihr Leben in einer gepolsterten Schatulle zugebracht, wurde immer behandelt wie ein kostbarer, fragiler Schatz. Als die Realität über sie hereinbrach, konnte sie nicht anders, als zu glauben, ihr Schmerz und ihr Verlust seien größer und dringlicher als die aller anderen. Und das wird sich auch niemals ändern.

Ich habe mal etwas für sie empfunden. Keine Zärtlichkeit. Keine Liebe. Aber eine geteilte Wahnvorstellung, die sich in Gewalt Bahn bricht, ist beinahe noch intimer als Liebe.

Miranda Tidewell ist zurück. Und ich weiß, sie wird nicht wieder gehen.

Und alles, was ich mir aufgebaut habe, alles, was ich liebe, wird über mir zusammenbrechen.

»Sam?«

Ich sehe auf. Lanny steht in der Türöffnung des Zimmers, das ich mit Gwen teile.

Sie hat ihr Handy in der Hand. Hält es hoch. Ich sehe, dass gerade ein Anruf aktiv ist. Sie reicht es mir.

Ich hebe das Handy an mein Ohr und höre Mirandas Stimme. »Hast du wirklich geglaubt, mich so einfach loszuwerden?«

Ich weiß, dass Lanny mein Zusammenzucken bemerkt. Schnell drehe ich mich um. »Du hast gerade das Handy eines Kindes angerufen, um deinen Standpunkt zu verdeutlichen. Gut, ich hab's kapiert. Glaub mir. Was zum Teufel willst du? Wie lautet dein Endziel?«

»Ich habe die Nummern von euch allen«, gibt sie trocken zurück. »Wäre es dir lieber, wenn ich als Nächstes Gina anrufe, oder wirst du rauskommen und von Angesicht zu Angesicht mit mir sprechen?«

Sie weigert sich, Gwen mit einem anderen Namen als ihrem alten anzusprechen. Ich schlucke schwer. Ich zittere, das spüre ich. »Wo bist du?«

»Draußen auf dem Parkplatz eures Motels«, sagt sie. »Ich sitze in einem gemieteten Buick. Ich weiß, nicht mein Stil, aber in dieser Gegend bekommt man keinen Lexus beim Autoverleih.«

Verflucht noch mal. Sie hat unsere Handys nachverfolgt. Natürlich; wir sind zu sorglos darin geworden, sie zu wechseln. Sobald sie unsere Nummern hatte, war es für sie ein Leichtes, unseren Standort zu ermitteln. Norton ist nicht so weit entfernt. Und in diesem Zimmer sitzen wir auf dem Präsentierteller.

»Ich könnte dich wegen Stalkings verhaften lassen«, gebe ich zurück.

»Wirklich?« Sie lacht. Es klingt leicht irre. »Und willst du dann der Polizei erklären, in welchem Verhältnis wir zueinander stehen? Vielleicht solltest du dann auch gleich all die illegalen

Dinge gestehen, die du getrieben hast, während du mit mir unterwegs warst. Soweit ich mich erinnere, hat da Stalking auch dazugehört.«

Ich sehe über meine Schulter. Lanny steht noch immer da, mit gerunzelter Stirn, und versucht zuzuhören. Ich schließe die Tür hinter mir. Ich kämpfe um meine Beherrschung. »Verschwinde«, weise ich Miranda an.

»Nein. Du hast nicht nur mich beschissen, Sam, o nein. Du hast damit auch deine tote Schwester und meine tote Tochter und all die anderen toten Mädchen besudelt. So tief bist du gesunken. Solch ein naiver Feigling bist du. *Komm raus und stell dich mir.*«

Ich gehe zur Tür, die zum Parkplatz führt. Lege meine Hand auf den Türknauf. Er ist so warm wie Blut, würde sich so leicht drehen lassen. Ich halte mich selbst davon ab, hocke mich hin, während ich ihn noch festhalte, und atme gegen den Impuls an, einfach dort rauszugehen, ihre Autoscheiben und den Wagen selbst zu zertrümmern – und vielleicht die Frau darin gleich mit.

Genau das will sie nämlich. Eine Konfrontation. Eine, die ihr etwas gibt, was sie benutzen kann.

»Sam?« Über das Klingeln in meinen Ohren höre ich sie kaum noch. Mein Gott, sie kann bei mir genau die richtigen Knöpfe drücken. Das hat sie in all den Jahren gelernt, in denen wir unsere Missgunst gemeinsam genährt haben, angefeuert von einer Mischung aus Hass, hartem Alkohol und noch immer blutenden Wunden. Sie weiß noch alles. »Je länger du wartest, desto schlimmer wird das hier. Verstanden?«

Ich stehe auf und öffne die Tür. Da ist sie, Miranda, nicht zu übersehen hinter dem Lenkrad eines blauen Buick. Sie hat recht, dieser Wagen ist zu einfach für sie, selbst für diese Fahrt ins Nirgendwo. Ihre Haare sitzen perfekt. Ihr Make-up ebenso. Ich habe sie verletzlich und verzweifelt erlebt, stolpernd und schreiend, doch diese Miranda hier ist ihr öffentliches Gesicht. Reich und mit dem Gebaren, als würde die Welt allein ihr gehören.

Ich gehe nicht raus. Sie bleibt im Wagen sitzen. Wir starren uns gegenseitig an. Zwischen uns flimmert die Hitze, dann hebe ich das Handy wieder an mein Ohr und sage: »Ich bin fertig mit dir.«

Ich schließe die Tür und lege auf. Mit dem Rücken lehne ich mich gegen das Holz und rutsche nach unten, bis ich auf dem Boden sitze, ein menschlicher Schild zwischen ihr und den Kindern. Sie wird es als Erstes auf mich abgesehen haben; das hoffe ich zumindest. Ich weiß nicht, was ich erwarte. Vielleicht Schüsse durch die Tür. Zuzutrauen ist es ihr.

Aber ich höre, wie sich das Motorengeräusch des Buick verändert. Er fährt rückwärts. Dann höre ich den Wagen wegfahren.

Lanny klopft mit Nachdruck gegen die Verbindungstür. »Sam? Sam, geht's dir gut?«

Ich stehe auf, öffne die Tür und gebe ihr das Handy zurück. »Sperr diese Nummer«, weise ich sie an. »Und mach das auch bei Connors Handy, okay? Ich will nicht, dass ihr mit ihr sprecht.«

»Wer ist das denn?« Sie beäugt mich misstrauisch, was ich ihr kaum vorwerfen kann. Vermutlich sehe ich im Augenblick nicht aus wie der Mann, der sich noch vorhin ihren Liebeskummer angehört hat. »Ist sie … Sie ist doch nicht …«

»Eine alte Freundin?«, beende ich den Satz für sie, weil das natürlich ihr Gedankengang ist. Sie nickt. »Nein. Nur jemand … jemand, mit dem ich mal zusammengearbeitet habe.«

»Du hast aber so wütend geklungen.«

»Ja, es hat damals kein gutes Ende genommen.« Es hat überhaupt kein Ende genommen. Mit einer Sache hat Miranda recht. Früher oder später werde ich mich ihr stellen müssen.

Und früher oder später werde ich Gwen erzählen müssen, was ich vor ihr geheim gehalten habe, bevor Miranda mir zuvorkommt.

Kapitel 9

Gwen

Wohin in Wolfhunter man auch möchte, es ist einen kurzen Fußmarsch entfernt, selbst in dieser Hitze. Hector Sparks lebt in einem luxuriösen alten Viertel, vermutlich eins der schönsten im Ort. Er bewohnt ein Privathaus mit einem sorgfältig gepflegten Garten voller Blumen. Sämtliche Sträucher sind präzise getrimmt. Bei den Bäumen sitzt kein Blatt falsch. Da ich mir kaum vorstellen kann, dass ein Anwalt – nicht einmal in diesem Weiler – die Zeit hat, sich eigenhändig um solch ein Grundstück zu kümmern, muss er entweder einen brillanten Vollzeitgärtner oder eine Frau mit grünem Daumen und einer Menge Freizeit haben. Auf dem Rasen befindet sich eine auf Hochglanz polierte – und dennoch diskrete – Metallplatte mit der Aufschrift: »Hector J. Sparks, Esq.«, darunter: »Rechtsanwalt«. Dieser Mann hat es nicht nötig, sein Gesicht auf eine Parkbank zu pflastern oder sich in nächtlichen Werbespots anzubiedern. Es muss ziemlich kostspielig sein, sich solch einen Lebensstil zu leisten. Und dann lebt er in Wolfhunter?

Interessant.

Ich bleibe stehen, um die Adresse auf meinem Handy abzugleichen, und sehe dabei, dass ich ein paar Anrufe verpasst habe – die Netzabdeckung in dieser Stadt ist wirklich mies und nur alle paar Blocks überhaupt vorhanden. Einer ist von Sam, einer von Lanny. Lannys Sprachnachricht höre ich mir zuerst an. Sie schluchzt herzzerreißend wegen Dahlia, genau das, was ich befürchtet habe; ich will sie zurückrufen, zu ihr gehen, aber zuerst wechsle ich zu Sams Sprachnachricht. Er klingt besorgt, daher rufe ich ihn zurück.

Bereits beim ersten Klingeln nimmt er ab. »Gwen?« Er wirkt extrem angespannt.

»Ja«, bestätige ich. »Alles okay. Ich will jetzt gleich mit Vera Crocketts Anwalt reden.«

»Gott sei Dank«, murmelt er, zumindest glaube ich, das zu verstehen. »Ich hatte dort bereits angerufen, doch der Drache von Empfangsdame wollte sich nicht dazu äußern, ob du dort bist oder nicht. Sie hat nur gemeint, Sparks würde sich in einem Meeting befinden.«

»Und du machst dir Sorgen, weil … du nicht glaubst, dass ich auf mich selbst aufpassen kann?« Seltsamerweise bin ich irgendwie gerührt.

»Nein, ich mache mir Sorgen, weil wir uns in einer Stadt aufhalten, in der Frauen verschwinden«, gibt er zurück. »Und ich will dich nicht auch auf dieser Liste sehen, Gwen.«

Jetzt bin ich hin und weg, gleichzeitig aber auch ein wenig genervt. »Glaubst du denn wirklich, dass ich so enden würde?«

»Nein.« Er atmet tief ein und wieder aus, als würde er mit dem kämpfen, was er mir als Nächstes zu sagen hat. »Connor arbeitet an ein paar Dingen, die du dir nachher anschauen kannst. Soll ich noch irgendetwas tun?«

»Pass einfach nur auf sie auf«, meine ich. »Danke. Ich weiß, du wirst die Kinder beschützen, was auch kommen mag.«

Das kann ich nicht von vielen anderen Menschen sagen – um genau zu sein, nur noch von zwei anderen, und in Wahrheit hatte ich Connor und Lanny seinerzeit Javier und Kezia nur deshalb anvertraut, weil Sam nicht zurückgeblieben wäre. Er fand, dass meine Sicherheit von ebenso großer Bedeutung ist … und daran sollte ich mich selbst auch häufiger erinnern.

»Es geht ihnen doch gut?«, hake ich nach, als er verstummt.

»Lanny leidet an Liebeskummer«, erklärt er. »Und Connors Begeisterung für die Verbrechensrecherche macht mir etwas Angst. Aber sie sind toll. Wie immer.« Ich spüre, wie sich mir die Kehle zuschnürt. Ich habe starke Kinder, die trotz allem, was ihnen angetan worden ist, noch Empathie für andere haben. Sie sind wachsam und zurückhaltend, aber darunter verbergen sich viele Emotionen. Dieses Geschenk müssen sie vom Himmel haben, denn ich bin nicht so arrogant zu glauben, dass es etwas ist, das sie von mir geerbt haben.

»Hey, Sam?«

»Ja?«

»Alles okay bei dir?« Ich frage das, weil ich spüre, dass er sich wegen etwas zurückhält. Ich höre die Anspannung, selbst wenn ich sie nicht sehen kann. »Ist irgendetwas passiert?«

»Nein«, beschwichtigt er mich und klingt dabei fast normal. »Es ist nur … Ich habe da ein mieses Gefühl, also pass auf dich auf. Bitte.«

»Mach ich«, verspreche ich ihm.

»Ich würde gern noch heute Abend hier wegfahren«, sagt er.

»Aber wir haben doch schon bezahlt.«

»Ich weiß. Es ist nur …« Er gibt ein frustriertes Geräusch von sich. »Verdammt. Ich glaube auch nicht, dass eine Rückkehr nach Hause die Lösung ist. Die Filmcrew wird nicht aufgeben.«

Verfluchte Miranda. Kein Wunder, dass er so unter Strom steht. »Okay. Bleiben wir heute Nacht noch hier und entscheiden das dann morgen«, meine ich. »Sam. Es ist alles okay. Versprochen.«

Er fragt mich nicht, wie zum Teufel ich das versprechen kann, und ich bin froh darüber, denn natürlich kann ich das nicht. Ich sage ihm, dass ich ihn liebe. Er sagt, er liebt mich auch.

Die Worte hallen nach und wärmen mich, während ich den sauberen breiten Fußweg bis zu den Stufen der umlaufenden Veranda zurücklege. Von Nektar trunkene Bienen trudeln träge zwischen den Blumen hin und her, und der Duft der Hyazinthen und Rosen vermischt sich zu einem betörenden Aroma.

Ich klingele. Innerhalb von zehn Sekunden wird die Tür von einer hageren Frau mittleren Alters geöffnet, die aussieht, als würde sie besser in ein Farmhaus in der Prärie während der Zeit des Wilden Westens passen. Ihre langen Haare sind auf dem Kopf zusammengedreht, ihr Gesicht ist kantig, und sie hat – ausgerechnet – eine Schürze umgebunden, und zwar eine, die oben um den Hals führt und bis zu ihren Knien reicht. Das Ganze wirkt eher wie ein Kostüm. Darunter trägt sie ein geblümtes Kleid mit hohem Kragen und langen Ärmeln. Und das im Sommer.

»Ja?«, fragt sie zweifelnd, während sie mich von oben bis unten ebenso intensiv mustert wie ich sie.

»Hallo, ich bin hier, um mit Mr Sparks zu sprechen«, erkläre ich.

»Mr Sparks nimmt im Augenblick keine neuen Klienten an …«

»Ich bin keine neue Klientin, Ma'am. Ich bin nur heute in der Stadt und muss mit ihm über Marlene Crocketts Tochter Vera sprechen. Vee.«

»Mr Sparks spricht ohne vorherige Terminvereinbarung nicht mit Reportern.«

Oh, bitte. »Ich bin keine Reporterin.« Ich hasse es, aber ab und zu ist meine zweifelhafte Berühmtheit auch von Vorteil. »Mein Name ist Gwen Proctor. Ich bin die Ex-Frau von Melvin Royal. Vielleicht könnten Sie ihn fragen, ob er bereit wäre, mich zu empfangen?«

Sie blinzelt, blinzelt noch einmal und sagt dann ohne die geringste Regung: »Bitte warten Sie einen Augenblick.« Die Tür wird wieder geschlossen, allerdings sanft, nicht mit einem Krachen, und ich tue, wie mir geheißen wurde. Nach weniger als einer Minute öffnet sich die Tür wieder, aber diesmal steht dort nicht der Hausdrache. Es ist ein älterer Mann mit silbriggrauen Haaren, die oben etwas dunkler sind als an den Schläfen. Er trägt ein gut gebügeltes und strahlend weißes Anzughemd, eine Krawatte mit Paisleymuster und eine Anzughose. Sogar die Hosenträger passen zur Krawatte. Und das Ganze kostet vermutlich mehr, als ich jemals für meine gesamte Garderobe ausgegeben habe.

Er lächelt und streckt mir die Hand entgegen. »Ms Proctor«, meint er und hebt dabei die Augenbrauen. »Sie bevorzugen ›Miss‹, habe ich recht? Ich gebe zu, ich habe Ihre … nun ja, Vergangenheit verfolgt. Ich hätte nie geglaubt, dass wir uns einmal im wahren Leben begegnen würden.«

Ich schüttle seine Hand und nicke. »Ich bin wegen Marlene und Vee Crockett hier.«

Das Lächeln verschwindet, und diesmal ist es an ihm zu nicken. »Ja, bitte kommen Sie doch rein. Ich fürchte, das wird kein langes Gespräch werden.«

Im Flur empfängt mich der Geruch von frischer Zitronenpolitur. Der Hartholzboden ist makellos sauber. An den Wänden hängt überraschend farbenfrohe Kunst, hauptsächlich von Gärten, allerdings habe ich keine Zeit, die Gemälde zu bewundern, während ich Mr Sparks den Gang entlang in ein geräumiges Büro folge. Ein riesiger roter Perserteppich bedeckt den Großteil des Bodens, auf dem ein großer, antik aussehender Schreibtisch und drei dazu passende Ledersessel stehen. Auch das Zimmer riecht angenehm nach Möbelpolitur, jedoch mit einem Hauch Tabak. Gegen meinen Willen atme ich tief ein. Meine Mutter hat früher die gleiche nach Zitronen duftende

Politur verwendet. Die Mischung im Raum weckt Erinnerungen in mir, an meine Kindheit und den süßen Pfeifenrauch meines Vaters.

Freundlich bietet mir Mr Sparks einen Sessel an und setzt sich hinter seinen Schreibtisch. Er wiegt sich einen Augenblick vor und zurück. »Wo sind nur meine Manieren geblieben? Kann ich Ihnen einen Kaffee anbieten? Eistee? Ich glaube, Mrs Pall hat auch eine Cremetorte gebacken, falls Sie möchten.«

»Nein, vielen Dank.« Obwohl ich in Versuchung bin, was die Cremetorte angeht.

»Nun denn. Erklären Sie mir doch bitte, wie Sie in diese Angelegenheit involviert worden sind, Ms Proctor.«

Wie jeder gute Anwalt bittet er mich, das zu verifizieren, was er bereits weiß. »Veras Mutter hat mich angerufen«, erkläre ich. »Und ich mache mir Sorgen, was hier vor sich geht, denn dem zufolge, was ich während des Anrufs verstanden habe, hatte Marlene keine Angst, dass ihre eigene Tochter sie umbringen würde.«

»Sie waren auch Ohrenzeugin, wenn man das so sagen kann, bei dem, was mit Vera passiert ist, nicht wahr? Detective Fairweather hat mir erzählt, dass er vorhatte, eine Aussage von Ihnen einzuholen.« Sein Dialekt stammt aus Wolfhunter, ist allerdings nicht sonderlich ausgeprägt. Mein Gegenüber ist vermutlich anderswo zur Schule gegangen und hat sich bemüht, ihn loszuwerden. Südstaatendialekte können an einigen Orten ein echtes Hindernis sein. Ich sehe mich nach der Abschlussurkunde um; die hat fast jeder Anwalt eingerahmt in seinem Büro hängen. Und da ist sie auch, rechts von seinem Schreibtisch, allerdings spiegelt sich das Fenster im Glas. Ich erkenne nicht, welche Schule er besucht hat.

»Ja, ich habe dort vorhin meine Aussage gemacht«, erkläre ich. »Ich denke, man wird sie Ihnen schicken.«

»Immer gut zu wissen, falls jemand etwas übersieht. Und lassen Sie mich Ihnen eine direkte Frage stellen: Glauben Sie, dass das Mädchen dieses schreckliche Verbrechen begangen hat?«

»Ich weiß es nicht«, erkläre ich wahrheitsgemäß. »Detective Fairweather hat mich nicht mit ihr sprechen lassen, was schade ist, denn ich hatte das Gefühl, dass … als hätten wir eine Art von Übereinkunft am Telefon. Zumindest genug, um sie lebendig durch das Ganze zu bringen.«

»Sie haben ihr höchstwahrscheinlich das Leben gerettet«, meint Sparks. »Unsere Polizei vor Ort ist nicht unbedingt perfekt ausgebildet. Sie hatte Glück, besonders weil …«

»Weil die Leute bereits wussten, dass es Probleme zwischen ihr und ihrer Mutter gab?«, beende ich den Satz für ihn, denn es scheint so, als würde er versuchen, das zu sagen, ohne es wirklich aussprechen zu müssen. »Das weiß ich.«

»Interessant«, meint Sparks. Er rollt in seinem Ledersessel ein Stück vor und verschränkt die Hände. Ich bin beeindruckt von seinem unglaublich aufgeräumten und sauberen Schreibtisch. Ein Postfach mit lediglich einem Ordner darin. Eine Miniaturbronzestatue von Justitia, komplett mit Augenbinde und Waage. Ein kleiner Richterhammer mit irgendeiner Gedenkplakette. Ein Schreibtischset, bestehend aus Stifthalter und Schreibtischschutz aus Leder, die beide unberührt wirken. Im Behälter befindet sich lediglich ein Stift. Ich weiß nicht, warum, doch auf mich wirkt diese Ordnung exzentrisch, schon beinahe seltsam. »Gehen wir noch einmal zurück. Als Marlene Crockett Sie angerufen hat, wirkte sie da so, als hätte sie vor jemandem Angst?«

»Ja. Oder vor irgendeiner Situation. Sie war da nicht wirklich genau.«

»Sie können nicht einmal eine Vermutung anstellen?«

»Nur, dass sie eine Krise zu haben schien und mir keine Details erzählen wollte, wenn ich nicht persönlich zu ihr käme, um mit ihr zu sprechen.«

»Was Sie nicht getan haben.«

»Nein.«

Er neigt leicht den Kopf. »Warum nicht?«

Ich denke an eine Million defensiver Entschuldigungen, doch dann sage ich: »Ganz ehrlich? Ich wollte mich nicht in irgendetwas hineinziehen lassen. Nach all dem, was letztes Jahr passiert ist …«

»Ja, ich verstehe, dass Sie sich vom Rampenlicht fernhalten wollten.« Den katastrophalen Auftritt bei Howie Hamlin erwähnt er nicht, auch wenn ich mir sicher bin, dass er davon weiß. »Ich vermute, Sie hatten auch in Erwägung gezogen, dass es sich um eine Falle handeln könnte, um Sie nach Wolfhunter zu locken … einen Ort im Nirgendwo, wo Sie kaum auf Unterstützung hoffen können.«

»Nun … ja. Hatte ich.«

»Aber jetzt glauben Sie das nicht mehr?«

Ich blinzle. »Marlene ist tot. Ganz offensichtlich hatte sie nicht grundlos Angst.«

»Das bedeutet nicht, dass es nicht trotzdem auch eine Falle sein könnte. Nur, dass der Köder jetzt größer ist.« Hector Sparks lehnt sich in seinem Sessel zurück, senkt das Kinn und starrt mich an. Er will gerade etwas sagen, als ich in der Ferne ein Klopfen vernehme. Es klingt rhythmisch, als würde jemand einen Nagel einhämmern. Oder gegen ein Rohr schlagen? Eine Spur von Verärgerung zuckt über sein Gesicht. Er nimmt das Telefon, das sich exakt ausgerichtet in der Ecke seines Schreibtischs befindet, und wählt eine Nummer. »Mrs Pall? Bitte benutzen Sie das Haustelefon, um den Wartungsleuten zu sagen, dass sie den Geräuschpegel etwas eindämmen sollen.«

Er legt auf. »Entschuldigung. Das ist ein altes Haus. Irgendwo muss immer etwas repariert werden.«

»Natürlich«, beschwichtige ich. »Es ist wunderschön. Sie erhalten es wirklich gut.«

»Vielen Dank. Nun, es befindet sich bereits seit sehr langer Zeit in der Familie.« Irgendetwas an dieser Aussage scheint ihn zu belustigen, aber dann ist dieses Aufflackern wieder vorbei und er wird ernst. »Ich möchte nur noch einmal klarstellen, was Vera Crockett in diesem County erwartet. Man hat vor, sie des vorsätzlichen Mordes anzuklagen und als Erwachsene vor Gericht zu stellen. Ihre Verteidigung fällt im Augenblick recht schwach aus, es sei denn, ich bin in der Lage, irgendwelche Zeugen aufzutreiben, die zeigen können, dass sie nicht dafür verantwortlich gewesen sein kann.«

Das Klopfen stoppt abrupt. Mrs Pall ist überaus effizient. Mr Sparks entspannt sich sichtlich. »Ah, das ist schon besser. Ms Proctor … ich hätte da eine etwas ungewöhnliche Bitte an Sie.«

»In Bezug auf …?«

»Ich möchte, dass Sie mit Vera sprechen. Ich werde Sie begleiten; alles, was sie Ihnen erzählt, ist durch die anwaltliche Schweigepflicht abgedeckt, und Sie können in dieser Angelegenheit als meine Vertreterin agieren. Sie würden mich sozusagen als Vermittlerin unterstützen. Ich bin auch bereit, Sie gut dafür zu bezahlen, damit Sie mir dabei helfen, dass sie ihre ganze Geschichte erzählt.« Er schüttelt den Kopf und ein Ausdruck der Verdrossenheit zieht über sein freundliches Gesicht. »Ich fürchte, sie mag mich nicht sonderlich, aber ich bin alles, was sie hat. Sie hat mit Ihnen gesprochen. Sogar von sich aus Kontakt aufgenommen. Ich habe nicht sonderlich viel Zeit, um ein Alibi für sie zu finden.«

»Wolfhunter ist doch wohl nicht *so* groß«, wundere ich mich.

»Sie kennen diese Stadt nicht. Veras Ruf war bereits … sagen wir: beschädigt. Hier wird schnell geurteilt und dicht gemacht. Falls ich ihre Zeugen nicht schnell finden kann, bekomme ich sie vermutlich überhaupt nicht mehr zum Reden.«

Ich möchte nicht noch tiefer in diese Angelegenheit hineingezogen werden; ich bin mir nicht einmal sicher, ob ich Vee Crockett wirklich helfen will. Dieses Telefonat mit ihr hat mich eher beunruhigt. Aber sie ist fünfzehn und allein, und er hat recht: Kleinstädte wie diese vergeben und vergessen nichts. »Mr Sparks, dieser Fall könnte die Aufmerksamkeit der Medien auf sich ziehen, und in so etwas möchte ich lieber nicht verwickelt werden.«

»Das ist angesichts Ihres, äh, aktuellen Rufs nur zu verständlich. Ich verspreche, es geht nur um ein Gespräch, dann ist die Sache zwischen uns erledigt, und Sie können mir ihre Verteidigung überlassen. Klingt das vernünftig?« Als ich nicht sofort antworte, senkt er seine Stimme, sodass sie wärmer und leiser klingt. »Sie ist mehr oder weniger im selben Alter wie Ihre Tochter. Und sie ist gefangen in einem Albtraum, völlig allein, abgesehen von der Hilfe, die ich bieten kann. Und wenn ich irgendeine Chance haben möchte, eine Verurteilung abzuwenden, vielleicht sogar die Todesstrafe … dann brauche ich Ihre Hilfe. Im Augenblick habe ich hier nur ein Mädchen, das im selben Zimmer wie ihre tote Mutter war, voll mit dem Blut ihrer Mutter. Ihre Fingerabdrücke sind auf der Schrotflinte, durch die Marlene ums Leben gekommen ist. Und ich vermute mal, dass sie nichts zu Ihnen gesagt hat, das sie entlasten würde.«

Ich schüttle den Kopf. »Und trotz alledem glauben Sie nicht, dass sie es getan hat?« Ich formuliere es als Frage. Sparks' Gesichtsausdruck bleibt völlig neutral.

»Ich glaube, sie verdient eine Chance, zu beweisen, dass sie es nicht getan hat«, antwortet er diplomatisch. »Aber sie spricht nicht mit mir, um mir bei ihrer Verteidigung zu helfen. Sie könnten der Schlüssel dafür sein.«

»Ich glaube nicht, dass mich die Polizei mit offenen Armen willkommen heißen wird.«

»Ich glaube eigentlich kaum, dass Sie sich sonderlich für das interessieren, was die Polizei will. Ich bringe Sie da schon rein. Falls Sie sich bemühen und Vee trotzdem nicht reden will, können Sie meine Bezahlung auch behalten und dann guten Gewissens wieder Ihrer Wege gehen.«

Ich denke darüber nach. »Warum haben Sie ihren Fall übernommen? Ihnen war doch sicherlich klar, dass Sie die Stadt gegen sich haben würden.«

Er schweigt einen Moment. Einen langen Moment. Dann beugt er sich langsam vor, sodass die Federn in seinem Ledersessel quietschen, und durchbohrt mich mit einem Blick, den ich nicht deuten kann. »Das habe ich mir nicht ausgesucht«, meint er dann. »Der Fall wurde mir zugewiesen. Glauben Sie mir, ich wäre lieber nicht dafür verantwortlich, aber so ist es nun einmal. Sind wir uns einig?«

Das sind wir.

Als er mir einen Scheck über eintausend Dollar aus einem dicken Kassenbuch mit Ledereinband schreibt, habe ich das ungute Gefühl, dass er damit mehr als meine Zeit erkauft. Aber einen Tausender kann ich nicht ablehnen, besonders nicht im Augenblick. Ich habe keine Idee, wie er diese Auslage erstattet bekommen will – falls überhaupt –, aber ich werde es nicht ablehnen, wenn er es schon anbietet. Und außerdem: Ich möchte Vera dazu bringen, ihre Geschichte zu erzählen. Ich will sie hören.

Also nehme ich den Scheck entgegen und bin damit angeheuert.

»Dürfte ich Ihre Handynummer haben?«, fragt er mich, und ich schreibe sie ihm auf. Als ich sie ihm überreiche, rutscht mein Ärmel hoch, sodass er die Filzstiftnotizen auf meinem Arm sieht. Er hebt eine ergraute Augenbraue. »Ist das meine Telefonnummer?«

»Falls mich die Cops verhaftet hätten«, erkläre ich.

»Wie originell. Ich erwarte, dass unser Termin heute Nachmittag stattfindet«, erklärt er. »Vielen Dank, Ms Proctor. Ich danke Ihnen für die Bereitschaft zu helfen.«

Als ich gehe, steht Mrs Pall im Foyer, als wäre sie ein Roboter, der dort an der Steckdose angeschlossen ist. Ihr Blick folgt mir. Ich kann dem Drang nicht widerstehen. »Wie ich höre, haben Sie Cremetorte gemacht«, spreche ich sie an. »Vielleicht könnte ich ja ein Stückchen davon mitnehmen?«

Sie funkelt mich böse an, ohne zu antworten, aber ich hatte auch nicht wirklich ein wohlwollendes Abschiedsgeschenk erwartet. Es macht mir nur Spaß, sie etwas zu reizen.

Plötzlich lächelt sie. »Ich wünsche Ihnen noch einen wunderschönen Tag, Mrs Royal.«

»Proctor«, korrigiere ich sie.

»Oh, ja, natürlich. Das hatte ich vergessen.« Wer's glaubt, wird selig.

Dann wird die Tür hinter mir geschlossen, und ich weiß auf Teufel komm raus nicht, wer von uns dieses Duell gewonnen hat. Noch lange starre ich die glänzende Oberfläche stirnrunzelnd an. Irgendetwas stimmt mit dieser Frau nicht. Ich habe keine Ahnung, was genau, sie ist mir einfach unsympathisch. Aber das kann mir auch egal sein.

Das einzig Vernünftige, was ich jetzt tun kann, während ich auf Hector Sparks' Anruf warte, ist es, ins Motel zurückzukehren, mit Sam zu sprechen und vielleicht etwas Klarheit darüber zu bekommen, was ihn so nervös macht.

* * *

Als ich Sam anrufe, klingt er kurz angebunden, aber normal. Der Anruf ist nur kurz, ich warte fünf Minuten auf Hector Sparks' akkurat geschnittenem Rasen, bis der SUV vorfährt. Sam sitzt allein darin. Schnell steige ich ein und starre ihn an, während ich den Gurt anlege. »Du hast sie allein gelassen?«

»Ja, hab ich«, bestätigt er. »Ich musste mit dir sprechen. Es sind nur zehn Minuten, Gwen. Lanny passt schon auf.«

»Okay«, sage ich, aber das ist es nicht, nicht wirklich. »Ein privates Gespräch. Klingt ernst.«

Er kommt direkt zur Sache. »Gwen … Ich möchte, dass du ernsthaft darüber nachdenkst, aus Stillhouse Lake wegzuziehen. Miranda Tidewell wird nämlich nicht aufgeben.«

»Das klingt, als würdest du sie persönlich kennen.« Darauf antwortet er nicht sofort. »Das tust du tatsächlich!« Ich bin verblüfft. Ich weiß nicht, was ich davon halten soll. Natürlich geht es mich nichts an, wen er kennt, aber *diese* Frau …

»Das tue ich.« Er sagt es leise und ich sehe, wie ungern er das zugibt. »Wir hatten Kontakt miteinander, nachdem ich von meinem letzten Einsatz zurückkam. Sie hat mich am Flughafen abgeholt. Hat mir geholfen, mich wieder in das Leben als Zivilist einzufügen und … herauszufinden, wie ich mit dem Mord an Callie umgehen soll.«

Ich verspüre einen Anflug von Ärger, unterdrücke ihn aber schnell wieder. Zumindest versuche ich es. »Sam, wenn ihr zwei etwas miteinander hattet, dann spuck's einfach aus.« Ich finde es schrecklich, dass ich tatsächlich eifersüchtig werde. Aber ich kann es nicht leugnen.

»Nein, so war das nicht«, leugnet er. »Hör mal, wir hatten doch schon einmal darüber geredet, dass ich zu den Stalkern gehört habe, die online hinter dir her waren, aber … wir haben nicht über das Ausmaß dessen gesprochen, was ich getan oder wie ich es getan habe. Sie weiß es. Und sie wird es verwenden.«

»Wie verwenden?«

»Um uns zu zerstören«, sagt er einfach.

Ich drehe mich zu ihm und sehe ihm lange in die Augen. »Kann sie das?«

Er sieht mich nur kurz an und richtet seine Aufmerksamkeit dann wieder auf die Straße. Wir biegen bereits auf die Hauptstraße ein. Es sind nur noch ungefähr fünf Blocks bis zum Motel. Plötzlich erscheint mir das wie ein langer Weg.

»Sie ist in der Lage, einfach alles zu tun, um dieses bodenlose Loch zu füllen, das einst ihre Seele gewesen ist«, erklärt er. »Melvin hat ihr das angetan. Sie ist gefährlich, Gwen. Für dich, vielleicht auch für die Kinder. Du musst das unbedingt verstehen, und zusammen müssen wir überlegen, wie wir uns davor schützen können.«

»Kann sie uns auch physisch gefährlich werden?«

»Ganz ehrlich, ich weiß es nicht. Ich weiß schon gar nicht mehr, wohin ich zuerst schauen soll. Es genügt nicht, dass wir auf der Hut sind; wir müssen auf einfach alles gefasst sein.«

»Das wussten wir doch schon die ganze Zeit«, gebe ich zu bedenken. »Immer. Dreihundertsechzig, dreihundertfünfundsechzig.« Das bedeutet 360 Grad Achtsamkeit, 365 Tage im Jahr. Unser persönlicher Code. Und der hat uns bisher nicht im Stich gelassen. »Ich habe das Gefühl, dass da noch mehr ist, was du mir nicht erzählst. Liege ich damit falsch?«

»Nein«, gibt er zu und atmet tief durch. »Eine Firma in Florida hat Kontakt zu mir aufgenommen. Sie suchen nach einem Privatpiloten, der in Bereitschaft für sie arbeitet. Gutes Gehalt, Versicherung, das ganze Paket.«

Ich schäme mich dafür, als Allerersten ein tiefes Gefühl der Angst zu empfinden, er hätte nun einen echten Grund gefunden, mich zu verlassen. *Uns* zu verlassen. Schnell verdränge ich es. »Glückwunsch. Denkst du darüber nach, den Job anzunehmen?« Das klingt wie eine Anschuldigung. Aber ich kann es nicht ändern.

»Bisher hatte ich das nicht ernsthaft getan«, meint er. »Bis Miranda aufgetaucht ist.«

»Glaubst du wirklich, dass sie dich in Florida nicht findet? Sie hat uns schließlich in Stillhouse Lake gefunden.« Ich blicke durch die Scheibe auf die heruntergekommene Stadt Wolfhunter, während sie an uns vorbeigleitet. Die Verzweiflung, die sie aus allen Poren ausstrahlt, lastet schwer auf mir. »Ich hatte mir geschworen, ich würde nicht mehr weglaufen.«

»Ich weiß, dass du das hast. Aber die Umstände haben sich geändert.«

»Haben sie das? Glaubst du wirklich, ich habe mehr Angst vor einer wütenden, trauernden Mutter als vor meinem mörderischen Ex, der Frauen *gehäutet* hat? Ich habe gesagt, ich würde nicht weglaufen. Und das werde ich auch nicht.« Ich rede so knallhart daher. Ich habe das Gefühl, das tun zu müssen, denn die Wahrheit ist: Wenn Sam diesen Job in Florida annimmt, wenn er uns verlässt … ich weiß nicht, was das bedeutet. Wir waren so sehr darauf bedacht, dem, was wir haben, keinen Namen und kein Etikett zu geben, dass ich nicht einmal weiß, was ich verlieren würde, bis auf … einfach alles.

Ich schlucke schwer. »Sam – ich kann das nicht. Nicht jetzt.«

»Wir können später darüber sprechen«, beruhigt er mich. Ich weiß, dass er ebenso damit zu kämpfen hat. Vielleicht noch mehr als ich, wenn das überhaupt möglich ist. »Okay. Wie ist dein Morgen gelaufen?«

»Es war interessant«, beginne ich, zu tausend Prozent erleichtert, das Thema wechseln zu können. »Ich gehe heute Nachmittag mit Vera Crocketts Anwalt noch mal aufs Revier, um sie zu sehen. Er hat Probleme, eine Aussage von ihr zu bekommen, und ich könnte sie vielleicht dazu bringen, offener zu sprechen.«

»Okay.« Er klingt nicht begeistert. »Also fahren wir morgen?«

»Ja.« Ich halte kurz inne. »Ist das in Ordnung?«

»Sicher«, meint er nur. Ich weiß nicht, warum, aber ich glaube, er lügt. Oder zumindest verschweigt er etwas Wichtiges. »Lanny wird froh sein, mit dir reden zu können. Ich habe mein Bestes gegeben, aber ein gebrochenes Herz …«

»… ist eher eine Sache für eine Mom?«, beende ich den Satz. »Vermutlich.« Ich erzähle ihm nicht, dass das einzige gebrochene Herz, das ich jemals hatte, der erste Mann ausgelöst hat, den zu lieben ich geglaubt hatte. Nach dem monströsen Verrat meines Ex-Manns gibt es nichts mehr, das damit vergleichbar wäre, und sicherlich auch nichts, das jemals wieder so wehtun kann.

Auch wenn der Gedanke, dass Sam gehen könnte, dem schon sehr nahe kommt. Ebenso der Gedanke, dass er und Miranda Tidewell … was auch immer füreinander waren. Ich frage mich, ob er mich in Bezug auf den Sex, oder den Mangel daran, angelogen hat. Sam lügt nicht oft, doch wenn er es tut, dann verstörend gut.

Mittlerweile haben wir das McDonald's passiert, in dem wir gefrühstückt hatten, und biegen auf den Motelparkplatz ein. Fast alle anderen Wagen, die hier vorher noch gestanden hatten, sind fort; vermutlich Camper auf dem Weg in den Nationalpark. Oder Pärchen, die sich nur stundenweise eingemietet hatten. Die Türen zu unseren beiden Zimmern sind geschlossen, aber ich sehe, wie sich der Vorhang in dem Zimmer bewegt, in dem meine Kinder untergebracht sind. Das löst etwas von der Anspannung in meiner Brust. Zehn Minuten, in denen sie allein sind, wirken im Augenblick wie eine lange Zeit. Ich habe das Gefühl, dass wir von Feinden umzingelt sind, die ich nicht klar umreißen kann.

Wir fangen beide gleichzeitig an zu reden. »Sam, ich weiß nicht …«

»Es tut mir leid, dass ich …«

Daraufhin verstummen wir beide und warten darauf, dass der andere fortfährt. Er tut es nicht. Also rede schließlich ich. »Ich weiß nicht, ob ich im Augenblick auch nur darüber nachdenken möchte, aus Stillhouse Lake wegzuziehen. Die Kinder – sie haben gerade erst damit begonnen, sich sicher zu fühlen und …« Ich verstumme. Er nickt. »Ich sage nicht, dass du den Job nicht annehmen sollst. Das solltest du, wenn es das ist, was du willst. Ich werde dir nicht im Weg stehen.«

Ich steige aus dem SUV, bevor er Gelegenheit zu einer Antwort hat. Ich will sie gar nicht hören. Ich gehe direkt zur Tür der Kinder und klopfe. Bevor ich auch nur ein zweites Mal klopfen kann, wird die Tür aufgerissen und Lanny wirft sich mir in die Arme. Ich gehe mit ihr hinein, ohne die Umarmung zu lösen. »Ich hab mir Sorgen gemacht«, schnieft sie. »Du warst ziemlich lange weg.«

»Es geht mir gut«, versichere ich ihr. Ich drücke sie leicht von mir weg und mustere sie genauer. Sie hat entweder geweint oder darum gekämpft, es nicht zu tun. Ihr Gesicht ist verschwollen und sie sieht elend aus. Ich umarme sie erneut und streiche ihr über die seidigen bunten Haare. »Du kennst mich doch. Ich verlasse euch nicht. Noch nicht mal, wenn ihr das wollt, denn ich bin die nervigste Mom aller Zeiten.«

Sie lacht ein wenig und drückt mich noch fester. Ich sehe zu meinem Sohn hinüber, der uns schweigend über den Rand des Laptops hinweg ansieht. »Hey, Großer«, meine ich. »Wie läuft's?«

»Gut«, sagt er. »*Ich* bin hier nicht derjenige, der am Rad dreht.«

»Sei nett«, ermahne ich ihn.

»Genau«, ergänzt Lanny und dreht ihr Gesicht in seine Richtung, presst es aber weiterhin an mich. »Sei nett, Trottel.«

»Und du.« Ich gebe ihr einen sanften Klaps auf den Kopf. »Lass diese Beschimpfungen.«

»So ist sie schon den ganzen Tag«, erklärt Connor. »Ist mir egal.« Ist es ihm allerdings nicht wirklich. Er und Lanny waren in der Zeit, in der ich im Gefängnis und dann vor Gericht war, alles füreinander. Selbst nachdem ich zurückgekommen war, standen sie sich weiterhin sehr nahe. Das mussten sie. Es hieß: wir gegen die Welt. Ich weiß, dass das irgendwann enden muss … aber bitte noch nicht jetzt. Das könnte ich nicht ertragen. »Diese Stadt ist wirklich seltsam, Mom. Sie wurde gegründet, weil hier Bären und Wölfe und so was gefangen und erlegt wurden; und dann gab es noch eine Eisenmine. Außerdem steht in einigen historischen Berichten, dass es hier auch Diebesbanden gegeben hat, die Leute ausgeraubt und ihre Leichen im Wald vergraben haben.«

»Okay.« Ich setze mich auf den Rand des Betts, auf dem er hockt. »Interessante Hintergrundinformationen. Noch irgendetwas Aktuelleres?«

»Drei Frauen werden vermisst«, erklärt er. Mir gefällt, dass er sich immer sehr exakt artikuliert; trotz seines Alters begeht er nicht den Fehler, erwachsene Frauen als Mädchen zu bezeichnen. »Und dann sind da noch ein paar jüngere, die vielleicht weggelaufen sind, vielleicht aber auch nicht. Und verschwundene Wracks! Ziemlich cool, Mom, schau dir das mal an.«

Er dreht den Laptop zu mir, morbide Begeisterung in seinem Gesicht. Es handelt sich um eine Website für paranormale Aktivitäten, auf der über einen verheerenden Autounfall in der Nähe von Wolfhunter berichtet wird – zwei Wagen, ein Frontalzusammenstoß. Anscheinend wurde ein Jäger, der sich im Wald auf dem Hügel darüber aufhielt, Zeuge davon, doch bis es ihm gelungen war, ein Handysignal zu bekommen, die

Cops zu rufen und sich zum Unfallort zu begeben … waren da keine Wracks mehr. Keine Leichen. Die Reifenspuren und Trümmerteile am Straßenrand hätten auch schon seit Tagen dort sein können. Der Artikel vertieft sich in eine lokale Legende über einen tödlichen Autounfall in den Vierzigerjahren, bei dem es mehrere Tote gab, und ein Geisterauto, das seitdem auf der Straße spukt.

Seltsam. Marlene hatte doch ein Wrack erwähnt.

»Wann war das?«

»Letzte Woche«, antwortet Connor. »Aber es hat schon vor Jahren eine Geschichte über ein Geisterauto gegeben, das auf derselben Straße fuhr. Einige glauben, dass das mit den verschwundenen Frauen zu tun hat. Vielleicht hat das Geisterauto sie mitgenommen.«

»Ernsthaft, Connor?« Lanny verzieht das Gesicht. »Geister? Echt jetzt?«

Ich sehe, wie der Zorn in meinem Sohn erwacht. »Als ob du nicht auch schon um Mitternacht drei Mal Bloody Mary vor dem Spiegel gesagt hättest.«

»Hab ich nicht!«

»Ich hab dich doch beobachtet!«

»Schluss damit!« Diesmal muss ich die Stimme erheben. Ich blicke beide abwechselnd böse an, bis sie wegsehen. »Genug jetzt! Connor, ich danke dir. Ich bin mir nicht sicher, ob uns das Geisterauto weiterbringt, aber alles ist möglich. Also, ihr zwei …«

»Ich will meinen Laptop wiederhaben«, wirft Lanny ein.

»Na schön, nimm ihn doch«, faucht Connor. »Wird auch Zeit, dass du mal was Nützliches machst; die ganze Zeit hast du nur rumgeheult, weil dich deine blöde Freundin nicht mehr mag!«

Sämtliche Farbe schwindet aus dem Gesicht meiner Tochter und dann wird sie puterrot. Sie greift sich ihren Laptop, läuft in das angrenzende Zimmer und knallt die Tür so hart hinter sich zu, dass der Boden vibriert. Streng sehe ich meinen Sohn an. »War das denn wirklich nötig?«, frage ich ihn.

»Na, es stimmt doch. Sie bläst schon seit Tagen Trübsal und tut so, als wäre sie der einzige Mensch auf der Welt. Ich hab das echt satt!«

»Weißt du noch, was war, nachdem sie herausgefunden hatte, dass du mit deinem Dad gesprochen hast?«, frage ich ihn. »Was hat sie gemacht?«

Er sieht weg. »Aber das ist doch was anderes …«

»Kein Aber. Was hat sie getan, als sie herausgefunden hat, dass du losgezogen bist, um ihn zu treffen?«

Er senkt die Stimme. »Sie ist mir hinterhergekommen. Hat mir geholfen zu entkommen. Hat mich beschützt.«

»Sie hat für dich gekämpft, Schatz. Sie ist deine große Schwester und sie wird dich immer beschützen. Und du solltest sie ebenfalls beschützen. Sogar vor dir, wenn du nicht zufrieden mit ihrem Verhalten bist.«

»Sie hat doch angefangen.«

»Und sie ist diejenige, die im Augenblick Kummer hat. Also lass das, okay?«

Er nickt und verschränkt die Arme. Eine defensive Haltung, aber ich kenne meinen Sohn; ich sehe, dass er darüber nachdenkt. Und es bereut. Ich umarme ihn fest und flüstere ihm ein »Danke« zu.

»Sie ist trotzdem doof«, grummelt er.

»Sie darf manchmal auch doof sein. Du ebenso, aber im Augenblick musst du sie unterstützen, okay? Danke, dass du so gut recherchiert hast. Das wird uns helfen.« Ich habe noch keine Ahnung, wie es uns helfen wird, aber mehr Hintergrundinformationen über Wolfhunter schaden auf keinen Fall. Falls Marlene tatsächlich etwas gesehen hat – etwas

Reales –, dann gibt uns das einen Anhaltspunkt. »Hör mal, ich werde versuchen, mit ihr zu reden. Okay?«

Er nickt. Eindringlich blicke ich Sam an, der sofort schaltet. »Hey, Connor, ich könnte noch etwas Hilfe dabei gebrauchen, das Mittagessen zu besorgen. Na los, fahren wir eine Runde.«

»Okay.« Connor rutscht vom Bett und folgt ihm. Sam wirft mir noch einen Blick zu, bevor er die Tür schließt. Ich hauche ein *Danke* und er nickt. Wir haben eine Menge zu besprechen, doch seine Liebe für meine Kinder ist für mich einfach unendlich kostbar.

Ich klopfe an die Verbindungstür. Als keine Antwort kommt, gehe ich durch die Tür von Zimmer sechs nach draußen und benutze meinen eigenen Schlüssel, um die Tür zu Zimmer fünf zu öffnen.

Frustriert schnauft Lanny auf und dreht sich zur Seite, um mir den Rücken zuzukehren, als ich die Tür schließe. »Willst du mir davon erzählen?«, frage ich sie.

»Warum? Dir ist das doch egal.«

»Du weißt genau, dass das nicht stimmt, Schatz.«

Sie schluchzt leise, und ich tue so, als würde ich es nicht merken. Es bricht mir das Herz, doch gleichzeitig weiß ich, dass sie das überwinden muss. Sich einen Panzer wachsen lassen muss, den sie brauchen wird, um sich für den nächsten Herzschmerz zu wappnen, und den nächsten.

Als ich mich neben ihr auf das Bett lege, dreht sie sich um und schmiegt sich an mich. Ich streiche ihr übers Haar, versichere ihr, dass alles gut wird, und sie weint wie ein verletztes Kind. Schließlich hickst sie noch einmal schluchzend auf.

»Hast du heute mit Dahlia gesprochen?«

»Nein«, sagt sie. »Nicht wirklich. Sie hat mir nur eine Sprachnachricht geschickt, nicht wie versprochen mit mir per Skype geredet, und jetzt … jetzt schreibt sie mir nicht mal mehr zurück. Ihre Mom … ihre Mom will mich nicht mehr in ihrer

Nähe haben.« Sie schluckt heftig. »Ist das, weil sie nicht will, dass Dahlia lesbisch ist?«

»Das weiß ich nicht«, gebe ich zu. »Vielleicht. Aber vielleicht hat es auch gar nichts mit dir zu tun. Vielleicht geht es um mich und diese Sache mit der Dokumentation. Falls ja, tut es mir wirklich sehr, sehr leid, Lanny. Und ich werde tun, was ich kann, um das besser zu machen, okay?«

Sie schluckt weitere Tränen hinunter, nickt und murmelt dann irgendetwas, das ich nicht verstehe. Ich hake nach.

Sie fragt mich: »Wie habe ich meinen Dad nur jemals lieb haben können? Was stimmt mit mir nicht? Wie konnte ich das nur tun?«

Ich spüre, wie es mir die Brust zuschnürt. Ich kenne diese Fragen. Ich habe sie mir jeden Tag selbst gestellt.

Ich drücke sie noch fester an mich. »Er war dein Vater«, erkläre ich. »Wir haben ihn alle geliebt, zumindest eine Weile. Die Dunkelheit in ihm gehörte nur ihm. Wir konnten nicht wissen, dass sie da war. Mit dir stimmt alles. Okay?«

»Okay.« Sie steht auf und geht ins Bad. Ich höre, wie sie sich die Nase schnäuzt und das Gesicht wäscht. Als sie zurückkommt, sieht sie etwas gefasster aus. »Tut mir leid.«

»Schon gut. Mir tut es leid, dass es im Augenblick nicht so gut aussieht. Ich wünschte, ich wüsste, wie ich die Situation verbessern könnte.«

Sie stößt einen langen, zittrigen Seufzer aus. »Ich muss irgendetwas tun, um mich abzulenken. Kann ich mit dir kommen? Ich will nicht hier bleiben.«

»Nein, Lanny. Ich gehe ins Gefängnis.«

Sie wird munter. »Du meinst, um Vera Crockett zu sehen?«

Ich wünschte, ich hätte nichts gesagt. »Ja. Aber …«

»Ich kann dir helfen!«

»Nein, Schatz, tut mir leid. Ich glaube nicht, dass das erlaubt wäre.«

»Aber ich könnte deine Assistentin sein! Ich könnte Notizen machen und so etwas.«

»Nein«, sage ich. Und meine es auch so.

»Wirklich? *Wirklich?* Und jetzt willst du mir sagen, dass ich hierbleiben und warten soll wie ein … wie ein Kind? Wie Connor? Vee ist so alt wie ich, Mom! Und sie braucht Hilfe! Ich will helfen!«

»Und das kannst du auch«, beschwichtige ich. »Das verspreche ich dir. Aber nicht …«

»Ich komme mit«, unterbricht mich Lanny. »Und ich werde nicht weiter mit dir darüber diskutieren.«

Mit Verdruss erkenne ich diesen Tonfall. Es ist der gleiche, den ich benutze, um einen Streit zwischen den Kindern zu beenden. Lanny steht vom Bett auf, geht ins Bad und schließt die Tür. Ich höre fließendes Wasser. Sie nimmt eine Dusche.

Es klopft an der geschlossenen Verbindungstür. Ich öffne sie, und vor mir stehen Sam und Connor, beide mit Essen beladen. Natürlich handelt es sich um Fast Food; in dieser Stadt gibt es sonst nichts weiter bis auf einen kleinen Diner, der so aussieht, als würde er nur für Stadtbewohner zugänglich sein.

Ich habe nicht vor, meine Tochter mitzunehmen. Niemals.

Zumindest bis mein Telefon klingelt, gerade während ich noch meinen Hamburger esse, und ich vom Tisch aufstehe, um Hector Sparks' Anruf entgegenzunehmen. »Ich habe einen Gesprächstermin vereinbart«, berichtet er mir. »Detective Fairweather ist nicht sonderlich erfreut, aber ich halte es für eine gute Idee. Sie wird uns sicherlich mehr Informationen geben, wenn sie sich wohlfühlt, und ganz augenscheinlich fühlt sie sich wohler mit Ihnen.«

Ich atme tief ein, und bevor ich noch länger darüber nachdenken – und es mir selbst wieder ausreden – kann, sage ich: »Meine Tochter kommt mit.«

»Ihre Tochter?«

»Atlanta. Sie ist fünfzehn, im selben Alter wie Vera, wie Sie ja selbst schon angemerkt haben. Ich glaube, es könnte sich als nützlich erweisen, wenn sie mit im Raum ist. Vielleicht entspannt das Vera etwas.«

»Sie machen sich keine Sorgen darüber, Ihr Kind dem auszusetzen, was Vera möglicherweise sagen könnte?«

»Sie hat schon Schlimmeres gehört«, erkläre ich mit Nachdruck. »Das können Sie mir glauben.«

»Nun, ich würde *meine* Tochter sicherlich nicht darin involvieren wollen. Aber … immerhin reden wir hier über das Leben eines Kindes. Man wird ganz sicher versuchen, Vee als Erwachsene vor Gericht zu stellen. Und in Tennessee gibt es die Todesstrafe.«

»Wir werden pünktlich vor Ort sein. Aber nur, um das klarzustellen: Meine Tochter wird nicht reden. Sie ist nur als meine … Assistentin dabei.«

»Verstanden«, stimmt er zu. »Danke, Ms Proctor. Das ist eine große Erleichterung. Man erwartet uns um fünfzehn Uhr beim Countygefängnis. Die Fahrt dorthin dauert ungefähr eine halbe Stunde. Wir treffen uns dann dort.«

Ich sehe nach, wie spät es ist. Dreizehn Uhr. Ich drehe mich um und betrachte meine Familie: Sam, der gerade über etwas lächelt, das Connor gesagt hat, und meinen Sohn mit echter Liebe anschaut. Lanny, die an den Salatblättern auf ihrem Burger herumzupft, während ihre feuchten Haarspitzen noch tropfen. Connor, mit diesem Leuchten in seinen Augen, das mir zeigt, dass er gerade über etwas spricht, was ihn leidenschaftlich begeistert.

»Bis später«, verabschiede ich mich von Mr Sparks. Ich hoffe, ich tue das Richtige. In diesem Augenblick kann ich nur darum beten, dass ich nicht gerade einen ernsthaften, vielleicht tödlichen Fehler begangen habe.

Kapitel 10

Gwen

Sam stimmt bereitwillig zu, dass wir alle gemeinsam fahren und vorher auch schon mal aus dem Motel auschecken sollten; ehrlich gesagt wirkt er etwas *zu* erpicht darauf, doch genau wie er empfinde ich das Motel als bedrückend. Connor hat eine Unterkunft namens Wolfhunter River Lodge gefunden, die näher am Wald liegt; die Beschreibung klingt nett und das Haus sieht gemütlich aus.

Die Fotos waren nicht übertrieben. Die Lodge befindet sich ungefähr acht Kilometer außerhalb von Wolfhunter. Sie ist rustikal, von bescheidener Größe, die Zimmer sind groß und durch die Fenster hat man einen atemberaubenden Blick auf den Wald. Der Eigentümer scheint sich über unsere Anmietung zu freuen. Als wir vor unseren aneinandergrenzenden Zimmern stehen, zieht Sam mich für ein kurzes Gespräch beiseite.

»Ich nehme Lanny mit zur Befragung«, erkläre ich ihm als Erstes. »Vertrau mir einfach. Ich glaube, es ist wichtig, sonst würde ich es nicht tun. Lanny braucht im Augenblick das Gefühl, nützlich zu sein.«

Ich erkenne deutlich, dass Sam das nicht gefällt, aber er widmet sich stattdessen lieber einem anderen Thema. »Gib mir dein Handy.«

Verblüfft tue ich, was er mir sagt, und er reicht mir ein brandneues. Stirnrunzelnd sehe ich es an. Ein weiteres Prepaidhandy. »Was soll das?«

»Zeit für einen Wechsel«, meint er schlicht. »Vielleicht bin ich nur etwas paranoid wegen der Dokumentarfilmer, aber wir haben unsere Nummern schon seit einer Weile nicht mehr gewechselt. Vertraust du mir?«

»Natürlich. Was ist mit den Kindern?«

»Deren Handys habe ich schon ausgetauscht. Ich habe die Nummern eingespeichert, die sie vielleicht anrufen möchten, außerdem die Nummern von uns beiden. Du hast mich, Connor, Lanny, Kez, Prester, Javier, Mike und deine Mom bereits hier eingespeichert.«

»Ich sollte wohl auch noch Sparks und Fairweather dazunehmen«, meine ich. »Nur zur Sicherheit.«

Er gibt mir das alte Handy zurück und ich füge sie meiner Kontaktliste hinzu. Dann gebe ich es ihm wieder. »Du entsorgst sie?«, frage ich. Er nickt. »Sam … Was ist denn los?«

»Jetzt nicht«, meint er. Er sieht auf das Handy, das er in der Hand hält. »Wir reden heute Abend darüber.«

Ich schaue auf die Uhr. Er hat recht; ich muss mir Lanny schnappen und los, wenn wir noch rechtzeitig beim Gefängnis sein wollen. Vorausgesetzt, Sparks' Adressangabe ist korrekt. Ich klopfe an die Verbindungstür und Lanny öffnet. Sie hat Make-up aufgelegt und sieht wieder etwas mehr wie sie selbst aus. »Geht's los?«

»Wenn du bereit bist.«

»Bin ich.« Sie sieht über ihre Schulter und senkt die Stimme. »Connor hat sich übrigens entschuldigt.«

»Er wollte deine Gefühle nicht verletzen. Jedenfalls nicht so sehr.«

»Ich weiß.« Sie seufzt. »Bei ihm ist es so, als würde man eine Distel umarmen, Mom.«

»Bei dir doch auch.«

Sie grinst und ich muss ebenfalls grinsen. »Liegt wohl in der Familie«, meint sie trocken. »Du bist allerdings eher Stacheldraht.«

»Verdammt richtig«, nicke ich und halte eine Faust für den Faustcheck hoch. Sie verdreht die Augen. »Ist das schon nicht mehr cool?«

»Gehen wir einfach«, meint sie. »Connor sagt, dass Sam mit ihm eine Runde in den Wald will.«

»Bist du sicher, dass du stattdessen nicht lieber mit ihnen gehen willst …?«

»Pff. Ich hab schließlich extra Make-up aufgelegt.«

Sie hat recht. Einen Kilometer in dieser Hitze und ihr sorgfältig aufgetragener Lidschatten und Eyeliner würden zu einer verschwitzten Masse verwischen. »Dann fahren wir.«

Die gesamte Fahrt zum Countygefängnis über zweifle ich an meiner Entscheidung. So stark und fähig sie auch sein mag, meine Tochter ist noch nicht erwachsen. Wenn das letzte Jahr und unsere Begegnungen mit Absalom und dem Vater meiner Kinder mir eines gezeigt haben, dann, dass meine Kinder tapfer und clever sind, aber nicht immer die klügste Entscheidung treffen. Die *sichere* Entscheidung.

Und das haben sie vermutlich von mir.

Das Countygefängnis ist gesicherter als die Polizeiwache von Wolfhunter. Ich muss meinen Ausweis bei einem Wachtor vorzeigen, bevor ich eine Parkerlaubnis erhalte und auf den Platz gewunken werde. Auf der Parkfläche stehen mindestens noch dreißig andere Fahrzeuge; die meisten scheinen recht grob behandelt worden zu sein. Ich fahre so nah an die vorderste Reihe wie möglich und wende mich meiner Tochter zu. »Okay, du musst das hier wirklich ernst nehmen, verstanden? Das ist kein Spiel. Und das, was wir hier tun werden, ist nicht wirklich sicher.«

Sie nickt langsam. »Ich weiß.«

»Tust du das?« Ich mustere sie genau. »Ich mache hier keine Scherze, Lanny. Du musst tun, was ich dir sage, was dir die Wachen sagen, was dir der Anwalt sagt. Keine Diskussionen und kein Zögern. Falls es irgendwelche Probleme gibt, ziehst du den Kopf ein und bringst dich in Sicherheit. Und du wirst *nicht* auf mich warten. Verstanden?«

Ich mache ihr Angst, das sehe ich. Gut. Sie soll auch Angst haben. Sie sagt nichts, nickt aber noch einmal.

»Okay«, meine ich. »Gehen wir. Lass mich nicht bereuen, dass ich mich darauf eingelassen habe, okay?«

Wir gehen den kurzen Weg in der Hitze vom Parkplatz zu den schweren Türen des Countygefängnisses. Drinnen finden wir einen gut beleuchteten Empfangsbereich vor, mit einem einschüchternden riesigen Tresen, der über die gesamte Länge des Raums verläuft. Er ist aus altem Holz und wurde offensichtlich irgendwann um eine kugelsichere Scheibe ergänzt, die sich vom Tresen bis zur Decke spannt. Nur ein Fenster ist offen, und vor uns stehen vier Leute an. Es dauert eine Weile. Ich sehe weder Hector Sparks noch Detective Fairweather irgendwo. Wir erhalten unsere Besucherausweise – auch wenn die Frau hinter dem Tresen meine Tochter lang und anklagend anstarrt – und setzen uns auf eine Bank. Es dauert nicht lange, bis unsere Nummern aufgerufen werden. Man führt uns zu einer Tür am Ende des Tresens, die summt. Auf einem Schild steht: »Nur ziehen, wenn Summen oder Alarm ertönt.« Ich frage mich, wie oft sie es hier wohl mit einer Alarmsituation zu tun haben. Anscheinend oft genug, um ein Schild aufzustellen.

Detective Fairweather wartet im Gang. Er sieht nicht erfreut aus, und als er Lanny bei mir sieht, wirkt er einen Augenblick richtiggehend angefressen. Das hält allerdings nicht lange an. Er nickt uns beiden zu. »Ms Proctor. Und wer ist das?«

»Lanny«, erkläre ich.

»Ihre Assistentin«, ergänzt Lanny in einem Tonfall, der keinen Widerspruch duldet. Er starrt erst sie lange an, dann wieder mich. Richtet den Tadel dorthin, wo er hingehört.

»Das ist nicht der richtige Ort für ein Kind«, meint er.

»Seltsam, wo Sie doch ein Mädchen im selben Alter hier festhalten«, kontere ich. »Meine Tochter könnte nützlich sein, damit Vee wirklich offen über das spricht, was im Haus vorgefallen ist.«

»Und Sie glauben, Ihre Tochter sollte das hören?«

Ich blinzle nicht einmal. »Detective, ich garantiere Ihnen, dass sie damit zurechtkommt.«

Zumindest lässt er sich zu keiner Diskussion herab. Er könnte es sowieso nicht verhindern, denn in diesem Augenblick sehe ich Hector Sparks im Gang hinter ihm auftauchen. Der Anwalt ist hemdsärmelig und ohne Jacke unterwegs und wirkt etwas überhitzt. »Da sind Sie ja«, meint er und hält dann inne. Ich sehe, wie er meine Tochter wahrnimmt, die hinter mir steht. Es dauert lediglich eine Sekunde, dann ist seine Aufmerksamkeit wieder auf mich gerichtet. »Kommen Sie mit. Unsere Besuchszeit ist begrenzt.«

»Wodurch?«, fragt Lanny, noch bevor ich dazu komme.

»Meine Termine«, meint Sparks, was eine seltsame Aussage ist; seine übrigen Fälle sind doch sicherlich nicht so dringend wie ein fünfzehnjähriges Mädchen, dem die Todesstrafe droht. Doch bevor ich weiter nachhaken kann, dreht er sich um und geht, und wir folgen ihm. Detective Fairweather bleibt zurück.

»Wir reden später!«, ruft er mir hinterher, und ich hebe die Hand, um zu signalisieren, dass ich ihn gehört habe. Falls er es auf meinem Handy versucht, wird er keinen Erfolg haben; ich werde ihn anrufen müssen. Und ehrlich gesagt bevorzuge ich das auch.

Während wir den langen, engen Gang auf das verschlossene Tor zugehen, sehe ich auf der linken Seite Büros – kahle, fensterlose Räume mit Schreibtischen und Aktenschränken und sonst nichts, was auf Menschlichkeit hindeutet. Keine Stofftiere oder Einhornkalender. Keine Familienfotos. Ich denke mal, das ist clever; dadurch bleibt alles sachlich und verhindert, dass sich persönliche Beziehungen bei den Mitarbeitern entwickeln, speziell mit Häftlingen.

Dennoch ist es deprimierend.

Am Tor werden wir drei von einer Wache auf der anderen Seite durchgelassen; es handelt sich um eine Schleuse, an deren anderem Ende sich ein weiteres Tor befindet. Der Wachmann im Inneren ist durch ein kugelsicheres Büro geschützt. Das County mag klein und arm sein, doch die Cops hier gehen kein Risiko ein. Sobald wir die Schleuse passiert haben, befinden sich nur noch ein paar Zellen auf der rechten Seite. In der ersten sitzt eine ältere Frau in einem neongelben Overall, die, mit dem Gesicht zur Wand gedreht, auf ihrer Liege zu schlafen scheint.

Vee Crockett befindet sich in der zweiten Zelle.

Sie sitzt auf dem kleinen, schmalen Bett, steht jedoch langsam auf, als sie uns sieht. Ihr Blick ist zuerst auf Hector Sparks konzentriert, wendet sich dann jedoch mir zu. Und danach Lanny, die etwas weiter vom Gitter entfernt hinter mir steht. Das Mädchen wirkt gebrochen. Ich erkenne diesen starren Blick, zu gleichen Anteilen stumpfe Verwirrung und Betäubung. Ihre dunklen Haare sind wirr, und ihre Augen haben das klarste Grün, das ich jemals gesehen habe. Und sie sind völlig ausdruckslos. Ich weiß wirklich nicht, in was wir hier hineingeraten sind.

Ein Wachmann hat uns bis hierhin begleitet. »Na gut«, sagt er. »Sie alle drei, treten Sie zur Wand. Und bleiben Sie da.«

Zufrieden sehe ich, dass Lanny sofort gehorcht. Ich selbst bin nur einen halben Schritt hinter ihr. Hector Sparks scheint die Anweisungen nicht wirklich zu verstehen. Der Wachmann nähert sich Vees Zelle, bereit, sie aufzuschließen, hält aber noch einmal inne, um dem Anwalt gegenüber seine Anweisungen zu wiederholen. Sparks gesellt sich zu uns an der Wand.

Ich habe das Gefühl, als hätte man ihm heute zum ersten Mal in seinem Leben einen Befehl erteilt, dem er Folge zu leisten hat.

»Es läuft folgendermaßen ab«, erklärt uns der Wachmann, während er neben Vees Zelle steht. »Ich werde ihre Zelle aufschließen, ihr Fesseln anlegen, und dann gehen wir Ihnen voraus in den Befragungsraum. Sie bleiben immer drei Meter hinter mir; Sie werden per Kamera überwacht. Verletzen Sie diese Regeln, werden Sie sofort wieder nach draußen eskortiert.«

»Wir haben verstanden«, bestätige ich.

»Im Befragungsraum wird sie an den Tisch gefesselt. Es ist Ihnen nicht gestattet, auf ihre Tischseite zu gehen, ihr irgendwelche Gegenstände zu überreichen oder sie irgendwie zu berühren. Haben Sie diese Anweisungen verstanden?«

»Ja«, gebe ich zur Antwort und meine Tochter sagt dasselbe. Sparks lässt sich Zeit mit seiner Antwort, stimmt aber schließlich ebenfalls zu.

Wir halten uns an die Vorschriften. Ich übernehme die Führung; ich möchte nicht, dass Lanny sich zu sehr erregt, und auch nicht, dass Sparks arroganterweise annimmt, sein rechtlicher Status würde ihn von den Regeln befreien. Also folgen die beiden mir, und ich sorge streng dafür, dass sich auf dem ganzen Weg immer mehr als drei Meter zwischen den Fersen des Wachmanns und meinen Zehen befinden. Das ist einfach zu befolgen, da sich auf dem Boden sowieso alle drei Meter Markierungen befinden. Er hält vor einem weiteren Tor, und sofort bleibe ich stehen; Lanny läuft beinahe in mich hinein.

»Hey, Schätzchen«, ertönt eine Stimme aus den Zellen rechts von uns. »Bist du aber ein hübsches Herzchen.«

Lanny rückt näher zu mir auf. Der sanfte Südstaatenakzent der Frau hat eine gewisse Schärfe, und ich habe keinerlei Zweifel daran, dass dieser Kommentar an meine Tochter gerichtet ist.

»Du siehst aus, als wüsstest du eine gute Zeit zu schätzen.«

Ohne die Gefangene anzusehen, sage ich: »Halt die Klappe oder ich zieh dir deine Zunge durch deinen Arsch wieder raus.«

»Mein Gott, Alte, komm wieder runter«, gibt die Frau beleidigt zurück. Ich sehe sie an. Es handelt sich um eine weiß blondierte Frau, ungepflegt und verwahrlost, so hager wie ein Skelett. Die Vermutung liegt nahe, dass sie wegen eines Drogenvergehens einsitzt.

»Setz dich wieder hin«, weise ich sie an. Irgendetwas muss ich mit meinem Tonfall oder meinen Augen ausdrücken, denn sie nimmt die Hände hoch und weicht von den Gitterstäben zurück. Ich war selbst schon im Gefängnis. Ich weiß, wie das hier läuft.

Das Tor am Gangende öffnet sich. Der Wachmann scheucht Vee in die Schleuse und wir müssen auf der anderen Seite warten.

Niemand sonst belästigt mein Kind.

Nachdem wir die Doppeltore passiert haben, befinden wir uns in einem Bereich mit kleinen Zimmern. Vee ist im ersten und bereits mit Knöchelketten an den Boden gefesselt, als wir eintreten, die Kette ihrer Handschellen wird durch ein dickes Metallband auf ihrer Tischseite fixiert.

Noch einmal rattert der Wachmann gelangweilt die Regeln herunter, dann verlässt er uns und verriegelt die Tür hinter sich. Auf unserer Tischseite stehen drei Stühle. Ich nehme den am weitesten von der Tür entfernten und setze Lanny auf den mittleren. Vee starrt erst mich an, dann Lanny; Sparks ignoriert sie, als wäre er gar nicht anwesend. Darunter sehe ich, wie sich etwas regt. Möglicherweise Wut. Hoffnung. Irgendetwas tief Sitzendes und Emotionales.

»Miss Crockett, ich bin Hector Sparks, wir haben bereits miteinander gesprochen«, beginnt Sparks. Nichts. Als wäre sie taub geworden. »Ich sollte wohl berichtigen, ich habe gesprochen, und Sie haben so getan, als würden Sie nicht zuhören. Ich dachte, ich bringe Ihnen jemanden mit, den Sie bereits kennen, um uns beiden durch diesen Prozess zu helfen.«

Plötzlich starrt sie ihn an. »Verschwinden Sie«, sagt sie nur.

»Das kann er nicht«, erkläre ich ihr. »Er ist dein Anwalt. Wenn er geht, müssen wir auch gehen.«

Das gefällt ihr nicht; ich sehe ein Aufblitzen von Gereiztheit in ihrem Gesicht, dann ist ihr Blick wieder leer. »Na schön«, gibt sie nach und lehnt sich zurück. Ihre Fesseln scheppern auf dem Tisch. Sie schaut nach oben und fixiert irgendeinen Punkt über ihrem Kopf. Ich warte, aber sie spricht nicht weiter.

»Ist es in Ordnung, wenn ich dir ein paar Fragen stelle, Vee? Ich möchte verstehen, was dir und deiner Mom passiert ist«, beginne ich.

»Sie haben es doch gehört«, antwortet sie und schaut dabei auch weiterhin über meinen Kopf hinweg. »Ich weiß, dass Sie mit angehört haben, was passiert ist.«

»Einen Teil davon. Aber erst, nachdem du mich angerufen hast. Ich muss wissen, was vorher passiert ist.«

Für den Bruchteil einer Sekunde richtet Vee ihren Blick auf mich, dann konzentriert sie sich auf Lanny. »Ihre Tochter?« Die Stimme des Mädchens ist leise und wirkt seltsam normal.

»Ja«, sage ich. »Sie hilft mir heute.«

»Womit?«

»Ich mache Notizen«, erklärt Lanny und holt einen Stift und Papier aus ihrer Tasche. Sie notiert das Datum. Ihre Hand zittert, aber verdammt, sie klingt völlig ruhig. »Leg los.«

»Ihr seid nicht von hier«, sagt Vee in ihrem samtigen und einzigartigen Tennessee-Dialekt, den weder ich noch meine Tochter aufweisen. »Woher kommt ihr?«

»Wir haben nicht viel Zeit«, werfe ich ein, als Lanny gerade den Mund öffnet; ich will nicht, dass dieses Mädchen mehr über uns weiß, als unbedingt nötig ist. Nur für alle Fälle. »Vee, was ist an dem Tag passiert, an dem deine Mutter gestorben ist? Denk einfach an den Zeitpunkt zurück, an dem du an jenem Morgen aufgewacht bist, und erzähl mir von dem Tag, wie du dich an ihn erinnerst.«

Ich sage das so freundlich wie möglich in dem Versuch, großzügig zu sein und anzunehmen, die seltsame Leere in ihr stamme von Schock und Trauma, die ich nicht noch weiter verschlimmern möchte. Ich schätze, die Polizei war nicht annähernd so nachsichtig.

Vee sagt nichts. *Nichts.* Sie schüttelt einfach nur den Kopf und blickt auf ihre Füße, wobei ihr die zotteligen Haare ins Gesicht fallen.

»Ich verspreche dir, ich versuche nur zu helfen«, erkläre ich ihr, noch ruhiger. »Nichts, was du mir erzählst, kann vor Gericht gegen dich verwendet werden; es ist nur dazu da, damit dein Anwalt versuchen kann, dir zu helfen. Es ist alles in Ordnung. Du kannst mir vertrauen.«

Falls sie mich überhaupt hört, lässt sie es sich nicht anmerken. Sie schwankt leicht, wie die Äste einer Weide im kalten Wind, und mich überzieht eine leichte Gänsehaut.

Auf einmal meldet sich Lanny zu Wort. »Das ist die falsche Frage, stimmt's?«

Ich werfe ihr einen Blick zu, der hoffentlich deutlich sagt, *führ die Zeugin nicht in eine bestimmte Richtung*, aber es hat funktioniert. Vee sieht wieder zu uns auf. Nein, zu Lanny. Sie streicht sich sogar ein paar Haare aus dem Gesicht.

»Du hast recht. Ich bin nicht aufgewacht, weil ich gar nicht ins Bett gegangen bin. Ich war drüben beim Fluss.«

»Welchem Fluss?«, frage ich.

»Wolfhunter River, 'nen anderen gibt's hier nicht.«

»War jemand bei dir?«, hake ich nach.

»Nein«, antwortet sie, doch das ist eine klare Lüge, denn ich sehe, wie sie ihre klaren grünen Augen abwendet und sie dann wieder auf meine Tochter fixiert. Dieser Blick gefällt mir nicht. Ganz und gar nicht. »Na gut. Vielleicht noch ein paar andere, aber wir haben nicht viel miteinander zu tun. Jeder zieht sein Ding durch, das ist alles.«

»Und was ist dein Ding?«, fragt Lanny.

Ich beiße mir auf die Zunge, um meiner Tochter kein *Sei still* zuzurufen, denn ich habe das untrügliche Gefühl, dass ich nicht weiterkommen werde, wenn sie nichts sagt.

Doch selbst Lanny erhält auf diese Frage nur ein stumpfes Schulterzucken von Vee.

Hector Sparks verfolgt das alles überaus aufmerksam. Über seine Brille hinweg starrt er Vee Crockett mit einem Gesichtsausdruck an, der fixiert und sehr interessiert wirkt. Ehrlich gesagt verursacht das Unwohlsein bei mir.

Sie ignoriert ihn komplett. Als hätte sie Übung darin.

»Also«, fahre ich fort. »Erzähl mir von der Nacht zuvor und geh dann weiter bis zu dem Augenblick, in dem du deine Mom gefunden hast.«

Eigentlich denke ich, dass sie komplett dicht machen wird, doch stattdessen spricht sie endlich. »Ich bin los, um mir Drogen zu beschaffen. Tyler hatte etwas Oxy, das er einer alten Dame abgekauft hatte, die das Geld brauchte, also habe ich ein paar abbekommen. Sharon hatte eine Flasche Whiskey und etwas Wodka dabei. Wir haben also ein Feuer gemacht und die Flaschen rumgereicht. Dicky kam vorbei und hatte noch Meth dabei, aber von *dem* Scheiß halte ich nichts.« Ihre Stimme nimmt kurzzeitig einen überlegenen Tonfall an. »Dann hat Tyler, der Arsch, gemeint, ich müsste ihm für das Oxy einen blasen. Danach habe ich es mir am Feuer gemütlich gemacht. Durch das Oxy und den Whiskey war mir irgendwie übel geworden, also bin ich geblieben. Als ich von meinem Trip runtergekommen bin, waren Tyler und Sharon weg. Das Feuer war aus.«

Bei der gedankenlos in den Raum geworfenen Erwähnung einer sexuellen Transaktion eines Mädchens in ihrem Alter spüre ich meine Tochter zusammenzucken.

»Und was hast du danach gemacht?«, frage ich. Ein weiteres Schulterzucken, noch apathischer als das vorherige.

»Bin kurz in die Schule«, erwidert sie. »Aber da war es mir zu langweilig.«

»Wohin bist du gegangen?«

»Nirgendwohin.«

»So groß ist Wolfhunter ja nun nicht«, gebe ich zu bedenken. »Allzu viele Orte gibt es nicht. Versuch dich doch bitte zu erinnern.«

Sie verdreht die Augen. »Ich hab 'ne Weile bei der verlassenen Glasfabrik abgehangen. Ich hab da einen Schlafsack und etwas Zeugs, wenn ich keinen Bock auf die Schule habe.« Das *Zeugs* sind vermutlich Pillen oder Alkohol oder beides.

»Hast du dort sonst noch jemanden gesehen?«

»Nein.«

»Und was hast du da gemacht?«, fragt Lanny.

Vee lächelt plötzlich. Das Lächeln schockiert mich, denn es wirkt so … normal. Als hätten die beiden nur eine freundschaftliche Unterhaltung, ganz ohne Gitterstäbe rundherum. Ohne dass eine von ihnen des Muttermordes beschuldigt wird.

»Ich hatte Spaß. Hab was getrunken, den Rest von meinem Oxy genommen«, antwortet Vee. »Hab mich einfach eine Weile treiben lassen.«

Die Antwort gefällt mir nicht. »Und dann was?«

»Bin ich nach Hause gelaufen. Ist nicht weit.« Sie wendet ihr Gesicht wieder ab. Ich kann nicht genau sagen, ob das Lächeln noch immer auf ihren Lippen liegt, aber ich vermute schon. Wieder kämpfe ich gegen meine Bedenken an. »Mama hat auf dem Boden gelegen. Die Waffe lag direkt neben ihr. Schätze, die haben sie erwischt, wie sie es schon befürchtet hatte. Ich hab die Waffe aufgehoben, weil ich draußen jemanden gehört habe. Also hab ich sie abgefeuert, um die zu vertreiben. Ich dachte, die würden mich ebenso umbringen wie sie.« Sie lacht. *Lacht.* »Tja, war aber nur der Postbote, und ich hab ihn verfehlt.«

»Detective Fairweather hat gesagt, du hättest Blut an dir gehabt. Kannst du mir sagen, wie es da hingekommen ist, Vee?« Darauf antwortet sie nicht. Sie erstarrt. Ich lasse das auf sich beruhen, da uns die Zeit davonläuft. »Du hast *die* gesagt. Wen hast du damit gemeint?« Vee schüttelt den Kopf.

»Das hat Mama nie wirklich gesagt. Nur, dass irgendetwas nicht stimmt und sie Hilfe braucht. Ich hab ihr nie sonderliche Beachtung geschenkt. Bei ihr ist immer so ein Film abgelaufen. Sie stand auf Verschwörungstheorien und so.« Ihre Stimme klingt schleppend, beinahe traurig. Ich frage mich, ob sie so etwas wie Bedauern verspürt.

Ich stelle noch ein paar Fragen, doch Vee wirkt mittlerweile müde. Beinahe schläfrig. Sie reagiert nur noch einsilbig oder schüttelt den Kopf. Nicht mal Lanny kann sie noch einmal anstacheln.

Schließlich meint Hector Sparks: »Ms Proctor, ich denke, wir müssen hier Schluss machen. Ich muss wirklich los.« Als würde ihn seine Klientin von etwas Wichtigerem abhalten. Ich verspüre eine Welle der Abneigung und muss mich daran erinnern, dass er im Augenblick tatsächlich mein Chef ist. Er macht die Regeln. Er nickt dem Wachmann draußen zu, der die Tür aufschließt. Sparks steht auf und geht raus. Lanny zögert und sieht mich an.

Wir haben keine Zeit mehr. Ich beuge mich so weit über den Tisch, wie ich es wage. »Vee, sieh mich an. Du musst mir die Wahrheit sagen. Hast du deine Mutter umgebracht?«

Langsam dreht sie den Kopf und streicht sich die Haare nach hinten. Jetzt lächelt sie nicht. »Nein, Ma'am«, sagt sie. »Das würde ich nicht machen. Sie war keine schlechte Frau. Sie war nur meistens nicht da. Jedenfalls nicht für mich.«

Ich weiß nicht, ob ich ihr glaube. Ich weiß nicht, wen ich hier vor mir habe. Oder was.

»Kommst du zurecht?«, fragt Lanny Vee.

Vee wirft ihr ein trauriges Lächeln zu. »Ich hatte noch nie ein besseres Schlafzimmer als hier.«

Die Aussage macht mich krank, denn ich bin mir ziemlich sicher, dass sie das ernst meint.

»Zeit zu gehen.« Die Stimme des Wachmanns klingt ungeduldig. Er hält die Tür für uns auf.

Lanny und ich stehen auf, um zu gehen. Wir haben gerade ein paar Schritte in Richtung Tür gemacht, als Vee plötzlich noch einmal spricht. »Moment mal. Du heißt Lanny, ja?« Ich drehe mich zu ihr um. Lanny ebenso. Vee beugt sich vor, während sie an einem abgerupften Fingernagel zupft. Ein hellroter Blutstropfen ist zu sehen, und sie hebt den Finger, um ihn über ihre Haut gleiten zu lassen.

Instinktiv stelle ich mich – obwohl sie gefesselt ist – zwischen sie und meine Tochter.

»Ich weiß, wer du bist, Lanny«, sagt Vee. Sie starrt an mir vorbei. »Dein Daddy war ein Vergewaltiger und Mörder. Das wissen alle. Vermutlich glauben sie, dass du auch böse bist.«

»Und worauf willst du damit hinaus?« Ich muss Lanny zugutehalten, dass sie nicht erschüttert klingt.

»Nur, dass du weißt, wie es ist. Ich hab das nicht getan. Ich bin kein gutes Mädchen, aber ich bin auch keine Mörderin. Nicht meine *Mama*. Nicht wie …« Ihre Augen füllen sich mit Tränen, doch sie weint nicht. Sie blinzelt, und sie rollen herunter. Ich frage mich, ob sie über solch schauspielerisches Talent verfügt, dass sie auf Kommando in Tränen ausbrechen kann.

»Im Haus ist es dunkel gewesen. Ich bin gestolpert. Ich bin über sie gefallen und habe ihr ganzes Blut abbekommen. *Meine Hand war in ihr.*« Das trifft mich wie ein Schlag in die Magengrube. Sie atmet tief ein, es klingt schmerzhaft, dann senkt sie den Kopf. »Und das ist passiert. Sie wollten es wissen. Das ist die Wahrheit.«

»Ms Proctor.« Die Stimme des Wachmanns an der Tür ist streng. »Gehen wir. *Sofort.*«

Ich nicke Vee zu und scheuche Lanny raus. Ich bleibe auch weiterhin hinter ihr, als Schild zwischen meiner Tochter und einem Mädchen, bei dem ich noch immer nicht sicher bin, ob ich ihr glauben kann.

»Mom?« Lanny dreht sich zu mir um, während wir uns in der Schleuse zwischen den Zellen und dem offenen Gang befinden. »Glaubst du, sie lügt?«

»In Bezug worauf?«, fragt Sparks. Er sieht auf sein Handy.

Er hat unsere letzte Unterredung verpasst. Tja, war wohl zu beschäftigt. Ich erkläre es ihm. »Falls Sie das für Ihre Verteidigung nutzen möchten, sie hat gesagt, sie wäre im Dunkeln über die Leiche ihrer Mutter gestolpert und auf sie gefallen. So ist das Blut auf ihrer Kleidung gelandet. Was Sie auch erfahren hätten, wenn Sie es nicht so eilig damit gehabt hätten, zu Ihrem nächsten *Termin* zu kommen.«

Er blinzelt. »Ms Proctor, sie ist ja nun mal nicht meine einzige Klientin.«

»Haben Sie noch einen, der wegen Mordes angeklagt wird?«

Beleidigt reckt er sich. »Das ist ja wohl nicht fair …«

»Unfair ist es, unschuldig an einem Ort wie diesem eingesperrt zu sein«, erkläre ich. »Recherchieren Sie mal Spritzer im Hochgeschwindigkeitsbereich.«

»Wie bitte?«

»Schrotflintenschüsse auf kurze Entfernung erzeugen im Hochgeschwindigkeitsbereich Spritzmuster, die für das bloße Auge nicht unbedingt sichtbar sein müssen. Falls sich solche Muster auf ihrer Haut oder Kleidung nicht finden lassen, wäre es für sie unmöglich gewesen, ihre Mutter auf diese kurze Entfernung zu erschießen.« Ich halte inne und senke die Stimme. »Sie sagt, als sie auf die Leiche gefallen ist, ist ihre … Hand in der Wunde gelandet. Es muss also ein Schuss aus ziemlicher Nähe abgefeuert worden sein, um eine solche Durchschlagskraft zu entwickeln. Mit der Entfernung breiten sich die Schrotkugeln weiter aus.«

»Danke.« Er macht sich Notizen. »Ich fürchte mich fast davor, zu fragen, woher Sie so etwas wissen.«

»Ich habe es mir zur Aufgabe gemacht, eine ganze Menge zu wissen. Besonders über Forensik.«

Ich frage ihn wegen der Leute, die sie erwähnt hat und die sie in der Nacht zuvor gesehen haben, und er versichert mir, er werde dem nachgehen. Ich bin davon nicht so überzeugt.

»Mr Sparks«, beginne ich. »Werden Sie wirklich für sie kämpfen? Oder haben Sie das hier eigentlich schon abgehakt?«

Er starrt mich an. Hinter der so harmlos wirkenden Brille auf seiner Nase wirken seine Augen … kalt. Ich habe schon oft gehört, dass man Anwälte als Haie bezeichnet, aber nur selten jemanden gesehen, bei dem das so offensichtlich war. Dann blinzelt er und der Ausdruck ist fort. »Ich werde mein Bestes geben. Und wichtig ist doch vor allem, dass wir an ihre Unschuld glauben, nicht wahr?«

Tue ich das?

Ich habe, ehrlich gesagt, keine Ahnung.

* * *

Sparks wird angerufen. Die Unterhaltung ist nur kurz, und ich blicke währenddessen zurück in Richtung Befragungsraum, in dem gerade Vee Crocketts Handfesseln vom Tisch gelöst werden. Sie hebt ihren Kopf und sieht mich an, und in diesem Augenblick *weiß* ich es.

Ich weiß, dass Vee Crockett ihre Mom nicht umgebracht hat. Das ist einfach mein Bauchgefühl. Ich mag das Mädchen nicht sonderlich; sie hat eine Unmenge an Problemen, und die seltsame Faszination, die sie meiner Tochter gegenüber zu haben scheint, macht mich überaus nervös. Aber ich habe es hier mit einem Mädchen zu tun, das unter Schock steht und auf seltsame und unvorhersehbare Weise reagiert. Und darunter befindet sich ein tiefer, traumatischer Schmerz. Ich kann ihn sehen.

»Ms Proctor?«

Sparks steht plötzlich neben mir. Ich habe ihn überhaupt nicht kommen gehört, und überrascht zucke ich zusammen.

Er bemerkt es, entschuldigt sich jedoch nicht. »Wie lauten Ihre weiteren Pläne?«

»Zusammen mit meinen Kindern und Sam aus der Stadt verschwinden«, erkläre ich. »Ich habe getan, weswegen ich hergekommen bin. Ich habe dafür gesorgt, dass Vera mit Ihnen spricht. Jetzt kennen Sie ihre Version.«

Er wirkt erleichtert, was irgendwie nicht das ist, was ich erwartet habe; ich hätte geglaubt, er sei verzweifelt auf weitere Hilfe aus. Doch darum bittet er mich nicht. Er nickt einfach nur.

»Nun denn, gute Fahrt«, sagt er. »Ich wünsche Ihnen alles Gute, Ms Proctor.«

»Ich Ihnen auch«, antworte ich. »Was glauben Sie, wie sind ihre Chancen?«

»Besser als die ihrer Mutter«, gibt er zurück.

Es gefällt mir nicht. Es gefällt mir nicht, wie desinteressiert er wirkt. Eine Fünfzehnjährige hat mehr verdient. An Lannys Blick erkenne ich, dass sie ebenso empfindet.

Sparks geht uns voraus. Während sie ihn im Blick behält, meint Lanny: »Wir müssen doch nicht unbedingt heute wieder fahren, oder?«

Ich antworte ihr nicht, doch in meinem Inneren denke ich, dass wir vielleicht noch einen weiteren Stopp einlegen könnten, um ein paar Dinge zu klären.

Das Problem ist, dass wohl niemand in der Stadt mir oder meinen Fragen gegenüber aufgeschlossen sein wird.

* * *

Als wir aus dem Zellentrakt kommen und durch den öden Bürogang zurückgehen, ist von Fairweather nirgends eine Spur zu sehen. Im Empfangsbereich ist er auch nicht. Sobald wir also im Wagen sitzen und die Klimaanlage läuft, um die drückende Hitze zu mindern, nehme ich mein neues Handy und wähle seine Nummer.

»Fairweather«, antwortet er.

»Proctor«, gebe ich zurück. »Tut mir leid. Neue Nummer. Ich möchte mich dafür entschuldigen, dass ich mich erst jetzt melde …«

»Das ist nett von Ihnen, Ma'am, aber die Dinge haben sich geändert. Ich wurde neu zugeteilt.«

»Neu zugeteilt?« Für eine Sekunde begreife ich nicht. »Aber … Sie haben doch gerade erst angefangen.«

»Tut mir leid, aber so läuft das eben manchmal. Die Beweise stehen für sich allein. Wir haben keine anderen Verdächtigen außer Vee Crockett. Daher zieht mich mein Lieutenant ab, ich soll die Entführung von Ellie White bearbeiten und verlasse Wolfhunter also in ein paar Stunden.«

»Aber …«

»Ms Proctor, ich weiß, dass Sie diese Angelegenheit persönlich nehmen. Aber nichts, was Sie mir bei Ihrer Aussage erzählt haben, veranlasst mich zu glauben, dass Vee Crockett ihre Mutter nicht umgebracht hat. Im Gegenteil, es deutet eher darauf hin, dass sie es getan hat.«

»Sie hat mir gerade erzählt, dass sie im Dunkeln über die Leiche ihrer Mutter gestolpert ist«, platzt es aus mir heraus. Ich weiß, dass ich das eigentlich nicht verraten sollte; es unterliegt dem Anwaltsgeheimnis. Aber irgendwie weiß ich tief in meinem Inneren, dass ich nicht möchte, dass Fairweather diesen Fall abgibt. Noch nicht. »Das erklärt das Blut auf ihrer Kleidung. Ihr Trauma erklärt, warum sie die Waffe aufgehoben und in Richtung des Lärms vor der Tür gefeuert hat. Detective, sie hatte schreckliche Angst.«

Er schweigt für einen Augenblick. »Ist Ihnen schon in den Sinn gekommen, dass sie diese Erklärung vielleicht genau auf die Beweise zugeschnitten hat, die wir bei ihr gefunden haben?«

»Ja. Aber als ich mit ihr am Telefon war …«

»Sie haben gesagt, sie hätte entrückt gewirkt. Als wäre ihr ihre tote Mutter egal.«

»Ich weiß, dass ich das gesagt habe. Eine solche Distanziertheit kann allerdings auch die Nebenwirkung eines ernsten Schocks sein. Erinnern Sie sich noch an den Fall des Mädchens in Texas, dessen gesamte Familie von einem Einbrecher getötet worden war? Ihre Bewältigungsstrategie war es, rauszugehen und die Farmtiere zu füttern. Menschen gehen unterschiedlich mit so etwas um. Ich glaube, Vera hat sämtliche Emotionen ausgeschaltet. Es kommt ihr natürlich nicht zugute, dass sie vermutlich high und betrunken war, das erklärt jedoch immerhin auch ihre exzentrischen Reaktionen.«

»Vielleicht«, gibt er zu. »Aber Sie theoretisieren hier nur. Für mich zählen Beweise.«

Ich drehe mich etwas und wage es nicht, meine Tochter dabei anzusehen. »Falls ich welche finde, würden Sie denen nachgehen?«

»Ich kann Ihnen nichts versprechen. Ich muss ein entführtes Kind finden. Vera Crockett könnte ein hoffnungsloser Fall sein, das wissen Sie.«

»Vielleicht«, stimme ich zu. »Aber ich bin niemand, der schnell aufgibt.«

Kurz klingt er amüsiert. »Ja, das ist mir überaus klar. Ich kann nichts versprechen.«

»Haben Sie schon mit irgendjemandem bei Marlenes Arbeitsplatz gesprochen?«, frage ich.

»Marlene hat in der Werkstatt mehr oder weniger allein gearbeitet, ist ans Telefon gegangen und hat den Papierkram erledigt«, erklärt er. »Da war nichts zu finden. Sie war nicht sonderlich beliebt in der Stadt. Hatte kaum Freunde.«

»Warum nicht?«

»Zum einen wegen des Verhaltens ihrer Tochter, zum anderen, weil ihr Großvater in den Sechzigern ein paar Leute betrogen hat.«

»Ihr *Großvater.*«

»Kleinstädte«, seufzt er. »Die sind nachtragend.«

»Ich schätze, Sie wurden vor allem deshalb diesem Fall zugewiesen, weil das Tennessee Bureau of Investigation keinerlei Vertrauen in die Fähigkeiten der Polizei von Wolfhunter hat. Dieses Mädchen braucht noch immer Ihre Hilfe.«

Als er schließlich antwortet, klingt er nicht mehr amüsiert. »Dann möge Gott ihr beistehen. Und Sie. Falls Sie meinen Rat hören wollen, Gwen, lassen Sie es einfach. Diese Stadt ist kein guter Ort. War es noch nie. Mein Rat … bleiben Sie nicht hier.« Er hält inne. »Ich würde es nicht tun. Und ich habe ein Abzeichen und das Gesetz hinter mir. Diese Stadt ist ein fauler Apfel. Gehen Sie einfach.«

Er beendet den Anruf. Nachdenklich sitze ich da, während die langsam kühler werdende Luft über uns hinwegbläst. Meine

Tochter sieht mich an. »Er will nicht mal versuchen, ihr zu helfen, oder?«

»Ich weiß es nicht, Schatz«, gebe ich zu. »Ich weiß ganz ehrlich nicht, was er denkt.«

* * *

Das Zentrum von Wolfhunter um vier Uhr nachmittags ist nicht unbedingt als belebt zu bezeichnen. Die meisten Geschäfte – von den wenigen, die überhaupt noch existieren – haben bereits geschlossen. Ein paar Leute sind auf den Straßen unterwegs, geballt in der Nähe des Diners, an dem wir auf dem Weg zur Werkstatt vorbeifahren, in der Marlene gearbeitet hat. Ich muss den Namen gar nicht erst nachschauen; es gibt hier nur eine Werkstatt, ein heruntergekommenes, ziemlich großes Gebäude aus Betonschalstein. Laienhaft handgemalt steht in ungleichmäßigen Buchstaben das Wort »Werkstatt« über den geschlossenen Toren. Es gibt auch ein paar Fenster, vor denen hängen allerdings gräuliche Jalousien. Ein augenscheinlich uraltes Sonderangebot für Reifen gilt wohl immer noch, der Preis wurde auf die einzige größere Fensterscheibe gemalt.

»Sieht ziemlich verlassen aus«, meint Lanny zweifelnd. Das von der Sonne ausgebleichte Schild im Fenster behauptet allerdings, es sei »Geöffnet«, und laut meiner Uhr haben wir noch eine Stunde, bis geschlossen wird.

»Bleib hier im Wagen«, weise ich sie an. »Und lass die Türen verschlossen.«

»Das Übliche«, gibt sie entnervt zurück. »Ich könnte doch deine Verstärkung sein.«

An einem fremden Ort, an dem ich im Grunde eine Höhle voller stumpfer Objekte und Leute mit unbekannten Motivationen betrete … nein, das kann sie nicht. »Wenn ich in fünfzehn Minuten nicht wieder hier bin, rufst du Sam an«, ermahne ich sie. »Und falls jemand versucht, dich aus irgendeinem Grund aus diesem Auto zu bekommen …«

»Rufe ich Sam an, ja, schon kapiert«, ergänzt sie meinen Satz. »Mom? Du hast doch deine Waffe dabei, oder?«

»Ich habe sie zurückbekommen, als wir das Gefängnis verlassen haben«, versichere ich ihr. »Ich komm schon zurecht. Schließ ab. Ich bin bald zurück.«

Während ich draußen vor dem SUV warte, werfe ich einen prüfenden Blick über die Straßen. Wir befinden uns hier am Stadtrand, vielleicht ein paar Kilometer von dem Motel entfernt, in dem wir noch vor Kurzem übernachtet hatten. Nichts wirkt ungewöhnlich … und dann sehe ich mich noch einmal genauer um.

Auf der Straße befindet sich ein weiterer SUV. Er parkt in der Nähe des Gerichtsgebäudes ein paar Blocks entfernt und sieht nicht so aus, als würde er hierher gehören, besonders nicht zu dieser Tageszeit. Tagesbesucher des Nationalparks wären mittlerweile schon wieder auf dem Heimweg. Und Camper wären bereits vor Ort, um sich einzurichten. Der SUV sieht nach einem Leihwagen aus; er ist sauber und poliert, und die Scheiben sind dunkel getönt, was es beinahe unmöglich macht hineinzusehen. Ich beruhige mich, dass es normale Besucher sein könnten. Aber irgendwie fühlt es sich falsch an.

Anhand des Wagenäußeren kann ich sonst nichts ableiten, daher wende ich den Blick wieder ab. Ich öffne die Tür der Werkstatt und betrete das Halbdunkel, in dem es nach altem Öl, Rost und Schimmel riecht. Ich muss blinzeln. Im Bürobereich, der klein und sehr einfach gehalten ist – ein dreckiger Holztresen, eine fest darauf verschraubte alte Kasse aus den Siebzigern und eine Holzbank unter dem Fenster –, brennt eine trübe Glühbirne. Es gibt keine modernen Geräte wie Kaffeemaschine oder Wasserautomat. Dagegen wirkte das Gefängnis beinahe einladend.

Niemand ist zu sehen. Es gibt auch keine Glocke auf dem Tresen. Ich beuge mich über ihn und entdecke dahinter einen Durchgang ins Innere der Werkstatt, die ebenfalls nur trüb beleuchtet ist; nicht der ideale Ort, um Präzisionsarbeit zu leisten. Vielleicht sieht es hier anders aus, wenn die Türen geöffnet sind und Sonnenlicht hereinflutet, aber ich frage mich, wie oft das wohl getan wird. Es riecht hier drin, als wäre das Gebäude verlassen, durchdrungen vom unangenehmen Gestank von Kanalisation.

Ich will gerade Hallo rufen, als ich Stimmen vernehme. Rechts von mir befindet sich eine einfache Holztür, die vermutlich in den Arbeitsbereich führt; ich drücke die Türklinke und die Tür öffnet sich. Ich erwarte ein Knirschen oder zumindest das Läuten eines Alarms, doch da kommt nichts.

Eindeutig Stimmen. Vor mir an der Wand hängt ein Schild mit der Aufschrift »Vorsicht, Arbeitsbereich«, darunter die Karikatur eines Männchens mit Bauhelm, das auf die Worte zeigt. Das Schild sieht ebenso alt aus, wie sich dieses Gebäude anfühlt. Es ist schwer zu orten, woher die Stimmen kommen; schließlich erkenne ich, dass ich sie von irgendwo links von mir höre, und als ich dorthin blicke, sehe ich, dass hinter dem Empfangsbereich ein Büro liegt, von dem aus eine weitere Tür in den Arbeitsbereich führt. Sie ist im Augenblick geschlossen, doch durch die Ritzen strömt Licht.

Ich gehe in die Richtung.

Als ich hören kann, was gesprochen wird, halte ich abrupt inne.

»… die verdammte Göre redet«, sagt eine tiefe, kratzige Stimme, die ich nicht kenne. »Du hast gesagt, sie weiß nichts. Was also hat sie dieser Schlampe zu sagen?«

Diese Schlampe bin dann wohl ich. Und die *verdammte Göre* muss Vee Crockett sein. Das kommt auf gewisse Weise nicht allzu unerwartet; Vera, Marlene oder meine Beteiligung an dem Fall sind im Augenblick vermutlich im Großteil von Wolfhunter Gesprächsthema Nummer eins. Dennoch klingt es alarmierend.

»Keine Ahnung«, erwidert eine andere männliche Stimme, und die kommt mir bekannt vor. Irgendwo habe ich sie schon mal gehört, aber ich kann den Finger nicht genau darauf legen. Vielleicht auf der Polizeiwache. »Die verdammten Countyidioten haben sie nicht belauscht, also wissen wir es nicht.«

»Du hättest nicht zulassen dürfen, dass man sie ins Countygefängnis verlegt, Weldon.«

»Ich hatte doch keine Wahl! Das war dieser Typ vom TBI. Hätte ich sie hierbehalten können, wäre die Sache längst erledigt.«

Jetzt erklingt noch eine neue Stimme. »Jungs, ganz ruhig. Alles ist gut. Vermutlich hat Vera sowieso nichts gesagt, das irgendeinen Sinn ergibt, und Marlene wusste, dass sie den Mund zu halten hat, oder?«

»Tja«, meint Weldon verbittert, »so ganz stimmt das ja nicht, denn warum hat sie sonst diese Fremde angerufen? Jetzt müssen wir uns mit dieser gottverdammten Frau befassen. *Und* ihrem Freund und den Kindern. Das ist ein verdammter Scheißhaufen, Carl. Das sollte doch alles reibungslos ablaufen.«

»Tut es doch auch«, erwidert Carl. Er klingt … na ja, als wäre er es gewohnt, das Sagen zu haben. »Wir können das Problem eindämmen.«

»Na, dann solltest du dich wohl schnell ranmachen«, sagt die erste Stimme. Bisher hat ihn noch niemand beim Namen genannt. »Wann kommt unser Geld?«

»Morgen oder übermorgen«, meint Carl. »Hab ich euch doch schon gesagt. Es dauert, bis die Überweisungen getätigt sind. Wenn ihr wollt, dass der Betrag nicht zurückverfolgbar ist, muss das Ganze über drei oder vier Offshorebanken laufen.«

Meine Gedanken rasen. Wovon reden die da? Was für Geld? Was hat Marlene gewusst?

Spielt keine Rolle. Ich habe genug gehört. Wir müssen hier dringend verschwinden. Und zwar sofort.

Ich weiche rückwärts in Richtung Tür zurück und schiebe sie langsam hinter mir auf. Sie stößt gegen etwas.

Hinter mir steht ein über eins achtzig großer Mann, der einen öligen Mechanikeroverall trägt und sich Schmiere von den Händen wischt. Er ist mehr als doppelt so breit wie ich und überragt mich um einige Zentimeter; die Ärmel spannen über den gewaltigen Oberarmen, die mir stärker auffallen als sein Gesicht, das sich teilweise im Schatten befindet. Wie die meisten in dieser Stadt ist er weiß und sieht noch dazu aus, als würde sein Hobby darin bestehen, Metall mit den Händen zu verbiegen.

»Was machen Sie hier?«, fragt er mich in scharfem Tonfall. »Kunden sind hier drin nicht erlaubt!«

»Ich habe nur nach jemandem gesucht, der mir helfen kann«, reagiere ich mit einem breiten Lächeln. Ich bin mir allerdings nicht sicher, ob es funktioniert; seine Körpersprache bleibt aggressiv. »Vielleicht können Sie das ja? Wie viel kostet ein Ölwechsel?«

Das ist die erste und harmloseste Frage, die mir einfällt. Und es funktioniert, denn er entspannt sich ein wenig und tritt einen Schritt zurück, sodass ich wieder den Empfangsbereich betreten kann. »Reden Sie doch mit …« Er schaut zum Tresen und blickt dann grimmig drein; ich weiß nicht, warum, bis er sagt: »Na ja, aktuell arbeitet niemand am Empfang. Dann wohl mit dem Chef, schätze ich.«

»Wer ist der Chef?«

»Mr Carr«, erwidert er und hebt dann die Stimme. »Hey, Chef? Hier draußen ist eine Lady, die mit Ihnen sprechen will!«

Das ist das Letzte, was ich will, aber eine Flucht ist unmöglich; der Mechaniker steht zwischen mir und der Außentür. Ich versuche, mich in die entsprechende Richtung zu schieben. Er stellt sich mir in den Weg.

Und dann höre ich schwere und schnelle Schritte hinter mir.

»Ms Proctor«, spricht die Stimme, die ich als Erste im Büro vernommen hatte. Die tiefe, kratzig klingende.

Ich drehe mich zu ihm um.

Er ist beinahe so groß wie sein Mechaniker, allerdings dünner. Schlaksig, auf eine Art und Weise, wie es nur manche Leute vom Land sein können. Bereits etwas älter, vielleicht Anfang sechzig, mit einem wilden Schopf weißer Haare, die sein langes, hageres Gesicht eigentlich etwas weicher zeichnen müssten, es aber nicht tun. Er ist blasser, als man erwarten könnte, und mit schockierend blauen Augen, die wie die einer Puppe aussehen.

Er lächelt, doch es handelt sich dabei um eine reine Muskelbewegung, keine Emotion. Emotionen hat er dennoch, die jedoch sind verborgen und brennen ganz hinten in diesen Augen.

»Mr Carr«, entgegne ich. Ich strecke ihm meine Hand entgegen. Er ignoriert sie, also lasse ich sie wieder sinken.

»Warten Sie schon lange?«, fragt er. Womit er eigentlich fragt, ob ich seine Unterhaltung mit den anderen beiden im Büro mit angehört habe.

»Noch nicht lange«, antworte ich. Soll er daraus doch machen, was er will. Weiter sage ich nichts. Ich warte ab, um zu sehen, wie er sich verhalten wird. Mir ist nur allzu bewusst, dass ich diesen Raum vielleicht nicht kampflos verlassen werde. Oder lebendig. Ich kann schnell ziehen, doch selbst die Schnellsten können zu Boden gehen, bevor sie dazu gekommen sind, einen Schuss abzufeuern, und er muss nur dem Mechaniker hinter mir signalisieren, dass der meine Arme festhält. Aber ich habe noch ein Ass im Ärmel.

»Und was führt Sie hierher? Läuft der Wagen nicht mehr rund?« Er spielt mit mir. Ich höre, wie der Mechaniker hinter mir sich entfernt. Vermutlich, um einen prüfenden Blick aus dem Fenster zu werfen. Ich sehe, wie sich Carrs Augen von mir zu ihm und dann wieder zurück bewegen. *O Gott.* Die wissen, dass meine Tochter im SUV sitzt. Ich kenne Lanny, sie würde diese Tür für niemanden außer für mich, Sam oder Connor öffnen … aber die könnten eine Scheibe einschlagen. Sie rauszerren. Würden die das machen? Direkt hier in der Öffentlichkeit, auf der Hauptstraße?

»Ich habe gehört, Marlene hätte hier gearbeitet.«

»Ach ja?«

»Ich bin eigentlich nur hergekommen, um zu fragen, ob sie jemals erwähnt hat, dass ihre Tochter Vera sie bedroht«, sage ich. Ich weiß, dass er es sich mit der Antwort leicht machen wird. Und damit enttäuscht er mich auch nicht.

»Marlene hatte Todesangst vor diesem Mädchen«, erklärt er. »Gab halt keine Disziplin in diesem Haus, keinen Mann, der für die Regeln sorgt. Vera hat getan, wozu sie Lust hatte – Drogen, Saufen, Rumhuren. Mehr wollten Sie nicht wissen? Da hätten Sie jeden fragen können.«

Sein Kichern klingt, als würde ein Messer über Beton schaben.

»Danke«, sage ich. »Waren die Cops auch schon hier, um das zu fragen?«

»Geht Sie nichts an. Sie sollten lieber verschwinden«, gibt er zur Antwort. »Mrs Melvin Royal. Seien Sie auf dem Heimweg vorsichtig, die Straßen da draußen sind dunkel.«

Ich kehre ihm den Rücken zu und gehe auf den Mechaniker zu, der noch immer die Tür blockiert. Ich halte nicht an. Ich sehe, wie der Mann an mir vorbei zu Carr sieht und dann in letzter Sekunde einen Schritt zur Seite macht.

Endlich habe ich den dunklen Laden verlassen und stehe wieder im reinen Sonnenlicht. Was für ein Ort. Dieser *Geruch*. Rost und Öl, Abwasser und tief sitzende Verwesung.

Und diese Männer, die keine Hemmungen hatten, mir zu drohen. Sicher, mein Wort stünde gegen ihres. Aber ich konnte spüren, wie abgewogen wurde, wie kalte Entscheidungen getroffen wurden.

Wir müssen hier weg.

Sofort.

Ich entriegele den SUV per Schlüsselfunk und steige ein. Innerhalb von zehn Sekunden habe ich mich angeschnallt, den Motor gestartet und bin auf die Hauptstraße eingebogen. Carr hat recht. In den Wäldern wird es schnell dunkel. Und ich sehe noch, wie er uns von seinem Fenster aus beobachtet; mittlerweile hat er die Jalousie hochgezogen, um unseren Weg genauer nachzuverfolgen. Ich schaue hinter uns. Der schwarze SUV parkt nach wie vor ein paar Blocks entfernt. Mittlerweile hat sich ihm ein weiterer auf der anderen Straßenseite dazugesellt. Ich behalte die beiden Wagen im Blick, sie verfolgen uns jedoch nicht.

»Mom?« Lanny beobachtet mich. »Was stimmt denn nicht?«

»Alles«, gebe ich zur Antwort.

In dem Augenblick klingelt mein Telefon. Es ist Connor.

Und er berichtet mir, dass Sam verhaftet wurde.

Kapitel 11

Sam

Der Manager der Lodge erläutert uns die beste Route für eine sichere, nicht anspruchsvolle Wanderung, die höchstens ein paar Stunden dauert und als Rundweg angelegt ist. Connor scheint anfänglich nicht allzu interessiert, auch wenn er bereitwillig mitkommt. Doch schon bald stellt sich heraus, dass die Ruhe des Waldes genau das Richtige für ihn ist. Und auch bei mir mindert sie ein Stück weit die Anspannung, die ich in mir verspüre. Das liegt an der frischen, wohlriechenden Waldluft, den flackernden Schatten, dem Gesang der Vögel. Dabei vergisst man für eine Weile all den anderen Kram. Sogar wenn man selbst für diesen Kram verantwortlich ist.

Wir laufen den Wanderweg aufwärts, und ich halte inne, um Connor eine beinahe unsichtbare Schlange zu zeigen – sie ist nicht giftig, daher lasse ich ihn näher herangehen, als ich normalerweise erlauben würde. Die Schlange flieht ohne Hektik, und wir gehen weiter. »Das war cool«, gibt Connor zu.

»Ja, war es.«

»Ich hätte gern eine Schlange als Haustier. Das wäre interessant.«

»Klar doch«, entgegne ich. »Du weißt aber schon, dass du sie mit Dingen füttern müsstest, die sie auch hier draußen frisst, oder? Käfer, Mäuse, solche Dinge.«

»Die könnte ich am See fangen«, meint er. »Das wär schon okay.«

Ich versuche mir vorzustellen, was Gwen wohl von der Sache halten würde, aber es gelingt mir nicht. Allerdings hätte Connor eine reelle Chance, dass sie seinen Enthusiasmus unterstützen würde, falls er wahrhaftig daran interessiert wäre – selbst wenn das bedeuten würde, lebendige Mäuse im Haus zu haben.

Lanny wäre vermutlich nicht ganz so huldvoll. Ich will mir gar nicht die epischen Schlachten oder die unvermeidlichen »Rettet die Mäuse«-Kampagnen vorstellen.

Während ich noch so darüber nachdenke, meldet sich Connor wieder zu Wort. »Darf ich dir eine echte Frage stellen? So ganz in echt?«

»Wie stellt man denn eine falsche Frage?«

Er wirft mir einen Blick zu, der mir sagen soll, dass er das nicht witzig findet. Und er meint es auch ernst. »Bleibt ihr zusammen oder nicht, du und Mom?«

»Wow.«

»Sagst du es mir?«

»Kumpel, das würd ich tun, wenn ich darauf eine gute Antwort wüsste.«

»Sag jetzt nicht, es wäre kompliziert. Ist es nicht. Entweder liebst du sie oder nicht. Und falls nicht, solltest du sie nicht in dem Glauben lassen, dass du es tust.«

Ich denke darüber nach. Wir gehen eine Weile schweigend weiter. Connor zeigt stumm auf einen Frosch, der neben dem Wanderweg sitzt und uns beobachtet, ohne zu blinzeln. Als wir an ihm vorbeigehen, hüpft er mit einem Satz in das Blattwerk.

»Okay«, gebe ich schließlich zu. »Es ist nicht kompliziert. Aber es ist schwer. Du verstehst doch, warum, oder?«

»Wegen deiner Schwester«, antwortet er. »Ja.«

»Und weil sie es nicht vergessen kann. Und ich auch nicht. Also … bleiben wir auf lange Sicht zusammen? Ich hoffe es. Aber ein Versprechen kann ich dir nicht geben.« Besonders nicht jetzt, wo Miranda samt der grässlichen Vergangenheit wie eine Abwasserflut kommt, um uns darin zu ertränken.

»Du solltest es aber versprechen«, meint er. »Denn dann bleibst du auf jeden Fall. Du brichst keine Versprechen.«

Ich spüre, wie sich eine Faust um mein Herz schließt und zudrückt. »Das will ich«, versichere ich ihm. »Und das wäre auch gar nicht schwer, denn ich liebe deine Mom, und ich liebe auch dich und deine Schwester.«

»Aber trotzdem willst du es nicht versprechen«, erkennt er und tritt gegen einen Stein.

»Noch nicht«, sage ich. »Frag mich Ende der Woche noch mal.«

Er wirft mir einen seltsamen Blick zu. Misstrauisch. »Warum? Was passiert denn Ende der Woche?«

»Das ist es eben«, gebe ich zurück. »Wenn ich das nur wüsste.«

Er schubst mich leicht. Ich schubse zurück und ernte ein seltenes, klares Lachen von ihm. »Du bist irgendwie doof, weißt du das?«, fragt er.

»Nur irgendwie?« Ich treffe eine spontane Entscheidung. »Na los. Komm mit.«

»Aber …« Er zeigt nach vorn, während ich den Weg verlasse. »Da geht's doch weiter.«

»Ja«, bestätige ich. »Na los. Verirren wir uns mal für ein Weilchen.«

Wir wandern ungefähr fünfzehn Minuten, dann entdeckt Connor ein Reh. Er setzt dazu an, etwas zu sagen, doch ich lege einen Finger über meine Lippen und hocke mich ganz langsam ins Gebüsch. Er macht es mir nach, sorgfältig darauf bedacht, alles genauso zu machen wie ich. Ich bleibe mucksmäuschenstill, während das Reh näher kommt. Und näher. Ich frage mich, ob schon mal jemand den Jungen mit auf die Jagd genommen hat; das war etwas, das mich und meinen Adoptivvater in meinen Teenagerzeiten näher zusammengebracht hat. Allerdings zweifle ich, ob das tatsächlich eine gute Idee wäre in Anbetracht der unvermeidlichen Assoziationen mit den Morden seines Vaters. Und der Art, wie er gemordet hat.

Dieser Junge ist in seinem Leben schon genug mit Tod konfrontiert worden.

Wir hocken im Gebüsch und schauen zu, wie das Reh Pflanzen abnagt und auf dem Boden kratzt, um mehr zu suchen. Es ist ein hübsches Tier, wir betrachten es einfach eine Weile. Als es davonwandert, stehen wir auf, und mir fällt plötzlich ein anderer, kaum genutzter Weg auf, der in eine andere Richtung führt. Es ist kein offiziell aufgeführter Weg, eher ein Wildpfad.

»Können wir den nehmen?«, fragt Connor und zeigt auf den Weg.

»Klar doch«, sage ich. »Und was machst du, falls wir uns verirren?«

Er zieht einen Kompass aus der Tasche. Der hängt an einer kleinen Schlüsselkette mit einem Karabiner daran, und er befestigt den Karabiner an seiner Gürtelschnalle. »Richtung Südost halten«, meint er.

»Warum?«

»Ist das ein Test?«

»Ja. Also?«

»Weil die Lodge der nächstgelegene Ort ist und sie sich im Augenblick südöstlich von uns befindet. Richtig?«

Der Junge hat einen guten Orientierungssinn und ein gutes räumliches Vorstellungsvermögen. Sehr gut. »Und was hast du in deinem Rucksack?«

»Proteinriegel, eine Taschenlampe, Wasser, eine Karte, mein Erste-Hilfe-Set und ein Buch«, kommt es wie aus der Pistole geschossen. »Ich weiß, das Buch stand nicht auf deiner Liste.«

»Gut gemacht. Und an einem Buch ist doch nichts auszusetzen. Suchen wir uns ein nettes Plätzchen, um uns hinzusetzen und zu lesen.«

Ich habe ebenfalls nur leichtes Gepäck dabei: einen Kompass, etwas zu essen, Wasser, eine Karte der Gegend. Und eine Ausgabe von Garrison Keillor, was ich ihm allerdings noch nicht verrate. Außerdem habe ich meine Glock 9 mm und ein Jagdmesser bei mir, ein Taschenangelset und Isolationsdecken, falls wir hier über Nacht feststecken. Wenn ich eins in meiner Zeit in Afghanistan gelernt habe, dann die Maxime, dass man erst losziehen sollte, sobald man bereit ist, sich dem zu stellen, was einen draußen erwarten könnte.

Und obwohl das hier kein Feindgebiet sein sollte, nehme ich so etwas niemals als gegeben hin. In der Hinsicht denken Gwen und ich gleich.

Wir sind dem Wildpfad ungefähr dreißig Minuten gefolgt, als ich den Gestank von etwas Totem wahrnehme. Er ist sehr stark, süß-säuerlich, und kratzt mir in der Kehle. Connor riecht es ebenfalls und hält sich die Nase zu. »Was ist das?«, fragt er. »Ist das ein Stinktier?«

»Das hoffe ich«, gebe ich zur Antwort. Ist es jedoch nicht. Als der Wind dreht, verschwindet der Gestank. Ich schaue mir an, in welche Richtung sich die Blätter neigen. Die Brise weht schräg, also wende ich den Schritt vom Pfad ab, um wieder auf den Geruch zu stoßen. Heftig wie ein Peitschenhieb schlägt er mir entgegen: heiß, schmierig, übelkeitserregend. Das ist kein Stinktier, ob tot oder lebendig. Das ist etwas Größeres.

Wir haben den Pfad verlassen. Ich bleibe stehen. »Connor, schau mal auf die Karte«, weise ich ihn an. Gehorsam holt er sie aus seinem Rucksack. »Markiere die Stelle, an der wir uns gerade befinden.«

Das tut er, und ich überprüfe seine Angabe. Wir befinden uns nahe des Wolfhunter River, der ein Ausläufer eines größeren Flusslaufs ist; im Augenblick ist er eher ein etwas größerer Bach, bei Überflutung jedoch vermutlich ziemlich gefährlich. Wir haben ihn auf dem Weg zur Lodge passiert. Der Himmel ist blau und wolkenlos, doch Sturzfluten können auch kilometerweit stromaufwärts stattfinden und dürfen nicht auf die leichte Schulter genommen werden.

»Werden wir es finden?«, fragt Connor. »Was da tot ist?«

»Willst du es finden?«

Er muss kurz darüber nachdenken, nickt dann jedoch. »Ja.«

»Du weißt, dass das, was wir finden, grässlich sein könnte, oder?«

»Ich weiß«, sagt er schlicht. Und ich bin mir sicher, dass das stimmt. Er ist alt genug, um zu googeln und die Kindersicherungsbeschränkungen aufzuheben, ohne dass Gwen es mitbekommt. Er sieht zu mir auf. »Es ist das Richtige. Ich meine, es könnte natürlich ein Tier sein, aber was, wenn es das nicht ist? Hier werden Menschen vermisst.«

Gwen wird mich dafür hassen, aber ich werde diesen tapferen Jungen nicht so behandeln, als bestünde er aus Glas. »Okay«, sage ich. »Markiere im Gehen den Weg auf der Karte.« Ich hole meinen Marker heraus und bemale damit die Baumstämme, während wir weitergehen; die Bäume sind groß, aber das Unterholz ist relativ spärlich und wir können uns durchschlängeln. Wir schrecken Vögel auf, die schreiend und flügelschlagend hochflattern, doch das fällt im lauten Knarzen der Bäume kaum ins Gewicht. Hier wird es immer dunkler. Zur Sicherheit lasse ich Connor seine Taschenlampe hervorholen, und auch ich nehme meine. Die Halogenstrahlen durchschneiden die Düsternis wie Skalpelle. Ich vergrößere den Radius bei meiner. Damit strahlt sie nicht so weit, aber ich sehe ganz gern, was sich seitlich von mir tut.

Abgesehen vom Rauschen der Bäume und dem mittlerweile fernen Vogelgeschrei ist alles still. Kein Verkehrslärm. Keine Flugzeuge über uns. Je weiter wir gehen, desto isolierter sind wir, und ich mache mir langsam Sorgen, was Wildtiere angeht. Totes zieht Aasfresser an. Besonders Bären.

Aber wir müssen nicht mehr weit gehen und treffen auch auf keinen Bären. Nur auf einen gescheckten kleinen Rotluchs, der in dem Augenblick stumm verschwindet, in dem ich ihn erblicke.

Der Gestank wird stärker, doch anfangs sehe ich die Leiche nicht – oder erkenne zumindest nicht, was es sein soll. Sie liegt am Ufer des Wolfhunter River. Das grüne Wasser umspült die Ränder des Dings, was dort liegt. Für einen Augenblick glaube ich, dass es sich um ein Reh handelt, weil es so unnatürlich geformt und gespreizt und dunkel ist, und das selbst im Licht unserer beiden Taschenlampen.

Aber ein Reh trägt keine Sandalen. Oder hat eine Spange auf den entblößten weißen Zähnen.

»Zurück«, ermahne ich Connor und trete vor ihn. »Geh sofort drei Meter zurück.«

»Das …« Er klingt erschüttert. »Das ist … das ist doch keine Leiche, oder?«

»Connor, tu, was ich dir gesagt habe. Geh drei Meter zurück. Und sieh nicht hin.« Ich halte die Armbeuge über Nase und Mund und trete einen Schritt näher. Mit Ausnahme der Schuhe ist sie nicht bekleidet. *Er hat sie hierher laufen lassen*, denke ich. Vielleicht hat sie darum gebettelt, die Schuhe anbehalten zu dürfen, und er hat ihr diese kleine Gnade gestattet. Ich sehe keine Anzeichen von irgendwo in der Nähe verstreuter Kleidung. Ich kann nicht sagen, wie sie gestorben ist, wie sie vielleicht ausgesehen hat oder welcher Ethnie sie überhaupt angehört hat; die Leiche ist so aufgebläht und entstellt, dass sie wie die Monsterrequisite aus einem Hollywoodfilm aussieht. Sie hat – hatte – allerdings blonde Haare. Ein paar Haarbüschel sind ausgerissen und hängen auf Sträuchern in der Nähe, und ein paar Strähnen schwanken sanft im Flusswasser. Auch Tiere waren schon hier. Schnell stehe ich wieder auf, als ich merke, wie viele Maden sich rund um den Körper befinden. Eine ganze Armee von sich krümmenden und windenden Kreaturen. Und überall Fliegen.

Ihre Augenhöhlen sind leer und starren hoch in die dunklen Baumkronen, als würde sie nach dem Himmel suchen.

»Sam?« Connor klingt mittlerweile noch mitgenommener. »Sam?«

Ich gehe zu ihm zurück. Er hat seine Taschenlampe ausgeschaltet und atmet viel zu schnell. Ich drehe ihn so, dass er mich ansehen muss.

»Connor, du musst mir jetzt zuhören. Schön tief atmen, okay? Das hier ist etwas Gutes. Es ist gut, dass wir hergekommen sind und sie gefunden haben. Jetzt müssen wir zurückgehen und die Polizei rufen.«

»Hat jemand sie umgebracht?« Er zittert. Ich lege eine Hand auf seine Stirn. Sie fühlt sich verschwitzt und kalt an. Ich nehme eine der Isolationsdecken heraus und lege sie ihm um. »Hat jemand sie einfach hiergelassen? So wie mein Dad …«

»Das muss nicht unbedingt so sein«, lüge ich ihn an, denn ich glaube, er braucht diesen Trost im Augenblick. »Sie könnte auch eine Wanderin sein, die sich verirrt und dann einen Herzinfarkt hatte oder so etwas. Aber es ist doch gut, dass sie jetzt nicht mehr ganz allein hier draußen ist, oder?«

Das beruhigt ihn etwas. Er nickt und zieht die Decke enger um sich.

»Okay, folgen wir unserer Spur zurück«, erkläre ich. Ich nehme mein Handy aus der Tasche und prüfe, ob ich hier ein Signal bekomme. Es ist da, allerdings nur schwach und langsam; trotzdem wähle ich den Notruf, während wir laufen. Connor starrt seine Karte an, als würde es sich um ein GPS-Signal handeln; er kann gerade nicht klar denken. Ich benutze mein eingebautes UV-Licht am anderen Ende der Taschenlampe, um die Wegmarkierungen wiederzufinden, die ich gesetzt habe. Es ist nicht schwer, den richtigen Weg zu finden.

»Wolfhunter Police Department, welchen Notfall haben Sie zu melden?«, fragt mich eine Stimme. Sie ist blechern und geisterhaft, die Verbindung ist schlecht.

»Ich muss eine Leiche melden«, sage ich. »Am Südufer des Wolfhunter River, ungefähr drei Kilometer von der Wolfhunter River Lodge entfernt.«

»Ich habe nicht alles davon verstanden, Sir. Können Sie das bitte wiederholen …«

Der Anruf bricht ab. *Verflucht.* Ich versuche es erneut und bekomme dieselbe Stimme zu hören. »Ich rufe an, um eine Leiche zu melden. Südufer des Wolfhunter River, ungefähr drei Kilometer von …«

»Sir, bitte nennen Sie mir erst Ihren Namen.«

»Sam Cade. Ungefähr drei Kilometer von der Wolfhunter River Lodge entfernt.«

»Hat die Person noch geatmet, Sir?«

Ich denke an die aufgeblähte, geschwärzte Haut. »Nein.«

»Haben Sie es mit Wiederbelebungsmaßnahmen versucht?«

»Nein. Die Leiche ist bereits verwest.« Ich weiß, dass sie diese Fragen stellen müssen, aber es macht mich wütend. Genau wie Connor habe ich noch mit dem Anblick zu kämpfen, aber im Gegensatz zu dem Jungen habe ich bereits Schlimmeres gesehen. »Wir sind unterwegs zurück zur Lodge. Schicken Sie die Polizei; ich führe sie dann zur Leiche. Wir haben Wegmarkierungen gesetzt.«

Ich lege auf, bevor der Anruf wieder abbricht, und stecke gerade das Handy zurück in meine Tasche, als ich einen Ast brechen höre. Dann ein Rascheln. Da draußen ist irgendetwas.

Vielleicht gibt es hier doch einen Bären.

Schweigend bedeute ich Connor, stehen zu bleiben. Seine Isolationsdecke raschelt, dagegen kann ich leider nichts unternehmen. Langsam stelle ich meinen Rucksack auf dem Boden ab und hole meine Pistole heraus. Die Taschenlampe packe ich wieder ein. Ich hocke mich hin und Connor tut es mir nach.

Ich halte einen Finger an die Lippen. Der Junge ist bleich im Gesicht und zittert noch stärker, aber er nickt.

Ich bekomme den Schuss erst mit, als er im Baum neben mir einschlägt und Splitter in sämtliche Richtungen fliegen lässt, wovon sich einer in meinen Arm bohrt. Ich verarbeite gleichzeitig den klatschenden Schuss, den kurzen Schmerz einen Moment später und die Erkenntnis, dass wir in echten Schwierigkeiten stecken. Ich packe Connors Arm und zerre ihn nach rechts, hinter eine große, knorrige Eiche. »Du bleibst hier. Und ziehst den Kopf ein. Verstanden?«, ermahne ich ihn.

»War das ein Schuss?« Er zittert. Wirkt leicht abwesend.

»Bleib hier«, befehle ich ihm. Ich muss den Schützen von dem Jungen wegführen. Er schafft das im Augenblick nicht. Er steht unter Schock. »Connor! Hast du mich verstanden?«

Er nickt. Ich wechsle zum nächsten Baum und lausche auf Schritte. Nichts zu hören. Wer auch immer auf uns geschossen hat, verharrt jetzt auf der Stelle. Wartet.

Also gebe ich ihm etwas, auf das er schießen kann. Ich nehme die neon-orangefarbene Kappe ab, die ich trage, und schleudere sie wie eine Frisbeescheibe; sie segelt gute sechs Meter weit, wechselt dann die Richtung und gleitet zur Seite. Ich sehe den Schuss zwar nicht, der sie zerfleddert, höre ihn allerdings einen Sekundenbruchteil später.

Er ist ein ziemlich guter Schütze, aber er ist langsam. Vielleicht war sein erster Schuss ein wenig zu schnell, zu sehr vom Adrenalin getrieben, denn er hatte es übereilt und meinen

Kopf um einige Zentimeter verfehlt. Wäre er nur ein bisschen geduldiger gewesen, gäbe es mich jetzt nicht mehr.

Ich sehe wieder zu Connor. Es gefällt mir ganz und gar nicht, ihn hier allein und zitternd zurückzulassen, aber im Augenblick gibt es keine andere Wahl. Ich muss diesen Kerl hier weglocken. Und ich muss mich mit ihm befassen, denn er bedroht meinen Jungen. *Meinen* Jungen. So stark wie jetzt habe ich es noch nie verspürt, dieses Bedürfnis, Connor um jeden Preis zu beschützen, doch es ist da und erfüllt mich bis tief in die Eingeweide.

Gebückt laufe ich zur nächsten Deckung in der Vermutung, dass er nicht gut darin ist, schnelle und akkurate Schüsse abzugeben. Ist er auch nicht. Sein Schuss kommt spät und landet in dem Baum, den ich längst hinter mir gelassen habe. Zwischen diesem Baum und dem nächsten gibt es ein dichtes Gebüsch. Ich lege mich flach auf den Boden und krieche in Kampfhaltung voran, wobei ich das Gewicht auf meine Unterarme und Zehen verlagere. Schnell und leise wechsle ich an meinem Ziel wieder in die Hocke. Vor mir stehen die Bäume dicht an dicht. Von der anderen Seite aus wirken sie undurchdringlich. Schnell laufe ich einen großen Bogen darum, der ihn in mein Sichtfeld bringen müsste.

Ich habe recht.

Es handelt sich um zwei Männer in Waldtarnfarben, keine Leuchtfarben von Jägern, keine Westen: Schütze und Aufpasser. Sie wollen nicht bemerkt werden. Mir kommt in den Sinn, dass sie militärische Erfahrung haben könnten. Falls ja, wird der Aufpasser ihren Umkreis überprüfen … und zwar jetzt.

In genau diesem Augenblick sieht der Kleinere von der Schussrichtung weg und dreht sich langsam um. Ich rühre mich nicht von der Stelle. Ich bin mir ziemlich sicher, dass er mich übersehen wird.

Ich zerbreche einen Zweig. Einen kleinen, sodass es so klingt, als könnte es sich um eine Wühlmaus oder Spitzmaus handeln. Mit meiner Stiefelspitze sorge ich noch für ein leises Rascheln.

Der zweite Mann muss den Scharfschützen decken; das gehört ebenfalls zu seinem Job. Und er kommt auch, um das Geräusch zu überprüfen. Ich könnte problemlos beide aus der Deckung heraus erschießen, und Gwen hätte das sicher auch so getan. Wenn ich das jedoch tue, finde ich nicht heraus, wer diese Arschlöcher auf uns angesetzt hat.

Ich warte, und als mich der Mann passiert, trete ich einen Schritt nach rechts und presse ihm den Lauf meiner Waffe gegen den Hals. Für beinahe eine Sekunde erstarrt er, gerade genug Zeit für mich, um ihm von hinten in die Knie zu treten und ihn zu Boden zu schicken. »Unten bleiben«, befehle ich ihm und greife mir sein Gewehr. Dann drehe ich mich um und schieße auf seinen Freund, der sich abrollt, um mich ins Fadenkreuz zu bekommen. Ich schieße dreimal und marschiere geradewegs auf ihn zu. Eine klare Warnung. Es ist ein großer, bärtiger Mann, und ich hoffe, dass er, wenn er ein Profi ist und seine Situation erfasst, die Waffe senkt und aufgibt.

Tut er jedoch nicht. Er hebt sie und schießt auf mich. Es ist ein hektischer Schuss, der sein Ziel um Längen verfehlt, aber damit hat er seine Wahl getroffen und mir meine zugleich genommen.

Ohne zu blinzeln, schieße ich ihm in den Kopf. Sein Tod kommt sofort; ich sehe seine Augen aufflackern, zurückrollen und dann seinen Körper erschlaffen. Ein letztes Zucken, dann nichts mehr.

Ich wende mich seinem Freund zu, der vernünftigerweise stillgehalten hat, und presse den Lauf gegen seinen Hinterkopf. Ein paar seiner Haare werden angesengt. »Keine Bewegung. Verstanden?«

»Ja, ja, klar«, meint er. Er liegt flach auf dem Bauch, die Hände mittlerweile ausgestreckt. Ich durchsuche ihn von hinten, rolle ihn herum und presse die noch immer heiße Mündung gegen seine Stirn, während ich nach einer weiteren Waffe suche. Er zuckt zusammen. Als ich fertig bin und mich zurückziehe, ist ein perfekter roter kleiner Kreis in seine sonnengebräunte Haut gebrannt.

»Bist du ein Marine oder so was?«, fragt er mich. Sein Dialekt ist von hier.

»Air Force«, erkläre ich.

»Verdammt. Hab nicht gewusst, dass sie einem so was in der Flugschule beibringen.«

»Army?«, vermute ich. Er nickt. »Sorry, Bruder. Wer hat euch geschickt?«

»Wer sagt, dass uns jemand geschickt hat?«

Ich zucke mit den Schultern. »Soweit ich weiß, ist grad nicht Jagdsaison auf Kinder.«

»Mann, wir haben euch halt mit einem Reh verwechselt.«

»Schwachsinn. Irgendjemand hat euch geschickt.«

»Hast du Travis erschossen?«

»Wenn dein Kumpel so hieß, ja. Hatte keine Wahl«, erkläre ich. »Er ist tot.«

»Dann fick dich, Mann, dir verrat ich nichts.« Er ist ein hagerer, zäher Kerl Mitte dreißig, ein Kriegsveteran, doch seine Augen füllen sich mit Tränen und ich sehe echte Wut dahinter. »Du hast da gerade meinen Cousin umgebracht.«

Ich richte die Waffe wieder auf ihn. »Wer hat euch angeheuert?«

»Fick – dich.«

Er ist abgebrüht, das sehe ich. Das bewirkt Trauer bei manchen Leuten. Ich hatte gehofft, es würde ihn knacken, doch stattdessen: hart wie Stahl. Vielleicht bekommen die Cops ja etwas aus ihm raus. Mir wird das nicht gelingen.

Ich höre ein leichtes metallisches Rascheln und drehe meinen Kopf in die Richtung des Geräusches. Connor hat die Decke abgeworfen und kommt um die Bäume herum. Ich halte eine Hand hoch, damit er anhält. Noch einmal wähle ich auf dem Handy den Notruf. Ich erkläre, dass ein Schusswechsel mit Todesfolge stattgefunden hat und ich einen Mann unter Waffengewalt festhalte. Ich hoffe, das setzt sie in Bewegung.

»Wird dir nichts bringen«, merkt der Gefangene an.

Die Telefonistin der Notrufzentrale weist mich an, nicht aufzulegen, also tue ich das auch nicht. Ich lege das Handy auf den Boden neben mir.

»Warum nicht?«, frage ich ihn. »Hast du dorthin auch gute Kontakte, Mann?«

Er funkelt mich weiterhin böse an. Er will mich wirklich umbringen; es strömt ihm wie Dampf aus allen Poren. »Ich nicht«, sagt er und fletscht die Zähne zu etwas, das nur technisch ein Grinsen darstellt. »Travis war ein *Cop*. Und du hast ihn einfach kaltblütig ermordet. Ich hab's gesehen, du Scheißmörder!« Er hat die Stimme erhoben.

»Er hat niemanden ermordet«, sagt Connor. »Und Sie haben versucht, uns zu töten.«

»Du bist doch irre, Kleiner. Warum zum Teufel sollten zwei Männer, die auf der Jagd sind, versuchen, euch umzubringen? Dieses Arschloch hier ist einfach nur durchgedreht!« Mir wird klar, was hier gerade passiert. Er will, dass das auf der verdammten Aufnahme des Notrufs zu hören ist.

Schnell lege ich auf. Zu spät. Wir sind geliefert. Klar, ich habe die Schüsse, die Travis abgefeuert hat, einschließlich meiner zerfetzten orangefarbenen Kappe, aber bei solchen Zweifelsfällen geht das immer zugunsten der Einheimischen und der Cops aus. Travis war beides.

Wieder richte ich die Waffe auf meinen Gefangenen. »Wie heißt du?«

»Fick dich.«

»Okay, Fickdich, es läuft folgendermaßen. Du wirst die Wahrheit sagen, denn wenn du es nicht tust, werde ich das Höllenfeuer der Welt auf dich loslassen. State Police, FBI, was auch immer ich tun muss, um zu beweisen, dass du ein verdammter

Lügner bist, der angeheuert wurde, um mir eine Kugel in den Kopf zu jagen. Das bringt dir zwanzig Jahre bis lebenslänglich, wenn du nicht schnell zur Vernunft kommst. Wer hat euch bezahlt?«

Er schließt den Mund, senkt das Kinn und starrt mich auf eine Art an, die mir klar zeigt, dass er mit mir und zu vermutlich keinem Preis kooperieren wird. Er wurde wohl gut genug dafür bezahlt, die Klappe zu halten. Oder er hat Angst, als Nächster auf der Liste zu landen. Beides ist möglich.

Connor fragt: »Können wir jetzt zurück zur Lodge?« Er klingt erschöpft und ist viel zu wacklig auf den Beinen.

»Nein, tut mir leid. Wir müssen hier warten«, erkläre ich ihm. »Wickle dich in die Decke. Du musst dich warm halten, verstanden? Setz dich hin und iss etwas.«

Er nickt. Nachdem er einen Proteinriegel verspeist und ihn mit Wasser aus der Feldflasche hinuntergespült hat, sieht er schon etwas besser aus. Er hat sich so in die Decke gewickelt, dass er wie ein glänzender Burrito aussieht. Gott, in diesem Augenblick überkommt es mich wieder: Er ist noch ein *Kind.* Und innerhalb eines Nachmittags hat er einen schrecklich verzerrten Leichnam gesehen, auf ihn wurde geschossen und er hat eine Tötung miterlebt. Auch wenn er mich nicht dabei gesehen hat, wie ich Travis erschossen habe – das hoffe ich zumindest –, so weiß er doch, dass es passiert ist.

Ich hätte ihn beschützen sollen. Das hier sollte eigentlich eine harmlose Wanderung durch den Wald werden.

Ich kann mir schon gut vorstellen, was Gwen dazu zu sagen hat … was mich daran erinnert, dass ich sie wohl lieber anrufen sollte. Jetzt. Doch als ich ihre Nummer wähle, klingelt es nur und ich lande auf dem Anrufbeantworter. Ich hinterlasse keine Nachricht. Ich habe noch keine Ahnung, wie ich ihr das alles hier erklären soll. Sie wird schon anrufen, wenn sie sieht, dass ich versucht habe, sie zu erreichen.

Ich hoffe, es geht ihr gut. Mit kalter, brutaler Macht überfällt mich der Gedanke, dass, wenn jemand versucht hat, mich und Connor auszuschalten, Gwen und Lanny ebenfalls in Gefahr sind. Diesen Schluss hätte ich längst ziehen sollen, aber genau wie bei Connor arbeitet mein Gehirn gerade nicht mit Höchstleistung. Ich habe soeben einen Mann getötet. Die Ruhe und Konzentration, die ich in einer Kampfsituation verspüre, lässt langsam nach und die Konsequenzen bahnen sich an.

Ruf zurück, Gwen.

Doch das tut sie nicht. Ich will ihr sagen, dass ich mein Bestes gegeben habe. Ich will ihr sagen … ihr sagen, dass ich sie liebe.

Doch ich bekomme nicht die Chance dazu.

Als die Cops ankommen, lege ich die Waffe auf den Boden, knie mich hin, verschränke meine Hände hinter dem Kopf und werde trotzdem mit aller Gewalt auf den Boden gedrückt. Ein Knie presst sich in mein Rückgrat, laute Stimmen überschreien sich gegenseitig. Der Kerl auf dem Boden brüllt, dass ich ein eiskalter Mörder sei, der seinen Cousin umgebracht hat. Ich sehe Connor nicht. Ich hoffe, dass sie ihn nicht grob behandeln, aber im Augenblick kann ich nichts tun. Gar nichts.

Ich höre Connor »Lasst ihn los!« rufen, so verzweifelt, dass es mich innerlich schmerzt.

Ich drehe meinen Kopf in seine Richtung. »Hey!«, rufe ich ihm zu. »Connor, hör auf! Ganz ruhig. Es ist schon okay. Alles ist okay.«

»Du hast einen Cop getötet, du Scheißkerl«, sagt der Cop. »Glaub mir, das ist nicht okay. Dafür bekommst du die Spritze. Halt jetzt einfach die Klappe.«

Irgendetwas trifft mich hart am Hinterkopf und die Welt um mich herum verliert ihren Fokus. Ich bemühe mich noch, aber alles entgleitet mir.

Meine letzten Gedanken gelten Connors Sicherheit, bevor ich von der Klippe ins Dunkel stürze.

Kapitel 12

Gwen

Als ich bei der Lodge ankomme, herrscht dort das reinste Chaos. Auf dem Parkplatz stehen vier Polizeiwagen, drei Krankenwagen und ein nicht kenntlich gemachtes Fahrzeug. Mein Herz hämmert wild, mein Mund ist trocken; Lanny stellt mir Fragen, die ich nicht beantworten kann, und ich parke und steige schnell aus. Meine Tochter holt mich ein, während ich auf die Lodge zulaufe. »Mom! Mom, was ist denn los?«

Ich weiß es nicht. Und das macht mir Angst.

Ein Polizist in Uniform stellt sich mir in den Weg – er ist groß und blickt mich unter seiner Dienstmütze hervor stirnrunzelnd an. »Sie können da nicht rein«, erklärt er mir. »Die Lodge ist geschlossen.«

»Wo ist mein Sohn?« Ich weiß, ich sollte ruhiger agieren, logischer. Das kann ich aber im Augenblick nicht. »Connor Proctor! Wo ist er?«

»Gehen Sie zurück«, befiehlt er mir. Ich gehorche nicht. Als er auf mich zukommt, prallen wir gegeneinander. Er bleibt stehen, weil ihm klar wird, dass er mich dazu zwingen muss, hier wegzugehen, und er überlegt, wie das wohl vonstattengehen könnte.

»Mom!« Lanny ergreift mich am Arm. »Wo ist Connor? Wurde er auch verhaftet? Was ist denn los?«

»Das versuche ich doch herauszufinden, Schatz«, erkläre ich, und aus irgendeinem Grund bringt das den Cop dazu, einen Schritt zurückzutreten. Vielleicht löst die Tatsache, dass ich eine aufgeregte, ängstliche Tochter habe, etwas in ihm aus. Ich richte meine Aufmerksamkeit erneut auf ihn und versuche es noch einmal von vorn. »Ich bin Gwen Proctor …«

»Ich weiß, wer Sie sind«, sagt er. Sein Blick bleibt hart. »Treten Sie zurück.«

»Mein Sohn ist dort! Er ist noch ein *Kind*!«

»Und er wird schon rausgebracht …« Er bricht ab, denn in genau diesem Augenblick erscheint zwischen den Bäumen eine Gruppe. Es sind Notärzte, die eine Krankentrage vor sich herrollen, auf der jemand liegt. Ich sehe helles Blut und mein Herz … setzt aus. Ich schwanke. Lanny umklammert mich fester als je zuvor, und irgendwie gelingt es mir, aufrecht stehen zu bleiben.

Es ist nicht Connor. Aber es ist Sam. Er ist bewusstlos. Auf dem Laken unter ihm ist Blut, aber ich sehe keine Wunde. *Mein Gott*, haben sie ihm in den Rücken geschossen? Der Cop hält mich erneut zurück, doch sobald die Trage an mir vorbeigerollt ist, laufe ich dorthin. Ein Spalier an Cops steht herum, doch eine Sekunde lang kann ich durchbrechen und sehe, dass er atmet.

Und mit Handschellen an die Liege gefesselt ist.

Ein Cop schiebt mich zurück. Ich werde wütend. »Nehmen Sie Ihre verdammten Hände weg!«, rufe ich. »Haben Sie ihn angeschossen?«

»Ma'am, beruhigen Sie sich; er wurde bei einem Handgemenge ein bisschen verletzt«, erklärt der Cop, und als ich mich auf ihn fokussiere, wird mir klar, dass er eigentlich noch ein Kind ist, kaum alt genug, um schon Alkohol kaufen zu dürfen. Er wirkt ernst und überfordert, also nehme ich mich zurück. Ein wenig. »Er wird es überstehen.«

»Als könnten Sie das versprechen«, gebe ich zurück. »Wo ist mein Sohn? Connor Proctor?«

»Mom?«

Connors Stimme erklingt hinter mir. Ich sehe ihn, von einem einzelnen Polizisten eskortiert, ankommen. Er ist in eine Isolationsdecke gewickelt und sieht viel zu blass aus. Ich eile zu ihm und nehme ihn in die Arme. Immerhin trägt er keine Handschellen, was gut ist, weil ich mich sonst vermutlich mit sämtlichen versammelten Polizeikräften angelegt hätte. Er sieht aus, als würde er unter Schock stehen. »Schätzchen?« Ich küsse ihn auf die Wange und schiebe ihn leicht von mir, um ihn genauer anzuschauen. Kein Anzeichen einer Verletzung. »Haben sie dir wehgetan?«

Er schüttelt den Kopf. »Nein, es geht mir gut.« Seine Stimme klingt leiser als üblich, und tiefer. »Aber die haben Sam wehgetan. Ich hab's genau gesehen.«

Der Cop neben ihm runzelt die Stirn. Schnell lenke ich ab. »Darüber sprechen wir später, okay?« Erneut ziehe ich Connor in meine schützende Umarmung und begegne dem Blick des Beamten. »Ich möchte ihn auf unser Zimmer bringen. Jetzt.«

»Ma'am, er muss mit zur Polizeiwache kommen und seine Aussage machen.«

»Sehen Sie ihn sich doch an! Er ist in keinem Zustand, um …«

»Nein.« Connor tritt zurück. Er streift sich die Decke ab. In diesem Augenblick scheint es mir, als würde mein Sohn mehrere Zentimeter wachsen und um Jahre altern. Mein Herz bricht ein Stückchen. »Mom, ich muss gehen. Sam braucht mich, damit ich die Wahrheit sage. Es geht mir gut.« Tut es nicht, aber ich weiß, dass ich ihn nicht vollkommen vor dieser Sache beschützen kann.

Ich konzentriere mich wieder auf den Cop. »Er ist noch minderjährig«, erkläre ich. »Ich komme also mit. Meine Tochter ebenfalls; sie bleibt nicht allein hier.« Dagegen kann er kaum argumentieren, allerdings scheint er noch nach einer Möglichkeit zu suchen. Ich lasse ihm keine Zeit dafür. »Ich fahre ihn zur Wache.«

»Ma'am, er muss mit mir kommen.« Ich erkenne, dass er in diesem Punkt unnachgiebig bleiben wird. Weil das etwas ist, das er durchsetzen kann, so kleinlich das auch sein mag. »Er ist ein wichtiger Zeuge bei dem Mord an einem Polizeibeamten.«

»Na schön«, fauche ich. »Dann nehmen Sie uns alle mit.«

Er findet keinen vernünftigen Grund, uns das zu verweigern, daher quetschen wir uns alle auf den Rücksitz des Polizeifahrzeugs. Zwischen uns und dem Vordersitz des Polizisten befindet sich ein Stahlnetz, und – das weiß ich aus Erfahrung – die Hecktüren lassen sich von innen nicht öffnen. Wir sitzen jetzt in einem Käfig. Genau da, wo sie uns haben wollen.

Aber das kann ich im Augenblick nicht verhindern. Ich kann nur meine eigenen Aktionen in Gang setzen.

Während wir zurück nach Wolfhunter gefahren werden und der Abend über diese deprimierende, schreckliche Stadt hereinbricht, schreibe ich an meine Kontakte.

Jeden einzelnen.

* * *

Ich sitze im Befragungsraum, während Connor seine Aussage macht, und bin sprachlos, als ich das alles höre: die Entdeckung der Leiche; der Überfall auf dem Weg zurück zur Lodge; Sams Taten. Soweit ich das sagen kann, lügt Connor nicht; er ist direkt und offen, selbst als er dem Detective – einem von hier, den ich nicht kenne – erzählt, dass er die tatsächliche Tötung, die Sam zur Last gelegt wird, nicht gesehen hat; er hat erst um den Baum herumgeblickt, nachdem er den Schuss gehört hatte.

Das hilft Sam nicht wirklich weiter, doch ich bin froh, dass er sich nichts ausdenkt. Ein Kind in seinem Alter zu überführen, wäre für die ein Kinderspiel.

So tapfer, wie er auch war, senkt Connor doch das Kinn, als der Detective den Raum verlässt, und ich sehe, dass er weint. *Endlich*, denke ich. Ich reiche ihm ein paar Taschentücher und lasse ihn ansonsten in Ruhe. Ich bin froh, dass mein Sohn weinen kann.

Als er fertig ist, sage ich: »Du musst dich nicht schuldig fühlen, mein Schatz. Sam würde nicht wollen, dass du lügst. Du hast die Wahrheit gesagt. Nur das ist wichtig.«

»Ich weiß«, entgegnet er. »Aber Mom, die – so, wie sie ihn behandelt haben …«

Er erinnert sich noch, wie er behandelt wurde, als ich verhaftet worden war. Es war vermutlich sanfter als die Art, wie die Cops hier die Sache angegangen sind, aber dennoch traumatisch genug, um dauerhafte Spuren bei meinen Kindern zu hinterlassen. »Er schafft das schon«, versichere ich ihm. »Ich habe Hector Sparks gebeten, ins Krankenhaus zu kommen und ihn zu beschützen für den Fall, dass die Cops schon zu früh eine Aussage von ihm wollen. Mike Lustig kommt auch nach Wolfhunter, sobald er sich loseisen kann. Kezia und Javier wissen, was los ist. Alles wird gut. Versprochen.«

»Keine Versprechen«, widerspricht er und schenkt mir ein trauriges Lächeln. »Sam macht das auch nicht.« Ich frage mich, was es damit auf sich hat, versuche aber, nicht weiter darüber nachzudenken. Dafür ist jetzt keine Zeit.

»Tut mir leid, dass du das alles durchmachen musstest«, erkläre ich. »Ich weiß, das fühlt sich schlimm an. Es erinnert dich an Dinge, mit denen du nur schwer zurechtkommst.«

»Ist schon okay«, beschwichtigt er, auch wenn es das natürlich nicht ist. »Ich bin froh, dass wir sie gefunden haben. Es war nicht gut für sie, dort einfach nur … allein zu bleiben. Als wäre sie allen egal.«

»Jetzt wurde sie ja gefunden«, sage ich sanft. »Du und Sam habt das für sie getan.«

»Sie ist vermutlich eine von ihnen. Von diesen vermissten Frauen.«

»Könnte sein«, gebe ich zu. »Aber wir wissen es nicht.«

Er schüttelt nur den Kopf. »Ich glaube schon.«

Ich versuche nicht, ihm das auszureden. Ich frage, ob er etwas trinken möchte, und als er nickt, klopfe ich an die geschlossene Tür und bitte um eine Flasche Wasser. Derselbe Detective wie zuvor bringt sie uns. Ebenfalls bei sich hat er eine ausgedruckte Aussage, und er stellt die Flasche hin und legt die Aussage und einen Stift vor meinem Sohn ab.

Automatisch nimmt Connor den Stift in die Hand. Ich nehme das Blatt Papier in die Hand. »Was ist das?«

»Ma'am, wir haben seine Aussage transkribiert. Er muss sie jetzt nur noch unterschreiben«, erklärt der Detective. Ich fange an zu lesen. Noch nicht einmal zwei Sätze später nehme ich Connor den Stift ab und fange an, auf dem Blatt Dinge zu markieren. Diese *Transkription* ist viel mehr eine freie Umschreibung. Ich gebe sie dem Detective zurück. Er sieht nicht zufrieden aus. »Ma'am, wir haben das direkt von der Aufnahme übernommen …«

»Aber sicher doch«, sage ich und hole mein Handy hervor. »Na gut. Dann spielen wir dieses Spielchen, in Ordnung? Denn ich hatte *mein* Aufnahmegerät ebenfalls eingeschaltet.«

Er räuspert sich, starrt mich ein paar Sekunden lang an, steht dann auf und verlässt das Zimmer ohne ein weiteres Wort. Connor sieht mich groß an. »Wow. Ernsthaft? Du hast das aufgenommen?«

Zur Sicherheit bestätige ich das weder, noch leugne ich es. Ich lächle einfach nur.

Als die Aussage beim nächsten Mal vorliegt, passt sie zu dem, an das ich mich von Connors Erzählungen erinnere. Ich bitte ihn, es noch einmal zu lesen und alles zu korrigieren, was falsch ist. Er ändert einen Satz und unterschreibt dann. Bevor er die Aussage zurückgibt, fotografiere ich sie noch schnell.

Das macht den Detective vor mir noch unzufriedener. Ich bin mir ziemlich sicher, dass sie noch etwas Dubioses versucht hätten, aber jetzt, da ich das Foto habe, ist es ihnen nicht mehr möglich. Besonders, wenn ich die Aufnahme habe. Was nicht der Fall ist, aber das wissen sie nicht mit Sicherheit.

Wir starren uns gegenseitig an. Er geht wieder.

Connor öffnet die Flasche und trinkt durstig, als hätte er den ganzen Tag noch nichts bekommen. Ich möchte ihn ermahnen, langsam zu trinken, tue es aber nicht. Als die Flasche leer ist, nehme ich sie. Ich werfe sie nicht weg. Ich will auf keinen Fall, dass die irgendwelche DNA-Fälschungen vornehmen können, um meinen Sohn in das Ganze zu verwickeln, und bei dem, was ich bisher so gesehen habe, bin ich davon überzeugt, dass der Polizeichef vermutlich hinter dieser hässlichen Sache steckt. Es geht nicht wirklich um meinen Sohn.

Es geht darum, mir zu zeigen, wer hier das Sagen hat.

Mir ist klar, dass ich mich wieder einmal in meine Paranoia hineinsteigere – die DNA bekämen sie auch von dem Stift, den er benutzt hat, oder dem Blatt Papier, das er gerade unterschrieben hat –, dennoch muss ich versuchen, ihn zu beschützen. Die Tatsache, dass wir immer noch in diesem Raum eingeschlossen sind, macht mich rasend.

Mein Handy klingelt. Ich schaue auf die Nummer. Es ist Hector Sparks. »Ms Proctor? Ja, ich wollte Ihnen nur Bescheid geben, dass ich im Krankenhaus bin. Mr Cade ist wach. Sie haben ihn gerade mitgenommen, um seinen Kopf zu röntgen, aber er sagt, dass er sich relativ gut fühlt. Er musste mit fünf Stichen genäht werden. Wie ich Chief Weldon kenne, tischt der garantiert irgendeine Geschichte darüber auf, wie sich Mr Cade heftig gegen seine Verhaftung gewehrt hat. Es bringt leider nichts, dagegen anzugehen, nicht in dieser Stadt, wenn die einzigen Zeugen andere Polizisten sind.«

Ich atme jetzt ein wenig ruhiger, auch wenn mich das Ganze erneut wütend macht … und dann erstarre ich.

»Augenblick. Der Polizeichef heißt *Weldon*?«

»Ja«, bestätigt Sparks. »Warum?«

Weldon war eine der Stimmen in der Werkstatt, zusammen mit dem Besitzer Carr. Die Richtung, in die das Ganze hier geht, gefällt mir überhaupt nicht. »Bleiben Sie dort, bis ich hinkommen kann?«

»Ich kann noch« – beinahe höre ich, wie er auf seine Uhr schaut – »zwei Stunden bleiben. Allerdings wird er laut Officer Helmer sofort nach Genehmigung des Krankenhauses direkt auf die Wache gebracht. Ich vermute mal, Sie sind bereits dort?«

»Ja.«

»Sehr gut. Sobald er also entlassen wurde, bin ich weg. Ich möchte nicht, dass Mrs Pall mit dem Abendessen warten muss.«

Das wäre ja auch eine Tragödie, möchte ich fauchen, beherrsche mich aber gerade noch so. Sparks rechtlicher Beistand ist im Augenblick vermutlich überflüssig, aber ich kann es mir nicht erlauben, den einzigen Anwalt, den ich hier kenne, gegen mich aufzubringen.

Erneut klopfe ich an die Tür. Derselbe Cop wie vorher öffnet sie. »Mein Sohn ist gerade erst zwölf geworden. Er hat einen traumatischen Tag hinter sich. Er hat seine Aussage gemacht. Bringen Sie ihm entweder etwas zu essen oder lassen Sie uns gehen.«

»Warten Sie drinnen«, weist er mich an und schließt die Tür vor meiner Nase. Unruhig schreite ich auf und ab, wie ein Löwe im Käfig, während Connor ruhig und gefasst ist. Ich will sie in Zugzwang bringen, bevor Sam hier ankommt.

Mein Wunsch erfüllt sich, denn innerhalb von fünf Minuten öffnet der Cop die Tür. »Sie können gehen. Anweisung vom Chief allerdings: Verlassen Sie nicht die Stadt.«

Das ist Blödsinn. Connor ist kein Verdächtiger; er ist ein Zeuge und bei einem Minderjährigen können sie das nicht durchsetzen. Ich fordere mein Glück allerdings lieber nicht heraus. Ich bugsiere Connor durch die Tür und den Gang bis zum Empfangsbereich. Dort sitzt Lanny mit Kopfhörern auf einem Stuhl, springt jedoch in der Sekunde auf, in der sie uns sieht. Sie läuft zu Connor und drückt ihn fest an sich. »Mach mir doch nicht solch eine Angst«, flüstert sie ihm zu. Und er umarmt sie ebenfalls. Ich spüre ein Brennen in meiner Kehle, das Tränen produzieren könnte, wenn ich dem jetzt nachgeben würde. Zur Abwechslung wären das immerhin mal gute Tränen.

Danach umarmt Lanny auch mich. »Gehen wir jetzt? Können wir zu Sam? Ist er im Krankenhaus?«

»Wir sollten hier warten«, erkläre ich ihr. »Sam wird hergebracht, sobald sie im Krankenhaus mit ihm fertig sind. Ich hoffe, dass sie es möglichst eilig haben, ihn anzuklagen.«

»Das hoffst du? Warum?« Connor blickt verwirrt drein.

Ich lächle ihm zu. »Je früher sie ihn anklagen, desto schneller können wir seine Kaution zahlen«, erkläre ich. »Und desto schneller können wir aus dieser Stadt verschwinden.«

»Aber … was, wenn gar keine Kaution angesetzt wird?«, fragt Lanny nervös. »Was, wenn …«

»Immer schön eine Krise nach der anderen«, unterbreche ich sie.

* * *

Sam wird hereingebracht – wir dürfen nicht in seine Nähe, aber er läuft selbstständig, und für kostbare wenige Sekunden treffen sich unsere Blicke. Er haucht ein »Ist schon okay« zur selben Zeit, wie ich sage: »Ich bin hier« – und dann wird er in eine Zelle oder zum Verhör gebracht. Wir warten, bis ich um zehn Uhr abends zufällig mit anhöre, dass sie Sam wegen Totschlags verhaftet haben.

Die Anklageerhebung findet um Mitternacht statt. Lanny hatte recht. Es gibt keine Kaution. Und keine Gelegenheit, mit ihm zu sprechen. Ich sollte darüber nicht so schockiert sein, doch das bin ich und auch zu Tode verängstigt; ich will nicht, dass Sam die Nacht in dieser Stadt im Gefängnis verbringen muss. Mir hätte klar sein müssen, dass sie den Richter extra dafür herholen, und ich hätte dafür planen müssen. Doch ich bin müde. Und ich habe Angst. Und ich fühle mich wirklich sehr, sehr ungeschützt.

Die Rettung kommt in Form von Mike Lustig, der genau in dem Augenblick beim Gericht eintrifft, in dem Sam weggebracht wird. Mike ist ein guter Mann. Und außerdem ein Schwarzer mit FBI-Marke, was – da bin ich mir ziemlich sicher – Chief Weldons größter Albtraum ist. Wir hocken zehn Minuten zusammen, in denen ich ihm sämtliche Informationen gebe, über die ich verfüge, einschließlich des Gesprächs, das ich belauscht habe und in dem Chief Weldon eine Rolle spielt. Ich teile ihm auch meine Vermutung mit, dass Marlene Crockett etwas von einem Wrack wusste, das die Polizei, der Werkstattbesitzer Mr Carr und irgendein Dritter namens Carl, den ich noch nicht identifizieren kann, haben verschwinden lassen. Die ganze Sache hat mit hohen Geldbeträgen zu tun, für die sich auch Morde lohnen.

»Ich frage mich, ob es …«, hängt er einem Gedanken nach, führt ihn jedoch nicht zu Ende aus. »Vergessen wir das fürs

Erste. Überstehen wir erst einmal die Nacht. Hören Sie, ich möchte, dass Sie die Kinder aus der Stadt schaffen. Bringen Sie sie nach Hause.«

»Aber Sam …«

»Überlassen Sie Sam mir. Ich mache mich hier die Nacht über nützlich. Er ist nicht allein, das verspreche ich Ihnen.« Kurz hält er inne. »Bleiben Sie heute Nacht nicht hier. Ich weiß, die Versuchung ist stark, und das verstehe ich. Aber es ist wichtig, dass Sie und die Kinder außer Gefahr sind.«

Er hat recht. Das Motel war nicht sicher; die Lodge ist es ebenso wenig. Wir müssen zurück nach Hause, wo wir Freunde und Verbündete haben, die mit auf uns achtgeben.

So schwer es auch sein mag, zu gehen und Sam hier zurückzulassen.

»Kann ich eine Nachricht schreiben?«, frage ich Mike schließlich. »Die Sie ihm dann geben?«

»Eine Sprachaufnahme geht schneller«, meint er und reicht mir sein Handy. »Benutzen Sie das Aufnahmegerät. Ich sorge dafür, dass er es sich anhört. Dadurch können die mir auch nicht anhängen, ich hätte versucht, ihm eine Klinge oder irgend so was zuzustecken.«

Mikes Meinung über diesen Ort scheint ebenso negativ auszufallen wie meine; das ist besorgniserregend. »Falls Sie Hilfe brauchen, rufen Sie diesen Mann an«, sage ich und schicke ihm von meinem Handy aus Fairweathers Nummer. Sein Handy vibriert in meiner Hand, als die Nachricht ankommt. »Er ist vom TBI. Ich glaube, ihm gefällt auch nicht so recht, was hier vor sich geht. Er wurde allerdings gestern von hier abgezogen. Wie das wohl gekommen ist …«

»Das reinste Mysterium«, meint Mike und schenkt mir ein grimmiges Lächeln. »Na los, raspeln Sie Süßholz mit Ihrem Mann. Ich hör auch nicht hin.«

»Lügner«, sage ich, meine es aber nicht so. Er entfernt sich ein paar Schritte und ich drücke die Aufnahmetaste. Dann bin ich vorübergehend sprachlos. Was kann ich schon sagen? Wie kann ich rechtfertigen, dass ich wegfahre und ihn hier in Wolfhunter allein lasse, wo er doch extra mitgekommen ist, um auf mich aufzupassen?

»Sam«, beginne ich. Meine Stimme klingt fremd und gefühlsduselig, was ich nicht will. Ich atme tief durch. »Tut mir leid. Ich muss die Kinder von hier wegbringen, damit sie in Sicherheit sind. Ich fahre also bis morgen nach Hause, komme aber zurück, so schnell ich kann. Ich hoffe, Javier oder Kez kann kurzfristig auf sie aufpassen, bis wir dann beide aus dieser verdammten Stadt verschwinden und danach entscheiden können, was wir als Nächstes tun. In der Zwischenzeit ist Mike für dich da. Und ich komme zurück. Versprochen.« Ich zögere, schließe die Augen und sage dann: »Ich liebe dich, Sam Cade. Es tut mir leid, dass … Es tut mir leid. Ich liebe dich. Vergiss das nicht.«

Ich beende die Aufnahme und gebe Mike das Handy zurück, der mich lange und nachdenklich anschaut. »Brechen Sie meinem Freund das Herz?«, fragt er.

»Das hängt davon ab«, gebe ich zurück. »Wird er meins brechen?«

Darauf antwortet er nicht. »Bringen Sie die Kinder in Sicherheit. Sam würde mir nie verzeihen, wenn sie unter meiner Obhut Schaden nehmen.«

Ich sehe zu, wie er weggeht, dann gehen wir zu dem wartenden Polizeiwagen, der uns zurück zur Lodge fährt, wo unser SUV geparkt ist. Am liebsten würde ich unsere Sachen gar nicht erst holen, doch Lanny beharrt darauf, dass sie ihren Laptop auf keinen Fall zurücklässt. Ich sorge dafür, dass die Angestellten wissen, dass ich bewaffnet und zu allem bereit bin, und in weniger als zehn Minuten haben wir alles zusammengesammelt. Und schon sind wir auf der Straße auf dem Weg nach Hause.

Wir werden die Nacht in unseren eigenen Betten verbringen. Was auch immer der nächste Tag bringt, zumindest diesen Trost haben wir.

Ich biege gerade auf die Hauptstraße, als mein Handy klingelt. Die Kinder grummeln und schlafen bereits wieder ein, als ich rangehe. »Ja?« Mein Tonfall ist reserviert. Es ist spät, ich bin erschöpft und ich befinde mich mitten im Wald auf einer dunklen Straße mit vielen Kurven. Es ist hier draußen finster wie im Grab, bis auf das Licht meiner Scheinwerfer auf dem Asphalt mit der gelben Mittellinie und dem Grün der Bäume, an denen wir vorbeifahren.

»Ms Proctor?«

Ich erkenne die vorsichtige Stimme mit Virginia-Dialekt. »Detective Fairweather. Es ist recht spät für einen Anruf.« Es ist kurz vor ein Uhr, das weiß ich, weil ich nachgesehen habe. Mittlerweile spüre ich es auch in meinen Knochen.

»Ist es«, gibt er zu. Er klingt ebenso müde, wie ich mich fühle. »Ich bin gerade zurück von der Durchsuchung eines Felds ungefähr achtzig Kilometer von Wolfhunter entfernt. Wir hatten den Tipp bekommen, dass Ellie White dort sein könnte. Allerdings kann ich nur dreckige Hände und einen schmerzenden Rücken als Ergebnis vorweisen.«

»Und Sie rufen mich jetzt an, weil …?«

»Weil ich von Mr Cades Situation gehört habe«, sagt er. Er klingt grimmig. »Haben Sie ihn auf Kaution rausbekommen?«

»Das ging nicht. Es wurde keine angesetzt.«

»Sitzt er im Countygefängnis?«

»Nein«, entgegne ich. »Er ist in Wolfhunter.«

»Tja, verdammt.« Es ist beinahe schockierend, solch einen wenn auch milden Fluch aus seinem Mund zu vernehmen. »Ich kann für morgen etwas organisieren, aber ich mache mir Sorgen, dass er heute Nacht in diesem Gefängnis Probleme bekommen könnte.«

»Wollen Sie mir damit sagen, dass die so schlimm sind? Die Polizisten von Wolfhunter?«

»Unfälle passieren«, antwortet er flach. Das ist nicht unbedingt Zustimmung; die wenigsten Cops würden diese Linie überschreiten, daher überrascht es mich nicht. »Also, morgen früh könnte ich sicherlich etwas veranlassen, aber …«

»Aber Sie sorgen sich, dass er sich mitten in der Nacht mit seinem Bettlaken selbst erhängen könnte?«

»So etwas in der Art. Geht es den Kindern gut? Ich habe gehört, eins von ihnen sei bei der Schießerei bei ihm gewesen.«

»Connor«, antworte ich und blicke in den Rückspiegel. Mein Sohn ist gegen die Scheibe gelehnt und schläft tief und fest. »Es geht ihm gut. Wir sind gerade unterwegs zurück nach Stillhouse Lake.«

Ich höre unendliche Müdigkeit in seiner Stimme, als er sagt: »Dann sollte ich wohl lieber schnell zurück nach Wolfhunter und einen triftigen Grund finden, warum ich den Häftling eine Weile besuchen muss. Um die wissen zu lassen, dass das TBI sie im Blick hat.«

Ich bin zutiefst dankbar … und dann auch wieder auf der Hut. So gut kenne ich Fairweather nicht, und obwohl er vertrauenswürdig *scheint*, ist er es vielleicht gar nicht. Oder vielleicht geht mir Wolfhunter mittlerweile so tief unter die Haut, dass es meine Meinung über alle vergiftet, die ich kennengelernt habe, seit ich seine dunkle Grenze überschritten habe. »Das ist nicht nötig. Sams Freund ist vom FBI, und er ist bereits vor Ort.«

»Sie haben also Freunde in hohen Positionen?«

Dazu gebe ich keinen Kommentar ab. »Sam schafft es durch die Nacht. Und ich komme morgen früh zurück, sobald es mir möglich ist. Wir holen ihn da raus. Er hat einen Mann erschossen, der versucht hat, ihn und Connor umzubringen. Das ist einfach nur Notwehr.«

»So einfach ist es nie, wenn das Opfer vom Polizeivollzugsdienst ist. Ich habe gehört, er wurde wegen Totschlags angeklagt. Es könnte schwer für Sie werden, auf Notwehr zu plädieren. Werden Sie Hector Sparks anheuern?«

»Habe ich sonst eine Wahl?«

Wir fahren an einer Kilometermarkierung vorbei, die mir anzeigt, dass wir Wolfhunter mittlerweile acht Kilometer hinter uns gelassen haben. Langsam entspanne ich mich ein wenig. Die Fahrt wird noch anstrengend, und ich werde nur wenig Schlaf bekommen, aber allein das Wissen, aus dem Schatten dieser Stadt heraus zu sein, gibt mir ein besseres Gefühl. »Danke, dass Sie mich kontaktiert haben, Detective. Es bedeutet mir viel, dass Sie darauf achten, was in dieser Stadt vor sich geht.«

»Oh, glauben Sie mir, das tue ich«, sagt er. »Okay, Ms Proctor, eine sichere Fahrt für Sie, wir reden dann …«

Eine Gewehrkugel durchschlägt erst unsere Heckscheibe und dann die Frontscheibe. Ich registriere die Splitterfraktur im Glas einen Augenblick, bevor ich den lauten Knall des Schusses vernehme.

Mein erster Impuls lässt mich das Lenkrad zur Seite reißen. Der Wagen macht einen übelkeitserregenden Satz, und noch während ich versuche, bewusst einen Plan zu entwickeln, drücke ich das Gaspedal durch und lenke wieder geradeaus, um zu verhindern, dass wir von der Straße abkommen. Ich höre Lanny einen Schrei ausstoßen und konzentriere mich auf das runde Loch, das in unserer Frontscheibe zu sehen ist, und auf das dichte Spinnennetz an Rissen, die davon ausgehen. Die Heckscheibe sieht noch schlimmer aus. Keuchend schaue ich in meinen Seitenspiegel.

Wir werden verfolgt.

Hinter uns fährt ein Truck, und auf der Ladefläche steht ein Kerl, der sich vorbeugt und festhält. Er hält irgendeine Art von

Jagdgewehr und zielt auf uns. Wir fahren schnell, doch unsere Verfolger kommen näher.

»Connor!«, schreie ich. »Geht's dir gut?«

»Ja«, antwortet der.

»Lanny!«

»Mom, die schießen auf uns!«

»Nehmt beide sofort die Köpfe runter und haltet euch fest!«

Es dauert wertvolle Sekunden, bis die beiden versteckt und geschützt sind. In der Zeit fahre ich Schlangenlinien, um dem Bastard das Zielen zu vermasseln. Sobald ich mir sicher bin, dass es meinen Kindern gut geht, atme ich einmal tief durch, schicke ein Stoßgebet gen Himmel und trete, so fest ich kann, auf die Bremse.

Mein SUV kreischt, kämpft, will wegrutschen. Ich hinterlasse eine lange Spur durchgebrannten Gummis auf der Straße.

Der Pick-up hinter mir ist dazu gezwungen, ebenfalls hart zu bremsen, da der Fahrer beschleunigt hatte, um näher an mich heranzukommen. Der Schütze wird so heftig gegen die Fahrerkabine geschleudert, dass er sein Gewehr verliert. Klappernd fällt es auf die Straße und rutscht in einen Graben. Bevor sie vollständig stoppen können, trete ich wieder aufs Gaspedal und greife nach meinem Handy. Ich will den Notruf wählen, da fällt mir ein, dass ich Detective Fairweather völlig vergessen habe. Er schreit mir ins Ohr: »Gwen! Gwen, was zum Teufel ist …«

»Wählen Sie den Notruf«, dränge ich ihn. »Wir sind acht Kilometer von Wolfhunter entfernt auf der Hauptstraße unterwegs. Wir werden von einem Pick-up verfolgt, und auf der Ladefläche steht ein Mann mit einem Gewehr, der auf uns schießt …«

Ein weiterer Schuss lässt noch mehr Glas zerspringen. *Er hat noch eine Waffe.* Ich kann die Straße vor uns kaum ausmachen, aber immerhin kann ich mich tief bücken und durch einen freien Fleck schauen. Dafür sorgen, dass wir auf der Straße bleiben. Ich wage nicht, langsamer zu werden. Fairweather ruft irgendetwas, doch ich verstehe ihn nicht. Meine Aufmerksamkeit ist vollständig auf das Problem hinter mir gerichtet. Schließlich wird mir klar, dass er *Kennzeichen, Beschreibung* sagt. Beziehungsweise schreit.

»Kann ich nicht erkennen«, erkläre ich. »Es ist dunkel! Auf jeden Fall ein Pick-up. Ein Schütze auf der Ladefläche. Mein Gott, ich habe meine Kinder bei mir …«

Ich höre, wie er das wiederholt, was ich ihm gesagt habe. Vermutlich ist er gleichzeitig an zwei Handys. »Okay, die Zentrale schickt einen Countysheriff-Wagen in Ihre Richtung; er wird Ihnen entgegenkommen. Die möchten, dass Sie rechts ranfahren, wenn Sie ihn auf sich zukommen sehen; haben Sie das verstanden?«

»Ich halte erst an, wenn der Pick-up das ebenfalls tut!«, erkläre ich fest. »Ben, meine *Kinder* …« Ich atme tief durch. »Der Fahrer ist weiß, glatt rasiert, sieht dünn aus, vielleicht um die dreißig …«

Weitere Schüsse hallen in meinen Ohren. Ich blicke zurück und sehe, dass der Schütze wieder steht, ein bärtiges Arschloch in alter Tarnjacke und mit einer Truckerkappe auf dem Kopf. Er hat jetzt nicht mehr sein Gewehr, doch dafür eine Halbautomatik, und pumpt seine Schüsse, so schnell es ihm möglich ist. Vor mir kommt eine Kurve. Ich muss langsamer werden, um keinen Unfall zu riskieren. Dabei landen mehrere Schüsse in meinem Wagen. Ich höre sie und spüre auch den Einschlag. Doch zumindest ist er mit der Handfeuerwaffe nicht so präzise wie mit dem Gewehr. Nachdem wir den Scheitelpunkt der Kurve überwunden haben, beschleunige ich erneut. Der Motor meines SUV ist besser.

Ich sehe keine Wagen, die uns entgegenkommen. Wir sind völlig allein.

»Wie lange dauert es noch, bis dieser verdammte Polizeiwagen kommt?«, schreie ich Fairweather an.

»Noch fünf Minuten«, sagt er. »Halten Sie durch, Gwen. Sie kommen.«

In fünf Minuten werden wir tot sein, falls es dem Schützen gelingt, einen Reifen zu treffen, was er gerade versucht. »Kinder? Geht's euch gut?« Meine Stimme zittert. Ich weiß nicht genau, ob aus Wut oder Todesangst oder beidem.

Eine Sekunde lang ist es still, und ich empfinde pures Grauen, doch dann sagt Connor von irgendwo nahe dem Boden hinten: »Mir geht's gut, Mom.«

»Mir auch«, sagt Lanny. Sie befindet sich zusammengerollt im Fußraum des Beifahrersitzes, sieht mich jedoch mit einer klaren Frage im Gesicht an. *Warum passiert uns das?*

Ich weiß es ehrlich nicht, und ich versuche, meine Angst hinunterzuschlucken, doch mein Mund ist so trocken, als wäre er voller Asche. Ich versuche, mich ganz auf die Straße vor uns und den Truck hinter uns zu konzentrieren. Meinen Kindern geht es gut, wir werden das schaffen, *wir müssen das schaffen.*

Ich sehe die nächste Kurve vor uns. Sie ist nicht so scharf wie die anderen zuvor. Sie ist perfekt.

»Warten Sie einen Augenblick«, sage ich zu Fairweather, der versucht, mit mir zu reden. »Ich muss etwas versuchen.« Ich lasse das Handy auf den Sitz neben mir fallen.

Dann schwenke ich weit aus. Der Truck folgt mir über die gelbe Doppellinie. Die Schüsse hatten bis eben ausgesetzt, da der Schütze nachladen musste, doch nun höre ich es wieder, dieses stakkatohafte Knallen, so schnell, wie der Mann den Abzug ziehen kann. Ich gehe vom Gas und lasse den Truck nahe herankommen.

Dann drücke ich das Pedal wieder durch und ziehe scharf um die Kurve herum.

Das hat er nicht kommen sehen. Der Fahrer ist völlig auf mich fixiert und beschleunigt viel zu sehr, um noch einen Richtungswechsel einzuleiten. Als ich zur Seite ziehe, fällt ihm auf, dass er direkt auf den Graben zuhält. Bei seinem Versuch, die Richtung zu korrigieren, verliert sein Hinterreifen die Bodenhaftung. Ich sehe, wie das gesamte Fahrzeug heftig flattert und sich dann zu drehen beginnt, als die leichtere Ladefläche ins Trudeln gerät und die Fahrerkabine zur Seite schleudert.

Der Mann auf der Ladefläche wird heruntergeschleudert. Im Licht der Scheinwerfer des sich drehenden Trucks sehe ich, wie er durch die Luft fliegt, dann höre ich einen kurzen, panischen Aufschrei. Er verschwindet aus meinem Blickfeld. Ich höre den Aufprall; es klingt endgültig. Ich fahre weiter, den Blick auf den Rückspiegel und den Truck gerichtet, der mittlerweile auf der falschen Spur und mit der Front in die falsche Richtung zum Stehen gekommen ist. Nach ein oder zwei langen Sekunden beschleunigt der Truck plötzlich, wechselt auf die richtige Spur und fährt mit kreischenden Reifen zurück in die entgegengesetzte Richtung. Zurück nach Wolfhunter.

Sie haben nicht für ihren Freund gehalten.

Ich blicke nach vorn, sehe jedoch noch immer keine blinkenden Lichter oder höre den beruhigenden Klang von Sirenen. *Der Truck könnte umkehren. Sie könnten wiederkommen.* Allerdings glaube ich das nicht. Sie haben ein Gewehr, eine Handfeuerwaffe und mindestens einen ihrer Kumpel auf dieser Straße verloren, und sie wissen nicht, ob sie einen von uns verwundet haben. Aber sie wissen, dass wir weiter flüchten können.

Ich gehe vom Gas und achte genau darauf, ob hinter uns irgendwelche Scheinwerfer auftauchen. Nichts. Die Dunkelheit hier raubt einem den Atem. Sie ist erdrückend. Und ich weiß, ich sollte weiterfahren. Das Arschloch, das auf mich geschossen hat, ist da noch irgendwo. Er könnte sogar noch seine Waffe haben.

Er könnte allerdings auch gerade auf der Straße verbluten und um Hilfe beten. Wenn es um das Überleben meiner Familie geht, bin ich paranoid und unnachgiebig, trotzdem bin ich immer noch ein Mensch. Ich will nicht jemanden allein zum Sterben zurücklassen. Nicht einmal jemanden, der versucht hat, uns umzubringen.

Vor allem nicht, wenn er das *Warum* beantworten könnte.

»Mom?«

Ich sehe zu meiner Tochter hinunter.

»Sind sie weg?« Sie klingt tapfer und ruhig. Im Licht der Fahrzeugkonsole sehe ich Tränenspuren auf ihrem Gesicht.

»Ja, Schatz, sie sind geflüchtet. Alles okay. Connor? Schätzchen? Geht's dir gut?«

Er krabbelt bereits wieder nach oben auf den Rücksitz und starrt durch die kaputte Heckscheibe. Ich blicke in den Seitenspiegel. Da draußen rührt sich nichts. »Ja«, bestätigt er. Sonst sagt er nichts. Ich glaube, er bleibt so kurz angebunden, damit ich nicht höre, wie viel Angst er in Wahrheit hat. Auf meinen Sohn wurde heute schon einmal geschossen. Meine vorübergehende Welle der Empathie verebbt, und ich will diese Bastarde töten, angefangen mit dem, der auf der Straße liegt.

»Schnallt euch an, ihr beide.« Ich schaue auf den Tacho. Wir fahren noch immer schneller, als das Tempolimit erlaubt, aber das ist mir verdammt noch mal egal. Ich will jetzt endlich die Polizei. Und schließlich sehe ich das rotblaue Blinken durch Lücken in den Bäumen. Vor uns geht die Straße vermutlich wieder in eine Kurve.

Endlich fällt mir wieder ein, dass Fairweather vorhin noch am Handy war, doch als ich nach dem Gerät suche, ist es nicht mehr zu sehen. Vermutlich in der Lücke zwischen Beifahrersitz und -tür gelandet, aber auf jeden Fall nicht in Reichweite.

Ich werde langsamer und halte am Straßenrand. Ein paar Sekunden, nachdem ich den Motor ausgeschaltet habe, muss ich noch warten, um meine Selbstbeherrschung zurückzuerlangen. Meine Hände zittern so heftig, dass ich beinahe die Schlüssel fallen lasse, als ich sie Lanny reiche. »Such mein Handy; das muss irgendwo auf deiner Seite sein. Detective Fairweather ist hoffentlich noch in der Leitung; falls nicht, ruf ihn zurück. Berichte ihm, was immer jetzt passiert. Verriegele die Türen und bleib wachsam. Falls ich verhaftet werde oder mir irgendetwas passiert, bringst du Connor sofort von hier weg; du *fährst* einfach. Verstanden? Ruf Javier und Kez an und bringt euch in Sicherheit. Halt erst an, wenn du denkst, dass du sicher bist. Mir ist egal, was sonst passiert.«

Sie nickt. Ich verlange viel von ihr, aber ich kenne Lanny. Ich weiß, sie kann das schaffen, und das wird sie auch.

»Mom?«, sagt sie fragend, als ich gerade die Tür schließen will. Unsere Blicke begegnen sich. »Ich hab dich lieb.«

»Ich hab dich auch lieb. Euch beide. Ganz doll. Connor, bitte hör auf deine Schwester, bis ich wieder da bin.«

»Mach ich«, versichert er mir, was selten ist. »Hab dich auch lieb, Mom.«

Ich schließe die Tür. Ich spüre, wie sie verriegelt wird, während ich mich gegen den SUV lehne und beide Hände nach oben halte. Der Wagen des Countysheriffs kommt scharf um die Kurve gefahren, wird dann sofort langsamer, fährt auf den Seitenstreifen und bremst. Es dauert einen kurzen Augenblick – vermutlich meldet er seine Position und mein Autokennzeichen –, dann steigt der Deputy aus und kommt langsam auf mich zu, wobei er den SUV, die zwei Kinder im Wagen und die Tatsache erfasst, dass ich die Hände hochhalte. Er hat die Hand an seiner Waffe. »Wie heißen Sie, Ma'am?«, fragt er. Nicht *Sind Sie diejenige, die Unterstützung erbeten hat.* Das ist clever.

»Gwen Proctor«, sage ich und sehe, wie er sich merklich entspannt. Dennoch bittet er mich, mich auszuweisen. Ich gebe ihm meinen Ausweis. Er ist ein korpulenter Afroamerikaner mittleren Alters, mit rasiertem Kopf und getrimmtem Bart. »Ich weiß nicht, was passiert ist, aber wir wurden verfolgt, und man hat erst mit einem Gewehr und dann mit einer Handfeuerwaffe auf uns geschossen.«

»Wurde jemand verletzt?«

»Nein. Es geht uns allen gut.«

»Würden Sie die Kinder bitte aus dem Wagen aussteigen lassen?«

Ich will nicht, dass die Kinder den Wagen verlassen. Noch nicht. »Es wäre mir lieber, sie könnten drin bleiben, bis Sie das Umfeld gesichert haben.«

Er runzelt die Stirn. »Ma'am …«

»Zum Ende der Verfolgungsjagd hin wurde der Schütze von der Ladefläche geschleudert, aber ich weiß nicht, ob er noch in der Lage ist zu schießen. Bis ich weiß, dass er entwaffnet wurde, müssen sie in Sicherheit bleiben.«

Das akzeptiert er. »Wo wurde er abgeworfen?«

»Dort hinten bei einer Kurve«, zeige ich. »Ich komme mit Ihnen. Es hat so ausgesehen, als wäre er auf die Spur Richtung Norden geschleudert worden.«

»Nein, Ma'am, ich möchte, dass Sie hier bei Ihrem Fahrzeug bleiben und sich nicht rühren. Ich bin so schnell wie möglich wieder hier. In wenigen Minuten müsste ein zweiter Einsatzwagen kommen; warten Sie auf den.« Und damit verschwindet er in der Dunkelheit. Nur die ruckhaften Bewegungen des Strahls seiner Taschenlampe zeigen seine Position an.

Ich klopfe an die Scheibe. Lanny, die mittlerweile auf dem Fahrersitz sitzt, kurbelt sie herunter. »Das Handy«, sage ich. Sie reicht es mir. »Danke, Schatz. Fahr sie wieder hoch.«

Ich prüfe, ob ich hier Signal habe, und sehe zwei Balken. Glück gehabt. Und irgendwie ist Fairweather tatsächlich noch in der Leitung. »Gwen? Meine Güte, Sie haben mir wirklich Angst eingejagt.«

»Ja, tut mir leid«, antworte ich aus reinem Reflex heraus. Es tut mir natürlich *nicht* leid. Ich bin unheimlich erleichtert, dass er durch Zufall Zeuge all dessen geworden ist. »Ich musste ein paar Defensivaktionen einleiten. Der Truck ist jetzt weg, wieder auf dem Weg Richtung Wolfhunter. Uns geht's gut; der erste Streifenwagen ist hier. Der Deputy sucht nach dem Schützen, der abgeworfen wurde.«

»Haben Sie irgendwann noch erkennen können, um welches Modell es sich bei dem Pick-up handelt?«

»Habe ich, als er sich um seine eigene Achse gedreht hat. Ein roter Ford F-150, da bin ich mir ziemlich sicher. Dürfte nicht allzu schwer zu finden sein; er sah recht neu aus.«

»Wie geht's den Kindern?«

»Sie sind zu Tode verängstigt«, gebe ich zu. »Und meine Kinder haben auch schon ohne das genug durchgemacht. Falls Beweise nötig sind, mein SUV ist voll von Einschusslöchern, und vielleicht steckt ja irgendwo noch eine Kugel, die für die Beweisführung verwendet werden kann. Das hier war keine zufällige Aktion. Die wollten mich tot sehen, Detective. Und ich möchte gern wissen, wer und warum.« Ich glaube, ich weiß es bereits, aber ich bin noch nicht völlig von Fairweather überzeugt. Jedenfalls nicht genug, um ihn auf eine Fährte zu führen.

Ich bemerke, dass meine Stimme schrill klingt und ich stark zittere. Jetzt, wo ich weiß, dass sich alles beruhigt, wird das Adrenalin aus meinem Körper gespült. Mein Kopf ist voll von furchtbaren Visionen von meinen Kindern, verwundet, blutend, tot. Während ich bis eben noch ruhig war, kann ich die Wut jetzt nicht mehr kontrollieren. Ich möchte diese Männer dafür töten, dass sie meine Kinder bedroht haben.

Detective Fairweather spricht, und ich bemühe mich, bei dem hinterherzukommen, was er gesagt hat. »… Autokennzeichen?«

»Nein«, gebe ich zu. »Wie schon gesagt … hier auf der Straße ist es sehr dunkel. Und für den Großteil der Zeit hatte ich die Scheinwerfer in meinem Rückspiegel.«

»Hat der Truck Schaden genommen? Irgendwelche Blechschäden?«

»Nein. Er hat sich gedreht, ist zum Stehen gekommen und dann zurück Richtung Wolfhunter gefahren.«

Er legt die Hand auf die Sprechmuschel und spricht mit jemandem, vermutlich wieder der Leitstelle; ich höre die Stimmen, aber nicht, was gesprochen wird. »Alles klar«, meint er. »Die Fahndung nach dem Truck ist raus. Ist Ihnen noch irgendetwas Bestimmtes daran aufgefallen? Autoaufkleber, Dellen, Rost?«

»Etwas verkrusteter Schlamm, ansonsten war er gut in Schuss«, erinnere ich mich. »In der Heckscheibe klebt der Sticker einer USA-Flagge, glaube ich. Aber ich hatte nicht sonderlich viel Zeit, ihn mir genauer anzuschauen. Ich habe versucht, am Leben zu bleiben.«

Die Lichter des zweiten Countywagens flackern durch die Bäume, von daher beende ich das Gespräch mit Fairweather und stecke das Handy weg. Ich wiederhole das Ritual und hebe die Hände, als der zweite Deputy aussteigt. Dieser hier scheint aggressiver als der erste zu sein. »Behalten Sie die Hände oben!«, ruft er. Seine Halogenscheinwerfer strahlen harsch auf mich, den SUV und die Straße. »Höher!«

Wenn ich die Arme noch höher hebe, renke ich mir die Schulter aus, aber ich versuche es. Ich stehe völlig still, weil er die Art Cop zu sein scheint, der mich wegen eines Zuckens töten würde. Er dreht mich um und drückt mich gegen die Motorhaube des SUV.

Sofort befinde ich mich an einem anderen Ort, wo meine Handflächen auf dem sengend heißen Metall des Wagens der alten Gina Royal ruhen, während meine verletzlichen kleinen Kinder mit großen Augen durch die Windschutzscheibe starren. Die zerstörte Werkstattmauer unseres alten Hauses. Eine tote Frau, die innerhalb der kaputten Mauer am Ende einer Drahtschlinge baumelt.

Ein Flashback. Ein ziemlich schlimmer. Der Drang, nach hinten gegen die zudringlichen Hände des Deputy zu schlagen, ist beinahe überwältigend. *Atme*, ermahne ich mich. *Das hier ist anders. Wir befinden uns im Jetzt. Du bist sicher. Du bist sicher.*

Es fühlt sich allerdings nicht anders an.

Endlich tritt er einen Schritt zurück, hat aber immer noch eine Hand an meinem Rücken. »Keine Bewegung«, befiehlt er mir. »Lassen Sie die Kinder …«

… *aussteigen*, will er gerade sagen, doch so weit kommt er nicht. Der andere Deputy ruft ihn, und er bekräftigt seine Anweisung, dass ich bleiben soll, wo ich bin, mit einem letzten Stoß gegen mein Rückgrat. Dann höre ich, wie er mit schweren Schritten geht. Ich drehe mich um und sehe ihm hinterher, während er seine Taschenlampe anschaltet und den Strahl auf seinen afroamerikanischen Kollegen richtet.

Ich erkenne, dass die beiden über einem Mann stehen, der zusammengekrümmt neben der Straße liegt, während seine obere Hälfte in einem Graben baumelt. Er muss entweder tot oder bewusstlos sein, da er sich kein Stückchen rührt, nicht einmal, um sich aus dieser unnatürlichen Position zu befreien. Schweigend sehen die beiden Männer auf den Körper hinab. Schließlich hockt sich ein Deputy hin und beugt sich vor in den Graben, während der andere ihn am Gürtel festhält. Ich vermute, er überprüft ihn auf Lebenszeichen. In Anbetracht seines Kopfschüttelns, als er wieder hochgezogen wird, gibt es wohl keine.

Dann kommen beide Männer wieder auf mich zu. Diesmal hebe ich die Hände nicht. Stattdessen verschränke ich meine Arme.

»Überprüf ihren Wagen auf Schäden im Bereich der Frontpartie«, befiehlt der weiße Deputy, und ich sehe, wie der schwarze ihm einen Seitenblick zuwirft, doch er beschließt, dass es das nicht wert ist, und erledigt das.

»Nichts«, sagt er. »Hier gibt's keine Anzeichen irgendwelcher Schäden.«

Mir wird klar, dass sie nach Beweisen suchen, ich hätte den Kerl umgefahren. »Er wurde von der Ladefläche des Trucks geschleudert, als der sich gedreht hat. Ich bin weder mit ihm noch mit dem Truck kollidiert«, erkläre ich. »Ich schätze, Sie können das einen Unfall während eines Mordversuchs nennen.«

Der Deputy, der die Front nach Schäden absuchen sollte, geht weiter um den Wagen herum bis zur Rückseite. »Mein Gott, schau dir das mal an. Hier müssen mindestens fünf Kugeln eingeschlagen sein, und da zähle ich noch nicht mal die Scheibe dazu.«

Der weiße Deputy schließt zu ihm auf, und ich sehe, wie das Licht der Taschenlampe über das zerbrochene Glas fährt. »Hmm«, meint er. »Wer weiß, ob die nicht schon vorher da waren.« Ich höre das verbitterte Misstrauen in seiner Stimme.

In dem Augenblick wird mir klar, dass dieser Mann genau weiß, wer ich bin. Im Gegensatz zum ersten Deputy hat er mich nicht nach meinem Ausweis gefragt, mich nicht gefragt, was passiert ist. Er hat bereits entschieden, dass irgendwie ich an der Sache schuld bin, nur weil es mich gibt. Und ich spüre einen Übelkeit erregenden, metallischen Geschmack in meiner Kehle aufsteigen.

Gwen Proctor. Gina Royal. Wer immer ich auch sein mag, es wird immer jemanden geben, der nur das Schlechteste von mir denkt und auf kleinliche Art und Weise versucht, mir das Leben noch schwerer zu machen.

»Sieh doch, auf der gesamten Straße sind Patronenhülsen verteilt«, erklärt der schwarze Deputy, und ich merke, dass er langsam ungeduldig wird. »Sie war die ganze Zeit mit Detective Fairweather am Telefon. Ich konnte die Schüsse hören, als ich zu dem Anruf dazugeschaltet wurde. Du nicht?«

»Das können wir später besprechen. Ich rufe die Detectives her. Sollen die sich doch darum kümmern.«

Einerseits sind das gute Nachrichten; ich hatte schon befürchtet, er würde den ersten Deputy wegschicken und dann behaupten, ich hätte mich auf seine Waffe gestürzt, um mich irgendwo außer Sichtweite der Kinder zu erschießen. Paranoid? Na klar. Aber schließlich hat es hier wirklich jemand auf mich abgesehen.

Andererseits sind Detectives immer ein Risiko. Es ist nicht gesagt, dass sie auf meiner Seite sind.

Ich kann nur hoffen, dass Fairweather auch hier auftaucht.

* * *

Fairweather taucht tatsächlich auf. Der Detective bringt mich und die Kinder zur Wache des Countysheriffs, die ungefähr eine halbe Stunde entfernt ist. Mein SUV wird für die Überprüfung auf Beweise abgeschleppt.

Ich weiß, dass mir lange, dunkle Stunden bevorstehen, in denen ich dieselben Dinge immer wieder werde wiederholen müssen. Und meine Kinder ebenso. Ich gebe ihnen keine Anweisungen dazu, was sie sagen sollen. Sie wissen, dass sie die Wahrheit erzählen müssen.

Auf dem Weg hinein blicke ich zum schwarzen Nachthimmel auf. *Sam*, denke ich.

Bitte pass auf dich auf.

Ich liege richtig, was die langen Stunden und die Erschöpfung angeht, die sich in mir breitmacht; nach meiner Aussage halte ich ein Nickerchen mit dem Kopf auf meinen verschränkten Armen auf dem Tisch. Als ich aufwache, sehe ich, dass die Kinder auf einer Ausziehcouch liegen und fest schlafen. »Es geht ihnen gut«, versichert mir Fairweather. »Ein paar kleine Kratzer vom zerbrochenen Glas. Und Sie?«

»Mir tut alles weh«, gebe ich zu. »Aber das kommt vom Stress und dem Schlafmangel. Ich wette, Sie fühlen sich ähnlich.«

Schweigend reicht er mir eine Packung Ibuprofen, und ich schlucke mit dem nicht sonderlich guten Kaffee zwei hinunter. »Wie geht's Sam?«, fragt er mich, und für einen Augenblick frage ich mich, wann wir in unserem vorsichtigen Verhältnis zu Vornamen übergegangen sind. Vorher hieß es bei ihm immer *Ms Proctor* und *Mr Cade*, mittlerweile hingegen *Gwen* und *Sam*. Ich schätze, seit er mitgehört hat, wie auf mich geschossen wurde, eine lebhafte Demonstration dessen, wie weit die Leute gehen, um mich aus dem Weg zu räumen. Ich gehöre bei ihm mittlerweile zu der Kategorie von Menschen, die ihm tatsächlich etwas bedeuten.

»Mike hat mir geschrieben«, verrate ich. »Anscheinend ist es eine friedliche Nacht.«

»Mike ist der FBI-Agent, von dem Sie gesprochen haben?«

»Ja. Mike Lustig.«

»Er ist derjenige, der den Absalom-Fall gelöst hat«, erkennt Fairweather. Überrascht hebe ich die Augenbrauen. »Ab und zu höre ich auch mal Nachrichten. Er hat dafür auch irgendeine Belobigung bekommen.«

»Das ist er«, bestätige ich. »Zumindest ist er jetzt ein hohes Tier in FBI-Kreisen. Das ist wohl auch Chief Weldon nicht ganz entgangen.«

»Ach ja. Was Weldon angeht …« Fairweather rührt in seinem Kaffee. »Als er vor fünf Jahren den Job angetreten hat, war er noch eine ehrliche Haut, doch mittlerweile ist er recht …«

»Zwielichtig«, ergänze ich.

»Sagen wir einfach, es gibt in der Stadt ein paar Leute, die, soweit es die Einheimischen angeht, nichts falsch machen können.«

»Aber Vee Crockett gehört nicht dazu.«

»Nein. Marlene auch nicht.«

Ich gehe ein Risiko ein. »Sie hat in der Werkstatt gearbeitet, oder? Für Mr Carr? Wissen Sie irgendetwas über ihn?«

»Carr ist ein seltsamer alter Herr. Er wohnt außerhalb der Stadt. Er hat da ein Gelände.«

Der Begriff *Gelände* verrät schon viel. »Und ich schätze, Besucher sind da nicht willkommen.«

»Es ist umgeben von einer Mauer«, stimmt Fairweather zu. »Und die ist übersät von Kameras und Flutlichtern. Ich glaube nicht, dass er ein Herz für Besucher hat. Ich hatte allerdings auch keinen Grund, ihn aufzusuchen.« Aber ich verstehe, dass er sich zu gern mal dort umsehen würde.

»Und er ist mit Chief Weldon befreundet.«

»Sie sind Cousins.«

»Haben sie hier noch irgendwelche anderen Verwandten?«

»Es handelt sich um eine Kleinstadt, Ms Proctor. Und es gibt eine ganze Menge Cousins.«

»Ist irgendjemand von denen Buchhalter? Oder vielleicht Banker?«

Er starrt mich ein paar Sekunden lang an. »Carl Weldon arbeitet bei der Bank. Sein Vater ist der Bruder von Chief Weldons Vater. Warum fragen Sie?«

Ich glaube, ich möchte ihm keine weiteren Details verraten; falls ich es nämlich tue und falschliege, sind meine Kinder in noch größerer Gefahr. Und er hat schon genug, auf das er zu achten hat, wenn er nicht mit drinsteckt. Ich schüttle einfach nur den Kopf und lasse die Frage im Raum stehen. »Wann lassen die uns gehen?« Ich werfe einen Blick auf die Uhr, die über der Kaffeemaschine hängt; mittlerweile ist es halb vier Uhr morgens. Trotz des Kaffees verspüre ich das Gefühl, leer zu sein, und mein Magen knurrt, um mich daran zu erinnern, dass es bereits viele Stunden her ist, seit ich das letzte Mal etwas gegessen habe. Ich hatte sichergestellt, dass die Kinder etwas zu sich nehmen, aber ich habe mittlerweile mehrere Mahlzeiten ausgelassen und leide jetzt unter den Auswirkungen.

»Nun, Sie können jederzeit gehen, aber Ihr SUV wird für die Beweissicherung noch hierbleiben müssen. Kommen Sie auf irgendeine andere Weise nach Hause?«

Tue ich nicht. Und ich bin mir nicht mal sicher, ob es sich jetzt noch lohnt, nach Hause zu fahren. »Ich weiß nicht, wohin ich jetzt soll«, gebe ich zu. »Ganz ehrlich: Ich bin so unglaublich erschöpft. Und ich habe Sorge, dass die Unterkunft, in der wir uns eingemietet hatten – die Lodge –, in den Angriff auf Sam und Connor involviert gewesen ist. Dorthin können wir nicht zurück.«

»Es gibt da immer noch das Motel 6 … ist nicht sonderlich schick, aber ich kann Ihnen garantieren, dass es von keinem Weldon betrieben wird. Ich kann Sie in einem Streifenwagen dorthin bringen lassen und die bitten, in der Nähe zu bleiben, um sicherzustellen, dass Ihnen nichts passiert. Zumindest können Sie dann ein paar Stunden schlafen.«

Es gefällt mir nicht, aber er hat recht. »Ich brauche dennoch eine Transportmöglichkeit für später, wenn ich meinen SUV nicht zurückbekomme.«

»Ich hab einen Kumpel mit einer Werkstatt außerhalb von Fountain Ridge; er kann einen seiner Ersatzwagen in ungefähr einer Stunde losschicken. Er wird allerdings eine Kaution benötigen.«

»Okay.« Ich verspüre extreme Erleichterung; ganz ohne ein Fluchtfahrzeug dazustehen, fühlt sich schrecklich an. »Dann lassen Sie uns das so machen. Ich gebe Ihnen eine Kreditkartennummer. Vielen Dank.« Er nickt, will ganz eindeutig keine große Sache daraus machen. Also belasse ich es dabei.

Ich nippe weiter an meinem Kaffee, während er die nötigen Anrufe vornimmt. Meine Kinder schlafen noch immer. Ich würde mich zu gern zu ihnen gesellen, aber das ist nicht möglich. Selbst hier, umgeben von hoffentlich neutralen Countydeputys, kann ich mich nicht wirklich entspannen. Ich weiß noch nicht einmal genau, warum, aber ich habe einfach das Gefühl, dass noch mehr hinter der Sache steckt. Und noch mehr auf mich lauert.

Ich muss eine Möglichkeit finden, Sam da rauszuholen, und zwar schnell. Und ich muss meine Kinder vor diesem kreisenden dunklen Sturm beschützen. Im Augenblick fühlt es sich so an, als wären das zwei gegensätzliche Ziele. Aber irgendetwas in mir sagt mir, dass sie das nicht wirklich sind. Dass die Lösung für alles in einer Stadt liegt, in die ich lieber nicht zurückkehren würde, bei Leuten, denen ich mich nur ungern erneut stelle.

Wolfhunter ist noch nicht fertig mit uns.

* * *

Ein Streifenwagen bringt uns zum Motel 6. Der Beamte kommt mit uns hinein, und nachdem wir unsere nebeneinanderliegenden Zimmer bezogen haben, versichert er uns, dass er draußen auf dem Parkplatz wartet, bis wir bereit sind, wegen des Mietwagens zurück auf die Wache des Countysheriffs zu fahren. Ich habe vor zu schlafen. Das habe ich wirklich.

Die Kinder sind völlig erschöpft; sie fallen einfach nur noch in die zwei Betten in ihrem Zimmer. Ich jedoch nicht. Ich kann nicht aufhören. Ich gehe völlig am Stock, aber dennoch kreisen meine Gedanken. Ich denke an Sam. An Vee Crockett. An die strudelnde Katastrophe, die mein Leben ist.

Eine Weile lasse ich die Verbindungstür offen stehen, doch die immer stärker aufsteigende Panik in meinem Inneren braucht ein Ventil, also schließe ich die Tür doch, gehe ins Bett und rolle mich auf der Seite zusammen. Ich halte mir das Kissen vors Gesicht.

Und ich breche zusammen.

Das Kissen erstickt die Schreie, die aus mir herauskommen. Es ist die pure Trauer. Die pure Verzweiflung. Die pure Hölle.

Als es endlich aufhört, liegt das nicht daran, dass ich innerlich nicht mehr leide; ich habe nur einfach nicht mehr genug Puste, um weiterzuschreien. Keuchend schnappe ich nach Luft. Ich rolle mich zusammen und bete, bete, *bete,* dass ich das hier irgendwie durchstehe. Ich meine das, was ich Sam gesagt habe, noch immer: Ich laufe nicht von Stillhouse Lake davon. Auf keinen Fall. Was auch immer auf uns zukommt, wir müssen uns ihm stellen, in dem Haus, das unser Zuhause geworden ist, in einer Stadt, die uns nicht will. Ich dachte, der See werde die letzten Spuren von Melvin Royal auf ewig ertränken. Doch er ist nicht fort. Er wird niemals fort sein. Das, was er mir – *uns* – angetan hat, ist von Dauer.

Melvin würde lachen, könnte er mich jetzt so sehen. Paralysiert. Traumatisiert. Das hätte ihm gefallen.

Ich lege das Kissen beiseite. Ich zittere noch immer. Ich bin aufgewühlt und blute innerlich. Doch beim Gedanken an Melvins zufriedenes Grinsen setze ich mich auf, atme tief durch und reiße mich verdammt noch mal zusammen. Der Weg raus aus dieser Sache mag finster und voller scharfer Kanten sein, doch ich werde ihn finden.

Und Sam? Was ist mit Sam? Ich weiß, dass er auf denselben dunklen Pfaden wandelt wie ich. Er verbirgt etwas vor mir.

Aber er ist auch der Mann, der mir hinterhergekommen ist, als ich allein und verletzt und verzweifelt war. Der Mann, der mir geholfen hat, meine Kinder zu finden, als sie fort waren. Der Mann, der Absalom geknackt hat. Der gerade erst gestern Connor gerettet hat.

Zählt das nicht auch? Gibt es nicht vielleicht irgendeinen Weg zurück ins Licht für uns beide?

Mein Kopf pocht aufgrund all der Emotionen und des Stresses. Ich stehe auf und gehe ins Bad. Ich mustere mich selbst im Spiegel. Dünne Falten überziehen meine Stirn, meine Lidränder. Ein distanzierter, schockierter Blick und gerötete Augen. Ich sehe aus wie jemand, der durch die Hölle gegangen ist und überlebt hat.

Das ist doch etwas, woran ich mich für den Augenblick festhalten kann.

Mein Handy klingelt. Ich lege es auf den Badtresen, um zu sehen, wer anruft. Ich kenne die Nummer nicht, nehme den Anruf aber dennoch entgegen.

»Ich muss mit Ihnen sprechen«, sagt eine kühle und elegante Stimme. »Ich würde gern reinkommen.«

Reinkommen?

Erst eine Sekunde später realisiere ich, wer das ist, und alles in mir erstarrt zu Eis. Ich lege auf. Schaue mich selbst noch einmal im Spiegel an.

Dann gehe ich zur Tür und öffne sie, um mich Miranda Nelson Tidewell zu stellen.

Draußen auf dem Parkplatz steigt der Deputy aus seinem Streifenwagen und kommt auf uns zu. Miranda muss wissen, dass er unterwegs ist. Sie dreht sich nicht um. Sie ist größer als ich. Dünner, auf die Art, wie es einige reiche Leute sind, als hätte sie sich ihren halben Brustkorb mit Diäten weggehungert. Sie trägt ein schwarzes Shirt und Jeans. Ihr einziger Schmuck ist eine Brosche mit einem goldenen Vogel darauf, und ich weiß, dass sie sie trägt, weil ihre Tochter Vögel geliebt und Tiermedizin studiert hatte.

»Ist alles in Ordnung, Ms Proctor?«, fragt mich der Deputy. Seine Hand ruht auf dem Griff der Waffe. Er ist sich nicht sicher, was zwischen uns beiden vor sich geht.

Ich auch nicht.

Miranda hebt ihre perfekt geformten Augenbrauen. Eine kühle, ruhige Herausforderung.

»Alles in Ordnung«, erkläre ich ihm. »Sie kommt auf einen Kaffee rein.«

Die Sache gefällt ihm nicht, aber er nickt und geht zurück zu seinem Streifenwagen.

»Kaffee«, wiederholt Miranda. Sie klingt amüsiert. »Ich kann mir kaum vorstellen, was für eine Brühe es hier wohl gibt, aber meinetwegen. Bleiben wir zivilisiert.«

Für einen langen Augenblick starren wir einander nur an. Sie hat eindringliche eisblaue Augen, deren Farbe je nach ihrer Stimmung wechselt. Ihre Haare sind blassblond, grazil geschwungen und gehen an einigen Stellen in Grau über.

Ich trete einen Schritt zurück. Sie kommt herein. Ich lasse sie keine Sekunde aus den Augen, während ich die Tür schließe und verriegele. Sie ist diejenige, die Angst haben sollte. Schließlich ist sie jetzt hier mit mir eingesperrt.

Doch das hat sie nicht, jedenfalls nicht, soweit ich das erkennen kann. Prüfend lässt sie ihren Blick durch das Zimmer schweifen, wobei sie leicht angewidert wirkt. »Sind Ihre Kinder hier?«

»Nicht im selben Zimmer«, antworte ich. »Nebenan.«

»Gut.« Plötzlich erwidert sie meinen Blick. »Es tut mir leid, dass sie da mit reingezogen worden sind.«

»Tja, das ist ja wohl gelogen«, gebe ich zurück. »Sie wollen doch, dass ich *Ihren* Schmerz fühle. Den Schmerz einer Mutter, die ihre Kinder verliert. Glauben Sie, ich wüsste das nicht? Ich habe das während der Gerichtsverhandlung jeden Tag in Ihrem Gesicht gelesen. Ich gebe zu, ich hatte geglaubt, Sie hätten Ihr Leben wieder in den Griff bekommen. Doch hier sind Sie nun. Immer noch.«

»Hier bin ich.« Sie mustert mich, versucht, mich einzuschätzen. »Ich finde es obszön, dass Sie in Anbetracht dessen, was Sie getan haben, die Kinder behalten durften.«

Noch immer habe ich meine Stimme nicht erhoben, obwohl ich es gern möchte. »Und was habe ich denn getan, abgesehen davon, einen Mann zu überleben, von dem sogar Sie zugeben, dass er ein Monster war?«

»Sie haben ihm das erst möglich gemacht. Sie haben ihn unterstützt. Ihm geholfen.«

»Ich – habe – überlebt.«

»Meine Tochter jedoch nicht.« Ihr Gesichtsausdruck verändert sich nicht. Ich bin mir nicht mal sicher, ob das überhaupt möglich ist. Die plastische Chirurgie ist brillant, der Effekt wirkt jedoch unnatürlich. Dennoch sehe ich eine Bewegung darunter, als würde sich eine Kreatur unter der Oberfläche regen.

»Wie weit wollen Sie mit dieser … Dokumentation gehen?«, frage ich sie. »Sich auf mich zu stürzen ist eine Sache. Meine Kinder mit reinzuziehen … das ist einfach nicht okay. Haben Sie vor, Sam ebenfalls aufzulauern?«

»Sam. Tja. Wie man sich bettet, so liegt man. Wortwörtlich, wie es scheint.« Die Abscheu in ihren Worten ist deutlich zu erkennen. »Sam wusste, wer Gina Royal wirklich ist, zumindest, bevor er nach Stillhouse Lake gekommen ist. Und doch waren Sie in der Lage, ihn völlig zu verdrehen.«

»Ich bin sehr müde, Miranda. Warum sind Sie hier?« Ich frage es geradeheraus, weil ich ihr Spiel völlig satthabe. Und der Drang in mir, ihr eine Handvoll des perfekt frisierten Haares auszureißen, ist ziemlich stark.

»Sie haben dabei geholfen, meine Tochter zu ermorden. Und ich will wissen, warum eine Mutter so etwas tut. Wie eine Mutter das tun konnte und dann nicht das Bedürfnis hatte, sich die Kehle aufzuschlitzen.«

Da haben wir es endlich. Offen ausgesprochen. Eine klare Aussage, noch nicht einmal von Wut überdeckt. Es klingt, als würde sie eine Tatsache erwähnen. Und eine Erklärung verlangen.

»Melvin Royal hat Ihre Tochter getötet«, erkläre ich ihr. »Melvin Royal hat meine Hilfe weder gebraucht noch gewollt. Er war ein *Serienkiller*. Er hat ganz allein fantasiert und geplant und gestalkt und entführt und gemordet. Ich lebe, weil ich dumm war. Weil ich ihm geglaubt habe, wenn er mir sagte, er würde noch länger arbeiten oder Tische in der Werkstatt bauen. Und wissen Sie, warum? Weil er mir auf irgendeiner Ebene *Angst eingejagt hat* und ich mich davor gefürchtet habe, den Grund dafür herauszufinden.« Ich atme einmal tief durch. »Sie haben keine Ahnung, wie sehr das schmerzt, wenn ich darauf zurückblicke. Wie leid es mir tut, dass ich nicht … nicht das geworden bin, was ich hätte sein müssen, wenn das doch Menschenleben gerettet hätte.«

Falls sie ein vollständiges Geständnis von mir erwartet hat, ist sie jetzt enttäuscht, doch ich kann nicht beurteilen, was Miranda fühlt. Diese Frau ist wie ein erstarrter See, unter dessen Oberfläche etwas Dunkles schwimmt.

Sie dreht sich um und geht zu dem winzigen Schreibtisch. Ich spüre, wie ich innerlich komplett erstarre, während meine Instinkte und das jahrelange Training die Kontrolle übernehmen. »Wissen Sie, wie lange ich das schon wollte? Auge in Auge mit Ihnen zu stehen und zu reden?«, fragt sie mich. Sie hält einen der billigen Schaumstoffbecher hoch. »Hatten Sie nicht etwas von Kaffee gesagt?«

Ich setze eine Filtertüte ein, reiße ein Päckchen auf und gebe Wasser dazu. Es dauert eine Weile, doch wir reden nicht, während der Kaffee langsam in den Topf für zwei Tassen tröpfelt. Sie bleibt stehen, um ihn zu trinken, und nippt elegant daran. Ihr Blick wandert umher, lässt sich nichts entgehen.

»Ich wollte Ihr Gesicht sehen, wenn ich Sie wegen Melvin frage«, meint sie dann.

»Und was hat es Ihnen verraten?«, frage ich.

»Dass Sie sehr gut lügen.« Sie trinkt. Ich warte. »Gut genug, um sogar Sam zu überzeugen, und ich hätte nie geglaubt, dass das möglich ist. Hätten Sie ihn gekannt, als ich ihm begegnet bin, wären Sie schockiert darüber gewesen, wie wütend er war. Wie verbittert. Und wie sehr darauf versessen, Ihnen wehzutun. Hat er Ihnen davon erzählt?«

Sie lehnt sich gegen den Tresen. Sie hält den heißen Kaffee in der Hand, doch sonst sehe ich, abgesehen von ihrer Brosche, keine andere Waffe. Es ist seltsam, doch ich kann ihre Gewalttätigkeit *spüren*. Ich fühle den endlosen Hass in ihr, fühle, wie er den Raum zwischen uns schwarz werden lässt. Das Schlimmste an Miranda ist, dass ich weiß, ihr Hass entspringt einer noch größeren Trauer. Das macht es mir schwer, ihr wehtun zu wollen. Und ihr so leicht, mich tot sehen zu wollen.

»Warum haben Sie mich hereingelassen?«, fragt sie. »Sie hätten mich auf der Schwelle stehen lassen können. Sie hätten mich gar nicht zur Kenntnis nehmen müssen. Und doch haben Sie es.«

»Mein Mann hat Ihre Tochter ermordet«, erkläre ich ihr. »Ich nehme Sie zur Kenntnis. Ich weiß, dass Sie sich selbst die Schuld dafür geben, dass Sie Ihr Kind nicht beschützen konnten; ich habe Jahre in dem Versuch zugebracht, meine zu beschützen. Ich verstehe Ihre Wut vollkommen. Ich wünschte nur, sie wäre nicht gegen mich gerichtet.«

Sie antwortet nicht. Doch sie stellt ihren nur halb getrunkenen Kaffee ab. Ich behalte ihre Hände im Blick. Eine wandert in ihre Tasche. Mein ganzer Körper verkrampft sich. Ich kann mir nicht vorstellen, dass sie irgendetwas in ihrer Tasche hat; ich sehe keinen Umriss von etwas Gefährlichem. Aber ich kann es mir nicht leisten falschzuliegen.

»Wissen Sie überhaupt selbst, warum Sie so besessen von mir anstatt Melvin sind?«, frage ich sie.

»Ihr Mann ist tot. Ich kann ihm nicht mehr wehtun.«

»Sie haben ihn auch nicht aufs Korn genommen, als er noch gelebt hat«, widerspreche ich. »Sie waren von Anfang an hinter *mir* her. Warum, glauben Sie, ist das so?«

»Weil Sie damit davongekommen sind.«

»Weil es in Ihrer engstirnigen kleinen Welt meine Aufgabe war, meinen Mann glücklich zu machen, richtig? Es war meine Pflicht, ihn so zufriedenzustellen, dass er sich von Ihrer Tochter fernhält. Und das habe ich nicht getan. Aber ich war nicht Melvins Betreuerin. Seine Sünden gehören ihm allein.«

Sie zuckt zusammen. Es ist kaum wahrnehmbar, doch ich sehe es. »Sie haben es gewusst. Ihre Nachbarin hat gesehen, wie Sie ihm geholfen haben. Es gab sogar ein Video von Ihnen, wie Sie zusammen mit ihm ein Mädchen hineinschaffen.«

»Die Nachbarin hat gelogen, um Aufmerksamkeit zu bekommen. Das Video war gefälscht, das hat sogar das FBI bewiesen. Glauben Sie wirklich jede abstruse Theorie, von der Sie denken, sie könnte Ihre Meinung stützen?«

»Ich werde Sie vernichten.«

»Stellen Sie sich hinten an, Miranda. Sie sind nicht mal die Zeit wert, die es dauert, ein Kontaktverbot zu erwirken.«

Jetzt sieht sie wirklich böse aus. »Die Lost Angels werden Ihnen das Leben weiterhin zur Hölle machen. Wenn ich schon keine Gerechtigkeit für Vivian bekommen kann, verschafft es mir zumindest ein wenig Trost, zu wissen, dass Sie den Rest Ihres Lebens für das leiden, was Sie getan haben.«

Sie ist schnell, das muss ich ihr zugestehen. Während ich noch die aufsteigende Wut in diesen kalten Augen anschaue, kommt ihre Hand aus der Tasche. Ich sehe etwas darin. Ich springe zur Seite, lande auf dem Boden, ziehe gleichzeitig die Waffe aus dem Schulterholster und ziele damit geradewegs auf ihr Herz.

Ich darf jetzt nicht sterben. Meine Kinder brauchen mich.

Ich bin nur einen Sekundenbruchteil davon entfernt, sie zu töten, als ich erkenne, dass sie zwar beide Hände so gehoben hat, als würde sie ein Messer halten … sie aber keins hat. Es ist nur ihr Handy. Ihr Gesicht ist kalkweiß, doch sie frohlockt beinahe, als wäre sie eine Märtyrerin, die ihre Seele hergibt. Sie hat das so geplant. Sie ist hierhergekommen, bereit zu sterben. Froh, zu sterben, wenn es mich ins Gefängnis bringt.

Ich nehme den Finger vom Abzug.

Das Frohlocken weicht aus ihrem Gesicht. Sie macht wieder dicht, und eine Sekunde lang rührt sich keine von uns. Dann sagt sie: »Ich habe wirklich gedacht, dass das funktioniert.« Es ist eine milde, unbekümmerte Anmerkung. Sie senkt die Hände wieder.

Es macht mir Angst, wie kurz sie vor einem Erfolg gestanden hat. Hätte ich sie erschossen, hätte es wie kaltblütiger Mord ausgesehen; sie hätte keine Waffe gehabt. Ich wäre mit ziemlicher Sicherheit verurteilt worden. Ich selbst hatte dem Deputy versichert, dass sie hereinkommen könne. Ich hätte nur mein Wort gehabt, dass es sich um Notwehr handelte. Und überhaupt keinen Beweis. Und bei meiner Gerichtsverhandlung hätten sie die Konfrontation in der Fernsehsendung abgespielt.

Fall abgeschlossen.

Ich schüttle den Adrenalinrausch ab und stecke die Waffe wieder in mein Holster. »Nun, hat es wohl offensichtlich nicht«, sage ich. Ich stehe auf. »Jetzt sollten Sie gehen. Und ich möchte Sie nie wiedersehen. Nicht hier, nicht in meiner Nähe, nicht in der Nähe meiner Kinder. Was immer Perverses Sie und Sam einst miteinander gehabt haben, es ist vorbei. Lassen Sie ihn ebenfalls in Ruhe. Verstanden?«

»Wir vergessen nicht«, sagt sie nur. »Die Lost Angels werden niemals aufgeben. Niemals, bis Sie das bekommen, was Sie verdienen. Und wenn Sam dabei im Weg steht, ist das eben so.«

»Das Einzige, was Sam und ich verdienen, ist Frieden«, erkläre ich mit fester Stimme. »Sie im Übrigen auch. Ich hoffe, Sie finden ihn. Und jetzt verpissen Sie sich aus meinem Zimmer.«

Bei dieser harten Sprache verzieht sich ihr Mund ein wenig. »Immer noch so vulgär«, meint sie. »Gut. Ich möchte ja nicht, dass irgendjemand Mitleid mit Ihnen hat.« Bevor sie geht, versucht sie es noch mit einer letzten miesen Nummer. »Sagen Sie Sam, dass ich ihn vermisse.«

Ich möchte die Waffe ziehen und das gesamte Magazin in ihren geraden, arroganten Rücken pumpen. Tue ich aber nicht. Ich warte, bis sie weg ist, dann breche ich zitternd auf dem Bett zusammen.

Sie hätte es beinahe geschafft.

Nein.

Nicht sie. Ich.

Kapitel 13

Sam

Es gefällt mir überhaupt nicht, im Gefängnis zu sitzen. Das ist mein erstes Mal, und es fühlt sich schlimmer an, als ich es mir hätte vorstellen können. Ich bin nicht klaustrophobisch – sonst könnte ich auch kein Pilot sein –, dennoch rücken die Wände gefühlt immer näher. Trotz dem, was ich Gwen gesagt habe, bevor man mich weggeführt hat, fühle ich mich jetzt verloren. Völlig allein an einem Ort, der sich wie der Magen der sprichwörtlichen Bestie anfühlt.

Zwei Stunden später, in denen ich versucht habe, die Augen zu schließen, und doch nicht gewagt habe, wirklich zu schlafen, höre ich eine Stimme vor den Gitterstäben. »Öffne Nummer sechs.«

Ich bin in Nummer sechs. Ich höre das Rasseln des Schlosses. Schnell setze ich mich aufrecht hin und greife bereits nach der provisorischen Keule, die ich mir gebastelt habe.

Ich fühle mich ziemlich dämlich, als sich Mike Lustig unter der zu niedrigen Öffnung hindurchduckt und eintritt. Die Zelle wird hinter ihm wieder verschlossen, aber das scheint er nicht zu bemerken. Er nickt in Richtung Waffe. »Ist das ein Stück Seife in deiner Socke, oder freust du dich bloß, mich zu sehen?«

»Mein Gott, Mann.« Ich lege sie weg und lasse mich wieder auf die schmale Pritsche fallen. Die Matratze fühlt sich so an, als wäre sie mit zerquetschten Skorpionen gefüllt. »Was zum Teufel machst du denn hier?«

»Du sitzt im *Kittchen*. Dämliche Frage.«

»Hätte nicht gedacht, dass du deinen schicken neuen Ruf riskieren willst, indem du Kontakt zu einem Verbrecher suchst.«

»Also, zuerst mal, ich suche keinen Kontakt, ich *ermittle*. Und zweitens, halt einfach die Klappe. Hast du denen schon was erzählt?«

»Nur die Fakten«, erkläre ich, während er sich an die Wand lehnt. Mike ist groß, größer, als man von einem Piloten annehmen sollte, der in ein Cockpit passen muss, aber trotz seiner Größe ist er verdammt gut. Er nimmt in diesem engen Raum eine Menge Platz ein. »Nichts als Fakten.«

»Du weißt das doch besser«, entgegnet er. »Was immer aus deinem Mund kommt, können die verdrehen. Und gerade hier werden die das auch tun.«

Ich wende mich zu ihm um und mustere ihn prüfend. Er ist müde. Er ist den ganzen Weg von DC hergekommen, vermutlich auf eigene Kosten, um mir zu helfen. »Gwen hat angerufen«, vermute ich.

»Zum Teufel, ja, hat sie. Ist auch gut so, denn ich kann dir versichern, in dieser Schlangengrube hier hätte sich bis morgen früh irgendein Vorfall ereignet, und du wärst entweder tot oder zumindest halb tot geprügelt worden.« Bei *Vorfall* macht er Gänsefüßchen in die Luft. »Einen Cop zu töten, ist schlimm genug, aber einen Kleinstadtcop in einer Stadt, die glaubt, der Bürgerkrieg wäre erst eine Woche her? Schlimmer könnte es jetzt nur noch werden, wenn du schwarz wärst. Bist du ja glücklicherweise nicht.«

»Du aber schon«, meine ich. »Vielleicht ist das hier nicht unbedingt der richtige Ort für dich.«

»O nein, Kumpel, das hier ist genau der richtige Ort für mich«, gibt Mike zurück. »Ich bin dein bester Freund, bis der Richter, den ich aufgeweckt habe, deine Kautionsanhörung veranlasst.«

»Ich hatte eine Kautionsanhörung. Es wurde keine angesetzt.«

»Wir versuchen's noch mal.«

»Oh.« Ich schüttle den Kopf. »Danke, aber wehe, du legst dann das Geld aus.«

»Wieso? Hast du vor zu flüchten?«

»Nur, wenn sie sagen, ich darf die Stadt nicht verlassen. Aber ich mein's ernst. Lass es.« FBI-Agenten sind nicht wirklich reich, und Mike macht schon jetzt Schulden bei der ganzen Sache. »Gwen und die Kinder. Geht's ihnen gut?«

Er wechselt seine Position, und sofort bin ich auf der Hut; eine schreckliche Furcht erfasst mich, als er spricht, denn auch sein Tonfall ist auf einmal anders. Er klingt jetzt professionell beruhigend. »Ihnen geht's gut, Mann. Hör mal, es gab da ein Problem, aber alles ist okay, das will ich gleich mal klarstellen.«

Ich stehe auf. Das ist keine bewusste Entscheidung, aber ich muss einfach auf beiden Füßen stehen. »Was ist passiert?«

»Jemand hat sie auf der Straße verfolgt«, beichtet er. »Auf den Wagen wurde geschossen, aber sie sind nicht verletzt.«

»Wer?« Erst, als meine Fingerknöchel zu schmerzen beginnen, merke ich, dass ich meine Hände zu Fäusten geballt habe. »Wer, *verdammt noch mal …*?«

Er hat seine Hände erhoben, um meine Wut abzuwehren. »Ist noch nicht bekannt«, sagt er. »Wir haben eine Beschreibung des Trucks und einen toten Kerl auf der Straße. Sie hat ihn nicht umgebracht; er wurde vom Truck geschleudert, als der sich um die eigene Achse gedreht hat. Wir werden den Fahrer schon bald gefunden haben und ihm dann ein paar Fragen stellen.«

»Wer ist wir?«

»Ich, beispielsweise. Außerdem gibt's noch einen recht anständigen TBI-Ermittler.«

»Fairweather.«

»Jepp. Hat einen guten Ruf. Wir holen noch Leute dazu, wenn wir vernünftige finden. Nicht, dass wir in der Umgebung von Wolfhunter darauf hoffen sollten. Fäulnis breitet sich aus, und diese Stadt stinkt, als würde sie ihr in den Knochen stecken.«

Mike klingt schon fast poetisch, aber ich zweifle nicht an seinen Instinkten. Nicht für eine Sekunde. »Sag mir noch mal, dass es ihnen gut geht.«

»Ja, Mann. Es geht ihnen gut. Sie befinden sich auf der Wache des Countysheriffs, ungefähr eine halbe Stunde westlich von hier. Vermutlich bleiben sie die ganze Nacht dort. Sobald ich mehr weiß, gebe ich dir Bescheid.«

Langsam lasse ich mich zurück aufs Bett sinken. Ich fühle mich nicht besser, trotzdem strecke ich mich aus. »Sie brauchen Schutz.«

»Fairweather kümmert sich darum. Ich habe ihn darum gebeten.«

»Du solltest das übernehmen.«

»Ich gehe nirgendwohin, bis du hier rauskommst.«

Ich seufze. Spüre die Erschöpfung tief in mir. »Danke, Mike.«

»Ja, erinnere mich noch mal daran, wenn es Zeit für den Bonus ist.«

»Als könnte ich mir dich jemals leisten.«

»Noch ein Wohltätigkeitsarsch.« Er kramt ein Handy und ein Paar Kopfhörer aus der Tasche. »Hier. Hör dir das an.«

Ich werfe ihm einen Blick zu und stöpsele mir die Kopfhörer ein, nicht sicher, was zum Teufel er da macht. Und dann spielt er mir Gwens Nachricht vor. Ich schließe beim Hören die Augen, höre die wahren Emotionen in ihrer Stimme mitschwingen, und als sie *Ich liebe dich* sagt, öffnen sich meine Augen wie von selbst, und ich starre die dunkle Decke an. Das geisterhafte Handylicht erzeugt scharfe Umrisse.

Sie weiß ja nicht, wie wenig ich das verdient habe. Und wie dringend ich das hören musste.

Ich ziehe die Kopfhörer ab und gebe ihm das Handy zurück. »Lösch das nicht«, bitte ich ihn. »Schick es mir.«

Er fragt nicht nach dem Warum. Was wieder einmal beweist, dass ich mir doch auch gute Freunde suchen kann, wenn ich es versuche.

Wir stellen ein Schachset aus Wechselgeld aus seinen Taschen zusammen und spielen, bis der Wachmann zurückkommt und aufschließt. »Der Richter ist bereit«, verkündet er. »Gehen wir.«

»Ich übernehme ihn«, sagt Mike und ergreift meinen Arm. Man muss dem Wachmann zugutehalten, dass es aussieht, als könnte Mike mir mit Leichtigkeit den Arm ausreißen, was vermutlich der Grund ist, warum mir diesmal keine Fesseln angelegt werden; das macht zumindest das Gehen einfacher. »Versuch, jämmerlich auszusehen. Ach, schon gut, das hast du bereits drauf.«

»Halt die Klappe.«

Er führt mich durch die Tore.

Die Fahrt zum Gerichtsgebäude dauert nur zwei Minuten. Ich frage mich, ob Mike ebenso wachsam ist wie ich, denn die Dämmerung steht kurz bevor, es ist kühl, Nebel steigt geisterhaft aus dem Boden auf … und wir sind allein in einem Streifenwagen mit zwei Wolfhunter-Cops, die beide nicht freundlich dreinblicken. Wir könnten verschwinden, tot am Ufer des Wolfhunter River aufgefunden werden, genau wie die Frau, die Connor und ich gefunden haben. Oder überhaupt nicht gefunden werden. Immerhin, einen bekannten

FBI-Agenten verschwinden zu lassen, ist für diese Stadt vermutlich eine Nummer zu groß.

Hoffe ich zumindest.

Die zu dieser frühen Tageszeit einzigen Wagen auf der Straße sind drei Streifenwagen … und eine überraschend große Anzahl schwarzer SUVs. Ich deute auf einen, der in der Nähe des Gerichts parkt. »Ist das deiner?«

Mike nickt. »Wieso?«

»Hast du Gesellschaft mitgebracht?«

Er versteht es kurz darauf, nachdem er die anderen, ähnlichen Fahrzeuge erblickt hat. »Nein«, meint er. »Die sehen nicht aus, als wären sie von hier.«

»Absolut nicht«, stimme ich zu. »Ich habe mittlerweile schon drei von denen gezählt.«

»Eine ganze Menge Fremde.«

»Bist du sicher, dass sie nicht vom FBI sind? Oder TBI?«

»Da bin ich mir sicher«, erklärt Mike. »Was glaubst du, wie viele Leute nötig wären, um diese Stadt zu sichern?«

»Die ganze Stadt?« Für einen Augenblick glaube ich, dass er Witze macht. Tut er nicht. »Hm … nur eine Hauptstraße, die rein- und rausführt, von daher … ein paar Wagen dürften genügen. Wenn es darum geht, sämtlichen Widerstand auszuschalten, würde man zuerst die Polizeiwache aufs Korn nehmen. Richtig?«

»Richtig«, stimmt er zu.

»Aber das ist nicht passiert.«

»Noch nicht.«

Weiter sagt er nichts. Wir sind nicht nahe genug, um in diesem trüben Licht die Autokennzeichen zu lesen, sonst hätte er sie garantiert bereits notiert oder ein Foto davon gemacht.

Ich glaube, Mike hat eine Theorie. Er verrät sie mir nur nicht.

Sobald wir aus dem Wagen ausgestiegen sind und das Gerichtsgebäude betreten haben, fühle ich mich etwas erleichtert. Der Richter ist ein knurriger alter Mann, der nicht aus der Stadt kommt. Noch knurriger ist er angesichts der Uhrzeit und der Tatsache, dass er von jemandem weit oben in der Hierarchie aus dem Bett befördert wurde, um das hier zu erledigen; er macht der gähnenden Gerichtsbediensteten ein Zeichen, die den Fall aufruft, wobei mir auffällt, dass mein Anwalt gar nicht hier ist. Tja, zu dumm. Scheint aber keine Rolle zu spielen; der Richter verkündet etwas, das klingt, als würde er es von einem Kärtchen ablesen.

»Nach Durchsicht zusätzlicher Beweise wandle ich die frühere Entscheidung um und veranschlage für den Angeklagten eine Kaution in Höhe von zweihundertfünfzigtausend Dollar. Die üblichen Konditionen treffen zu.«

Das scheint die kurze Variante zu sein, denn die Gerichtsbedienstete tippt noch weiter, als würde noch mehr gesagt werden, und das eine ganze Weile. Der Richter wartet, bis sie fertig ist, schlägt dann mit dem Hammer auf den Tisch und eilt aus dem Saal. Wie es aussieht, trägt er unter der Richterrobe noch seinen Schlafanzug. Ich kann mir kaum vorstellen, dass der nächste Angeklagte bei ihm leichtes Spiel haben wird.

»Zweihundertfünfzigtausend?«, frage ich Mike zweifelnd, als der kommt, um mich abzuholen. »Schon klar, du musst mir gar nicht erst erklären, dass du die nicht parat hast.«

»Mann, hab ich natürlich nicht. Aber du hast Glück. Jemand anderes hat es.«

Gwen kann es nicht sein. Sie hat ein paar Ersparnisse versteckt, aber definitiv nicht *so* viel. Mike bringt mich hinaus, und ich weiß nicht genau, was ich erwarte, als wir den Gehweg betreten, doch als ich den Wagen dort draußen erkenne, zucke ich zurück. Es ist ein gemieteter Buick.

Mike öffnet die Tür und bedeutet mir, mich neben Miranda Tidewell zu setzen.

»Machst du Witze?«, frage ich ihn. »Mike. Also bitte.«

»Steig einfach ein. Du hattest einen Engel nötig.«

»Sie ist das exakte Gegenteil.«

Miranda steckt den Kopf heraus. »Sam, jetzt lass mich nicht meine Investition in dich bereuen. Bitte, steig ein. Hör dir an, was wir zu sagen haben.«

Ich sehe erst sie, dann Mike Lustig an. »Jetzt gibt es also schon ein *Wir.*« Ich spüre, wie sich in meinem Inneren Türen schließen. Freundschaftsbande zerreißen. Ich habe mich lange auf Mike und seine Freundschaft verlassen, länger, als ich Miranda überhaupt gekannt habe; ich hätte nie geglaubt, irgendetwas könnte dieses Vertrauen erschüttern oder absterben lassen.

Aber im Augenblick fühlt es sich an, als würde diese Kette Glied um Glied zerspringen.

»Steig ein, Mann«, weist er mich noch einmal an. Ich könnte einfach gehen, aber wohin schon? Gwen ist nicht hier. Und sie hat im Augenblick mit Schlimmerem zu kämpfen.

Ich steige in den Wagen. Mike steigt vorn auf der Beifahrerseite ein, wodurch die gesamte Limousine aufstöhnt und leicht absackt. »Na«, sage ich bissig zu Miranda. »Immerhin hast du ihn nicht zu deinem Chauffeur gemacht. Das ist vielleicht sogar für dich ein bisschen zu viel.«

»Fick dich«, meint Mike nur dazu. »Du glaubst, ich hätte das des *Geldes* wegen getan?«

»Ich weiß nicht, Mike, warum erzählst du mir nicht, warum sonst du dich mit einer Frau zusammengetan hast, von der du weißt, dass ich sie hasse?«

»Mr Lustig will nur das Beste für dich, Sam«, sagt Miranda. Sie parkt den Wagen aus und fährt los. Ich weiß nicht, wohin wir fahren. Und das gefällt mir nicht. »Irgendjemand musste dabei helfen, dich vor dir selbst zu retten. Falls es so aussieht, als würden Mike und ich dabei konspirieren, dann kann ich dir versprechen, dass es nur geschieht, weil du uns beiden wichtig bist.«

»Oh, jetzt bin ich dir also wichtig.« Ich sage es flach und hoffe, sie kann die Klatsche dahinter spüren. Sie lässt sich tiefer in ihren Sitz sinken und starrt geradeaus.

»Ja«, sagt sie. »Bist du. Irgendwie. Selbst nach allem, was du getan hast, um mich von dir zu schieben.« Ich erinnere mich an diesen Tonfall, diese Stimme. Tief und mit einem leichten Kratzen, wie die Zunge einer Katze. Es ist, als würde ich zurück in die Vergangenheit gleiten, und das bereitet mir panische Angst.

Miranda sieht nicht aus wie sonst immer. Sie trägt die Haare offen, sodass sie in eleganten Wellen über ihre Schultern fallen; sie trägt ein einfaches schwarzes Shirt und blaue Jeans. Natürlich alles teure Kleidung; man würde sie niemals in irgendwelchen No-Name-Klamotten antreffen. Aber sie ist so lässig gekleidet, wie ich sie höchstens gesehen habe, wenn sie unter dem Einfluss von … und dann bemerke ich, dass sie betrunken ist. Nicht völlig zugedröhnt, wie sie es früher meistens war. Aber ausreichend. »Was hast du getan?«, frage ich sie. Meine Stimme ist extrem angespannt.

»Ich habe Gina besucht«, antwortet sie. »Keine Sorge. Ich habe deine Geheimnisse für mich behalten. Ich wollte nur … wollte sie nur ein klein wenig testen.«

»Hast du ihr wehgetan?« Mir ist nicht klar, wie wütend ich bin, bis ich den Klang meiner eigenen Stimme höre. Mike lässt eine Hand auf meine Schulter sinken, er erkennt diesen Tonfall. Die Art, wie ich mich vorbeuge, bereit, einen Satz zu machen. »Nicht, Mike. *Hast du ihr wehgetan?*«

»Nein«, meint Miranda schließlich. »Es geht ihr gut. Und den Kindern anscheinend auch; ich habe sie nicht gesehen.«

Das ist zumindest etwas. Es bringt mich dazu, von einem sehr tiefen Abgrund zurückzutreten. »Warum tust du das hier?«

»Sie zieht dich mit in den Abgrund«, erklärt Miranda. »Das muss nicht sein. Ich will nicht, dass das passiert, Sam. Ich habe es nie gewollt. Du bist mir zu wichtig, als dass ich dabei zusehen möchte, wie du … dich selbst erniedrigst.«

»Dann sieh nicht hin. Geh zurück nach KC und lass uns in Ruhe«, erkläre ich. »Lass die Sache auf sich beruhen.«

Ihr Gesicht rötet sich, kleine rote Flecken auf ihren Wangen und der Stirn. Wenn sie betrunken ist, kann sie ihre eisige Ruhe nicht aufrechterhalten. »Du bist keine Mutter. Ich hatte ein Kind, das ich in meinem Körper getragen habe, und es wurde vollkommen zerstört. Dafür muss jemand bezahlen.«

»Es hat auch jemand bezahlt«, versichere ich ihr. »Melvin Royal hat eine Kugel in den Schädel bekommen.«

»Von allen Leuten weißt du doch am besten, dass sie ebenfalls schuldig war. Und jetzt lässt du sie damit davonkommen.«

»Ja, ich war wütend und verblendet. Ich habe es überwunden; das solltest du auch mal versuchen.«

»Die Dokumentation wird so oder so gedreht«, sagt sie. »Euer Leben wird zerbrechen, denn dass Gina aus den Schatten aufgetaucht ist, war der Anfang vom Ende dessen, für was immer du eure Beziehung hältst. Du solltest clever genug sein, um das zu realisieren.« Sie nimmt ein zusammengefaltetes Stück Papier aus der Tasche und reicht es mir.

Es ist ein ausgedruckter Internetartikel. Darin schreibt jemand ganz ernsthaft darüber, wie Gwen Proctor die Partnerin bei den Verbrechen ihres Mannes war. Der Artikel stammt nicht von vor fünf Jahren. Er ist brandneu.

»Ich habe die Kommentare nicht mit ausgedruckt«, erklärt sie. »Aber ich kann dir versprechen, dass es Tausende Reaktionen gibt, und die sind so wütend wie eh und je, wenn nicht noch schlimmer. Niemand glaubt an ihre Unschuld.

Niemand außer *dir*. Und sobald die Dokumentation veröffentlicht wurde, wird es auch niemals wieder jemand tun. Sie wird keinen Frieden mehr finden. Aber wir werden zumindest ein bisschen Gerechtigkeit bekommen.«

Mein Gott. Das Monster in dieser Gleichung ist nicht Gwen. Es sitzt hier direkt vor mir, und ich habe dabei geholfen, es zu erschaffen. »Ruf sie zurück.«

»Du hast es begonnen, Sam. Du bist derjenige, der die Lost Angels gegründet hat. Derjenige, der sich die Fahndungsplakate mit ihrem Foto ausgedacht hat, die wir jedes Mal in den Vierteln aufgehängt haben, wenn wir sie aufgespürt hatten. Du hast uns gedrängt, jede ihrer Bewegungen zu verfolgen, ihre falschen Namen zu finden, immer wieder aufzutauchen und sie zu vertreiben. Derjenige, der die Idee hatte, ein für alle Mal zu beweisen, wie schuldig sie tatsächlich ist, indem du in Stillhouse Lake in ihre Nachbarschaft gezogen bist. Warum sollte ich sie jetzt zurückrufen? Ich habe darauf vertraut, dass du das für uns alle zu einem Ende bringst. Und stattdessen *hast du dich in sie verliebt.*«

Bei diesem letzten Satz verschärft sich ihre Stimme. Guter Gott, nein. Sollte es in Wahrheit nur darum gehen? Ich sehe ihre rot geränderten Augen, den kaum im Zaum gehaltenen Kummer und Zorn. Hier geht es ebenso sehr darum, was sie für *mich* fühlt, wie um ihren Verlust. Ich hatte mir eingeredet, wir seien lediglich Verbündete, doch für sie war es immer mehr gewesen. Es war eine *Beziehung*.

Ich habe es nur nie als das angesehen. Sie war für mich ein Mittel zum Zweck. Und sie hat mich ebenso benutzt.

Ungläubig starre ich Mike an. »Und du unterstützt sie dabei.« In seinem Gesicht regt sich nichts, doch ich weiß, dass er sich schuldig fühlt. Es kann gar nicht anders sein.

»Hör mal, Mann … ich mag Gwen. Wirklich. Aber mein Bruder kommt zuerst, und Gwen wird ihre Vergangenheit niemals abschütteln können. Sie wiegt einfach zu schwer. Ich will nicht, dass du mit ihr untergehst.«

»Für dich ist es also in Ordnung, dass sie belästigt, verfolgt, vielleicht sogar ermordet wird. Und die Kinder gleich mit.«

»Nein«, widerspricht er. »Ist es nicht. Aber für mich ist es auch nicht in Ordnung, wenn du zum Kollateralschaden wirst. Hör dir an, was diese Frau zu sagen hat. Um mehr bitte ich dich gar nicht.«

»Du kennst sie nicht«, erkläre ich ihm. »Mein Gott, Miranda, begreifst du es denn nicht? Ich habe dich niemals geliebt. Ich habe dich nicht mal sonderlich *gemocht*. Was wir gemeinsam hatten, war unser Verlust. Und jetzt ist es vorbei.«

Sie antwortet nicht sofort; sie wird langsamer und biegt nun auf einen vertrauten Parkplatz ein. Den vom Motel 6. »Ich lasse dir die Wahl, Sam. Du hast ein Jobangebot in Florida, eine Chance, neu anzufangen und etwas Gutes mit deinem Leben anzustellen. Ergreif sie einfach.«

Dann verstehe ich es. Endlich. Und es macht mich *rasend*. »Mike hat mich überhaupt nicht für den Job empfohlen, stimmt's? Du hast ein paar Beziehungen spielen lassen. Hast mir eine hübsche, gemütliche Position schön weit weg von Gwen besorgt.«

»Ich habe dich empfohlen«, widerspricht Mike. »Ich will, dass du am Leben bleibst, Mann. Und das sehe ich nicht kommen, wenn du diesen Weg weitergehst.« Er klingt wahrhaftig unglücklich, was das alles betrifft. Ich glaube, das ist er auch. Er hat Miranda und ihrem Kreuzzug nie etwas abgewinnen können; ihm hat nie gefallen, zu was für einem Menschen es mich gemacht hatte, als ich noch ein Teil der Sache war, auch wenn er mich trotzdem niemals aufgegeben hat. Ich verstehe, warum er das jetzt getan hat.

Aber er liegt damit verdammt *falsch*.

Ich lausche dem leisen Tuckern des Motors. Ich zähle meine Pulsschläge, da es mich ruhig hält, wenn ich doch am liebsten diesen Wagen in Stücke reißen möchte.

»Du hast die Wahl, dein Leben zu ändern«, fährt Miranda fort. »Ich fahre Mike zurück zum Flughafen von Nashville. Wenn du zustimmst, steht dort ein Privatjet für dich bereit, der dich nach Florida fliegt. Mike und ich sorgen dafür, dass die Anklage gegen dich fallen gelassen wird, da es offensichtlich ist, dass du kein Mörder bist; du hast in Notwehr gehandelt und die Ermittlungen der State Police werden das bestätigen. Du nimmst den Job an. Du findest jemand anderen. Du heilst von dem, was sie dir angetan hat. Und du kommst niemals wieder zurück.«

»Oder?«, frage ich angespannt.

»Oder du steigst jetzt aus dem Wagen und wartest auf Gina. Ich schwöre bei Gott, wenn du diese Wahl triffst, werde ich es zu meiner persönlichen Mission machen, euch beide zu vernichten«, sagt sie ungerührt. »Ich werde dich und Gina Royal so toxisch, so giftig machen, dass jeder, der euch nur berührt, gleich mit vernichtet wird.«

Verbrannte Erde. Sie meint das, was sie sagt. Ich höre, wie Mike protestiert, aber höre gar nicht richtig zu; ihm ist vielleicht nicht klar gewesen, was sie geplant hat, aber er hat dabei mitgemacht und muss jetzt die Konsequenzen tragen.

»Das kannst du nicht tun«, beschwöre ich sie. Es gelingt mir sogar, sanft zu klingen. »Du kannst doch unschuldige Kinder nicht derart bestrafen.«

»Ich freue mich auf den Tag, an dem jemand diese Kinder so vernichtet, wie Melvin meins vernichtet hat. Dann kann ich in Frieden ruhen, weil der letzte Überrest von Melvin Royal von dieser Erde getilgt sein wird.«

Es ist grausam, doch sie meint es ernst. Ich kenne diese Frau. Sie ist mir einst wichtig gewesen. Doch diesen Fanatismus zu sehen, diese Grausamkeit ... es ist, als würde ich in den Spiegel sehen und mein eigenes Ich von vor zwei Jahren erblicken.

»Du bist verrückt«, sage ich nur. Tatsächlich tut sie mir leid. Und ich habe Angst vor ihr. »So weit würdest du gehen.«

»Ich würde in die Hölle gehen, um Gina Royal zu bestrafen«, meint sie schlicht. »Und falls du aus diesem Wagen aussteigst, Sam ... landest du ebenfalls dort.«

Ich blicke von ihr zu Mike. Er sieht jetzt völlig angewidert aus. Er hat nicht gewusst, dass sie das tun oder so weit gehen würde. Für den Bruchteil einer Sekunde habe ich Mitleid mit ihm, bevor ich mich wieder daran erinnere, dass er versucht, mich von den Menschen wegzuholen, die ich liebe.

»Dann sehe ich euch beide wohl in der Hölle wieder«, antworte ich nur, öffne die Tür und steige aus.

Ich sehe zu, wie der Wagen wegfährt. Am östlichen Horizont dämmert es, doch der Morgen ist für diese Jahreszeit ungewöhnlich kühl. Weiterhin steigt geisterhafter Nebel aus dem Boden auf.

Ich setze mich mit dem Rücken an die Wand von Motel 6 und warte auf das, was jetzt auf mich zukommen mag. Falls es die Polizei von Wolfhunter ist, bin ich tot, bevor ich den Sonnenaufgang erlebt habe.

Doch wenn ich die Wahl habe, zuzusehen, wie Gwen leidet, oder zusammen mit ihr zu leiden ... dann bin ich an ihrer Seite, und das ohne jeden Zweifel.

* * *

Ich sitze seit einer halben Stunde dort, als sie auftauchen. Drei Männer, die nicht zufällig hier sind, denn sie schauen sich um, sehen mich und kommen direkt auf mich zu. Der in der Mitte des Trios ist ein schlaksiger rothaariger Kerl mit einem dichten, struppigen Bart; die beiden anderen sind kleiner, beide mit dunklen Haaren und Bärten. Unter all den Haaren entdecke ich eine Ähnlichkeit. Ich kenne sie nicht. Und sie dürften mich eigentlich auch nicht kennen.

»Leute«, sage ich einfach. Ich stehe nicht extra auf. Ich bin müde. »Müssen wir das wirklich jetzt machen?«

Ich erwarte, dass sie mit dem Offensichtlichen anfangen, der Ermordung ihres Lokalhelden Travis, doch sie überraschen mich. Der große Rothaarige fragt: »Wo ist sie?«

»Gwen?« Ich zucke mit den Achseln. »Warum?«

»Wir haben ein Date«, gibt der zurück und lacht dämlich. »Hab gehört, die Schlampe wird mir den Schwanz lutschen.« Sein Lachen erstirbt, als er sieht, dass es nicht funktioniert. Ich will das hier wirklich nicht. Mir ist übel, ich fühle mich verloren und bin absolut nicht in Stimmung. Bis er fortfährt. »Nicht die Mutter, der würde ich mich nicht mal mit tausend Kondomen übereinander nähern. Ich rede über die goldige Tochter.«

Alles andere verschwindet. Die Erschöpfung. Die Depression. Die Angst, die ich nicht völlig unterdrücken kann. Ich stehe auf. »Du redest da von *meiner* Tochter.« Denn das ist sie. Und ich lasse dieses Arschloch nicht damit davonkommen. »Ein ziemliches Schandmaul hast du da. Küsst du damit auch deinen Bruder?«

Kaum überraschend, gehen sie auf mich los. Sie hatten ja lediglich auf eine Entschuldigung gewartet.

Es ist nicht so wie in den verdammten Filmen, wo zwei höflich warten, während sich einer mit dir anlegt; sie gehen alle gleichzeitig auf mich los. Zwei von ihnen drücken meinen rechten Arm nach hinten, während der dritte – der große – mir seine Faust von der Größe einer Kaffeekanne so hart in den Magen rammt, dass ich es bis in mein Rückgrat spüre. Ich lasse den Schlag zu, da ich noch versuche, ihre Schwächen, abgesehen von ihrer fehlenden Disziplin, einzuschätzen. Der Große ist plump und stützt sein Körpergewicht zu stark rechts ab. Leicht zu beheben. Ich schlucke den Schmerz seines Schlags herunter, hebe meinen Arbeitsstiefel und lasse ihn in sein rechtes Knie schnellen. Ich spüre das Knirschen zerreißender Sehnen. Seine hohen Schreie hallen von den Betonblöcken des Motelhofs wider.

Jaulend hüpft er zurück und stößt gegen die Wand, gegen die er sich lehnt, um dort weiterzujammern. Er ist nicht völlig am Boden, doch für den Augenblick außer Gefecht gesetzt.

Die zwei an meinen rechten Arm gehefteten Kletten starren ihren Freund schockiert an. Um sie abzuschütteln, muss ich lediglich meine linke Faust in den Schädel des ersten Kerls rammen, ihn am Haarschopf greifen und ihn Bekanntschaft mit meiner Kniespitze machen lassen, die ihm die Nase bricht und ihn zurücktaumeln lässt, bis er in der Ecke zusammenbricht.

Nur noch einer übrig. Niemand mehr da, der mich zurückhält. Im Augenblick spüre ich keinen Schmerz. Ich verspüre eine tief greifende, beinahe Übelkeit erregende Freude, diese Typen umzulegen. Und das sieht er auch.

Er hebt beide Hände und geht rückwärts.

Als ich spreche, bin ich überrascht, dass meine Stimme ziemlich gelassen klingt. »Hey, Kumpels. Ich würde euch gern eine Frage stellen. Wer hat euch dazu angestiftet?«

Der mit der gebrochenen Nase versucht, mich zu beschimpfen, bekommt stattdessen aber einen Hustenanfall, bei dem er Blut sprüht. Ich zucke zusammen und fühle doch gleichzeitig einen wilden Rausch der Befriedigung.

Der Rotbärtige sagt mit einer Stimme, die so klingt, als würde er in seiner Kehle Felsbrocken zermahlen: »Arschloch.« Es gelingt ihm sogar bei diesen zwei Silben, den Tennessee-Dialekt deutlich erklingen zu lassen. »Jeder weiß doch, dass du ein Teil davon bist.«

»Ein Teil wovon?« Ich erwarte, dass es um diese Stadt und die Erschießung von Travis geht. Tut es aber nicht.

»Du bist Melvin Royals kleiner Botenjunge«, erklärt er. »Das weiß jeder. Du und sie zusammen habt ihm geholfen, diese Mädchen zu beschaffen. Du bist verfickt noch mal *tot.*«

Nach dieser Aussage fühle ich mich, als hätte man mir einen Schlag gegen den Kopf verpasst. Ich sehe ihn einfach nur an, ohne es wirklich zu begreifen. Dann kommt die Übelkeit hoch. *Mein Gott.* Ich atme tief aus. Mittlerweile ist mir schwindlig. »Wo habt ihr das denn gehört?«

»In einer Bar«, sagt Rotbart.

Der Mann, der immer noch die Hände gehoben hat, ergänzt: »Hat jemand auf Facebook geschrieben.«

Ich wende mich ihm zu. »Wer zum Teufel hat das gesagt?«

»Warum?« Der Mann, dessen Nase ruiniert ist, spuckt Blut und grinst dann mit rosafarbenen Zähnen. »Willst du die auch aufmischen?«

Die. Sofort glaube ich, dass das direkt von Miranda kommt. Das ist etwas, was sie tun würde, die reinste Propagandamaschinerie ohne auch nur ein Fünkchen Wahrheit. Eine Anschuldigung ohne Erklärung, ohne Wert, die sich schnell verbreitet … und eins weiß ich aus persönlicher Erfahrung über die Menschen: Sie springen gern auf jeden Zug auf, wenn das bedeutet, dass sie einmal den Helden spielen dürfen.

Ich packe den unverletzten Mann bei der Schulter. »Zeig's mir.« Er holt ein überraschend gutes Handy aus seiner Tasche und tippt mit zittrigen Fingern darauf herum, dann streckt er es mir entgegen.

Ich lese den Beitrag. Er kommt nicht von Miranda. Oder zumindest scheint er es nicht zu tun. Er wird einer Frau zugeschrieben, die sich als Doreen Anderson ausgibt. Das Foto zeigt eine blonde, dralle Frau aus Atlanta. Da ist ein Foto von Doreen bei einem Kuchenbasar mit ihren Kindern. Bei einer Kirchenveranstaltung. Sie posiert mit zwei Männern, von denen einer mir bekannt vorkommt, auch wenn ich ihn nicht genau zuordnen kann, bis ich verschwommen im Hintergrund einen weißen Van sehe. Sie alle strahlen und recken den Daumen hoch.

Es macht Klick. Sie gehört zur Filmcrew. Ich überprüfe ihren Jobstatus. Sie ist eine Bankangestellte, die aufgrund der immer stärkeren Verbreitung von Geldautomaten überflüssig geworden ist. Als aktuelle Position steht dort »Dokumentarfilmerin«.

Ihr Beitrag deutet stark an, dass ich irgendein Gefolgsmann von Melvin Royal bin, der bei Gwen eingezogen ist, weil wir das gemeinsam haben. Aber nichts davon ist so direkt ausgedrückt, um sie deshalb vor Gericht zu zerren – was ich sowieso nicht tun würde, das würde die Flammen nur noch weiter schüren. Eine Menge Spekulationen in Form von *Was, wenn er* oder *Vielleicht haben die beiden gemeinsam*. Das, was heutzutage als Journalismus durchgeht.

Pech bleibt kleben. Wenn sie vorgehabt hat, Ärger zu machen, hat sie ihre Mission erfüllt. Und wie Miranda mir versichert hat: Das ist erst der Anfang.

Ich werfe dem Mann sein Handy zu, der es nicht zu fangen vermag, sodass es zu Boden fällt. Ich hoffe, der Bildschirm hat wenigstens einen Riss. »Ihr Idioten, richtet gefälligst in eurer Bar aus: Wenn ihr es auf mich oder Gwen oder unsere Kinder abgesehen habt, kommt ihr beim nächsten Mal nicht ungeschoren davon. Ihr habt Glück, dass ich euch nicht alle drei gekillt habe. Und jetzt verfickt euch.«

»Schwuchtel.« Rotbart spuckt in meine Richtung. Und verfehlt mich, da meine Reflexe noch immer ziemlich gut sind.

»Ziemlich erbärmlich, dass das deine beste Beleidigung sein soll, großer Junge. Übrigens ist das Gelenkband hinüber. Ich würd's an deiner Stelle in Ordnung bringen lassen, falls du je wieder gehen möchtest, ohne zu humpeln.«

»Meine Nase ist gebrochen«, klagt der zweite Mann, als wäre das nicht offensichtlich. Er klingt weniger kämpferisch als traurig. »Sie ist gebrochen, verflucht.«

Ich nicke einfach nur. Alle drei schlurfen sie um die Ecke davon, wobei der noch intakte dritte Mann Rotbart hilft voranzuhüpfen und Gebrochene Nase versucht, das strömende Blut mit dem Ärmel seiner Jeansjacke zu stoppen. Mit geringem Erfolg. Die Chance ist recht hoch, dass sie direkt zur Polizei gehen und dafür sorgen, dass meine Kaution zurückgezogen wird, aber daran kann ich nichts ändern. Falls mich die Polizei von Wolfhunter finden will, kann ich nicht wirklich etwas dagegen unternehmen. Zumindest ist Miranda dann ihre Viertelmillion Dollar los. Eine jämmerliche Form der Rache, aber hey – immerhin Rache.

Ich gehe gerade in Richtung Wald, um eine Stelle zu finden, an der ich mich erleichtern kann, als eine kastenförmige weiße Limousine, die ich nicht erkenne, auf den Parkplatz des Motels einbiegt; ich achte nicht weiter darauf, da mein Adrenalinschub langsam abebbt und sich die Erschöpfung wieder breitmacht, bis sie plötzlich direkt vor mir anhält. Ich trete einen Schritt zurück, greife nach einer Waffe, die ich in Wahrheit überhaupt nicht mehr habe, und sehe dann, dass Gwen den Wagen fährt. Für einen langen, intensiven Moment schauen wir einander nur an, dann blicke ich nach hinten. Die Kinder sitzen drin. Still und bedrückt.

»Steig ein«, sagt Gwen schlicht. »Verschwinden wir von hier.«

»Es gibt keinen Ort, an den wir gehen können«, erkläre ich ihr. »Und wir müssen reden. Jetzt gleich.«

Kapitel 14

Gwen

Sam sieht nicht aus wie er selbst. Er ist blass und müde und zutiefst unglücklich, mit Falten im Gesicht, die ich vorher nicht wahrgenommen habe. Ich weiß nicht, was er sieht, als er sich vorbeugt, um mich durch die offene Wagentür anzuschauen, doch er steigt ein und schlägt sie hinter sich zu. Sofort fahre ich los.

»Wohin fährst du?«, fragt er mich. Er klingt sogar erschöpft. Ich wette, er hat nicht geschlafen. Genau wie mir geht ihm das alles stark an die Substanz.

»Weg von diesem ganzen Bullshit und dieser verdammten Stadt. Mike hat mich angerufen. Er hat gesagt, dass du auf Kaution raus bist und wo ich dich abholen kann. Wo ist er?« Sam antwortet nicht. »Vergiss es. Fahren wir nach Hause.«

»Unser Zuhause ist im Augenblick keine Zuflucht«, sagt er. »Halt den Wagen an.«

Ich habe den Motelparkplatz noch nicht verlassen, sondern lediglich gewendet. Ich fahre in eine Parklücke. »Was ist denn?« Ich habe so das Gefühl, dass mir das ganz und gar nicht gefallen wird.

Er zögert einen langen Augenblick, dann sagt er: »Ich will nicht, dass die Kinder das mit anhören.«

»Ich finde, wir sollten es aber hören«, meldet sich meine Tochter zu Wort. »Schluss mit den Geheimnissen! Wir sind keine Babys.«

Für mich jedoch werden sie das immer sein; winzige kleine Bündel mit süß duftender Haut und strampelnden Beinchen und schwenkenden Händchen, die vor der Welt beschützt werden müssen. Ich bin leicht atemlos, denn Sam hätte das nicht gesagt, wenn es nicht ernst wäre. Wenn es sich nicht um etwas handelte, das alles *ändern* wird.

Aber er nimmt Lanny beim Wort. Er lehnt sich gegen die Beifahrertür, um mich und auch sie anzusehen.

Dann beichtet er uns die Wahrheit.

»Miranda Tidewell und ich haben uns mal sehr nahe gestanden«, erklärt er. »Ich habe eine Weile bei ihr gewohnt. Bevor du jetzt irgendetwas denkst, es war nur … ich hab einen Platz zum Schlafen gebraucht und sie hat mir ein Zimmer in ihrem Haus angeboten. Ein Gästezimmer.«

»Für wie lange?«, frage ich.

»Von dem Zeitpunkt, als ich von meinem Einsatz zurück war, bis ich nach Stillhouse Lake gezogen bin«, sagt er. »Ich habe dir ja erzählt, dass ich dorthin gekommen bin, um zu beweisen, dass du etwas mit Melvins Verbrechen zu tun hattest. Das war die Wahrheit. Ich habe dir nur nicht erzählt, dass ich die nötige Finanzierung dafür hatte.«

»Finanzierung«, wiederhole ich. »Von Miranda.«

»Und jetzt hat sie wohl endlich erkannt, dass sich ihre Investition nicht auszahlen wird.«

Ich verspüre einen Stich, so scharf wie ein Messer. Er hatte es immer so erzählt, als wäre es seine eigene Entscheidung gewesen, nicht dass es sich um eine Art geteiltes Geheimnis gehandelt hatte. Geteilt mit *ihr*. »Sie hat gewusst, dass du nach Stillhouse Lake gehst. Um mich zu verletzen. Mich ins Gefängnis zu stecken, wenn dir das gelingen könnte.«

»Ja.«

Connor mischt sich ein. »Die Frau im Fernsehen? *Die?* Du hast bei ihr gewohnt?«

»Habe ich.« Seine Stimme bricht. Er möchte das vor Connor nicht zugeben. »Das ist noch nicht alles. Ich habe die Lost Angels gegründet. Es hat mit uns beiden begonnen, dann haben wir die Familien und Freunde von Melvins anderen Opfern hinzugezogen. Wir haben vielleicht nicht alle erreicht, aber so gut wie. Es sollte ein Ort werden, um zu heilen. Hat sich jedoch in etwas völlig anderes verwandelt.«

»Sam ...« Ich weiß von den Lost Angels. Und mir graut. »Nein. *Nein.*«

»Ich habe das begonnen«, sagt er. »Miranda und ich haben dir das angetan. Mein Gott, Gwen ...« Ich kann sehen, wie lange er dieses Geheimnis schon mit sich herumträgt und wie sehr ihn das schmerzt. Ich kann Mitleid mit ihm empfinden, selbst während er mir das Herz bricht. »Zuerst war es nur Gerede, nur Blödsinn im Internet, durch den wir uns besser gefühlt haben. Dann ... dann habe ich die Fahndungsplakate erstellt. Ich habe herausgefunden, wo du gelebt hast, nachdem du deinen Namen geändert hattest.« Er sieht jetzt aus, als wäre ihm übel. »Wir sind jeden Tag wiedergekommen, um sie aufzuhängen. Wochenlang. Wir haben dich verfolgt.«

Ich möchte mich übergeben. Ich suche Halt am Lenkrad. Ich erinnere mich noch, wie glücklich ich war, meine Kinder wieder bei mir zu haben, wie sicher und warm sich unsere neue Zuflucht nach meiner Freisprechung anfühlte. Wir hatten von vorn angefangen. Damals hatte ich noch an die Güte und Vergebung der Menschen geglaubt. Ich hatte wirklich gedacht, wir könnten weitermachen, ohne dass uns der ranzige Gestank von Melvins Bösartigkeit verfolgt.

Und dann waren Fahndungsplakate mit meinem Konterfei in unserem Viertel aufgetaucht, in denen ich der Vergewaltigung, der Folter und des Mordes beschuldigt wurde. Sie steckten in unserem Briefkasten. Waren an unsere Vordertür genagelt. An die Türen der Schule meiner Kinder.

Zu hören, dass Sam das getan hat … es lässt etwas in mir verbrennen und zu Asche werden. *Er* hat unsere Sicherheit zunichtegemacht. *Er* hat uns dazu getrieben, um unser Leben zu laufen, denn nach diesem ersten Mal hat es sich wie ein Lauffeuer verbreitet, sodass es nicht mehr unter Kontrolle zu bekommen war. Reddit war voll von Spekulationen darüber, wie stark ich in die Morde involviert gewesen war, und schlussfolgerte schließlich, dass ich der *Kopf des Ganzen* war und Melvin lediglich der Sündenbock.

Von diesem Zeitpunkt an wurden wir gnadenlos im Internet verfolgt. Es gab keinen sicheren Ort mehr. Die Lost Angels und die Armee tollwütiger Arschlöcher, die ihnen auf den Fersen folgte, schickten uns immer gewalttätigere Bilder und Fantasien über unseren Tod.

Mit Schrecken wird mir klar, dass *Sam* die ebenfalls geschickt haben muss. Am Anfang zumindest. Und es hat niemals ein Ende gefunden. Noch heute fluten die Beiträge der Perversen mein Postfach.

Sam ist die wahre Ursache für unser Elend.

Ich weiß nicht, wie ich jemals die Tiefe dieses Verrats verarbeiten soll, selbst wenn er stattfand, bevor wir uns überhaupt je begegnet sind.

In meinen Augen sind Tränen, so kalt, dass sie fast gefrieren könnten. Es tut weh. Alles tut weh. *Wie konntest du das vor mir verheimlichen? Wie konntest du mich dazu bringen, dir zu vertrauen? Welches kranke Spiel spielst du jetzt?* Ich spüre meinen Körper kaum noch. Mir ist so übel, dass ich kurz vor einer Ohnmacht stehe, aber ich reiße mich zusammen. Grimmig klammere ich mich an die Welt, diese hässliche, kaputte Welt, und sage: »Du hast mich gebeten, dich zu heiraten. Hat sie dir das eingeredet? Mich zu heiraten, um mich dann zu brechen? Oder vielleicht einfach umzubringen …« Ich kann nicht weiterreden, der Schmerz ist zu groß. Meine Stimme zittert. Ich zittere. Und *o Gott*, mir wird gerade klar, dass ich den Kindern gar nichts von seinem Antrag erzählt hatte, dass meine Kinder jetzt Zeugen und Opfer sind, dass ich seinem Wunsch hätte folgen und aus dem Wagen aussteigen sollen, um mir dieses Geständnis anzuhören, denn das hier … das wird sie zerstören. Sie haben ihm vertraut.

Ich drehe mich zu ihnen um. Connor hat den Kopf gesenkt. Ich kenne diese Haltung; er schützt sich vor dem Schmerz. Lanny starrt Sam an, mit echtem Entsetzen im Gesicht.

Es wandelt sich zu Wut. »Du *Bastard*«, faucht sie. »Du *Monster*!« Sie zitiert den Brief ihres Vaters. *Du weißt nicht, wer er ist, Gina. Du weißt nicht, wozu er imstande ist. Bei dem Gedanken, dass du nur Monster in dein Bett lässt, muss ich lachen. Das hast du verdient.*

Vielleicht habe ich das. Meine Kinder jedoch nicht.

Sams Gesicht ist mittlerweile kalkweiß, sein Blick immer noch auf mich gerichtet. »Ich bin hergekommen, um dich zu verletzen, und ja, Miranda wusste das, aber dann haben sich die Dinge geändert, ja, sie haben sich *geändert*, und wenn ich dir sage, dass ich dich liebe und dass ich diese Kinder liebe, dann ist das nichts als die Wahrheit. Ich verstehe, warum du meinen Antrag abgelehnt hast. Wirklich. Aber bitte: *Bitte glaub mir.*«

Ich höre den Schmerz in seiner Stimme. Ich sehe ihn in seinen Augen, in denen dieselben Tränen glitzern, die auch meine Wangen entlangrinnen. All das wird in leisen Worten gesprochen, und doch möchte ich schreien und immer weiter schreien, bis die Welt aufhört, sich zu drehen. Bis zu diesem Augenblick hätte ich mir Sam niemals als die Art von Monster vorstellen können, das Melvin war, doch jetzt ist alles zu klar. Viel zu *real*.

Denn er hat uns ebenso wehgetan.

»Ich glaube dir nicht«, erkläre ich ihm. »Miranda hat doch eben erst deine Kaution bezahlt. Oder etwa nicht?«

Seiner Kehle entringt sich ein Geräusch, als hätte ich ihm die Eingeweide herausgerissen. Für einen Augenblick rührt er sich nicht, außer, um den Kopf sinken zu lassen. Er atmet einfach nur. Ich warte. Wenn er eine Bewegung in meine oder in die Richtung meiner Kinder macht, werde ich diesen Arm greifen und ihn brechen. Ich werde ihn verdrehen und er wird sich vorbeugen und ich werde ihm mit einem festen Schlag gegen seinen Hals den Kehlkopf zerquetschen. Die Abfolge habe ich klar vor Augen, nicht jedoch sein Gesicht, wenn ich versuche, es mir vorzustellen. Da ist nur eine leere Fläche. Denn jetzt, in diesem Augenblick, habe ich einfach keinerlei Ahnung mehr, wer dieser Mann, der mir gegenübersitzt, wirklich ist.

Er öffnet die Wagentür und stürzt hinaus, als könnte er es nicht erwarten, von mir wegzukommen. Doch dann stolpert er und muss sich auf Lannys Seite gegen die Wagentür lehnen. Er krümmt sich, drückt die Handflächen auf seine Oberschenkel und ringt nach Luft.

»Los«, sagt Lanny. »Fahr einfach los, Mom.« Tränen rinnen über das Gesicht meiner Tochter. »Ich möchte nach Hause!«

Ich habe sie enttäuscht. Wieder einmal. Ich weiß nicht, wie ich das jemals wiedergutmachen soll. »Okay«, versichere ich ihr. »Das machen wir.«

Bevor ich jedoch einen Gang einlegen kann, öffnet Connor seine Tür und steigt aus. Ich erstarre, weil ich nicht weiß, was er da gerade tut. Doch er geht um das Auto herum zu Sam und fragt ihn: »Sagst du uns jetzt die Wahrheit? Alles? Wirklich?«

Sam nickt. Noch immer zittert er und versucht zu atmen. Ich kann mir nicht vorstellen, was mein Sohn gerade fühlt, aber ich möchte ihn nicht stoppen. Ich kann nicht.

»Mom!« Lanny schlägt mit ihrer Faust gegen die Rückseite meines Sitzes. »Tu doch was! Hol ihn wieder ins Auto und dann *lass uns fahren*!«

»Connor!« Er hört nicht auf mich. Ich steige aus. »Connor, steig wieder ein!«

Aber mein Sohn ignoriert mich – und Lanny, die im Auto durchdreht. Er mustert Sam durchdringend.

Dann sagt er: »Ich verstehe es.« Er redet nicht mit mir. Er redet mit Sam. »Sie sind wütend. Ich bin es auch. Aber es ist immer leichter, wenn dir jemand nur das sagt, was du hören willst. Ich habe auf meinen … meinen Vater gehört, obwohl ich es hätte besser wissen müssen.« Er schluckt, und ich sehe, wie nervös er ist. Und wie viel es ihm abverlangt. »Wir haben schon vorher gewusst, wer du bist. Es ist jetzt nicht anders. Es ist nur … mehr.«

»Mein Junge …« Sam lässt den Kopf hängen. »Du solltest wieder einsteigen. Deine Mom und deine Schwester wollen nach Hause.«

Ich will etwas sagen, kann aber nicht. Irgendetwas passiert hier gerade, und es ist wichtig.

Connor redet weiter. »Du hast uns früher gehasst. Dann hast du dich verändert. Ich glaube dir immer noch.«

Es tut so weh. Alles in mir ist nun ein strudelndes Chaos, wirbelnde Stahlklingen, die schneiden und schneiden und schneiden. *Connor ist ein Kind, er ist noch ein Kind, er kann das überhaupt nicht verstehen.* Doch auf gewisse Weise versteht mein Sohn mehr, als ich jemals verstehen werde.

Gequält stöhnt Sam auf und zieht meinen Sohn in eine so feste Umarmung, dass es mir körperliche Schmerzen bereitet. Connor erwidert die Umarmung. Und ich kenne diesen Blick. Ich habe ihn gefühlt, bis tief in mein Innerstes. Ich kenne den Verlust und die Angst und vor allem die *Liebe*.

Sam liebt meinen Sohn.

Das tut er tatsächlich.

»Mom!« Lanny ist ebenfalls ausgestiegen. Sie ist blass und angsterfüllt und nicht sicher, was hier vor sich geht. Ich lege einen Arm um sie und ziehe sie an mich. »Mom, Connor kann nicht … er kann ihm doch nicht einfach so *vergeben.*«

Aber damit liegt sie falsch, das erkenne ich, als würde plötzlich ein Sonnenstrahl in meine Welt fallen. Das hier vor mir ist etwas Wunderschönes. Etwas Kostbares. Niemand verdient das. Doch Sam hat es sich verdient.

»Lanny«, sage ich leise. »Connor hat recht.«

»Mom, wir können ihm nicht *trauen*!«

Das weiß ich. Es gibt keinen Grund auf der Welt, ihm zu vertrauen, außer … außer aufgrund dessen, was er getan hat, seit er zu uns gekommen ist. Niemals hat er uns wehgetan, außer als seine Vergangenheit ans Licht gekommen ist. Niemals hat er etwas anderes getan, als mein Partner, mein Beschützer, mein Champion zu sein. Das ist kein Schauspiel. Das kann kein Schauspiel sein, denn ich sehe die Konsequenzen hier vor mir, in Echtzeit, dafür, dass er die Wahrheit gesagt hat. Er wusste, dass das passieren würde. Und er hat es uns trotzdem erzählt.

Das ist tapfer. Das ist der Sam, den ich kenne.

Sam küsst meinen Sohn auf die Stirn. »Ich hab dich lieb, Connor. Vergiss das nicht, okay?«

Connor tritt einen Schritt zurück. »Du darfst nicht gehen.«

»Aber das muss ich«, erwidert Sam, »nicht wahr?«

Sam und ich sehen einander von den entgegengesetzten Seiten des Autos an. Mir stockt der Atem, weil mich ein weiterer Schmerz durchzuckt; ich sehe den großen Kummer in ihm. Den angerichteten Schaden.

»Sam«, sage ich schlicht. »Steig in den verdammten Wagen ein.«

Er blinzelt. Ich sehe die Hoffnung aufblitzen, dann wieder erlöschen. »Miranda …«

»Du hast gesagt, sie würde uns vernichten. Lass das nicht zu.«

»Dafür ist es zu spät. Oder nicht?«

Ganz ehrlich, ich weiß es nicht. »Du kannst nicht einfach … gehen. Du hast kein Geld und keine Möglichkeit, aus der Stadt zu verschwinden. Es sei denn, Mike …«

»Nein«, unterbricht er mich. »Mike ist auf ihrer Seite.«

Ich weiß nicht, was ich sagen soll. Ich bin nicht die Einzige, die heute verraten worden ist. Er hat bereits gelitten. Jetzt ist es noch schlimmer. Ich glaube, er ist so allein wie nie zuvor.

»Du hast recht. Sie hat mich auf Kaution rausgeholt«, erklärt er. »Sie und Mike haben mir die Wahl gelassen. Ich habe dich gewählt. Ich habe das hier gewählt.«

Falls er die Wahrheit sagt, ist es das Bedeutendste, was je jemand für uns getan hat. Und trotz des Abgrunds zwischen uns, und obwohl der Schmerz über das, was er getan hat, sich neu und heftig anfühlt, wo das alles doch eigentlich Jahre zurückliegt … kann ich das doch nicht ignorieren.

Lanny flüstert: »Mom? Mom, aber … was er getan hat …«

»Es zählt nur das, was er jetzt tut«, erkläre ich ihr und drehe mich zu ihr um. »Vertraust du mir?«

Sie nickt. Widerwillig. In ihren Augen glitzern Tränen. Sie ist verwirrt und verletzt. Das verstehe ich.

Ich drehe mich wieder zu Sam um. Als ich erneut spreche, ist meine Stimme sanfter. »Bitte steig in den verdammten Wagen ein.«

Eine Sekunde lang sieht er mich wie erstarrt an. Keuchend atmet er ein und wischt sich mit dem Handballen über das Gesicht. »Es tut mir leid«, sagt er.

»Das weiß ich.«

Ich warte, bis er wieder im Wagen sitzt, bevor ich ebenfalls einsteige. Connor steigt hinter uns ein. Bleibt nur noch meine

Tochter. Sie zögert, funkelt mich böse an und lässt sich dann in den Rücksitz gleiten.

»Danke«, raune ich ihr zu. Lanny verschränkt die Arme und blickt weg. Sie ist noch nicht bereit, aber das wird sie schon bald sein. Hoffe ich.

Wir sind keine Familie. Aber wir sind zusammen, und das hier ist ein Neuanfang.

»Bitte sag mir, dass wir endlich aus diesem verdammten Ort verschwinden«, murrt Lanny.

»Darfst du das?«, frage ich Sam. Er zuckt mit den Schultern, während er sich den Gurt umlegt. »Die Kaution …«

»Ist doch Mirandas Geld.«

Das genügt, um mich aufs Gaspedal treten zu lassen.

* * *

Wir sind gerade einmal fünfzehn Minuten unterwegs, als mein Handy klingelt.

Ich schaue auf den Namen. Ich würde es gern ignorieren, doch es ist Hector Sparks, daher fühle ich mich dazu verpflichtet ranzugehen. Ich stelle den Anruf auf Lautsprecher. »Gwen Proctor.«

»Ms Proctor, ich benötige Ihre sofortige Unterstützung. Sie müssen sie finden!« Er klingt außer Atem.

»Wen finden?«

»Vera Crockett«, sagt er. »Sie ist entkommen. Und ich glaube, sie ist in großer Gefahr.«

»Wie bitte? Wie zum Teufel ist sie denn …«

»Die Polizei behauptet, sie seien einfach etwas nachlässig gewesen«, erklärt er. Er klingt nervös, und es hört sich so an, als würde er auf und ab laufen. »Aber ich glaube, sie haben zugelassen, dass sie entkommt; sie war im Wagen vor dem Gericht ohne Aufsicht. Ich glaube, das ist ein Plan, um sie zum Schweigen zu bringen. Jetzt, da sie auf der Flucht ist, kann sie leicht getötet werden.«

»Weil sie zu viel weiß?« Mein Tonfall wird schärfer. »Da ich mit ihr gesprochen habe, steht meine gesamte Familie auf derselben Liste, ist Ihnen das nicht klar? Haben Sie gewusst, dass das bedeutet, wer auch immer Marlene getötet hat, würde auch hinter uns her sein? Oder sind Sie einfach so dumm?«

Für einen Moment schweigt Sparks. Dann sagt er: »Ich kann mich an sonst niemanden in dieser Stadt wenden. Niemanden. Falls Sie Vee finden und zu meinem Haus bringen, verspreche ich Ihnen, dass ich Sie alle beschützen kann und werde. Aber sie muss gefunden werden. *Jetzt.* Ms Proctor, ich übertreibe keineswegs, wenn ich Ihnen sage, dass dieses Mädchen ohne unsere Hilfe keine Chance hat.«

Verdammt.

Ich sollte einfach weiterfahren. Ich schulde diesem Mädchen nichts. Gar nichts.

Über den Rückspiegel sehe ich meine Tochter an. Ihre Lippen sind leicht geöffnet. Ihre Abwehrhaltung ist fort. Sie starrt mich an, als würde sie von mir erwarten, etwas zu tun.

Und im Augenblick kann ich es nicht ertragen, sie zu enttäuschen.

Ich wende den Wagen.

»Ich weiß, wo sie hingeht«, wirft Lanny ein.

»Wie könntest du denn …«

»Sie geht zum Haus ihrer Mom. Sie hat Angst und sie weiß, dass die sie umbringen werden. Dorthin würde sie also gehen, richtig?«

Mein Kind ist clever. Cleverer, als ich es bin, denn das ergibt absolut Sinn. Und dabei stellt sich mir die Frage, ob Lanny je darüber nachgedacht hat, es zu Ende zu bringen. Ob sie jemals so verzweifelt und allein gewesen ist. Und dann, als ich den Blick in ihren Augen sehe, weiß ich es. Das hat sie. Natürlich hat sie das bei dem Leben, das zu leben sie gezwungen war. Das ist eine Wunde, die Sam und ich ihr gemeinsam zugefügt haben, aus völlig unterschiedlichen Gründen.

Ich muss verdammt noch mal dafür sorgen, dass ich sie diesmal nicht im Stich lasse.

* * *

Die Polizei führt eine Rastersuche durch, die sich vom Gerichtsgebäude aus erstreckt. Sie werden nicht lange brauchen, bis sie an dem mit Absperrband versehenen Haus der Crocketts angekommen sind. Ich fahre direkt dorthin und halte am Bordstein. Bisher sind noch keine Streifenwagen zu sehen. Mir fällt auf, dass das Absperrband, das zuvor die Vordertür – die mit dem durch die Schrotflinte verursachten Loch – versiegelt hatte, durchtrennt worden ist und ein Ende davon in der Brise flattert.

»Bleibt hier«, ordne ich an. Das ist an alle gerichtet, aber niemand hört auf mich. Während ich zur Tür laufe, sehe ich zurück. Sam kommt ebenfalls. Und noch schlimmer, auch meine Tochter. Vor der Tür werde ich langsamer. Die letzte Person, die Vee überrascht hat, wäre beinahe erschossen worden. Ich bedeute den anderen beiden zurückzubleiben und setze das mit einem flammenden Blick durch.

Sam ergreift Lanny und zwingt sie anzuhalten. Vorsichtig gehe ich weiter. Ganz langsam.

Das Haus sieht schlimmer aus, als ich gedacht hätte. Es ist ein windschiefes, heruntergekommenes Gebäude mit einer halb verrotteten Veranda ohne Geländer. Die Vordertür quietscht, als ich sie aufziehe. Ein Gestank nach altem Blut kommt auf, und ich muss mich dazu zwingen, nicht zu würgen. »Vee?«, sage ich. »Vee, bist du hier? Ich bin's, Gwen.«

Ich sehe zurück zu Sam, der Lanny noch immer festhält. Ich zeige zum Wagen. Zu Connor, der zögernd danebensteht. Mit dem Mund forme ich die Worte: *Pass auf sie auf.* Sam nickt und geht mit Lanny zum Auto. Ohne zu zögern. Ich sende ihm ein stillschweigendes Dankeschön dafür, dass er meine Entscheidung nicht anzweifelt, und mir wird klar, dass er das nur selten tut. Es ist ein Geschenk, das er mir stillschweigend die ganze Zeit über gemacht hat, und ich habe es nicht zu schätzen gewusst.

Ich trete ein. Das Innere ist düster, es stinkt nach Tod, und doch ist alles seltsam aufgeräumt. Marlene hat ihr Bestes gegeben, denke ich; der Teppich ist abgenutzt, jedoch sauber, Fotos von Vera als kleines Mädchen hängen an den Wänden, daneben betende Hände aus Plastik und ein einfaches Kreuz.

Vera sitzt reglos und vornübergebeugt in einem alten Schaukelstuhl. Sie trägt noch immer die Häftlingskleidung, in der wir sie zuvor gesehen hatten. Ihre Haare hängen ihr strähnig im Gesicht. Als sich meine Augen an die Dunkelheit gewöhnt haben, sehe ich, dass sie etwas in den Händen hält.

Ein Messer.

In dem Augenblick kommt Lanny atemlos durch die Vordertür gehetzt. »Ich warte nicht im Auto!«

O Gott. Ich trete zwischen die Bedrohung und Lanny. »Vee. Bitte leg das Messer weg.«

Ich höre, wie Lanny zum Stehen kommt. Sie realisiert die Situation und ist zumindest klug genug, nicht noch etwas Impulsives zu tun.

»Sie können mir nicht helfen«, sagt Vee. Sie klingt anders. Als sie den Kopf hebt, ist auch ihr Blick anders. Der gefrorene See ist aufgetaut. Sie sieht aus wie ein Mädchen, das endlich anfängt, etwas zu fühlen, und das ist die Hölle. »Die haben meine Mama ermordet. Und mich werden sie auch umbringen. Ich wäre eigentlich schon tot, aber Sie haben versucht, mir zu helfen. Und es tut mir leid, ich habe die reden gehört und die sagen, dass Sie die Nächste sind, *es tut mir so leid.*« Sie weint. Tränen strömen ihr über die Wangen. Sie zittert. Ich möchte sie in eine Decke wickeln, aber das geht nicht; ich kann sie nicht einmal trösten, solange sie noch dieses Messer hält. »Ich hatte einfach solche *Angst.*«

»Das ist nicht deine Schuld«, beruhige ich sie. »Komm mit uns. Wir können dir helfen.«

Sie schüttelt den Kopf und drückt sich das Messer an ihren Arm; es ist so positioniert, dass es nach oben schneidet, um die lange Arterie zu öffnen. So blutet man schnell aus. Ich höre Lanny aufkeuchen. Ich sehe, wie die Haut unter dem Druck des Messers nachgibt. Es gibt nur noch einen kleinen, winzigen Impuls, der Vee zurückhält, und jetzt kann wirklich alles der letzte Tropfen sein, der das Fass zum Überlaufen bringt. Ich wage es nicht, irgendetwas zu sagen.

Meine Tochter hingegen schon. »Mein Dad war ein Mörder, das weißt du ja. Und die haben geglaubt, meine Mom hätte ihm geholfen. Sie wollten sie uns für immer wegnehmen. Und …« Keuchend holt Lanny Luft. »Und ich habe keinen Ausweg gesehen. Ich war zwölf und so viele Menschen haben uns gehasst, Vee. *So viele.* Ich wollte einfach nur …«

Vee rührt sich nicht, aber sie hört zu. »Hast du es versucht?«, fragt sie, als Lanny nicht weiterspricht.

Bitte sag Nein, denke ich. Doch meine Tochter sagt: »Ja. Einmal. Als ich noch bei meiner Großmutter gewohnt habe. Ich habe aber Angst bekommen, nachdem ich die Tabletten geschluckt hatte. Ich hab sie alle wieder ausgekotzt. Sie hat nie davon erfahren.«

Ich auch nicht, und es erschüttert mich zutiefst.

»Du kannst deine Meinung noch ändern«, beschwichtigt Lanny das Mädchen im Stuhl, das Mädchen, das nur wenige Zentimeter von seinem Tod entfernt ist. »Ich habe es getan. Du kannst tapfer sein. Du hast keine Schuld. Meine Mom auch nicht. Und sieh sie dir an. Sie kämpft jeden Tag, und das kannst du auch. Ich glaube an dich, Vee.«

»Warum?« Vee weint jetzt noch heftiger. Ein leises, krampfhaftes Keuchen. »Das hat noch nie jemand getan.«

»Tja, aber jemand sollte es«, sagt Lanny schlicht. »Komm schon. Bleib bei uns. Kämpfe. Tu es für deine Mom.«

Vee stöhnt. Sie lässt das Messer fallen. Schnell hebe ich es auf, und meine Tochter läuft direkt auf das Mädchen zu; sie nimmt Vee in den Arm. Vee erschaudert und lässt sich in diese Umarmung sinken, als wäre das alles, was sie je gewollt hat. Jemand, der nur einen Augenblick daran glaubt, dass sie es wert ist, gerettet zu werden.

»Na kommt«, sage ich leise zu den beiden. »Vee, du kommst mit uns. Wir bringen dich zu Mr Sparks.«

Sie nickt lustlos. Es ist fast so, als wäre sie wieder in ihren passiven Zustand gewechselt, aber diesmal nicht in dieser unheimlichen Variante. Es ist eher eine Form der Erleichterung.

Wir gehen raus. Ich wische das Messer ab und werfe es in den von Unkraut überwucherten Vorgarten. Besser, wenn nichts hier meine oder Vees Fingerabdrücke hat.

Wir ändern unsere Sitzordnung. Connor kommt mit nach vorn. Sam und Lanny nehmen Vee hinten in die Mitte, nur für den Fall, dass sie plötzlich vorhat, wieder zu flüchten. Und dann fahre ich los und schaffe es gerade noch um die nächste Ecke, als einer der Streifenwagen der Polizei von Wolfhunter in die Straße einbiegt. Er folgt uns nicht. Er hält beim ersten Haus.

Rastersuche. Diesmal gereicht sie uns zum Vorteil.

Hector Sparks' Home-Office sieht aus wie ein sicherer Hafen. Ich halte vor dem perfekt instand gehaltenen Haus. Dann drehe ich mich zu Vee Crockett um. »Bevor wir reingehen, musst du mir etwas sagen, okay? Was hat deine Mutter gewusst? Denn ich glaube, du weißt es, sonst hättest du nicht solche Angst, dass sie dich umbringen.«

»Wenn ich das sage, töten die Sie alle«, sagt sie. »Das ist Ihnen klar, oder?«

»Das haben die sowieso schon versucht«, erklärt Sam. Er klingt ruhig und stark, und ich sehe, dass das genau das ist, was sie braucht. Sie nickt bedächtig. Hebt das Kinn. Dieses Mädchen hat Probleme, daran besteht kein Zweifel; sie braucht Hilfe. Aber in ihr ist auch etwas, das sehe ich ebenfalls. Trauma hinterlässt Spuren. Charakterstärke ebenso.

»Meine Mama hat das Wrack gesehen«, erklärt Vee.

Connor starrt sie an. Ich glaube, er versteht es als Erster. »Das *Geisterauto*-Wrack?«

»Das war kein Geisterauto«, widerspricht sie ihm ernsthaft. »Das Geisterauto ist eine alte Tin Lizzie, die auf der Straße am Fluss fährt. Das hier waren zwei Autos, die aufeinandergeprallt sind. In einem saß ein alter Mann, der viel getrunken und oben in den Hügeln gewohnt hat.« Sie schluckt schwer. »Er ist gestorben. Mama hat mir erzählt, dass sie seinen Kopf gesehen hat, der zerquetscht war.«

Ich erinnere mich, dass die Sache mit dem angeblichen Geisterauto-Wrack erst vor ungefähr einer Woche vorgefallen sein soll. »Vee«, dränge ich sie. »Deine Mom hat für die Werkstatt gearbeitet, die Abschleppwagen losschickt. Wie kam es, dass sie es gesehen hat?«

»Die hatten einen Fahrer zu wenig da, deshalb hat sie einen der zwei Trucks gefahren. Sie hat dabei geholfen, die Wagen dorthin zu schleppen, wo sie dann vergraben wurden.«

»Du hast gesagt, der alte Mann aus den Hügeln sei gestorben. Was ist mit dem anderen Fahrer?«

»Der ist auch gestorben«, sagt sie. »Aber er war nicht als Einziger im Wagen. Mom hat gesagt, sie habe auf dem Rücksitz jemanden weinen gehört. Erst dachte sie, es sei ein Geist. Aber dann haben sie eine der hinteren Türen geöffnet und …«

»Und was?«, fragt Lanny und nimmt ihre Hand. Vee scheint wieder Kraft zu schöpfen.

»Und sie haben das kleine Mädchen gefunden«, sagt sie. »Ich vermute, sie ist immer noch hier.«

»Welches kleine Mädchen?«, fragt Sam.

Doch ich weiß es bereits. »Ellie White«, erkläre ich.

Alles passt zusammen. Marlene, die das Wrack gesehen hat. Die Beteiligung von Carr, dem die Werkstatt gehört, sowie dem Polizeichef und den Cops, plus dem Banker, um noch eine Lösegeldzahlung auf ihre eigene Offshorebank zu verlangen. Kein Wunder, dass die uns alle tot sehen wollen, wenn sie so kurz davor stehen, bezahlt zu werden. Sie haben vermutet, sie hätte uns das alles bereits während der Befragung im Gefängnis erzählt.

Und sie sind alle daran beteiligt. Die meisten Cops, wenn nicht sogar alle. Alle in der Werkstatt. Vielleicht zieht es sogar noch weitere Kreise.

»Vee? Hat deine Mom gesagt, was mit dem kleinen Mädchen geschehen ist?«, frage ich.

»Mr Carr hat sie fortgebracht«, erklärt sie. »Er hat Mama gesagt, sie würde zehntausend Dollar bekommen, wenn sie die Klappe hält.«

Doch Marlene hat ihre Klappe nicht gehalten. Stattdessen hat sie mich angerufen, besorgt darüber, dass ihr die Sache über den Kopf wuchs. Besorgt, dass das Leben eines kleinen Mädchens auf dem Spiel stand. Sie musste etwas gehört haben, was sie daran zweifeln ließ, dass das Mädchen sicher zurückgebracht werden würde.

Wir müssen unbedingt das FBI anrufen. Damit sie wie die Heuschrecken über diese Stadt hereinfallen, bis die Wahrheit ans Tageslicht kommt. Das Problem ist, wenn wir das tun, gibt es keine Garantie, dass Ellie White nicht beim ersten Anzeichen einer FBI-Marke getötet und irgendwo vergraben wird. Vor dem TBI schienen sie keine Angst zu haben, das sucht ganz offensichtlich am völlig falschen Ort.

Ich folge diesem Gedankengang bis zum Ende, und mir wird klar, dass ich etwas vergessen habe.

Sie *haben* bereits eine FBI-Marke gesehen. Die von Mike Lustig. Er hat sie letzte Nacht vorgezeigt, um Sam vor dem zu schützen, was ihm sonst hätte bevorstehen können. *O Gott.* Die glauben bestimmt, dass bereits alles verloren ist.

Vielleicht haben wir dieses kleine Mädchen zum Tod verurteilt.

»Mom?«, fragt Lanny. Mir wird klar, dass ich zu lange geschwiegen habe. »Gehen wir rein? Wir sollten uns doch lieber nicht zu lange hier draußen aufhalten, oder?«

Das hier ist plötzlich alles sehr, sehr kompliziert geworden. Soweit ich weiß, führt nur eine Straße durch Wolfhunter. Diese Leute müssen lediglich darauf warten, dass wir versuchen, die Stadt zu verlassen, dann können sie die Falle zuschnappen lassen und bekommen uns alle auf einmal. Plötzlich frage ich mich, was wohl Mike Lustig passiert ist. Und Miranda Tidewell, falls sie bei ihm war.

Falls diese Leute damit davonkommen wollen, ein gigantisches Lösegeld zu kassieren, müssen sie eine Menge Zeugen aus dem Weg schaffen. Und das schnell.

Und wir stehen auf der Liste ganz oben.

»Raus aus dem Wagen«, sage ich. »Gehen wir.«

Kapitel 15

Gwen

Nachdem ich fest gegen die Tür geklopft habe, öffnet Mrs Pall und begrüßt mich mit grimmigem Blick. »Er ist nicht hier«, sagt sie. »Sie hätten anrufen sollen. Sie müssen später wiederkommen.«

Doch bevor sie die akribisch polierte Tür vor meiner Nase zuschlagen kann, ruiniere ich deren Glanz, indem ich eine Hand flach auf das Holz lege und dagegenhalte. »Wo ist er?«

»Er ist nicht verfügbar.«

»Das ist mir egal. *Er* hat *uns* angerufen«, erkläre ich. Mein Tonfall zeigt ihr, dass mit mir nicht gut Kirschen essen ist. Ich werde es nicht dulden, dass sie uns hier draußen stehen lässt, wo Vee und meine Kinder schutzlos der Gefahr ausgesetzt sind.

Mrs Pall sieht uns sauertöpfisch an, tritt jedoch einen Schritt zurück. Sie trägt etwas, von dem ich schwören würde, dass es das gleiche Kleid wie zuvor ist, nur in einer anderen Farbe und mit einer anderen Schürze im Stil des 19. Jahrhunderts. Sie starrt in Richtung meines Mietwagens, während ich an ihr vorbeigehe, dann sagt sie schließlich: »Muss ich mich jetzt etwa auch noch um Ihre Kinder kümmern?« Ihr Unterton lässt klar erkennen, dass sie der Meinung ist, das Sozialamt hätte sie mir schon vor langer Zeit wegnehmen sollen.

»Nein, vielen Dank«, erwidere ich. »Aber das ist ein überaus freundliches Angebot.« Zielstrebig marschiere ich direkt in Richtung des Gangs, der zu Sparks' Büro führt. Die Tür steht offen und ich sehe ihn hinter seinem Schreibtisch. Er erhebt sich bereits, doch Mrs Pall versperrt mir den Weg, und ich muss stehen bleiben, um nicht gegen sie zu prallen. »Sie *müssen* im Salon warten«, befiehlt sie. »Der befindet sich links hinter Ihnen.«

Hector Sparks schließt seine Tür. »Tut mir leid«, sagt er zuvor noch. »Ich brauche nur ein paar Minuten, um einen Anruf zu beenden.«

Ich habe weder eine Stimme über Lautsprecher gehört noch hat er ein Telefon in der Hand gehalten. Doch bevor ich ihm sagen kann, dass wir seine vermisste Klientin mitgebracht haben, hat er mir die Tür vor der Nase zugeschlagen.

Wenn das hier eine Falle ist … Die Paranoia überkommt mich erneut. Tatsache ist jedoch, dass uns nicht sonderlich viele Optionen geblieben sind. Ja, ich habe eine Waffe; Sam vermutlich nicht mehr, die wurde sicherlich als Beweisstück von der Polizei einbehalten. Meine Zweitwaffe liegt in meinem SUV, der sich auf der Wache des Countysheriffs befindet. Ich bin mir nicht mehr sicher, ob Mike uns helfen kann. Ich erinnere mich an die schwarzen SUVs in der Stadt. Falls Carr und seine Mitverschwörer Fremde angeheuert haben, die die Straßen blockieren und jeden aufgreifen sollen, der nicht Teil der Verschwörung ist … dann ist jede Hilfe nun meilenweit entfernt.

»Was zum Teufel war *das* denn?«, fragt Lanny. Sie hält Vee noch immer fest, oder Vee hält sich an ihr fest; das ist nicht genau auszumachen. »Ich dachte, er wollte, dass wir herkommen!« Sie klingt sowohl erbost als auch nervös. Ich kann ihr das nicht vorwerfen. Ich stehe noch immer Mrs Pall gegenüber. Ihre Abneigung umgibt sie wie eine dunkle Wolke.

»Hinter Ihnen«, sagt sie erneut. »Nach links.« Jedes Wort wird übermäßig betont. Ich bin nicht sonderlich darauf erpicht, ihr den Gefallen zu tun, doch ich höre, wie die anderen sich umdrehen und in die angewiesene Richtung gehen. Ich bin die Letzte, die reagiert, doch schließlich folge ich ihnen.

»Wahnsinn, ein *Salon*«, kommentiert Lanny, nachdem Mrs Pall die Tür hinter uns geschlossen hat. »Sind die nicht vor Ewigkeiten aus der Mode gekommen?«

Sie hat recht. Es ist extrem altmodisch: Wir befinden uns in einem formellen Empfangszimmer mit einem steifen viktorianischen Rosshaarsofa, einem Ledersessel neben einem unbenutzten Kamin, antiker Tapete und glänzenden Vitrinen, in denen Teetassen stehen. An der Feuerstelle lehnt ein Schürhaken. Ich mache mir dazu eine gedankliche Notiz, nur für den Fall. Sparks hat geschworen, wir seien hier sicher, doch wie hat er vor, dieses Haus zu verteidigen? *Wenn überhaupt.*

»Bist du dir sicher, was diesen Kerl angeht?«, fragt mich Sam. Er sieht sich um, als würde er das alles hier ebenso seltsam und fremdartig finden wie Lanny. Vera hält sich dicht bei meiner Tochter, und nachdem Lanny die Nase über die Einrichtung gerümpft hat, führt sie das Mädchen zum Sofa. Sie setzen sich hin. Auf einem Stuhl liegt eine Strickdecke, die Lanny holt und Vee, die noch immer zittert, umlegt.

»Ich bin mir im Augenblick bei niemandem sicher«, gebe ich zu. »Wir brauchen für Vee etwas zum Anziehen. Diese Häftlingskleidung muss weg.«

»Aber … ich dachte, Sie müssten mich wieder ins Gefängnis bringen.« Vee wirkt wie benommen. Das wundert mich nicht. »Warum soll ich mich umziehen?«

»Ich bin nicht hier, damit Sparks dich wieder übergibt; ich werde ihn davon überzeugen, dass wir dich aus der Stadt schaffen müssen. Wir brauchen also einen anderen Wagen, einen, der nicht zu uns zurückverfolgt werden kann, und wir brauchen eine Tarnung für dich.«

»Mom, das ist … wie nennt man das doch gleich? Beihilfe zur Tat? Können wir dafür nicht ins Gefängnis kommen?« Typisch, dass mein Sohn genau weiß, welchen Gesetzesparagrafen wir verletzen.

»Können wir«, gebe ich zu. »Die Sache ist jedoch, falls es uns gelingt, das TBI und FBI herzurufen und Vee hier raus und in deren Obhut zu schaffen, können wir darlegen, dass wir keine Beihilfe geleistet haben; wir haben alle nur daran gearbeitet, einem entführten Kind zu helfen. Wir alle. Einschließlich Vee, die über entscheidendes Wissen verfügt, selbst wenn ihr das nicht klar gewesen ist.«

»Und du glaubst, *dieser* Kerl wird uns dabei helfen?«, zweifelt Sam. »Wir sollten Mike anrufen.«

»Ich hab gedacht, du vertraust ihm nicht mehr«, wirft Lanny ein. An der Art, wie sie ihn stirnrunzelnd ansieht, erkenne ich, dass wiederum sie nicht mehr vollkommen von Sam überzeugt ist.

»Tue ich auch nicht«, erklärt er ihr. »Aber das ist etwas Persönliches. Hier geht es um das Leben eines Kindes. Dahin gehend kann ich ihm vertrauen.«

Ich will meinen Verdacht nicht laut äußern, nämlich dass Mike – und Miranda – es vielleicht nicht einmal aus Wolfhunter hinaus geschafft haben. »Dann schreib ihm, was wir wissen«, schlage ich Sam vor. »Je schneller die an der Sache dran sind, desto besser. Aber verrat ihm nicht, wo wir sind.«

Mit Erleichterung sehe ich, dass Sam noch sein Handy hat; ich vermute, das mussten sie ihm zurückgeben, als er entlassen wurde. Schnell schreibt er. Währenddessen schiebe ich die Salontür auf. Mrs Pall steht im Eingang, als hätte sie gelauscht oder gewartet. Es ist unheimlich. »Haben Sie irgendetwas, das wir Vera Crockett zum Anziehen geben könnten?«

Sie denkt einen Augenblick nach und lächelt dann. Ich glaube, dieser Gesichtsausdruck gefällt mir an ihr auch nicht besser als ihr üblicher sauertöpfischer. »Aber ja doch, ich denke schon«, meint sie. »Ich bin gleich wieder da. Bitte warten Sie hier.«

Sie marschiert den Gang auf der anderen Seite der Treppe hinunter. Ich schaue in Richtung Sparks' geschlossener Tür. Ich höre kein Gespräch, aber er könnte natürlich trotzdem am Telefon sein.

»Mom?« Das ist Connor. Ich schiebe die Tür zu und sehe ihn an. »Wird die Polizei nicht auch hier suchen?«

»Bestimmt. Er kann ihnen allerdings den Zutritt verwehren, es sei denn, sie haben einen Durchsuchungsbefehl für exakt dieses Haus … den sie nicht haben werden«, erkläre ich. »Das Ganze hängt sehr davon ab, wie weit der Polizeichef zu gehen bereit ist. Wir sollten allerdings den Wagen verstecken. Er ist zwar nicht auf mich registriert, aber sicher werden sie ihn irgendwann zurückverfolgen. Und bis sie das getan haben, sollten wir diese Stadt lieber verlassen haben.«

Sam beendet seine Nachricht. Ohne aufzusehen, sagt er: »Du hast doch Fairweathers Nummer, oder?«

»Ja. Warum?«

»Wir sollten vermutlich lieber alle Möglichkeiten ausschöpfen.«

Er hat recht. Falls sich mein Verdacht bewahrheitet, benötigen wir dringend einen Plan B. Fairweather ist zwar nicht in unmittelbarer Nähe, doch zumindest nicht weit entfernt. Und bisher sagt mir mein Gefühl, dass er nicht zu den Gangstern von Wolfhunter gehört.

Rasselnd zieht Mrs Pall die Schiebetür auf und streckt uns Kleidung entgegen. Sämtliche Kleidungsstücke sind gnadenlos zu perfekten Quadraten zusammengelegt. Ich kann nicht behaupten, dass mich das überrascht. Wahrscheinlich weiß sie auch, wie man Spannbettlaken zusammenlegt. »Die dürften passen«, meint sie nur und drückt sie mir in die Hände. Sie ist fort, bevor ich ein Danke aussprechen kann, was mich tatsächlich erleichtert. Ich schüttle die Kleidung aus: eine Jeansshorts; ein ausgebleichtes rostrotes T-Shirt; eine dazu passende Jeansjacke. Keine Schuhe. Ich frage mich, ob das Überbleibsel ihrer eigenen Jugendjahre sind, aber sie scheinen doch etwas neuer zu sein, und sie ist eher nicht der sentimentale Typ.

Ich reiche sie Vee. »Okay, weg mit diesem Overall«, erkläre ich. »Probier die mal an. Da drüben ist ein Schrank, der dir Sichtschutz bietet, falls du schüchtern bist, aber Connor und Sam sind Gentlemen.«

Die beiden sind bereits in die andere Ecke gegangen und schauen durch das von einer dichten Gardine verhängte Fenster auf die Straße. Vee nickt, öffnet unter der Strickdecke ihren Overall und windet sich heraus. Lanny reicht ihr die Shorts, sie zieht sie an und greift dann nach dem T-Shirt.

Ich schicke eine Nachricht an Fairweather, dass er so schnell wie möglich zu Sparks' Haus kommen muss. Ich überlege, noch mehr zu schreiben, und entscheide mich dann für »Ellie White ist in Wolfhunter«.

Das dürfte ihm Beine machen.

Lanny hält inne und sieht mich an. »Was ist das?«

»Was denn?«

»Dieses Geräusch?«

Ich lausche. Ganz schwach höre ich ein unregelmäßiges Klopfen. Etwas, das irgendwie metallisch klingt. Es kommt mir leicht bekannt vor.

So etwas habe ich in diesem Haus schon einmal gehört, doch da hatte Sparks mir erklärt, es handle sich um Wartungsarbeiten. Das kann also eigentlich nicht dasselbe Geräusch sein.

»Vielleicht ist es dieses Mädchen«, wirft Connor von der anderen Zimmerseite aus ein, ohne sich umzudrehen.

Mittlerweile ist Vee aufgestanden und hat die Decke abgelegt. Die Shorts sind zu groß und hängen ihr locker auf den Hüften; sie schmeicheln ihr nicht, aber es genügt. Das T-Shirt ist dagegen etwas knapp, aber auch dieses erfüllt seinen Zweck. Ebenso die Jacke, die sie überzieht. Ihre Schuhe ohne Schnürsenkel und die Socken sind noch die aus dem Gefängnis, sie fallen jedoch nicht sonderlich auf.

»Was?«, frage ich meinen Sohn. »Welches Mädchen meinst du denn?«

»Ellie«, sagt er. »Vielleicht ist sie hier.«

Ich erstarre. *Ist sie das? Habe ich mich in Sparks vollkommen geirrt?* Es ist ja nicht so, dass der Mann nicht exzentrisch wäre. Und Mrs Pall ist furchterregend. Falls er in die Sache involviert ist, telefoniert er vielleicht gerade mit der korrupten Polizei. Vielleicht sitzen wir gerade im aufgesperrten Maul einer Falle, das kurz vor dem Zuschnappen steht.

Das Hämmern könnte von Ellie White kommen, die versucht, unsere Aufmerksamkeit zu erregen. *O Gott.*

Ich schiebe die Tür wieder auf. Ich kann nicht genau orten, woher das Geräusch kommt. Von irgendwo im Keller? Den anderen Gang hinunter? Ich versuche, dem Klang zu folgen, komme aber nur bis zur Treppe. Ich kann es einfach nicht genau sagen.

Die anderen sind mir alle gefolgt, was nicht meine Intention war … selbst Vee, die sich an Lanny drückt. Lanny hat ihr einen Arm um die Schultern gelegt. Vee sieht nicht mehr wie das leere, aufsässige Mädchen von unserer ersten Begegnung aus; sie ist ängstlich, verletzlich, und ich bin für sie verantwortlich.

»Sam«, dränge ich. »Schreib Javier, Kez und Prester. Sag ihnen, dass wir Ärger in Wolfhunter haben und Beweise haben könnten, dass sich Ellie White hier befindet.«

In dem Augenblick sagt Sam mit ruhiger, jedoch eindringlicher Stimme: »Gwen.«

Ich drehe mich um.

Hector Sparks steht im Eingang seines Büros. Ich hatte nicht gehört, dass die Tür geöffnet wurde. Mrs Pall steht im Eingang links von mir, der meines Erachtens nach in ein Esszimmer führt. Ich habe das dumpfe Gefühl, dass wir im Kreuzfeuer gefangen sind … und das, obwohl keiner von beiden bewaffnet ist.

»Ms Proctor, ich weiß nicht, wen Sie meinen«, sagt Sparks, »doch hier gibt es keine Ellie White.« Er klingt bekümmert und gleichzeitig völlig gleichgültig. »Ich fürchte, was Sie da hören, ist lediglich die Waschmaschine. Wenn Sie mit Mrs Pall gehen, können Sie sich selbst davon überzeugen.«

Mrs Pall spricht. »Würden Sie mir bitte folgen?« Sie führt uns durch das formelle Esszimmer – ein glänzender Tisch, viele Stühle, ich schenke dem Ganzen keine große Aufmerksamkeit – und dann weiter in ein kleines Zimmer, das von der sauberen, funkelnden, einfach perfekt reinen Küche abgeht.

Dort steht eine Waschmaschine, die vor und zurück wackelt. Sie ist nicht ganz im Gleichgewicht. Mrs Pall öffnet den Deckel oben; die Trommel dreht sich zitternd weiter, bis sie schließlich anhält.

Das Haus ist still.

»Die Laken ballen sich leider manchmal an einer Seite zusammen und verursachen die Unwucht«, erklärt sie. »Und das Gerät ist alt. Es tut mir leid, wenn Sie das stört; ich bin mir sicher, das schien für Sie, äh, überaus bedeutsam zu sein.« Ihr trockener Tonfall soll andeuten, dass ich hysterisch reagiere, so etwas überhaupt zu vermuten. »Sie dürfen sich natürlich gern überall umschauen. Ich möchte keinesfalls, dass Mr Sparks glaubt, ich würde Ihnen bei Ihrer *Ermittlung* nicht zur Hand gehen.« Die Betonung des Wortes *Ermittlung* ist unüberhörbar. »Wer auch immer diese Miss White ist, hier werden Sie sie nicht finden. Wie Mr Sparks bereits gesagt hat.«

Ich glaube ihr. Und doch stimmt hier irgendetwas nicht. Das sagt mir mein Instinkt.

Sparks ist unserer kleinen Gruppe gefolgt, und während wir die jetzt stille Waschmaschine anstarren, sagt er: »Ms Proctor. Ich entschuldige mich vielmals. Ich hatte ein sehr privates Klientengespräch. Dieses Vertrauen durfte ich nicht enttäuschen. Wie ich sehe, haben Sie die junge Vera gefunden. Sehr gut. Meine liebe Vera, du bist hier sicher. Ich werde dich beschützen. Wenn Sie mir alle folgen würden ...?«

Das tun wir, und zwar in sein Büro. Sparks hört sich Veras Geschichte an, und mit Erleichterung sehe ich, dass das, was Marlene Crockett gewusst hat, für ihn völlig neu zu sein scheint. Und verstörend. Er lässt sich in seinen Sessel sinken, starrt erst Vee, dann Sam und schließlich mich an. »Sie wollen mir also sagen, dass Sie glauben, dieses arme entführte Kind könnte hier in Wolfhunter festgehalten werden? Von Chief Weldon und Mr Carr?«

»Ich denke nicht, dass Marlene irgendeinen Grund gehabt hätte zu lügen«, erkläre ich. »Kannten Sie sie?«

»Natürlich. Meine Familie lebt seit Generationen in Wolfhunter. Ich kenne hier jeden.« Er wirkt tatsächlich erschüttert. »Das arme Mädchen. Noch so *klein*. Wir müssen die überregionalen Behörden einschalten. Ich kann ein paar Anrufe machen.«

Ich werfe Sam einen Blick zu. »Schon irgendetwas von Mike?«

»Nichts«, meint er. »Ich habe auch Miranda geschrieben.«

Ich will ihn anfauchen und nach dem Grund fragen, doch den kenne ich. Da er Mike zuletzt mit ihr zusammen gesehen hat, will er herausfinden, ob beide vermisst werden. Ich achte darauf, ruhig zu klingen. »Von ihr auch keine Antwort?«

Er schüttelt den Kopf. Das sind keine guten Nachrichten. Normalerweise hätte doch sicherlich zumindest einer von ihnen reagiert. Miranda hätte sich diese Gelegenheit nicht entgehen lassen.

Ich wende mich Sparks zu. »Tätigen Sie Ihre Anrufe«, schlage ich ihm vor.

Er sieht sein Telefon an, nimmt es aber nicht in die Hand. »Ich würde Sie lieber alle aus der Stadt rausschaffen und dann ein Treffen an einem anderen Ort arrangieren«, erklärt er. »Vielleicht im Büro des Countysheriffs. Wo ist Ihr Fahrzeug?«

»Mein SUV ist in der Forensik des Countysheriffs«, berichte ich. »Haben Sie davon gehört?«

Sparks sieht aus, als wäre ihm übel. »Ich habe gedacht – oder zumindest gehofft –, dass es sich als ein Angriff Ihrer persönlichen Feinde herausstellt, nicht um etwas, das mit dieser Stadt zu tun hat. Aber ich fürchte, der Truck, der bei der Verfolgung benutzt wurde, konnte zu jemandem hier vor Ort zurückverfolgt werden, der behauptet, er wäre ihm gestohlen worden. Natürlich. Und unglücklicherweise handelt es sich dabei um den Onkel von Mr Carr, was Ihre Theorie untermauert …«

»Darum können wir uns später Gedanken machen. Haben Sie einen Platz, an dem wir unseren Leihwagen unterstellen können, damit er von der Straße weg ist, bevor die Polizei ihn sieht?«

»Ja. Sofort.« Er öffnet eine Schreibtischschublade und holt eine Fernbedienung heraus. »Die öffnet die Remise hinten. Dort gibt es zwei freie Stellplätze.«

»Sam?« Ich übergebe ihm die Schlüssel und die Fernbedienung. Er nickt und zieht sofort los. Ich entspanne mich langsam ein wenig, denn ich interpretiere Sparks' Verhalten so, dass er uns gern hilft. Sogar überaus begierig darauf ist. »Wie haben Sie vor, Vera zu beschützen?«

»Keine Sorge«, beruhigt er mich. »Ich verspreche Ihnen, der Chief würde mein Grundstück nicht ohne meine Erlaubnis betreten.«

»Das gilt vielleicht für normale Situationen«, gebe ich zu bedenken. »Aber hier ist die Sachlage anders. Weldon hat gestern eine Crew losgeschickt, um Sam und Connor zu erschießen, und dann passierte letzte Nacht noch der Überfall auf der Straße. Ich denke, was immer hier vorgeht, er versucht verzweifelt, die Sache geheim zu halten. Sie sollten einen Notfallplan parat haben und nicht nur auf gute Manieren vertrauen.«

»Vertrauen Sie mir, dieses Haus lässt sich außerordentlich gut verteidigen. Wir können Sie beschützen.« Plötzlich dreht er sich um und streckt Lanny seine Hand entgegen. »Du bist Miss Atlanta, nicht wahr?«

Sie wirft mir einen panikerfüllten Blick zu, schüttelt seine Hand dann aber. »Äh, ja, Sir.«

»Und Mr Connor?«

Zögerlich schüttelt Connor die angebotene Hand.

»Und Miss Vera«, fährt Sparks fort. »Ich bin froh, dass ihr alle in Sicherheit seid. Wirklich. Ihr habt eine furchtbare Zeit hinter euch, aber eins verspreche ich: Ich sorge dafür, dass ihr sicher seid. Niemand wird euch mehr wehtun.«

Vera fängt an zu weinen. Lanny umarmt sie. Es ist gleichzeitig herzzerreißend und wunderschön, zu sehen, wie das Mädchen weich wird, wie all die Anspannung und der Kampf aus ihr herausfließen und sie sich endlich – zumindest für den Augenblick – wirklich sicher fühlt. Aber wir sind nicht sicher. Noch nicht.

Von meiner Position aus sehe ich weder Sam noch die Garage, obwohl sich die Remise hinter uns befindet; vor den Fenstern hängen überall Gardinen. *Es geht ihm gut. Uns allen geht's gut.* Ich gestatte mir, einmal tief durchzuatmen. Mein Handy summt, und ich ziehe es aus der Tasche, um mir die Nachricht anzuschauen.

Sie ist von Kezia Claremont und präzise auf den Punkt gebracht. »Was zum Teufel ist los?«

Ich beginne, eine lange erklärende Nachricht zu tippen.

Ich bin noch mittendrin, als sich Mrs Pall aus dem Flur heraus zu Wort meldet: »Mr Sparks? Die Polizei hat gerade vor dem Haus gehalten. Sie kommen zur Tür.«

»Kümmern Sie sich bitte um sie«, sagt er. »Ms Proctor, vielleicht könnten Sie, äh, Mrs Pall etwas unterstützen? Aber bleiben Sie außer Sichtweite.«

»Uns geht's gut«, versichert Lanny mir und schenkt mir ein wirklich reizendes Lächeln. Sie umarmt Vera noch immer, als würde sie nie mehr damit aufhören wollen. Das ist kompliziert. Damit kann ich mich jetzt nicht befassen.

Ich folge Mrs Pall aus dem Büro und schnappe mir den Schürhaken aus dem Salon, während sie die Vordertür öffnet. Die Textnachricht muss wohl noch warten.

Ich bekomme den Backstage-Blick auf Mrs Palls Einschüchterungsversuch; sie kann eindeutig mit den beiden Polizisten mithalten, die auf der Schwelle stehen. Sie sagen ihr, sie müssten das Gelände durchsuchen. Sie antwortet eisig: »Das ist Ihnen nicht gestattet.« Als einer von ihnen es wagt, eine Hand an die Tür zu legen, kontert sie: »Möchten Sie wirklich auf eine Million Dollar verklagt werden? Denn ich bin mir sicher, dass Mr Sparks das problemlos arrangieren kann. Wenn Sie das bevorzugen. Wo ist Ihr Durchsuchungsbefehl?«

Einer der Polizisten gibt zurück: »Ma'am, wir werden dieses Haus durchsuchen. Ansonsten müssen wir Chief Weldon herrufen, damit der sich um die Angelegenheit kümmert. So lauten unsere Befehle.«

»Tja«, meint sie, als ob sie kein Wässerchen trüben könnte. »Sagen Sie Chief Weldon, dass ich ihm gern seinen Lieblingstee mache und Cremetorte hier habe, er darf also gern auf einen Besuch vorbeischauen. Aber trotzdem wird er ohne einen offiziellen Durchsuchungsbefehl dieses Haus nicht durchsuchen. Und das ist mein letztes Wort.«

Sie schließt die Tür, verriegelt sie, legt noch einen Bolzen davor und sieht mich an. Ich fühle mich dämlich mit dem Schürhaken in der Hand. Ich lege ihn wieder zurück an seinen Platz. Während ich das tue, fällt mir auf, dass sich im Gang etwas geändert hat. Sparks' Bürotür ist mittlerweile wieder geschlossen.

Na gut, das ist vernünftig. Falls die Cops an mir und Mrs Pall vorbeigekommen wären, hätte er die Kinder hinter einem weiteren Schutzwall gehabt.

Ich drücke auf die Klinke. Die Tür ist nicht verschlossen, daher öffne ich sie. »Mrs Pall ist sie losgeworden«, sage ich, doch ich rede ins Leere.

Das Zimmer ist verlassen.

Das ist unmöglich. Ich weiß, dass Lanny, Vee und Connor nicht an dem Salon vorbeigekommen sind. Und wo würden sie hingehen? Sparks ist auch nicht hier. Was zum Teufel …

Sie sind einfach … fort.

Ich drehe mich um, und vor mir steht Mrs Pall mit einer Schrotflinte in den Händen. Bevor ich reagieren kann, dreht sie sie um und schlägt mir den Kolben gegen den Schädel.

Und ich stürze zu Boden.

Kapitel 16

Sam

Ich fahre die weiße Limousine auf den ersten freien Parkplatz in dem Gebäude, das Sparks eine Remise nennt; das war es vielleicht mal vor hundert Jahren, bevor die Pferdeställe entfernt und Fords vom Modell T ihren Platz eingenommen haben. Es handelt sich um eine große, geräumige Garage mit drei Metalltüren, wobei hinter jeder Platz für zwei Wagen ist. Die Fernbedienung öffnet nur eine davon.

Ich lasse die Schlüssel im Wagen, und während ich danebenstehe, schaue ich noch einmal auf mein Handy. Kein Lebenszeichen von Mike. Auch nichts von Miranda, was verdächtig ist; sie würde jede Gelegenheit nutzen, den Kontakt wiederaufzunehmen, da bin ich mir sicher. Irgendetwas ist ihnen beim Verlassen der Stadt zugestoßen, das kann ich spüren. Und ich weiß nicht, ob sie tot oder lebendig sind. Das hängt ganz davon ab, wie weit die Leute, die in diese Verschwörung verwickelt sind, zu gehen bereit sind.

Tja, sie hatten kein Problem damit, einer Frau ein Loch in die Brust zu schießen, die nur darüber nachgedacht hat, sie zu verraten. Einen Menschen zu töten, ist schwer, aber sobald das erledigt ist, wird das Töten des nächsten – zumindest in ihren Köpfen – unvermeidlich. Ich mache mir Sorgen um Mike.

Und sogar um Miranda. Keiner von beiden hat auch nur die geringste Ahnung, wo sie da hineingeraten sind.

Gerade schalte ich mein Handy aus, als ich das Scharren von Schuhen hinter mir höre und etwas Kaltes gegen meinen Nacken gepresst wird. Hitze durchfährt mich, gefolgt von einem Kälteschauer, dann von Wut – auf mich selbst. Warum zum Teufel habe ich das nicht mitbekommen? Warum habe ich geglaubt, wir seien hier sicher?

»Ganz ruhig«, sagt eine Stimme hinter mir. Sie stammt weder von Mr Sparks noch von Mrs Pall. Ich kenne diese Stimme nicht. Sie klingt ruhig, kühl und völlig kontrolliert. »Hände auf den Rücken.«

Das ist nicht die Polizei, die hätte das bereits verkündet. Ich versuche, mich umzudrehen. Der Lauf der Waffe wird fester gegen mich gedrückt.

»Nichts da«, sagt er. »Hände nach hinten. Sofort. Sonst sind Sie tot. Wo ist sie?«

»Wo ist wer?«

»Das Mädchen.«

»Meinen Sie Lanny? Die ist sicher. Wo Sie sie nicht finden werden.« Ich lüge. Er muss lediglich ins Haus hinein. *Mein Gott*, warum sind die hinter Lanny her? Ich darf das nicht zulassen.

»Wer ist Lanny?« Er klingt mittlerweile ungeduldig. »Das *Mädchen.*«

»Vera Crockett?«

»Gott. Halten Sie die Klappe. Wir regeln das später. *Hände nach hinten.* Jetzt. Und wenn ich Ihren Schädelinhalt über diesen Raum hier verteilen und mir stattdessen Ihre Frau da drin vorknöpfen muss, werde ich das tun. Und ihre Kinder. Verstanden?«

Er meint, was er sagt. Ich nehme die Hände hinter den Rücken.

Ich höre das Klicken von Handschellen. *Verflucht.* »Ellie White. Sie handeln sich eine Tracht Prügel ein, wenn Sie mich anlügen.«

»Nicht Vera?« Ich bin ehrlich überrascht. Ich dachte, wir seien die Einzigen, die die Verbindung zu Ellie White herausgefunden hätten.

»Mich interessiert nur das Mädchen. Alles andere sind Kollateralschäden, verstanden? Sie, Ihre Freundin, diese Kinder. Ich weiß, dass Sie wissen, wo Ellie ist. Und Sie werden es uns sagen.«

Uns. Er ist nicht allein. Ich muss diesen Kerl hier rauslocken, und zwar schnell, bevor er auf die clevere Idee kommt, im Haus zu suchen. Ich will ihn nicht in der Nähe unserer Kinder haben.

»Wer hat Ihnen gesagt, dass ich es wüsste?«, frage ich ihn. Denn irgendjemand muss es getan haben. Ich schätze, die Polizei, Carr, irgendjemand, der mit der Verschwörung zu tun hat.

Doch stattdessen sagt er: »Ihr Kumpel.«

Mike. Die haben Mike. »Ich sage nichts, bis Sie mich zu ihm bringen.«

»Passt mir gut«, entgegnet er. »Wir brauchen sowieso Privatsphäre.«

Er schiebt mich zur Rückseite der Remise. Vorher hatte ich das nicht gesehen, doch da befindet sich eine kleine Tür und auf der anderen Seite ein Carport. Dort steht ein schwarzer SUV bereit. Er lässt mich auf dem Rücksitz Platz nehmen. Zum ersten Mal kann ich ihn mir genauer ansehen; er ist ganz eindeutig nicht aus der Gegend. Er ist groß, schlank, hat einen olivfarbenen Teint, kurze schwarze Haare und einen teuflisch wirkenden Schnauzbart. Abgesehen von der Sig Sauer in seiner Hand würde ich ihn glatt für einen Hipster halten. Er trägt eine Lederjacke, und darunter hat er ein Schulterholster, das er benutzt, sobald ich im SUV sitze.

Auf dem zweiten Rücksitz sitzt eine kleinere, blassere Kopie von ihm, ein Kerl, der von der Sekunde meines Einsteigens an seine Waffe auf mich gerichtet hat. Er hat die ruhigen, leidenschaftslosen Augen von jemandem, der schon mal getötet hat, und ich glaube, er wird es wieder tun. *Die brauchen mich,* beruhige ich mich selbst. *Und ich schaffe sie von Gwen, Lanny und Connor fort.* Im Augenblick genügt das als Grund, um ruhig und kooperativ zu bleiben. Gelegenheiten werden sich ergeben. Das tun sie immer.

»Wer hat Sie angeheuert, um das Kind zu finden?«, frage ich, als sich der Mann, der mich erwischt hat, in den Fahrersitz setzt. Er schnallt sich an und fährt aus der Einfahrt, ohne zu antworten.

»Nur ein kleiner Rat«, sagt er und fixiert mich mit einem Blick in den Rückspiegel. »Halten Sie die Klappe.«

»Waren es die Eltern?« Soweit ich mich erinnere, sind die Eltern reich. Und verzweifelt. Ich hoffe wirklich, dass diese raffinierten Bastarde Söldner sind, die auf der richtigen Seite arbeiten, wie anrüchig ihre Taktiken auch sein mögen.

Der Mann neben mir, der bisher noch nicht gesprochen hat, drückt als stille Drohgeste einfach nur seine Waffe gegen mein Knie. Ich sage nichts mehr.

Hinter den getönten Scheiben gleitet Wolfhunter vorbei. Die Streifenwagen führen weiterhin ihre Rastersuche durch, doch sie ignorieren uns; zu dumm, ich würde zu gern hören, wie diese Arschlöcher erklären, warum ich in Handschellen auf dem Rücksitz sitze. *Allerdings würden uns die Cops vermutlich einfach umbringen.* Mein Gott, diese Stadt. Hier kann man sich wegen gar nichts mehr sicher sein. Einfach alles steht kopf.

Zumindest sind Gwen und die Kinder an einem Ort, der – hoffentlich – sicher ist. Im Augenblick kann ich deswegen nichts unternehmen, aber ich kenne Gwen: Beim ersten Anzeichen von Gefahr wird sie sich wie eine Löwenmutter schützend vor unsere Kinder stellen. Sie wird es mit *jedem* aufnehmen, bis zum Ende.

Reiß dich einfach zusammen, ermahne ich mich. Ich schwitze und konzentriere mich viel zu sehr auf die Dinge, die ich nicht kontrollieren kann. Meine Welt muss jetzt hier stattfinden, in diesem Wagen. Bei diesen beiden bewaffneten Männern.

Ich achte darauf, wohin sie mich bringen. Die Kette aus Streifenwagen fährt an uns vorbei; wir sind in entgegengesetzter Richtung unterwegs, ins Zentrum der Stadt und dann darüber hinaus, zum Stadtrand auf der anderen Seite. Es ist keine große Entfernung, doch groß genug. In diesem Bereich der Stadt ist nicht viel los, hier gibt es eine Menge von mit dichtem Unkraut bewachsenen Grundstücken und vernagelte, verfallende Häuser. Ich sehe keinen Ort, an dem ich Hilfe finden könnte. Nirgends ist auch nur ein Mensch auf der Straße.

Der SUV stoppt in einer nicht asphaltierten Gasse, an deren beiden Seiten sich verwitterte Holzzäune entlangziehen. Der Fahrer steigt aus und öffnet mit gezückter Waffe meine Tür. Zum ersten Mal spricht mein Begleiter auf dem Rücksitz. »Raus.«

Immer eine Gelegenheit.

In Handschellen aus einem SUV auszusteigen, ist logischerweise nicht so einfach zu meistern. Ich stelle meinen Fuß auf das Trittbrett, und als der Fahrer nach mir greift, beuge ich mich zu weit vor und lasse meinen Fuß hinunterrutschen. Ich stürze ihm entgegen, worauf er nicht gefasst ist; er stolpert zurück und geht beinahe zu Boden. Beinahe. Ich hatte gehofft, er werde seine Waffe fallen lassen, das tut er jedoch nicht; er ist geschickt, und während ich mich auf die Füße rolle und hinter dem SUV Deckung suche, ist mir klar, dass ich mir nicht so viel Zeit erkauft habe, wie ich geplant hatte. Der andere Mann auf dem Rücksitz ist bereits dabei auszusteigen; ich spüre, wie sich das Fahrzeug an meinem Rücken neigt. Ich habe nur den Bruchteil einer Sekunde, um mich umzusehen und mich zu entscheiden. *Werden die mir in den Rücken schießen?*

Vermutlich nicht. Mike hat sie erfolgreich davon überzeugt, dass ich nützlich bin. Sie wollen mich. Was nicht bedeutet, dass sie nicht versuchen werden, mich ins Bein zu schießen oder in die Schulter – irgendeine Stelle, die nicht tödlich ist.

Ich laufe trotzdem los.

»Hey!« Ich weiß nicht, wer von denen das brüllt, aber das spielt auch keine Rolle; ich höre keinen Schuss, allerdings schwere Schritte hinter mir. In Handschellen zu laufen, macht mich langsamer. Ich tauche hinter einem Zaun ab und presse mich so flach wie möglich gegen das raue Holz. Als der erste Mann – der Hipster – vorbeirauscht, erwische ich ihn mit ausgestrecktem Fuß am Schienbein und er stürzt. Diesmal verliert er die Waffe. Ich tauche ab, rolle und schaffe es, eine Hand um den Griff zu legen. Es tut verdammt weh, doch ich drücke mich links ab und ziele mit der rechten Hand von hinter meinem Rücken. Das Ganze fühlt sich so an, als würde ich mir gleich die Schulter ausrenken, das Gelenk schmerzt höllisch, doch ich erwidere den Blick des zweiten Mannes durch die Zaunöffnung und sehe, wie er die Chancen abschätzt. Er könnte mich natürlich töten, mich nur zu verwunden, erfordert auf diese Distanz jedoch mehr Zeit für eine genauere Berechnung. Außerdem ist sein Kumpel im Weg, der gerade versucht, sich aufzurichten. Ich habe klares Schussfeld. Er ebenfalls, wenn er mich töten will. Aber ich wette, das will er nicht.

»Fallen lassen«, befehle ich ihm. »Jetzt sofort.«

Er zuckt mit den Schultern und beugt sich vor, um die Waffe auf dem Boden abzulegen. »Wie wollen Sie denn aufstehen, Mann? Wir sind zwei, Sie nur einer. Sie tragen Handschellen. Wir müssen Ihnen einfach nur in den Arsch treten.«

»Was nicht so einfach wird, wenn Sie tot sind«, drohe ich. »Ich bin ein guter Schütze.«

»Von hinter Ihrem Rücken?«, meint der Hipster. »Das bezweifle ich, Freundchen.« Er ist mittlerweile aufgestanden, leicht angepisst, jedoch unverletzt, und er zieht eine weitere Waffe aus einem Knöchelholster. Damit zielt er auf mich und visiert meine Schulter an. »*Ich* bin ebenfalls ein guter Schütze.«

Er hat mich, und das weiß er. Ich weiß es auch. Die brauchen mich noch immer lebendig, sonst hätte er mich längst erschossen – und das wird er auch tun, wenn ich ihm Anlass dazu gebe.

Ich lasse die Waffe fallen und rolle mich wieder auf den Rücken; die gelöste Spannung in meiner Schulter fühlt sich wie ein zweiter heftiger Schock an. Ich wehre mich nicht, als mich die zwei Männer auf die Füße hieven und wieder zurück in die Gasse führen. Der Kleinere übt einen fiesen Druck auf meinen Ellbogen aus, als wollte er dort etwas reißen lassen. Der Größere scheint eher willens zu sein, zu vergeben und zu vergessen.

Wir reden nicht. Sie führen mich um den SUV herum durch ein offenes Hintertor in einem ebenso abgewetzt aussehenden Holzzaun und weiter durch hüfthohes Unkraut bis zu einer baufälligen Veranda auf der Rückseite einer uralten Hütte. Sie ist extrem windschief und sieht aus, als hätte sie bereits in den 1950ern ihre besten Jahre hinter sich gehabt. Immerhin lässt sich die Hintertür tatsächlich öffnen, und sie schieben mich hinein.

Es ist eine Küche. Sofort stürze ich vorwärts, indem ich so tue, als würde ich stolpern, und stütze mich gegen die dreckige Küchentheke. Dieser Ort ist schon lange verwaist. Dort, wo eigentlich der Ofen stehen müsste, befindet sich nur ein gähnendes Loch, und auch der Kühlschrank fehlt. Sie sind nur einen oder zwei Schritte hinter mir, und ich finde nichts Nützliches in Griffweite. Sie drehen mich um und marschieren mit mir durch einen schmutzigen Flur, von dem sich die Tapete löst und in dessen Decke Löcher sind, wo früher einmal Lampen gewesen sein müssen. Es stinkt nach Schimmel und nicht gespülten Toiletten.

Doch die Hütte ist nicht verlassen. In dem engen Wohnzimmer – zumindest vermute ich, dass es das einst gewesen ist, denn an einer Wand steht ein durchgesessenes Sofa neben den Überresten eines gemauerten Kamins – wartet ein weiterer Mann.

Auf dem Sofa sitzen Miranda Tidewell und Mike Lustig, und für einen flüchtigen Augenblick denke ich, dass *sie* zum Team gehören ... doch dann sehe ich den Knebel in Mirandas Mund und die blauen Flecke und Schnitte bei beiden, und dass ihre Arme hinter ihren Rücken gefesselt sind.

Sie sind Gefangene.

Jemand tritt mir von hinten in die Knie, und ich lande hart auf dem Boden, spüre es allerdings kaum. Ich sehe die Angst und Verzweiflung in Mirandas Augen. Sie hat geweint. Schwarze Spuren von Mascara beflecken ihre Wangen und den grauweißen Knebel. Ihre Arme sind übersät von oberflächlichen blutigen Schnitten, und ihre Jeans hat überall dort Blutflecken, wo sie auch auf den Oberschenkeln geschnitten wurde. Ihr linkes Auge ist zugeschwollen und dunkelrot.

Sie befindet sich in ihrem schrecklichsten Albtraum, sieht sich hilflos dem Tod mitsamt Folter ausgesetzt. Wie viele Nächte hat sie sich weinend wegen des Mordes an ihrer Tochter betrunken und mir erzählt, dass sie niemals auf diese Weise sterben möchte.

Mike ist ebenfalls geknebelt und sieht noch schlimmer aus als sie, wenn das überhaupt möglich ist. Sie haben sich bei ihm nicht zurückgehalten.

»Ihr Bastarde«, sage ich. »Lasst sie frei.«

Der neue Mann richtet seine Frage nicht an mich, sondern an die beiden auf dem Sofa. »Ist er das?«

Mike ignoriert die Frage. Miranda nickt. Weitere Tränen laufen ihr über die Wangen.

»Okay.« Der neue Mann ist älter, härter, mit einer Haut wie eine glänzende Walnuss. Er trägt einen einfachen schwarzen Anzug von der Stange und sieht aus wie ein Sträfling, jemand, der eine wirklich harte Zeit überstanden hat und von dem nur noch die gewalttätige Essenz übrig geblieben ist. Er hält ein fies aussehendes Kampfmesser in der rechten Hand. Er dreht sich zu mir um, und seine Augen sind völlig emotionslos. »Die meinen, Sie wüssten, wo Ellie White ist. Sie werden es uns verraten.«

Die Hurensöhne haben versucht, es aus Mike rauszuprügeln. Mike hat offensichtlich nichts gesagt – ganz abgesehen davon, dass er auch gar nicht weiß, wo sie mit der Suche nach dem Mädchen anfangen könnten. Miranda hat geredet, aber sie hat gelogen. Sie hat nur das getan, von dem sie gehofft hat, dass es ihr hilft zu überleben: Sie hat die Kerle zu mir geschickt in der Hoffnung, dass ich sie irgendwie aufhalten könnte. Dafür gebe ich ihr keine Schuld.

Ich gebe denen die Schuld.

»Lassen Sie mich raten«, fange ich an. »Sie sind die ursprünglichen Entführer, oder? Die echte Crew, die das Mädchen anfangs in ihrer Gewalt hatte?« Je länger ich dieses Gespräch am Laufen halten kann, desto mehr werden sie sich entspannen. Ich brauche sie selbstgefällig.

Seine Lippen verziehen sich minimal. Ist es Abscheu? Amüsement? Ich kann es nicht genau sagen. »Wie kommen Sie darauf?«

»Sie sind organisiert. Sie wissen ganz eindeutig, was Sie tun«, erkläre ich. »Wie haben Sie das Kind verloren?«

»Wissen wir nicht genau«, meint er. »Kurz vor dieser Scheißstadt hat das GPS des Wagens versagt.«

»Vielleicht hat Ihr Fahrer es ausgeschaltet und das Kind selbst mitgenommen.«

»Ich kenne meine Leute.« Blitzschnell liegt das Messer an meiner Kehle. Instinktiv versuche ich, den Kopf zurückzuziehen, doch zwei weitere Handpaare ergreifen meine Arme und halten mich fest. Das Gesicht des Walnusstypen hat sich nicht verändert. Wird es vermutlich auch nicht, wenn er mir die Kehle aufschlitzt. Und das wird er. Er hat mir gegenüber gerade ein Bundesverbrechen gestanden, ganz zu schweigen von der Entführung des Bundesagenten, der mir gegenübersitzt. Wir drei kommen hier nicht lebend wieder raus. Tief in mir tobt die Angst, doch ich darf mich von ihr nicht beherrschen lassen. Panik wird mir nicht helfen.

»Und jetzt«, meint er. »Wer hat Ellie White? Wo wird sie festgehalten?«

Es bringt mir keinen Nachteil, ihm etwas zu sagen, mehr noch: Die Tatsache, dass ich tatsächlich eine Ahnung habe, wo das Mädchen sein könnte, könnte mir zum Vorteil gereichen. Die Chance ist gering, doch ich muss es versuchen. »Vor zwei Wochen hat es hier einen Autounfall gegeben«, erkläre ich. »Im Dunkeln, vor der Stadt. Zwei Männer sind gestorben. Wenn ich Ihnen mehr erzählen soll, lassen Sie die Frau frei. Sorgen Sie dafür, dass Ihr Mann sie beim Krankenhaus absetzt.«

Er starrt mich eine Sekunde an und nickt dann. »Okay.« Irgendetwas stimmt nicht an diesem »Okay«, das spüre ich wie eine plötzliche Hitze auf meiner Haut. »Ist gebongt.« Völlig ruhig nimmt er das Messer von meiner Kehle, steckt es in eine Scheide an seinem Gürtel und zieht gleichzeitig eine Waffe aus einem Holster auf der anderen Seite. Es ist eine Halbautomatik, mehr erkenne ich nicht, als er sich von mir wegdreht, zielt und feuert.

Er schießt Miranda Tidewell in den Kopf.

Es ist ein tödlicher Schuss. Sie hat ihren Blick auf mich gerichtet, nicht auf ihn; sie hat Angst, *mich* sterben zu sehen. Sie sieht es nicht kommen, von daher gelten die in ihren Augen zum Ausdruck kommenden Seelenqualen mir. Seelenqualen *meinetwegen.*

Die Kugel, die er abgefeuert hat, hinterlässt einen kleinen schrägen Kreis in ihrer Stirn. Der präfrontale Kortex, ihre Fähigkeit zu lernen: fort. Erinnerungen: fort mit ihrem Hippocampus. Knochensplitter werden zusammen mit der Kugel durch das Weichgewebe geschleudert und zerfetzen ihr Gehirn. Ein Hochgeschwindigkeitsgeschoss wie dieses hinterlässt einen Schaden, der zehnmal so groß ist wie sein Umfang.

Ich höre den Schuss, während all diese nutzlosen Informationen durch mein eigenes Gehirn schießen, doch in dem Augenblick ist Miranda bereits tot. Ihre Gliedmaßen werden schlaff. Ihre Augen so leer wie Glas. Die Kugel tritt nicht aus, von daher besteht der einzige sichtbare Schaden in diesem ausgefransten kleinen Kreis und etwas Blut, das aus der Wunde rinnt.

Ihr Körper sackt auf dem Sofa zusammen. Er ist jetzt nur noch ein leerer Sack.

Mike wehrt sich heftig gegen seine Fesseln.

Für eine Sekunde bin ich starr vor Schock, dann schreie ich auf. Es ist ein schmerz- und wuterfüllter Schrei, den ich nicht unterdrücken kann, und auch die beiden Männer, die mich festhalten, sind bei dem Schuss überrascht zusammengezuckt und einen Augenblick abgelenkt. Ich stürze mich auf den Mann, der Miranda umgebracht hat, und ramme meinen Kopf in seine Brust. Er verliert das Gleichgewicht, geht zu Boden und sein Kopf schlägt dabei auf der Ecke eines aus dem maroden Kamin hervorstehenden Ziegels auf, so heftig, dass dieser abbricht und den Mann benommen zurücklässt. Dennoch schwingt er die Waffe noch nach unten und versucht zu schießen, doch ich erhebe mich und erwische seine Waffenhand mit meiner Schulter. Der Schuss verfehlt mich und geht in Richtung des anderen Zimmerendes. Ich höre einen seiner Männer aufschreien. Sie können nicht weit hinter mir sein. Sein wild abgefeuerter Schuss hat einen seiner eigenen Leute getroffen.

Ich weiß nicht, was Mike macht, und habe auch keine Zeit nachzuschauen. Ich senke mein Kinn, beuge mich vor und schieße dann mit sämtlicher Kraft, die ich noch in meinem Körper habe, nach oben, sodass mein Schädelknochen mit dem Kinn von Mirandas Mörder kollidiert. Der Aufprall durchfährt mich, als würde ein Zug von den Gleisen gerissen, doch für ihn ist es noch schlimmer, ein betäubender Schlag, der durch die Knochen bis zu seinem Gehirn vordringt. Er verliert das Bewusstsein. Ich spüre, wie seine Knie nachgeben.

Als er zu Boden geht, spüre ich einen der anderen Kerle hinter mir. *Ich darf hier nicht sterben.* Es wäre eine bittere Ironie, wenn Gwen denken würde … nein, *wissen* würde … dass ich mich am Ende für Miranda entschieden habe. Also ramme ich mich rückwärts in ihn hinein. Gnadenlos.

Die Aktion ist effektiv. Er brüllt auf. Gemeinsam schlagen wir auf dem Boden auf, doch ich habe Glück: Er bekommt das meiste davon ab. Er ist mein Kissen, und als er zappelt und versucht, mich abzuwerfen, finden meine Fingerspitzen die Waffe, die er noch immer fest in der rechten Hand hält. Ich umklammere sein Handgelenk und drücke es hart nach unten. Ich spüre, wie etwas in seiner Hand bricht. Er stößt einen Schrei aus, durch das Muskelzucken wird der Abzug betätigt und eine Kugel landet in seiner Seite.

Mein Tunnelblick lässt langsam nach. Ich erkenne, dass Walnussgesicht bewusstlos da liegt, sich die Waffe jedoch noch immer neben ihm befindet; der Hipster ist derjenige, der sich gerade selbst eine Wunde zugefügt hat. Sein kleinerer Kumpel lehnt an der Wand und holt keuchend Luft. Sein Shirt ist zur Hälfte rot. Ich erkenne nicht, wo er getroffen wurde, aber es sieht schlimm aus. Mike ist vom Sofa aufgesprungen und steht mittlerweile, allerdings schwankend, und Blut tropft von ihm herunter. Ich habe gerade noch Zeit, das wahrzunehmen, bevor mich der Hipster mit einem Aufbäumen von sich wirft und ich auf die Seite falle.

Der Hipster hat noch immer die Waffe.

Mike zieht sein Bein zurück für einen festen Tritt. Er trifft den Kopf des Hipsters seitlich, sodass der scharf zur Seite schnappt – das bringt ihn nicht um, lässt den Kerl aber definitiv ein Weilchen vergessen, was er hier eigentlich vorhat. Während er sich abrollt und benommen versucht aufzustehen, trete ich ihn ebenfalls – in die Seite mit der Verletzung.

Er geht erneut zu Boden und krümmt sich. Ich trete die heruntergefallene Waffe beiseite unter das Sofa, dann gehe ich zurück zum Walnussgesicht und tue dort das Gleiche. Mike erledigt es unaufgefordert bei der dritten Waffe. Das ist nicht wirklich nötig; der Kerl hat das Bewusstsein verloren und ist die Wand hinunter in eine sitzende Position gerutscht. Sie weist einen breiten roten Streifen auf.

Wir haben eine Sekunde, um durchzuatmen. Mike setzt sich auf den Boden, und es gelingt ihm, seine mit Handschellen auf dem Rücken gefesselten Hände unter seinem Gesäß und seinen Füßen nach vorn zu ziehen. Er durchsucht die Taschen der Männer. Der Hipster hat die Schlüssel für die Handschellen. Mike schließt erst meine auf, dann seine.

Das erste Wort aus seinem Mund, nachdem er sich den Knebel herausgezogen hat, ist »Wichser«. Er ist rasend vor Wut. Er fühlt mit dem Finger an Mirandas Kehle. Das bringt nichts. Ich könnte ihm das sagen, lasse es jedoch. Vielleicht liege ich ja falsch.

Tue ich aber nicht. Seufzend lehnt er sich zurück und schüttelt den Kopf. Ich presse meine Augen fest zusammen und versuche, das Bild von ihr, wie sie sich Sorgen um mich macht, während die Kugel in ihren Schädel eintritt, aus meinen Gedanken zu verbannen. *Gottverdammt.* Der Schmerz frisst sich in mich, doch ich muss ihn beiseiteschieben.

Ich versuche, mir zu sagen, dass sie jetzt alles hinter sich gelassen hat. All den Schmerz, die Angst, die Wut. Das ist auch wahr, doch es ist eine kalte Wahrheit, die keinen Trost mit sich bringt. »Wie haben die euch erwischt?«, höre ich mich selbst fragen. Ich dürfte doch gar nicht so normal klingen.

»Eine Nagelsperre auf der Straße, die aus der Stadt rausführt«, erklärt Mike. »Fünf Minuten, nachdem wir dich abgesetzt hatten. Wirklich effizient und professionell. Nachdem sie uns umzingelt hatten, habe ich aufgegeben. Hatte gehofft, ihr damit das Leben zu retten.« Er blickt zu Miranda, und obwohl sein Gesicht extrem zugeschwollen ist, sehe ich die Grimmigkeit darunter. Eine Sekunde lang schweigt er, dann reißt er sich zusammen. »Die wollten aus uns rausbekommen, wo Ellie White ist.«

»Was ihr nicht gewusst habt.«

Er schüttelt den Kopf. »Miranda hat vermutet, Gwen hätte dir etwas erzählt. Ihr war klar, dass du so ziemlich unsere einzige Hoffnung bist. Die wären auch hinter Vera Crockett her gewesen, wenn das möglich gewesen wäre, doch die ist ja hinter Schloss und Riegel …«

»Ist sie nicht«, unterbreche ich ihn. Überrascht sieht er mich an. »Sie ist ausgebrochen. Beziehungsweise haben die sie vermutlich entkommen lassen, damit sie sie jagen und töten können.«

»Die *Cops*?«

»Auf jeden Fall einige von denen«, bestätige ich. »Sie führen gerade eine Rastersuche nach ihr durch. Dauert vielleicht noch zehn Minuten, bis sie zu dieser Straße hier kommen. Und noch weniger, falls irgendjemand in diesem Ödland die Schüsse gemeldet hat.«

Plötzlich beugt sich Mike vor und hustet. Er spuckt etwas Blut, was mir verdammte Angst einjagt. Als ich ihm helfen will, winkt er nur ab. »Alles okay. Ging mir schon mal schlechter. Das ist nur ein Schnitt in meinem Mund, meine Lunge ist okay.«

»Hinten steht ein SUV«, merke ich an und rolle den Hipster – der noch immer bewusstlos ist, aber definitiv nicht tot –, in eine andere Position, um die Schlüssel aus seiner Tasche zu nehmen. Ich lasse ihn auf der Seite liegen und fessele ihn mit den Handschellen, die er mir angelegt hatte. Er blutet und könnte in einen Schockzustand fallen, doch die Polizei wird schon bald hier sein, und sonderlich viel Mitgefühl bringe ich einfach nicht für ihn auf.

Ich überprüfe den Puls von Walnussgesicht, der beim Kamin liegt. Er atmet noch, doch seine Schädelverletzung sieht schlimm aus. Ich durchsuche ihn und finde ein paar Kabelbinder in seiner Tasche, mit denen ich seine schlaffen Arme hinter seinem Rücken fessele. Ich widerstehe dem heftigen Drang, ihn zu treten, und lege stattdessen dem zweiten Gefolgsmann Fesseln an, der wie durch ein Wunder ebenfalls noch atmet. Ich durchsuche sie alle nach zusätzlichen Handschellenschlüsseln und stecke ein, was ich finde.

Dann stehe ich auf. »Wir sollten hier verschwinden. Nimm dir ein paar von den …« Ich will gerade *Waffen* sagen, da er ihnen näher ist als ich; wir hatten ja alle drei unter das Sofa geschoben, als unsere Hände noch gefesselt waren.

Er bringt mich mit einer hoch gehaltenen großen Hand zum Schweigen, die er zu einer Faust ballt. Ich erstarre. Dann höre ich das Knirschen der Dielenbretter. *Verflucht.*

Ich erwidere Mikes Blick. Wir führen eine stillschweigende Konversation und er nickt.

Ich bin schneller.

Ich werfe mich flach auf den Boden, völlig egal, welchen Lärm das verursacht, und strecke einen Arm unter das Sofa. Ich finde nur eine der Waffen und einen Haufen toter Kakerlaken. Meine Finger zerquetschen ein paar, während ich nach der Waffe greife, doch das bemerke ich kaum. Ich bleibe auf dem Boden, gegen das Sofa gepresst, und spüre Mirandas reglose Beine neben mir kaum; meine Konzentration ist völlig auf den Flur gerichtet, der in das Zimmer führt.

Verschwommen erscheint ein Gesicht und überprüft die Ecken. Es befindet sich ungefähr fünfzehn Zentimeter über dem Punkt, den ich fixiert hatte. Die Person zieht sich schnell wieder zurück, und ich brauche ein paar Sekunden, um das Gesicht zuzuordnen, dann versuche ich, meinen rasenden Puls zu beruhigen. *Verdammt.* »Fairweather?«

»Cade?«, fragt er, und als er wieder auftaucht, steckt er seine Waffe ganz vorsichtig und offensichtlich in sein Holster. »Was zum Teufel geht hier vor?« Er nimmt die Szene vor ihm mit der Präzision eines Cops in sich auf und verharrt bei jeder reglosen Gestalt für eine Sekunde, um die Informationen abzuspeichern. »Ist sie tot?«

»Ja«, sagt Mike. Ich kann nicht antworten. Die Vergangenheit bindet uns mit rot glühendem Stacheldraht aneinander, schmerzhafte Fesseln, von denen ich wusste, dass ich ihnen niemals ganz entkommen würde, aber *das* hier hätte ich niemals gewollt. Ich wollte nicht, dass sie so in Angst und gefangen stirbt. Sie hätte etwas Besseres verdient gehabt. Das hat jeder. »Der da hat sie erschossen.« Er zeigt auf Walnussgesicht am Kamin. »Die sind alle noch am Leben.«

Fairweather nickt und nimmt ein kleines Funkgerät von seinem Gürtel. Er nennt die Adresse und gibt an, drei Verwundete vorgefunden zu haben. Dann zögert er, sieht uns beide an und sagt: »Ich bringe zwei Männer mit, die Informationen haben. Bin unterwegs.«

Er steckt das Funkgerät zurück. Mir wird klar, dass ich noch immer mit der Waffe auf ihn ziele, und für eine Sekunde frage ich mich, warum ich sie noch nicht weggesteckt habe. Aber dieses Aufblitzen ist nur meiner Paranoia zu verdanken, keinem rationalen Gedanken. Ich übergebe Mike die Waffe, der sie sich hinten in den Hosenbund steckt. Ich wühle unter dem Sofa und beiße dabei die Zähne zusammen, denn etliche der Kakerlaken sind noch sehr lebendig; ich schüttle sie ab und ziehe eine weitere Waffe hervor. Zu spät wird mir klar, dass ich vermutlich soeben meine Fingerabdrücke auf die Waffe gebracht habe, mit der Miranda getötet wurde; die Chancen stehen gut, dass es entweder diese ist oder die Waffe, die ich davor gehalten habe. *Verflucht.* Nicht, dass ich glauben würde, Fairweather stünde auf der Gehaltsliste der Polizei von Wolfhunter oder der von Carr, aber dennoch … es beunruhigt mich.

Fairweather geht durchs Zimmer und überprüft alle dort liegenden Männer. Dann sieht er uns beide an. »Kommen Sie mit. Meine Limousine steht draußen, ein offizieller Wagen des TBI. Ich bringe Sie an einen sicheren Ort, weg von hier. Dann schicke ich die Countykavallerie her, um diese Männer zu holen, aber erst, wenn Sie beide in Sicherheit sind.«

»Wir müssen Gwen und die Kinder holen«, erkläre ich ihm. »Wir müssen bei Sparks' Haus halten, sie rausholen und dann Richtung Grenze fahren.«

Es gefällt ihm nicht, das kann ich sehen, doch er nickt. »Gehen wir«, meint er schlicht. Als ich zögere, seufzt er. »Kommen Sie, Sam, vertrauen Sie mir jetzt oder nicht?«

Sein Blick ruht auf mir und der Waffe in meiner Hand.

Ich will es nicht, doch ich stecke sie weg.

Wir folgen Fairweather aus dem Haus, und er trifft angemessene Vorsichtsmaßnahmen, bevor er uns zum Wagen heranwinkt. »Runter«, weist er mich und Mike an, während wir einsteigen. Mike stöhnt. Er blutet noch immer aus mehreren Schnitten und hat eine Menge blauer Flecke. »So tief, wie Sie kommen.«

Ich lasse mich in den Fußraum des Beifahrersitzes gleiten. Mike streckt sich unter Schwierigkeiten auf dem Rücksitz aus. »Erzählen Sie keinem der Einheimischen davon«, dränge ich Fairweather. »Wir wissen nicht, wem wir trauen können.«

Der Detective blickt zu mir nach unten. »Fangen Sie lieber mal ganz am Anfang an«, meint er. »Mein letzter Stand war nämlich, dass Sie alle versucht haben, Vera Crockett zu entlasten. Wer sind *die* hier?«

»Das versuchen wir noch immer. Marlene wurde entweder von Weldon oder Carr getötet«, führe ich aus. »Sie hat von einem Autounfall gewusst, der auf dem Highway außerhalb der Stadt, nahe beim Wald, passiert ist. Sie war bei der Unfallräumung vor Ort.«

»Und?«

»Und in dem Wagen befanden sich ein toter Fahrer und ein gefesseltes kleines Mädchen auf dem Rücksitz.«

Er sieht grimmig drein. »Mein Gott. Ellie White.«

»Zum Plan der Entführer hat ganz offensichtlich kein unglückseliger Autounfall gehört. Und der Polizeichef und der Abschleppdienstbetreiber haben wohl beschlossen, dass sie da gerade auf eine Goldader gestoßen waren. Wann wurde das Lösegeld bezahlt?«

»Die dreißig Millionen Dollar wurden vor vier Tagen bezahlt«, berichtet er. »Als Überweisung an eine Offshorebank.«

»Meine Vermutung ist, dass zwei Genies hier vor Ort das organisiert und einen Banker eingeweiht haben, um das Geld zu waschen. Sie konnten bei der Erpressung immerhin ein Lebenszeichen des Mädchens vorweisen. Was die ursprünglichen Entführer nicht konnten.« Eine Sirene ist zu hören. Sie wird immer lauter.

»Bleiben Sie unten, da kommt ein Streifenwagen.« Fairweather wird langsamer, hält an und fährt die Scheibe herunter. »Hey, was ist denn hier los?« Er muss schreien, um über die Sirene hinweg gehört zu werden. Sie wird ausgeschaltet.

»Eine entkommene Gefangene«, höre ich eine andere Stimme über das Dröhnen zweiter Motoren sagen. »Vera Crockett, so schwer das zu glauben sein mag.«

»Ich hab sie nicht gesehen, aber ich bin auch gerade erst wieder in der Stadt«, sagt Fairweather; ein klassischer Mix aus Wahrheit und Fiktion. »Bin unterwegs zur Wache.«

»Passen Sie auf sich auf. Die Menschen in Vera Crocketts Umgebung tendieren dazu, uns unter den Fingern wegzusterben.«

Ziemlich gerissen; der Cop legt bereits den Grundstein dafür, uns alle aus dem Weg zu schaffen.

Das Geplauder wird noch für etwa eine Minute fortgesetzt, dann schließt Fairweather sein Fenster wieder und fährt weiter. Ich höre Mike auf dem Rücksitz stöhnen. »Geht's dir gut?«, frage ich.

»Super.« Stimmt natürlich nicht. Mikes Stimme wird etwas tiefer. »Wenn ich doch nur bei dir geblieben wäre, Sam …«

»Vermutlich hätte es dann genauso geendet«, beschwichtige ich ihn. Schon ironisch, dass Miranda in einem Kampf gestorben ist, der nichts mit ihr, Gwen oder Melvin Royal zu tun hatte. Hier geht es nur um Geld, so simpel ist das. Aber ich möchte gern glauben, dass sie dieses kleine Mädchen bis zum Ende beschützt hätte. Miranda war immer zuallererst eine Mutter.

Dass sie jetzt völlig aus der Welt verschwunden ist, fühlt sich unbegreiflich an. Liebe, Hass, das spielt nun keine Rolle mehr. Sie war eine solch große Präsenz in meinem Leben, dass es dauern wird, mit dieser großen Leere zurechtzukommen.

»Sie glauben, Carr und Weldon stecken dahinter«, fährt Fairweather fort. »Dass die das Mädchen haben?«

»Ziemlich wahrscheinlich«, meine ich. »Es sei denn, das arme Kind ist bereits tot.«

»Es gab ein Lebenszeichen, allerdings bevor das Lösegeld gezahlt wurde. Die Zeit läuft langsam ab, wenn es nicht schon zu spät ist«, erwidert er. Dann schweigt er eine Weile. »Ich fahre nicht zurück, um Gwen zu holen.«

»Moment mal«, protestiere ich und will mich erheben.

»Bleiben Sie unten. Da ist noch ein schwarzer SUV«, sagt er. »Das sind die ursprünglichen Entführer, oder? Die gekommen sind, um ihre Geisel zurückzuholen. Die wollen noch immer ihr Geld.«

»Ist mir egal«, entgegne ich. »Wir müssen zurück.«

»Gwen und die Kinder sind doch dort sicher, wo sie gerade sind, oder?«

»Das weiß ich nicht. Sie sind bei diesem Anwalt. Sparks.«

»Dann sind sie für den Augenblick sicher. Bleiben Sie verdammt noch mal unten.« Er blickt in den Rückspiegel, und ich sehe, wie angespannt er ist. Schließlich spricht er wieder. »Carr hat ein Gelände außerhalb der Stadt. Er behauptet, er sei Farmer, aber man erzählt sich, dass er auch so eine Art Staatsverweigerer ist. Das ist der perfekte Ort, um das Mädchen zu verstecken. Ich mache eine Durchsage.«

»Könnten die lokalen Behörden diese Durchsage abfangen? Mithören?«, gibt Mike zu bedenken.

Das lässt Fairweather zögern, während er nach dem Funkgerät greift. »Ja. Mist. Wir brauchen einen guten Vorsprung.«

Die Angelegenheit ist mir zwar nicht egal, aber viel wichtiger ist mir im Augenblick, meine eigene Familie zu finden. »Gwen und unsere Kinder. Jetzt sofort. Oder ich springe aus diesem verdammten Wagen.«

»Wollen Sie unbedingt sterben?«, fragt er. »Wenn ich Sie zwei nicht aus der Stadt rausschaffe, wird genau das passieren. Und nicht nur Ihnen. Gwen und die Kinder wird es ebenso treffen.«

Es gefällt mir nicht, aber er könnte damit recht haben. »Seien Sie ehrlich. Gehört Sparks zu denen?«

»Glaube ich nicht«, erwidert er. »Er ist verschroben, steckt aber nicht mit Carr und Weldon unter einer Decke. Sparks ist ein Einzelgänger. Und auch kein besonders guter Anwalt. Er hat das Examen erst nach – wie war das gleich? – drei Anläufen bestanden. Er tut schon seit vielen Jahren in der Stadt so, als wäre er ein großer Hecht, hatte es jedoch noch nie mit einem Kriminalfall zu tun.«

Das ist ein Schock. »Noch nie? Und warum hat er Veras Fall bekommen?« Aber eigentlich kenne ich die Antwort darauf selbst. Man hatte es so arrangiert, dass Sparks den Fall zugewiesen bekam, weil Weldon wusste, dass Sparks Vera im Stich lassen würde … was vermutlich auch geschehen wäre, hätte Vee am Tag, als ihre Mutter starb, nicht Gwen angerufen. Das hat niemand kommen sehen. Daher stelle ich die Frage, die mir wirklich wichtig ist. *»Sind sie bei ihm sicher?«*

Fairweather lässt sich Zeit mit der Antwort, was mir kein besseres Gefühl verschafft. »Ich weiß, dass er nicht zu den Entführern gehören kann. Weldon vertraut ihm nicht. Carr auch nicht«, meint er schließlich. »Was nicht bedeutet, dass ich ihn mag. Welche Art von Mann lässt seine Schwester als seine Haushälterin für sich arbeiten und nennt sie bei einem erfundenen Namen?«

Ich brauche eine Sekunde, bis mir klar wird, dass er von Mrs Pall spricht. »Sie machen Witze.«

»Ich wünschte, es wäre so. Dieses Haus ist der reinste Gothic-Albtraum. Gut möglich, dass die beiden …« Fairweather unterbricht sich und zuckt mit den Schultern. »Wer zum Teufel weiß das schon.«

»Wir müssen zurück«, dränge ich. »Sofort.« Jetzt will ich noch dringender zurück zu meiner Familie.

»Wir haben die Stadt bereits verlassen«, verkündet er mir. »Und wir kehren nicht um.« Er nimmt das Funkgerät und schaltet es an. »10-34, 10-34, entsenden Sie sofortige County-Unterstützung, hier ist Detective Fairweather mit FBI-Agent Lustig und einem Zivilisten vor …«

Der Schuss kommt beinahe direkt frontal. Er durchschlägt die Windschutzscheibe; von meiner Position aus sehe ich ihn nicht, höre ihn jedoch. Fairweather lässt das Funkgerät fallen. »Scheiße!«, brüllt er und reißt das Lenkrad erst nach links, dann nach rechts. Eine Sekunde lang denke ich noch, der Schuss habe ihn komplett verfehlt … hat er allerdings nicht. Er hat ihn mittig unter dem Schlüsselbein getroffen und ein Loch direkt hindurchgejagt. Die Eintrittswunde ist groß. Blut strömt vorn sein Hemd nach unten und sickert durch die Baumwolle. Helles Rot überzieht das gestärkte Weiß. Er sieht an sich selbst herab, als würde er noch nicht ganz begreifen, was da gerade passiert ist. Ich richte mich auf und greife nach dem Lenkrad, als sich seine Hände davon lösen. Ich kämpfe darum, den Wagen zu lenken, der sich gerade stark in eine Richtung neigt. Er hat seinen Fuß vom Gaspedal genommen, doch dieser Instinkt ist völlig falsch. Wenn wir jetzt anhalten, sind wir tot. Irgendjemand ist da in den Bäumen, und wenn wir nicht vorbeikommen, schießt derjenige einfach weiter, bis wir mehr Löcher als ein Schweizer Käse haben.

Fairweathers Augen sind nach hinten gerollt. Er atmet nicht und der Blutstrom aus seiner Brust ist bereits versiegt. Er ist tot. Ich hasse meine eigene Analyse.

Mir bleibt keine Zeit, ihm die letzte Ehre zu erweisen. Ich öffne die Tür auf seiner Fahrerseite, schlage mit den Fingern hart auf das Gurtschloss und schiebe ihn hinaus. Gleichzeitig dränge ich mich auf den blutüberströmten Sitz. Er ist warm. Sein Blut durchnässt meine Hose, meinen Rücken. Ich versuche, nicht daran zu denken und auch nicht daran, dass ich einen guten Mann zurücklasse.

Ich trete aufs Gas.

»Mike!«, brülle ich. »Festhalten!«

»Ja«, sagt er nur. Er klingt sehr ruhig. Macht keine Witze. Das ist der Mike Lustig im Kampfmodus, so beständig wie ein Fels in der Brandung.

Die Windschutzscheibe ist völlig aufgeplatzt, doch ich habe keine Zeit, mich damit zu befassen. Ich ignoriere den Schaden und versuche, daran vorbeizusehen. Eine scharfe Kurve vor uns in fünf Sekunden. Vier. Drei.

Ein weiterer Schuss jagt durch die Windschutzscheibe, dann noch einer. Beide verfehlen mich, da der Winkel immer spitzer wird. Das zersplitterte Glas hilft dem Schützen auch nicht, und ich quetsche mich beim Fahren so weit es geht in die linke Ecke. Ich kurbele am Lenkrad und halte den Fuß auf dem Gaspedal; die Hinterreifen quietschen und flattern, und ich versuche, den Wagen ruhig zu halten, als er ausbrechen will.

»Achtung auf sechs Uhr!«, brülle ich, da wir jetzt an der Position des Schützen vorbei sind und dieser Zeit hat, sich auf seinem Sitz umzudrehen und zu versuchen, mich von hinten zu treffen. Möglicherweise sieht er, abhängig von der Höhe seiner Position, auch Mike. Er wird jedes Ziel nehmen, das ihm ins Visier kommt, und vielleicht auch einfach nur wild drauflos schießen.

Ich lasse mich in den Sitz sinken und halte das Gaspedal weiter durchgedrückt. Ich höre noch mehr Schüsse in das Metall eindringen, höre weiteres Glas brechen. »Sag was!«, rufe ich.

»Bin da!«, brüllt Mike über das Dröhnen des hereinströmenden Winds. Aus der Windschutzscheibe lösen sich Glassplitter und peitschen mir ins Gesicht. Ich kann jetzt nicht langsamer werden. Dieses Arschloch ist ein ziemlich guter Schütze. Wenn ich es bis zur nächsten Kurve schaffe …

Ich schaffe es nicht.

Ein Reifen platzt, ob aufgrund einer Kugel oder der Belastung, weiß ich nicht, aber es reißt den gesamten Wagen seitwärts, als der Gummi nachgibt. Ich kann nicht verlangsamen. Ich lasse den Wagen einfach weiterfahren. Gerade halten kann ich ihn allerdings nicht mehr.

»Festhalten!«, brülle ich und wappne mich selbst, da ich weiß, dass wir im Graben landen werden. Ich kann nicht mehr rechtzeitig zum Stand kommen und irgendetwas im Lenkrad fühlt sich locker und kaputt an. Wir sind erledigt.

Und dann rollt der Wagen.

Kapitel 17

Connor

Als Mom mit Mrs Pall loszieht, lächelt Mr Sparks uns drei – mich, Lanny und Vera an – und legt einen Finger an seine Lippen. Er geht zur Tür und schließt sie leise. »Na also«, sagt er mit leiser Stimme. »Und jetzt müssen wir euch an einen sicheren Ort bringen, falls die Polizei trotz unserer gegenteiligen Wünsche Zutritt zum Haus verlangt.«

Er nimmt eine Fernbedienung aus seinem Schreibtisch und drückt einen Knopf, wodurch das Bücherregal auf einer Seite lautlos aus der Wand schwingt. Ich kann nur denken, *das ist echt cool,* denn so etwas habe ich bisher nur in Filmen gesehen. Das Ganze ist wie ein Batman-Trick.

Es klingt so, als würde er etwas Gutes für uns tun, aber ich bin mir da nicht so sicher. Warum hat er das nicht getan, als Mom es noch sehen konnte? Ich will nicht, dass sie nicht weiß, wo wir sind. Daher schaue ich meine Schwester an. »Lanny?« Ich frage sie, weil ich mir nicht sicher bin, sie wird es aber bestimmt sein.

Sie sieht die verborgene Tür an, dann Hector Sparks. Sie runzelt die Stirn. »Vielleicht sollten wir auf Mom warten«, meint sie.

»Dafür ist keine Zeit«, sagt Sparks. »Willst du, dass Vera festgenommen wird? Oder vielleicht getötet?«

Lanny schüttelt den Kopf. Sie gibt auf und geht in Richtung der verborgenen Tür. Das gefällt mir nicht. Ich weiß nicht, warum, ganz und gar nicht, doch es ist einfach so. Also gehe ich zur Bürotür, um Mom davon zu erzählen.

Noch bevor ich die Tür erreicht habe, höre ich dort etwas klicken. Als ich versuche, sie zu öffnen, lässt sich der Knauf nicht drehen. »Mom!« Ich schlage dagegen. Fest.

»Ruhe!«, faucht Mr Sparks. »Los, geh mit deiner Schwester, Junge. Du bist da unten sicher.«

Ich drehe mich um. Er steht noch immer hinter seinem Schreibtisch. »Machen Sie die Tür auf!«

Lanny hat sich umgedreht, und sie und Vera schauen uns an. »Connor?«, meint meine Schwester. »Na komm. Wir sollten tun, was er sagt.«

»Erst, nachdem wir Mom davon erzählt haben!«

Mr Sparks seufzt und öffnet eine Schublade. »Ich wollte das wirklich zu keiner schwierigen Angelegenheit machen. Aber das habt ihr euch selbst zuzuschreiben.« Er holt eine Waffe heraus. Es ist eine alte, ein Revolver, so etwas, was man sonst in einem alten Schwarz-Weiß-Film sehen würde. Aber auf jeden Fall ist es eine Waffe, und ich erstarre. Die beiden Mädchen ebenso. »Ihr müsst jetzt alle sofort nach unten gehen.«

»Sie haben sie«, stoße ich aus. »Ellie White! Sie haben sie entführt!«

Mr Sparks sieht mich stirnrunzelnd an, als hätte ich etwas wirklich Dummes gesagt. »Das ist beleidigend. Ich habe noch nie einem Kind wehgetan.«

»Mein Bruder ist auch ein Kind!«, ruft meine Schwester aus. Sie klingt gleichzeitig wütend und angsterfüllt. »Lassen Sie ihn in Ruhe!«

»Er ist über zwölf«, widerspricht Sparks, als würde das Sinn ergeben. »Ich habe dieses arme Mädchen nicht entführt. Das würde ich nie tun. Und wenn ihr drei brav und gehorsam seid, verspreche ich euch, dass alles gut wird. Aber jetzt *geht in diesen Raum*, sonst verspreche ich, dass ich einen von euch erschieße.«

Er macht mir Angst.

Ich möchte, dass meine Mom diese Tür aufbricht und uns findet und ihm die Waffe wegnimmt und ihm in den Hintern tritt, aber ich glaube, sie weiß noch nicht einmal, dass wir Probleme haben. Ich würde gern schreien, aber ich habe Angst, dass das alles nur noch schlimmer macht. Daher bleibe ich ruhig. »Mom wird uns holen kommen«, beruhige ich Lanny. »Ist schon okay. Tu, was er sagt.«

Meine Schwester diskutiert nicht mit mir. Das ist vermutlich das erste Mal, aber ich kann es nicht wirklich genießen. Sie führt Vee durch die Öffnung, die beim Aufschwingen des Bücherregals entstanden ist.

»Jungen sollte man sehen, nicht hören«, sagt Mr Sparks. »Du musst noch lernen, wie man sich benimmt. Aber ich glaube, dass du recht vielversprechend bist, junger Mann. Sobald man dich dem Einfluss deiner Mutter entzogen hat …«

Jetzt habe ich Angst. Richtige Angst. Ich sehe ihn an. Ohne zu blinzeln. »Wenn Sie meiner Mom oder meiner Schwester wehtun, töte ich Sie. Und das kann ich. Ich weiß wie. Das hat mir mein Dad beigebracht.«

Es klingt gut. Furchterregend. Ich habe das geübt, seit ich mitbekommen habe, dass das ein paar der Mobber an der Schule abschreckt.

Bei Mr Sparks funktioniert es nicht. Er schüttelt den Kopf, als hätte ich etwas Dummes gesagt, und drückt auf eine Fernbedienung, die auf dem Schreibtisch steht. Ich höre, wie sich die Bürotür entriegelt, und glaube für eine Sekunde tatsächlich, dass er mich mit Mom reden lassen wird … doch dann greift er mich am Handgelenk und zerrt mich in die Öffnung hinter dem Bücherregal. Ich schreie und zerre ebenfalls, aber er ist größer und stärker und schiebt mich hinein. Er zieht an einem Griff, sodass sich das Bücherregal hinter uns schließt. Ich höre ein Klicken. Ich glaube, jetzt lässt es sich nicht mehr öffnen. Ich denke daran, wie meine Mom hereinkommen wird, ohne irgendetwas zu wissen. Sie wird es nicht *wissen*. Und wenn Mr Sparks eine Waffe hat, dann bestimmt auch Mrs Pall.

Lanny muss hier drin sein – ist sie jedoch nicht. Der Raum ist klein, doch es führt eine Treppe nach unten. Ich kann sie nicht sehen, aber dort unten ist es dunkel. »Lanny!«, rufe ich. Sie antwortet nicht. Ich versuche, mich zu befreien. Ich schaffe es nicht. Sparks legt seine Hand um meine Kehle und drückt, bis ich auf den Zehenspitzen stehe und nach Luft schnappe. Es tut weh, es tut so schrecklich weh. Er schiebt mich vorwärts, hält dabei aber weiterhin meine Kehle umklammert. Ich stolpere ein paar Schritte nach unten, dann noch ein paar mehr.

Er schiebt mich immer weiter. »Ich lasse jetzt los«, sagt er, als wir mitten auf der Treppe stehen. Ich kann kaum noch atmen und habe aufgehört, mich gegen ihn zu wehren. »Sei ein guter Junge, sonst wird deine Schwester dafür büßen.«

Der Druck lässt nach, stattdessen ergreift er meine Schultern. Er schiebt mich weiter nach unten, Schritt für Schritt. »Meine Mom wird uns holen kommen«, versichere ich ihm. »Sie wird uns finden!« Ich bringe die Worte kaum heraus. Meine Kehle tut so weh und ich zittere am ganzen Körper.

»Nein, ich glaube kaum, dass Mrs Pall das zulässt«, widerspricht Mr Sparks. »Pass auf, wo du hintrittst, da unten ist es ein bisschen dunkel, ich muss diese Glühbirne reparieren. Drei, zwei, eins … und da wären wir.«

Das Licht geht an. Es ist extrem grell.

Wir befinden uns in einer Höhle. In der Sekunde, in der mir das klar wird, habe ich das Gefühl zu ersticken, denn Lanny und ich waren schon mal in einer anderen Höhle gefangen. Und plötzlich fühlt es sich so an, als würden die Wände auf mich zukommen, die Dunkelheit ist viel zu dunkel und ich will meine Mom. Ich will sie so dringend, dass ich am liebsten losschreien würde. Ich *hasse* das hier, ich *hasse* es, dass Mom da oben ohne uns ist und Mrs Pall sie umbringen könnte, und ich *hasse* diesen lächelnden Mann mit seinen hässlichen, gemeinen Augen.

Ich sehe Lanny und Vee gegen die Wand am Boden gedrückt und laufe sofort in die Arme meiner Schwester. Sie schiebt mich hinter sich, und als sie das tut, erkenne ich, dass sie eine Waffe gefunden hat. Es ist ein Felsbrocken, nicht sonderlich groß, aber wenigstens mit einer scharfen Kante.

»Was ist das?«, fragt Lanny und nickt in Richtung des anderen Endes der Höhle. Dort befindet sich eine verschlossene Stahltür mit einem Fenster darin und einem größeren dunklen Fenster daneben, so wie bei einem Haus. Nur, dass es geschwärzt ist. Mr Sparks bleibt stehen und sein Lächeln wird breiter.

»Das wird euer neues Zuhause, Mädchen.« Er hat die Fernbedienung in der Hand und drückt einen Knopf.

Das schwarze Fenster hat eine Metalljalousie auf der anderen Seite, die hochgefahren wird. Ich sehe drei Betten in dem Raum. Es befinden sich allerdings nur zwei Frauen darin, und sobald das Fenster aufgleitet, stehen sie beide auf und stellen sich aufrecht und geradeaus blickend hin, die Hände vor dem Körper verschränkt. Sie tragen weiße Kleider. Und sie haben lange Haare.

Ich erkenne sie, da ich Fotos von ihnen online gesehen habe: Es sind die vermissten Frauen aus Wolfhunter. Die kränklich aussehende Blondine ist Tarla Dawes, sie ist die Jüngere. Die andere ist Sandra Clegman, von der ich glaube, dass sie älter ist.

Eine fehlt. Bethany Wardrip. Ich erinnere mich an die schreckliche Leiche, die wir am Fluss gefunden haben, und würde mich am liebsten übergeben, als ich mich an ihr Foto auf der Website erinnere. Das war sie. Sie muss es gewesen sein.

»Sie haben sie umgebracht«, sage ich an Mr Sparks gewandt. »Bethany.«

»Nein, das habe ich natürlich nicht«, widerspricht er, und aus irgendeinem Grund glaube ich ihm. Er klingt beleidigt. »Ich kümmere mich gut um meine Mädchen. Sie ist allerdings sehr krank geworden. Ich konnte nichts mehr für sie tun.«

»Sie haben sie weggeworfen. Wie Müll!«

»Ich habe sie Gott und der Natur zur Reinigung überlassen«, widerspricht er. »Wenn du älter bist, wirst du verstehen, wie schmutzig Frauen sind. Ich bringe es dir bei.«

»Wie Sie es ihnen beigebracht haben?« Ich unterdrücke eine weitere Welle der Übelkeit, als ich sehe, dass sich die Frauen auf der anderen Seite der Scheibe nicht bewegt haben. Als hätten sie sogar Angst davor zu atmen. *Er wird meine Schwester da auch reinstecken. Und Vee.*

Aber er hat nichts über mich gesagt. Was mir Angst macht. »Werden Sie mich umbringen?« Ich frage einfach. Ich würde es lieber sofort wissen.

»Natürlich nicht! Ich stecke dich auch nicht zu denen; das wäre nicht angemessen. Ich bringe dir bei, wie du Verantwortung für sie übernimmst. Ihr *Vater* wirst«, faselt er. Sein Handy summt, und er holt es heraus, um eine Nachricht zu lesen. Er sieht mürrisch drein, als er es zurücksteckt. »Bleib hier unten bei den Mädchen. Ich bin gleich zurück.«

Er zeigt mit der Fernbedienung auf das Fenster und die Jalousie fährt wieder herunter. Ich kann mir vorstellen, wie die zwei Frauen darin zusammensacken und sich hinsetzen. Vielleicht weinen. Sie haben solche Angst. Das konnte ich in ihren Gesichtern lesen – dass sie die ganze Zeit Angst haben.

Mr Sparks ist ein Monster, und ich habe es nicht bemerkt, genau, wie ich es bei Dad nicht bemerkt habe. Ich finde es grässlich, dass ich das nicht sehen kann. Monster sollten nicht normal aussehen.

Wenn er meine Schwester anfasst ... *Nein. Nein, das lässt du nicht zu. Mom lässt das nicht zu.*

Ich starre noch immer das schwarze Fenster an, als ich Schritte höre. Als ich mich umdrehe, stelle ich fest, dass Mr Sparks bereits zur Hälfte die Treppe nach oben gegangen ist. *Mom!* Ich mache kehrt und laufe auf die Treppe zu; ich komme vor Lanny dort an, die ebenfalls losgelaufen ist, aber wir haben es trotzdem nur bis zur Hälfte geschafft, als ich höre, wie sich das Bücherregal wieder schließt und das Schloss einrastet.

»Warte«, sagt sie und zerrt an mir, damit ich anhalte. »So kommen wir da nicht raus. Wir brauchen einen Plan. Es muss noch einen anderen Weg hier raus geben.«

»Aber Mom ...«

»Hilf mir suchen!« Ich höre das Zittern in der Stimme meiner Schwester, und als ich sie ansehe, weint sie, doch unter den Tränen verbirgt sich etwas Hartes. So sieht Mom aus, wenn sie gegen etwas kämpfen muss und etwas hat, für das sie kämpfen kann. »Komm mit!«

Wir haben die Stufen nach unten erst zur Hälfte bewältigt, als wir hören, wie sich das Schloss öffnet. Lanny erstarrt, ich ebenso. Wir drehen uns um.

Mr Sparks zerrt unsere Mutter die Treppe herunter. Er schleift sie an einem Handgelenk, während sie auf dem Rücken liegt. Sie hinterlässt eine Spur frischen Bluts. Ich habe meine Mom noch nie verletzt gesehen, nicht so. Sie bewegt sich nicht. *Sie bewegt sich nicht!*

Ich schreie auf, löse mich von Lanny und jage die Treppe hoch, direkt auf ihn zu. Meine Schwester ist gleich hinter mir.

Sparks wirkt so, als hätte er keine Ahnung, was er tun soll. Als wäre er lediglich ein schockierter alter Mann. Doch das ist nur seine Maske. Wie die Worte meines Dads. Wie sein Lächeln.

Er schlägt mich so hart, dass ich gegen die Wand geschleudert werde, und für eine Sekunde schaffe ich es nicht, mich wieder aufzurichten. Ich stolpere auf den Stufen und sehe, dass Moms Lider flattern. Lanny ist in einem Handgemenge mit Sparks. »Mom!« Meine Stimme ist nur ein Krächzen, also versuche ich es noch mal. *»Mom! Wir stecken in Schwierigkeiten!«*

Ihre Augen öffnen sich, und für kurze Zeit ist ihr Blick schwammig und verwirrt.

Dann finden ihre Augen mich und plötzlich ist sie kein bisschen mehr verwirrt.

»Nehmen Sie Ihre verdammten Hände von meinen Kindern!«, schreit sie, dreht sich – noch immer auf dem Rücken liegend – und tritt Mr Sparks von hinten. Nicht in den Hintern, wie ich es getan hätte, sondern direkt zwischen seine verschränkten Beine. Sie tritt ihn mit aller Kraft.

Er schreit auf, lässt Lanny los und stolpert zwei Schritte nach unten. Verfehlt dann eine Stufe. Dann fällt er den restlichen Weg, schlägt unten auf dem Betonboden auf und rutscht reglos noch ein paar Meter weiter, bevor er auf dem Gesicht zu liegen kommt.

Er rührt sich nicht. Die Waffe gleitet ihm aus der Hand und über den Boden. Vera rennt hin, hebt sie auf, hält sie in ihren zittrigen Händen und zielt damit auf Mr Sparks.

»Nicht!« Lannys Stimme ist heiser, aber trotzdem laut. »Vera, tu es nicht!«

»Werde ich auch nicht«, beschwichtigt Vee. »Auch wenn's ihm recht geschehen würde.« Sie klingt tough, sieht aber aus, als würde sie gleich anfangen zu weinen. »Er sollte mir doch *helfen.*«

Ich strecke die Hand nach meiner Schwester aus. Sie ergreift sie. Sie hustet, da Mr Sparks auch sie gewürgt hat, und ich weiß, wie sich dieses schreckliche Brennen anfühlt. »Mom?«

Ich strecke die andere Hand aus und Mom ergreift sie und kommt auf die Füße. Sie schwankt ein wenig, aber ich spüre, wie sie sofort wieder mehr Kraft bekommt, als sie uns umarmt. Und für diesen einen Augenblick ist alles wieder okay, ist alles gut. Er währt nur ein oder zwei Sekunden, dann lässt sie uns los und geht die Treppe nach unten. Sie hält inne und drückt ihre Finger an Mr Sparks' Hals. »Er lebt noch«, sagt sie. »Helft mir, ihn zu fesseln. Nehmt seinen Gürtel.«

Ich halte sie auf. »Das müssen wir gar nicht.« Ich hole sein Handy, seine Schlüssel und dann die Fernbedienung aus seiner Tasche. Auf der Bedienung sind vier Knöpfe. Der links unten öffnet die Fensterscheibe, daran erinnere ich mich noch. Er hat den links oben gedrückt, um seine Bürotür zu verriegeln, sodass man den Knauf nicht drehen konnte. Einer der anderen Knöpfe öffnet sicherlich das Bücherregal – vermutlich der rechts oben.

Bleibt also nur noch der rechts unten. Ich zeige auf die Tür und drücke den Knopf.

Ein harsches Surren erklingt und die Stahltür öffnet sich einen Zentimeter.

Lanny läuft nach unten und zieht die Tür weiter auf. Licht strömt aus dem Zimmer über den Betonboden. »Hey«, sagt sie. »Kommt her. Ihr könnt jetzt rauskommen. Ihr seid sicher.« Sie blickt zurück zu Mom. »Wir können ihn hier reinstecken. Stimmt's, Connor?«

»Stimmt«, bestätige ich. »Und ihn hierlassen.« Zum Sterben, denke ich, spreche es aber nicht aus. Aber für eine lange Sekunde stelle ich mir vor, wie er dort drin verhungert, zu Boden fällt und sich erst in ein Skelett und dann in Staub verwandelt.

Lanny schaut wieder in das Zimmer. Ich drücke auf die Fernbedienung, um die Fensterscheibe zu öffnen, damit ich sehen kann, was sie sieht.

Die zwei Frauen stehen mit verschränkten Händen da. Tarla weint, rührt sich aber nicht von der Stelle.

Sandra ist diejenige, die zusammenbricht. Sie sackt zusammen, keucht und ergreift Tarlas Hand.

»Nein!«, wehrt sich Tarla. »Nein, das können wir nicht, das geht nicht, er wird uns bestrafen!« Sie sieht zu Tode verängstigt aus. Sie entzieht sich Sandra und stellt sich an das Fußende ihres Bettes.

Meine Mom erfasst das alles. Ich sehe es in ihrem Gesicht, ihren Augen, an der Art, wie sie sich aufrichtet.

Die Art, wie sie auf den Mann hinabsieht, der uns hätte beschützen sollen.

Sie ergreift ihn am Handgelenk und schleift ihn wie einen toten Fisch über den Betonboden in das Zimmer, in dem sich die Frauen befinden. Seine Gefangenen.

In der Sekunde, in der sie ihn ohnmächtig und hilflos sehen, ändert sich alles. Tarla schreit, und es schmerzt, das zu hören, denn es klingt so, als würden Monate der Angst nun aus ihr entweichen und sich in Wut verwandeln. Sie läuft los. Ich denke, dass sie zur Tür will, doch stattdessen stoppt sie und fängt an, ihn zu *treten*, hart, wieder und immer wieder, bis Sandra sie ergreift und weiterzieht.

Sie verlassen das Zimmer, wobei Tarla taumelt, als hätte man sie geschlagen. Sie sackt gegen die Betonwand und sinkt nach unten. Ich höre, wie ihr weißes Kleid am schroffen Fels hängen bleibt und reißt.

Mom dreht sich um und verlässt das Zimmer. Mr Sparks wacht langsam wieder auf, aber er ist nicht so schnell, wie sie es war. Vielleicht hat er nicht so viel Erfahrung damit.

Sobald sie raus ist, drücke ich auf die Fernbedienung und mit einem schweren finalen Schlag klappt die Tür zu.

Mom nimmt Vera die Waffe ab, die erleichtert aussieht, sie loszuwerden, und stellt sich neben mich. Legt ihren Arm um mich.

Mr Sparks steht auf und stürzt auf die Tür zu. Wir hören, wie er dagegenschlägt. Dann versucht er es beim Fenster und schlägt mit seinen Fäusten wieder und wieder dagegen. *Bumm, bumm, bumm.*

»Das ist das Geräusch, das wir gehört haben«, erkennt Mom. »Das war keine aus dem Gleichgewicht geratene Waschmaschine. Das waren die beiden hier, die versucht haben, uns zu zeigen, dass sie hier sind. Die auf Rettung gehofft haben.«

Ich nicke und drücke den linken unteren Knopf.

Die Jalousie fährt herunter und wir sehen Mr Sparks nicht mehr. Als würde er, abgesehen von dem dumpfen Schlagen, nicht mehr existieren. Falls er schreit, können wir ihn nicht hören.

Vee Crockett will Tarla die Treppe hochhelfen, doch meine Mom hält sie auf. »Noch nicht«, sagt sie. »Bleibt hier unten, bis ich wiederkomme und euch sage, dass es sicher ist.« Sie wendet sich mir zu und streckt die Hand nach der Fernbedienung aus. »Welcher Knopf ist es?«

»Der rechts oben für das Bücherregal«, erkläre ich. »Der links oben für die Bürotür. Du kümmerst dich um sie?«

»Ja«, bestätigt sie und umarmt mich so fest, dass ich das Gefühl habe, als könnten meine Rippen brechen, aber es ist ein guter Schmerz, und ich liebe sie so sehr, dass das ebenfalls wehtut. Dann umarmt sie meine Schwester. »Ich hab euch lieb. Und ich bin so stolz auf euch. Bleibt hier.« Sie zögert, dann gibt sie meiner Schwester die Waffe. »Du weißt, wie man die benutzt. Beschütze sie, wenn es sein muss, Schatz.«

»Was ist, wenn Sie nicht zurückkommen?«, fragt Vee. »Wenn stattdessen *sie* kommt?«

»Das hier ist meine Mom«, sagt Lanny mit fester Stimme. »Meine Mom kommt zurück.«

Es gibt keinen Zweifel in ihrer Stimme.

Sandra Clegman kommt zu uns, während meine Mom die Treppe hinaufgeht. Sie sieht immer noch ängstlich aus, aber auch gefasst. »Gib mir sein Handy«, meint sie. Ich reiche es ihr. »Ich kann helfen.«

Das Handy ist durch eine PIN gesperrt, aber sie starrt es eine Sekunde lang an und gibt dann eine Nummer ein. Sie hat ihn vermutlich schon Hunderte Male dabei beobachtet, und es funktioniert. Das Handy ist freigeschaltet.

»Was machst du da?«, frage ich.

»Seiner Schwester schreiben«, antwortet sie. Sie lacht zittrig. »Ich hab immer gern getextet. Meistens mit Emojis. Benutzt man die heute noch?«

»Ja. Es gibt jetzt sogar noch mehr. Aber ich weiß nicht, ob *er* Emojis benutzen würde.«

»Nein. Würde er nicht.« Sie sieht schmaler aus als auf ihrem Foto, als würde sie kaum essen. Ich sehe die Knochen in ihren Handgelenken. Sie schreibt etwas und gibt mir dann das Handy zurück.

Da steht: »Zeit fürs Abendessen«.

Ich sehe zu ihr auf. Sie zuckt mit den Schultern. »Wenn sie ein Essenstablett trägt, kann sie nicht gleichzeitig die Schrotflinte halten«, erklärt sie. »Er macht das jeden Abend so, wenn wir tun, was er sagt. Wir bekommen etwas zu essen.«

Ich sehe Lanny und Vee an. Sie hören zu. »Und … wenn ihr nicht tut, was er sagt?«

»Dann bekommen wir nichts zu essen«, antwortet Tarla. »Ich bin fast gestorben, bevor ich das gelernt habe. Jetzt esse ich regelmäßig.« Sie klingt müde. Beinahe wie betrunken. »Gibt es in der echten Welt noch Eiscreme?«

»Ja«, versichert ihr Vee. Sie setzt sich neben Tarla. »Wir besorgen dir welche.«

Ich drücke auf *Senden*. Tarla legt ihren Kopf auf Vees Schulter. Ich hoffe, Sandra hat recht. Denn falls nicht, falls es irgendwie falsch war, diese Nachricht zu schicken …

Dann wird sich Mom einer schlimmen Situation gegenübersehen.

Kapitel 18

Sam

Es dauert eine Weile, bis mein Hirn nach dem Unfall wieder funktioniert. Ich spule die ganze Situation rückwärts ab und erinnere mich an Fairweather, der tot irgendwo weiter hinten auf der Straße liegt. Die Schüsse durch die Windschutzscheibe.

Der Schütze ist noch immer da draußen.

Ich werfe mich Richtung Tür, stolpere hinaus, reiße Mikes Tür auf und greife nach ihm. Wir halten uns an den Unterarmen fest und ich ziehe. Er ist schwer und beinahe schon Totgewicht. Mir ist klar, dass ich für all das hier später bezahlen werde, aber für den Augenblick haben wir den Wagen zwischen uns und dem, der da kommen mag.

Vielleicht sind es nur ein oder zwei Leute, die hinter uns her sind. Vermutlich einer. Ihnen fehlen jetzt schon mindestens drei Leute vom ursprünglichen Entführerteam im Haus. Ich versuche, mich daran zu erinnern, wie viele schwarze SUVs ich in Wolfhunter gesehen habe, aber die haben alle gleich ausgesehen. Ich kann es nicht mit Sicherheit wissen. Mindestens drei, schätze ich, also drei oder vier Männer pro Wagen. Einen SUV hätten wir damit schon weg. Vermutlich konnten sie nicht mehr als einen Mann erübrigen, um Fairweather auszuschalten.

Mike blutet mittlerweile ziemlich heftig. Er ist noch mehr durch den Wind, als er es schon vorher war. Ich sorge dafür, dass er sich gegen das dampfende Metall lehnen kann. »Halt durch, Mann, ich bin gleich wieder da.«

Ich bekomme lediglich ein Grunzen als Antwort. Das zeigt mir, wie schlecht es ihm wirklich geht. Ich lasse ihn zurück und klettere wieder in das Fahrzeug. Die Schrotflinte hinter dem Vordersitz hat sich aus ihrer Verankerung gelöst. Es handelt sich um ein Schnellfeuergewehr, vorgeladen mit mindestens sechs Schuss. Ich nehme die Waffe mit und gebe sie Mike. »Gib mir Deckung«, weise ich ihn an. »Und bleib hier.«

»Beides zugleich geht nicht«, widerspricht er.

Ich höre ihm gar nicht zu. Langsam verspüre ich starke Schmerzen. Der Unfall hat mich ordentlich durchgerüttelt. Möglicherweise habe ich mich auch irgendwo verletzt, das kann ich noch nicht mit Sicherheit sagen, aber das spielt jetzt auch keine Rolle. Ich muss in Bewegung bleiben.

Ich muss diesen Feind finden und ihm den Garaus machen.

Meine Pläne ändern sich, als ich nur noch wenige Hundert Meter vom Ort des Geschehens entfernt bin, denn da wird mir klar, dass ich nicht wirklich klar denke, selbst wenn sich der Nebel langsam lichtet und der Schmerz einsetzt. Ich bin in keiner Verfassung, durch den Wald zu schleichen. Ich muss dafür sorgen, dass er zu uns kommt. Und das wird er, er kann zumindest den Dampf sehen, der aus dem kaputten Kühler strömt.

Er weiß nicht, ob wir tot sind oder noch leben, und er muss sichergehen.

Ich hocke mich neben einen Baum und behalte die Umgebung im Auge. Jede Sekunde, die verstreicht, bedeutet, dass Mike mehr Blut verliert, und ich bin mir ziemlich sicher, dass ich mir ein paar Rippen gebrochen habe. Ich versuche, flach und langsam zu atmen. Ich glaube nicht, dass ich mir die Lunge verletzt habe; falls doch, stecke ich ernsthaft in Schwierigkeiten.

Ich höre, wie sich Mike leicht bewegt. Dann höre ich ein anderes Geräusch aus einer anderen Richtung. Es ist leise und gedämpft, doch in dieser atemlosen Stille dennoch wahrnehmbar.

Ich sehe den Mann, bevor ich ihn erneut höre. Er trägt die Tarnkleidung eines Jägers, allerdings nicht die billige Version aus der Vietnamzeit wie die Männer, die mich nahe der Lodge angegriffen haben. Das hier ist gute Qualität aus der Privatwirtschaft. Er hat das nötige Training und er hat Geld. Er bewegt sich lautlos durch den Wald, und wenn er still steht, ist er nahezu unsichtbar. Ich hingegen bin nicht unsichtbar. Ich bin kein trainierter Geist. Aber ich bin ein kleineres Ziel als Mike, der sich bewegt, blutet und den besten Köder darstellt, um diesen Mann nahe heranzulocken. Nahe ist allerdings ein relativer Begriff. Ich kenne die Reichweite und Stärke seiner Waffe nicht und darf das hier auf keinen Fall vermasseln.

Ich muss näher herankommen.

Ich bin nicht schlecht in so etwas, aber nicht wirklich gut. Ich komme bis auf sechs Meter heran, bis irgendetwas – vielleicht habe ich den Fuß schlecht aufgesetzt, einen Ast gestreift, zu laut geatmet – meinen Feind alarmiert. Er ist Mike schon nahe. Und zielt. Scheiß drauf. Leise und schnell eile ich weiter und verringere die Entfernung auf drei Meter. Keine Zeit mehr, richtig zu zielen; er dreht sich zu mir um.

Mike rettet mir den Hintern. Er lädt die Schrotflinte durch, obwohl er nicht in Reichweite ist, um irgendetwas Effektives zu bewirken. Das Geräusch schreckt den Mann jedoch genug auf. Der Schuss, der mich sonst getötet hätte, landet stattdessen im Baum neben mir.

Ich lasse mich auf ein Knie fallen, ziele kurz und feuere. Ich kann nicht seinen Oberkörper ins Visier nehmen, da ich nicht weiß, welchen Schutz er unter der Tarnkleidung trägt. Also wähle ich das unsichere Ziel – sein rechtes Auge.

Ich verfehle, ob nun aufgrund der Anspannung oder des Rucks, der meine angeknacksten Rippen erschüttert. Statt des Auges treffe ich ihn seitlich in die Kehle, aber es genügt; er taumelt rückwärts, verliert seine Waffe und rutscht den Abhang hinunter. Ich stürze ihm hinterher, bereit, erneut auf ihn zu schießen, doch er hat das Interesse an einem Kampf verloren. Als ich ihn erreicht habe, hält der Mann zitternd beide Hände an seine Kehle gedrückt, um zu verhindern, dass er noch mehr Blut verliert. Es ist ein kleines Wunder, aber wie mir scheint, habe ich keine lebenswichtige Arterie getroffen.

Er ist ein schmächtiger junger Kerl asiatischer Herkunft, und sosehr ich ihn auch hassen möchte, ich kann es nicht. Dafür sieht er zu sehr wie ein verängstigter Junge aus. Ich ziele trotzdem mit der Waffe auf ihn. »Drücken Sie fest drauf. Sie werden's überleben.« Vielleicht.

Ich höre Sirenen, kann aber nicht genau feststellen, aus welcher Richtung sie kommen. Falls sie aus Wolfhunter kommen, sind Mike und ich am Arsch und genauso tot wie Detective Fairweather. Falls es der Countysheriff und das TBI sind, sind wir gerettet. Mir ist klar, dass das dem Kerl vor mir gerade ziemlich egal ist.

»Hilfe«, flüstert er.

»Erst helfen Sie mir«, erkläre ich. »Sie gehören zu den ursprünglichen Leuten, die Ellie entführt haben?«

Er nickt. Er hat schreckliche Angst. »Ein Krankenwagen«, stöhnt er. Blut strömt zwischen seinen Fingern hervor. »Hilfe.«

»Wissen Sie, wo das kleine Mädchen ist?«

»Nein«, haucht er. Seine Lippen werden langsam lila. »Besorgen Sie mir Hilfe.«

Ich klopfe ihn auf weitere Waffen ab. Er hat ein Jagdmesser bei sich, ein gutes, und eine noch bessere Neun-Millimeter in einem Klettholster, die ich beinahe übersehe. Ich nehme ihm beides ab und werfe es Mike zu, der sich mittlerweile ein wenig aufrechter hingesetzt hat. Mikes noch funktionstüchtiges Auge ist geöffnet, und er beobachtet uns. »Halten Sie den Druck aufrecht, dann werden Sie überleben. Wie heißen Sie?«

»Zhao Liu«, sagt er.

Mike gelingt ein Kichern. »Der chinesische John Smith«, sagt er. »Wer's glaubt, wird selig.« Er dreht den Kopf. »Woher kommen diese Sirenen?«

»Nicht aus Wolfhunter«, meine ich.

»Bist du dir da sicher?«

Zhaos Lider flattern. Er fällt in Ohnmacht. Seine Hände lösen sich von seinem Hals und Blut strömt heraus.

»Verdammt noch mal. Erschieß ihn, wenn er irgendetwas Dummes tut.« Ich hocke mich hin und übe Druck auf die Wunde aus. Ich habe kein Handy, Zhao jedoch schon, und mit einer Hand wähle ich die Nummer vom Büro des Countysheriffs.

Wir sehen, wie die Ordnungskräfte eintreffen: zwei County-Streifenwagen, beinahe direkt gefolgt von einem dritten, und dahinter ein Krankenwagen. Fairweathers 10-34 hat also etwas bewirkt. Er hat uns gerettet. Und ich habe ihn tot auf der Straße zurückgelassen. *Verflucht.* Das schmerzt weitaus mehr als meine gebrochenen Rippen.

Der Countysheriff persönlich kommt in der nächsten Stunde an, begleitet von einem Van voll von TBI-Agenten in den entsprechenden Windjacken, die sie als ebensolche ausweisen. Zu diesem Zeitpunkt sind meine Rippen bereits ordentlich verbunden und ich darf mich neben Mike an das zerstörte Auto lehnen. Zhao befindet sich in einem Krankenwagen, mit Handschellen an die Liege gefesselt. Ich bin so unendlich müde, aber niemand hier hat meine Fragen beantwortet, dabei *muss* ich doch unbedingt wissen, dass es Gwen und unseren Kindern gut geht. Ich mache so viel Aufstand, dass ich endlich den Sheriff auf den Plan rufe, der sich mit seinen schweren Stiefeln so vor mir aufbaut, dass sein Texashut einen Schatten auf mich wirft. »Was zum *Teufel* reden Sie da die ganze Zeit?«

»Gwen Proctor und die Kinder. Sie sind bei Hector Sparks«, erkläre ich ihm. »In Wolfhunter. Sie müssen sie da rausholen.«

»Da kann ich aktuell nichts machen. Wir kümmern uns darum, nachdem wir Chief Weldon und diesen Hurensohn Carr dingfest gemacht haben.«

»Sie wissen von Carr?«

»Fairweather hat uns seinen Verdacht mitgeteilt. Wir haben einen Durchsuchungsbefehl für sein Anwesen besorgt. Falls Ellie White dort ist, bringen wir das arme Kind seinen Eltern zurück, ob tot oder lebendig.« Der Sheriff, ein feister alter Kerl mit einem Bart wie von einem Weihnachtsmann und den Augen einer Schlange, stolziert ohne ein weiteres Wort davon. Mike und ich schauen ihm hinterher.

»Dir ist hoffentlich klar«, meint Mike, »falls er gekauft worden ist, schafft es keiner von uns lebendig hier raus.«

»Die können nun wirklich nicht jeden kaufen.«

»Sagst du.«

»Entspann dich, Mann. Du wirst überleben und hast dann wieder Zeit, um Falschgeld zu drucken.«

»Bring mich nicht zum Lachen.« Er seufzt. »Das mit Miranda tut mir leid. Ich habe sie nicht gemocht. Aber ich hätte sie gerettet, wenn es mir möglich gewesen wäre.«

»Ich weiß«, sage ich. Ich stehe auf. Alles tut weh, und morgen werde ich grün und blau sein und mich kaum bewegen können, aber für den Augenblick halte ich mich wacker. »Ist nicht deine Schuld, Mike.«

»Wo zum Teufel willst du hin?«

»Ich suche jemanden, der mich nach Wolfhunter bringt«, erkläre ich mit Nachdruck. »Ich muss wissen, dass es ihnen gut geht.«

Ich bin noch keine zehn Schritte weit gekommen, als der Sheriff zurückkehrt. Er mustert uns ein paar Sekunden und sagt dann: »Kommen Sie mit.«

Trotz seiner Wunden und blauen Flecke steht Mike ebenfalls auf. »Wo gehen wir hin?« Sämtliche Waffen, die wir Zhao abgenommen haben, sind verschwunden, wie bei einem Zaubertrick. Ich habe sie nicht. Aber Mike ist vermutlich ein wandelndes Waffenarsenal.

»Zu Carrs Anwesen«, erklärt der Sheriff. »Und dann holen wir Ihre Familie.«

* * *

Die Fahrt dauert zehn Minuten. In dieser Gegend ist nichts sonderlich weit entfernt. Carrs Wohnort als Anwesen zu bezeichnen, trifft es genau; die Mauern rundherum bestehen aus verstärktem Beton, auf ihnen befindet sich Stacheldraht und zusätzlich sind ein paar beeindruckende Flutlichter angebracht.

Das Haupttor ist zerstört. Nur noch Stücke davon liegen verstreut herum.

»Was zum Teufel?«, entfährt es mir.

»Unsere Leute sind hergekommen, um den Durchsuchungsbeschluss zu übergeben, und sind mitten in einen verdammten Krieg geraten«, erklärt der Sheriff. Er klingt grimmig. Was angesichts der Situation verständlich ist. Im Tor stehen zwei Streifenwagen der Polizei von Wolfhunter, deren Sirenen blinken, doch es ist niemand dort … bis der Sheriff weiter auf das Gelände fährt und ich die Leichen sehe.

Zwischen den beiden Wagen liegen zwei tote Polizisten.

Zwei SUVs brennen, und plötzlich sehe ich noch mehr tote Männer. Einer liegt neben der Mauer, er hat billige Wüstentarnkleidung an – ziemlich dämlich hier im Waldgebiet.

Auf der anderen Seite der Mauer, bei einem Gebäude, das wie eine Kaserne aussieht, mache ich sogar eine Gruppe von vier oder fünf Leichen aus.

»Was ist denn hier abgegangen?«, frage ich.

»Soweit wir das im Augenblick einschätzen können, sind die Leute in den SUVs vor einer halben Stunde hier angekommen«, erklärt der Sheriff. »Es ist zu einem Feuergefecht gekommen, mit einer Menge Opfern. Dann sind die Wolfhunter-Cops angekommen und wurden in ihren Wagen erschossen. Wir haben Carrs Frauen und Kinder gefunden, sie hatten sich in einem Keller versteckt.«

»Haben Sie gerade *Frauen* gesagt?«, hakt Mike verblüfft nach.

»Ja, Plural. Der Wahnsinn. Hier läuft irgendein Redneck-Weltuntergangskult, mit Carr als selbstverliebtem Propheten. Wie sich herausstellt, hatte sich der alte Scheißkerl bis heute ein nettes kleines Königreich aufgebaut.«

»Ist er tot?«, fragt Mike.

»Wir haben ihn noch nicht gefunden, aber das Ganze hier ist ein verdammtes Blutbad. So, wie es aussieht, waren die Kerle in den SUVs Söldner, und die sind auch alle tot. Haben sich wohl gegenseitig ausgelöscht. Keine Ahnung, wer fehlt.« Er beäugt uns beide. »Haben Sie noch weitere Informationen dazu?«

»Die Männer aus den SUVs sind vermutlich die ursprünglichen Entführer«, erkläre ich ihm. »Die Crew, die Ellie White gekidnappt hat, und vielleicht noch ein paar zusätzliche Kräfte, die für diesen Job angeheuert wurden. Sie hatten vor, das Mädchen zurückzuholen.«

»Möglicherweise ist ihnen das auch gelungen. Wir haben bisher noch keine Spur von ihr gefunden.«

»Haben Sie mit den Frauen geredet?«, frage ich ihn.

»Die reden nicht. Sie stehen einfach nur mit verschränkten Händen da. Verdammt beunruhigend.«

»Warum haben Sie uns dann hergebracht?«, frage ich.

Der Sheriff seufzt. »Ich hatte gehofft, Sie hätten ein paar Ideen, wie wir weiter vorgehen können. Nichts?«

»Nein«, sage ich. Mike schüttelt den Kopf. »Was ist mit Chief Weldon?«

»In Haft«, sagt er. »Weldon behauptet, er hätte alles Carr überlassen; er weiß nicht, wo das Mädchen festgehalten wird.« Er seufzt schwer. »Na gut. Das FBI ist mit Hubschraubern hierher unterwegs, schätze, die können das dann zusammen mit dem TBI übernehmen. Zu schade, dass wir so dicht dran gewesen sind und das Kind trotzdem nicht gefunden haben.«

Das ist es in der Tat.

Und da fällt mir auf einmal wieder etwas ein. »Vee Crockett«, sprudelt es aus mir heraus. »Vee Crockett hat uns erzählt, ihre Mutter habe gesagt, man hätte die Autowracks *vergraben*. Was, wenn sie das Mädchen mitsamt den Wagen begraben haben?«

»Du meinst auf gute alte Entführerart, mit einem Luftrohr?« Mike denkt darüber nach. »Wo würde man zuletzt suchen?«

»Komm schon, Mike, sieh dich doch um. Überall?«

»So denken diese Typen nicht; sie haben das gern die ganze Zeit im Blick. Das sind Kontrollfreaks. Sie verstecken das Zeug, überwachen es aber auch. Unter Häusern. Unter schweren Gerätschaften. Unter …« Er hält inne. »Haben die hier schwere Gerätschaften?«

»Ja.« Der Sheriff zeigt in eine Richtung. »Ein Bagger, direkt da drüben, neben der Müllhalde.« Jedes ländliche Anwesen hat hier seine eigene Müllhalde.

Ich beuge mich vor. »Machen Sie die Tür auf!«

Der Sheriff entriegelt das Schloss und ich renne los. Mir ist klar, dass es sich hier um einen Tatort handelt und ich weder eine Uniform noch technische Ausrüstung trage, doch in diesem

Augenblick denke ich nur daran, dass die Minuten verstreichen und hier irgendwo ein kleines Mädchen ist, das schon viel, viel zu lange festgehalten wird.

Die Müllhalde ist riesig. Es ist wohl eher ein Müllberg; der Gipfel links besteht aus weißen Mülltüten. Der in der Mitte aus flach gepressten, verrottenden Kartons.

Am anderen Ende ein Wirrwarr aus verrostendem Schrott. Altmetall, irgendwo erbeutete Teile, das Skelett einer Limousine aus den Fünfzigern, ohne Motor.

Ich schaue mir den Bagger genauer an. Er ist schmutzig, aber das war zu erwarten. Ansonsten hat er nichts Besonderes an sich.

Oder doch. Er steht an einer seltsamen Stelle, zu nahe an dem hoch aufragenden Stapel aus Mülltüten, die auf ihn fallen könnten. Dabei gibt es hier überall genug Platz für den Bagger. Warum sollte man ihn hier abstellen?

Weil er etwas blockiert.

Mike humpelt zu mir herüber. Der Sheriff hilft ihm. Ich erreiche den Bagger und klettere hinein. Keine Schlüssel, aber die stecken unter der Bodenmatte. Ich starte den Motor und fahre den Bagger ein Stück rückwärts.

Dabei sehe ich ein kurzes Stück eines PVC-Rohrs aus dem Boden darunter herausragen. Gott sei Dank hatte ich beim Rückwärtsfahren nicht das Lenkrad eingeschlagen. Das Rohr ragt nur etwa fünf Zentimeter aus dem Boden und wurde so angemalt, dass es die Farbe des Drecks rundherum hat.

Der Sheriff greift sich ein langes Stück Betonstahl aus dem Haufen Schrott und sticht damit in den Boden. In zehn Zentimetern Tiefe stößt er auf etwas Hohles. Er versucht es erneut. Wieder klingt es hohl.

»Das ist Holz«, erkennt Mike. »Eine Falltür.«

Mit den Füßen treten wir die lose Erde rundherum weg, um die Ränder zu finden. Es sind zwei Türen, und sie bestehen aus schwerem Holz. Die verblassende Farbe zeigt, dass es vermutlich mal Scheunentore waren, die von irgendwo anders stammen. Oder das hier war mal ein Erdkeller oder ein Tornadoschutzraum.

Die Türen sind mit einer schweren Kette und einem neu aussehenden Vorhängeschloss verriegelt. Der Sheriff ruft nach einem Bolzenschneider und jemand kommt damit angerannt. Er schneidet das Schloss durch und legt es beiseite, wobei er darauf achtet, es nicht mit bloßen Fingern zu berühren.

»Fingerabdrücke«, sage ich zu Mike. Der nickt, und wir warten, bis der Sheriff uns blaue Handschuhe reicht, die wir überstreifen können. Dann ergreifen wir jeder eine Seite der Türen und ziehen kräftig. Sie sind verdammt schwer. Unmöglich, dass ein kleines Kind sie aufschieben könnte, selbst ohne Kette und Schloss. Ich spüre, wie meine angeknacksten Rippen sich bewegen, und presse die Kiefer gegen den Schmerz zusammen. Schmerz ist im Augenblick gut. Schmerz ist produktiv.

Da unten ist es pechschwarz. Der Sheriff hat eine starke Halogentaschenlampe, die er hineinstrahlen lässt. Sie offenbart ein paar alte Holzstufen, die in der Mitte durchgebogen sind, einen Erdboden, einen Haufen leerer Wasserflaschen aus Plastik und geöffnete Snackpakete …

Ellie White liegt zusammengerollt in der Ecke. Sie ist völlig schmutzig, ihr ursprünglich hübsches rosa Kleidchen ist dreckverschmiert und am Saum zerrissen; sie bewegt sich nicht. Ich kann nicht mal erkennen, ob sie noch atmet. Sie sieht schmal und zerbrechlich aus.

Mike ignoriert seine Verletzung vollkommen und eilt die Stufen hinunter, um sie hochzuheben. Sie ist so winzig in seinen breiten Armen, und ihr Kopf ruht an seiner Brust. Ihre Haare haben sich aus einem der geflochtenen Zöpfe gelöst und flattern im Wind. Ihre Arme und Beine baumeln schlaff nach unten.

»Lebt sie?«, fragt der Sheriff. Ich höre das Grauen in seiner Stimme. Mike will das Mädchen gerade ablegen, da sehe ich endlich, dass sie sich bewegt.

Sie legt Mike die Arme um den Hals.

Er lehnt sich gegen den Bagger und schließt die Augen. »Alles okay, Schätzchen«, beruhigt er sie. »Du bist in Sicherheit. Du bist in Sicherheit.«

»Gott im Himmel«, stößt der Sheriff aus. »Das ist ein Wunder. Wir haben hier ein waschechtes Wunder.«

Niemand versucht, sie Mike wegzunehmen, bis die Sanitäter mit einer Trage herbeigeeilt kommen. Sobald sie im Krankenwagen und mit einer Begleitung von Countywagen unterwegs ins Krankenhaus ist, schaue ich zum Sheriff. »Mike ist als Nächster dran«, meine ich. Der Sheriff nickt. »Sie haben mir etwas versprochen. Holen wir jetzt meine Familie.«

Er seufzt und richtet den Cowboyhut. »Na gut. Das haben Sie sich verdient. Fahren wir.«

Kapitel 19

Gwen

Ich drücke auf die Fernbedienung, sodass das Bücherregal den geheimen Eingang freigibt, und benutze das Regal gleichzeitig als Schutzschild; ich weiß ja nicht, ob Mrs Pall noch immer mit ihrer Schrotflinte im Büro steht. Die Waffe könnte natürlich ein Loch durch die Bücher *und* das Regal schießen, aber eine bessere Deckung habe ich im Augenblick nicht.

Sie ist nicht im Zimmer. Ich schließe das Regal und höre, wie es hinter mir klickt, als die Verriegelung einrastet.

Erst dann bemerke ich die Büchersammlung mit rotem Ledereinband, die in den Regalfächern steht. Nichts Ungewöhnliches, typische Gesetzbücher, die man in jedem Anwaltsbüro finden würde. Hauptsächlich *Zivil- und Strafprozessordnung*, Band eins bis elf, gefolgt von *Prozessordnung des Staates Tennessee*, Band eins bis drei.

Alle weisen eine Datierung in goldenen Buchstaben für das Jahr 1982 aus. Wie alles, das Hector Sparks in diesem Haus hat, ist es eine Täuschung. Nichts weiter als ein Museum für die ruhmreichen Tage seines Vaters. Ein echter Anwalt hätte garantiert aktuellere Gesetzestexte. Doch nicht Hector. Kein Wunder, dass er bei Vee meine Hilfe brauchte.

Ich will mir nicht vorstellen, welche grausamen Dinge hier vorgefallen sind, um das Monster zu erschaffen, das wir in seinem eigenen Verlies eingesperrt haben, oder die Frau, die ihm geholfen hat. Ihn bedient hat. *Mrs Pall.* Ich weiß nicht, wer sie eigentlich ist oder warum sie dabei mitmacht. Ich kann mir nicht einmal im Ansatz vorstellen, was sie erlitten hat, um so zu werden.

Denn sie ist genau das, wofür Miranda Tidewell mich schon immer gehalten hat: eine völlig willige Beteiligte an den Verbrechen eines Mannes gegen Frauen.

Und das macht sie extrem gefährlich.

Ich höre Mrs Palls Schritte, nachdem ich die Bürotür geöffnet habe. Scharfes Tippeln von kleinen Absätzen auf Hartholzboden. Alles ist sauber, rein, ordentlich, perfekt. Doch diese äußere Perfektion ist nichts weiter als eine Maske, eine Hülle, die die Verdorbenheit darunter verbirgt.

Ich schleiche vom Büro in den Flur. Ich weiß nicht mehr, ob das Holz hier knarrt. Ich muss mich erinnern, doch es gelingt mir nicht. Ich habe die Waffe gezogen und halte sie nach unten. Doch mir ist klar, dass sie kein magischer Schild ist. Wenn Mrs Pall mit ihrer Schrotflinte um die Ecke kommt, geht es letztendlich nur darum, wer von uns schneller reagiert. Und selbst wenn ich das bin, kann sie mich noch im Sterben mit einem durch Spasmen ausgelösten Ziehen am Auslöser ausradieren.

Der Boden knarrt nicht. Alles bleibt still, während ich mich langsam vorarbeite. Ich überprüfe den Salon. Er ist leer. Es steht auch niemand auf der Treppe, die in den ersten Stock führt.

Mrs Palls Schritte kommen von der anderen Hausseite. Ich bin alles, was zwischen meinen Kindern und dieser Frau steht und diesem Mann im Kellerkäfig. Wenn ich das hier nicht schaffe, sind sie verloren. Connor … er würde meinen Sohn umbringen. Er hat für ihn keinen Nutzen. Meine Tochter hingegen würde er auf völlig andere Weise töten. Er würde sie zugrunde richten und zerstören, sie in die Form verdrehen, die er am ansprechendsten findet. Sie würde da unten leben und sterben. Und Vee, die jetzt auch meiner Verantwortung untersteht, ebenso zerbrechlich und verletzbar. Und die zwei gequälten Frauen, die wir gerade erst befreit haben.

Ich darf nicht verlieren. Ich darf einfach nicht.

Mrs Pall summt leise vor sich hin, während ich mich durch das Esszimmer schleiche, in dem ein Tisch steht, der Platz genug für ein Dutzend Leute bietet; das Holz glänzt, das Porzellan in den Vitrinen sieht makellos aus. Das Herzstück des Ganzen ist eine Vase mit frischen Blumen, die wohl heute Morgen im Garten geschnitten worden sind. Der schwere Duft von Gardenien liegt in der Luft und kitzelt mich in der Nase. Der Teppich hier drin ist weich und dämpft jeden Schritt.

Sie steht in der Küche. Nicht ideal. Küchen sind voll von tödlichen Waffen. Auf dem Ofen kocht etwas, das sie mir entgegenschleudern könnte. Daneben ein Messerblock voller Optionen. Stumpfe Gegenstände wie schwere Pfannen hängen an einem Wandregal über der frei stehenden Kochinsel.

Es riecht nach frisch gehacktem Knoblauch und bratendem Fleisch. Derselbe Geruch wie vorher, nur jetzt stärker.

Sie hat mir den Rücken zugewandt. Sie wirkt wie aus einem Katalog der perfekten Hausfrau aus den Fünfzigern, bis hin zum frisierten Haar, dem Aufblitzen von Perlen an ihrem Nacken und der hinten mit einer perfekten Schleife gebundenen Schürze.

Ich rücke in den Raum vor.

Der Boden knarrt.

Sie erstarrt. Ich kann ihre Hände nicht sehen. *Was* ich jedoch sehe, ist, dass die Schrotflinte in der Ecke drei Meter entfernt von ihr lehnt. Ich ziele mit der Waffe auf ihren Rücken. »Es ist vorbei«, sage ich ruhig. »Die Frauen sind frei.«

»Wo ist mein Bruder?«, fragt Mrs Pall.

Ihr Bruder. Natürlich. Ich frage mich, ob sie jemals verheiratet war und, falls ja, wie lange ihr Mann wohl nach der Hochzeit leben durfte.

»Sie müssen so nicht leben«, versichere ich ihr. »Ich habe mich geändert. Sie können sich ändern. Was auch immer passiert ist, *Sie können sich ändern.*«

»Sie haben keine Ahnung, was mir widerfahren ist.« Mrs Pall drückt ihre Schultern nach hinten, und ich kann beinahe sehen, wie sie ihr Kinn hebt. Sie dreht sich um, langsam genug, dass ich sie nicht erschieße. Ihre rechte Hand ist erhoben und sie dreht sich in diese Richtung.

Mit ihrer linken Hand wirft sie das Messer. Ich schieße, versuche aber gleichzeitig, mich zu ducken. Sie hat das Tempo und die Geschicklichkeit von jemandem, der diese Aktion geübt hat. Es ist keine panische Handlung. Sie geht präzise vor, und noch während ich in Bewegung bin, passt sie ihre Richtung an.

Das Messer landet in meinem rechten Oberarm, ich spüre, wie es auf den Knochen trifft und stecken bleibt. Der Schock besteht eher im Aufprall, nicht im Schmerz, aber es ist ihr gelungen, mich schießunfähig zu machen. Dennoch versuche ich es. Ich verfehle, und der Schmerz, der meinen Arm entlangrast, lässt meine Finger verkrampfen.

Ich lasse die Waffe fallen.

Dämlich, dämlich, dämlich.

Ich lasse mich davon nicht aufhalten und stürze in Richtung Schrotflinte. Sie ist beinahe ebenso schnell, doch ihre Schuhe rutschen auf dem stark polierten Boden. Meine nicht. Ich greife nach der Waffe. Instinktiv strecke ich den rechten Arm aus, doch meine Finger werden von heißkalten Schmerzströmen durchzuckt. Meine ganze Hand krampft und mit einem dumpfen Aufprall kippt die Schrotflinte um.

Sie bekommt sie zu greifen. Ich werfe mich darauf, nutze mein ganzes Gewicht und ziehe sie mit mir, während sie versucht, mit ihren Schuhen Halt zu finden. Sie fällt auf Hände und Knie und stößt einen schrillen Schrei aus, der mich bis ins Mark durchfährt. Als wäre sie eine aus einem Grab emporgestiegene Todesfee. Mit scharfen Fingernägeln und zu Klauen gekrümmten Händen geht sie auf mich los.

Ich verpasse ihr mit meiner Linken einen Fausthieb ins Gesicht.

Sie kippt nach hinten. Ich trete die Schrotflinte zur Seite und werfe mich auf sie. Sie ist drahtig und stark, doch ich habe mehr Muskeln. Ich kann noch zwei Treffer landen, bevor sie mich schließlich abwirft, zur Seite rollt und auf die Füße springt.

Ich erwarte, dass sie es auf die Schrotflinte abgesehen hat, doch das hat sie nicht. Stattdessen läuft sie zur Tür, durch die ich gekommen bin, und hebt meine fallen gelassene Handfeuerwaffe auf. Sie bleibt nicht stehen, um auf mich zu schießen. Sie läuft einfach weiter. Ich nehme die Schrotflinte und überprüfe sie. Beide Läufe geladen und schussbereit. Die Frage, wie zum Teufel ich zu schießen gedenke, ist noch nicht geklärt. Ich weiß, ich darf das Messer nicht aus dem Arm ziehen, es könnte wichtige Arterien getroffen haben. Der Druck der Klinge hält fürs Erste alles dicht. Nur kann ich auf keinen Fall die Schrotflinte halbwegs zielsicher mit einer Hand halten und abfeuern, wenn ein Messer in meinem Arm steckt.

Ich lege die Waffe auf den Tresen. Ich ergreife das Messer, atme tief durch und reiße es gerade heraus. Ich spüre, wie die Klinge sich mit einem so heftigen Schnappen aus dem Knochen löst, dass ich beinahe in die Knie gehe. Es gelingt mir jedoch, mich auf den Füßen zu halten, und ich lasse das Messer in die Spüle fallen. Blut schießt in warmen Stößen meinen Arm hinunter. *Verflucht.* Wenn ich das nicht verbinden kann, bin ich tot, aber ich muss auch Mrs Pall hinterher. Wenn sie in den Keller geht …

Ich schnappe mir einen Spüllappen und stopfe ihn in die Wunde. Kurz wird mir schwarz vor Augen, dann rast auch schon das Adrenalin durch meinen Körper, um den Schwindel zu vertreiben. Ich will nach der Schrotflinte greifen, höre in dem Augenblick aber, wie sie gerade im Flur ankommt, unterwegs ins Büro ihres Bruders.

Ich muss sie gar nicht einholen. Ich muss sie einfach nur aufhalten.

Ich nehme die Fernbedienung und drücke den Knopf, um die Bürotür zu verriegeln. Während ich sie wegstecke und mir die Schrotflinte nehme, höre ich ihr frustriertes Aufschreien. Ich probiere meine rechte Hand aus. Meine Finger reagieren – nicht perfekt, sie zittern und sind schwach, aber es wird genügen. Das muss es.

Ich laufe ihr hinterher.

Ich bin nicht schnell genug. Als ich es durch das Esszimmer geschafft habe, befindet sich Mrs Pall bereits am oberen Ende der Treppe. So schnell sie kann, läuft sie zur linken Hausseite. Ich folge ihr. Falls ich ein freies Schussfeld bekomme, werde ich es nutzen. Ich muss sie außer Gefecht setzen. Und das werde ich auch.

Als ich oben angekommen bin, ist sie bereits fort. Vor mir gähnt ein langer, enger Flur mit Türen auf beiden Seiten. Gefährlich. Ich mache einen Schritt vorwärts. Der Boden knarrt.

Sie wird mich hören.

Ich atme tief durch und renne los. Ich schaffe es an zwei der geschlossenen Türen vorbei.

Sie schießt durch die nächste Tür auf der linken Seite, aus drei gezackten Löchern im Holz werden Splitter auf den Boden geschleudert. Ich bleibe stehen, drücke mich so nah wie möglich an die Wand und weiche zurück. Dann hocke ich mich hin und schieße einmal mit der Schrotflinte gegen den Türknauf, um die Tür zu entriegeln. *Gott*, der Rückstoß wirft mich beinahe zu Boden, und wieder wird mir kurz schwarz vor Augen.

Der Spüllappen ist mittlerweile durchgeweicht. Blut tröpfelt von einer Ecke herunter. Ich stopfe ihn noch einmal fest hinein und stehe auf.

Vor mir sehe ich ein grellrosa-orangefarbenes Schlafzimmer, wie es ein zwölfjähriges Teeniemädchen mögen würde. Verblasste Madonna-Poster an den Wänden. Plüschtiere. Ich ziele mit der Schrotflinte ins Zimmer, aber ich sehe sie nicht, *sie ist nicht hier*.

Der Wandschrank. Oder unter dem Bett. Oder hinter der Tür.

Ich schaue hinter die Tür. Nichts. Falls sie unter dem Bett liegt, wird sie mir in die Beine schießen. Ich springe vor und ramme das Bett, sodass es zur Seite rutscht. Nichts darunter, noch nicht einmal Staubflusen.

Sie muss im Wandschrank sein.

Ich will das nicht tun, wirklich nicht, aber ich muss. Ich bin die Einzige, die hier helfen kann. Sie könnte gerade versuchen, eine weitere Schrotflinte in die Finger zu bekommen, oder vielleicht hat sie noch eine zweite Fernbedienung, mit der sie das Büro öffnen und zu meinen Kindern gelangen kann. Ich muss diese Frau aufhalten. Sie war mal ein Kind, das Madonna und Plüschbären geliebt hat, aber das spielt jetzt keine Rolle mehr. Darf es nicht.

Für eine Sekunde atme ich tief durch, sammle den Rest meiner Kraft und ziehe schwungvoll die Schranktür auf.

Das ist gar kein Wandschrank. Es ist ein Durchgang ins nächste Zimmer. Ein Jungenzimmer, ebenso in der Zeit eingefroren wie dieses hier. Die Tür zum Flur steht offen. Sie hat mich hier hereingelockt und ist geflüchtet, und ich habe sie verpasst.

Was mir jedoch nicht entgeht, sind die Fesseln an den Ecken des Doppelbetts im Jungenzimmer. Leicht schwingend hängen sie nach unten und weisen getrocknete Blutflecken auf. Ich schaue mir das hübsche kleine Bett im Mädchenzimmer hinter mir an.

Auch dort hängen Fesseln von den Bettpfosten.

Was ist hier nur passiert? Ich weiß es nicht. Ich kann es mir nicht einmal vorstellen.

Ich schaue zur Sicherheit noch unter das Jungenbett. Nichts.

In diesem Zimmer steht ein Schrank voll mit Kinderkleidung. Die Sachen für das Mädchen sind auf der einen, die des Jungen auf der anderen Seite. Alles ist alt, stammt aus einer Zeit, die mindestens dreißig Jahre zurückliegt … aber es gibt noch andere Kleidung. Neuere Stücke, die sorgfältig auf Bügel gehängt wurden. Eine Jeans. Ein Tanktop. Ein Flanellhemd. Kakishorts.

Die Kleidung der entführten Frauen. Daher hatte Mrs Pall also Vees neue Klamotten. Ein Scherz. Ein ziemlich makabrer.

Beinahe erwischt sie mich, als ich den Schrank schließe. Ich sehe das Aufflackern einer Bewegung und ducke mich; ihre Kugel durchschlägt das Holz über meinem Kopf. Ich will zurückfeuern, weiß aber, dass ich den Schuss lediglich vergeuden würde. Sie war bereits in Bewegung, als sie den Abzug gedrückt hat. Ich höre, wie ihre Schuhe auf dem Holzboden im Flur aufkommen. Dann gedämpfte Tapser.

Sie flieht auf der mit Teppich belegten Treppe nach unten.

Ich folge ihr, denn wenn sie nach unten geht, muss sie einen Weg in den Keller kennen.

Als ich die Hälfte der Treppe überwunden habe, sehe ich, wie sie sich der Bürotür zuwendet. Ich ziele und schieße.

Und verfehle.

Der Rückstoß schleudert mich zurück und löst dabei das Spültuch, das ich als Stöpsel für die Wunde verwendet habe. Diesmal bin ich völlig benommen, und der Nebel verfliegt nicht mehr so schnell. Ich kämpfe mich wieder hoch. Das hier ist keine Pumpgun, ich habe keine Patronen mehr. Ich lasse die Waffe fallen, stolpere die übrigen Stufen nach unten, biege um die Ecke und sehe, dass sie die Bürotür geöffnet hat.

Sie ist bereits beim Bücherregal, eine Fernbedienung in der Hand.

Ich schnappe mir den Brieföffner von Hector Sparks' Schreibtisch und treibe ihn ihr in den Rücken. Er dringt tief in sie ein und meine Hand wird getränkt vom hervorschießenden Blut. Sie schreit, lässt die Fernbedienung fallen und richtet die Waffe auf mich. Ich habe keine Wahl, ich greife danach. Wir kämpfen darum. Ich höre, wie sich das Bücherregal mit einem Klicken öffnet, und denke nur, *nein, nein*, denn jetzt kann sie zu ihrem Bruder gelangen. Und wenn es mir nicht gelingt, ihr die Waffe zu entreißen, haben meine Kinder keine Chance. Der Nebel verdichtet sich. Mein Körper ist schwerfällig und langsam, mein Gehirn seltsam schwerelos. Doch das Bild meiner Tochter in Fesseln auf diesem Mädchenbett holt das letzte bisschen Kraft aus meinen versagenden Muskeln heraus, und ich drücke Mrs Palls Arm nach oben und nach innen … genau in dem Augenblick, in dem sie abdrückt.

Die Kugel schlägt direkt unter ihrem Kiefer ein und verlässt ihren Schädel an der Oberseite. Ihr Mund klappt auf und plötzlich ist sie nur noch totes Gewicht in meinen Armen. Ich sehe ihr in die Augen, und für einen Augenblick erkenne ich die völlige Verwirrung darin. Und die Furcht.

Ich sehe ein Kind.

»Es tut mir leid«, sage ich. Nicht das hier. Doch alles, was sie bis hierher gebracht hat.

Und dann kann ich sie nicht mehr halten, und sie fällt zu Boden, und ich stürze mit ihr. Ich weiß, ich sollte aufstehen. Ich verspüre den Drang dazu. Doch unter mir bildet sich eine dicke, warme Blutlache, die in den teuren Perserteppich sickert. Ich weiß nicht, ob sie von Mrs Pall kommt oder von mir. Vielleicht spielt das auch gar keine Rolle mehr.

»Mom?«

Jemand hält mich unten. Ich spüre einen Schmerz, so scharf, dass er mich dazu bringt, die Augen zu öffnen. »Au.«

»Schnür fester zu!« Die Stimme meines Sohnes.

»Ich mach das schon.« Lanny. Der Schmerz verschlimmert sich. »Tut mir leid, Mom, aber wir müssen die Blutung stoppen.« Es tut wirklich weh, und ich versuche, sie von dem abzuhalten, was sie da tun. »Haltet sie fest!«

Weitere Hände auf mir. Ich sehe hoch.

Ich sehe Sam, der bleich und gefasst aussieht. Connor ist neben ihm. Beide halten mich fest, während meine Tochter einen Ledergürtel über einem dicken Stück Stoff festzurrt. Ich erkenne, dass sie ihr eigenes Shirt als Verband benutzt hat. Sie trägt nur noch ihren Sport-BH. *Zieh dir was über*, will ich ihr sagen, denn ich möchte nicht, dass irgendjemand hier im Augenblick verletzlich ist, nicht hier, nicht an diesem Ort.

Hinter ihnen läuft ein Mann in Polizeiuniform und mit einem großen Hut auf und ab. Er spricht am Telefon.

»Halt still«, ermahnt Sam mich und legt seine Hand auf mein Gesicht. »Gwen, Hilfe ist schon unterwegs. Den Kindern geht's gut. Uns allen geht's gut.«

Ich glaube, er lügt, aber es ist mir egal.

Ich lasse los.

Epilog

Gwen

Vier Monate später

Unruhig rutsche ich auf dem steifen Sessel herum und blicke in ein regloses Glasauge. Diesmal ist es nicht die *Howie Hamlin Show*.

Es ist eine Videokamera, aber sie ist nicht eingeschaltet. Sie steht zusammen mit anderen Gerätschaften in einem Regal. Das typische Handwerkszeug. Für ein Handwerk, dem ich hoffe anzugehören, falls ich es durch dieses Bewerbungsgespräch schaffe.

»Üblicherweise bitte ich Bewerber als Erstes darum, etwas mehr über sich zu erzählen«, sagt die rundgesichtige Dame, die mir gegenübersitzt. Ihre Haut ist sonnengebräunt; sie sieht aus, als wäre sie viel an der frischen Luft unterwegs, und hat sich nicht die Mühe gemacht, ihr ergrautes Haar zu färben. »Aber das ist bei Ihnen nicht nötig, denn, meine Güte, ich habe noch nie so viele Google-Ergebnisse zu jemandem bekommen, der kein Schauspieler ist. Aber trotzdem: Erzählen Sie mir doch etwas über sich, Gwen. Ich möchte gern Ihre Sicht der Dinge hören.«

»Das ist wirklich das Letzte, über das ich reden möchte«, erkläre ich J. B. Hall. Das *J*, hat sie mir erklärt, steht für überhaupt nichts. Das *B* steht für Barbara, doch sie hasst den Namen. »Es ist gar nicht so kompliziert. Ich möchte einfach nur meine Familie zusammenhalten und beschützen.«

»Das Grundlegende«, bestätigt sie, »führt aber gern mal zu allerlei törichten Dingen, nicht wahr?«

»In meinem Fall? Ja.«

»Ich bewundere, was Ihnen gelungen ist«, fährt J. B. fort. »Nicht nur, dass Sie überlebt haben, auch wenn das natürlich bewundernswert ist, aber auch alles, was Sie währenddessen aufgedeckt haben. Nicht jeder hat solche Instinkte. Oder den Antrieb. Das ist beeindruckend.«

»Das war ich nicht allein«, schwäche ich ab.

»Ich weiß. Es ist eine Familiensache, richtig?«

»Mehr oder weniger.« Es schmerzt, das zu sagen, denn ich würde gern *Ja* dazu sagen. Ich will Sam als Teil meiner Familie. Ich brauche das. Und vielleicht wird es auch passieren. Aber in unserer Beziehung gibt es Wunden, für die es Zeit und Liebe bedarf, um zu heilen, bevor wir es rechtlich absichern können. Wir sind zusammen. Ich kann nicht sagen, dass es uns gut geht. Noch nicht.

»In diesem Business sind Instinkt und Leidenschaft einfach alles«, erklärt sie. »Alles andere lässt sich erlernen. Sie haben bereits einen Großteil des Kurses absolviert, oder?« Sie spricht über den Abschluss, der nötig ist, um die Lizenz als Privatermittler zu bekommen.

»Ich bin zu fünfundsiebzig Prozent durch«, bestätige ich. »Ende des Quartals werde ich fertig. Ich kann entweder selbstständig arbeiten oder mich einem bestehenden Unternehmen anschließen.«

»Und warum haben Sie meines ausgewählt?«

»Weil die Whites Sie empfohlen haben«, gebe ich zu. Ellies Eltern waren über die Maßen dankbar für die Rettung ihrer Tochter, auch wenn ich herzlich wenig damit zu tun hatte. Diese Frau vor mir war an jenem schrecklichen Tag der Sendung mit ihnen im Wartezimmer, an dem Tag, an dem alles den Bach runterzugehen begann. Sie ist clever, ruhig und kompetent. Ich mag sie. Ich möchte, dass sie mich mag, was ein relativ neues Gefühl für mich ist.

»Seltsam, dass sie mich empfehlen«, meint sie nachdenklich. »Schließlich bin ich in dem Fall kein Stück vorangekommen, während Sie und Ihr Freund Mr Cade alles erreicht haben.«

»Sie mögen Sie«, sage ich. »Und Sie haben eine Menge positive Google-Ergebnisse, von daher …«

Sie lacht. Mir gefällt ihr Lachen. Es ist leise und kratzig. Erinnert mich ein wenig an Miranda Tidewell, dabei habe ich diese Frau niemals lachen gehört, jedenfalls nicht mit echtem Humor. Irgendetwas an J. B. Hall ähnelt ihr, aber in einer reineren Version. Einer gesünderen. Vielleicht bin ich deshalb hier, als Versuch, Wiedergutmachung bei einem Geist zu leisten, der – da bin ich mir sicher – mich noch immer gern mit in die Hölle reißen würde.

Mein Gott. Ich brauche eindeutig noch ein paar Therapiestunden.

Wir befinden uns in einem Hochhausbüro in Knoxville – so hoch es in Knoxville halt geht, ungefähr siebenundzwanzig Stockwerke. In der *J. B. Hall Agency* geht es außerhalb des Glaswürfels, in dem wir sitzen, unglaublich geschäftig zu; mindestens ein Dutzend Leute reden, laufen herum, arbeiten an Computern. Und ich weiß, dass noch mindestens doppelt so viele unterwegs sind und arbeiten. Das hier ist ein guter Ort. Er hat eine gute Energie. Aber ich würde nicht direkt hier arbeiten.

»Erzählen Sie mir von dem Kult in Wolfhunter«, ermuntert sie mich. »Zumindest das, was Sie wissen.«

»Er wurde wohl in den Sechzigerjahren ins Leben gerufen«, fange ich an. »Carrs Großvater hat irgendeinen Nebenzweig der Kirche begründet. Anfangs haben sich ihm eine Menge Leute angeschlossen, einige sind wieder gegangen. Diejenigen, die geblieben sind, haben sich zu einem Kult entwickelt, und Carrs Großvater behauptete von sich, die Stimme Gottes auf Erden zu sein. Er hat dann mit diesem … Training begonnen.«

»Dem Training für Frauen«, ergänzt J. B. »Um sie perfekte Dienerinnen für den Mann werden zu lassen. Sein Ziel war es, sie von der Sünde zu befreien.« Angewidert verzieht sie das Gesicht. »Ich zitiere nur die Schrift, die man auf dem Anwesen gefunden hat.«

»Einige der Frauen sind weggelaufen. Ein paar sind gestorben. Aber es sind auch genug geblieben. Die Kinder sind aufgewachsen in diesem – ich will es nicht *Glauben* nennen. Kult.« Wieder spüre ich die Kamera auf mir, obwohl ich doch weiß, dass sie mich gar nicht beobachtet. »Hector Sparks' Vater war einer von ihnen. Und er hat seinen Sohn und seine Tochter trainiert; nach seinem Tod haben sie sich allerdings von dem Kult gelöst.«

»Hector hat dann mithilfe seiner Schwester angefangen, Frauen zu entführen. Und sich selbst vorgemacht, er würde sie irgendwie retten.« J. B. nickt. »Schrecklich.«

»Ja«, bestätige ich. »Das war es. Alles.«

»Sie haben Ihren Namen aus den Zeitungen heraushalten können.«

»Ich hab's versucht. Ich hatte Hilfe.« Wie sich herausstellte, wollte niemand der berüchtigten Ex-Frau eines Serienkillers die Anerkennung zugestehen, einen Fall gelöst zu haben, also war es für FBI, TBI und das Büro des Countysheriffs am einfachsten, den toten Detective Fairweather zum Helden zu machen. Für mich war das in Ordnung. Für Sam ebenso.

»Und … Mr Cades Anklage?«

»Im Gegenzug für einen Deal im Strafverfahren hat Chief Weldon zugegeben, dass er versucht hat, Sam und meinen Sohn umbringen zu lassen«, berichte ich, und selbst jetzt noch bringt das mein Blut zum Kochen und meine Hände zum Zittern. »Die Anklage wurde fallen gelassen. Gott sei Dank.«

»Gut. Und soweit ich gehört habe, ist die Dokumentation über Melvin Royal zum Erliegen gekommen.«

Ich entspanne mich ein kleines bisschen. »Mirandas zwanghafter Wahn ist mit ihr gestorben. Es wird Jahre dauern, bis ihre Angelegenheiten geregelt sind, von daher gibt es im Augenblick keine Finanzierung mehr.«

J. B. Hall lehnt sich zurück und mustert mich. Ihr Blick ist warm, aber gleichzeitig auch analytisch.

»Ich will diesen Job wirklich unbedingt, J. B.«, sprudelt es aus mir heraus, und obwohl es stimmt, wünschte ich, ich hätte mich nicht so weit aus dem Fenster gelehnt.

»Und Sie wären auch gut darin«, stimmt sie zu. »Sind Sie sicher, dass Sie dort bleiben wollen, in Stillhouse Lake? Ich könnte Ihnen einen Platz hier im Büro verschaffen. Sie können sich ein Haus in der Stadt suchen.« *Sie bietet mir den Job an.* Mein Gott. Irgendwie war ich auf diesen Augenblick nicht vorbereitet. Ich wollte den Job so unbedingt, dass ich vergessen habe, darüber nachzudenken, was ich tun würde, wenn ich ihn tatsächlich bekomme.

Sam hat uns nicht verlassen, um seinen Traumjob anzunehmen. Ich kann das auch nicht. Nicht, wenn ich wirklich will, dass das mit uns funktioniert. »Ich dachte, es geht darum, dass ich selbstständig arbeite.«

»Wenn Sie es so bevorzugen. Die meisten meiner Ermittler arbeiten von zu Hause aus oder von unterwegs. Diejenigen, die Sie hier vor Ort sehen, sind Einheimische, die es strukturierter bevorzugen. Jeder nach seiner Fasson, sage ich immer.« Sie hält eine Sekunde inne. »Sie kommen mit Ballast. Mir ist völlig klar, dass Sie uns ... einen gewissen Ruf einbringen könnten, sowohl im guten als auch im schlechten Sinne. Ihnen sind Menschen auf der Fährte, die Ihnen schaden oder Sie tot sehen wollen, und das könnte eine Komplikation darstellen, die wir nicht gebrauchen können. Tatsache ist aber auch, dass die meisten meiner Leute noch nie in einer wirklich gefährlichen Situation gewesen sind. Selbst diejenigen, die aus dem Polizeivollzugsdienst kommen, sind nur selten in ein Kugelgefecht verwickelt gewesen. Sie jedoch schon. Und das ist wertvoll. Es gibt Fälle – wie Ellies Entführung oder die Frauen in Hectors Keller –, bei denen mehr als Routinearbeit gefragt ist. Solche Fälle benötigen einen Ermittler mit Einblick und Kreativität. Ich glaube, darüber verfügen Sie. Ich mache mir nur Sorgen, dass Sie sich Probleme aufhalsen, wenn Sie in Stillhouse Lake bleiben. Ich habe die Polizeiberichte gelesen. Sie haben da Scherereien mit ein paar Hinterwäldlern aus der Gegend.«

»Haben wir«, gebe ich zu. »Aber ich habe meinen Kindern versprochen, dass wir nicht weglaufen. Sie haben ein stabiles Leben, Freunde, ein echtes Zuhause. Ich kann ihnen das jetzt nicht wegnehmen.«

»Sie wissen, dass Sie eventuell kämpfen müssen, um es zu beschützen.«

Es gelingt mir zu lächeln. »Ich denke, Ihnen ist klar, dass das nicht neu für mich ist.«

Falls sie versucht haben sollte, mich zu bemuttern, gibt sie es jetzt wieder auf. »Wie geht es Ihrer rechten Hand?«

Ich strecke die Hand aus. Sie ist ruhig, zittert nicht. Ich balle sie zur Faust. Eine schnelle Bewegung, flüssig und überzeugend. Dass es mir wehtut, bedeutet nicht, dass ich nicht vortäuschen kann, alles wäre gut.

»Sehr schön«, nickt sie. »Zu den wichtigen Sachen wie Krankenversicherung kommen wir gleich, aber eins möchte ich noch fragen: Wie sollten wir Ihrer Meinung nach mit der

Pressemeute umgehen, die nach Ihrer Einstellung garantiert über uns herfallen wird?«

Da haben wir's. Sie meint es tatsächlich ernst. Sie bietet mir wirklich einen Job an. Und jetzt verspüre ich Aufregung in mir aufsteigen. Das ist so … seltsam. Ist das Glückseligkeit, die Art von Glückseligkeit, die normale Menschen empfinden? Ich bin nicht daran gewöhnt. Nicht für irgendetwas, das nichts mit meiner Familie zu tun hat.

Aber das hier gehört mir. Es ist etwas für *mich*. Und es ist kostbar, wie ein Lufthauch, von dem ich nicht wusste, dass ich ihn gebraucht habe.

»Nutzen Sie es für sich aus«, meine ich. »Hören Sie, es wird immer Leute geben, die mich hassen. Das kann ich nicht verhindern. Die Lost Angels – die Gruppe, die von den Familien von Melvins Opfern gegründet wurde …« *Von Sam*. Es schmerzt noch immer, aber es ist ein ferner, vertrauter Schmerz. »Nun, die Lost Angels werden immer glauben, dass ich etwas mit seinen Verbrechen zu tun hatte. Verschwörungstheoretiker gibt es überall. Aber erst kürzlich habe ich gelernt, dass wir uns alle unsere eigene Hölle aus unserer Vergangenheit erschaffen. Ich will meine dazu nutzen, anderen Menschen zu helfen. Und ich hoffe, Sie helfen mir dabei.«

Sie lächelt langsam und nickt. Ich glaube, die Antwort gefällt ihr.

Ich glaube, mir auch.

Soundtrack

Musik hilft mir durch den Schreibprozess. Sie vermittelt eine gewisse Stimmung. Sie hilft mir, die Charaktere zu definieren und meinem Buch Emotionen zu verpassen. Falls Sie auch musikalisch vielseitig interessiert sind, probieren Sie doch mal die folgenden Songs aus … und bitte kaufen Sie die Musik, falls möglich. Künstler brauchen nicht nur Publicity, sondern auch echte finanzielle Unterstützung!

»Year of the Tiger«, Myles Kennedy
»I Get It My Way«, Paul Otten
»The Angry River«, The Hat
»Wicked Rain«, Los Lobos
»How Do You Love«, Shinedown
»You Want It Darker«, Leonard Cohen
»Save Yourself«, Breaking Benjamin
»Violet City«, Mansionair
»I Feel Like I'm Drowning«, Two Feet
»Devil«, Shinedown
»Zombie«, Bad Wolves
»Traveling Light«, Leonard Cohen
»Miracle«, CHVRCHES
»Glitter & Gold«, Barns Courtney
»White Flag«, Bishop Briggs

»Dark Country«, Dominic Marsh & Paul Miro
»Copycat«, Billie Eilish
»Blue on Black«, Five Finger Death Punch
»Blood//Water«, grandson
»Dangerous«, Royal Deluxe
»Unstoppable«, The Score
»Rise Up«, Extreme Music
»Hit and Run«, LOLO
»Dangerous« (Left Boy remix), Big Data
»Crossfire«, Stephen
»Crossfire, Pt. II« (Feat. Talib Kweli & KillaGraham), Stephen
»Crossfire, Pt. III« (Feat. Saba, Ravyn Lenae, The O'Mys, & J. P. Floyd), Stephen
»Self-Inflicted Wound«, Joe Bonamassa
»Closure«, Dommin